MOEWIG

EIN PLAYBOY TASCHENBUCH
IM MOEWIG VERLAG

PLAYBOY
SCIENCE FICTION

Die besten Stories von Jack Williamson

MOEWIG

Titel der Originalausgabe: The Best of Jack Williamson
Aus dem Amerikanischen von Eva Malsch

Umschlagillustration: Carl Lundgren
Umschlagentwurf und -gestaltung: Franz Wöllzenmüller, München
Verkaufspreis inkl. gesetzl. Mehrwertsteuer
Auslieferung in Österreich:
Pressegroßvertrieb Salzburg, Niederalm 300, A-5081 Anif
Printed in Germany 1980
Gesamtherstellung: Ebner, Ulm
ISBN 3-8118-6705-9

Inhalt

Vorwort

Auf die Frage, warum er Science-fiction schrieb, antwortete Arthur Clarke: „Weil es die einzige Literatur ist, die sich mit der Wirklichkeit befaßt." Dieser Anspruch bringt uns Science-fiction-Autoren manchmal in Konflikt mit den angeseheneren Sparten akademischer und literarischer Berufe. „Wirklichkeit? In Erzählungen, wo Strahlenwaffen, Marsmenschen und Zeitmaschinen vorkommen?"

Aber Arthur Clarke hat recht, denn die größte, neueste Realität, mit der wir alle konfrontiert werden, ist die Veränderung. Die gesellschaftliche Veränderung. Die technologische Veränderung. Die Veränderung der Umweltbedingungen. Sogar die Veränderung unserer innersten Persönlichkeit durch Drogen, Verhaltensmodifikationen und noch schlimmere Möglichkeiten, die uns bevorstehen . . . Science-fiction ist die Literatur der Veränderung und der beste Weg, den die meisten von uns beschreiten können, um uns auf die Freuden und die Gefahren künftiger Jahre vorzubereiten.

Wenn es in unseren Kreisen einen verläßlichen Führer auf den Pfaden der Veränderung gibt, so ist dies Jack Williamson – mit seiner Arbeit, seinen Gedanken und sogar seiner Lebensgeschichte.

Zu Jacks ersten Erinnerungen gehört die mühsame Planwagenfahrt zum neuen Land im östlichen New Mexico, in jenen Tagen, als es noch keine Flugzeuge, keine guten Straßen und keine Elektrifizierung gab. Zwischen armen Farmern wuchs er in schmerzhafter Isolation auf. Es war mühsam, das trockene Land fruchtbar zu machen, auf den sandigen Ebenen Rinder grasen zu lassen. Für ein Rind brauchte man vierzig Morgen Land, weil auf dem kargen Boden nur Salbei und Elfengras wuchs. Viele Siedler starben. Aber die Überlebenden blickten dem Schicksal voll Selbstvertrauen ins Auge, denn sie wußten, daß sie es mit jeder Herausforderung aufnehmen konnten.

Jack hatte keine leichte Jugend. Als Kind wäre er beinahe an einer jener nur vage zu diagnostizierenden Krankheiten namens *cholera infantum* gestorben. Sein Vater war fleißig und klug, aber glücklos. Als er sein Land vermessen hatte, stellte sich heraus, daß es kein Grundwasser besaß. Als er eine neue Chance jenseits der Grenze in New Mexico ergreifen wollte, wurde er von der Revolution vertrieben. Als Jack alt genug war, um einen Teil der Verantwortung für die Familie zu übernehmen, beschaffte er sich eine Herde von einem halben Dutzend Rindern. Doch das Pech blieb den Williamsons treu. Die meisten Rinder starben, nachdem sie an Giftbäumen genagt hatten, und das letzte überlebende Tier wurde von einem Blitzschlag getötet.

Es ist kaum vorstellbar, daß ein Kind, das in einer solchen Umgebung aufwuchs, drei Tagereisen von der nächsten Stadt entfernt, daß ein Kind, das getrockneten Büffelmist als Brennmaterial sammelte, später ein distinguiertes Leben in der Welt der Phantasie und des Geistes führte. Vielleicht war es Jack Williamsons großer Vorteil, daß er von frühester Jugend an auf seine eigenen Quellen intellektueller Stimulierung angewiesen war. Er fand diese Stimulierung auf dieselbe Weise wie viele andere spätere Science-fiction-Autoren – durch Lektüre, durch die unkritische, gefesselte Lektüre von allem, was er nur in die Finger bekam, durch seine lebhafte Phantasie, die das Gelesene auslotete.

Mit achtzehn entdeckte er die Science-fiction, in Gestalt eines neuen Magazins namens *Amazing Stories*, das damals erst ein knappes Jahr alt war. Er hatte schon vorher gewisse Einblicke in diese Art der Literatur gewonnen, denn ein Lehrer hatte ihm Mark Twains *Ein Yankee aus Connecticut an König Arthurs Hof* geliehen. Aber die *Amazing Stories* betrachtete er als Beweis dafür, daß Science-fiction nicht nur eine zeitgebundene, seltsame Geistesverirrung war, sondern ein neues Gebiet literarischer Forschung. Jack beschloß sofort, in diesem Stil zu schreiben. Er verfaßte drei Erzählungen und schickte sie an die Amazing Stories. Sie wurden alle abgelehnt. Dann schrieb er eine vierte mit dem Titel *Der Metallmann*, schickte sie an denselben Verlag, und die Zeit verstrich. Er hörte nichts. Man nahm die Story weder an, noch lehnte man sie ab. Und dann ging er im Winter 1928 an einem Drugstore in Texas vorbei und sah die neueste Ausgabe der *Amazing Stories* – mit seiner Geschichte. Damals war er zwanzig Jahre alt.

Seine Schulzeit verbrachte Jack in Texas. Eine kleine Glückssträhne hatte seine Familie mit genügend Geld versorgt, so daß sie ihm wenigstens ein oder zwei College-Jahre bezahlen konnte, und so hatte er sich in West Texas immatrikulieren lassen. Das Geld war bald verbraucht. Jack mußte von der Universität abgehen. Aber da wußte er schon, daß er Science-fiction-Autor werden wollte. Der SF-Markt begann sich auszudehnen. Gernsback verließ die *Amazing Stories* und gründete ein Konkurrenzunternehmen, die *Wonder Stories.* Die erste Ausgabe von *Astounding* erschien. Ein paar Jahre später tauchten viele neue Titel auf – *Marvel* und *Planet, Starling, Cosmic* und *Future* und ein Dutzend anderer, auch meine beiden Magazine, die seit 1940 erschienen, *Astonishing* und *Super Science.* Jack schrieb für fast alle – *Der Stein vom grünen Stern, Die Legion des Raums, Die Legion der Zeit, Dunkler, als du glaubst* – und zahllose andere Erzählungen. Fast von Anfang an war er ein Star im jungen, rasch wachsenden Gebiet der Science-fiction. Das wurde durch die Bewunderung seiner Fans bestätigt, durch die Tatsache, daß ihn jüngere Autoren imitierten, und durch den Eifer, mit dem ihm die Verleger nachstellten.

Nicht zuletzt war sein Bankkonto ein Beweis für seinen Erfolg. In den dreißiger Jahren wurden Science-fiction-Autoren nicht sonderlich gut bezahlt. Geschichten wie *Die Station auf dem toten Stern, Der Zusammenbruch, Die Feuerprobe der Macht* sind nach wie vor lebendig und im Lauf der Jahre immer wieder erschienen. Aber zur Zeit, als Jack sie schrieb, brachten sie ihm nur selten mehr als einen Cent pro Wort ein. Und sogar diese paar Cents waren oft schwer einzutreiben. Doch das spielte kaum eine Rolle. Die schlechte Bezahlung hielt Jack nicht vom Schreiben ab, genausowenig wie mich, als ich acht oder zehn Jahre später als Jack bemüht war, mich als Science-fiction-Autor zu etablieren. Man schreibt nicht für Geld, glauben Sie mir das, egal, was manche Autoren von sich geben und dann drucken lassen. Die Leute schreiben, weil sie sonst einfach nicht leben können. Trotzdem frage ich mich, ob ich genauso wild entschlossen gewesen wäre, mich als Science-fiction-Autor zu profilieren, wenn ich gewußt hätte, daß nicht einmal ein so erfolgreicher Schriftsteller wie Jack Williamson in den ersten fünfzehn Jahren seiner Tätigkeit mehr als tausend Dollar jährlich auf die Bank tragen konnte.

Dann kam der Zweite Weltkrieg und schickte uns alle rund um den Erdball. Als ich nach Chanute Field, Illinois, verfrachtet wurde, um als Wetterbeobachter für die Luftwaffe ausgebildet zu werden, hatte Jack Williamson soeben dieselbe Schule besucht. Er hatte den Kurs beendet, war ins Kampfgebiet geschickt worden und hatte eine Zeitlang in einem Luftstützpunkt gedient. Nun kehrte er zurück, um eine Ausbildung für Fortgeschrittene zu beginnen und sich der Wettervorhersage zu widmen. Wir hatten uns 1939 kennengelernt und waren in Verbindung geblieben, während ich meine Magazine herausgab und Jack zu meinen Lieblingsautoren rechnete. Aber nun sahen wir uns zum erstenmal seit vier Jahren wieder.

Science-fiction-Autoren sind stets auf Draht, informiert, interessiert, Jack zählte zu den Besten der Klasse. Seine Anwesenheit in Chanute machte den öden Militärstützpunkt viel erträglicher. Jack denkt schnell und spricht langsam, und ich habe mich in seiner Gesellschaft immer wohl gefühlt. Im Lauf der Jahre suchten wir gemeinsam die seltsamsten Orte auf, von Stonehenge bis zu einem Gelände für fliegende Untertassen in Socorro, New Mexico. Ich schwatze. Jack hört zu. Und dann, wenn ich mich gerade zu fragen beginne, ob er die letzten fünfundzwanzig oder dreißig Sätze meiner Tirade wirklich gehört hat, gibt er wenige Worte von sich, die alle Hauptpunkte des Gesprächsthemas kurz umreißen und die Konversation auf eine neue Ebene führen. Jack sieht aus wie ein wettergegerbter Cowboy aus dem Südwesten, aber hinter diesem John Wayne-Gesicht verbirgt sich ein gedankenvolles, schnell funktionierendes Gehirn.

Nach Chanute trennten sich unsere Wege. Jack landete auf einer Felseninsel im Südpazifik, ich in Italien. Aber nach dem Krieg kehrten wir beide nach Hause und zur Science-fiction zurück. Zwanzig Jahre, nachdem er seine erste Erzählung verkauft hatte, begann Jack eine neue Karriere als Schriftsteller, auf einem neuen und anspruchsvolleren Markt. Doch er war den Anforderungen gewachsen, wie nur wenige Autoren seiner Generation. In den späten vierziger und in den fünfziger Jahren schrieb er *Mit gefalteten Händen, Der Stabilisator* und *Die Nase des Hausierers.* Die Fortsetzung der *Gefalteten Hände,* die Erzählung ... *Und ein suchender Geist,* wurde zum Science-fiction-Klassiker. Die Geschichte *Die Humanoiden* gilt immer noch als Modell für alle Science-fiction-Autoren, die sich mit Robotern befassen (und sogar für Computer-Wissenschaftler, die künstlich hergestellte Intelligenz studieren).

Jacks finanzielle Lage hatte sich nun gebessert. Seine Erzählungen erschienen in Buchform, erregten die Aufmerksamkeit seriöser Kritiker und wurden in viele Sprachen übersetzt. Aber Jack war noch immer nicht zufrieden. Er wollte nachholen, was er in früheren Jahren versäumt hatte. Und so heiratete er seine Jugendliebe und ging auf die Universität zurück. Er machte sein Bakkalaureat, den Magister, das Doktorat, und als er bereits über fünfzig war, begann er eine neue Karriere als Universitätsprofessor.

Natürlich setzte er auch seine schriftstellerische Tätigkeit fort. Aber in seiner Würde als Dr. phil. John Stewart Williamson konnte er mehr für die Science-fiction tun als andere Autoren. Er legte nun immer größeren Wert auf die akademischen Aspekte der Science-fiction, hielt zu diesem Thema Vorlesungen an der Eastern New Mexico-Universität und bereitete die erste vollständige Liste von Science-fiction-Kursen an amerikanischen Colleges vor. Er arbeitete wissenschaftliche Texte aus und beteiligte sich an der Organisation von Science-fiction-Akademien und an der Gründung wissenschaftlicher Journale. Die Eastern New Mexico-Universität wußte ihn zu schätzen, und so dozierte er auch noch in einem Alter, da sich andere Professoren längst zur Ruhe gesetzt hatten. Aber als er im vergangenen Frühling erklärte, er brauche mehr Freizeit, um sich wieder mehr seiner schriftstellerischen Tätigkeit widmen und auf Reisen gehen zu können, erfüllte man seinen Wunsch und ernannte ihn zum Professor

Emeritus. Dieses Ereignis feierte man mit der ersten von jährlichen Vorlesungsserien, die zu seinen Ehren gehalten wurden.

James Gunn, sein Kollege an der Universität von Kansas, trat als Redner auf, als anläßlich von Jacks Ernennung zum Professor Emeritus ein Festakt stattfand, und auch mir wurde diese Ehre zuteil. Jim Gunn und ich kannten Jack schon viele Jahre lang als Freund, Mitarbeiter und Kollegen, und so war es kein Wunder, daß wir ihn mit Komplimenten überschütteten. Überraschend war nur, daß sie alle der Wahrheit entsprachen.

Ebenso überraschend war es, was Jack mit seiner Freizeit anfing, nachdem er in den Ruhestand getreten war. Man sollte annehmen, daß ein Mann von siebzig Jahren erst einmal eine Weile faulenzen würde. Er unternahm mit Blanche ausgedehnte Forschungsreisen nach Skandinavien und in die Sowjetunion. Und nach seiner Rückkehr verpflichtete er sich vertraglich, eine Reihe von Erzählungen zu schreiben und andere Arbeiten zu erledigen, die eigentlich das Leistungsvermögen eines Zwanzigjährigen verlangt hätten.

Vor ein paar Jahren freute ich mich sehr, als ich bei einer Zusammenkunft von Science-fiction-Akademikern Marvin Minsky traf. Minsky ist einer der bedeutendsten Wissenschaftler auf dem Gebiet künstlicher Intelligenz, der Leiter des MIT's A. I.-Laboratoriums und ein Pionier im Bereich der Computer-Studien. Berühmt wurde er, als er versuchte, Asimovs *Drei Gesetze des Roboterwesens* in ein Computerprogramm umzufunktionieren. Minsky ist für die Science-fiction-Autoren kein Unbekannter, nachdem er sie scharenweise durch die Computerlaboratorien des MIT geführt hatte. Aber bei jener Zusammenkunft hatte er etwas ganz Besonderes im Sinn. Er hatte gehört, daß Jack Williamson anwesend sein würde, und bat mich, ihn mit meinem Freund bekannt zu machen.

Ich erfüllte ihm diesen Wunsch, und Jack war überrascht und erfreut, als er erfuhr, daß Minsky *Die Humanoiden* als die beste nichttechnische Beschreibung der Möglichkeit betrachtete, künstliche Intelligenz operieren zu lassen.

Solches Lob beglückt jeden Science-fiction-Autor, und es war nicht das einzige aus so berufenem Mund, das Jack zuteil wurde. Ein Wissenschaftler aus Los Alamos vertraute ihm an, daß das wissenschaftliche Interesse an technologischen Superwaffen schon lange vor dem Manhattan-Projekt von AKKA in *Die Legion des Raums* geweckt worden war.

Dieses Lob hat sich Jack Williamson ehrlich verdient – und er verdient es sich immer noch mit Erzählungen wie *Die Humanoiden* und *Die Legion des Raums* und all den anderen, mit den Kurzgeschichten, wie sie in dem vorliegenden Band erscheinen, in dem das Beste vom Besten vereinigt wurde, mit der Arbeit, die er vielleicht in diesem Augenblick zu Papier bringt. Es ist eine Auszeichnung, Jack Williamson zu kennen, und ein Vergnügen, seine Werke zu lesen.

Die amerikanischen Science-fiction-Autoren vergeben jedes Jahr ‚Nebulas' für die besten Stories. Aber es gibt auch einen besonderen Preis, der nicht für eine einzelne Geschichte, sondern für die Leistung eines ganzen Lebens vergeben wird. Bisher haben nur drei Autoren diese Auszeichnung erhalten – Robert A. Heinlein, Clifford D. Simak, und Jack Williamson wurde zum zweiten ‚Grand Master Nebula' ernannt.

Auch diesen Preis hat er ehrlich verdient. Denn die Auszeichnung ist nicht nur eine Trophäe, sondern eine zutreffende Beschreibung des Autors. Jack Williamson *ist* ein großer Meister der Science-fiction und ein Vorbild für uns alle.

Frederic Pohl
Red Bank, New Jersey
1977

Der Metallmann

Der Metallmann steht in einer staubigen Kellerecke des Tyburn College-Museums. Die erste Aufregung hat zwar nachgelassen, aber man betrachtet es immer noch als peinlichen akademischen Kompromiß, daß er dort postiert wurde. Immerhin wurde er dadurch, zumindest vorläufig, vor den Wissenschaftlern gerettet, die ihn aufschneiden und biochemisch analysieren wollen, und vor den alten Freunden, die der Ansicht sind, daß man ihn begraben sollte.

Für die Touristen, die zufällig vorbeikommen, ist er nur ein lebensgroßes Stück aus Bronze, das die Zeit mit Grünspan überzogen hat. Aber wenn man ihn genauer betrachtet, entdeckt man die perfekten Einzelheiten seiner Haare, seiner Haut, den gefrorenen Ausdruck des Leids in seinem Gesicht. Nur wenige Besucher bleiben stehen, um mit gerunzelter Stirn das seltsame Zeichen auf seiner Brust zu betrachten – den roten sechseckigen Fleck.

Die Leute haben jetzt fast vergessen, daß die Gestalt früher einmal Professor Thomas Kelvin hieß und der geologischen Abteilung angehörte. Aber die Gerüchte über ihn leben weiter und werden allmählich immer seltsamer als die Wahrheit. Und weil diese Gerüchte so deprimierend auf seine Freunde wirken, hat mir die Regierung endlich erlaubt, seine Geschichte zu veröffentlichen.

Vier- oder fünfmal hatte Kelvin seine Ferien an der mexikanischen Pazifik-Küste verbracht, um nach Uran zu suchen, und im letzten Sommer hatte er anscheinend Erfolg gehabt. Statt im Herbst an die Universität zurückzukehren, hatte er um Verlängerung seines Urlaubs gebeten. Später hörten wir, daß er sein Uran-Claim an ein Schweizer Syndicat verkauft hatte, daß er in Europa Vorlesungen über die chemischen und biologischen Wirkungen atomarer Strahlen hielt und sich in einer Klinik bei Paris behandeln ließ.

An einem trüben Samstagnachmittag kam er nach Tyburn zurück, tauchte aus dem frühwinterlichen Nebel auf, der vom Golfstrom herüberzog. Ich war zu Hause und kehrte mit dem Rechen die welken Blätter in meinem Garten zusammen, der am Meer unterhalb des Campus lag, als ich das Boot sah, das sich meinem kleinen felsigen Strand näherte. Es war ein seltsames Boot, langgestreckt, niedrig und schnell, ein Boot, wie es früher die Waffen- und Rumschmuggler benutzt hatten. Ich ließ meinen Rechen fallen und starrte auf den Atlantik hinaus.

Geschickt und wagemutig gesteuert, wand sich das Boot zwischen den Felsen vor der Küste hindurch und fuhr auf den einzigen, einen Yard breiten Sandstreifen zu, der im Bereich einer halben Meile zu finden war. Vier Männer sprangen heraus und wateten durch die Brandung. Ein hagerer fünfter Mann erhob sich im Heck und erteilte mit ruhiger Stimme Befehle. Die vier zerrten Taue und Segeltuchplanen von einer Kiste, die wie ein Sarg aussah. Und dann schleppten sie die Kiste in meinen Garten. Der hagere Mann humpelte mit steifen Beinen auf mich zu.

„Ist hier das Tyburn College?"

Seine Männer hatten dunkle, südländische Gesichter, aber seine verwitterten, vernarbten Züge wurden von einem lockigen gelben Bart verdeckt, und er sprach mit Yankee-Akzent. Ungeduldig deutete er mit einem dünnen Finger auf den Glockenturm des Campus, der im Nebel nur verschwommen zu sehen war.

Ich nickte.

„Wir sind da." In gedämpftem Spanisch redete er auf seine Männer ein, worauf sie grinsend die Kiste abstellten. Dann wandte er sich wieder an mich. „Kennen Sie Professor Russell?"

„Ich bin Russell."

„Dann haben wir unsere Aufgabe erfüllt." Er wies auf die Kiste. „Das ist für Sie."

„Hm . . . Was ist denn das?"

„Das werden Sie schon noch sehen." Seine Augen verengten sich. „Ich glaube, es wäre besser, die Sache geheimzuhalten." Er gab seinen Leuten weitere Befehle, und sie trugen die Kiste auf meine Veranda.

„Warten Sie! Wer sind Sie überhaupt?"

„Wir sollen das nur hier abliefern", erwiderte er in sanftem Ton. „Man hat uns dafür bezahlt, und jetzt werden wir wieder verschwinden." Er nickte seinen Männern zu, und sie liefen zum Boot hinab.

„Aber ich verstehe nicht . . ."

„Sie werden einen Brief in der Kiste finden", sagte er. „Darin steht, warum Ihr Freund auf diesem Weg nach Hause gekommen ist. Dann werden Sie begreifen, warum er der Einwanderungsbehörde keine Schwierigkeiten machen wollte."

„Mein Freund?"

„Kelvin. Schauen Sie doch in die Kiste!" Er wandte sich ab und wollte zum Boot hinabgehen.

„Einen Augenblick noch!" rief ich ihm nach. „Wohin fahren Sie?"

„Nach Süden." Er blieb kurz stehen. „Schauen Sie in die Kiste – und geben Sie uns vierundzwanzig Stunden Zeit. Das hat uns Kelvin versprochen."

Ohne Hast humpelte er zum Boot hinab. Seine Männer schoben es ins Wasser. Die Motoren begannen gedämpft zu surren. Das längliche Wasserfahrzeug drehte sich in der Brandung, glitt zwischen den Felsen hindurch und verschwand im Nebel. Langsam ging ich zu der Kiste, die auf der Veranda stand.

Sie war nicht verschlossen. Ich hob den Deckel hoch – und ließ ihn sofort wieder zurückfallen. In der Kiste lag splitterfasernackt der Metallmann, mit dem seltsamen blutroten Klecks auf der bronzegrünen Brust. Neben seinem Kopf lag eine verbeulte Feldflasche aus Aluminium, mit roten Flecken überkrustet, und darunter lagen ein paar Blätter Papier mit Eselsohren, bedeckt mit Kelvins altmodischer Handschrift.

Ich mußte mich sehr zusammenreißen, um den Deckel noch einmal hochzuheben. Lange Zeit stand ich vor dem Sarg, zitternd und unfähig zu begreifen, was ich sah. Schließlich stolperte ich ins Haus und las Kelvins Brief.

„Lieber Russell, weil Du mein vernünftigster Freund bist, habe ich veranlaßt, daß Dir meine Leiche und dieses Manuskript zugestellt werden. Vielleicht ist es unfair, Dir eine solche Verantwortung aufzuhalsen, aber ich bin an einem Punkt angelangt, wo ich mir selbst nicht mehr trauen kann. Ich weiß noch immer nicht genau, was ich wirklich in Mexico gefunden habe. Ich kann nicht entscheiden, ob diese fragmentarischen Fakten veröffentlicht oder geheimgehalten werden sollen. Ich kann mich auch nicht mehr gegen diese skrupellosen Männer zur Wehr setzen, die mir stehlen wollen, was ich ihrer Meinung nach gefunden habe. Wenn mein Tod auch nicht leicht sein wird, so werde ich doch in Frieden sterben.

Wie Du weißt, suchte ich im letzten Sommer die Quellflüsse des Rio de la Sangre auf. Das ist ein schmaler Strom, der in den Pazifik mündet. Im Jahr zuvor hatte ich in seinem rotverfärbten Wasser eine starke Radioaktivität festgestellt, und ich hoffte, weiter stromaufwärts Uranerze zu finden. Fünfundzwanzig Meilen von der Mündung entfernt taucht der Fluß aus den Kordilleren auf. Nach einigen Stromschnellen kommt der erste Wasserfall. Bisher war niemand hinter diesen Wasserfällen. Ich hatte sie mit meinem indianischen Führer erreicht, aber es gelang mir nicht, die Felsen dahinter zu erklettern.

Im letzten Winter nahm ich Flugunterricht und kaufte ein gebrauchtes Flugzeug. Es war alt und langsam, aber gut geeignet für dieses rauhe Land. Im Sommer ließ ich es nach Vaca Morena transportieren, und am 1. Juli flog ich den Fluß hinauf, zu seiner bisher noch nicht entdeckten Quelle. Obwohl ich ein unerfahrener Pilot war, flog die alte Maschine recht gut. Der Fluß unter mir sah aus wie eine rote Schlange, die durch die Berge zum Meer hinabkriecht. Ich folgte ihm bis ans Ende der Wasserfälle, in ein Gebiet hoch aufragender Gipfel. Dann verschwand der Fluß in einer schmalen Schlucht mit schwarzen Wänden. Ich begann zu kreisen, um nach einem Landeplatz Ausschau zu halten, aber die ganze Landschaft bestand aus nacktem Granit und zerklüfteter Lava. Ich flog über einen Paß, und dann entdeckte ich den Krater – einen unglaublichen See aus grünem Feuer, zehn Meilen im Durchmesser, umgeben von dunklem vulkanischem Felsgestein . . . Zuerst dachte ich, die grüne Masse sei Wasser. Aber auf der nebelhaften Oberfläche bewegten sich keine Wellen, und da wußte ich, daß der Krater mit schwerem Gas gefüllt sein mußte.

Auf den Gipfeln ringsum lag immer noch Schnee. Ihre silbernen Kronen sahen aus, als wären sie mit wunderbaren Farben überpinselt worden. Die Westhänge leuchteten karmesinrot und gingen weiter unten in tiefe, purpurrote Schatten über. Diese Schönheit fesselte mich, trotz der unheimlichen Gefühle, die mich erfaßt hatten. Die Nacht brach herein. Ich wußte, daß es vernünftiger gewesen wäre, umzukehren. Und doch blieb ich, kreiste weiterhin über dem Krater, weil ich nicht verstand, was es mit diesem See aus grünen Gasen auf sich hatte. Als die Sonne tiefer sank, sah ich seltsame Dinge. Dünner, grünlicher Dunst sammelte sich über den Gipfeln. Er floß die Hänge hinab in den Krater, wie um den See zu nähren. Dann bewegte sich etwas in der Gasmasse. Ihre Mitte wölbte sich zu einer glühenden Kuppel hoch.

Als das Gas zurückgewichen war, sah ich eine große rote Kugel, die sich aus dem Krater erhob. Ihre Oberfläche war glatt, metallisch und mit langen Dornen aus gelbem Feuer gespickt. Langsam drehte sie sich um eine senkrechte Achse. So gespenstisch mir das auch erschien, ich ahnte, daß diese Bewegung einen Zweck haben mußte.

Die Kugel stieg immer höher, an meinem Flugzeug vorbei, und dann blieb sie in der Luft hängen, während sie sich immer noch drehte. Nun sah ich, daß die Dornen von schwarzen Ringen umgeben waren, die Nebelströme von den Bergen und aus dem grünen See einsogen. Es war, als würde die Kugel die grünen Dünste einatmen. Eine Weile hing sie über mir, dann begannen die gelben Dornen heller zu strahlen, bis das ganze Gebilde wie ein großer goldener Planet leuchtete. Dann färbten sich die Dornen plötzlich schwarz, und die Kugel fiel in den grünen See zurück.

Gleichzeitig senkte sich ein unheimlicher Schatten über den Krater. Erschrocken erkannte ich, wieviel Benzin und Tageslicht ich bereits verbraucht hatte, und kehrte augenblicklich zur Küste zurück. Mehr verwirrt als ängstlich, überlegte ich, ob das Ding im Krater natürlichen oder künstlichen Ursprungs war, Wirklichkeit oder Illusion. Vielleicht erzeugten die ungeheuren Urandepots solche unvorhersehbaren Effekte. Oder vielleicht war schon jemand vor mir zu jenem Krater gelangt, und ich hatte den Testflug eines Atomschiffs beobachtet.

Als ich einen hellblauen Schimmer sah, der sich vor der Verkleidung meines Cockpits ausbreitete, empfand ich zum erstenmal wirkliche Angst. Bald waren das ganze Flugzeug und sogar mein Körper von diesem blauen Dunst umgeben. Ich brachte den Motor auf Hochtouren und versuchte höher zu steigen. Aber es gelang mir nicht. Irgendeine seltsame Macht, die mit jenem blauen Schimmer zusammenhing, zog mich nach unten. Eine unheimliche Betäubung erfaßte mein Gehirn, meine Hände, die an den Schalthebeln zerrten, schienen immer schwerer zu werden. Ich mußte tiefer hinab – um die Fluggeschwindigkeit beizubehalten . . .

Und bevor ich wußte, wie mir geschah, tauchte ich in die Gasmasse ein. Sie erstickte mich nicht, wie ich erwartet hatte. Meine Sehweite war nun auf ein paar Yards begrenzt, aber ich roch und fühlte nichts. Eine dunkle Fläche lag unter mir, und dann gelang es mir, auf einer glatten Ebene aus grobkörnigem rotem Sand zu landen. Wie das grüne Gas, war auch der Sand von einem dumpfen Glühen erfüllt. Eine Zeitlang wurde ich durch mein eigenes Gewicht im Cockpit festgehalten. Aber dann löste sich der blaue Dunst langsam auf, und mit ihm verschwand auch das Gefühl der Schwere, das auf meinem ganzen Körper gelastet hatte. Ich stieg aus dem Flugzeug, mit meiner Feldflasche und der automatischen Pistole bewaffnet, die beide immer noch unglaublich schwer waren.

Unfähig, eine aufrechte Haltung einzunehmen, kroch ich über den Sand. Ich war überzeugt, daß mich irgendein intelligentes Wesen hier herabgeholt hatte. Todesängste quälten mich, trotzdem mußte ich bald eine Ruhepause einlegen. Während ich auf dem Sand lag, vielleicht hundert Yards von meinem Flugzeug entfernt, sah ich fünf blaue Lichter durch den Nebel darauf zugleiten. Still lag ich da und beobachtete, wie sie sich langsam und schwerfällig um die Maschine drehten. Der Dunst umgab sie mit trüben Lichthöfen. Ich konnte nicht feststellen, daß sie irgendeine körperliche Struktur hatten.

Schließlich verschwanden sie wieder in den Nebelschleiern, und ich setzte meinen Weg fort. Obwohl die starke Schwerkraft nachgelassen hatte, die mich nach unten zog, kroch ich auf Händen und Knien weiter, bis das Flugzeug aus meinem Blickfeld verschwunden war. Ich stand auf, hatte völlig die Orientierung verloren. Ein Gefühl der Hilflosigkeit überkam mich. Grellroter Sand und dicker grüner Nebel – das war alles, was ich sehen konnte. Kein Orientierungspunkt, nicht einmal ein Lichtpunkt. Die stille Luft preßte sich auf mich wie ein gestaltloses Gewicht. Ich begann zu zittern.

Ich weiß nicht, wie lange ich so dastand, voller Angst, ich könnte mich in die falsche Richtung bewegen. Plötzlich flammte ein Licht über mir auf, wie ein blauer Meteor. Voll Entsetzen lief ich davon. Nach einigen stolpernden Schritten stieß mein Fuß an einen Gegenstand, der wie Metall klirrte.

Das Klirren erfüllte mich mit neuem Grauen, doch das Licht bewegte sich weiter. Als es verschwunden war, bückte ich mich, um zu sehen, woran ich gestoßen war. Es war ein Metallvogel, mit Krallen, die jeden Augenblick zuzupacken schienen, mit geöffnetem Schnabel. Sein Gefieder glänzte in trübem Grün.

Zuerst dachte ich, er sei die Nachbildung eines echten Vogels. Doch dann stellte ich fest, daß er lauter einzelne, biegsame Federn hatte – als wäre ein lebender Adler in einen Metallvogel verwandelt worden. Ich erinnerte mich, daß sich gespaltenes Uran in Blei umwandelt, und ich fragte mich, ob intensive Strahlen das Gewebe eines Vogels verändern könnten. Angst um meinen eigenen Körper erfaßte mich. Besorgt blickte ich mich nach anderen transformierten Geschöpfen um. Ich fand viele – verstreut auf dem Sand oder halb darin begraben, große und kleine Vögel, Insekten, die mir zum größten Teil unbekannt waren, sogar einen Pterodactylus, einen Flugsaurier, der diesen Krater vor vielen Äonen betreten haben mußte.

Als ich mich hinkniete, um ihn aus dem roten Sand zu buddeln, sah ich auch an meinen eigenen Händen ein grünliches Licht. Die Spitzen meiner Fingernägel, die feinen Haare auf dem Handrücken hatten sich bereits in hellgrünes Metall verwandelt. Der Schock, den diese Entdeckung in mir hervorrief, ließ mich vollends die Nerven verlieren. Ich schrie auf, ohne zu überlegen, wer mich hören könnte, und ergriff in blinder Panik die Flucht. Ich vergaß, daß ich mich verirrt hatte. Vernunft und Vorsicht hatten mich verlassen. Ich spürte keine Müdigkeit, als ich dahinlief – nur nacktes Entsetzen.

Grelle, flinke Lichter flogen im grünen Nebel über mich hinweg, aber ich beachtete sie nicht. Unvermutet gelangte ich zu der großen Kugel, die ich von oben gesehen hatte. Sie lag reglos in einem schwarzen Metallgestell. Das gelbe Feuer ihrer Strahlen war erloschen, aber eine Schar blauer Lichter schwebte darüber umher, wie Laternen, die im Nebel schwanken. Ich wandte mich ab und begann wieder zu laufen. Die Richtung war mir nicht mehr wichtig, ebensowenig die Zeit, die verstrich. Was mich schließlich aufhielt, war eine Masse fremdartiger Vegetation. Die Pflanzen waren violett, ragten bis in Taillenhöhe auf, ähnelten Gräsern und hatten schmale, dornenartige Blätter. Aus den längsten Dornen wuchsen rosa Blüten und kleine purpurrote Beeren. Ein zähflüssiger roter Strom durchschnitt das Dickicht. Ich nahm an, daß dies der Rio de la Sangre sein mußte. Jedenfalls fand ich hier Schutz vor den fliegenden Lichtern. Ich warf mich in das Gestrüpp und blieb schluchzend liegen.

Lange Zeit blieb ich regungslos und apathisch. Als ich schließlich meine Fingernägel inspizierte, hatten sich die grünen Spitzen vergrößert. Verzweifelt begann ich daran zu nagen, aber die grünliche Masse ließ sich nicht entfernen. Da wußte ich, daß ich mich allmählich in Metall verwandeln würde. Gab es denn kein Entrinnen? Ich mußte die Wand des Kraters hochklettern oder mein Flugzeug wiederfinden. Aber ich war zu schwach, um mich zu bewegen. Obwohl ich keinen Hunger hatte, überlegte ich, daß ich essen mußte, um wieder zu Kräften zu kommen. Ich pflückte ein paar rote Beeren, die salzig und metallisch schmeckten. Ich spuckte sie wieder aus, weil ich Angst hatte, sie würden mich krank machen. Aber als ich sie gepflückt hatte, war etwas Saft auf meine Finger geflossen, und als ich ihn wegwischte, stellte ich zu meinem Erstaunen und zu meiner unaussprechlichen Freude fest, daß der Metallrand von den Fingernägeln verschwunden war, nachdem sie mit dem Saft in Berührung gekommen waren.

Ich schöpfte neue Hoffnung. Diese Pflanzen mußten irgendeine Materie etnwickelt haben, die sich der Transmutation widersetzte. Ich stopfte mich mit Beeren voll, bis mir fast schlecht war, dann goß ich das Wasser aus meiner Feldflasche und preßte den Saft der roten Früchte hinein.

Später habe ich die Flüssigkeit analysiert. Einige ihrer Bestandteile ähneln den Medikamenten, die man bei Röntgenverbrennungen einsetzt. Zweifellos rettete sie mich vor den schrecklichen Verbrennungen, die durch die Gammastrahlen verursacht wurden.

Bis zum Morgengrauen lag ich im Dickicht und döste trotz meiner Angst mehrmals ein. Schließlich drang das Sonnenlicht gefiltert durch die Gasmasse. Bei Tag verwandelte sich das Grün in ein grünliches Grau, und der rote Sand leuchtete nicht mehr so grell. Ich stellte fest, daß das Grün von meinen Fingernägeln und Haaren verschwunden war. Aufgeheitert durch diese Entdeckung, aß ich noch eine Handvoll Beeren und begann dann den schmalen Fluß entlangzuwandern. Ich ging stromabwärts und zählte meine Schritte.

Ich hatte noch keine drei Meilen zurückgelegt, als ich die dunklen Klippen erreichte. Steif und schwarz ragten sie in die Höhe, so weit ich im dichten grünen Nebel sehen konnte. Der Fluß verschwand dahinter in einem dröhnenden Teich aus rotem Schaum. Ich war sicher, daß dies der westliche Rand des Kraters sein mußte, und wandte mich nach Norden, ging die schwarze Wand entlang, die ich unmöglich erklettern konnte. Ich hatte noch immer keinen definitiven Plan und wußte nur, daß ich irgendwie einen Weg über diese Klippen finden mußte. Immer wieder hielt ich Ausschau nach den schwebenden Lichtern, nach einem Hang oder Kamin, den ich erklettern könnte.

Ich trottete weiter, bis es ungefähr Mittag sein mußte. Genau wußte ich es nicht, denn meine Uhr war stehengeblieben. Manchmal stolperte ich über Dinge, die gelebt haben mußten, als sie in den Krater gefallen waren – entwurzelte Bäume, zahllose Vogelarten, einen großen grünen Bären, dessen Gattung schon längst ausgestorben war.

Endlich fand ich ein breites, flaches Riff, das die senkrechte Kraterwand durchbrach, und darüber lag ein Hang, der mich zum Klettern einlud. Doch der Felsvorsprung befand sich gute sechzig Fuß über mir. Ich versuchte ihn zu erreichen, rutschte immer wieder ab, versuchte es immer wieder, bis meine Hände bluteten. Schließlich gab ich es auf und wanderte weiter. Irgendwann sah ich, halb benommen vor Erschöpfung und Verzweiflung, eine Stadt der fliegenden Lichter.

Schlanke schwarze Türme standen verstreut im roten Sand, und jeder war von einem großen, pilzartigen Dach aus orangeroten Flammen gekrönt. Neues Entsetzen lähmte mich. Aber ich hörte keinen Laut, sah keine Bewegung. Ich kauerte mich unter eine überhängende Klippe und war ganz krank vor Angst, wenn ich an die bevorstehende Nacht dachte.

Ich schätzte, daß ich mich etwa fünfzehn Meilen vom Fluß entfernt hatte. Nun mußte ich mich am östlichen Rand des Kraters befinden, und die größere Hälfte der Klippenwand lag noch vor mir. Wenn ich sie erforschen und nach einem Fluchtweg suchen wollte, mußte ich die Stadt der Flammen durchqueren. Aber ich wagte nicht, sie zu betreten. Ich verließ die Felswand, wollte einen Bogen um die Stadt machen, versuchte die hohen Flammendächer im Blickfeld zu behalten. Aber irgendwie verlor ich sie aus den Augen. Ich wandte mich nach links, doch ich fand nur eine Sandebene unter trübem grünem Nebel.

Ich ging immer weiter, bis der Sand und die Luft heller wurden. Die Abenddämmerung war hereingebrochen. Bald setzten sich die schwebenden Lichter in Bewegung. In der vergangenen Nacht waren sie schnell und hoch geflogen. Nun glitten sie dicht über dem Boden dahin, unsicher, langsam. Ich wußte, daß sie nach mir suchten. Ich hob eine kleine Mulde im roten Sand aus und legte mich zitternd hinein. Vom Nebel verschleierte Lichtpunkte kamen näher und zogen an mir vorbei. Einer hielt an, direkt über mir. Dann sank er zu mir herab. Sein Lichthof wurde immer größer, und ich konnte nichts anderes tun, als warten, gelähmt vor Angst.

Immer näher kam der Lichtpunkt, bis ich seine Gestalt erkannte, ein kristallartiges Ding, das ich in morbider Faszination beobachtete. Es war etwa zwölf Fuß lang und besaß eine komplizierte Struktur, etwa wie ein Schneekristall. Das Zentrum des Dings war ein blauer, sechszackiger Stern, durchdrungen von einem senkrechten Prisma. Blaues Feuer pulsierte, floß von den Zacken des Sterns nach innen, und hellrote Fäden führten von den Flächen des Prismas nach außen. Es war weder Tier noch Pflanze – es war nicht einmal eine Maschine. Aber es lebte – erfüllt von Licht.

Es fiel geradewegs auf mich herab. Mit einer Reflexbewegung zog ich, halb wahnsinnig vor panischer Angst, meinen automatischen Revolver und feuerte drei Schüsse ab. Die Kugeln prallten ab von den glänzenden Prismenflächen und verschwanden pfeifend im Nebel. Das Ding hielt dicht über mir inne. Die roten Feuerfäden fuhren zu mir herab, suchend, irgendwie liebkosend. Sie umwanden meinen Körper, und ich spürte, wie ich mein Gesicht verlor. Sie hoben mich hoch zu dem Kristallprisma. Du wirst seine Spuren auf meiner Brust sehen.

Bei dieser Berührung erfaßte mich ein unerträglicher Schmerz. Mein ganzer Körper zuckte, wie von einem grausamen elektrischen Schock erschüttert. Halb benommen erkannte ich, daß das Ding mit mir aufstieg, und ich spürte, daß andere Kristallgeschöpfe heranschwebten. Und dann verlor ich endgültig das Bewußtsein.

Als ich erwachte, schwebte ich in einer hellen orangegelben Wolke. Sekundenlang war ich erleichtert, aber dann stellte ich fest, daß ich mich nicht fortbewegen konnte. Ich konnte mich nicht einmal umdrehen. Ich tastete umher, trat mit beiden Füßen in das Orangegelb, wand mich hin und her, aber ich berührte keine feste Materie. Obwohl ich durch nichts festgehalten wurde, war ich hilflos wie eine Schildkröte, die auf dem Rücken lag. Ich war immer noch bekleidet. Meine Feldflasche hing oder schwebte immer noch neben meiner Schulter. Mein automatischer Revolver steckte immer noch in meiner Jackentasche, aus fester Materie, aber ohne Gewicht. Irgendwie wußte ich, daß mehrere Tage verstrichen waren.

Während ich mich mühsam zu bewegen versuchte, spürte ich ein seltsam taubes Gefühl an meiner Seite. Ich riß mein Hemd auf und entdeckte eine Narbe an jener Stelle, die fast verheilt war. Ich nehme an, daß jene Kreaturen mich aufgeschnitten hatten, um meinen Körper zu erforschen, so wie ich ihre Welt erforscht hatte.

Ich muß wieder das Bewußtsein verloren haben, denn später stellte ich fest, daß sich das taube Gefühl über meine ganze Brust ausgebreitet hatte, und dann sah ich jenen sechszackigen Stern. Diese Entdeckung versetzte mich in einen seltsam gefühllosen Zustand. Plötzlich war mir alles gleichgültig. Nur meine Narbe schmerzte. Die

Wolke umgab mich noch immer. Mit mir schwebte ein kristallener Gefängniswärter in der Wolke, keine zwölf Yards von mir entfernt. In meiner kühlen Sorglosigkeit wußte ich, daß ich in einer der pilzförmigen Wolken gefangen war, die jene aufragenden Zylinder krönten. Ich war gefangen in jener fremden Flammenstadt.

Eine Zeitlang schwebte ich ganz einfach im orangeroten Licht – schwerelos wie ein Mensch im Weltall, betrachtete meine mißliche Lage aus einer seltsam desinteressierten, abstrakten Stimmung heraus. Gleichgültig stellte ich fest, daß das Lebensfeuer in der kristallenen Kreatur zu pulsieren aufgehört hatte. Ich nahm an, daß sie schlief, bis die Nacht hereinbrechen würde. Dieser Gedankengang entzündete einen schwachen Hoffnungsfunken in mir. Wieder einmal schlug ich um mich in der dichten Wolke, doch da ich auf keinen Widerstand traf, gelang es mir nicht, mich auch nur um einen Zoll von der Stelle zu rühren. Während ich mich wand wie ein aufgespießtes Insekt, wurde die kalte Flamme, die mich umgab, langsam heller. Ich wußte, daß die Nacht begann. Bald würden die Kristallwesen erwachen und zweifellos mit der Vivisektion ihres menschlichen Versuchskaninchens fortfahren.

Ich sah nur eine einzige Möglichkeit, sie um ihr Vergnügen zu bringen. Schon zog ich meinen Revolver, um mir eine Kugel in den Kopf zu jagen, als mir noch eine andere Lösung einfiel. Ich feuerte sechs Schüsse in den Nebel, und das war meine Rettung. Eine Rakete braucht einen Widerstand, von dem sie sich abstoßen muß, um in Bewegung zu geraten. Und der Revolver war eine Art Rakete. Der Rückstoß jener Explosion entfernte mich um einige Yards weiter von dem schlafenden Kristall, und ich glitt aus der Pilzwolke.

Die Schwerkraft erfaßte mich wieder, zuerst ganz sanft. Ich sank hinab auf den leuchtenden Sand, ich fand mein Flugzeug, das zu Füßen jenes schwarzen Turms abgestellt war. Es war noch funktionsfähig. Der Motor streikte eine Weile. Offenbar hatten meine Gefängniswärter die Maschine ebenso untersucht wie mich. Aber schließlich begann der Motor zu dröhnen, und ich flog davon . . .“

An dieser Stelle war das Manuskript zu Ende, zumindest der zusammenhängende Teil. Auf einer zerknitterten Seite fand ich nur noch ein paar Zeilen in Kelvins altmodischer, aber nun verzerrter Handschrift. Einzelne Wörter konnte ich kaum entziffern.

‚. . . am Ende meines (Weges?). Ich glaube, ich habe die Flüssigkeit in der (Feldflasche?) zu oft mit Wasser verdünnt. Meine Leiche und mein Vermögen vermache ich der Wissenschaft. Captain Gander wird das (End?) meiner Geschichte erzählen. Die erschreckende (Wahrheit?) . . .‘

Das war alles.

Ich holte meinen Arzt, einen schottischen Presbyterianer mit mürrischem Gesicht. Er las das Manuskript mit indigniertem Unglauben, betrachtete mit gerunzelter Stirn die transformierte Leiche und gab mir mit strenger Stimme den Rat, die ganze Geschichte geheimzuhalten.

Das wäre sicher richtig gewesen, aber es erwies sich als unmöglich. Zu viele Leute hatten verlockende Gerüchte gehört. Ich fürchte sogar, daß einige dieser Gerüchte von meinen Kollegen in Tyburn in Umlauf gesetzt wurden. Andererseits bin ich sicher, daß die meisten den Mund hielten.

Captain Gander gab sein Wissen nicht preis, aber wir versuchten trotzdem, das Ende der Geschichte in Erfahrung zu bringen. Im nächsten Sommer charterte ich zusammen mit zwei Kollegen ein Flugzeug, und wir flogen ins westliche Mexico.

Mühelos fanden wir das Küstendorf, das Señor Kelvin einmal besucht hatte, aber zum letztenmal vor drei Jahren, wie uns die Leute versicherten. Wir sprachen mit den Männern, die ihn in die hohe Sierra zurückgeführt hatten. Wir folgten auch dem steinigen Bett des Bergflusses, in dem er nach Uran gesucht hatte. Sein Wasser war nun weder rot noch radioaktiv, und sein Ursprung war nur eine von Sumpf umgebene Quelle.

Wir flogen über diese Quelle hinweg und über die Berge dahinter, aber wir fanden keinen Krater, der mit schimmerndem Gas gefüllt war, sondern nur ein dreihundert Jahre altes Pueblo aus Stein und Adobe. Als wir dort landeten, entdeckten wir keine Metallvögel, keine lebenden Kristalle, keine Atomschiffe. Aber wir erfuhren, daß vor uns drei Fremde hier gewesen waren.

Der eine war ein hinkender, bärtiger *Gringo*, der verrückte Fragen gestellt und geflucht hatte, als niemand eine Antwort wußte. Der zweite war ein eleganter Schweizer Bankier, der mit einem Geigerzähler im Pueblo herumgelaufen war und jeden Dorfbewohner durch ein Monokel angestarrt hatte, wie mit einem bösen Auge, das allen Unglück bringen sollte. Der dritte war ein weiterer Gringo, der schon dreimal im Sommer aus dem Norden gekommen und hoch hinauf in die Kordilleren gefahren war, in einem alten Militärwagen, in dem er in Ölzeug gewickelte Kisten transportiert hatte.

Nachdem wir diese verwirrenden Informationen erhalten hatten, verloren wir in Mexico Kelvins Spur. Aber als wir nach Tyburn zurückkehrten, folgten uns mysteriöse Fremde. Ermittlungsbeamte befragten uns im Auftrag der Regierung, durchsuchten Kelvins Haus, fotokopierten seine Dokumente und brachten seine transformierte Leiche schließlich weg, um sie von der Atomic Energy Commission untersuchen zu lassen.

Als sie die Leiche nach Tyburn zurückbrachten, waren sie bemerkenswert einsilbig und noch schweigsamer als andere Regierungsbeamte. Der Metallmann wurde in keinem offiziellen Bericht erwähnt, und die Gerüchte um ihn werden immer widersprüchlicher.

Ein Teil der Wahrheit wird geheimgehalten, aber ich weiß nicht, wer schuld daran ist. Captain Gander, der in Wirklichkeit sicher anders heißt, hat Kelvins Manuskript vermutlich zensiert. Der Schweizer Bankier, der in der *Cantina* zu sitzen und eine französische Übersetzung von Wells' *Zeitmaschine* zu lesen pflegte, hat zu keinem einzigen Menschen ein Wort gesagt. Die Agenten der Atomic Energy Commission wissen vielleicht mehr, als sie verraten. Und vielleicht hat Kelvin gelogen, um geheimzuhalten, was er tatsächlich entdeckt hat.

Aber ich glaube, daß Kelvins Geschichte der Wahrheit entspricht. Ich verbrachte viele schlaflose Nächte, als ich die widersprüchlichen Informationen miteinander verglich, bis zu jener Nacht, da ich einen lebhaften Traum von Fremden hatte, die auf die Erde kamen, um ihr Atomschiff aufzutanken, das irgendwo in Zeit und Raum verborgen gelegen hatte, während sie Probeexemplare von Pterodaktylen und Menschen sammelten und konservierten.

Was immer auch geschehen sein mag, Kelvins Metallkörper steht nun nackt und voller Narben und Staub in seiner düsteren Ecke und bweist, daß er viel mehr fand, als er suchte. Seine Lippen sind zu einem grünen ironischen Lächeln erstarrt, fast als ob er wüßte, daß man seinen Aufenthaltsort zum Luftschutzkeller für Notfälle bestimmt hatte.

Die Station des toten Sterns

Der Unterschied zwischen Narren und Genies kann mit einem einzigen Wort ausgedrückt werden – Erfolg. Und Gideon Clew hatte keinen Erfolg. Wir alle duldeten den alten Mann in unserem Kreis. Die meisten von uns bemitleideten ihn, und einige hatten ihn sogar gern. Er war ein netter, gepflegter alter Knabe mit weißem Haar und einer wunderbar aufrechten Haltung für sein Alter, mit Wangen, die wie runzlige rote Äpfel aussahen, mit ernsten, hellblauen Augen. Durch sein Lispeln wirkte er unfreiwillig komisch. Das mußte der Hauptgrund dafür sein, daß man ihn so lange Zeit verachtete und in den Schatten stellte. Denn je ernsthafter ihm zumute war, desto stärker wurde sein Lispeln. Deshalb konnte er seine großartige Idee niemals in Worte fassen, ohne einen kaum zu bändigenden Lachreiz in seinen Zuhörern zu wecken.

Wir waren vierzehn Personen, die in der Station des toten Sterns, in der öden, einsamen Orion-Passage, die Ankunft des Raumschiffs *Bellatrix* erwarteten. Dreizehn Männer und ein Mädchen. Zwölf von uns bildeten die Besatzung der Station, und der dreizehnte Mann war Gideon Clew.

Der alte Mann hatte natürlich kein offizielles Recht, sich in der Station aufzuhalten. Aber der alte Captain Manners hatte ein weiches Herz, und wir hatten fast alle Mitleid mit Clew. Er war schon an Bord gewesen, als die meisten von uns noch gar nicht das Licht der Welt erblickt hatten – vor fünfzig Jahren, wie er behauptete. Fünfzig Jahre sind eine lange Zeit für einen Mann, um sie eingeschlossen in einer kleinen Metallwelt zu verbringen, fernab vom wahren Leben. Aber er hatte kein Zuhause mehr draußen auf der Welt. Niemanden, zu dem er zurückkehren könnte. Es wäre grausam gewesen, ihn wegzuschicken. Bis vor zehn Jahren war er für den Generator verantwortlich gewesen, dann hatte ihn der Staatsdienst automatisch pensioniert und einen Mann auf die Station geschickt, der seinen Posten übernommen hatte. Wir erlaubten ihm, an Bord zu bleiben, wo er nun ganz in seiner großen Idee aufging, die ihn berühmt gemacht hätte, wenn es der Glücksgöttin in den Sinn gekommen wäre, ihn mit Erfolg zu krönen. Wir griffen sogar in unsere eigenen Taschen, um seine Pension aufzubessern, damit er sich das Material für seine Experimente beschaffen konnte, die sein einziger Lebensinhalt waren.

Das Mädchen hieß Tonia Andros. Sie war acht Jahre alt, ein kleines, elfenhaftes Wesen. Sie war kein schönes Kind – ihr Mund war zu groß, und sie hatte eine freche Stupsnase. Aber ihre dunklen Augen waren von melancholischem Ernst erfüllt, und wir liebten sie alle sehr. Männer, die so weit entfernt von zu Hause leben, von der Familie, von allem, was ein normales Leben ausmacht, sind da nicht allzu kritisch. Tonia Andros' Geschichte zählte zu jenen Galaxisabenteuern, die Stoff für romantische Bücher hergeben könnten. Wir kannten nur Fragmente dieser Geschichte. Vor einigen Monaten hatten wir das Wrack eines Frachters entdeckt, das im Raum dahintrieb. Ein Meteorschwarm aus dem Sternnebel hatte ihn getroffen. Der rostige Rumpf war durchlöchert, und alle an Bord außer Tonia waren erfroren und tot.

Sie hatte zwischen den Ventilen der Hauptgasschleuse gesteckt. Irgend jemand mußte sie nach der Katastrophe dorthin verfrachtet haben. Der Sauerstoffbehälter, der neben ihr in dem kleinen Raum lag, war leer, und sie hatte das Bewußtsein verloren. Aber wir hatten sie gerade noch rechtzeitig gefunden.

Aber nicht rechtzeitig genug, um das Schiff zu retten. Das Wrack befand sich bereits im gnadenlosen Gravitationsfeld des toten Sterns. Es sauste herab, in die weißglühende Vernichtung auf dieser schwarzen sterbenden Sonne, und mit ihm starb die Geschichte der Tonia Andros und ihrer Herkunft.

Das Erlebnis muß sehr schmerzhaft gewesen sein, und ihr gequältes Gehirn hatte Erleichterung gesucht, indem es jene grausigen Stunden aus der Erinnerung verbannte. Wir wußten nicht, woran sie sich erinnerte und woran nicht. Jedenfalls sagte sie uns nur ihren Namen.

Sie hatte mit uns allen Freundschaft geschlossen, aber der alte Gideon Clew war ihr besonderer Liebling. Immer wieder besuchte sie ihn in seiner Kabine, und er schien nicht zu befürchten, daß sie seine kostbaren Apparate beschädigen könnte. Das Kind mußte ihm jenes andere, warme Leben ins Gedächtnis zurückgerufen haben, von dem er viel zu lange getrennt gewesen war. Gideon wandte sich ab von seinen Experimenten, um mit seinen geschickten alten Händen Spielzeug für Tonia herzustellen. Und doch arbeitete er eifriger denn je in seinem Labor und erzählte uns allen, daß er das Kind adoptieren, ihm ein Heim geben und ihm eine Ausbildung ermöglichen würde, sobald seine große Erfindung fertig sei.

Wenn die Erfindung fertig ist – diese Worte sagte er seit vierzig Jahren immer wieder. Aber das Ding war noch immer nicht fertig, und alle außer Gideon Clew wußten, daß es nur Schimäre war. Nun warteten wir auf die *Bellatrix.* Captain Manners trat in den Ruhestand, und mit dem Raumschiff sollte unser neuer Chef eintreffen. Manners sollte Tonia mitnehmen, obwohl Tonia den alten Gideon nicht verlassen wollte, und ein Heim für sie finden. Der alte Mann selbst war zwischen Trauer und Erleichterung hin und her gerissen, als wir auf das Raumschiff warteten. Es brach ihm fast das Herz, sich von dem Kind trennen zu müssen, von dem einzigen Menschen auf der Station, mit dem ihn eine echte Freundschaft verband. Gleichzeitig konnte er die Ankunft des Schiffes kaum erwarten, denn die *Bellatrix* würde ihm das Material bringen, das er für seine Erfindung brauchte und das er vor einem Jahr bestellt hatte.

Die Zeit verging sehr langsam auf der Station, auf unserer kleinen, völlig isolierten Welt. Eigentlich ist die Station eine veraltete Kriegsrakete, zu antiquiert, um mit der Flotte des Systems zu fliegen, ein verrosteter Metallrumpf, etwa zweihundert Fuß lang. Wir haben nur wenig Platz an Bord, und es gibt kaum Abwechslung. Aber auf der anderen Seite unserer eisernen Türen gibt es Platz im Überfluß. Der Ausblick auf die Galaxis ist unheimlich und kolossal. Der große Sternenhimmel wölbt sich über unseren Himmel wie ein flammender Polyp, ein wütendes Meer aus wirbelndem weißen Feuer, an manchen Stellen seltsam grün gefärbt, mit gewundenen Strömen, die wie leuchtende Tentakel ins All tasten. Die Tentakel scheinen nach dem toten Stern zu greifen. Die riesige kalte Sonne wirkt wie eine kleine schwarze Scheibe vor diesem wilden Flammenmeer. Ihre dunkle Oberfläche ist mit dumpfroten Flecken bedeckt, den unermeßlichen Meeren aus noch geschmolzener Lava, denn der tote Stern ist noch nicht völlig tot.

Die wirbelnden Meteorströme und die Massen aus weißglühenden Gasen, die den großen Nebel des Orion bilden, stellen die gewaltigste Barriere in der Galaxis dar, durch die unsere transstellare Raumfahrt behindert wird. Sogar das Licht, das in einer Sekunde hundertsechsundachtzigtausend Meilen zurücklegt, braucht drei Jahre, um den Nebel zu durchqueren. Aber es gibt einen Weg hindurch – die Orion Passage, eine Straße, die durch die kolossale Schwerkraft des toten Sterns von wirbelnden Meteoren und brennenden Gasen freigehalten wird. Die titanische dunkle Sonne lauert wie eine schwarze Spinne im hellen Netz des Nebels, greift mit gnadenloser, unsichtbarer Gewalt nach allem, was sie an sich ziehen kann, um es zu zerstören.

Kein Schiff hat jemals den toten Stern besucht. Keine Rakete könnte sich von dieser Sonne mit ihrer ungeheuren Schwerkraft losreißen. Man schätzt, daß ein menschlicher Körper auf der Oberfläche des Sterns etwa hundert Tonnen wiegen würde – genug, so daß die Knochen zerbrechen und das Fleisch wie Wasser davonfließen würde. Keine sehr angenehme Vorstellung . . .

Die Station ist mit mächtigen Elektronensprengmotoren ausgerüstet, die verhindern, daß wir von der riesigen Sonne angezogen werden. Sie wurde eingerichtet, um den Schiffen die Navigation in der Passage zu erleichtern. Es gehört zu unseren Pflichten, die Meteorenströme zu kartografieren, die ständig ihre Richtung wechseln, und die passierenden Schiffe mit Hilfe des Fotofons auf sichere Kurse hinzuweisen und allen gefährdeten Reisenden zu Hilfe zu eilen.

Die Zeit verstrich langsam in der winzigen Metallwelt unserer Station, die wie ein Staubkörnchen zwischen der titanischen schwarzen Sonne und dem feurigen Schimmer des Nebels hing. Aber dann kam endlich die *Bellatrix* an, und nach den langweiligen Wochen des Wartens wurden wir unverzüglich in wilde Verwirrung gestürzt. Die

Bellatrix war ein neues Schiff, ihre Tonnage war dreimal so groß wie die unserer Station, und sie benutzte regelmäßig die Passage. Manche von uns gingen für die kurze Zeit, da die Schleusentore aneinandergekuppelt waren, an Bord der *Bellatrix*, um ihre Geräumigkeit zu genießen, ihre kosmopolitische Atmosphäre, und um ein wenig mit den neugierigen Passagieren zu schwatzen.

Vance, unser Fotofonist, kam mit einer interessanten Neuigkeit zurück. Er hatte sich mit einem Passagier unterhalten, der in einem Rollstuhl saß und einen Kopfverband trug. Dieser Mann hatte ihm erzählt, daß die *Bellatrix* eine ungeheuer wertvolle Ladung von Uranbarren an Bord hatte und daß ihre Offiziere vor Skal Doon, dem interstellaren Freibeuter, gewarnt worden waren.

Aber eine Warnung vor Skal Doon war nichts Besonderes. Er war einer der letzten Freibeuter des Alls, der berüchtigste und wagemutigste. Seit drei Jahrzehnten galt er als Schrecken des Weltraums und war seiner Gefangennahme bisher teilweise durch seinen Sinn für Originalität und zum anderen Teil durch die rücksichtslose Grausamkeit entgangen, mit der er seine Gegner auszuschalten pflegte. Vor allem aber half ihm seine umfangreiche Kenntnis aller feurigen Wege durch den großen Nebel, in dem er zu Hause war wie kein anderer. Seltsam, daß man mit einer gewissen Bewunderung und einem Respekt von ihm sprach, den er als Mensch keineswegs verdiente . . .

Gideon Clew und Tonia Andros trennten sich an den Schleusentoren. Die Augen der Kleinen schwammen in Tränen, als Captain Manners sie ins Schiff führte, und die Lispelstimme des alten Gideon klang merkwürdig gepreßt. Und dann holte sich der alte Mann das längliche, sorgfältig eingewickelte Paket, das für ihn eingetroffen war, die ungeduldig erwarteten Materialteile für seine Erfindung.

Clive Kempton, der neue Captain, kam an Bord der Station. Er war ein großer junger Mann in einer korrekten weißen Uniform, mit dem Adlerzeichen des Staatsdiensts auf der Kappe. Sein Gesicht war schmal und streng. Wir erkannten sofort, daß er zu jenen Offizieren gehörte, die ihre Verantwortung sehr ernst nahmen, die Gesetze für heiliger hielten, als sie es in Wirklichkeit waren, vielleicht, weil solche Menschen unbewußt Angst vor Kritik hatten.

Eine Zeitlang herrschte Hektik und große Verwirrung, als unsere Fracht an Bord kam – Sauerstoffzylinder, Benzinkanister für unsere Generatoren. Dann erklang der letzte Abschiedsgruß, und die *Bellatrix* flog weiter.

Wir auf der Station mußten nun wieder wochenlang warten und uns langweilen, bis das nächste Schiff seinen Weg zwischen den flammenden Wänden der Passage hindurch suchte. Keiner von uns ahnte, daß wir die *Bellatrix* so bald und unter so deprimierenden Umständen wiedersehen würden.

Hume, der Zweite Offizier der Station, saß mit dem neuen Captain im Kommandoraum, als Gideon Clew zögernd und mit einem hoffnungsvollen Lächeln auf dem roten, runzligen Gesicht hineinhumpelte. „Captain – Sir?“ lispelte er schüchtern.

„Was ist los?“ fragte Kempton brüsk. „Wie heißen Sie?“

Er wollte nicht unfreundlich sein. Aber er nahm sein neues Kommando viel zu ernst. Die vage, fremdartige Feindseligkeit, die erhabene Macht des großen Nebels und der titanischen toten Sonne übten bereits ihre erschreckende Wirkung auf seine Seele aus.

„Gideon Clew, Sir. Sehen Sie, Sir, ich habe einen Gravitationsschirm erfunden. Gerade habe ich die letzten Teile installiert, die mit der *Bellatrix* gekommen sind. Bitte, Sir, darf ich einen unserer Generatoren verwenden, um meine Erfindung zu testen?“

„Was? Sie haben eine Vorrichtung erfunden, die einen Schutz vor der Schwerkraft bilden soll?“

„Ja, Sir. Ich arbeite schon seit vielen Jahren daran.“

Wenn Gideon nicht gelispelt hätte, Kempton hätte vielleicht auf ihn gehört. Aber durch seinen Sprachfehler wirkte der kleine alte Mann mit den Apfelbäckchen unfreiwillig und mitleiderregend komisch. Und je ernster er wurde, desto schlimmer wurde sein Lispeln. Kempton war jung. Er hatte noch nicht gelernt, daß es manche Gesetze gibt, die man unbesorgt umgehen kann.

„Wieviel Stromkraft brauchen Sie?“ fragte er.

„Zweihunderttausend Kilowatt, Sir.“

Kempton wandte sich erstaunt an Hume. „Das wäre doch die volle Kapazität unserer Generatoren.“

„Ich weiß, Sir“, sagte Gideon. „Aber nur für ein paar Minuten . . .“

„Wer sind Sie denn überhaupt?“ fragte der Captain.

Gideons große blaue Augen starrten ihn verwirrt an, und Hume erklärte, welche Position der alte Mann an Bord einnahm.

„Sie wissen, daß Ihr Aufenthalt hier ungesetzlich ist“, sagte Kempton. „Sie müssen abreisen, wenn die *Bellatrix* zurückkommt, Clew. Ich verstehe nicht, daß so etwas passieren konnte.“

„Aber, Sir, die Stromkraft . . .“

„Ich muß Ihre ungewöhnliche Bitte ablehnen. Außerdem möchte ich Ihnen ein für allemal klarmachen, daß diese Station kein Spielhaus und auch kein Altersheim ist. Also, ich verstehe das nicht!“

Die ernsten Augen des alten Mannes waren lange Zeit auf Kempton gerichtet. Dann blinzelten sie, und Hume sah, daß sich langsam dicke Tränen darin sammelten. „Ja, Sir“, flüsterte Gideon.

Kempton und Hume inspizierten gerade die astrografischen Karten. Darauf waren die flammenden Ströme des Nebels eingezeichnet, der den Raum mit grünlichen, geisterhaften Strahlen erfüllte. Kempton hatte Gideon offenbar vergessen, und der kleine Mann stand blinzelnd da. Erst nach zehn Minuten begann er wieder zu sprechen. „Captain Kempton – Sir?“

„Eh? Sind Sie immer noch da? Was ist denn?“

Die blauen Augen blinzelten tapfer. „Captain, Sie verstehen das nicht. Ich habe fast fünfzig Jahre lang an meinem Gravitationsschirm gearbeitet. Seit ich hierherkam, Sir. Der tote Stern liegt ja ganz in der Nähe – und dann las ich Bücher über Elektronik. Ich habe mich unentwegt weitergebildet. Andere Männer kamen und gingen, Sir. Wie Sie wissen, bleiben sogar die Mechaniker nur sechs Jahre. Aber ich blieb die ganze Zeit hier. Und jetzt habe ich es geschafft, Sir. Ein elektronisches Feld, ein Filter aus Ionen, der die Oberfläche jedes Konduktors umgibt und die Strahlungen der Gravitation reflektiert und auflöst . . .“

Kempton lachte. Es lag nicht in seiner Absicht, bösartig zu sein, aber Gideon Clews ernsthaftes Lispeln war unwiderstehlich komisch. „Die Gravitation hat doch keine Strahlen, Mann! Sie ist ein Druck, der in der Atmosphäre liegt.“

„Ich weiß, Sir, das ist eine Theorie. Aber ich habe bewiesen, daß die Gravitation eine Strahlung besitzt, auf Grund der subelektronischen Partikel . . ."

Kempton war plötzlich wütend auf sich selbst, weil er gelacht hatte. „Jedenfalls müssen Sie mit Ihren Experimenten aufhören. Wir haben nicht genug Benzin, um es für solchen Unsinn zu verschwenden." Er beugte sich wieder über die Karten. Gideon wandte sich wie betäubt zur Tür. Tränen liefen über seine runzligen Wangen. Es ist nicht leicht für einen Mann, sein Lebenswerk aufzugeben – nicht, wenn er gearbeitet und Pläne geschmiedet und geträumt hatte wie Gideon Clew.

Er drehte sich noch einmal um und lispelte: „Captain – Sir?"

„Was ist denn jetzt schon wieder?" rief Kempton, verärgert über die neue Unterbrechung.

„Captain, da ist Tonia Andros – ein kleines Mädchen, das wir in einem Wrack gefunden haben. Wenn meine Erfindung Erfolg hat, möchte ich sie adoptieren . . ."

„Tut mir leid, Clew, ich habe jetzt keine Zeit mehr."

„Ja, Sir." Gideon blinzelte und drehte sich langsam wieder um, mit seinen knorrigen alten Fingern zerrte er am Türknauf und konnte ihn nicht sehen.

„Warten Sie!" erklang Kemptons brüske Stimme, und Gideon wandte sich wieder um, eine ungläubige Hoffnung leuchtete in seinen ernsten blauen Augen auf.

„Sir?"

„Ich nehme an, daß Sie eine Riesensammlung von Apparaten in Ihrer Kabine haben. Packen Sie alles zusammen, und bereiten Sie sich auf den Abflug vor."

„Aber Captain – Sir . . . Ich kann meine Apparate doch nicht auseinandernehmen. Ich bin ein alter Mann. Ich werde nie mehr im Leben das Geld oder die Chance haben, es noch einmal zu versuchen. Verstehen Sie das denn nicht?"

In den flehenden blauen Augen lag ein Ausdruck, dem Kempton nicht widerstehen konnte. „Also gut. Ich werde Mr. Colin sagen, er soll Ihnen die Maximalkraft eines Generators zur Verfügung stellen, für genau fünf Minuten. Eigentlich sollte ich das nicht tun. Es verstößt gegen die Regeln."

Gideons Gesicht verzog sich zu einem strahlenden Grinsen, und die runden blauen Augen verschleierten sich wieder.

„Los, gehen Sie, und versuchen Sie's", sagte Kempton. „Und danach räumen Sie das Zeug aus Ihrer Kabine."

Gideon verschwand, und die Lampen der Station verblaßten für fünf Minuten. Ebenso lange fielen die Elektronensprengmotoren aus, und wir waren der gnadenlosen Schwerkraft der toten Sonne ausgesetzt und trieben darauf zu. Während jener Minuten entwickelte Gideon in seiner Kabine hektische Betriebsamkeit, zwischen den komplizierten Apparaten, die den kleinen Raum so ausfüllten, daß sein kleiner Körper kaum noch Platz darin fand. Die Transformatoren summten, und die große Vakuumröhre, die ihm die *Bellatrix* gebracht hatte, füllte sich mit einem bleichen, grünlichen Feuer. Er betätigte einen Schalter, der eine Verbindung zwischen einer seiner Elektroden und dem Schiffsrumpf herstellte. Ein schwacher grüner Schimmer begann entlang des Drahts zu leuchten.

Gideon Clew spürte, wie der langsame Flug des Schiffs, das sich auf die tote Sonne zubewegte, unterbrochen wurde, wie die Station im All stillstand. Er weinte vor Freude über diesen Erfolg nach fünfzig Jahren harter Arbeit, genoß voller Stolz das unglaubliche Wunder.

Plop!

Er hörte den hohlen, gedämpften Laut. Verzweifelt wirbelte er herum. Der grüne Schimmer in der Röhre und entlang des Drahtes war erloschen. Die neue Röhre war ausgebrannt.

„Captain – Sir!" lispelte Gideon eifrig, als er in den Kommandoraum zurückgekehrt war. „Haben Sie nicht gespürt, wie unser Flug unterbrochen wurde, als mein elektronischer Schirm die Gravitation des toten Sterns ausschaltete?"

„Nein, leider nicht. Vergessen Sie nicht, was wir ausgemacht hatten! Man hat Ihnen für fünf Minuten Stromkraft zur Verfügung gestellt, und jetzt müssen Sie Ihre Maschine auseinandernehmen und das Zeug mit an Bord der *Bellatrix* nehmen."

„Aber Captain, ich weiß doch . . ."

Clive Kempton wandte sich ab und griff nach einem Ellipsenzirkel. Er war noch jung und erfüllt von der neuen Verantwortung, die man ihm übertragen hatte. Und er verstand nicht, welch große Bedeutung das Experiment für den alten Mann hatte. Die blauen Augen begannen wieder heftig zu blinzeln. Zitternde Hände drehten am Türknauf. Gideon ging hinaus, und dann lehnte er sich an die Wand, unglücklich über seinen Fehlschlag. Er war nur froh, daß in diesem Augenblick niemand in seiner Nähe war.

Wir standen immer noch in fotofonischer Verbindung mit der *Bellatrix*, die durch den flammenden Korridor der Orion-Passage raste. Ein Privatgespräch für Gideon Clew wurde angemeldet, und Vance, unser Fotofonist, schickte den Steward auf die Suche nach dem alten Mann.

„Ein Anruf für mich, Sir?“ lispelte er erstaunt, als er in die Fotofonzentrale stolperte. Vermutlich betrat er diesen Raum zum erstenmal seit fünfzig Jahren.

Vance drückte ihn auf einen Stuhl vor dem Bildschirm und regulierte die Abtastung. Die grellen geometrischen Kennzeichenfiguren der *Bellatrix* verschwanden plötzlich, und Tonia erschien auf dem Bildschirm. „O Großvater!“ rief sie, und ihre Stimme zitterte vor Freude und Erleichterung. Dann lief sie nach vorn, bis sie aus der Brennweite geriet und ihre Gestalt unscharf wurde.

Gideon lächelte ihr beruhigend zu und lispelte: „Was ist denn los, Tonia?“

Vance und der andere Fotofonist wurden unfreiwillig Zeugen des Gesprächs, denn wenn sie die Geräte nicht ständig reguliert hätten, wäre der dünne ätherische Nerv zwischen den beiden Schiffen schon nach einer halben Minute zerrissen. Aber die beiden vergaßen anscheinend, daß sie Zuhörer hatten. Das Bild des Mädchens wurde wieder schärfer, und es stand verwirrt da, mit großen, ernsten dunklen Augen.

„O Großvater!“ flehte Tonia. Sie nannte ihn immer so. „Ich bin so allein. Ich habe sie gebeten, daß sie mich mit dir reden lassen. Ich will, daß du zu mir kommst und bei mir bleibst. Bitte! Du hast gesagt, du kommst zu mir, wenn deine Erfindung fertig ist. Bitte, beeil dich!“

Gideon ballte die alten, knotigen Hände, und seine blauen Augen schimmerten feucht. „Es geht leider nicht, Tonia“, flüsterte er. „Leider . . .“ Er brach ab, weil ihm die Stimme nicht mehr gehorchte. Tränen rollten über seine Wangen, und er wischte sie nicht weg. „Nein, Tonia. Meine Erfindung wird niemals – fertig. Und – Tonia, ich muß von hier weggehen . . .“

„Aber Großvater!“ rief sie verzweifelt. „Du hast es mir doch versprochen!“

„Tonia!“ stieß er hervor. „Ich werde es schaffen – trotz allem. Ich komme dir nach . . .“

Sie lachte glücklich. Dann muß der andere Fotofonist etwas zu ihr gesagt haben, denn sie wandte sich vom Bildschirm ab und blickte dann wieder auf Gideon. „Auf Wiedersehen, Großvater!“

„Auf Wiedersehen, Tonia“, wisperte Gideon Clew. Aber die Verbindung war bereits unterbrochen worden, und er sprach zu einem leeren Bildschirm.

Eine knappe Stunde später schrillte Vances Fotofon zum zweitenmal. Als die Verbindung hergestellt war, erschien der Fotofonist der *Bellatrix* auf dem Bildschirm, und Vance wußte sofort, daß etwas Schreckliches geschehen sein mußte. Die Kappe des Mannes war verschwunden, sein Gesicht totenbleich, der Blick voller Verzweiflung. Vance sah, daß die weiße Uniform des Kollegen an der Schulter zerrissen war, ein Ärmel war rot gefärbt von dem Blut, das auf den Boden tropfte. Die Lippen des Mannes bewegten sich nervös, er rang nach Atem. Offenbar war er zu verängstigt, um auch nur ein Wort hervorzubringen.

„Beruhigen Sie sich doch!“ schrie Vance ihn an. „Was ist denn los?“

„Kommen Sie . . .“, stammelte der Mann. „Um Himmels willen! Sie – haben den Captain ermordet! Kommen Sie!“

Vance hörte Schläge an der Tür, die auf dem Bildschirm zu sehen war, und gellende Schreie. Der verwundete Fotofonist wandte sich um und starrte sprachlos den drei Männern entgegen, die mit glühenden Ionennadeln hereinstürzten. Zitternd und hilflos stand der Fotofonist vor ihnen, von seinem Ärmel tropfte immer noch Blut.

Vance erkannte den Anführer der drei Männer sofort, da er sein Foto auf vielen Steckbriefen gesehen hatte. Der Bursche war auch gar nicht zu verkennen, da er keine Nase hatte, sondern nur eine bläuliche Narbe mitten im Gesicht, mit zwei schwarzen Schlitzen, wo sich einst die Nasenlöcher befunden hatten.

Skal Doon! Der Weltraumpirat! Der Schrecken des Sternennebels!

„Haben Sie die Adler angerufen, eh?“ fragte er den Fotofonisten. Seine Stimme klang dünn und schrill. Vance hatte das unbestimmte Gefühl, daß er sie schon irgendwo gehört hatte, obwohl er Skal Doon noch nie begegnet war. „Wollen Sie Skal Doon das Militär auf den Hals hetzen, eh?“ Seine Hand umklammerte die Ionennadel noch fester, und sie versprühte blaue Funken. Der Fotofonist warf die Arme hoch und wirbelte schreiend herum. Der Strahl hatte sein Gesicht bis zur Unkenntlichkeit verbrannt, aber es verstrichen noch einige qualvolle Minuten, bis er tot zusammenbrach.

Skal Doon beobachtete die verkrümmte Gestalt, die auf dem Boden lag, immer noch zuckend. Dann blickte er auf den Schirm, auf Vance. Und Vance wußte, daß er niemals diese erstaunlichen Augen vergessen würde, groß, von samtigem Braun, weich und sanft wie die Augen einer Frau. „Unser Freund hat Sie also angerufen, eh?“ schrillte die dünne Stimme, und er gab dem zitternden Häufchen Elend einen kräftigen Tritt. „Vielleicht haben Sie jetzt genug gesehen, um zu wissen, was mit den Adlern passiert, die sich gegen Skal Doon zur Wehr setzen.“

Vances Entsetzen über die Szene, die er beobachtet hatte, stand ihm offenbar deutlich im Gesicht geschrieben. Die milden braunen Augen lächelten ihn an. Die hohe Stimme machte einen obszönen Witz über Vances nackte Angst, dann spuckte die Ionennadel wieder blaues Feuer aus, und der Bildschirm verdunkelte sich.

Erst jetzt erkannte Vance diese schrille Stimme wieder. Es war die Stimme des Mannes mit dem bandagierten Kopf im Rollstuhl, die Stimme des Mannes, mit dem er sich an Bord der *Bellatrix* unterhalten hatte. Die Stimme des Mannes, der so spöttisch von Skal Doon gesprochen hatte . . .

Die *Bellatrix* war natürlich kein Kampfschiff. Ihre einzige Waffe war eine lange Raketentorpedoröhre, die man ironischerweise zum Schutz gegen den Freibeuter an Bord hatte, in dessen Gewalt sich das Schiff nun befand. Wenn die Kampfausrüstung unserer Station auch mangelhaft war und nur aus vier Raketentorpedoröhren und dem Lichtbogen bestand, der einen vernichtenden Elektrizitätsstrahl aus den Generatoren schleudern konnte, wäre es uns sicher gelungen, das Linienschiff zu zerstören. Aber das war nicht unser Ziel, denn wir mußten Rücksicht auf die vielen hundert Passagiere an Bord nehmen.

„Wir müssen ihnen folgen und das Schiff kapern", sagte Kempton, der mit Hume im Kommandoraum saß. „Aber da sie diese Torpedoröhre haben, wird es nicht leicht sein, sie zu besiegen."

„Doon weiß, wie man Trümpfe ausspielt", meinte Hume.

Obwohl wir starke Elektronensprengmotoren an Bord hatten, um im unablässigen Kampf mit der Schwerkraft des toten Sterns zu bestehen, dauerte es lange, bis wir das fliehende Linienschiff eingeholt hatten. Die Schlacht begann erst zehn Stunden später, mit einer Plötzlichkeit, die nach den langen Stunden des nervösen Wartens verwirrend wirkte.

Gideon Clew lief hoffnungsvoll zu Kempton, kurz nachdem die *Bellatrix* gesichtet worden war, ein silberner Punkt, der zwischen den weißen Gardinen des großen Sternennebels dahinglitt, gefolgt von der violetten, fluoreszierenden Spur der Elektronenmotoren. „Captain, Sir! Welche Aufgabe soll ich im Kampf übernehmen?"

Die blauen Augen leuchteten vor eifriger Entschlossenheit, aber Kempton wandte sich ungeduldig zu ihm um. „Sie bleiben in Ihrer Kabine, Clew. Die Crew ist auch ohne Sie komplett."

„Aber Sir!" lispelte er triumphierend, „Tonia! Ich muß doch mithelfen, sie zu retten. Sie . . ."

„Gehen Sie nach unten, Clew!"

Mit gesenktem Kopf stolperte der alte Mann aus dem Kommandoraum.

Doon begann zu feuern, als die Station ihn eingeholt hatte. Der ersten Rakete konnten wir durch eine abrupte Kursänderung ausweichen. Die zweite und die dritte detonierten in weiter Ferne, getroffen von unserem flammenden Lichtbogen. Aber die vierte schlüpfte vorbei am suchenden Finger des Bogens, ein wirbelndes Staubkörnchen, ein tödliches Miniaturschiff, das uns mittschiffs traf. Bei der Explosion ging eine heftige Erschütterung durch unsere Station. Fragmente des Berylliumrumpfes wurden nach innen getrieben, mit schrecklicher Gewalt. Und einen Augenblick später strömte unsere kostbare Luft durch die plötzlich entstandene Öffnung, gefror durch die Ausdehnung, bis Schneekristalle darin glitzerten.

Colin, der Chefingenieur, wurde durch einen Splitter aus dem Schiffsrumpf getötet. Hale, sein Assistent, stürzte sofort mit zwei Assistenten zu dem Loch, um es zu flicken, riß die Metallteile und die Thermitschweißbrenner aus ihren Wandgestellen, wo sie stets für Notfälle bereitlagen. Die Aufgabe war nicht leicht. Einer der Assistenten wurde von der ausströmenden Luft durch die Öffnung ins All hinausgetragen, einem gräßlichen Tod entgegen. Die Metallteile wurden auf die zackige Öffnung gepreßt, und bald war das größte Leck geflickt. Aber die Erschütterung der Explosion hatte an allen Fugen des alten Schiffsrumpfs gezerrt. Obwohl Hale und der Assistent viele kleine Öffnungen fanden und flickten, strömte immer mehr lebenswichtige Luft zischend ins All hinaus.

Eine Zeitlang wurden die Generatoren von ihrer regulären Crew im Stich gelassen, und das gerade in dem Augenblick, da die Energieversorgung äußerst wichtig war. Rasch überholte die Station die *Bellatrix*. Kempton stand im Kommandoraum und schrie verzweifelt ins Sprachrohr: „Um Himmels willen, Colin, ich brauche Stromkraft! Für den Lichtbogen! Bevor sie ihre Raketentorpedoröhre nachladen können!“

Aber der Ingenieur war tot, und die überlebenden Mitglieder seines Stabs waren vollauf mit dem verzweifelten Bemühen beschäftigt, die essentielle Atmosphäre der Station zu erhalten. Und doch erwachten die Generatoren plötzlich zu neuem Leben, und der blaue Arm des elektrischen Bogens streckte sich wieder aus. Er berührte die Raketentorpedoröhre in ihrem gepanzerten Gehäuse über dem Rumpf der *Bellatrix*. Und die Röhre schmolz und verwandelte sich in zerknittertes Metall.

Obwohl Skal Doon nun seiner einzigen Angriffswaffe beraubt war, gab er sich immer noch nicht geschlagen. Wieder einmal wandte er die Methode an, die ihn schon so oft gerettet hatte, einen Wagemut, der eines besseren Menschen würdig gewesen wäre. Das Linienschiff wich von seinem Kurs ab, schwang in einer langen Kurve herum und stürzte auf den toten Stern zu.

„Er steuert den Stern an!“ schrie Hume erschrocken. „Er fliegt lieber in den Tod, statt sich zu ergeben!“

In angespanntem Schweigen beobachtete Kempton durch seine Instrumente die Bewegung des silbrig schimmernden Ellipsoids. Dann legte er die Geräte beiseite und wandte sich plötzlich an seinen Zweiten Offizier: „Nein. So dumm ist Skal nicht. Er wird um die tote Sonne herumsausen und dann davonfliegen.“

„Herum? Aber wie denn . . .“

„Die *Bellatrix* befindet sich auf einer parabelartigen Umlaufbahn, wie ein Komet. Sie wird dicht an der Sonne vorbeirasen, einen Bogen darum beschreiben und dann wieder davonfliegen. Das würde sie tun – wenn wir sie nicht daran hindern.“

„Wollen Sie ihr folgen?“

„Natürlich. Wir holen sie ein und halten die Station längsseits mit Hilfe unserer Magnetanker fest. Die *Bellatrix* hat keine Waffe. Wenn Skal sich nicht ergibt, stürmen wir ein Schleusentor, oder wir durchschneiden den Rumpf.“ Er blickte auf die Barometer, und sein Gesicht verzerrte sich vor Entsetzen. „Dieser letzte Schuß hat uns den Rest gegeben. Wir sind verloren, wenn es uns nicht gelingt, an Bord der *Bellatrix* zu gehen. Der Luftdruck ist um einiges gefallen. Wenn die Luft weiterhin in diesem Tempo ausströmt, sind wir in drei Stunden erstickt.“

Der Silberrumpf des Linienschiffs sauste auf vollen Touren dem toten Stern entgegen. Immer wieder schrie Kempton ins Sprachrohr und bat um mehr Stromkraft. Keine Stimme gab ihm Antwort – doch die Generatoren reagierten. Wir waren inzwischen bis auf wenige Meilen an die *Bellatrix* herangekommen. Plötzlich begann sie eine verwirrende Serie von Manövern durchzuführen, um der Station auszuweichen, wand und drehte sich, schaukelte umher. Aber da die Station leichter war und über mehr Energien verfügte, blieb sie dicht hinter ihr. Schließlich machte das Linienschiff kehrt, raste direkt auf die Station zu, in der offenkundigen Absicht, sie zu rammen, beide Schiffe zu zerstören. Kempton brüllte einen verzweifelten Befehl, die Generatoren reagierten sofort, und die Station glitt aus der Bahn der *Bellatrix*. Ein weiterer Befehl erklang, und ein schwerer Magnetanker wurde dem vorbeirasenden Schiff entgegenkatapultiert, zog sein Kabel hinter sich her, klammerte sich am Rumpf der *Bellatrix* fest.

Eine Zeitlang sprang sie wie ein Silberfisch an der Angel hin und her. Doch die kleinere Station hielt sie eisern fest, gab ihr keine Gelegenheit, einen Zusammenstoß herbeizuführen oder das Kabel zu zerreißen. Und die beiden Schiffe glitten stetig aufeinander zu, als das Kabel aufgerollt wurde. Endlich erlosch der purpurrote, fluoreszierende Streifen, den die Motoren des Linienschiffs erzeugten. Bald trieben sie Seite an Seite dahin, der rotgefleckten Scheibe des toten Sterns entgegen.

Die Luft der Station, die ständig durch die beschädigten Fugen entwich, war kaum mehr einzuatmen. Keuchend erfüllten die Männer ihre Pflicht, so gut es ging, und eine tödliche Kälte kroch in das Schiff. Kempton beorderte uns alle aufs Oberdeck und befahl uns, Raumanzüge anzulegen. Er ließ Ionennadeln und andere Waffen verteilen, ließ Schweißbrenner bereitstellen, falls es nötig werden sollte, den Rumpf der *Bellatrix* zu durchschneiden.

„Colin!“ rief er ins Sprachrohr. „Kommen Sie mit Ihren Leuten an Deck! Wir verlassen das Schiff!“

„Hier ist nicht Colin“, lispelte eine Stimme aus der Röhre.

„Wer? *Clew*! Was zum Teufel . . .“

„Colin ist tot, Sir. Ich bediene die Generatoren. Das habe ich ja vierzig Jahre lang gemacht, wissen Sie.“

„Gut, Clew.“ Kemptons Stimme hatte einen seltsamen Klang. „Sie haben gute Arbeit geleistet. Kommen Sie jetzt herauf, und schlüpfen Sie in Ihren Raumanzug.“

Fünf Minuten später schleppten sie sich in schweren, aufgeblasenen Raumanzügen, beladen mit Waffen, zum anderen Schiff hinüber. Es war eine unheimliche Reise, die wir da angetreten hatten. Elf angeschwollene Riesen hantelten sich am Kabel zur *Bellatrix* über den

Abgrund des Alls hinweg, vor dem Hintergrund des flammenden Sternennebels, der unheilvollen Scheibe des toten Sterns.

Und dann geschah etwas Unerwartetes – etwas Schreckliches.

Plötzlich flog das Hauptschleusentor der *Bellatrix* weit auf, und eine Schar menschlicher Gestalten wurde herausgeschleudert. Wir dachten zuerst, die Piraten wären verrückt genug, das Schiff zu verlassen, um unseren Angriff abzuwehren. Aber diese Menschen trugen keine Raumanzüge. Im schnellen Luftstrom wurden sie aus dem Schiff gerissen, um sich im Vakuum des Alls in seltsame, angeschwollene Monstren zu verwandeln. Aber zu unser aller Entsetzen starben sie nicht sofort. Sie flogen durch den luftlosen Raum, griffen sich an die Hälse, die Gesichter in namenlosem Schmerz verzerrt. Welch ein abscheulicher Mord an wehrlosen Passagieren, dachten wir wohl alle in diesem Augenblick. Hastig hantelten wir uns weiter, der Zorn gab uns neue Kraft. Wir wollten uns einen Weg ins Schiff erkämpfen und Rache üben für diese abscheuliche Tat.

Seltsam – niemand verwehrte uns den Einstieg.

Skal Doon kam uns auf dem Deck der *Bellatrix* entgegen, allein und offenbar unbewaffnet. Ein seltsam grimmiges Lächeln lag auf seinem Gesicht, und seine sanften braunen Augen schienen uns zu verspotten.

„Skal Doon!“ schrie Kempton ihn an. „Sie werden sich für den brutalen Mord an diesen unschuldigen Passagieren verantworten müssen.“

„Aber mein Lieber!“ protestierte der Freibeuter mit seiner eigenartig dünnen Stimme. „Das waren meine eigenen Männer. Dagegen werden Sie doch kaum etwas einzuwenden haben?“

„Aber – die Passagiere . . .“

„. . . sind unverletzt, das versichere ich Ihnen. Sie sind unter Deck eingeschlossen. Es war ein Akt der Barmherzigkeit, als ich meine Männer durch das Schleusentor schickte.“

„Das müssen Sie mir näher erklären“, sagte Kempton und bedrohte ihn mit seiner Ionennadel.

Doon lächelte verzerrt und erwiderte in schrillem Ton: „Anscheinend haben Sie erraten, was ich vorhatte, Captain. Ich wollte den toten Stern in einer Parabelbahn umfliegen.“

„Ja. Ein simpler Trick."

„Als ich sah, daß Sie mir folgten, wußte ich, daß Sie mich durchschaut hatten. Und als die *Bellatrix* an Ihrem Ankertau hing, erkannte ich, daß ich das Spiel verloren hatte. Ich sah mich gezwungen, einen anderen Fluchtweg zu finden. Deshalb änderte ich den Kurs der *Bellatrix*. Und um Sie daran zu hindern, mein Lebenswerk zu vernichten, habe ich die Motoren des Schiffs zerstört und die Generatoren kurzgeschlossen. Bald werden sie ausgebrannt sein."

„Aber – Ihr Fluchtweg . . .", stammelte Kempton.

„Sie haben mitangesehen, wie meine Männer geflohen sind. Ich werde ihnen jetzt folgen. Aber meine Taten werden auch nach meinem Tod weiterleben." Plötzlich begann Doons Unterkiefer zu zucken, er zermalmte etwas zwischen den Zähnen, dann spuckte er Blut und Glassplitter aus – immer noch lächelnd. „Leben Sie wohl, Captain! Ich wünsche Ihnen eine gute Reise – zum toten Stern!" Spöttisch salutierte er, dann fiel er vornüber aufs Gesicht.

Nach wenigen, von Verzweiflung erfüllten Minuten hatten wir festgestellt, daß er uns nicht belogen hatte. Die Passagiere waren unter Deck eingeschlossen, die Maschinerie war völlig zerstört worden, so daß es unmöglich war, sie zu reparieren. Hume und Kempton gingen in den Kommandoraum des Linienschiffs.

Die *Bellatrix* raste dem toten Stern entgegen, auf einem Pfad, der in einer flammenden Katastrophe enden mußte. Doon wußte, daß seine Niederlage unvermeidlich war, und so hatte er das Schiff aus der Parabelbahn gelenkt, es auf einen Kurs gebracht, der direkt die titanische schwarze Sonne ansteuerte. Ja, seine Taten würden ihn tatsächlich überleben.

Ein Blick auf den Gravitationsdetektor verriet Hume, daß der Tod unausweichlich war. Die Nadel zuckte bereits am Ende der Skala. Auch wenn das Schiff über die volle Kraft der jetzt nutzlosen Motoren verfügt hätte, es hätte sich niemals aus diesem gnadenlosen Sog befreien können.

Tonia Andros war unverletzt. Sie kam an Deck gelaufen, als wir die Passagiere befreit hatten, und stürzte sich in Gideon Clews Arme. Der alte Mann streichelte ihr Haar und sah ihr in die dunklen, sehnsüchtigen Augen.

Dann kehrte Hume aus dem Kommandoraum zurück, mit der unheilvollen Nachricht, daß wir auf den toten Stern fielen und hilflos dem Tod geweiht waren.

Gideon hob das kleine Mädchen hoch, drückte es sekundenlang fest an sich, dann stellte er es wieder auf die Füße. „Leb wohl, Tonia", flüsterte er. „Ich habe etwas vergessen. Ich muß auf die Station zurück, für eine kleine Weile. Captain Manners wird sich inzwischen um dich kümmern. Lauf zu ihm!" Er rannte zum Schleusentor.

Hume folgte ihm und fragte: „Gehen Sie wirklich an Bord der Station zurück, Clew? Das bedeutet Ihren sicheren Tod. Es gibt keine Luft mehr da drüben."

Der alte Mann blieb stehen und warf einen ernsten Blick auf das verstörte Kind zurück. „Ja", wisperte er, „ich muß gehen, ihr zuliebe."

Er schlüpfte wieder in seinen Raumanzug, und Hume ließ ihn hinaus.

Die Atmosphäre an Bord der Station war sehr dünn geworden, als Gideon Clew zurückkehrte, und es war eiskalt. Frostkristalle glitzerten im schwachen gelben Licht der Röhrenlampen. Er hörte das leise Zischen, als die Luft ins kalte All strömte.

Gideon streifte in der kühlen Gasschleuse seinen Raumanzug ab. In diesem Anzug, der mit komprimierter Luft gefüllt war, würde er vielleicht eine Stunde länger durchhalten. Aber seine Hände in den dicken Handschuhen konnten die delikate Arbeit nicht verrichten, die er sich vorgenommen hatte. Ohne den Anzug würde er nicht einmal eine Stunde Zeit haben. Das Atmen fiel ihm jetzt schon schwer, als er sich aufs Vorkastell schleppte. Und er hatte noch so viel zu tun – mußte die Arbeit von fünfzig Jahren vollenden.

Aus den Zylindern entwich immer noch zischend synthetische Luft vielleicht ebenso schnell, wie sie aus den undichten Stellen des Rumpfs strömte. Aber die Zylinder würden in wenigen Minuten leer sein. Die Kälte, von der raschen Ausdehnung der entweichenden Luft verursacht, erfüllte das ganze Schiff, drang schmerzhaft in Gideons Lungen, die nach Atem rangen.

Eine Weile stand er da, keuchend, zitternd, zwischen den komplizierten Apparaten in seiner winzigen Kabine. Das gequälte Herz schlug ihm bis in den Hals. Tränen stiegen ihm in die Augen beim Anblick dieser vertrauten Instrumente. Nachdem er sie in so vielen arbeitsamen Jahren konstruiert hatte, erschienen sie ihm wie liebgewordene Kinder. Er selbst war nicht wichtig. Aber die tote Sonne durfte seine kostbare Erfindung nicht an sich reißen. Und auch nicht die kleine Tonia.

Mit bebenden Händen begann er zu arbeiten. Zuerst nahm er die große Vakuumröhre aus ihrer Halterung und erbrach ihr Luftsiegel. Als die dünne kalte Luft des Raums zischend hineingeströmt war, schraubte er den unteren Deckel auf, um festzustellen, welcher Schaden entstanden war, als die Röhre ausgebrannt war. Die feinen Drähte der Sekundärelektrode verschmolzen in silbernen Tropfen mit dem Kathodenstromnetz. Er drehte die komplizierten Vorrichtungen in seinen zitternden, knotigen alten Händen hin und her, studierte sie, versuchte herauszufinden, welcher ursprüngliche Defekt die Katastrophe verursacht hatte.

Auch wenn er stillstand, mußte er keuchend nach Luft ringen. Schmerzhaft pochte es in seinen Schläfen. Die unvorstellbare Eiseskälte kroch unerbittlich in das Schiff. Frostkristalle tanzten in der Luft. Gideon Clew erschauerte, geistesabwesend zog er die dünne Jacke enger um die schmalen Schultern, ein alter Mann, der dem kalten Vakuum des Alls ausgesetzt war – und der gnadenlosen Schwerkraft des toten Sterns. Aber er hatte keine Zeit, verzweifelt zu sein.

Endlich entdeckte er den Fehler. Der Draht müßte länger sein, das Stromnetz müßte ein wenig zurückversetzt – und in *diese* Richtung gedreht werden. Eine ganz einfache Änderung . . . Er fand eine Rolle dünnen Drahts, nahm die Reparatur in Angriff. Es gab keine Schwierigkeiten. Er mußte die Röhre wieder entleeren. Es war sinnlos, wenn sich Luft darin befand – und er hatte keine Pumpe und auch nicht die Zeit, eine zu benutzen.

Die neuen Metallteile paßten, er schraubte den unteren Deckel wieder auf die Röhre, dann nahm er das Problem in Angriff, sie auszusaugen. Er kannte einen Weg – schwierig und gefährlich, aber schnell . . . So rasch er konnte, mit zitternden, schmerzenden Händen, steckte er ein Metallstück in die Röhre. Dann nahm er seinen Rotations-Drillbohrer, rüstete ihn mit der längsten Spirale aus, dann attackierte er die Außenwand der Kabine.

Diese Wand war ein Teil des Berylliumrumpfes. Hinter diesem vier Zoll dicken harten Metall lag das Vakuum, das Gideon brauchte. Zitternd stemmte er sich gegen den Griff des Bohrers, qualvolle Kälte durchdrang ihn. Sein Kopf schmerzte, seine Ohren dröhnten. Blut begann aus seiner Nase zu tropfen, um auf dem Boden zu gefrieren. Er schwankte ein wenig, aber er ließ nicht nach in seinem Bemühen. Der Bohrer surrte in seiner Hand, bebte, fraß sich langsam durch das Metall. Sein Motor erzeugte ein wenig Wärme, und Gideon war froh, daß seine steifgefrorenen Finger auftauten. Er umklammerte das Werkzeug noch fester. Endlich hatte die Spitze des Spiralbohrers die Metallwand durchdrungen. Er zog sie zurück, und mit schrillem Pfeifen rauschte die Luft durch das Loch ins All hinaus. Genauso, wie er es geplant hatte. Er steckte das Ende der Röhre in das Loch, zementierte es hastig fest. Nun würde das Vakuum des Weltraums die Luft durch die reparierte Elektrodenröhre ziehen. Er betätigte die Schalter, dann ging er in den Generatorenraum.

Das Zischen in den Korridoren war verstummt. Die Luftzylinder waren leer. Rasch sank der Luftdruck innerhalb des Schiffs. Gideons altes Herz schlug so schmerzhaft, daß er eine fast gefühllose Hand auf die Brust preßte. Er erstickte. Die dünne, kalte Luft schien aus seinen heftig arbeitenden Lungen gesogen zu werden. In seinem Kopf pochte es, die Pulse dröhnten in seinen Ohren. Aus seinen Nasenlöchern floß immer noch Blut, klebte kalt an seinem Gesicht fest.

Und sein Körper war wie aus Holz. Jede Bewegung war ein Kampf gegen bleierne Trägheit. Jede Anstrengung verbrannte lebenswichtigen Sauerstoff, verstärkte die Belastung, der Herz und Lungen ausgesetzt waren. Aber er *mußte* weitergehen, die Generatoren in Betrieb setzen.

Auf Händen und Knien kroch er den Korridor entlang. Seine Finger waren steife, leblose Dinger, kein Gefühl durchdrang sie, als sie über den Metallboden glitten. Er konnte nichts mehr sehen, Schwärze umgab ihn, durchzuckt von seltsamen, rotglühenden Blitzen. In seinem Kopf drehte sich alles. Er spürte, daß das Schiff unter ihm um die eigene Achse wirbelte. Wie ein blinder Automat kroch er weiter. Und vor ihm schien Tonias Gesicht zu tanzen, glatt und kindlich, mit großen ernsten Augen.

Jede Faser seines bleiernen, gepeinigten Körpers schien ihn anzuschreien: *Halt an! Ruh dich aus! Vergiß alles!*

Aber er erreichte den Generatorenraum, und es kostete ihn unendliche Kraft, sich vor dem Armaturenbrett aufzurichten. Da lehnte er – keuchend, bebend, mit Nasenbluten, und er bemühte jedes Atom seiner Willenskraft, um sehen zu können. Endlich hellte sich das Dunkel für einen Augenblick auf, das Dröhnen in seinem Kopf ließ nach. Mit steifen Händen betätigte er die Schalter, setzte automatisch all die vertrauten Prozesse in Gang. Wenn er nur noch so lange durchhielt, bis sie beendet sein würden . . . Mit toten, gefühllosen Fingern zog er den letzten Hebel nach unten und sank gleichzeitig zu Boden.

Keuchend lag der alte Mann auf dem kalten Metall, Blut strömte aus seinen Nasenlöchern wie Purpurschaum – aber er hörte das leise Surren der Generatoren, das schrille, anschwellende Wimmern der Transformatoren.

Eine Zeitlang schwiegen wir alle an Bord der *Bellatrix*, als Hume uns gesagt hatte, daß Gideon Clew auf die Station zurückgekehrt war. Wir dachten alle an sein altes Gesicht mit den roten, runzligen Apfelbäckchen, an die runden, ernsten blauen Augen. An seinen Glauben, an seinen Optimismus. Und wir bedauerten es alle, daß wir nie wieder seine Lispelstimme hören würden. Doch dann konnten wir nur noch an unsere eigene prekäre Lage denken.

„Immerhin ist es eine spektakuläre Todesart“, sagte Vance zu Hume, aber seine Stimme klang unsicher.

Sie waren zusammen in den Kommandoraum zurückgegangen, und nun beobachteten sie durch die Vitrioltafeln das weißglühende Wunder des Sternenhimmels, der den toten Stern in seinen feurigen Tentakeln hielt, eine schwarze, rotgefleckte Scheibe, die immer größer wurde. Der verbeulte, von Oxyd gerötete Rumpf der Station trieb neben der *Bellatrix* dahin, hing am Ende des Kabels, ein dunkles Ellipsoid, das sich vor den grünlich flammenden Wirbeln des Sternennebels abzeichnete.

Hume blickte auf die Station und sagte zögernd: „Vielleicht . . . Der alte Clew ist zurückgekehrt, um an seiner Maschine weiterzuarbeiten, bis zum Ende . . .“

Vance gab ihm keine Antwort, und sie starrten hinaus auf die ungeheure Majestät, die sich vor ihren Augen entfaltete, auf die wildbewegten Feuermassen des Nebels mit seinen grünen und weißen Strömen, auf die kosmischen Flammenwolken, die eine öde, leblose Sonne umgaben. Da lag der tote Stern – eine unheimliche dunkle Scheibe inmitten gleißenden Lichts. Die Purpurflecken, die Meere aus geschmolzener Lava starrten zurück wie rote böse Augen.

Vance stieß ein hohles, nervöses Lachen aus. „Wann?“ flüsterte er.

Hume wandte sich um und griff nach dem Astrosextanten, der auf dem Kartentisch lag. Er hielt das Gerät ans Auge, las den von der derzeitigen Entfernung bestimmten Durchmesser des toten Sterns ab. Dann drückte er ein paar Tasten auf seinem Taschenrechner und sagte: „Fünf Stunden.“

Vance sagte nichts, und sie beobachteten die drohende, rotgefleckte Schwärze der toten Sonne. Ein paar Minuten später fuhr er sich mit der Zunge über die Lippen und sagte: „Natürlich wird unsere Geschwindigkeit beschleunigt, während wir immer tiefer fallen. Direkt über der Oberfläche wird jedes einzelne Pfund unseres Körpergewichts von einer Schwerkraft belastet sein, die etwa einer Tonne entspricht. Aber wir werden durch den freien Fall nichts davon spüren. Und wir werden nicht direkt auf das Zentrum der Scheibe zurasen. Die Schwungkraft wird uns drumherum tragen, wir werden also auf der anderen Seite aufschlagen.“

Ein langes Schweigen entstand, dann begann Vance wieder zu sprechen. „Der Gravitationsschirm des alten Clew . . . Kein Wunder, daß er so versessen darauf war, nachdem er fünfzig Jahre lang den toten Stern angestarrt hat! Zweifellos hat er sich eine Katastrophe vorgestellt, wie wir sie jetzt erleben.“ Er lachte laut und freudlos.

Kempton versammelte die nervösen, verwirrten Passagiere im großen Salon. „Wir fallen auf den toten Stern“, erklärte er ihnen. „Nichts im Universum kann uns retten – es sei denn, daß es möglich wäre, das Gesetz der Schwerkraft zu brechen. Aber das Ende wird nicht schmerzhaft sein. Wir werden augenblicklich im weißglühenden Gas verbrennen. Ich gebe Ihnen den Rat, das Beste aus den wenigen Stunden zu machen, die uns noch verbleiben. Das ganze Schiff steht Ihnen zur Verfügung. Überlegen Sie, wie wir uns amüsieren können, ich nehme gern Vorschläge aller Art entgegen. Aber wenn jemand das Gefühl hat, die Anspannung des Wartens nicht ertragen zu können, wird ihn der Schiffsarzt in Narkose versetzen.“

Nach dieser kurzen Ansprache verließen die Passagiere den Salon, mit bleichen Gesichtern.

Tonia Andros lief über die Decks, fragte mit verwirrter, ängstlicher Stimme, wo denn Gideon wäre und warum er nicht zurückkäme. Kempton nahm sie in den Kommandoraum mit. Durch die transparenten Tafeln sahen sie den toten Stern immer größer werden – eine schwarze, rotgefleckte Scheibe, die vor einer grellen Lichtmauer hing. Schaudernd wich Tonia zurück. „Es ist wie ein Gesicht!“ rief sie. „Mit roten, triumphierenden Augen . . .“ Dann wandte sie sich verzweifelt an Hume. „Wo ist denn Großvater?“

Der Zweite Offizier zeigte auf die Station – eine verbeulte, verbogene Masse, die sich vor den Flammenarmen des Sternennebels abzeichnete.

„Gehen wir doch hinüber!“ flehte sie. „Ich will zu Großvater!“

Hume schüttelte den Kopf. „Es hat keinen Sinn, Tonia. Auf der Station ist keine Luft mehr. Und – Gideon ist auch nicht mehr da.“

Er wandte sich ab, und das kleine Mädchen starrte verstört auf die Vitrioltafeln. „Sehen Sie!“ schrie es plötzlich. „Das grüne Licht! Was ist das? Sehen Sie es nicht? Dort!“

Und da erblickte Hume einen bleichen, grünlichen Schimmer, der sich langsam rings um den verbeulten roten Rumpf ausbreitete, wie ein Ölfilm auf einer Wasserfläche. Grünes Licht strömte durch das Kabel auf die *Bellatrix* zu, und dann erhellte es die Metallrahmen der Sichttafeln.

Eine Klingel ertönte im Gravimeter, und er lief zu dem Instrument hinüber. Er sah, daß die Nadel, die noch einen Augenblick zuvor von der ungeheuren Schwerkraft des toten Sterns ans Ende der Skala gezogen worden war, nun auf dem Nullpunkt stand. Ungläubig starrte er auf das Gerät, dann rannte er zu Kempton. „Der alte Mann hat versucht, einen Ionenschirm zu erzeugen, der die Strahlung der Schwerkraft reflektiert. Und dieser grüne Schimmer ist der Schirm – ich weiß es! Das Gravimeter zeigt an, daß wir uns außerhalb des Gravitationsfeldes befinden."

„Und ich dachte, er sei nur ein alter Narr", flüsterte Kempton.

„Wissen Sie, was das bedeutet?" stieß Hume erregt hervor. „Wir rasen nicht auf den toten Stern zu, er wird nicht in unsere Flugbahn geraten. Wir werden daran vorbeifliegen. Wir werden Zeit genug haben, Reparaturen vorzunehmen, können per Fotofon um Hilfe rufen ..."

Tonia Andros starrte ihn mit großen runden Augen an. „Dann ist Großvater also nichts passiert? Geht es ihm gut? Kommen Sie! Ich will zu ihm!" Sie packte Kemptons Hand und zog ihn zur Tür.

„Ja, es geht ihm gut", sagte er leise. „Und wir werden ihn holen ..."

Nonstop zum Mars

Irgend etwas stimmte nicht – entweder mit dem Schiff oder mit der Luft. Und Carter Leigh wußte, daß es nicht am Schiff liegen konnte. Die knarrende alte *Phoenix* mochte zwar antiquiert sein in einer Welt, die von Kationraketen erobert worden war, aber er kannte alle ihre Einzelteile, alle Bolzen und Streben. Er kannte sie so gut, daß er sie im Dunkeln auseinandernehmen und wieder zusammensetzen könnte. Und er liebte sie, weil sie ihm sechs Jahre lang, auf einsamen Flügen von einer halben Million Meilen die Treue gehalten hatte. Nein, die *Phoenix* war nicht schuld an den Problemen. Es mußte mit der Atmosphäre zusammenhängen.

Er konnte das nicht verstehen. Aber der barometrische Höhenmesser hatte ihn immer wieder nach unten gelockt, zu erfrorenen Gipfeln, die tausend Fuß höher aufragten, als sie eigentlich sollten. Der Motor strengte sich an und schien gefährlich geschwächt zu sein. Und der Wind, der ihm über dem Pol entgegenrauschte, heulte wie ein Dämon, boshafter und brutaler als jeder Wind, dem er bisher begegnet war.

Es irritierte ihn. Vergeblich hatte er versucht, das unheimliche Rätsel zu lösen, während der endlos scheinenden, ermüdenden Nacht, begleitet vom ohrenbetäubenden Donnern der alten treuen Maschine. Steif vor Kälte hatte er dagesessen in seinem elektrisch beheizten Anzug, hatte Kaffee aus einem Vakuumbecher getrunken, mit schmerzenden, blutunterlaufenen Augen Karten und Instrumente studiert – seit jenem letzten seltsamen Sonnenuntergang.

Nonstopflüge waren nichts Neues für Carter Leigh. Die Männer, die bewundernd auf die lange Liste seiner Heldentaten blickten, nannten ihn ‚Lucky'. Aber er hatte mehr vorzuweisen als Glück. In seinem schlanken Körper steckte jene ungeheure ausdauernde Kraft, die man brauchte, um immer weiter zu fliegen, viele mühsame Stunden lang, immer noch weiterzufliegen, wenn andere längst zusammengebrochen wären.

Und dieser Flug, nonstop von Kapstadt nach Honolulu, über den Pol hinweg, hatte genauso begonnen wie all die anderen. Aber dann hatte er jenen seltsamen Sonnenuntergang beobachtet. Hinter ihm, jenseits der gezackten Granitgipfel von Enderby Land, war ihm der Sonnenuntergang beängstigend fremdartig erschienen, als er über dem polaren Plateau hochgeflogen war. Ein unglaublicher Strudel von Karmesinrot, der sich am Rand der Welt drehte, von übernatürlichem Grün durchzogen . . . Die Morgenröte war ebenso beunruhigend. Sie glühte die ganze Nacht über ihm, wann immer der Himmel klar war, immer stärker, bis die ganze weiße antarktische Wildnis in unheimlichen Flammen zu stehen schien.

Und dann die Kälte . . . Leigh war schon oft über den Pol geflogen. Aber so gnadenlosen Temperaturen war er noch nie ausgesetzt gewesen. Sie belasteten den Motor ungeheuer, obwohl die Kühlerhaube geschlossen war. Die Kälte kroch unaufhaltsam ins Cockpit, durchdrang seinen Körper.

Hinter dem Pol und dem Marie Byrd Land, wieder über der dunklen Antarktis, traf er auf eine dunkle Wolkenwand. Er versuchte, darüber hinwegzufliegen. Halb betäubt von der luftarmen Höhe und seiner Müdigkeit, öffnete er das Sauerstoffventil. Das lebenswichtige Gas munterte ihn ein bißchen auf. Aber das Flugzeug konnte die dichte Dunstmasse nicht übersteigen, es flog mitten hinein.

Wilde Winde kämpften innerhalb der Wolke miteinander, und Blitze durchzuckten den Dunst. Regen trommelte auf das Luftschiff, gefror auf seiner metallischen Oberfläche, bis das Eis es fast nach unten drückte. Leigh focht mit den Elementen, bekämpfte seine wachsende Müdigkeit, und dann geriet er unvermutet in die Flaute einer seltsamen nördlichen Morgendämmerung.

Die Morgenröte erlosch, der Himmel wurde strahlend hell. Von weißen Eisberggipfeln durchzogen, glitt der graue Südpazifik mit einer Geschwindigkeit von dreihundertfünfzig Stundenmeilen davon – ein gutes Tempo, dachte er, auch wenn die Raketen dreimal so schnell sind.

Leigh schälte sich eine Orange und hoffte, daß der Schrecken der Nacht eine Ausgeburt seiner Phantasie gewesen war, ein Hirngespinst, hervorgerufen durch seine Müdigkeit. Aber dann sah er dieses Ding im Nordosten. Vor dem rotgrünen Glühen einer plötzlichen beängstigenden Dämmerung fiel es wie ein Silberfaden herab. Ein weißer Spiralwirbel, ein gigantischer Tornado, und darunter eine graue Nebelschicht, die über das Meer zu wandern schien ... Der obere Rand der Wolke verlor sich in den breiten Schwingen der Morgendämmerung.

Leigh hatte noch nie einen solchen Sturm erlebt. Zuerst dachte er, es bestünde keine Gefahr für ihn. Aber die weiße, gewundene Schlange schoß beängstigend schnell auf ihn zu. Ein plötzlicher Windstoß packte die *Phoenix*, sog sie mitten hinein in den rasenden Tornado. Meer und Himmel begannen sich wie verrückt zu drehen. Er wurde so blitzschnell hochgehoben, daß seine Trommelfelle schmerzten. Grimmig kämpfte er dagegen an, mit all seinem Geschick, mit der vertrauten Kraft seines Flugzeugs.

Er kämpfte – und siegte. Der weiße Sturm ließ ihn zurück in seinem bebenden Kielwasser, wanderte nach Westen ab. Leigh orientierte sich hastig am Sonnenstand und stellte fest, daß er fünfzehnhundert Meilen weit nach Norden geschleudert worden war. Aber er erkannte auch schweren Herzens, daß seine *Phoenix* beschädigt war. Die Sturmgewalt hatte ihre rechte Tragfläche verbogen. Er würde landen müssen.

Während er die Melodie von ‚Barbara Allen' pfiff, die ihn stets aufheiterte, studierte Leigh seine Karten. Er fand ein winziges Stück Land namens Manumotu, den einzigen Landeplatz im Umkreis von tausend Meilen, und lenkte das geschwächte Luftschiff mit Vollgas darauf zu.

Schon der zweite Fehlschlag, dachte er bitter, denn er hatte auch seinen letzten Flug vor zwei Monaten abbrechen müssen, aus ebenso seltsamen Ursachen. Tick Tinker hatte jenen letzten Flug als ‚bipolar' bezeichnet. Tick war der unermüdliche, einbeinige, einäugige Werbemanager, der in diesem einzigartigen Geschäft, den Lebensunterhalt in der Luft zu verdienen, als Leighs Partner fungierte. Er hatte von einem ‚bipolaren' Flug gesprochen, weil die Route von Croydon zurück nach Croydon entlang des ersten Meridians beide Pole umfaßte. Leigh hatte den Planeten sicher umrundet, mit drei geplanten Zwischenlandungen. Trotzdem war der Flug wegen des Aufsehens um die stellare Rakete ein Mißerfolg gewesen.

„Wir sind eine Freiluftwerbefirma, Lucky", pflegte Tick zu sagen. „Du fliegst, um Aufmerksamkeit zu erregen. Und ich verkaufe deine Heldentaten an Ölgesellschaften und Maschinenfabriken et cetera. Das ist ein legitimes Geschäft, solange du Schlagzeilen machst."

Vor zwei Monaten hatte jedoch nur die stellare Rakete Schlagzeilen gemacht. An dem Tag, als Leigh von Croydon aus losgeflogen war, hatte ein Astronom namens Gayle verkündet, er hätte eine mysteriöse Rakete entdeckt, die aus den Tiefen des Alls auf das Sonnensystem zuflog. Dem ‚bipolaren' Flug hatte man nur kurze Notizen im Inneren der Zeitungen gewidmet. Denn die Schlagzeilen auf den ersten Seiten lauteten: *Stellare Rakete nähert sich den Planeten! Wird sie die Erde treffen? – Astronomen zutiefst verwirrt!*

Als Leigh wieder nach Croydon kam, nachdem er den Flug nach drei anstrengenden Tagen beendet hatte, wurde er nicht wie sonst von einer aufgeregten Menschenmenge erwartet. Er stolperte aus der staubigen, von Ölflecken übersäten *Phoenix* und kaufte sich eine Zeitung.

Kosmische Kugel trifft Mars, las er. *Erde verschont! Name des Objekts unbekannt!*

Von der stellaren Rakete gab es nichts Neues, abgesehen von den Spekulationen der verwirrten Wissenschaftler. Aber Leighs Flug war jedenfalls sinnlos gewesen.

Gratulation zum bipolaren Flug, hatte Tick Tinker ihm radiografiert. *Aber stellare Rakete beherrscht Schlagzeilen. Flug Riesenpleite. Dein Name gerät in Vergessenheit. Kaum Testaufträge. Neuer Publicity-Flug dringend nötig. Schlage Nonstop-Polarflug vor, um Zerolube-Öl zu testen.*

Und wegen dieses Radiogramms steuerte Leigh nun todmüde auf einen Felsenfleck zu, wo vermutlich niemand wohnte. Der Motor bedeckte die Windschutzscheibe mit dünnen Ölspritzern. Leigh hörte einen Augenblick zu pfeifen auf, um die Zerolube-Produkte zu verfluchen. Er schaltete seine Helmkopfhörer und den kleinen Batteriesender ein. Damit konnte man nur zehn Minuten ununterbrochen auf Sendung bleiben. Die *Phoenix* hatte keinen Platz für aufwendigere Ausrüstungsgegenstände, nicht einmal für eiserne Rationen.

„SOS!“ rief er. „Pilot Leigh in Flugzeug *Phoenix* zur Notlandung gezwungen! Versuche auf Manumotu zu landen. SOS . . .“

Die augenblickliche Antwort überraschte ihn. „Manumotu Station, Stiftung Gayle ruft *Phoenix*. Hier Dr. E. K. Gayle. Landen Sie am Nordstrand! Ich werde Ihnen helfen.“

„*Phoenix* ruft Manumotu Station“, sagte Leigh erleichtert. „Danke, Doc. Wir sehen uns, wenn ich mich noch eine halbe Stunde über Wasser halten kann. Ende!“

Es dauerte eine Stunde, die Leigh endlos vorkam, während er seine Müdigkeit bekämpfte und das beschädigte Flugzeug verhätschelte. Aber schließlich tauchte Manumotu aus dem schimmernden Schleier im Norden auf. Ein zerklüfteter Vulkangipfel fiel an drei Seiten steil nach unten ab, an seinem Nordhang lag ein schmaler Korallenstrand. Leigh überflog den Strand. Die breite Felsenbank darüber war mit tropischem Grün geschmückt. Ein langgestrecktes, scheunenartiges Gebäude aus weißem Blech stand darauf, daneben ein weißes Zelt, dann konnte er einen großen Stapel von Kisten ausmachen, die mit braunen Ölplanen abgedeckt waren. Eine weiße Fahne wehte im Wind. Und dann entdeckte Leigh die winzige Gestalt, die vom Zelt zum Strand hinabrannte.

Die Landung war ziemlich riskant. Der beschädigte Flügel verfing sich in einem Wellenkamm und bespritzte das Flugzeug mit Gischt. Die *Phoenix* taumelte, fing sich aber wieder. Leigh ließ sie auf dem leuchtenden Korallensand ausrollen. Er folgte den Flaggensignalen, brachte die *Phoenix* sicher an einer Stelle zum Stehen, wo eine Rakete gestanden haben mußte, denn tiefe Räderspuren hatten sich in den Sand gegraben und die Hibiskusbüsche dahinter waren vom Raketentriebwerk schwarz gefärbt.

Mit steifen Beinen kletterte er aus dem Cockpit. Die Gestalt mit der

Flagge kam ihm entgegen, ein schlanker, blonder junger Mann in Kniehosen, Stiefeln und einem Khakihemd, das am Hals offenstand. „Hallo", sagte er mit brüsker, kalter Stimme. „Sind Sie der berühmte Lucky Leigh?"

„Höchstpersönlich." Er grinste. „Danke, daß Sie mir den Weg gewiesen haben, Doc . . ." Dann klappte seine Kinnlade nach unten. Das war ja eine Frau – ein Mädchen. Ihr ovales Gesicht war sonnengebräunt, die blauen Augen musterten seinen schweren, schwankenden Körper mit sichtlichem Mißfallen. „Oh! Ich dachte, Sie wären Dr. Gayle."

„Das bin ich auch. Dr. Elene Kathrine Gayle."

Seine roten Augen blinzelten sie an. „Sind Sie etwa der Dr. Gayle, der die stellare Rakete entdeckt hat?"

Sie nickte. „Mein Vater nahm auf seinem wissenschaftlichen Gebiet eine führende Stellung ein. Er war der Gründer der Gayle-Stiftung. Aber er ist schon seit fünf Jahren tot. Ich habe versucht, seine Arbeit fortzuführen." Sie sah ihn ernst an. „Haben Sie etwas gegen meine Entdeckung?"

„Sie haben mir den letzten Flug verdorben", erwiderte er. „Sechsundsiebzig Stunden lang habe ich in der Hölle gelebt. Ich habe einen Rekordflug über beide Pole hinter mir – mit Benzin. Aber wegen Ihrer stellaren Rakete wird die Welt kaum Notiz davon nehmen."

„Wie schrecklich!" Leigh wurde rot, als er hörte, wie sarkastisch ihre Stimme klang. „Haben Sie Hunger?" fragte sie.

„Ich bin halb verhungert."

Sie knallte zwei Blechteller auf einen einfachen Holztisch, der in dem weißen Zelt stand, öffnete Fleisch- und Butterkonserven, zeigte auf eine Thermosflasche mit Kaffee und ein Marmeladeglas. „Bitte, bedienen Sie sich."

Leigh beobachtete sie mit müden Augen. „Sind Sie hier die ganze Crew?"

Der Kopf mit dem kurzgeschnittenen blonden Haar nickte. „Zur Zeit ja. Eine Krisensituation . . . Die Gayle-Stiftung will hier zwanzig neue meteorologische Observatorien errichten. Die Manumotu-

Station war die wichtigste, weil sie direkt in der Flugbahn des Phänomens liegt, das wir untersuchen. Deshalb habe ich hier selbst die Leitung übernommen."

„Ganz allein?"

„Ich hatte zwei Assistenten. Aber Dr. French bekam eine akute Blinddarmentzündung, und Craig flog ihn gestern mit der Rakete weg. Er hätte schon gestern zurückkommen sollen, ist aber bisher nicht aufgetaucht. Also mache ich allein weiter. Sie haben doch gesagt, daß Sie hungrig sind?"

Sie schüttete den halben Inhalt einer Cornedbeef-Dose auf ihren Blechteller, dann gab sie Leigh den Rest. Aber er saß nur da und starrte sie an, während seine Neugier langsam über seine Müdigkeit siegte. „Eine Krisensituation?"

Sie nickte. „Irgend etwas geht vor in der Atmosphäre."

„Das habe ich mir auch schon gedacht, als ich über die Pole flog. Das war ziemlich komisch."

Sie schob ihren Teller beiseite und griff nach einem Notizbuch. „Welche Phänomene haben Sie beobachtet?" fragte sie eifrig.

Er berichtete mit müder Stimme von dem seltsamen farbenfrohen Sonnenuntergang, von der Morgenröte, der erstaunlichen Kälte, von dem niedrigen Luftdruck, von dem Tornado, der die *Phoenix* beschädigt hatte. „Was hat das alles zu bedeuten?" fragte er dann.

„Um das herauszufinden, bin ich hier. Der Sonnenuntergang und die Morgenröte hängen vermutlich mit einem abnormen elektrischen Bombardement der Ionosphäre zusammen. Aber das erklärt nicht den Sturm und den niederen Luftdruck. Es sei denn . . ."

Sie schüttelte den blonden Kopf. „Die einzig vorstellbare Lösung dieses Rätsels ist zu schrecklich." Sie warf einen schnellen Blick auf ihre Armbanduhr, schüttete den Rest von ihrem Teller in den Abfalleimer, der neben dem Tisch stand, wischte Teller und Löffel mit einer Papierserviette ab und stand dann auf. „Jetzt müssen Sie mich entschuldigen. Ich muß jetzt auch noch die Pflichten meiner beiden Assistenten erfüllen. Meine Zeit ist begrenzt. Ich habe jeden Tag nur achtundvierzig Minuten Zeit zum Essen. Jetzt muß ich die Instrumente inspizieren."

„So leben also weibliche Astronomen." Leigh grinste. „Wenn ich Ihnen irgendwie helfen kann . . ."

Sie schüttelte entschieden den Kopf. „Das bezweifle ich. Unsere Arbeit besteht nicht aus Publicity-Gags. Essen Sie, soviel Sie wollen. Hinter der Trennwand finden Sie ein Feldbett. Ich werde Ihre Rettungsmannschaft per Funk verständigen. Bitte, wenn Sie abfliegen, vergessen Sie nicht, daß die Gayle-Stiftung kein Interesse an Publicity hat. Vor allem wollen wir der Welt keine Angst vor diesen meteorologischen Phänomenen einjagen, solange wir keine genauen Daten haben."

Leigh starrte sie an, und langsam stieg Wut in ihm auf. „Sie halten mich wohl für einen miesen Kerl, was?"

Ein unpersönlicher Blick aus blauen Augen traf ihn. „Ehrlich gesagt, Mr. Lucky Leigh, ich ärgere mich über Ihre Existenz und Ihre Kunstflüge. Ich finde nicht, daß Sie irgendeine kreative Funktion ausüben. In den frühen Tagen der Benzinluftfahrt hatten Berufe wie der Ihre eine Berechtigung, als es noch nötig war, Ausrüstung und Flugrouten zu testen. Aber jetzt, da die Raketen so schnell und so zielsicher fliegen wie die Sonne, sind Sie nur mehr ein Anachronismus."

Leigh öffnete den Mund, um zu protestieren, aber das Mädchen hob gebieterisch seine sonnengebräunte Hand und ließ ihn nicht zu Wort kommen. „Ich habe keine Zeit, Ihnen zuzuhören, weil ich eine dringende Arbeit erledigen muß. Ich darf meinen Zeitplan nicht durcheinanderbringen. Aber ich habe schon lange das Bedürfnis, ein Wörtchen mit Ihnen zu reden."

Ihr Gesicht war nun leicht gerötet, und er hörte ihr grinsend zu.

„Wenn Sie versuchen würden, nonstop zum Mars zu fliegen", fuhr sie hastig fort, „wäre das eine tolle Leistung – auch wenn Sie es nicht schaffen würden. Denn dann würden Sie den Horizont der Wissenschaft erweitern. Sie würden eine große Tat vollbringen. Aber Ihr altes Benzinwrack ist genauso hinter der Zeit zurückgeblieben wie Sie, Leigh. Es wird eine Rakete sein, die zum erstenmal den Mars anfliegt. Ich kenne den Mann, der vermutlich die erste Rakete dorthin steuern wird – Laird Cragin. Wahrscheinlich haben Sie noch nie von ihm gehört, weil er kein Publicity-Flieger ist, aber er ist Testpilot für die experimentellen Raumraketen, an denen unsere Stiftung arbeitet, gemeinsam mit den Ingenieuren der Army. Sie sollten ihn kennenlernen. Denn ob er den Mars nun erreicht oder nicht – er wird in die Geschichte eingehen.“

Carter Leigh schluckte. „Hören Sie mal, Miß Gayle. Sie verstehen das alles ganz falsch. Ich gebe zu, daß ich meinen Ruhm früher einmal genossen habe. Aber jetzt ist das nur mehr ein Job für mich. Ich hasse den Beifall der Menge, und ich gehe zu keinem einzigen Bankett. Tick Tinker ist mein Kontaktmann. Er kümmert sich um die Publicity, um die Produkte, die ich testen muß, um den ganzen geschäftlichen Kram. Wir müssen ja auch irgendwie unseren Lebensunterhalt verdienen.“

Sie hob das Kinn, und Leigh stellte trotz der Müdigkeit, die ihm den Blick verschleierte, überrascht fest, daß weibliche Astronomen sehr hübsch aussehen konnten. „Es ist auch möglich, seinen Lebensunterhalt mit einer Leistung zu verdienen, die nicht nur einem selbst, sondern auch anderen hilft“, entgegnete sie mit kühler Stimme. „Sie hopsen nur auf dem Planeten herum, ziellos wie ein überdimensionales Insekt, während in der Luft, die wir atmen, Gott weiß was passiert.“ Abrupt wandte sie sich ab. „Die Kunstflieger werden bald aussterben, Mr. Nonstop Leigh. Aber das wissen Sie vermutlich nicht. Schlafen Sie mal drüber. Ich muß mich jetzt um meinen Barozyklometer kümmern.“

Carter Leigh blieb am Tisch sitzen und starrte der schlanken, knabenhaften Gestalt nach, die das Zelt verließ. Ganz plötzlich hatte er entdeckt, was sich hinter ihrer brüsken, unpersönlichen Tüchtigkeit verbarg – Erschöpfung und Angst. Die Wut, die er über ihre Kritik empfunden hatte, richtete er nun gegen sich selbst. Immerhin stimmte es, daß man nach Lindbergh und Byrd und Post und Corrigan auf dem Gebiet der Nonstopflüge keine Hochleistungen mehr vollbringen konnte. Er verdiente ihre Verachtung.

Aber was hatte ihr Angst eingejagt? Was ging in der Atmosphäre vor? Leigh versuchte, sich mit diesem Problem zu befassen, aber er konnte sich nicht darauf konzentrieren. Er mußte endlich schlafen.

Langsam stand er auf, schwankte zu dem Feldbett, das hinter der

Trennwand des Zeltes stand. „Verdammt“, flüsterte er, „es ist mir egal, ob Lieutenant Laird Cragin auf einem Papierdrachen zum Mars fliegt oder nicht.“ Und dann schlief er ein, bevor sein Kopf das Kissen berührte.

„Leigh!“ Elene Gayles Stimme weckte ihn, klang gepreßt vor mühsam unterdrückter Erregung. Das Licht einer seltsam rötlichen Morgendämmerung erfüllte das Zelt. Sie stand im Zelteingang, und ihr müdes, bleiches Gesicht verriet, daß sie kein Auge zugetan hatte. „Der Tornado kommt zurück!“ stieß sie hervor. „Sie sollten nach Ihrem Flugzeug sehen.“

Er stolperte aus dem Zelt und sah, wie sie auf den weißen Schuppen zulief, der ihre kostbaren Instrumente enthielt. Der dunkle Ozean war unheimlich ruhig, und der Sonnenaufgang war genauso spektakulär wie gestern. Und davor entdeckte er, was das Mädchen mit offensichtlichem Zögern als Tornado bezeichnet hatte. Sie tauchte aus dem flammenden Osten hervor, eine endlos scheinende Spirale aus Silber, die wie eine kosmische Angelschnur aus dem tiefen Purpurrot über dem feurigen Sonnenuntergang herabfiel. Sie bewegte sich unglaublich schnell und war eingehüllt in eine graue Sturmwolke.

Leighs Atem stockte, dann rannte er auf das Flugzeug zu, das unvertäut auf dem langen weißen Strand stand. Doch dieser weiße vernichtende Wirbel kam mit derselben Geschwindigkeit näher, die er bereits einmal beobachtet hatte. Er hatte erst wenige Schritte gemacht, als das weiße Zelt bereits über seinen Kopf hinwegsegelte. Der plötzliche Windstoß warf ihn zu Boden, seine Augen und Nasenlöcher füllten sich mit Korallensand.

Nur zwanzig Sekunden lang heulte der Sturm über dem schwarzen Gipfel. Dann war die Luft plötzlich wieder still. Eine zitternde, seltsam kalte Brise wehte von Osten her, folgte im Kielwasser des Tornados. Leigh spuckte Sand aus, rang nach Luft, dann kam er taumelnd auf die Beine. Die Sturmspirale raste in den grauen Westen, wie eine Schnur, die an einem unsichtbaren Ballon hing. Rasch verklang das unheimliche Heulen.

Wehmütig drehte sich Leigh zu der Stelle um, wo er die *Phoenix* zurückgelassen hatte. Der wütende Windstoß hatte die verbeulte alte

Kiste auf den Rücken gedreht. Leigh schüttelte den Kopf und pfiff ein paar Takte aus ‚Barbara Allen'. „Tut mir leid, altes Mädchen. Aber mit Rücksichtnahme auf Ticks Finanzen und die hohen Kosten für die Rettungsmannschaft müssen wir uns wohl voneinander verabschieden."

Er wandte sich um und ließ seinen Blick über die Station wandern. Das Zelt war verschwunden. Die Küchenutensilien und Decken waren über den Strand an den Rand des wieder unruhigen Meeres geschleudert worden. Der Sturm hatte die Ölplanen von den Kisten gerissen, und nun lagen die roten Kanister mit dem Kappa-konzentrierten Raketentreibstoff, die langen Sauerstoffzylinder, die bunten Benzinbehälter und die verschiedenen Kisten, die Lebensmittelvorräte und Ausrüstungsgegenstände enthielten, in wildem Durcheinander auf Manumotu verstreut.

Aber wo war die Astronomen-Lady?

Eine plötzliche unvernünftige Angst schnürte Leighs Kehle zu. Er war doch viel zu lebenserfahren, sagte er sich, um sich wegen irgendeines Mädchens aufzuregen – noch dazu wegen einer überheblichen Wissenschaftlerin, die ihn ohnedies nicht ausstehen konnte. Trotzdem rannte er durch das zerstörte Camp und rief mit zitternder Stimme ihren Namen. „Miß Gayle! Hören Sie mich? Elene!"

„Dr. Gayle, bitte."

Die kühle Stimme drang aus dem Inneren des Schuppens, der als Observatorium diente. Die Hälfte des Blechdachs war weggerissen worden. Der Großteil der Instrumente schien durch einen mächtigen Felsbrocken zerstört worden zu sein. Aber das schlanke Mädchen war anscheinend unverletzt. Nur das blonde Haar war zerzaust, und ein Ölfleck zierte die gebräunte Wange. Seufzend strich sie über verbogene Hebel und zerfetzte Filmspulen.

„Nun habe ich kein Barozyklometer mehr", sagte sie. „Aber meine visuellen Beobachtungen zwingen mich dazu, sofort Kontakt mit der Außenwelt aufzunehmen. Ich glaube, daß sich meine schlimmsten Befürchtungen bewahrheiten werden."

„Wenn ich Ihnen irgendwie helfen kann, brauchen Sie es nur zu sagen, Dr. Gayle."

„Ich bezweifle, daß Sie mir von Nutzen sein könnten." Ihr geistesabwesender Blick verriet, daß sie ihm nicht einmal die Hälfte ihrer Aufmerksamkeit schenkte. Sie betrachtete immer noch die beschädigten Instrumente. „Wenn Sie Ihr Flugzeug reparieren können, sollten Sie noch vor morgen früh abfliegen. Manumotu ist zur Zeit ein ungesunder Aufenthaltsort. Und Sie werden leider die Erfahrung machen müssen, daß die Welt nun andere Sorgen hat, als gestrandete Kunstflieger zu retten."

„Vielen Dank, Doc", sagte Leigh und verbeugte sich. „Ich hoffe, Sie können einen Schock vertragen. Aber ich glaube, daß die alte *Phoenix* ihr Flugleben ausgehaucht hat."

„In diesem Fall", sie wirkte immer noch geistesabwesend, „sollten Sie so viel wie möglich von den Vorräten und der Ausrüstung retten. Wenn das, was ich befürchte, der Wahrheit entspricht, wird es ohnehin keinen großen Unterschied machen, ob Sie Manumotu verlassen oder nicht."

Leigh verbrachte den ganzen Vormittag damit, die Kisten und Kanister aufeinanderzustapeln, so daß sie drei Wände eines kleinen, niedrigen Unterschlupfs bildeten. Aus den zerrissenen Ölplanen bastelte er ein Dach, dann sammelte er die Lebensmittel und all die nützlichen Gegenstände ein, die er am Strand finden konnte. Als er zu Mittag einen gefüllten Teller und einen dampfenden Kaffeebecher ins Observatorium trug, fand er eine mit Ölflecken übersäte Elene vor, die mit grimmig zusammengepreßten Lippen an der Startkurbel eines kleinen Motorgenerators herumhantierte. Sie schob ihn ungeduldig beiseite. „Ich habe keine Zeit zum Essen. Ich muß lebenswichtige Daten in die Welt hinaus radiografieren. Ich muß unbedingt Verbindung mit Washington aufnehmen – und mit unserem Raketenlabor in Alamogordo. Irgend etwas stimmt nicht mit diesem Planeten."

Leigh stellte den Teller und den Becher auf eine leere Verpackungskiste, dann krempelte er die Ärmel hoch. „Haben Sie sich schon mal überlegt, daß ich was von solchen Motoren verstehen könnte, nachdem ich zehn Jahre lang Benzinmaschinen geflogen habe? Wie ich sehe, ist Ihr Vergaser zertrümmert worden. Wenn Sie Ihren Teller brav leer essen, mache ich Ihnen einen neuen."

Ein Lächeln der Erleichterung glitt über ihr müdes Gesicht. „Wenn Sie das wirklich können . . .“

Während Leigh Blechschnipsel und eine leere Milchdose suchte, setzte sie sich neben der Verpackungskiste auf den Betonboden. Sie schüttete den heißen Kaffee hinunter, verschlang das Sandwich mit Dosenschinken und griff nach einem zweiten. Sie hatte es noch nicht ganz gegessen, als ihr blonder Kopf auf ihre Knie fiel. Leigh hörte einen langgezogenen Seufzer und wußte, daß sie eingeschlafen war. „Armes Kind“, flüsterte er.

Nicht einmal das Stakkato des kleinen Motors, das zehn Minuten später aufklang, konnte sie wecken. Leigh drehte an dem Dosendeckel, der die Mischung regulierte, dann inspizierte er rasch die Schaltung des Kurzwellensenders. Er schaltete den Empfänger ein, und Störgeräusche kreischten ihn an – fremdartige Störgeräusche. Das Winseln erinnerte ihn seltsamerweise an den Sturm, durch den er geflogen war. Es schwoll an und wurde wieder leiser, in einem eigenartigen Rhythmus.

Endlich gelang es ihm, eine Station zu erreichen, und was er hörte, ließ sein Herz vor Angst schneller schlagen. Eine Zeitlang hörte er atemlos zu, dann lief er zu dem Mädchen, um es zu wecken.

„Funktioniert der Motor?“ stieß sie hervor und sprang auf. „Ich wollte nicht einschlafen – dazu habe ich doch gar keine Zeit . . .“

Er griff nach ihrem sonnengebräunten Arm. „Elene, was ist eigentlich los? Ich habe gerade etwas gehört. Da muß irgend etwas Schreckliches vorgehen. Was ist es? Wissen Sie Bescheid?“

Ihre blauen Augen starrten ihn an. Sie waren dunkel vor Schlaftrunkenheit – und auch vor Angst, wie er zu entdecken glaubte. Mit leiser Stimme fragte sie: „Was haben Sie gehört?“

„Man spricht von Stürmen – von phänomenalen Stürmen, von einer bitteren Kälte, die nicht zu dieser Jahreszeit paßt, von Eisstürmen in den Tropen, von wildbewegten Gezeiten. Eine Flut, die über die atlantische Küste hereinbrach, hat vermutlich Tausende von Menschen getötet. Natürlich sind alle Kommunikationsnetze zusammengebrochen. Die ganze Welt ist von einer wachsenden Panik erfaßt.“ Er zog ihren schlanken Körper an sich. „In der Luft geht irgend etwas vor,

Elene. Wissen Sie, was es ist? Und wissen Sie, wie man diese Katastrophe abwenden kann?“

Sie nickte langsam. „Ja, leider weiß ich es. Aber mit meinem Wissen kann ich der Welt keinen Trost spenden.“

„Was ist es?“

Sie befreite sich aus seinen Armen. „Ich habe keine Zeit, Ihnen das zu erklären. Ich muß jetzt mit Washington und New Mexico sprechen. Und mit Laird Cragin – wenn er noch am Leben ist. Unsere Arbeit hier muß noch heute nacht beendet werden. Nach der nächsten Morgendämmerung wird es Manumotu wahrscheinlich nicht mehr geben.“

Leighs Atem stockte. „Aber . . .“

Sie lief zum Sender. „Ich zeige es Ihnen heute abend“, versprach sie. „Wenn die Sicht gut genug ist für das Fernrohr – und wenn wir dann noch leben.“

Dann beachtete sie ihn nicht mehr. Er machte sich etwas zu essen, verbrachte eine Stunde damit, den kleinen Unterschlupf noch besser gegen die Gefahr zu sichern, die das Morgengrauen mit sich bringen würde, wie Elene gesagt hatte, und danach schlief er erschöpft ein.

Die Luft war ungewöhnlich kalt am Strand, als er erwachte, und im Zenit flammte ein weiterer unheimlich gleißender Sonnenuntergang auf. Er suchte Treibholz, machte ein Feuer, kochte das Abendessen und rief dann nach Elene. Dankbar trank sie den heißen Kaffee und schenkte ihm ein schwaches Lächeln. „Sie sind sehr tüchtig, Leigh, und Sie haben Ihre Fähigkeiten bisher vergeudet.“ Ihre dunkelblauen Augen musterten ihn aufmerksam. „Aber ich fürchte, jetzt werden Sie keine Gelegenheit mehr haben, Ihre erstaunlichen Talente zu beweisen.“ Eine Zeitlang saß sie schweigend im Schein des tanzenden Feuers, ließ den kühlen Korallensand durch die Finger laufen, häufte ihn zu kleinen Pyramiden auf. „Wenn meine Berechnungen stimmen, dann werden mit der heutigen Nacht die kreativen Funktionen unserer gegenwärtigen Zivilisation beendet sein. Gewisse Lebensformen werden auf diesem Planeten nicht mehr existieren können. Vielleicht werden manche Menschen überleben – aber es sollte mich wundern, wenn die menschliche Rasse jemals wieder ihre überragende Stellung zurückerobern würde.“

„Erzählen Sie mir . . .“, begann Leigh.

Sie sah auf ihre Uhr, dann studierte sie den Osthimmel, der allmählich dunkler wurde. „In zehn Minuten kann ich Ihnen zeigen, warum die Erde nun für Nonstopflieger nicht mehr sicher genug ist.“

Leigh hielt den Atem an. Er blickte auf die niederen, vielfarbigen Flammen. Dann wandte er sich wieder dem Mädchen zu. „Dr. Elene Gayle“, sagte er mit ernster Stimme, „ich finde, Ihre freimütigen Kommentare geben mir das Recht dazu, meine ebenso schmeichelhafte Meinung über weibliche Astronomen zu äußern.“

Sie nickte und blickte wieder nach Osten.

„Ich habe meinen Beruf nicht nur zum Spaß ausgeübt“, fuhr er fort, „wenn ich auch viel Freude daran hatte. Ich habe versucht, zweihunderttausend Dollar zu sparen. Das hätte genügt, um mit der fabrikmäßigen Herstellung eines Geräts zu beginnen, das ich erfunden habe, um die Raketenpassagiere mit einem größeren Komfort zu beglücken. Außerdem wollte ich mir mit dem Geld ein Haus bauen.“ Seiner Stimme war anzumerken, wie müde und einsam er sich fühlte. „Tausende von Stunden verbrachte ich in dem winzigen Cockpit der alten *Phoenix*. Ich ertrug meine Müdigkeit, weil ich von jenem Haus träumte. Manchmal stelle ich mir vor, daß es in Florida steht. Oder ich überlege, ob ich es in dem kleinen grünen Tal bauen soll, das ich in den Colorado Rockies gesehen habe.“

Er blickte das Mädchen an, das ihm am Feuer gegenübersaß. „Aber am wichtigsten war mir immer die Frau, die mit mir in diesem Haus leben würde. Es gab ein paar Kandidatinnen – aber keine hätte so gut zu mir gepaßt wie Sie, Dr. Gayle – wenn auch mit gewissen Einschränkungen. Das ist natürlich alles nur Theorie, denn nach diversen Zusammenbrüchen – und nachdem Sie die stellare Rakete entdeckten, hatten Tick Tinker und ich nie mehr als fünfzigtausend auf unserem gemeinsamen Konto.“ Ein Lächeln glitt im Feuerschein über sein schmales Gesicht. „Äußerlich würden Sie mir wunderbar gefallen. Und Sie sind auch intelligent und reaktionsschnell. Ich glaube, Sie haben sogar einen gewissen Sinn für Humor. Aber unglücklicherweise besitzen Sie jene anderen Eigenschaften, die das alles wieder zunichte machen. Versuchen Sie doch einmal, sich vorzustellen, wie es wäre, ein zivilisiertes Leben in einem zivilisierten Heim zu führen“, fügte er herausfordernd hinzu. „Das könnten Sie nicht. Das würde einfach nicht zu Ihnen passen, denn Ihr Tagesplan läßt Ihnen ja nur achtundvierzig Minuten Zeit zum Essen. Hoffentlich habe ich Ihnen meinen Standpunkt nun klargemacht. Weibliche Astronomen, die die Tatsache ignorieren, daß sie Frauen sind, passen wohl genausowenig in eine zivilisierte Welt wie Nonstopflieger.“

Ihr anfangs leises Lachen, das belustigte Funkeln in ihren Augen unterbrachen seine Rede. Dann lachte sie immer lauter und atemloser, bis sie nicht mehr aufhören konnte. Leigh sah, daß sie hysterisch war. Er schüttete ihr aus einer Blechdose kaltes Meerwasser ins Gesicht. Schluchzend rang sie nach Atem, rieb sich die Augen trocken. Dann warf sie wieder einen Blick auf ihre Uhr und sprang auf.

„Kommen Sie“, sagte sie mit zitternder Stimme. „Wir wollen sehen, ob es in der künftigen Welt irgendwelche Häuser geben wird.“

Die vierschrötige Masse eines Spiegelteleskops ragte durch einen Schlitz aus dem Teil des Gebäudes, der unversehrt geblieben war. Sein Uhrwerk tickte dumpf, begleitet vom Summen des kleinen Motorgenerators. Im schwachen Licht einer abgeschirmten Glühbirne stellte Elene das Gerät ein. Noch bevor sie damit fertig war, wußte Leigh, daß sie den roten Punkt des Mars im Osten anvisieren wollte.

Lange Zeit saß sie schweigend da, das Auge an der Linse. Leigh sah das Zittern ihrer kleinen Hand, als sie immer wieder die Brennweite regulierte. Schließlich stand sie auf, starrte durch den Schlitz nach Osten, rieb sich die geröteten Augen. Ihr Gesicht war wachsbleich.

„Nun?“ fragte Leigh.

„Es ist so, wie ich dachte“, flüsterte sie. „Der Mars!“

„Das wird schlimm“, flüsterte sie müde.

Leigh setzte sich auf den Stuhl, den sie soeben verlassen hatte, sein Auge fand das Okular. In seiner kleinen dunklen Scheibe brannte ein einzelner Stern in wechselndem Rot und Blau. Und die Scheibe des Mars, immer noch zu nahe am Horizont, um hinreichend beobachtet zu werden, verschwamm und war von Wellen bewegt, als hätte man sie auf eine schwarze Flagge gemalt, die im Wind flatterte. Auch als er alles deutlich sehen konnte, als sich das Bild festigte, lösten sich die tanzenden Nebel nicht auf. Aber er konnte nun die breiten, dunklen äquatorialen Markierungen erkennen, die schwärzer waren, als er vermutet hatte, und die weiße Ellipse des Südpols.

Er sah zwei Dinge, die ihn verwirrten. Neben dem Pol befand sich ein kleiner dunkler Fleck, der dunkelste Punkt des Planeten, ein Fleck, der in einem düsteren Purpurrot glühte. Und über das Gelbrot des Mars schlängelte sich ein silberner Faden dem Punkt entgegen.

Das Bild verschwamm wieder, begann zu zittern, und Leigh wandte sich ungeduldig von dem Instrument ab. In seinen Augen, die nicht an die Observation von Gestirnen gewöhnt waren, pochte es schmerzhaft. Besorgt drehte er sich zu dem Mädchen um. „Ich verstehe das noch immer nicht. Ich habe einen kleinen Purpurfleck gesehen, nicht weit vom Pol entfernt. Und einen sonderbaren Faden, der darauf zuläuft. Aber das alles ist von Nebeln verschleiert."

„Das ist es ja gerade", antwortete ihre müde Stimme. „Dieser Schleier ist die Atmosphäre, die uns der Mars gestohlen hat. Und der Silberfaden ist das andere Ende der Energieröhre, die wir als Tornado bezeichnet haben. Sie saugt die Erdenluft zum Mars hinauf."

Es dauerte eine Weile, bis er die völlige Bedeutung ihrer Worte begriff. Dann lief ihm ein Schauer über den Rücken, und er begann leicht zu schwanken. „Aber – ich dachte, es gäbe keine Marsbewohner", stammelte er schließlich.

„Man war allgemein der Meinung, daß keine intelligenten Wesen auf dem Mars wohnen. Mein Vater hat vor zehn Jahren den Versuch aufgegeben, eine Verbindung mit dem Mars herzustellen. Aber seit jener Zeit ist irgend etwas auf dem Mars geschehen."

„Was?"

„Nun, dieser purpurne Fleck unter dem anderen Ende der Energieröhre ist genau jene Stelle, wo die stellare Rakete vor zwei Monaten auf dem Mars gelandet ist", sagte sie langsam.

Er starrte sie an in dem schwach beleuchteten Observatorium. „Dann – glauben Sie also . . ."

„Es gibt nur eine einzige logische Erklärung. Die stellare Rakete ist ein Raumschiff, das von irgendwo lebende Wesen auf den Mars befördert hat. Sie brauchten eine dichtere Atmosphäre, um auf diesem

Planeten überleben zu können. Auf der Erde, weniger als fünfzig Millionen Meilen entfernt, entdeckten sie die Atmosphäre, die sie suchten. Mit Hilfe derselben wissenschaftlichen Höchstleistung, der sie ihre stellare Rakete verdanken, haben sie über das All hinweggegriffen, um sich zu nehmen, was sie brauchten."

„Aber warum sind sie dann nicht gleich auf der Erde gelandet?"

„Warum sollten sie, wenn sie von einem anderen Planeten nur hierherzugreifen brauchen, um sich zu holen, was sie benötigen? Vielleicht gefällt es ihnen auf dem Mars, der nur halb soviel Sonnenlicht besitzt wie die Erde und nur ein Drittel ihrer Schwerkraft, viel besser, weil er andere Vorzüge aufzuweisen hat."

In Leighs Kopf begann sich alles zu drehen. „Sie stehlen uns die Luft! Aber wie ist das nur möglich?"

„Ich habe ein erstes Anzeichen bemerkt", erklärte sie. „Die beiden Satelliten sind schwer auszumachen, auch mit dem hochentwickelten Instrument, das mir hier zur Verfügung steht. Aber als ich sie endlich entdeckte, waren sie viel zu weit von ihrem Planeten entfernt. Sie haben ihre alten Umlaufbahnen verlassen und rasen ins All."

„Und was bedeutet das?"

„Daß man sie von der Schwerkraft befreit hat, durch die sie bisher an den Mars gefesselt waren. Vermutlich, weil die Schwerkraft des Mars durch eine wissenschaftliche Leistung, die unser Fassungsvermögen übersteigt, auf jene Röhre konzentriert wurde, die nun über fünfzig Millionen Meilen hinweg bis zu unserer Atmosphäre reicht."

„Und die Röhre ist jener seltsame Tornado?"

„Genau. Unsere Atmosphäre wird durch die Röhre auf den Mars gezogen. Die Röhre scheint um die Erde zu rasen, weil sich die Erde dreht. Die heftigen Luftströmungen, die sie erzeugt, und der Luftverlust verursachen die Stürme. Die ungewöhnlichen Sonnenuntergänge und Morgendämmerungen sind zweifellos zufällige Begleiterscheinungen der Gewalt, die jene Röhre bildet und lenkt."

Leigh stand neben dem Mädchen und blickte durch den schmalen Schlitz nach oben. Im purpurschwarzen Himmel leuchtete der Mars wie ein unheilvoller orangeroter Punkt. Leighs verwirrtes Gehirn versuchte die Bedeutung zu erfassen, die von diesem Punkt ausging.

„Was für Wesen könnten das sein?“ flüsterte er.

Die Stimme des Mädchens klang belegt. „Wahrscheinlich sind es interstellare Passagiere. Sie kamen aus dem Süden, möglicherweise von einem der näher liegenden Sterne des Zentauren. Da ihnen ein solcher Flug gelungen ist, müssen sie uns so überlegen sein wie wir den Ameisen. Und deshalb sind wir ihnen gegenüber völlig machtlos.“

„Aber Ameisen können stechen“, flüsterte Leigh. Ein Hauch der Nachtluft, die durch den Schlitz hereindrang, erschien ihm kalt wie nie zuvor, und er erschauerte wieder. „Wann werden sie aufhören?“

Elene Gayle zuckte müde mit den Schultern. „Woher soll ich das wissen? Wir könnten ihnen die Hälfte unserer Atmosphäre überlassen und in tiefliegenden Gebieten überleben, wenn es auch überall eisigkalt wäre. Vielleicht werden sie sich in einiger Zeit mit der Atmosphäre, die sie uns gestohlen haben, zufriedengeben. Vielleicht wird die Verschiebung in der Umlaufbahn der Erde der Gewalt dieser Energieröhre entgegenwirken – bis sich Mars und Erde wieder gegenüberstehen, in zwei Jahren.“

„Der Mars ist ein kleinerer Planet“, sagte Leigh. „Sie dürften nicht soviel Luft brauchen.“

„Wegen der geringeren Schwerkraft brauchen sie ziemlich viel Luft, um denselben Druck und dieselbe Dichte herzustellen, wie sie auf Erden herrschen.“

„Dann sind wir also ihrer Barmherzigkeit ausgeliefert? Können wir gar nichts tun?“

Ihr Gesicht war blaß und hoffnungslos. „Die Menschen werden so reagieren, wie es ihrem Wesen entspricht. Ein Großteil der Erdenbevölkerung ist bereits in hilflose Panik geraten. Die Regierungen werden versuchen, Streitkräfte zu mobilisieren, in den Kampf mit einem Feind zu schicken, den sie nicht einmal sehen werden, bevor sie sterben. Nur ein paar Wissenschaftler werden versuchen, das Problem mit klaren Köpfen zu analysieren und herauszufinden, was man dagegen tun kann – wenn eine Gegenmaßnahme überhaupt möglich ist. Ich bezweifle, daß man irgend etwas gegen diese Wesen unternehmen kann.“

Die Rakete kam vor Mitternacht an. Elene hatte den ganzen Abend am Funkgerät gesessen, das Schiff mit ihren Signalen dirigiert, hatte sich die Berichte über die weltweite Verwirrung, das Entsetzen der Menschheit angehört. Sie hatte vergeblich versucht, dem Raketenversuchslabor der Gayle-Stiftung in der Wüste von New Mexico eine Nachricht zukommen zu lassen.

Als die blau gleißenden Kationdüsen über den Sternenhimmel rasten, rannte Leigh mit Lichtsignalen an den Strand. Die Rakete schoß in einem beängstigenden Wirbel herab, landete in einer gewaltigen blauen Flamme, dann stolperten zwei Männer heraus. Das Mädchen ging ihnen mit Leigh entgegen. Der winzige grauhaarige Mann mit dem Spitzbart war Dr. Laymon Duval, der Assistenzdirektor der Stiftung. Und Leigh wußte, ohne zu fragen, daß der große schlanke Pilot mit dem schwarzen Helm nur Laird Cragin sein konnte.

Cragin humpelte und war voller Verbände. Elene nickte dem älteren Mann zu und begrüßte Cragin mit einem herzlichen Händedruck. Sein gutgeschnittenes Gesicht lächelte sie an. „Tut mir leid, daß wir so spät kommen. Aber dieser verrückte Sturm hat mich auf den Marquesa Islands zu einer Bruchlandung gezwungen. Ich mußte warten, bis Dr. Duval in einer anderen Feuerkiste ankam. Aber jetzt sind wir ja da . . .“

Die dünne Stimme des älteren Mannes fiel ihm ungeduldig ins Wort. „Sind Sie ganz sicher, daß die Fakten stimmen, die Sie uns in ihrer Code-Botschaft mitgeteilt haben? Glauben Sie wirklich, daß stellare Invasoren auf dem Mars die Luft der Erde stehlen?“

„Habe ich mich jemals geirrt, Duval?“ fragte das Mädchen brüsk.

„Ich weiß, Sie irren sich nie, im Gegensatz zu unseren männlichen Kollegen“, gab er zu. „Was schlagen Sie vor?“

„Wir müssen sofort zurückkehren. Wir brauchen die volle Unterstützung des Präsidenten und des Kriegsministeriums. Dann müssen wir unsere experimentelle Rakete in New Mexico fertigstellen, so schnell es geht. Wir müssen sie bewaffnen, zum Mars schicken und die Aktion stoppen, die uns der Erdatmosphäre beraubt.“

Duval schüttelte skeptisch den grauen Kopf. „Das wäre das einzige, was wir tun könnten. Aber Sie wissen, daß ich das Experiment in Alamogordo leite, und ich bin überzeugt, daß wir die Rakete nicht fertigstellen können, bevor wir die ganze Luft verloren haben. Wenn man uns weiterhin die Atmosphäre im jetzigen Tempo entzieht, werden wir uns gezwungen sehen, das Experiment abzubrechen. Auch wenn wir davon absehen, daß der Flug Wochen dauern würde . . ."

„Jedenfalls müssen wir es versuchen", unterbrach ihn das Mädchen. „Ich fliege noch heute abend mit euch nach Amerika."

„Heute abend?" wiederholte Carter Leigh. Instinktiv griff er nach ihrem Arm. „Ich komme mit Ihnen", stieß er heiser hervor. „Ich fliege Ihre Rakete zum Mars, Elene."

„Danke, Leigh." Sie drehte sich kurz zu ihm um. „Aber Sie sind kein Raketenpilot." Sie wandte sich wieder an Cragin. „Du mußt Treib- und Sauerstoff tanken. Wir haben keine Zeit zu verlieren."

„Hallo!" Cragins Stimme klang nicht sonderlich erfreut. „Sie sind also Lucky Nonstop Leigh? Nun, es sieht so aus, als wären Sie diesmal an einem recht unglückseligen Fleckchen Erde gestoppt worden. Passen Sie gut auf den Sturm auf, der im Morgengrauen losbrechen wird. Er wird die Welt täglich in einem Streifen zwischen dem dreißigsten und vierzigsten Breitengrad umrasen. Perth und Buenos Aires sind bereits verschwunden."

„Ich bin gleich wieder da", sagte das Mädchen. „Ich muß nur noch ein paar Notizen holen."

Carter Leigh sah ihr nach, als sie ins Dunkel zurückrannte, zum Observatorium. Schweigend hörte er Cragin zu, als er ihm half, einen Kanister mit Kappa-Treibstoff an Bord zu hieven, und versuchte die Verzweiflung zu verbergen, die ihn erfüllte.

„Tut mir leid, alter Junge", sagte Cragin. „Aber ich glaube, daß das mein Job ist. Ich bin mit allen experimentellen Modellen herumgehüpft. Wenn Gay ihre Rakete zum Mars schickt, dann werde ich sie fliegen."

Leigh hielt den Atem an. Laird Cragin war zweifellos ein tüchtiger, tapferer Mann, auch jetzt, angesichts seines sicheren Todes, den er in seinem Versuch die Erde zu retten, erleiden würde. Aber Leigh haßte ihn plötzlich. Es war ein wilder, blindwütiger Haß. Er zitterte am ganzen Körper, und seine Hände ballten sich. Tränen stiegen ihm in die brennenden Augen, und auch das Mädchen, das mit einem

Aktenköfferchen aus dem Dunkel zurückkehrte, war nur ein nebelhafter Schatten.

„Wir würden Sie gern irgendwo absetzen, alter Junge.“ Aus Cragins Stimme klang kein Bedauern. „Aber in der Rakete ist nur Platz für drei, und wir haben keine Zeit . . .“

„Danke“, brachte Leigh mühsam hervor, „aber ich habe ja die alte *Phoenix.*“

Elene Gayle blieb stehen, um nach seiner Hand zu greifen. Ihre Finger fühlten sich kalt an. „Leben Sie wohl, Leigh“, sagte sie brüsk. „Tut mir leid, daß wir Sie verlassen müssen. Beobachten Sie den Sturm, unsere Ausrüstung und die Geräte stehen Ihnen voll und ganz zur Verfügung. Wenn Sie können, fliegen Sie nach Norden, aus der Spur des Sturms.“

Leigh gab ihr keine Antwort. Duval saß bereits wieder in der Rakete. Cragin hob das Mädchen hinein, dann kletterte er ihr nach, schloß die sanftgeschwungene transparente Luke. Reglos blieb Leigh stehen, bis der Pilot die Luke noch einmal öffnete und einen warnenden Ruf ausstieß. Leigh stolperte zurück, die blauen elektronischen Exhaustoren begannen zu brüllen, seine Haut prickelte, Ozon brannte in seinen Lungen. Geblendet schloß er die Augen. Als er wieder sehen konnte, war die Rakete nur noch ein kleiner blauer Stern, der im Nordnordosten verblaßte.

Carter Leigh stand allein am Strand und pfiff leise die Melodie von ‚Barbara Allen‘. Allein auf Manumotu . . . Es war Mitternacht. In etwa sechs Stunden würde wieder der wilde Sturm um die Erde rasen.

Im Süden, hinter dem düster aufragenden Gipfel, begann bereits jene seltsame Morgenröte zu leuchten. Grüne und orangerote Strahlen überquerten den Zenit. In ihrem unheimlichen Licht sah er die alte *Phoenix*, die rücklings auf dem weißen Strand lag. Mit schweren Schritten ging er auf sie zu. „Wenn’s dir auch schlecht geht, altes Mädchen, zu einem Flug wirst du dich noch aufraffen müssen, es sei denn, du willst von diesem Sturm hochgerissen werden, der zwischen zwei Welten tobt.“

Plötzlich blieb er im Korallensand stehen. Sein Blick hob sich von der verbeulten, alten Kiste und zum roten, unheimlichen Auge des Mars hinauf, der sich vom Meridian entfernt hatte. Er stellte sich das silberne Band vor, das von einer Welt zur anderen reichte, dann formten sich seine Lippen zu einem lautlosen Pfiff: „Nun, warum nicht?“

Er stolperte auf die alte Maschine zu. Seine zitternde Hand berührte das kalte Metall ihres Propellers. Seine Stimme klang atemlos. „Warum nicht, altes Mädchen? Es gibt ja Luft auf dem ganzen Weg bis dorthin. Und wo es Luft gibt, kannst du mit Benzin fliegen. Vielleicht wird die Luft ein bißchen dünn sein. Aber wir sind ja an Höhenflüge gewöhnt.“ Er ging um die *Phoenix* herum, inspizierte das Seiten- und das Höhenruder. „Wird ziemlich windig sein . . . Aber der Sturm wird hinter uns toben. Und wenn du fünfzig Millionen Meilen schaffen willst, brauchst du ja ein bißchen Rückenwind.“

Im Dunkel starrte er auf das beschädigte Querruder. „Die Chancen stehen gegen uns – eine Billion zu eins. Aber was macht das für einen Unterschied? Du bist völlig veraltet, Mädchen. Genau wie ich. Das hat man uns ja deutlich klargemacht. Trotzdem – warum nicht? Wahrscheinlich wird sie mit Cragin zum Mars fliegen, wenn die Rakete fertig ist. Dann werden wir uns vielleicht dort treffen. Okay, Herzogin! Es geht los!“

Er wußte, daß es nicht leicht sein würde, das Flugzeug umzudrehen und zu reparieren, in den sechs Stunden, die ihm noch bleiben würden bis zum nächsten Sturm, in der grimmigen Kälte. Aber er hatte sich schon oft in ähnlichen Situationen befunden. Einmal hatte er mit einem gebrochenen Propeller in der arktischen Tundra landen müssen, und er hatte es auch allein geschafft, da wieder herauszukommen. Ein Glück, daß er die Vorräte und die Ausrüstung der verlassenen Station zur Verfügung hatte . . . Er holte dicke Taue, und nach einer Stunde stand das alte Flugzeug wieder auf seinem Einziehfahrwerk.

Er startete den Motor und steuerte die Maschine neben das Gebäude, wo er elektrisches Licht hatte. Dann begann er an dem verbogenen Querruder zu arbeiten. Als er es notdürftig repariert hatte, entdeckte er noch ein halbes Dutzend weiterer Schäden, die behoben werden mußten. Und vielleicht gab es immer noch irgendwo einen verborgenen Defekt, den er erst finden würde, wenn das Schiff in der Luft war. Vier kostbare Stunden waren vergangen, bevor er tanken konnte. Er brauchte Benzin und Sauerstoff. Die Luft auf der Erde war bereits sehr dünn geworden. Aber in jener Energieröhre würde sie noch dünner sein.

Leigh schob die Kanister mit dem Raketentreibstoff und die Vorratskisten beiseite, dann schleppte er Benzinkanister zu der Maschine und füllte die leeren Tanks. Immer nur zehn Gallonen auf einmal . . . Die Tanks faßten dreihundert Gallonen, und außerdem mußte er noch Kanister hinter dem Cockpit aufeinanderstapeln.

Das Kreuz des Südens erhob sich über dem Gipfel. Die Zeit verging wie im Flug. Er keuchte. Trotz der kalten Morgenluft war sein Körper schweißgebadet . . . Ein Glück, daß die Station so verschwenderisch mit Treibstoff für den Motorgenerator und die Heizgeräte ausgestattet war . . . Die geringere Oktanzahl dieses Treibstoffs war gerade richtig für seine alte Maschine.

Im Osten leuchteten die ersten unheimlichen Vorboten der Morgendämmerung, als das Werk vollbracht war. Jetzt der Sauerstoff . . . Er schwankte unter dem Gewicht des langen stählernen Zylinders. Vier Zylinder . . . Mehr wagte er nicht an Bord zu verfrachten.

Jetzt loderten rote Zungen im Osten auf. Bald würde der Wirbelsturm über Manumotu hinwegfegen. Und er mußte hoch oben sein, um in den Sog des Sturms zu geraten, so hoch es die *Phoenix* schaffte. Aber auch in den weicheren Händen der oberen Atmosphäre würden seine Chancen beängstigend gering sein. Er holte noch Lebensmittel, nahm einen zerfledderten John-Keats-Band mit, auf dessen Vorsatzblatt Elene Gayles Name stand. Wer hätte gedacht, daß weibliche Astronomen romantische Gedichte lasen? Er kletterte ins Cockpit, dann trat er mit der Ferse aufs Startpedal. Während die Startmaschine zu arbeiten begann, rückte Leigh seinen Helm zurecht, testete die Sauerstoffröhren und das Drosselungsventil. Er stellte den Höhenmesser und die Uhr ein. Dann trat er auf die Kupplung, und der alte Motor heulte auf.

Die feinen Öltropfen an der Windschutzscheibe erinnerten ihn daran, daß sie überholt werden müßte. Wenn er genügend Zeit und die nötigen Werkzeuge gehabt hätte ... „Verrückt!" flüsterte er. „Ich fliege zum Mars!" Und dann begann er, begleitet vom Dröhnen des Motors, ‚Barbara Allen' zu pfeifen. Während sich der Motor erwärmte, drückte er auf den Knopf, der die Anstellwinkel der Propellerflügel regulierte. Dann bereitete er sich auf den Start vor. Der Strand lag nun als geisterhafter grauer Streifen unter dem seltsamen Sonnenuntergang – viel zu kurz für die schwere Fracht, mit der die *Phoenix* beladen war.

Er steuerte das Ostende des Strandes an, wandte sich dann dem unheilvollen Westwind zu, tauchte mitten hinein. Das Schiff war viel zu schwer. Obwohl er während des ganzen Anlaufs den Steuerknüppel vorn hatte, schleppte sich das Hinterrad mühsam hinterher. Weißer Gischt, der über den schwarzen Felsenzahn am Ende des Strands flog, rauschte ihm entgegen. Aber dann hob das Ende des Flugzeugs vom Boden ab, die Räder peitschten den Sand, streiften beinahe den Felsen dahinter. Leigh stieß einen erleichterten Seufzer aus und drückte auf den Knopf, der das Einziehfahrwerk in Gang setzte. Die Nadel des Fahrtmessers schoß nach vorn.

Er flog über die dunkle, unruhige See nördlich von Manumotu nach Osten. Das flammende Rot des Himmels wurde immer greller. Er hielt nach dem Silberfaden Ausschau und stellte das Höhenruder so ein, daß die Maschine stetig höherstieg. Er schloß den Deckel des Cockpits. Plötzlich war die Luft ringsum ganz still, und Leigh genoß ein paar Sekunden der Entspannung vor dem kritischen Augenblick, der ihm bevorstand, griff nach dem zerfledderten Buch, das neben ihm lag. „Welch ein sentimentaler Narr ich doch bin", flüsterte er. „Elene Gayle würde keine überflüssige Fracht auf den Mars mitschleppen."

Er öffnete den Deckel des Cockpits, schleuderte das Buch in den Wind hinaus, der wieder zu kreischen begonnen hatte, und im nächsten Augenblick bedauerte er bereits, was er getan hatte. Wieder blickte er nach Osten. Noch immer kein Tornado ... Würde ihn der Sturm im Stich lassen?

Die *Phoenix* stieg pro Minute zwölfhundert Fuß höher. Es wurde kalt im Cockpit. Er stellte die Heizung in seinem Anzug an. Seine

Ohren schmerzten, die Lungen begannen sich zu quälen in der kalten Luft, die immer dünner wurde. Er adjustierte die Sichtplatte des Helms, drehte am Sauerstoffventil.

Dann sah er den Wirbel. Er kam auf ihn zu wie ein schwingendes silbernes Seil. Leigh flog geradewegs darauf zu. Er sah, wie die tanzende Spitze des Fadens Manumotu berührte, sechs Meilen unterhalb der *Phoenix*. Es war, als würde eine Zauberhand alles Grün von den schwarzen Klippen wischen, und ein Wasserberg überflutete sie.

Der erste Windstoß erfaßte ihn so heftig, daß der Motor aussetzte. Der reglose Knüppel lag locker in Leighs Hand. Er stieß ihn nach vorn, erweckte den Motor wieder zum Leben, dann zog er ihn wieder zurück. Er versuchte neben dem Silberschacht hochzusteigen, sich vorsichtig hineinzuschleichen. Aber der Winstoß erfaßte ihn mit wilder Gewalt, beschleunigte das Tempo der Maschine so stark, daß Leigh nicht dagegen ankämpfen konnte. Das Blut wurde aus seinem Kopf getrieben, Dunkelheit senkte sich drückend auf ihn herab. Verzweifelt wehrte er sich gegen eine drohende Ohnmacht, bemühte sich, die Nase des Flugzeugs oben zu halten.

Für Minuten, die ihm wie Ewigkeiten erschienen, war er in diesen Kampf verwickelt. Nur mit halbem Bewußtsein führte er all die nötigen Handgriffe aus, die den Motor am Leben erhielten, die das Flugzeug in den wirbelnden Silberschacht lenkten.

Endlich ließ der mörderische Druck nach, der ihm fast die Besinnung geraubt hätte. Sein gepeinigtes Herz begann wieder langsam zu schlagen. Er war sich seiner Umgebung wieder voll bewußt, vernahm das Dröhnen der knatternden, verbeulten *Phoenix*, die wie durch ein Wunder ganz geblieben war. Er verstärkte die Sauerstoffzufuhr, stellte den Propeller so ein, daß sich die Flügelblätter mit Höchstgeschwindigkeit zu drehen begannen, schaltete den Hilfskompressor ein. Das kalte Gas füllte wieder seine Lungen, und jetzt erst nahm er wahr, was sich außerhalb seines Flugzeugs abspielte.

Es war der seltsamste Augenblick, den Leigh je erlebt hatte. Die Krümmung der Silberröhre schien ganz nah zu sein, an allen Seiten. Er wußte, daß die Luft darin und mit ihr die *Phoenix* jetzt mit einer

Schnelligkeit nach oben schoß, die das menschliche Begriffsvermögen überstieg. Und doch schien ihn eine unheimliche Stille zu umgeben. Mühsam gelang es ihm, das Flugzeug mit halb gedrosseltem Motor in der Mitte des Schachts zu halten.

Obwohl er wußte, daß die Röhre nicht aus Materie bestand, daß sie nur ein Wirbel aus ätherischen Kräften war, erschienen ihm ihre Wände seltsam real, fast wie Glas. Aber woraus diese Wände auch immer bestanden, es war wohl besser, sie nicht zu berühren. Denn ein wirbelnder Stab vor ihm in der Luft war zu einem dicken schwarzen Balken angewachsen – vermutlich ein Baumstamm von Manumotu, den der Sturm entwurzelt hatte. Leigh sah, wie der Stamm gegen die gläserne Wand stieß und sofort zu Staub und Splittern zerfiel.

Er drehte sich im Cockpit um und sah die Erde hinter sich. Jenseits der schimmernden Schachtwände hing eine mächtige Halbkugel im Dunkel, grau und verschleiert, von weißen Wolkenfetzen übersät. Amerika lag am Rand der Halbkugel, von breiten, weißen Schneestreifen bedeckt, die für diese Jahreszeit ungewöhnlich waren. Asien war in der Finsternis nicht zu sehen.

Rasch wurde die Erde kleiner. Es war seltsam, dachte Leigh, daß sie trotzdem näher zu rücken, sich nicht zu entfernen schien, wie es eigentlich zu erwarten war. Amerika wurde schmäler, verschwand allmählich hinter der Erdkrümmung. Langsam tauchte Australien aus der Nacht auf. Leigh wußte, daß jetzt das unsichtbare Ende der Röhre vernichtend über diesen Kontinent hinwegfegte.

Ein stetiger Druck hielt ihn auf seinem Sitz fest. Zuerst hatte er das kaum bemerkt. Aber nun stellte er fest, wie mühsam es war, die Arme zu heben, gegen diesen Druck anzukämpfen. Seine Nackenmuskeln begannen zu schmerzen. Das lag an der Beschleunigung. Immer schneller wurde er mit der Erdatmosphäre zum Mars hinaufgesogen. So weit, so gut. Er lenkte die *Phoenix* um einen goßen Granitbrocken herum, der mit ihm in den Schacht gezogen worden war.

Es war unglaublich. Er flog mit der *Phoenix* zum Mars, mit einer alten Gebrauchtmaschine, die Tick Tinker den Stadtvätern von Phoenix abgeschwatzt hatte. Und der Gayle-Stiftung war es trotz all ihrer Millionen bisher nicht gelungen, mit ihren Raketen auch nur zum

Mond zu fliegen. Aber ob es unglaublich war oder nicht – es war Tatsache.

Nach der Aufregung und Anspannung der letzten Stunden begann Leigh nun die Belastung einer Monotonie zu spüren, die ihn fast verrückt machte. Er war schon müde gewesen, nachdem er das Flugzeug beladen hatte. Und keiner seiner vorangegangenen Flüge war so anstrengend gewesen wie dieser. Die Luft war zu dünn, so dünn, daß der Motor hustete und spuckte, trotz beider Hilfskompressoren. Und obwohl er stetig mit zischendem Sauerstoff versorgt wurde, fühlte sich Leigh schwach und bedrückt. Und diese mörderische Kälte, vor der ihn nicht einmal der beheizte Anzug schützte . . .

Nichts änderte sich. Da war das Schiff, da war die Silberröhre. Die Erde war nur noch ein sanft glühender Punkt neben dem noch schwächer leuchtenden Mond am Ende des Schachts. Und der Mars blieb ein rötlich leuchtender Fleck am anderen Ende. Er aß ein wenig von seinen Vorräten, als ihm die Uhr verriet, daß er eigentlich Hunger haben müßte.

Durch die bleichen Wände des Schachts betrachtet, wirkte das All sehr dunkel. Aber die Sterne waren heller und bunter, als er sich das je vorgestellt hatte. Doch es war ihm fast unmöglich, in ihren Myriaden vertraute Konstellationen zu entdecken. Er fühlte sich verloren inmitten all dieses fremden Glanzes. Leigh blickte wieder auf die Uhr. Der Zeiger kroch quälend langsam voran. Endlich war ein Tag vergangen. Ein neuer begann. Sein Körper prickelte schmerzhaft, dann wurde er gefühllos vor Kälte und Erschöpfung. Ein heftiges Schlafbedürfnis zerrte an seinem Gehirn.

Aber nachdem der Baumstamm zerfallen war, wußte er, was geschehen würde, wenn seine Aufmerksamkeit auch nur für wenige Sekunden nachließ. „Wie schön für die Nonstopflieger, daß sie langsam aussterben", flüsterte er.

In seiner ersten wilden Entschlossenheit, während all der Mühsal, die er zu Beginn des Unternehmens überstanden hatte, war ihm nicht bewußt gewesen, was danach kommen würde. Aber jetzt, in dieser endlos scheinenden Monotonie, hatte er genug Zeit, über die Frage nachzudenken, was er tun würde, wenn er erst einmal auf dem Mars gelandet war. Er besaß eine 45er Pistole mit automatischer Ladung und ein halbes Dutzend Munitionskästen – eine Bewaffnung, die genauso antiquiert war wie die *Phoenix.* Wie sollte er mit einer solchen Waffe gegen die Wissenschaft ankämpfen, die diese interplanetarische Röhre erfunden hatte? Sein müdes Gehirn wehrte sich verwirrt dagegen, dieses Problem lösen zu müssen.

Jede Minute war ihm wie eine Ewigkeit vorgekommen. Aber dann begann der Mars endlich zu wachsen am Ende der langen Silberwindungen des Schachts, wurde zu einem anschwellenden hypnotischen Auge. Leigh versuchte vergebens, seine Schläfrigkeit, die Last der Monotonie abzuschütteln. Der Mars starrte ihn an, das rote Auge jener unheimlichen Intelligenz, die der Erde die Atmosphäre raubte.

Mit einem Ruck erwachte er. Die alte *Phoenix* knarrte und bebte. Die Spitze der rechten Tragfläche hatte die Silberwand berührt und war zertrümmert worden. Verbogenes Metall blieb hängen in der Luft, verlangsamte das Tempo. Leigh verstellte das Ruder, um diesen Effekt zu kompensieren.

Nun wurde der Schacht allmählich breiter. Die Geschwindigkeit des Luftstroms verringerte sich. Eine unwiderstehliche Gewalt schleuderte Leigh im Cockpit nach vorn. Rings um die *Phoenix* kreischte ein wilder Wind. Sie raste auf den Mars zu. Er drosselte den Motor, lenkte das Flugzeug in eine der Spiralwindungen. Wütende Luftwirbel hämmerten gegen den Rumpf. Die *Phoenix* stöhnte und ächzte. Von dem beschädigten Flügel splitterten Metallteile ab, immer mehr.

Und der Mars wurde größer und größer. Leigh sah auf die Uhr. Vor fünfzig Stunden hatte er den Strand von Manumotu verlassen. Er mußte fünfzig Millionen Meilen geflogen sein. Eine Million Meilen pro Stunde – das sollte ihm Laird Cragin mit seiner Rakete erst einmal nachmachen.

Das Gesicht des Mars unter ihm wurde immer breiter, und die orangerote Luft war übersät von den hellen Wolken der Atmosphäre, die man der Erde gestohlen hatte. Aber Leigh entdeckte dazwischen die weiße Ellipse des Pols und darüber den wachsenden Purpurring, wo die stellare Rakete gelandet war.

Er raste durch den geweiteten Schacht hinab, der nun den Luftstrom aus der Erdrichtung abfederte, folgte der steilen Spiralwindung, die auf den Purpurfleck zuführte. Leigh beschloß, mitten darin zu landen und dann, so gut es ihm in seiner Erschöpfung und mit seiner unzureichenden Ausrüstung möglich war, mit den mysteriösen Marseroberern fertigzuwerden.

Wieder stieg wilde Entschlossenheit in ihm auf. Und eine heftige Freude erfüllte ihn. Er war der erste Mensch, der das All durchflogen hatte. Er war der Repräsentant der Menschheit, und er fühlte die Kraft seiner ganzen Rasse in sich. Er war unbezwinglich. Wenn es sein mußte, würde er die *Phoenix* in ein Geschoß umwandeln und mitten ins Herz der feindlichen Gewalt jagen.

In seiner fieberhaften Erregung wollte er den Deckel des Cockpits öffnen und schreien. Seine Lungen schienen zu brennen. Dann verriet ihm ein Blick auf den barometrischen Höhenmesser, daß das Gerät bereits auf den wachsenden Luftdruck reagierte. Die verstärkte Sauerstoffzufuhr wirkte berauschend auf ihn, und er verengte die Öffnung des Ventils.

Eine vorbeiziehende Wolke verbarg für einige Minuten den Purpurfleck. Durch seinen verbogenen Feldstecher studierte Leigh die Oberfläche des Planeten. Die neu entstandenen Seen in der rötlichen Wüste waren schwarz oder glänzten wie Spiegel. Die olivgrünen Streifen an den Ufern deuteten auf Vegetation hin. Die Wolke bewegte sich weiter, und jetzt konnte er den Purpurfleck wieder sehen. Der Feldstecher zeigte ihm dichtes, purpurrotes Dschungelgestrüpp, viel üppiger als die olivgrünen Streifen. Hatten die Invasoren eine fremde Saat auf den Mars mitgebracht?

Eine grüne Linie durchschnitt die rote Wildnis gegenüber der Polarkrone. Und mitten im Dschungel sah er ein seltsames grünes Funkeln, eine Maschinerie, eine kolossale Röhre aus Gitterwerk, die nach oben ragte. Dieser mächtige Metallfinger zeigte auf den Silberschacht, in die Richtung der fernen Erde. Es war der Finger des Verderbens. Leigh wußte, daß er dieses Ding zerstören mußte, und er lenkte die zitternde alte *Phoenix* in einer noch steileren Kurve nach unten.

Es war ein langer, langer Flug gewesen, dachte sein benommenes Gehirn, und das alles nur, um Selbstmord zu begehen. Aber er mußte es tun, für die ganze Menschheit, für Elene Gayle und ihre Wissenschaft, sogar für Laird Cragin und seine Rakete. Zumindest hatte er das vor, aber es wurde ihm verwehrt.

Der lange grüne Finger im purpurroten Dschungel begann sich plötzlich zu bewegen, die Spitze richtete sich auf das hinabtauchende Flugzeug. Ein heftiger Schlag traf die *Phoenix.* Wenn die Kraft dieser Nadel aus der konzentrierten Gravitation des Mars bestand, dann wirkte ein beängstigender Teil davon auf das Flugzeug ein, und der Anprall raubte Leigh die Besinnung.

Als er wieder zu sich kam, wirbelte die *Phoenix* senkrecht nach unten. Ihr alter Rumpf zitterte, neue Metallteile lösten sich von dem verletzten Flügel. Das beschädigte Querruder versagte wieder.

Er zerrte am Knüppel, strengte sich verzweifelt an, die *Phoenix* aus der senkrechten Flugbahn zu lenken. Es gelang ihm, die wilde Kreiselbewegung zu stoppen, ihre Nase richtete sich langsam nach oben. Dann hielt er nach einem Landeplatz Ausschau. Seichte Seen aus gelbem Regenwasser unterbrachen die rote Wüstenfläche. Leigh entdeckte eine Felskante, die fest und trocken aussah, und bereitete sich auf die Landung vor.

Die Luft war immer noch dünn, obwohl er sich dicht über der Oberfläche des Planeten befand. Das wurde zwar teilweise durch die geringere Schwerkraft ausgeglichen, aber das Landetempo würde gefährlich hoch sein.

Die rote Felskante raste auf ihn zu, und er versuchte die *Phoenix* abzufangen. Trotz all seiner Bemühungen schlug das rechte Rad zuerst und viel zu hart auf. Das Flugzeug prallte ab, begann gefährlich zu schaukeln. Der Sprung trug es ungewöhnlich hoch nach oben. Nun hatte er Zeit, die Maschine wieder in eine halbwegs waagerechte Lage zu bringen. Noch ein Sprung, der das ganze Flugzeug ächzen und beben ließ, und beim nächsten streifte der beschädigte Flügel den Boden und zerbarst. Verzweifelt versuchte er, die Maschine wieder in die richtige Lage zu bringen, aber nun raste der heile Flügel nach unten, grub sich tief in roten Schlamm und zerbrach. Der Rumpf hüpfte ein paarmal auf und ab, drehte sich auf die Seite, raste hundert Yards weit in einer Gischtwolke dahin und kam endlich zum Stehen.

Leigh kletterte mit steifen, schmerzenden Gliedern aus dem Wrack. Aber trotz der Bruchlandung waren seine Knochen wunderbarerweise heil geblieben. Der Helm war ihm vom Kopf geflogen, seine Lungen rangen mühsam nach Luft, bekamen aber genügend Sauerstoff.

Gelbgrüne, fleischige Schoten wuchsen aus dem nassen roten Boden unter seinen Füßen. Er stand am Rand eines großen, seichten Sees, in dem sich der neblige Himmel spiegelte. Am anderen Ufer, über sanft gerundeten roten Hügeln, die von olivgrünen Flecken übersät waren, sah er einen langen Streifen aus purpurnem Dunkel. Und nachdem sich seine Ohren an die Stille gewöhnt hatten, hörte er ein stetiges fernes Dröhnen, das aus dem Himmel kam, erzeugt von der Strömung gestohlener Luft. Die dunkle Linie mußte der purpurrote Dschungel sein, und in seiner Mitte befand sich die große Maschine der stellaren Invasoren, die zerstört werden mußte. In seinem halb benommenen Zustand war Leigh nun so zuversichtlich, daß ihm nichts mehr unmöglich erschien, und er begann seine Vorbereitungen zu treffen.

Er steckte seine alte Automatik in die Tasche, dann packte er zwei Benzinkanister, die je fünf Gallonen faßten, und die restlichen Sauerstoffzylinder in seinen Fluganzug und schnürte alles zu einem Bündel zusammen.

Auf der Erde hätte er diese Last nicht schleppen können. Auch hier wog sie immerhin achtzig Pfund, und dazu kamen noch die sechzig Pfund seines Körpergewichts. Doch die Last vereinfachte zumindest das Gehen, wenn das Atmen auch Schwerarbeit für seine ohnehin strapazierten Lungen bedeutete.

Der Horizont lag näher, als es aussah. Das sagte er sich mehrmals vor, um sich Mut zu machen, dann ging er auf den unbekannten Dschungel zu. Der Himmel dröhnte immer lauter, und Leigh schwankte vor Müdigkeit. Sanfter Nieselregen fiel aus dem gestohlenen Nebel auf ihn herab, vermischt mit Hagelkörnern. Die Kälte drang ihm bis auf die Knochen.

Endlich erreichte er den Dschungel. Überdimensionale Kakteen ragten vor ihm auf, mit gezackten purpurroten Stacheln, die so schnell wuchsen, daß man dabei zusehen konnte. Sie bohrten sich in den roten Schlamm, stachen wie Lanzen nach allen Seiten. Es war unmöglich, diese dichte Barriere zu durchdringen.

Entmutigt warf Leigh sein Bündel auf den Boden. Mechanisch verzehrte er den Inhalt einer Bohnendose, die er mitgenommen hatte, und dann sank er ganz plötzlich in einen tiefen Schlaf.

Der langsame Stoß eines Bajonetts weckte ihn. Er war völlig durchnäßt und steifgefroren. Eine schwere Last schien auf seiner Brust zu liegen, und das Atmen war schmerzhaft und mühsam. Er packte sein Bündel, dann trottete er durch den roten Schlamm nach Westen, um den Dschungel mit seinen wuchernden Stacheln zu umgehen.

Er nahm an, daß die grüne Röhre, die er gesehen hatte, in dieser Richtung lag. Nach einer qualvollen Stunde erreichte er ein breites Pflasterband aus einem glänzenden hellgrünen Material. Die Oberfläche war völlig glatt.

Die Straße führte geradewegs aus dem Norden heran. Sie durchschnitt den Dschungel, überwölbt von dichten purpurroten Dornen. Würde es ihm gelingen, die Erbauer dieser Straße zu überrumpeln? Nach kurzem Zögern folgte Leigh dem breiten, glatten Band.

Der Purpurschatten des Dschungels fiel auf ihn. Der Himmel dröhnte unablässig. Kalter, mit Hagel durchsetzter Regen tröpfelte unaufhörlich herab. Leigh ging weiter, ignorierte Erschöpfung, Kälte und Hunger. Einmal hielt er an, um aus einer Straßenpfütze zu trinken. Ein bohrender Schmerz durchfuhr seine Brust.

Dann schreckte ihn ein Summen auf. Er verließ die Straße, warf sich zwischen die roten Dornen. Ein riesiges Fahrzeug mit drei Rädern schoß auf der Straße heran, ein Gefährt aus hellgrünem, kristallinischem Material, das man wahrscheinlich in den äquatorialen Regionen gefördert hatte. Leigh kniff die Augen zusammen, um im dichten Purpurstaub den Fahrer auszumachen, aber er sah nur einen gallertartigen Arm. Und dieser Arm, ein gelbes Auge und eine weitere durchsichtige, winkende Extremität war alles, was er jemals von den Invasoren zu Gesicht bekam. Ihr Wesen, ihre Beweggründe, ihre

Flugroute, die Mysterien ihrer Wissenschaft, ihre Absichten bezüglich des Sonnensystem – das alles blieb wilden Spekulationen überlassen. Die Invasoren verschwanden und ließen nur einen verschwommenen Schatten zurück, einen Hauch des Unbekannten.

Die kurze Polarnacht brach bereits herein, als der Wagen an Leigh vorbeiraste. Es war bitterkalt. Der Regen wandelte sich nun endgültig in einen Hagelschauer, und Frost senkte sich über die Straße und die Dschungeldornen.

Leigh hatte keine Lichtquelle. Aber der Dornenwall ringsum und die phantastischen Strukturen am Ende der Straße zeigten sich nun im dumpfen Schein grüner Strahlen. Er sah die Überbleibsel der stellaren Rakete, ein riesiges Projektil, dessen Masse sich tief in den Planeten eingegraben hatte. Die Hälfte der oberen Teile war abgeschnitten worden. Vermutlich hatte sie als Mine gedient, um das grüne Metall zu fördern.

Dahinter ragte zwischen drei massiven Landebrücken die Gitterröhre empor, die über den Pol hinweg auf die unsichtbare Erde zeigte. Leigh hielt den Atem an, und von einem letzten Aufbäumen unvermuteter Kraftreserven erfüllt, taumelte er auf den grünen Schatten der stellaren Rakete zu. Nichts hielt ihn auf. Er stolperte über ein schmales offenes Feld, dann fiel er mitsamt seinem Bündel in das Dunkel zwischen den drei Landebrücken. Mit steifen Fingern begann er eine Mulde in den halbgefrorenen Schlamm zu graben.

Ein heiserer Schrei aus einer halb sichtbaren Struktur hinter den Landebrücken trieb ihn zu verzweifelter Eile an. Er riß sein Bündel auf, goß die zehn Gallonen Benzin in die Grube. Ein unheimliches Röcheln drang zu ihm, und seine Nackenhaare sträubten sich, dann hörte er ein metallisches Klirren, ganz in der Nähe.

Mit bebenden Fingern drehte er die Hähne der Sauerstoffzylinder auf, die komprimierte Masse strömte zischend heraus, halb flüssig, halb gasförmig. Sie verdampfte, umhüllte ihn mit einer Frostwolke. Leigh drehte die blauen Düsen ins Benzin. Das war eine knifflige Arbeit. Vor der Erfindung der Kationsprengungen waren Benzin und Oxygen die Lieblingstreibstoffe der Raketenexperimentatoren gewesen. Die richtige Mischung der beiden hatte fünfmal soviel Explosivkraft wie Nitroglyzerin, was die Hersteller atmosphärischer Bomben mehrfach bewiesen hatten.

Dies hier würde keine sehr wirksame Mixtur abgeben. Das Benzin war zu brüchigen blauen Splittern gefroren, der Sauerstoff verdampfte schnell. Es war unmöglich, vorauszusagen, was geschehen würde. Über dem ersterbenden Zischen der Düsen hörte Leigh, daß das Klirren und Röcheln noch viel näher gekommen war. Er richtete sich auf im dichten weißen Nebel und sah das gelbe Auge. Eine große, leuchtende gelbe Pupille, umrahmt von einer durchfurchten Membran.

Unter dem Auge glühte eine Metallspitze in einem eigenartigen Grün, richtete sich durch den Nebel auf Leigh. Er taumelte nach hinten, seine steifgefrorenen Finger fanden die Automatik, feuerten in das gelbe Auge. Es blinzelte und verschwand, und dann klirrte die Metallspitze im Nebel. Leigh stolperte zurück zum Überbleibsel der stellaren Rakete und begann in seine Schlammgrube zwischen den drei großen Landebrücken zu schießen. Beim dritten Schuß verwandelte sich der Dschungel in eine einzige blaue Flamme.

Die massive grüne Wand des kosmischen Projektils schirmte ihn gegen die Explosion ab und bot ihm einen geringen Schutz vor dem Sturm, der dann losbrach.

Als er zu sich kam, lag er in halb gefrorenem Schlamm, mit blutenden Nasenlöchern und dröhnendem Schädel. Mühsam richtete er sich hinter der schützenden Barriere auf und sah, daß die großen Bauten der Invasoren dem Boden gleichgemacht waren. Der grüne Schein war erloschen.

Er zuckte zusammen, als er eine Bewegung im grauen Dämmerlicht wahrnahm – einen Gallertarm, der aus einer Schlammpfütze ragte und langsam winkte. Er richtete die Automatik darauf, schoß sie leer, und der Arm versank im Schlamm.

Und dann kam der Wind. Nachdem die federnden Kräfte vernichtet waren, mit deren Hilfe sich die Invasoren geschützt hatten, stürzte der interplanetarische Luftstrom mit ungeheurer Gewalt auf den Mars zu. Nur die soliden stellaren Wände des Projektils konnten ihm standhalten. Eine halbe Stunde lang klammerte sich Leigh zerschlagen und halb erstickt an einen Metallbalken. Dann war der heulende Wind plötzlich verstummt. Die kleine Sonne ging am Himmel auf, der plötzlich heiter und hell war, und Leigh verschlief den halben Tag in ihrer tröstlichen Wärme.

Am Nachmittag kehrte er auf die Straße zurück, immer noch von schmerzhafter Müdigkeit erfaßt, und trottete durch den niedergemähten Dschungel zum Wrack der *Phoenix*. Hungrig und verzweifelt über seine Einsamkeit begann er zu bereuen, daß er überlebt hatte. Die Purpurdornen waren verwelkt, aber das ursprüngliche Pflanzenleben des Planeten hatte gewaltig zu wuchern begonnen. In dieser veränderten Landschaft fiel es Leigh schwer, das Flugzeug wiederzufinden. Als er es endlich erreicht hatte, verzehrte er die letzte Dose Corned Beef, die er noch besaß, dann stellte er eine Antenne für seinen Sender auf.

Diese letzte hoffnungslose Botschaft war aus mehreren Gründen wichtig. Er wollte die Erde von ihrer Angst befreien, er wollte Tick Tinker beglücken, und er wollte Dr. Elene Kathrine Gayle mitteilen, daß er einen Nonstopflug zum Mars unternommen hatte – mit Benzin und zum Nutzen der Allgemeinheit.

„Mars ruft Erde“, wiederholte er unablässig. „Carter Leigh auf dem Mars ruft Erde. Gestern hier gelandet. Invasoren in der vergangenen Nacht mit Benzinbombe vernichtet. Kein weiterer Luftverlust zu befürchten. Information an Tick Tinker, New York – Nonstopflug zum Mars mit Zerolube-Öl geschafft. Sitze nun auf Mars fest. Lebwohl, Erde!“

Er wiederholte diese Botschaft zwischen kurzen Schlafpausen, bis die Batterie leer war. Dann begann er müde und ohne Hoffnung sein neues Leben als erster Robinson Crusoe des Weltalls. In einem Topf, den er vom Ende eines Benzinkanisters abgesägt hatte, kochte er Pflanzen und Früchte, die seltsam schmeckten, aber genießbar waren. Er nahm an, daß er in den äquatorialen Zonen ein angenehmeres Klima vorfinden würde. Und getrieben von dem Wunsch, möglichst viel über die verlorenen Geschöpfe zu erfahren, die jene Straße gebaut hatten, verstaute er alle nützlichen Gegenstände, die er noch besaß, in einem Karren, den er aus dem Fahrgestell der *Phoenix* gebastelt hatte, und schob ihn die gerade Straße entlang nach Norden.

Die Erde, die sich nun vom Mars entfernte, glänzte wie ein goldener Morgenstern. Ihr Anblick in den frostigen Stunden der Morgendämmerung, wenn er vor Kälte nicht schlafen konnte, erfüllte ihn mit einem Gefühl verzweifelter Einsamkeit. Eines Tages warf er seine Pistole weg, um dem Bedürfnis, sie gegen sich selbst zu richten, ein Ende zu setzen. Am nächsten Tag ging er zurück zu jener Stelle, um die Waffe zu holen und zu reinigen. Dann verstaute er sie im Karren und setzte seinen Weg auf dem gläsern glatten Pflaster fort.

Nun lebte er schon seit dreißig Tagen auf dem Mars. Als der Frühling langsam näherrückte und Leigh immer weiter nach Norden gelangte, wurde das Klima erträglicher. Manchmal heiterte ihn der Anblick junger Schößlinge von vertrauter Gestalt ein wenig auf. Sie waren aus dem Samen entstanden, den der interplanetarische Wind auf den Mars getragen hatte.

Er war bis auf die Knochen abgemagert und litt an einem ständig wiederkehrenden schmerzhaften Husten. Die schwer verdaulichen Mahlzeiten, die er sich aus den Marspflanzen bereitete, verursachten immer wieder heftige Magenkrämpfe. Er ahnte, daß sein Ende kurz bevorstand, ob er nun die Automatic benutzen würde oder nicht.

Und dann kam die Nacht, die unglaubliche Nacht, als er auf seinem kalten Lager neben einem verglimmenden Feuer erwachte und das vertraute rhythmische Dröhnen von Kationraketen hörte. Atemlos und zitternd sprang er auf, um sein Feuer anzufachen. Umhüllt von den blauen Flammen ihrer Düsen, landete die Rakete auf der Straße. Im Schein ihres Feuers sah Leigh die Aufschrift an einer Seite des Rumpfs – *Gayle-Stiftung.* Vermutlich Laird Cragin, der ihm Gesellschaft leisten würde in seinem Exil.

Aber der blaue Kopf, der in der Luke erschien, gehörte Elene Gayle. „Hallo, Mr. Lucky Leigh“, sagte sie mit ihrer brüsken Stimme. „Herzlichen Glückwunsch zu diesem passenden Spitznamen . . . Sind Sie okay?“

„Klar“, krächzte er. „Ich bin nur ein bißchen überrascht.“

„Wir haben die Rakete fertiggestellt.“ Jetzt klang ihre Stimme seltsam atemlos. „Und da wir keine Schußwaffen und Explosivstoffe brauchten, haben wir sie mit Treibstoff und Vorräten für ein paar

Wochen vollgestopft. Wir wollen nämlich eine Weile hierbleiben und den Planeten erforschen."

„Cragin?" fragte Leigh.

„Es gibt nur zwei Plätze im Cockpit", sagte Elene. „Nach dem Start befahl ich ihm, mit dem Fallschirm abzuspringen." Plötzlich war ihre Stimme wieder brüsk. „Es ist mir eine Ehre, Ihnen als Zeichen der Dankbarkeit aller Erdenbewohner für Ihren bemerkenswerten Nonstopflug diese Medaillen und Auszeichnungen . . ."

Und dann brach ihre Stimme. Sie stolperte aus der Rakete, lief über das fremdartige Pflaster auf ihn zu, stürzte sich in seine Arme und klammerte sich zitternd an ihn.

Die Feuerprobe der Macht

1.

Die Geschichte meines Vaters beginnt zwangsläufig mit der großen Krankheit, die den Hintergrund seines Lebens bildete, mit der Krankheit, die seit dem zwanzigsten Jahrhundert den tödlichen Hintergrund der Menschheitsgeschichte darstellt. Die Fallkrankheit trat zum erstenmal im Jahre 1998 auf und raffte die Arbeiter hinweg, die in Greenland in einer Radiummine beschäftigt waren. Die verwirrten Ärzte sprachen von Keimen, die 1991 durch den Lichtdruck der Großen Supernova auf die Erde gelangt waren. Es war jedoch wahrscheinlicher, daß das neue Virus eine durch Strahlen hervorgerufene Mutation eines bereits bekannten bösartigen Proteids darstellte – vermutlich eines Proteids, das für die allgemeine Kälte verantwortlich war.

Die Krankheit griff alle Nervengewebe an. Zuerst wurden die Nervenknoten und Gefäße der Ohren befallen. Die Opfer wurden taub, verloren den Gleichgewichtssinn und litten unter dem schrecklichen Gefühl eines endlosen Falls – daher der populäre Name der Krankheit.

Sie schlug ohne Vorwarnung zu. Die Leute brachen plötzlich zusammen, bei der Arbeit oder auf der Straße, schrien vor Angst, klammerten sich verzweifelt an den nächstbesten Gegenständen fest. Die Infektion breitete sich rasch von den Gehörnerven über den ganzen Körper aus. Die Kranken wurden blind und von heftigen Krämpfen geplagt, litten unter alptraumhaften Halluzinationen, an Lähmungen, die das Herz zum Stillstand brachten und zum Tod führten.

Es ist unmöglich, sich jetzt noch vorzustellen, wie schrecklich die Krankheit wütete. Nur einer von fünf Menschen besaß eine natürliche Immunität dagegen, und es gelang der medizinischen Wissenschaft nicht, trotz aller verzweifelter Bemühungen, einen Weg zur künstlichen Immunisierung oder ein Heilmittel zu finden. Ein Drittel der Opfer starb nach drei Tagen, ein Drittel blieb blind oder hoffnungslos verkrüppelt. In anderthalb Jahrhunderten starben drei Billionen Menschen an der Krankheit.

Die Uhr der Zivilisation war stehengeblieben. Der brillante wissenschaftliche Fortschritt des zwanzigsten Jahrhunderts schien unterzugehen in hundert Jahren der Stagnation, der Angst, des Verfalls. Und endlose Kriege konkurrierten mit dem Entsetzen, das das Virus hervorgerufen hatte.

Aber im Jahre 2100 schien sich die Menschheit langsam zu erholen. Zwar forderte die Seuche immer noch alljährlich zehn Millionen Opfer, aber die Immunität wuchs, aufgrund eines unerklärlichen natürlichen Auswahlprinzips. Die Menschheit schöpfte neue Hoffnung. Die Regierung, die Industrie, die Wissenschaft und die Zivilisation bemühten sich, den unterbrochenen Weg fortzusetzen.

Garth Hammond, mein Vater, war im letzten Jahr des Schwarzen Jahrhunderts auf die Welt gekommen. Man könnte sein Leben in der Ausdrucksweise des dunklen Zeitalters schildern, dem er entstammte. Aber ich bitte mein Visivox-Publikum, ihn nicht nur als das Endprodukt eines wilden, ererbten Kampfes ums Überleben in einer grimmigen feindlichen Umgebung zu sehen. Denn er war mehr als das. Er war sogar mehr als der wagemutige Raumforscher, der robuste Industriekapitän, der verwirrende Don Juan, der herzlose Kapitalist, der größte Philanthrop, der Diktator des Sonnensystems, der Eroberer der Sonne. Die Menschheit bezeichnete ihn als den schändlichsten Helden, den das System je gekannt hatte. Ich weiß, daß all das auf ihn zutraf. Aber er war trotzdem ein menschliches Wesen.

Er war groß und kräftig, und der durchdringende Blick seiner grauen Augen wirkte oft irritierend. Doch er verlor niemals jenen Frohsinn, den er in den Tagen entwickelt hatte, als er noch ein mittelloser, aber gerissener Stiefelputzer gewesen war. Auch nachdem die Jahre seinen dichten Haarschopf über dem unregelmäßigen, attraktiven Gesicht mit den dunklen Brauen weiß gefärbt hatten, übte er noch eine große Anziehungskraft auf die Frauen aus. Meine Mutter war nicht die erste, der er das Herz gebrochen hatte, und nicht die letzte.

Garth Hammond war zum Halbgott des Erfolgsprinzips geworden. Billionen bestaunten den armen Stiefelputzer, der zum Finanzdiktator von neun Welten aufgestiegen war. Ich glaube, unzählige andere Stiefelputzer ließen sich durch sein Beispiel inspirieren und agierten um so heftiger mit Schuhcreme und Bürste. Es stimmt tatsächlich, daß er ein paar Monate lang die Stiefel der Passagiere in einem transatlantischen Stratosphärenflugzeug pflegte. Aber seinen Aufstieg hatte er nicht nur seinem Fleiß zu verdanken. Er kultivierte ein mitleiderregendes Humpeln und erzählte mitfühlenden Passagieren die traurige Geschichte seiner Mutter, die durch die Fallkrankheit zum Krüppel geworden war. In Wirklichkeit war sie beim Sturz in einen Luftschacht ums Leben gekommen, als Garth zwei Jahre alt gewesen war. Nachdem man ihn wegen dieser Geschäftsmethoden entlassen hatte, begann er auf den Stationen Schnickschnack und Visivox-Spulen zu verkaufen. Das Auge eines jungen Rivalen wurde von einem mysteriösen Angreifer blaugeschlagen und seine verschwundene Ware auf geheimnisvollen Wegen zum Major von Zamboanga verfrachtet.

Das ist der Anfang, vielleicht nicht ganz astrein, aber er weist zumindest auf die unerschöpfliche Phantasie hin, die den skrupellosen Ehrgeiz meines Vaters stets begleitet hat. Seine kommerzielle Karriere begann jedoch erst nach Cornwalls spektakulärer Reise zum Mond im Jahre 2219.

Captain Thomas Cornwall war ein junger Artillerieingenieur, der von der Army Urlaub bekommen hatte. Seine Rakete war die erste, die eine Geschwindigkeit von 11,3 Kilometern pro Sekunde erreichte. Nachdem er zwei Wochen auf dem Mond verbracht hatte, kam er zurück, und man bereitete ihm einen triumphalen Empfang. Dieses Ereignis war wie ein Symbol für das neue Erwachen der Menschheit nach der langen Nacht des Schwarzen Jahrhunderts. Und es wies meinem Vater den Weg, den er einschlagen mußte, um seine ersten Millionen zu machen.

Bald gründete er die Firma ‚Hammonds lunares Öl'. Dieses Elixier, das ein notorischer Quacksalber namens ‚Dr.' Emile Molyneaux hergestellt hatte, enthielt ‚essentielle Öle aus seltenen Mondpflanzen'. Es wurde als Heilmittel gegen zahllose Krankheiten der menschlichen Rasse gepriesen, und es ging weg wie warme Semmeln, vor allem in jenen Teilen der Welt, wo die Fallkrankheit immer noch viele Opfer forderte.

Cornwall machte Schwierigkeiten, da er vor Gericht ging und indigniert erklärte, er hätte keine Pflanzen vom Mond mitgebracht. Daraufhin finanzierte mein Vater seine eigene Mondexpedition. Ein gewisser Dr. Ared Trent, ein schlanker, brillanter, ambitionierter Astrophysiker, hatte soeben das zellulare Prinzip der Raketenkonstruktion wiederentdeckt. Obwohl seine Rakete nicht größer war als die Cornwalls, war sie viel leistungsfähiger. Er konnte auf diesem Flug zwei Begleiter mitnehmen, dazu eine Menge Ausrüstungsgegenstände, wozu auch ein zerlegbares Teleskop gehörte.

Die ‚Hammond-Öl-Expedition' blieb hundert Tage auf dem Mond und brachte Pflanzenexemplare und Informationen von großem wissenschaftlichen Wert mit. Das Abenteuer war eine großartige Reklame für die Firma, und der Umsatz stieg gewaltig. Um der großen Nachfrage Herr zu werden, beschloß mein Vater, das Elixier mit billigen Chemikalien und später mit Wasser zu verdünnen. Dadurch geriet er mit dem Gesetz in Konflikt, nicht zuletzt, weil Trent sich viel Zeit damit ließ, eine Beschreibung des Pflanzenlebens zu veröffentlichen, das er auf dem Mond vorgefunden hatte. Außerdem wurde mein Vater angezeigt, weil sich viele Leute zu sehr auf das Elixier verlassen und dafür mit ihrem Leben bezahlt hatten. Schließlich gab er die Firma auf.

Aber da hatte Garth Hammond bereits einige Millionen gemacht, und nun war er bereit, ein größeres Unternehmen zu gründen. Es dauerte nicht lange, bis er neue Möglichkeiten gefunden hatte. Der erste Versuch führte zur Katastrophe – für alle Beteiligten außer ihm selbst. Dann gingen Trents fotografische Studien vom Mars, die er auf dem Mond gemacht hatte, den größten Ereignissen des modernen Zeitalters voraus. Die nach dem Schwarzen Jahrhundert neugeborene Industrie entwickelte einen übermäßigen Machthunger. Die Öl- und Kohlereserven waren bald erschöpft. Die Projekte zur Energieerzeugung waren an ihren praktikablen Grenzen angelangt. Der wachsende Bedarf an Lebensmitteln verhinderte es, daß der Überschuß an landwirtschaftlichen Produkten in alkoholischen Treibstoff umgewandelt wurde. Die direkte Nutzung der Sonnenkraft erschien der Menschheit immer noch genauso irreal wie die Atomenergie. Und da erkannte mein Vater, daß Energie der Schlüssel zur Macht war.

„Energie, Chan", sagte er immer wieder zu mir, „ist Macht."

Die Preise stiegen, die Löhne fielen. Die Reichen besaßen Energiequellen oder -reserven, die Armen hungerten nach Energie. Man verbot ihnen, private Transportmittel zu benutzen, und bald hungerten sie im wahrsten Sinne des Wortes und zitterten in hilfloser Unzufriedenheit.

In dieser bitteren Notlage sah Garth Hammond seine große Chance. Molyneaux, sein alter Gefährte, hatte die Idee zu jenem ersten katastrophalen Versuch gehabt, die Gunst der Stunde zu nutzen. Er war nicht nur Quacksalber, sondern auch Pseudoingenieur, und so erweckte er ein altes Projekt zu neuem Leben – einen Zwölfmeilenschacht in die Erdkruste zu graben, um sich an Erzen zu bereichern und mit Hilfe vulkanischer Hitze Energie zu erzeugen.

‚Vulkanenergie-und-Metall-GmbH' erwies sich als passender Name für das Unternehmen. Denn nachdem man eine Milliarde Dollars dafür ausgegeben hatte, den Schacht in die Tiefe zu bohren, brach sein Ende plötzlich auseinander. Die Arbeiter und die Kühlgeräte gingen in glühender Lava unter. Ein Regen aus aufspritzendem kochendem Schlamm ertränkte die neue Stadt Hammondspit in Virginia und kostete zwanzigtausend Menschen das Leben.

Molyneaux wurde bei der Eruption getötet. Irgendwie machte man ihn allein für die Katastrophe verantwortlich. Alle Unterlagen der GmbH waren vernichtet, und die wirre Sachlage wurde nie ganz geklärt. Den Zorn glückloser Investoren erregte jedoch, daß mein Vater bei dem Fehlschlag keine finanziellen Verluste erlitten hatte.

Er war noch immer wohlhabend genug, um sich eine Insel im Ägäischen Meer zu kaufen. Dort erbaute er die Marmornachbildung einer antiken römischen Villa, mit allem modernen Komfort ausgestattet. Über die Schwelle dieses Hauses trug er meine Mutter als seine zweite Frau, die schöne, zierliche Sabina Calhoun, die einer alten aristokratischen Familie entstammte. Und dort wurde ich auch geboren, 2130, ein Jahr nach der Katastrophe.

Bald kam Trent in den Inselpalast. Irgendein napoleonischer Komplex trieb meinen Vater zu immer neuen Taten. Meine Mutter erzählte mir später, daß er stets rastlos und unzufrieden vor jenem epochalen Besuch gewesen war, dessen Konsequenzen ihr das Herz brechen und so viele Welten erobern sollten.

Trent hatte fünf Jahre lang die Resultate der Mondexpedition analysiert und veröffentlicht. Er war ein großer, schlanker Bursche, meist schweigsam, mit einem ausgeprägten Sinn für Methodik und einem brillanten mathematischen Verstand begabt. Und nun hatte er sich für eine ungeheure Idee begeistert.

„Diese Dinger auf dem Mars!“ schrie er aufgeregt, und mein Vater unterbrach seine müde Wanderung durch die Marmorhallen. „Ich habe sie vom Mond aus fotografiert, ohne atmosphärische Behinderung. Und es gibt keinen Zweifel – sie funktionieren!“ Trent wedelte mit Fotos und Zeichnungen. „Maschinen! Auf beiden Eispolen befinden sich Entwässerungskanäle, Dämme, Pumpen. Stell dir vor, sie funktionieren noch immer! Ich habe gesehen, daß sich im Frühling ganze Felder olivgrün färbten. Und ich bin überzeugt, daß es die Schiaparelli-Kanäle sind, die diese Grüngürtel geschaffen haben.“ Erregt blätterte er in seinen Fotos. „Und da ist noch was, Hammond – ich weiß nicht, was es ist.“ Nun dämpfte ein ehrfürchtiger Ton seine eifrige Stimme. „Ein Ding, das wie ein Faß geformt ist . . . Es ist dunkel und etwa eine Meile dick. Es steht ganz allein in der Wüstenebene, ein paar Hundert Meilen nordwestlich von Syrtis Major. Es kann nicht natürlichen Ursprungs sein. Es ist irgendeine Konstruktion – ich weiß nicht, was. Jedenfalls ist es gigantisch.“

Ich glaube immer noch die ruhige Frage meines Vaters zu hören: „Und was soll das alles, Trent?“

„Maschinen!“ schrie Trent. „Kolossale Maschinen! Sie sind in Betrieb – aber woher beziehen sie ihre Energie?“ Seine dunklen Augen starrten meinen Vater an, in fiebrigem Glanz. „Die Kohlen- und Kohlenwasserstoffreserven müssen schon längst verbraucht sein. Und da sie keine Meere haben, besitzen sie auch keine Gezeitenenergie. Durch die dünne Atmosphäre wären Windmaschinerien wirkungslos. Die Sonne scheint auf dem Mars nur halb so stark wie hier. Atomkraft? Das kann ich mir nicht vorstellen.“ Er wedelte wieder mit seinen Papieren. „Nein, Hammond. Ich weiß nicht, was sie haben – aber es ist jedenfalls etwas, das wir hier auf der Erde nicht haben.“

„Nun, Trent“, verkündete mein Vater gelassen seinen Entschluß, „dann werden wir beide eben auf den Mars fliegen und es uns holen.“

„Zum Mars!“ Der Astronom begann zu zittern. „Wenn wir das könnten! Welch eine Möglichkeit!“ Doch dann schüttelte er den dunklen Kopf. „Aber der Mars ist hundertmal so weit von der Erde entfernt wie der Mond, Hammond. Ein solcher Flug brächte enorme technische Schwierigkeiten mit sich. Er würde zwei Jahre dauern – und Millionen kosten.“

„Ich habe die Millionen“, sagte Garth Hammond. „Du kannst das Schiff bauen. Wir fliegen zum Mars.“

Meine verängstigte Mutter versuchte vergebens, ihn von diesem Vorhaben abzubringen. Am nächsten Tag kehrte mein Vater mit Trent nach Amerika zurück, um die ersten Vorbereitungen zu treffen. Meine Mutter, die seit meiner Geburt kränklich war, blieb auf der Insel. Er kam nicht mehr zu ihr zurück. Bald nach seiner Abreise beglückte er die Visivox-Schauspielerin Nada Vale mit seiner Gunst. Ein Jahr später ließ er sich ohne Aufsehen scheiden. Sie bekam die Insel und eine großzügige Jahresrente. Aber da sie Garth Hammond immer noch liebte, konnte sie den Trennungsschmerz nie überwinden.

2132 war das Marsschiff fertig, eine Vierstufenrakete. Jede Stufe enthielt Tausende von Zellen, und jede war ein kompletter Raketenmotor mit seiner eigenen Ladung aus Alumilloid-Treibstoff, wurde nur einmal abgefeuert und dann abgestoßen. Die Rakete stand auf einem Berggipfel – ein kleinerer Berg aus gleißendem Metall, der nach oben hin spitz zulief. Eine schmale Leiter führte zu einer winzigen

Öffnung hinauf. Helle Sonnenstrahlen spiegelten sich im Metall und im Schnee, aber der Dezemberwind blies bitterkalt. Meine Mutter hob mich hoch aus dem Schnee, und da merkte ich, daß sie schluchzte.

Trent und noch zwei Männer stiegen die Leiter hinauf. Garth Hammond wartete noch und unterhielt sich lächelnd mit einer Reporterschar. Irgend jemand drängte sich durch die Männer und drückte ihm ein Formular in die Hand. Die Leute, die in das ‚Vulkanenergie-und-Metall'-Unternehmen investiert hatten, stellten immer noch Forderungen an ihn.

Ich hörte meinen Vater lachen und sah, wie er das Papier zerriß. „Der Arm des Gesetzes ist lang!" rief er mit seiner dröhnenden Stimme. „Und der Weg zum Mars ist noch viel länger."

Er flüsterte meiner weinenden Mutter ein paar Worte zu, tätschelte mir den Kopf und sagte: „Du wolltest immer nach dem Mond greifen, Chan. Ich werde dir was viel schöneres mitbringen."

Er wandte sich ab, um die Leiter hinaufzusteigen, und dann sah ich, daß sich eine andere Frau an ihn klammerte – Nada Vale, die rothaarige Schauspielerin. Ich fand sie schön, obwohl ich wußte, daß meine Mutter sie nicht mochte. Sie schluchzte heftig und hängte sich an meinen Vater, aber er schob sie beiseite und kletterte die Leiter hinauf. „Garth! Garth!" schrie sie. „Du wirst sterben! Du wirst nie zurückkommen!"

Schweigend und mit bleichem Gesicht brachte meine Mutter mich in das kleine Dorf hinab. Vom Fenster unseres kleinen Hotelzimmers aus konnten wir die Rakete sehen, eine schimmernde Krone auf dem schneebedeckten Gipfel. Eine Sirene jammerte, Mutter hielt den Atem an. Der ganze Berg war plötzlich von Rauch und Feuer umhüllt. Fenster klirrten, und dann donnerte es ohrenbetäubend. Mutter zeigte auf einen winzigen Fleck, der einen Feuerschweif hinter sich herzog und rasch im Himmel verschwand. „Das ist dein Vater, Chan", flüsterte sie. „Auf dem Weg zum Mars . . ." Lange saß sie da und hielt mich fest in den Armen. Ich war zu verängstigt, um mich zu bewegen. „Diese Nada Vale", sagte sie dann. „Sie – sie tut mir leid."

Wir flogen auf die Insel zurück und warteten. Die ganze Welt wartete auf die Rückkehr der Rakete. Die Astronomen beobachteten den roten Planeten, Funkamateure versuchten ihn zu erreichen. Aber kein Signal kam von dem roten Punkt. Mein fünfter Geburtstag kam und ging. Die kreisende Erde überholte den Mars in seiner Umlaufbahn und ließ ihn rasch hinter sich.

Und mein Vater kam noch immer nicht zurück.

2.

Acht Minuten lang, die wie acht Jahrhunderte wirkten, wurden die vier Männer im Schiff betäubt und gerüttelt und gequetscht von der wilden Kraft der Raketen. Dann folgten siebenundsechzig Tage stiller Monotonie, als die Inertia sie ins All warf, der Umlaufbahn des Mars entgegen.

Die neun Tonnen Nutzlast bestanden aus konzentrierten Nahrungsmitteln, die für zwei Jahre reichen sollten, aus Chemikalien, Metallen und Juwelen, mit denen mein Vater das kostbare Geheimnis des Mars zu erwerben hoffte, aus Pistolen und Granaten, aus einer 37mm. automatischen Kanone und einer eigens für dieses Unternehmen konstruierten mobilen Haubitze, die Brand- und Sprengbomben abfeuern konnte und eingesetzt werden sollte, wenn die Marsbewohner ihr Geheimnis nicht freiwillig preisgaben.

Die beiden anderen Männer waren sorgfältig ausgewählt worden. Burgess war ein berühmter Energieingenieur und außerdem Sprachforscher und deshalb Experte für Kommunikationsprobleme. Schlegel war ein deutscher Artillerieingenieur, der schon einem Dutzend Revolutionären in diversen Ländern als militärischer Berater gedient hatte und so viel wert war wie zwei ganze Divisionen. Die vier Männer hatten sechs Monate lang mit den Waffen an Bord exerziert – ohne zu ahnen, welche Katastrophe sie erwartete.

Jeden Tag wurde der rote Planet größer, Maschinerien und bebaute Felder waren immer deutlicher zu erkennen. Die großen grauen Rechtecke waren vermutlich Städte.

„Natürlich sind das Städte!“ schrie Trent. „Und ich habe eine

Bewegung gesehen – irgendwelche Vehikel. Ja, der Mars lebt, Hammond. Er lebt – aber er wird sterben. Die meisten Felder sind braun und tot, ein Großteil der Maschinen ist nicht mehr in Betrieb. Die meisten Städte sind von gelbem Sand bedeckt. Und dieses Ding – einsam in der Wüste . . ." Wieder richtete er das Teleskop auf das komplizierteste Rätsel, das ihm der Mars aufgab. „Es sieht wie ein rostiges Metallfaß aus. In der Mitte rund, mit sechseckigen Enden . . . Dreitausend Fuß hoch! Und es steht ganz allein da – weit entfernt von der nächsten Stadt, völlig verlassen. Sein Schatten sieht aus wie ein spöttischer Finger, der auf irgend etwas zeigt. Was könnte das nur sein?"

„Wir werden daneben landen", meinte mein Vater. „Dann können wir herausfinden, was es ist, bevor wir die Eingeborenen besuchen."

Trent stimmte eifrig zu. Aber als das Schiff dann wie ein Mond um den Planeten kreiste und das Tempo in der oberen Atmosphäre geringer wurde, explodierte eine Zellenrakete in der zweiten Stufe. Jahre später gestand ein Mann namens Grogan, dessen Familie bei der vulkanischen Katastrophe ums Leben gekommen war, einen Sabotageakt in der Fabrik, wo die Zellenraketen hergestellt worden waren. Das elektrische Feuersystem war ruiniert, das Schiff geriet außer Kontrolle und raste auf den Mars zu.

Durch verzweifelte Bemühungen gelang es, das Schlimmste zu verhindern. Trent stieß die gesamte zweite Stufe ab und begann die dritte abzufeuern. Aber die Kontrollvorrichtungen waren zerstört, durch die weitergeleitete Hitze feuerten die Zellenraketen einander selbst ab. Trent erkannte, daß die Zeit verdammt knapp wurde – nur noch wenige Sekunden . . . Hastig öffnete er die Luke, um die dünne Atmosphäre des Mars einzulassen und den Fall ein wenig zu bremsen. Schlegel brach sich bei dem Absturz beide Beine. Mein Vater half ihm aus dem Wrack, schleppte ihn aus der Gefahrenzone, dann rannte er zurück, um Trent und Burgess zu holen.

Dicht hinter ihnen spuckten Tausende von Zellraketen einen Riesenpilz aus Rauch und Feuer aus. Sie waren nur wenige Schritte weit getaumelt, als das Schiff explodierte. Kreischende Metallteile flogen ihnen um die Ohren. Der Kopf des Deutschen wurde vom

Rumpf getrennt, direkt neben meinem Vater. Burgess wurde von einem Wrackteil in die Brust getroffen und starb, kurz nachdem Trent einen zackigen Stahlstreifen aus der Wunde entfernt hatte.

Auch Trent und mein Vater waren verletzt. Sie überlebten, aber ihre Lage war äußerst prekär. Sie hatten ihre Nahrungsmittel, Wasservorräte und Sauerstoffmasken verloren. Aufgrund ihres relativ hohen Oxygengehalts konnten sie die Luft auf dem Mars zwar einatmen, sie gestattete es ihnen jedoch nicht, irgendwelche Anstrengungen zu unternehmen. Sie hatten ihre gesamte Handelsware verloren, ebenso die Bilder, Bücher, Radios und Filmgeräte, die sie mitgenommen hatten, um einen Kontakt mit den Marsbewohnern herzustellen. Die Waffen waren verloren, ihr Artillerist hatte einen schrecklichen Tod erlitten. Und was am allerschlimmsten war – sie wußten nicht, ob sie jemals zur Erde zurückkehren konnten.

Blutend stand Trent da, blickte auf das Wrack und rang die Hände. „Meine Aufzeichnungen", jammerte er, „die ganze Ausrüstung . . ."

„Okay, die Hammond-Energie-GmbH hat einen Rückschlag erlitten", sagte mein Vater und rang mühsam nach Luft. „Aber wir sind noch nicht am Ende." Er wischte sich das Blut aus den Augen und sah sich auf der einsamen Ebene um, entdeckte zahllose Staubdünen – sonst nichts. „Wo . . ." Er fegte eine gelbe Staubwolke beiseite, die ihn zu einem heftigen Husten reizte. „Wo sind wir hier eigentlich?"

„Wahrscheinlich zehn Grad nördlich vom Äquator." Die Detonation dröhnte immer noch in den Ohren meines Vaters, und in der dünnen Luft klang Trents Stimme ganz leise und schien aus weiter Ferne zu kommen. „Mindestens tausend Meilen westlich von diesem Faß . . ."

Mein Vater starrte ihn an, und dann blickte er zu der schwachen Sonne auf. „Und die Nacht . . ."

„Wenn wir nicht irgendwo einen Schlupfwinkel finden, wird uns die Nacht umbringen", sagte Trent und wandte sich nach Süden. „Das Gebiet da drüben ist besiedelt – das habe ich kurz vor dem Absturz gesehen. Vielleicht sind es zehn Meilen – vielleicht zweihundert. Es ging ja so blitzschnell, daß ich das nicht feststellen konnte."

Mein Vater nickte. „Versuchen wir's. Los!"

„Zuerst müssen wir uns um die Toten kümmern", sagte Trent.

Hastig und keuchend vor Anstrengung vergruben sie Burgess und den Deutschen im gelben Sand. Bei einer kurzen Inspektion des riesigen Lochs, das ihre Rakete in den Boden gebohrt hatte, fanden sie keinen einzigen brauchbaren, intakten Gegenstand. Mit leeren Händen, in versengte Lumpen gekleidet, trotteten sie über die Dünen nach Süden. Mein Vater trug weiche Pantoffeln, die für diesen Marsch völlig ungeeignet waren und bald auseinanderfielen. Barfuß ging er weiter. „Die Hammond-Energie-GmbH", flüsterte er und hustete wieder. „Auf der Erde würde man zwei Wesen von einem fremden Stern vermutlich in einen Zoo stecken – wenn sie nicht schon vorher von verschreckten Leuten erschossen wurden. Aber wenn sie wißbegierig sind und über subelektronische Kenntnisse verfügen . . ." Er schüttelte den Kopf. „Glaubst du, daß sie uns gesehen haben?"

„Wahrscheinlich", erwiderte Trent. Und nach einer Stunde wußten sie, daß man ihre Ankunft beobachtet hatte, denn ein kleines hellrotes Flugzeug glitt lautlos aus südlicher Richtung heran, über die Dünen hinweg. Es war von doppelter stromlinienförmiger Gestalt und sah aus wie zwei aneinandergeklebte Zigarren.

In plötzlicher Panik versuchten sich die beiden Männer im Sand zu verstecken. Lautlos kreiste die Maschine über dem Wrack der Rakete, dann flog sie zurück, ohne zu landen. Schreiend und winkend rannten sie ihr nach, wurden jedoch nicht beachtet.

Sie schleppten sich weiter. Trent erklärte, daß die dünne Luft und die geringere Schwerkraft für ein physiologisches Gleichgewicht sorge. Aber sie mußten immer wieder husten, und ihre Lungen begannen zu brennen. Trent stellte fest, daß er Fieber hatte, das noch dazu ständig stieg. Ein schrecklicher Durst quälte sie, als die trockene Atmosphäre immer mehr Feuchtigkeit aus ihren Körpern sog. Und es gab nirgendwo Wasser.

Die kleine rote Sonne stand tief über dem Horizont, und ein eisiger Ostwind war aufgekommen, als sie die ersten Marsbewohner sahen. Trent stand auf dem Gipfel einer niedrigen Düne, blickte den Weg zurück, den sie gekommen waren. Plötzlich schluckte er und streckte einen zitternden Zeigefinger aus.

Die Marsbewohner folgten den beiden Spuren im Sand. Sie ritten auf gelben, gefährlich aussehenden, gepanzerten Bestien, die wie gigantische Fliegen heranhüpften, trugen bunte, lederartige Gewänder und kunstvolle, schimmernde Waffen, hielten sich aufrecht wie Menschen.

Wie Menschen ... Der unerwartete Anblick dieser Verfolger erfüllte Trent und meinen Vater mit blinder Furcht. Ziellos flohen sie über die Dünen. Vielleicht entsprang ihre Panik dem unbewußten anthropomorphen Empfinden, das sie veranlaßte, jenen wilden Reitern menschliche Züge zuzuschreiben, Reaktionen von ihnen zu erwarten, die ihren eigenen im umgekehrten Fall gleichen würden.

Die Marsbewohner erwiesen sich tatsächlich als menschenähnlicher, als es die Forscher vermuten durften. Sie gingen aufrecht und auf zwei Beinen, hatten zweiäugige Gesichter und verständigten sich in einer gutturalen, krächzenden Sprache. Trotzdem sind sie den Menschenaffen ähnlicher als den Menschen. Ihre Skelette sind aus einem hornartigen Stoff, und statt einer Haut besitzen sie feinmaschige Schuppen. Die Muskeln und lebenswichtigen Organe werden von röhrenförmigen Panzern geschützt. Aber was die Körperflüssigkeit, den Stoffwechselprozeß und die subtileren psychologischen Reaktionen betrifft, unterscheiden sie sich grundlegend von den Erdenbewohnern.

Die kleine Reiterschar war den beiden Menschen vom Wrack aus gefolgt. Die eine der hüpfenden Bestien war mit verbogenen Blechteilen beladen, und einige Marsbewohner hatten blutgetränkte Streifen von Burgess' und Schlegels Kleidern mitgenommen.

Die Flucht war bald beendet. Die Marsbewohner waren mit langen roten Lanzen bewaffnet, deren hohle Schäfte als Gewehre dienten. Kugeln sausten heran, mit wütendem Kreischen, wirbelten rostroten Staub auf. Die wilden Reiter schrien auf, die springenden Biester stießen ein grausiges Gekläff aus.

Plötzlich stolperte Trent, stürzte zu Boden und konnte sich nicht mehr aufrappeln. Atemlos blieb mein Vater neben ihm stehen, seine Lungen schienen wie Feuer zu brennen. Die hageren, unmenschlichen Reiter rasten auf sie zu, boten einen angsterregenden Anblick mit ihren fremdartigen Gesichtern, mit der feinschuppigen Haut, die in gelbrote Gewänder gehüllt waren. Sie umzingelten die beiden Männer und sprangen in den Sand, um sie vor den Fängen und Klauen der Bestien zu retten.

Hastig wurden die beiden Männer zu einem Bündel verschnürt und auf den Rücken eines Tieres gepackt, dann wandte sich die Reiterschar wieder nach Norden. Bevor die Sonne unterging, tauchte das rote Doppelflugzeug wieder aus dem Süden auf und folgte den Marsbewohnern. Die Reiter stoben auseinander und begannen aus ihren langen roten Rohren auf das Flugzeug zu feuern. Es kreiste hoch über ihnen, ließ eine Bombe fallen, die eine harmlose Staubwolke aufwirbelte, dann kehrte es erneut zu seinem unsichtbaren Stützpunkt zurück.

Diese Ereignisse bestätigten die Vermutung meines Vaters, daß ihre Gefangenenwärter Nomadenfeinde der Siedler waren. In dieser Nacht, lange nach dem Einbruch der Dunkelheit, suchte die Reiterschar Zuflucht in einem Labyrinth von Erdlöchern, die die hüpfenden Kreaturen mit ihren kräftigen Klauen gegraben haben mußten. Die Gefangenen wurden gefüttert, dann ließ man sie schlafen. Noch vor Sonnenaufgang wurde die Reise fortgesetzt. Die Atembeschwerden der Gefangenen wurden immer schlimmer. Beide versanken in einem fiebrigen Delirium. Als sie sich zu erholen begannen, hatte die Reiterschar sich in eine verborgene Schlucht zurückgezogen, wo eine winzige Quelle sprudelte und spärliche Futterpflanzen für die Bestien wuchsen.

Hier wurden sie mehrere Monate lang festgehalten, und allmählich lernten sie die Sprache ihrer Gefängniswärter und erfuhren einiges über deren Lebensumstände. Der Anführer der Schar war ein knorriger, dürrer, rostroter Wilder mit langen Gliedern, der sich Zynlid nannte. Zusammen mit seinem Clan von Outlaws plünderte er die Städte und Felder der Siedler und lag in einer uralten erbitterten Fehde mit den zivilisierten Herrschern des Mars.

Als mein Vater von seiner Lungenkrankheit genesen war, beschloß er seinen ursprünglichen kühnen Plan zu verwirklichen, der ihn auf diesen Planeten geführt hatte, und das Geheimnis der Marsenergie zu enthüllen. Das allein würde es ihnen ermöglichen, zur Erde zurückzukehren.

Zynlid mußte die beiden Männer teilweise aus Neugier gefangengenommen haben, teilweise auch in der Hoffnung auf Lösegeld. Aber anscheinend weigerten sich die Siedler, die Gefangenen freizukaufen. Immerhin aber flößten Trent und mein Vater den Nomaden nach ihren ersten Kommunikationsbemühungen doch eine gewisse Achtung ein.

Es stellte sich heraus, daß die astronomischen Kenntnisse des dünnen Anführers recht dürftig waren. Nachdem Trent mit Zeichnungen im Sand und Gesten in die Himmelsrichtung versucht hatte, Zynlid klarzumachen, daß sie vom dritten Planeten kamen, nahm der Anführer an, daß sie von der Sonne stammten. Und vor Sonnengeschöpfen hatte er großen Respekt. Er ließ ihnen die Fesseln abnehmen, bot ihnen erlesene Speisen und Getränke und Gefährtinnen an, erlaubte ihnen, sich frei im Lager zu bewegen. Und mein Vater sollte ihn sogar auf künftigen Raubzügen begleiten. Trent und mein Vater unternahmen keinen Versuch, das Mißverständnis aufzuklären.

Ihre Fragen wurden nun eifrig beantwortet, aber es dauerte einige Zeit, bevor sie wirksame Nachforschungen bezüglich der Energiequelle anstellen konnten. Inzwischen gestattete man Trent, die wenigen Maschinen zu untersuchen, die sich im Besitz der Nomaden befanden. Dazu gehörten die langen Waffen und das Ausrüstungsmaterial, das die Schlucht mit Licht und Wärme versorgte.

Anscheinend hatten die Wilden keine Ahnung, wie diese Maschinen funktionierten. Die Geräte waren sogar tabu. Zynlid erschrak furchtbar, als Trent eine kleine Heizlampe auseinandernahm, und der Astronom durfte nur deshalb in seiner Tätigkeit fortfahren, weil er als Sonnenwesen betrachtet wurde.

Trent fand bei diesen Untersuchungen nicht viel heraus. Die Maschinen waren elektrisch, die Gewehre wurden durch plötzliche Wasserverdunstung, verstärkt durch Elektrizität, abgefeuert. Der Strom kam aus kleinen, transparenten Röhren. Diese waren hohl, an einem Ende mit einer kleinen Metallelektrode verschmolzen und am anderen mit einem seltsamen grünlichen Kristall. Im Zwischenraum befanden sich winzige Staubkörnchen, die silberblau leuchteten, wenn die Röhre in Betrieb war.

„Wenn das Staub ist, Hammond“, sagte Trent zu meinem Vater, „dann müßte eine Prise davon Tausende von Kilowatt erzeugen. Gott weiß, was das sein kann.“

Als sie Zynlids uneingeschränktes Vertrauen gewonnen und seine Sprache noch besser erlernt hatten, konnte er ihnen nur sagen, daß die feinen blauen Körner ‚Sonnenstaub‘ waren. Sie kämen vom ‚Heim der Sonne‘ und nur die *Gorath-Wein,* die ‚Blutwesen der Sonne‘, dürften diesen Staub berühren. Allen anderen sei das verboten. Er selbst weigerte sich, Trents zerlegten Mechanismus auch nur anzuschauen.

Trent experimentierte weiter, angefeuert von meinem Vater und seiner eigenen wissenschaftlichen Begeisterung, bis er eines Tages von der Explosion eines blauen Staubkörnchens fast getötet wurde. Fragmente eines feurigen Metalls durchdrangen seinen Körper wie Gewehrkugeln, und er war einen Monat lang hilflos ans Krankenlager gefesselt. „Ich verstehe das nicht, Hammond“, gab er hoffnungslos zu. „Ist das Atomenergie? Ich weiß es einfach nicht. Es gibt keinen Anhaltspunkt – und wenn es einen gibt, so können wir ihn nur von den zivilisierten Marsbewohnern erfahren.“

Nach diesem Unfall ließ die Achtung nach, die man ihnen als ‚Sonnenwesen‘ zollte. Zynlid murmelte irgend etwas vom ‚Zorn der Sonne‘ und der ‚Rache des heiligen Steins‘ und verbot es Trent, nach seiner Genesung die Experimente fortzusetzen. Und es wäre zu noch härteren Repressalien gekommen, wäre mein Vater inzwischen nicht ein vertrauter Freund des Anführers geworden.

Das gesetzlose Leben der Marodeure schien Garth Hammond Spaß zu machen, und er stürzte sich hinein mit all seinem Wagemut, mit der ganzen Kraft seiner Erdenmuskeln. Einer von Zynlids Offizieren wurde eifersüchtig auf den Sonnenkrieger.

Es kam zu einem Duell, und mein Vater tötete den Wilden. Danach erhielt er die Waffen des Besiegten und sein Reittier.

Wenn er bei übermäßigen Anstrengungen auch bald außer Atem geriet, so daß ihm die Reiterschar den Spitznamen ‚Der Keuchende‘ gab, so war er ihnen an Körperkraft doch weit überlegen. Es bereitete ihm ein ungeheures Vergnügen, die Strategie der Raubzüge zu entwerfen, und er organisierte ebenso die Flucht nach den diversen Überfällen und die Operationen aus dem Hinterhalt. Zynlid begann sich auf Garth Hammonds Klugheit zu verlassen. Und bald hingen am Gürtel meines Vaters zahlreiche bunte Ohrgehänge, Trophäen, die er den Siedlern nach dem Brauch des Nomadenvolks geraubt hatte.

Nach einiger Zeit fand er heraus, daß die Reiter das große dunkle Faß kannten, das Trent vom Mond aus gesehen hatte. Sie zollten ihm große Ehrfurcht, denn das Faß war das *Korduv,* das ‚Heim der Sonne' oder manchmal auch der ‚Ort des heiligen Steins', und es war allen außer den *Gorath-Wein* verboten, sich ihm zu nähern.

„Das ist es, was wir suchen", sagte er zu Trent. „Jetzt wissen wir, woher der blaue Staub stammt."

Sobald sich Trent einigermaßen von der Explosion erholt hatte, organisierte mein Vater eine Expedition, die sie näher an das mysteriöse Objekt heranführen würde. Die Marsbewohner hielten hundert Meilen von dem Faß entfernt an und weigerten sich, näher heranzureiten. Und sie erlaubten Trent und meinem Vater nur, ihren Weg fortzusetzen, nachdem diese sie erneut von ihrer solaren Abstammung überzeugt hatten.

Eine große Erregung erfaßte sie, als sie auf ihren gelbgepanzerten springenden Drachen über die endlosen roten Dünen geritten waren und dann endlich die dunkle Masse vor sich aufragen sahen. War dieses der Schlüssel zu unerschöpflicher Kraft, der Weg zurück zur Erde?

Viele Meilen weit ritten sie über die Wüste, und das rotschwarze Rätsel ragte immer höher auf. Schließlich durchquerten sie den kalten schwarzen Schatten, den es auf den Sand warf, und hielten an seinem Fuß an. Sie entdeckten, daß die ungeheure Masse aus Metall bestand, zerfressen von den Zähnen zahlloser Jahrhunderte, überkrustet von dunkelroten Oxyden. Die Dünen waren dagegen geflogen, und im Westen hatten die Winde eine große Mulde ausgehöhlt. Sprachlos vor Staunen ritten sie auf ihren Biestern um das große Sechseck herum, dann hielten sie an, um es genauer in Augenschein zu nehmen.

Am Fuß der Struktur gab es keine Öffnung, aber fünfzehnhundert

Yards weiter oben entdeckte mein Vater eine quadratische Nische, die wie ein Portal aussah. Doch sie befand sich in dem überhängenden Teil der abgerundeten Wand, und es war unmöglich, hinaufzuklettern. Nicht klüger als zuvor, machten sie schließlich kehrt und ritten zu den Nomaden zurück.

„Diese *Gorath-Wein* müssen Bescheid wissen, Trent", sagte mein Vater. „Und dieses Wissen müssen wir ihnen entreißen."

Und er begann mit dem verschreckten Zynlid über seinen Plan zu diskutieren. Er wollte Anak entführen, die ‚Lanze der Sonne', den Priesterkönig der zivilisierten Marsbewohner, der den Mars von seinem Sonnentempel aus regierte, in der Stadt Ob.

„Anak kennt die Geheimnisse der Zerstörung", warnte ihn Zynlid ängstlich. „Und er wird beschützt von den Heerscharen der Sonne."

„Auch wir kennen Geheimnisse", erwiderte mein Vater. „Und die Sonne hat mich geschickt, um den Platz des unrechtmäßigen Priesters Anak einzunehmen."

Um den alten Nomaden endgültig zu überzeugen, bat er Trent, ein wissenschaftliches Wunder zu vollbringen. Trents Geräte waren bei der Raketenexplosion vernichtet worden. Um die Wirkung von Schießpulver zu demonstrieren, hätte er Schwefel gebraucht. Aber wenn es dem Astronomen auch versagt war, dem geheimnisvollen Wirkungsprinzip des blauen Energiestaubs auf die Spur zu kommen, so gelang es ihm doch, gewisse Mechanismen zu reparieren und in Gang zu bringen, die Zynlid erbeutet hatte.

Ein Gegenstand, der als mystische, aber nutzlose Reliquie für ein volles Marsjahrhundert in einer geheimen Schatzhöhle gelegen hatte, erwies sich nun als Waffe. Etwa zwanzig rätselhafte kleine Röhren beförderten eine ungeheure Energie zu Transformatoren und Leitspulen. Polare Platten strahlten einen Magnetismus aus, der Metall im Umkreis von zwanzig Meilen schmelzen konnte.

Die triumphale Demonstration dieser rostigen Kriegswaffe stellte Trents ramponiertes Prestige restlos wieder her, und die Nomaden sagten meinem Vater bei der Verwirklichung seines kühnen Plans ihre volle Unterstützung zu. Obwohl die meisten insgeheim schreckliche Angst vor Anak und seiner solaren Kraft hatten . . .

Es war allgemein bekannt, daß die Sonnenpriester *Korduv* regelmäßig auf dem Luftweg besuchten. Mein Vater packte die Magnetwaffe auf den Rücken eines Springdrachens und führte ihn zu einer Stelle, die fünfzig Meilen von dem ungeheuren Faß entfernt war. Dort ertrug er tapfer Hitze und Kälte, den Durst und den Staub der offenen Wüste und wartete in der Gesellschaft Trents und einer kleinen Nomadenschar achtunddreißig endlos scheinende Tage lang. Endlich flog ein rotes Doppelschiff über die Dünen auf die dunkle, dicke Säule *Korduv* zu. Die Outlaws wurden von plötzlicher Panik ergriffen. „*Gorath-Wein!*" jammerten sie krächzend. „Wir müssen fliehen, oder die Sonne wird uns alle niedermetzeln!"

Sie krochen zu ihren Bestien, die in Sandmulden lagen, zerrten sie heraus, sprangen auf ihre Rücken. Aber der unsichtbare Strahl, den Trent und mein Vater in fieberhafter Hast dem fremdartigen Instrument entlockten, holte das rote Schiff aus der Luft herab. Die Flucht verwandelte sich in einen wilden Angriff auf das gestürzte Schiff.

Drei Priester und eine Priesterin waren an Bord und wurden getötet. Die einzige Überlebende war ein kleines Mädchen. Anak, den mein Vater hatte fangen wollen, war nicht an Bord gewesen. Aber er fand bald heraus, daß die Marsfrau die Gefährtin des Priesterkönigs gewesen und daß das Kind Asthore, seine Tochter, war.

Ein zweites Schiff, das zweifellos ausgesandt worden war, um das Schicksal des ersten zu erforschen, wurde mit Hilfe des feurigen Magnetstrahls ebenfalls in den Sand herabgeholt. Trent baute aus den Wracks der beiden Flugzeuge, unterstützt von zwei gefangenen Marsbewohnern, die mit dem zweiten gekommen waren, ein neues Schiff. Er arbeitete Tag und Nacht. Die Outlaws halfen ihm und marterten begeistert die beiden Gefangenen, wann immer sie Widerwillen zeigten.

Doch bevor das ambitionierte Werk vollbracht war, marschierte eine Streitkraft aus der Richtung von Ob heran, mit zwei großen Maschinen, die wie Panzerwagen aussahen, und hundert mit Lanzen bewaffneten Infanteristen. In der verzweifelten Schlacht, die nun folgte, verließ Trent nicht einmal für eine Sekunde sein Schiff und seine widerstrebenden Lehrmeister. Soeben lernte er das Prinzip des Schiffsantriebs kennen, ein System von ‚räumlichen Feldern', die der Schwerkraft entgegenwirkten.

Eine Zeitlang sah es ziemlich schlimm aus. Mein Vater konnte die beiden Kriegsmaschinen zwar mit seinem Magnetstrahl schmelzen, doch dann drang aus einem der zerstörten Panzerwagen ein ähnlicher Strahl, suchte und fand seine Waffe und zerschmolz sie ebenfalls. Mit einem Triumphgeheul griffen die buntschuppigen Lanzenträger an.

Mein Vater versammelte seine fünf oder sechs Alliierten auf dem Grat einer niedrigen gelben Düne und wartete auf die Attacke. Als die brüllenden Infanteristen den Hang der Nebendüne herabstürmten, trat er ihnen kühn entgegen und behauptete, er sei der neue, von der Sonne gesandte Herrscher.

Das stoppte die weiteren Entwicklungen für eine knifflige halbe Stunde – bis Zynlid mit Verstärkung eintraf. Nun wurden die Infanteristen bis zum letzten Mann niedergemetzelt. Jeder Outlaw bekam neue Waffen, und mein Vater erbeutete eine neue Girlande aus Ohrgehängen.

Am nächsten Tag meldeten Späher, daß die acht übrigen Städte Kriegerkontingente nach Ob geschickt hatten. Gleichzeitig beendete Trent seine Arbeit, das neue Schiff war flugbereit. Triumphierend brachten die Nomaden die beiden gefangenen Priester um und verspeisten ihre Gehirne und Lebern bei einem Freudenfest.

Mein Vater trug Trent auf, das Schiff mit einer Nomadenbesatzung und dem kleinen Marsmädchen an Bord in die nördliche Wüste zu fliegen. Zynlid belud seine Springdrachen mit den erbeuteten Schätzen und kehrte in die verborgene Schlucht zurück. Und mein Vater ritt allein nach Ob.

Nach drei einsamen, anstrengenden Tagen, ausgetrocknet und dunkel gebräunt von der Sonne, mit Alkalistaub bedeckt, lenkte er sein Reittier in den ‚Kanal', einen Gürtel aus fruchtbarer dunkler Erde, der durch unterirdische Rohre bewässert wurde und von niedrigen Pflanzen mit dicken Blättern bewachsen war. Er verhandelte mit den Kriegern, die ihm entgegenkamen, und sie führten ihn als Halbgefangenen in die Stadt.

Hinter den Mauern und Hecken, die den gelben Sand abhielten, standen flache, massive dunkle Bauten. Obwohl Ob mehrere Tausend Einwohner hatte und sich zahlreiche, mit Lanzen bewaffnete Infanteristen rings um den kegelförmigen Sonnentempel in der Stadtmitte versammelt hatten, um den Angriff auf das heilige Schiff zu rächen, bestand der Großteil der Siedlung aus Ruinen. Die schlanken, buntschuppigen Wesen wirkten auf meinen Vater wie verlorene Geister, die in einer Totenstadt umherirrten. Der Untergang des Mars war bereits sehr weit fortgeschritten.

Mein Vater erklärte, er sei ein Abgesandter der Sonne, und verlangte eine Audienz bei Anak. Mißtrauisch, aber auch von Respekt erfüllt, da der Fremde immerhin das heilige Schiff besiegt hatte, führten die Lanzenträger meinen Vater in den alten, halb zerfallenen schwarzen Tempel mit seinen vielen, abbröckelnden Terrassen. Hier kam ihm Anak entgegen.

Der Herrscher war groß und hager und von kaltem Stolz erfüllt. Das Alter hatte seine schimmernden Schuppen dunkelrot gefärbt, und der hornartige Schild auf seinem Eierkopf war karmesinrot. Sein dunkles Habichtgesicht war von tiefen Falten durchzogen. Doch aus den schwarzen, gelbumränderten Augen flammte wilder Haß.

Als mein Vater ihm einzureden versuchte, er sei ein Sonnenbewohner, warf Anak ihm einen ungläubigen Blick zu, der auf ein größeres astronomisches Wissen schließen ließ, als es Zynlid besaß. Ungeduldig hörte er zu. Mein Vater erklärte, Anaks Frau und seine kleine Tochter seien seine Gefangene, er würde sie jedoch freilassen, wenn er als Gegenleistung eine gewisse Information erhielte.

„Was für eine Information?“ wollte Anak wissen.

Als mein Vater andeutete, es handle sich um die mysteriösen Kräfte und die rätselhafte Masse von *Korduv,* bekam der Priesterkönig einen heftigen Wutanfall. Er griff nach einer Waffe und fauchte und keuchte und zischte wie ein Reptil. Schließlich bedrohte er meinen Vater mit seiner Lanze und stieß in seiner gutturalen Sprache hervor: „Woher du auch kommen magst, du nichtswürdiger, verlogener Fremder, ich, die wahre Lanze der Sonne, weiß genau, daß du niemals in ihrem heiligen Feuer gewohnt hast. Diese stinkenden Wüstenhunde glauben dir vielleicht – aber ich nicht. Die heilige Flamme des Lebens würde dich in einem einzigen Augenblick vernichten." Die rote Lanzenspitze näherte sich der Brust meines Vaters. „Ich liebe meine Frau Wahneema", kreischte Anak. „Ich liebe mein Kind Asthore. Aber auch wenn du sie zu Tode folterst – ich werde das Geheimnis der Sonne niemals entweihen. Geh zurück zu den teuflischen Bestien, die dich hierhergeschickt haben, und stirb am flammenden Zorn der Sonne!"

Die verzweifelten Drohungen meines Vaters nutzten nichts – auch die phantasievolle Behauptung, eine Raumflotte der Erde sei bereits auf dem Weg hierher, um ihn zu retten und den Mars zu erobern, blieb wirkungslos. Die Marsbewohner raubten ihm sein Reittier, die Waffen und Kleider und setzten ihn nackt in der Wüste aus, südlich von Ob, meilenweit von der Stadt entfernt. Da die Jagdgründe der Outlaws noch viel weiter entfernt lagen, war er überzeugt, elend verdursten und erfrieren zu müssen – bis Trent ihn vom Himmel aus entdeckte und ihn an Bord des neuen Luftschiffs nahm.

Zwei Nächte später flogen sie erneut los und landeten mit Zynlid und einer ausgewählten Nomadenschar auf der obersten Terrasse des Sonnentempels. Im schwachen Licht des Mondes Phobos überrumpelten und töteten sie die Tempelwächter. Mein Vater führte die heulende Bande ins Innere des Tempels. Sie fanden Anak in der Sonnenkapelle, wo er unter einer glühenden gelben Scheibe stand. Er wehrte sich verzweifelt und fügte Zynlid schwere Wunden zu, aber dann entriß ihm mein Vater die rote Lanze, und er wurde an Bord des Luftschiffes gezerrt, bevor die aufgescheuchte Kriegerschar aus dem Tempelhof auf das Dach gelangen konnte.

Das Schiff schoß nach oben, Kugeln trommelten gegen den Rumpf. Triumphierend befahl mein Vater dem Priesterkönig, Trents aufgeregte Fragen zu beantworten. Aber der alte Mann schüttelte nur schweigend den Kopf. Fröhlich begannen die Outlaws ihn zu foltern, doch über das Faltengesicht glitt nur ein leichtes Zucken.

Es war Zynlid, der das Problem löste, nachdem Trent seine Wunden verarztet hatte. „Freiwillig wird er kein Wort sagen", krächzte der alte Bandit. „Gebt ihm das – dies ist ein Schlüssel für versiegelte Lippen."

Er reichte Trent eine winzige Injektionsspritze, die mit einer farblosen Flüssigkeit gefüllt war. Offensichtlich handelte es sich um eine Art Wahrheitsdroge, vergleichbar mit Skopolamin. Sie setzte Anaks hartnäckigem Schweigen ein Ende, und Trent lernte endlich das Geheimnis des blauen Energiestaubs kennen.

Der alte Priester wurde für fast zwei Monate unter Drogen gesetzt und immer wieder befragt. Nur ein einziges Mal mußte die Injektion ihre Wirkung verfehlt haben. Denn da tat er so, als stünde er unter dem Einfluß des Serums und erzählte den Fremden raffinierte Lügen und erklärte, er wolle einen besonderen Effekt des Staubs demonstrieren. Nur die Wachsamkeit meines Vaters und eine hastige Gegenmaßnahme verhinderten eine Explosion, die sie alle getötet hätte.

Schließlich brachten sie Anak in den Metallkoloß *Korduv*. Doch das hatten die Späher von Ob irgendwie herausgefunden, und mein Vater mußte die Einstiegsluke hastig schließen. Gemeinsam mit Zynlid und der Nomadenschar hielt er den verzweifelten Angriffen drei Wochen lang stand, während Trent den unter Drogen stehenden Herrscher befragte, alle mysteriösen Tiefen des uralten Wüstenrätsels erforschte und einen Plan seiner kolossalen Mechanismen zeichnete.

Langsam kam der Astronom dem Geheimnis des blauen Staubs auf die Spur, erhielt eine erstaunliche Antwort auf die Frage, warum *Korduvs* Energie, die alle Maschinerien des Planeten antrieb, so unerschöpflich war. Die seltsamen Körnchen, die als ‚Sonnengestein' bezeichnet wurden, stammten tatsächlich von der Sonne.

Schließlich ging Trent zu meinem Vater, der an der belagerten Tür saß, und bebte vor Erregung. „Das ist ein Schiff!" verkündete er. „*Korduv* ist ein interplanetarisches Schiff! Es wurde vor einer halben Million von Marsjahren gebaut, als der Planet auf dem Gipfel seiner Zivilisation stand. Dreißigmal flog es zur Sonne, in Abständen von zehn- oder zwanzigtausend Jahren, um Sonnengestein zu holen."

„Sonnengestein?" wiederholte mein Vater. „Den Energiestaub?"

„Reine Energie!" schrie der Wissenschaftler. „Gefrorene, transportable Energie! Ein Energielager, fast unvorstellbar in seiner Vollkommenheit . . . Es besteht aus kondensierter Strahlenenergie – nicht aus Atomen oder Elektronen, sondern aus reinen Photonen.

Fixierte Lichtpartikel! Eine revolutionäre mathematische Errungenschaft! Eine radikale Erweiterung der Quantenphysik. Diese gewaltige Energie konnte die Schwerkraft reflektieren und das Schiff vom Mars lösen, andererseits konnte sie modifiziert werden, so daß sie das Schiff vor den starken Sonnenstrahlen schützte. Mit einer Crew von zweitausend Marsbewohnern flog die *Korduv* hundertvierzig Millionen Meilen weit zur solaren Photosphäre, dort schwebte sie zehn Jahre lang, während die Besatzung durch das Kraftfeld vor einer Gravitation geschützt wurde, die achtzigmal stärker ist als die des Mars. Die Konversionszellen der *Korduv* absorbierten die Sonnenenergie, in einem Tempo, das fünfzig Pferdestärken pro Quadratzoll entspricht, und verfestigten sie dann zu Photonenstaub. Und dann, als die Hitzequalen beendet waren, kehrten die Überlebenden mit einer kostbaren Ladung von Sonnengestein auf den Mars zurück – meist nur ein Zehntel der ursprünglichen Besatzung."

„Eh . . ." Mein Vater starrte Trent an und mußte das alles erst einmal verdauen. Schwach drang ein dumpfes Hämmern durch die Klappe der *Korduv*. Sein müdes, bärtiges Gesicht verwandelte sich, und aus seinen Augen leuchtete triumphierende Entschlossenheit. „Ein Schiff!" flüsterte er. „Wir werden zur Erde fliegen, alles ausladen, was noch an Staub übrig ist – und dann schicken wir es zur Sonne."

Trent schüttelte den ausgemergelten Kopf. „Die *Korduv* kann nicht mehr fliegen. Sie wurde bei der letzten Reise vor fünfzigtausend Jahren schwer beschädigt. Einige Zellen versagten, und die nicht umgewandelte Energie verbrannte die Hälfte der Besatzung und zerstörte einen Großteil der Kraftfelder, die der Sonnenschwerkraft entgegenwirkten. Nur mit Mühe konnte verhindert werden, daß das Schiff auf die Sonne fiel. Der Rest der übermäßig beanspruchten Kraftfelder verbrannte auf dem Rückweg. Das Ding stürzte an dieser Stelle hier ab, wobei die übrige Besatzung ums Leben kam. Aber das Sonnengestein blieb erhalten.

„Dann ist das also ein Wrack?" Mein Vater starrte auf die gigantischen Maschinen, die im schwachen blauen Licht aufragten, und fragte: „Warum haben sie kein neues Schiff gebaut?"

„Das liegt an der Degeneration der Marsrasse“, erwiderte Trent. „Der alte Anak kennt wissenschaftliche Fakten, die wir auf der Erde nicht einmal in tausend Jahren entdecken würden. Aber die Leute hier sind erstarrt – wie tot. Anaks Wissen hat die Form komplizierter Erinnerungsrituale angenommen, vermischt mit dogmatischem Aberglauben. Er wird von der Vergangenheit beherrscht. Die Hälfte seines Wissens ist zu heilig, um außerhalb des Tempels benutzt zu werden. Jede neue Erkenntnis wäre eine Blasphemie, die den Gott Sonne beleidigen würde. Es ist noch genug Sonnengestein übrig, um das Leben auf dem Mars für zwei- oder dreitausend Jahre zu erhalten. Aber danach wird er untergehen – ‚nach dem Willen der Sonne‘, wie Anak es ausdrückt.“

Mein Vater zuckte mit den Schultern. „Also gut, wenn die *Korduv* ein Wrack ist – kannst du ein neues Schiff bauen?“

„Noch ein viel besseres, Hammond“, versicherte Trent, „wenn wir erst einmal wieder auf der Erde sind.“

„Zunächst müssen wir an unseren fanatischen Freunden da draußen vorbeikommen. Jedenfalls ist das Unternehmen Hammond wieder mal auf dem Weg nach oben.“

Während Anaks Partisanen weiterhin die Luke attackierten, verbrachte Trent drei Tage damit, das kleine rote Schiff für den Flug zur Erde vorzubereiten. Sein doppelter Rumpf war bereits hermetisch verschlossen, und in den dunklen Tiefen der *Korduv* fand er Sauerstoffkanister, die für fünfzigtausend Jahre gereicht hätten. Der Laderaum wurde mit Sonnengestein gefüllt, und nach gewissen Transformationen im Netzwerk der Kraftfelder war das Schiff für den interplanetarischen Trip bereit.

Dann schlug eine winzige Sonnensteinbombe eine neue Öffnung in die Spitze der *Korduv,* das kleine rote Schiff flog hindurch und entkam den Strahlenbatterien und der Luftwaffe der Angreifer. Unversehrt floh es durch das Dunkel zur verborgenen Schlucht der Outlaws.

Im Morgengrauen wurde der alte Anak mit seiner kleinen Tochter in der Wüste freigelassen, wenige Meilen von Ob entfernt. Erst jetzt erfuhr er, daß Asthores Mutter getötet worden war, und er erinnerte sich an alles, was er unter dem Einfluß der Droge verraten hatte. Wut und Entsetzen überwältigten ihn. Sein schmales Gesicht mit den dunklen Schuppen verzerrte sich, und seine schwarzen Augen schienen Funken zu sprühen. Verzweifelt versuchte er meinen Vater anzugreifen, stieß mit kreischender Stimme Gebete und Flüche aus. „Fürchtet euch!" schrie er, als das Flugzeug vom Boden abhob. „Ihr habt das heilige Feuer entweiht! Fürchtet die Rache der Sonne!"

Zynlid hatte die Einladung meines Vaters angenommen, die Erde zu besuchen, begleitet von einem Sklaven und zwei seiner Lieblingsfrauen. Auf einem letzten Raubzug erbeuteten sie genug Nahrungsmittel für die Reise, und Trent lenkte das Schiff an Deimos vorbei ins All. Ein ganzes Marsjahr war vergangen. Die Erde hatte die Konjunktion passiert und glitt nun rasch voraus auf ihrer Bahn.

Eine Rakete hätte sie niemals einholen können, aber eine halbe Unze des Sonnenstaubs trieb das kleine Flugzeug in nur zehn Tagen achtzig Millionen Meilen weit. Im November 2134 landete das rote Schiff sicher auf einem Kornfeld in der Nähe von New York, und mein Vater verkündete triumphierend, daß er dem Mars sein Geheimnis entrissen hatte – eine billige, unerschöpfliche Energiequelle.

3.

Ich weiß immer noch, wie meine Mutter zitterte, als sie in ihrem kühlen, stillen, duftenden Zimmer über dem dunklen Ägäischen Meer saß und mit unsicheren Fingern ein neues Band in das Visivox-Gerät schob. „Und jetzt, Chan", flüsterte sie, „dein – dein Vater . . ." Ihre Stimme erstickte, und sie begann zu weinen.

Der kleine Bildschirm flackerte, dann sah ich zerquetschte Getreidehalme und das kleine Doppelflugzeug, das vom Mars gekommen war. Eine kleine Tür öffnete sich, und Trent und mein Vater stiegen aus. Er sah seltsam aus, dunkel gebräunt und hager. Mein Vater trug das Ledergewand der Nomaden, geschmückt mit den Ohrgehängen, die er erbeutet hatte. Er schwang eine lange rote Lanze und rief gutturale Grußworte in einer fremden Sprache. Aber unter seinem dichten schwarzen Bart strahlte sein altes Lächeln, ansteckend wie eh und je. Seine kräftigen Zähne blitzten. Seine grauen Augen blinzelten ein wenig im grellen Sonnenlicht, aber sie waren immer noch klar und klug.

„Er ist ganz der alte", stieß meine Mutter schluchzend hervor. „Dein Vater ... O Garth!" Ihr Gesicht war totenblaß, und ich sah Tränen über ihre Wangen rollen.

Die Reporter stellten aufgeregte Fragen, und die Visivox-Geräte summten. Mein Vater machte eine elegante Verbeugung, dann wies er mit großer Geste auf das Flugzeug. Die Marsmenschen kletterten heraus – der dürre, rostrote Zynlid und seine bunten, rotgekrönten Begleiter. Sie bewegten sich ungeschickt und mühsam, und das Atmen fiel ihnen offensichtlich schwer. Verwirrt blinzelten sie die schreienden Reporter an. Garth Hammond trat vor, verbeugte sich noch einmal und hielt eine kleine Begrüßungsrede.

„Ich werde der Menschheit mehr Macht bringen, als sie der größte König in alten Zeiten ausgeübt hat. Morgen wird die Sonnenenergie-GmbH ..."

Dann rannte Nada Vale, die rothaarige Schauspielerin, ins Bild. Mit einem erstickten Schrei warf sie sich in die gebräunten Arme meines Vaters. Sein altes Lächeln blitzte wieder auf. Er hob sie hoch und preßte den dichten schwarzen Bart an ihre Wange.

Plötzlich schaltete meine Mutter das Gerät aus. Einen Augenblick lang stand sie daneben, wie erstarrt, mit bleichem, ausdruckslosem Gesicht. Dann kam ein leises Schluchzen über ihre zitternden Lippen. Sie wandte sich ab und rannte aus dem Zimmer. Später fand ich sie auf der Terrasse im Dunkel, hoch über dem schwarzen Meer, auf dem sich tanzend die Sterne spiegelten. Lautlos weinte sie vor sich hin.

Der Marseroberer wurde zum größten Helden der Erde. Die wilde Woge der Begeisterung ertränkte alle Anklagen, die man früher gegen meinen Vater erhoben hatte. An einem einzigen hektischen Tag wurde ein Kapital von sechs Billionen Dollar in die Sonnenenergie-GmbH investiert. Zehn Millionen Menschen zahlten hohe Eintrittsgelder, um Zynlid und seine Begleiter in dem gravitationsisolierten, klimatisierten Apartment anzustarren, das mein Vater ihm zur

Verfügung gestellt hatte. Der alte Bandit posierte stolz vor seinem neugierigen Publikum, schwang seine Waffen und Trophäen und verlangte für jeden Auftritt vor der Visivox-Kamera unglaubliche Summen.

Ared Trent schien sich nicht für diese stürmische Welle der Publicity zu interessieren. Die Öffentlichkeit nahm kaum zur Kenntnis, daß meinem Vater auf dem Mars ein Gefährte zur Seite gestanden hatte. Wenn Trent, der strenge, schweigsame Diener der Wissenschaft, eine menschliche Ader hatte, so wußte die Welt nichts davon – damals noch nicht. Er versammelte sechzig tüchtige Konstrukteure in einem bewachten Bürogebäude und begann mit den Planungsarbeiten für die Sonnenenergiestation. Obwohl die Station viel kleiner war als die alte *Korduv,* obwohl sie nur tausend Fuß im Durchmesser maß und nur fünfzehnhundert lang war, galt sie doch als größtes technisches Wunderwerk, das man jemals auf Erden geschaffen hatte. Die Konstruktion dauerte drei Jahre. Direkt und indirekt war eine Million Männer daran beteiligt. Die ersten sechs Billionen Dollar waren verbraucht, drei weitere Billionen wurden rasch beschafft.

Im Gegensatz zur Marsmaschinerie war die Station so konstruiert, daß sie ständig in der feurigen Sonnenatmosphäre schweben würde. Schiffe, durch Spezialkraftfelder abgeschirmt, sollten sie jährlich besuchen, Vorräte und neue Crews an Bord bringen und dann mit der abgelösten Besatzung und dem kostbaren Sonnengestein zur Erde zurückkehren. Achthundert Freiwillige wurden ausgewählt, um die ersten ein oder zwei Jahre im flammenden Exil zu verbringen. Ared Trent, der die Station entworfen hatte, würde ihr erster Kommandant sein. Aber wenige Monate, bevor die Station ihren weiten Flug antreten sollte, kam es zum historischen Bruch zwischen meinem Vater und Trent.

Dieser Streit hat viele Historiker verwirrt. Die beiden waren schon Freunde gewesen, bevor mein Vater Trent zum Mond geschickt hatte. Der Wissenschaftler und der Geldgeber hatten nur scheinbar in einer perfekten Symbiose gelebt. Einige Biographen waren, wie ich glaube, zu Recht der Meinung, daß Trent, obwohl er die Gefühle eines Integriergerätes zu besitzen schien, lange Zeit eine tiefe Abneigung gegen die diktatorische Überheblichkeit meines Vaters unterdrückt hatte.

Aber ich glaube, daß es vor allem der Selbstmord Nada Vales war, der dann den Streit entfachte. Offenbar hatte die Schauspielerin meinen Vater verzweifelt geliebt. Doch da er ganz in seiner Marsexpedition und seiner Energiegewinnung aufgegangen war, hatte er sich nur am Rande für sie interessiert. Die beiden waren nie verheiratet und anscheinend war Nada schrecklich eifersüchtig auf die Frau, die mein Vater liebte.

Diese Frau war die schöne Doris Wayne, die Erbin der Marine-Mines-Billionen. Mein Vater lernte sie bald nach seiner Rückkehr vom Mars kennen. Sie heirateten im Jahre 2138. In der Hochzeitsnacht vergiftete sich Nada Vale in der Halle des Penthouses, das mein Vater in Manhattan gekauft hatte.

Und Ared Trent hatte die Schauspielerin schon seit Jahren geliebt, was niemand gewußt hatte. Anscheinend hatte sie versprochen, seine Frau zu werden, wenn er lebend vom Mond zurückkäme – vielleicht im Hinblick auf die Publicity, die ihr das einbringen würde. Aber bevor er zurückkehrte, lernte sie seinen Geldgeber kennen, meinen Vater. Trent war vergessen. Und er ließ sich nicht anmerken, wie tief er verletzt war, bis ihr Selbstmord die alten Gefühle weckte.

Jedenfalls verlangte Trent plötzlich die gleichen Rechte in der Direktion der Sonnenenergie-GmbH, wie sie mein Vater besaß. Erstaunt lehnte Garth Hammond dieses Ansinnen ab. Das führte zu einer langwierigen geschichtlichen Auseinandersetzung, in der Trent unterlag. Mein Vater schenkte ihm zehn Millionen Dollar, um zu beweisen, wie dankbar er ihm für seine Dienste war. Mit dem Geld baute Trent ein neues Labor in Südafrika, wo er sich in die Einsamkeit zurückzog.

Der kräftige, untersetzte Tom Cornwall, der Eroberer des Mondes, wurde zum neuen Kommandanten der Station ernannt. Ich saß mit meiner Mutter in unserer Inselvilla und beobachtete den Abflug der Station. Sie war ein kolossaler Zylinder aus massivem Stahl mit abgerundeten Enden. Gigantisch überragte sie die Fabriken der neuen Metallstadt, in der sie entstanden war. Die Besatzung war an Bord gegangen. Mein Vater stand hochaufgerichtet auf der Abschußrampe, hielt eine Rede und schüttelte Tom Cornwall die Hand. Dann verschwand der furchtlose Captain in dem riesigen Schiff. Die jubelnde Menge wurde zurückgescheucht. Dann begann der Stahlzylinder seltsam zu flackern und verlor sich in einer silbernen Schleiersäule – alles Licht wurde reflektiert von den abschirmenden ätherischen Kraftfeldern. Die Säule schoß nach oben, ein plötzlicher Windstoß fegte über die Menschenmenge hinweg, wirbelte Staub und Hüte auf, und dann war die Station verschwunden.

An diesem Tag ging es hoch her an den Börsen. Die Preise für Kohle, Öl und Wasserenergie sanken rapide, und in die Sonnenenergie-GmbH wurden Summen von schwindelerregender Höhe investiert. Mein Vater prahlte gern damit, daß er an diesem Tag fast zwei Billionen verdient hätte – bevor noch ein einziges Sonnenstäubchen auf die Erde gelangt war.

Die *Solarion,* das erste Schiff, das die Station besuchen sollte, wurde noch im selben Jahr gebaut, in derselben Metallstadt in Ohio. Ich war noch keine zehn Jahre alt, als es von seiner ersten Reise zur Sonne zurückkam. Es brachte mehrere hundert Tonnen der blauen Wundersubstanz mit, gefrorene Energie, die für zwölfhundert Dollar pro Unze verkauft wurde.

Garth Hammonds Stern schien strahlend hell, und niemand ahnte, welche Katastrophen über ihn hereinbrechen, seine starken Schultern beugen, sein Haar weiß färben, die Sonnenenergie-GmbH ruinieren und sogar das ganze Sonnensystem bedrohen würden.

Der knorrige alte Zynlid und seine drei Begleiter waren ganz plötzlich an der Fallkrankheit gestorben.

4.

Der schreckliche Schatten der Krankheit verdunkelte von neuem die Welt. Irgend etwas war mit dem Virus geschehen. Die Physiologen behaupteten, das bösartige Molekül hätte auf die fremdartigen

Proteine in den Körpern der Marsmenschen besonders heftig reagiert. Alte Immunitäten waren vernichtet, die Seuche breitete sich auf dem ganzen Planeten aus. In einem einzigen Jahr starben hundert Millionen, und alle Schrecknisse des Schwarzen Jahrhunderts drohten zurückzukehren.

Unter den Marsbewohnern wütete die Krankheit noch mörderischer als auf der Erde. Als die Eroberungsflotte meines Vaters auf dem roten Planeten landete, versuchten die Städte Widerstand zu leisten, und die *Korduv* wurde in die Luft gesprengt. Es steht nicht fest, ob die Fallkrankheit absichtlich verbreitet wurde, als die Feinde meines Vaters angriffen. Aber nach wenigen Wochen hatte sie die halbe Einwohnerschaft des Mars hinweggerafft. Der Planet ergab sich. Anak, der alte Priesterkönig, wurde gezwungen, ins Exil zu gehen. Er kam mit seiner Tochter auf die Erde und quartierte sich in einem schäbigen, über hundert Jahre alten Haus in Washington ein. Sein bitterer Haß gegen meinen Vater wuchs mit jedem Tag, und seine bewachte, durch einen Isolationspanzer vor der Erdenluft und -schwerkraft geschützte Wohnung wurde zu einem frühen Zentrum der organisierten Intrige gegen meinen Vater und die Sonnenenergie-GmbH.

Mein Vater hatte die Marsbewohner auf die Erde gebracht. Er war deshalb schuld an der neuen Epidemie. Und die Marsmenschen haßten ihn um so mehr, da er ihre Religion entweiht und ihre Rasse ermordet hatte. Manche Aufwiegler machten ihn auch für die wirtschaftlichen Probleme verantwortlich, die nun die Erde bedrohten. Die Krankheit allein genügte schon, um eine weltweite Depression hervorzurufen. Dazu kamen noch die Panik, die finanziellen Schwierigkeiten, die durch die Vernichtung alter Industrien und den Aufstieg der Sonnenenergie-GmbH verursacht wurden.

Aber man muß meinem Vater zugestehen, daß die Industrie durch die Nutzung der anderen Planeten auch einen ungeheuren Aufschwung nahm. Nach der Eroberung des Mars erforschten die neuen Raumflotten der Sonnenenergie-GmbH den Mond, die Venus, den Merkur und die Satelliten des Jupiter. Die GmbH brachte zahllose Tochtergesellschaften hervor, die sich mit der Förderung von Mineralien, Fabrikbau, Transportwesen und sogar mit Nachrichtendiensten und Showbusineß befaßten. Es gab auch eine Mars Copyright & Patent-GmbH, die Kunst und Wissenschaft auf dem alten Planeten ausschlachtete.

Die Sonnenenergie-GmbH war die mächtigste – und bald auch die meistgehaßte – Institution der Erde. Die Station produzierte jährlich über tausend Tonnen Sonnengestein. Der Standardpreis betrug zwölfhundert Dollar pro Unze. Das bedeutete einen Jahresertrag von vierzig Billionen, wodurch Garth Hammond zum Diktator des Sonnensystems aufstieg.

Vergeblich versuchten erboste Liberale und Arbeitsgruppen die Gesetzgebung gegen das Riesenunternehmen zu beeinflussen. Denn der Arm des Gesetzes reichte nur bis an die Grenze der Stratosphäre. Die einzigen Schiffe, die im All verkehrten, gehörten der Sonnenenergie-GmbH, und die einzige Ordnung, die dort herrschte, wurde durch die Polizei meines Vaters erzwungen, die berühmte Sonnenpatrouille.

Das Gesetz paßte sich wie stets der Realität an. Das Sonnenenergie-Unternehmen wurde als unabhängiger Staat anerkannt und hatte überall außerhalb der Erdenstratosphäre seine eigene Gerichtsbarkeit. Und Garth Hammond war der absolute Regent dieses Staates, obwohl er in legaler Hinsicht immer noch ein Bürger der USA war und sich eine gewisse Immunität verschaffte, indem er offiziell als ‚Angestellter' der Sonnenenergie-GmbH galt und als Aufsichtsvorsitzender der Gesellschaft, die in New Jersey registriert war.

Er beherrschte auch die Gesetze auf Erden, und die Gesetze halfen ihm, Hunderte von Streiks niederzuwerfen, die gegen die Sonnenenergie-GmbH gerichtet waren. Die Gesetze halfen der Sonnenpatrouille, zahllose Attentate auf ihn abzuwehren, in die auch Anak und fanatische Emigranten vom Mars verwickelt waren.

Der schwerste Angriff wurde jedoch außerhalb der Gesetzesmacht gegen ihn gerichtet, außerhalb des Erdenbereichs. 2146 flog die *Solarion* zum siebentenmal mit einer Ladung Sonnengestein an Bord zur Erde zurück – und begegnete im All einem fremden Schiff, einem schlanken roten Pfeil. Heliographen übermittelten mit Blinkzeichen eine Nachricht, unterzeichnet mit *Rote Lanze*, und forderten die

Unterwerfung der *Solarion* und die Übergabe der Fracht ‚im Namen der Freiheit und der Menschenrechte'. Der Captain weigerte sich, diese Forderungen zu erfüllen, und das Schiff entkam nach einem kurzen Kampf. Im nächsten Jahr flog die *Solarion* wieder ins All, diesmal besser bewaffnet, und kehrte nie mehr zurück.

Als der erste Angriff auf das Schiff bekannt wurde, ließ Anak ein paar Reporter in den großen Stahlbunker, den mehrere emigrierte Marsmenschen bewohnten. Sein von dunklen Schuppen bedeckter Körper war nun zusammengeschrumpft und gebeugt, sein faltiges Gesicht verzerrt vor Haß und Bitterkeit. Unter der glühenden Sonnenscheibe, die er aus dem Marstempel mitgebracht hatte, ging er auf und ab wie ein rastloses gefangenes Tier und hob drohend seinen dürren, unirdischen Arm.

„Das ist die Rache der Sonne", stieß er mit seiner gutturalen Stimme in kaum verständlichem Englisch hervor. „Garth Hammond hat das Juwel der Sonne beschmutzt. Er hat die hehren Stätten entweiht und das heilige Geheimnis geraubt. Er hat das Blut der Sonne vergossen und meine Wahneema ermordet." Seine schwarzen, gelb umrandeten Augen glühten in fanatischer Bosheit. „Und er wird der Rache der Sonne zum Opfer fallen."

Dann scheuchte er die Reporter in wildem Zorn hinaus, zitternd am ganzen Körper.

Bald stand fest, daß die *Rote Lanze* die *Solarion* gekapert hatte, denn die Erde wurde mit geschmuggeltem Sonnengestein überflutet. Man vermutete, daß die Piraten oder zumindest ihre Anführer rachsüchtige Marsmenschen waren, denn das Geheimnis der Kraftfelder, die einen Aufenthalt in der Photosphäre ermöglichten, war auf Erden nie verraten worden.

Die Sonnenpatrouille versuchte den Schmugglern auf die Spur zu kommen, und fand Anhaltspunkte, die auf eine Verbindung der Piraten mit Anaks Tochter Asthore hinwiesen. Sie war herangewachsen zu einem Wesen von seltsamer Schönheit, groß und anmutig, mit einer feinschuppigen weißen Perlmutthaut, und ihre Augen leuchteten groß und purpurviolett unter einem karmesinroten Diadem. Aber ihre unheimliche Schönheit war unmenschlich, und sie teilte den bitteren Haß ihres Vaters, der sich gegen die Menschheit und insbesondere gegen Garth Hammond richtete.

Schließlich brachen Mitglieder der Sonnenpatrouille, unterstützt von staatlicher Polizei, in das alte Haus in Washington ein, mit Haftbefehlen für Anak und seine Tochter. Aber der Bunker war leer, die Emigranten hatten die Flucht ergriffen.

Die Flotten der Sonnenenergie-GmbH suchten im All nach den Piraten, forschten auf Planeten und Asteroiden nach Stützpunkten der Feinde – vergeblich. Ein zweites, hastig gebautes Schiff, die *Solarion II,* wurde ebenfalls gekapert, ihr ausgeplündertes Wrack wurde nahe der Umlaufbahn des Merkur entdeckt, wo es ziellos dahintrieb. 2148 kehrte die *Solarion III* unversehrt auf die Erde zurück. Aber ihr Laderaum war leer, und sie brachte schreckliche Neuigkeiten mit. Die Station war verschwunden.

Man konnte nur Vermutungen über die Ursache der Katastrophe anstellen. Das große Schiff war von den Piraten entweder gekapert oder zerstört worden. Oder die titanische Kraft der Sonne hatte die Station ausgelöscht, weil sie vielleicht zu tief in das flammende Meer der Photosphäre hineingeraten war. Ungeheure Stürme von Sonnenflecken konnten sie hineingezogen haben in einen gewaltigen Strudel, hinab in einen atomaren Schmelzofen. Die unvorstellbare Hitze in Sonnennähe hätte die Station auch in Sekundenschnelle verbrennen können, wenn die schützenden Kraftfelder und die Konversionsbatterien auch nur für einen Augenblick versagt hatten. Außerdem bestand die Möglichkeit, daß eine Meuterei oder die Fallkrankheit die Besatzung ausgeschaltet hatte.

Was immer auch die Ursache war, die Katastrophe war niederschmetternd. Die Aktien der Sonnenenergie-GmbH fielen rapide. Mein Vater brachte nicht genug Kapital auf, um eine neue Station bauen zu lassen. Zudem wäre die Arbeit ohnehin durch Sabotageakte und Streiks behindert worden.

Der Sonnensteinschmuggel fand auf ebenso mysteriöse Weise ein Ende, wie er angefangen hatte. Rostige Turbinen und Windmühlen begannen sich wieder zu drehen, man besann sich auf verlassene Kohlenminen. Die Preise stiegen, die Arbeitslosigkeit nahm zu.

Wegen des Energiemangels standen die Maschinen auf den Farmen still, eine qualvolle Hungersnot suchte die Welt heim, und die allgemeine Unterernährung hatte einen neuen schrecklichen Ausbruch der Fallkrankheit zur Folge.

Und auf die Schultern meines Vaters fiel die Last der Schuld an all diesen schrecklichen Katastrophen, die über die Menschheit hereinbrachen. Ich war in diesen schwarzen Tagen bei ihm. Als ich zwölf war, hatte er einen erfolgreichen Prozeß gegen meine Mutter geführt und das Sorgerecht für mich zugesprochen bekommen. Zuerst hatte ich mich dagegen gewehrt. Ich hatte sein luxuriöses Heim gehaßt, ebenso seine neue Frau Doris, die den Platz meiner Mutter einnahm. Aber sie war immer nett zu mir gewesen, und allmählich gewann ich sie lieb. Und fast gegen meinen Willen begann ich meinen Vater zu bewundern und empfand großes Mitleid mit ihm, als er jetzt von so vielen Sorgen geplagt wurde.

„Das ist das Ende, Chan", sagte er mir eines Tages mit müder Stimme, als ich in sein prunkvolles Büro ging, wo er reglos wie eine dunkle Statue an seinem massiven Schreibtisch saß. „Es würde vier oder fünf Jahre dauern, bevor uns die neue Station mit Sonnenenergie versorgen könnte – auch wenn die Piraten das zuließen. Aber so lange kann sich die Sonnenenergie-GmbH nicht mehr halten."

Ich versuchte ihm Mut zuzusprechen.

„Eine Chance habe ich noch", vertraute er mir an. „Wenn ich Trent gewinnen könnte . . . Wenn er vergessen könnte . . ."

Aber die Suche nach Trent blieb erfolglos. Vor vielen Jahren hatte er mit dem Geld, das ihm mein Vater geschenkt hatte, sein großes Labor in Südafrika gebaut. Doch das abgelegene Gebäude stand bereits seit einiger Zeit leer. Ared Trent war spurlos verschwunden.

Diesem Fehlschlag folgte ein noch schlimmeres Unglück. Doris bekam die Fallkrankheit und starb, nachdem sie zwei Tage lang vor Schmerzen und im Zwang dieses gräßlichen Sturz- und Schwindelgefühls geschrien hatte. Danach begann sich das Haar meines Vaters weiß zu färben. Seine breiten Schultern beugten sich. Er verwandelte sich in einen grimmigen Automaten und weigerte sich, sein Büro zu verlassen, abgesehen von den wenigen Stunden, da er Schlaf fand.

Da die Erde nun auf das Sonnengestein verzichten mußte, stand die Zukunft der Raumfahrt auf dem Spiel. Man mußte die Minen auf fernen Planeten aufgeben, ebenso die Kolonien. Das interplanetare Prestige der Sonnenenergie-GmbH war stark ramponiert. Feindlich gesinnte Gruppen ergriffen vernichtende restriktive und steuerliche Maßnahmen.

„Ich bin bankrott, Chan!" Ich war in den Silberturm der Sonnenenergie-GmbH gegangen, mitten in Manhattan, wollte meinen Vater überreden, am Wochenende nach Hause zu kommen und sich ausruhen. Er lehnte schwer an seinem großen polierten Schreibtisch und starrte auf eine staubige alte Flasche mit der Aufschrift ‚Hammonds lunares Öl'. Dann wandte er mir seinen leeren Blick zu. „Das habe ich behalten, Chan. Um stets daran zu denken, daß das alles mit ein paar farbigen Tropfen begonnen hat. Aber ich glaube, ich habe es doch vergessen. Jetzt kommt mir das alles so unwirklich vor – so unmöglich . . ." Müde strich er sich das dichte weiße Haar aus der Stirn. „Ich habe als Schuhputzer angefangen, Chan. Und so, wie es aussieht, wird dir auch nichts anderes übrigbleiben."

Und in jenem Augenblick, als seine Verzweiflung ihren Höhepunkt erreicht zu haben schien, trat jenes erstaunliche Ereignis ein, das alle vorangegangenen Schicksalsschläge zu einem Nichts zusammenschrumpfen ließ.

Ein fremdes Raumschiff wurde über New York gesichtet. Es landete auf Long Island, auf dem großen Flughafen der Sonnenenergie-GmbH. Es war ein unheimlicher, karmesinroter Riesenpfeil. Sein Rumpf trug die Narben vieler Kämpfe und in schwarzen Lettern die Aufschrift *Rote Lanze.* Panik erfaßte die Flughafenbehörden, aber es stellte sich bald heraus, daß der Pirat nichts Böses im Sinn hatte. Ein dünner, weißhaariger Mann stolperte aus der Luke und verlangte, sofort zu meinem Vater gebracht zu werden.

Ich war im Büro, als sich die beiden trafen. Mein Vater trug einen weißen Arbeitskittel, seine Finger waren voller Flecken, da er mit irgendwelchen Chemikalien experimentiert hatte. Er lächelte – und plötzlich wirkte er genauso unwiderstehlich wie in seinen besten Tagen. Dann schüttelte er Trent herzlich die Hand „Ared! Du bist also die *Rote Lanze.* Natürlich – wer außer dir hätte das alles fertiggebracht?“ Dann erstarb sein Lächeln, und er sah dem Wissenschaftler ernst in die Augen. „Können wir nicht wieder Freunde sein? Ich habe viele Fehler gemacht, Trent, und das bereue ich. Die Sonnenenergie-GmbH ist am Ende. Aber nun habe ich einen neuen Plan. Wenn du mir hilfst – wir könnten zusammen . . .“

Der dünne Mann starrte ihn mit fiebrig glänzenden, blutunterlaufenen Augen an. Dann stieß er heiser und verzweifelt hervor: „Nein, Hammond! Da ist nichts mehr übrig . . .“ Er fuhr sich mit der Zunge über die aufgesprungenen Lippen. „Vergiß deine Pläne! Jetzt ist alles aus.“

Mein Vater umklammerte seinen Arm. „Wie meinst du das?“

„Ich war ein verdammter Narr, Hammond. Ja, ich war der Pirat. Ich habe dich gehaßt, Hammond. Weil du zuviel Macht angestrebt hast . . . Und – Nada . . . Aber vergiß das alles. Ich habe das Schiff gebaut – in Afrika. Ich trommelte eine Crew aus menschlichem Abschaum und fanatischen Marsmenschen zusammen. Ich verbündete mich mit dem Anhang des alten Anak. Gott helfe mir, Hammond! Wir kaperten deine beiden Schiffe, benutzten die erste *Solarion,* um Cornwall auszutricksen, und eroberten die Station. Dann hat Anak sie mir weggenommen, im Verein mit seinen Marsteufeln und seiner Tochter, dieser schönen falschen Schlange. Ich hatte keine Ahnung, was sie vorhatten – glaub mir, Hammond!“

Mein Vater hielt den Atem an, wartete angespannt auf weitere Enthüllungen.

„Du kannst nicht verstehen, wie verzweifelt sie sind, wie verbittert“, fuhr Trent keuchend fort. „Ihr religiöser Zorn – und dann die Fallkrankheit – sie hätte sie alle innerhalb von fünfzig Jahren vernichtet.“

Mein Vater schluckte. „Mein Gott, Trent!“ Seine Stimme zitterte. „Was willst du mir sagen?“

„Sie werden die Station mit Sonnengestein vollstopfen.“ Trents gerötete Augen starrten ins Leere. „Viertausend Tonnen reine Energie . . . Dann wollen sie in die Photosphäre hineinfliegen, so tief, wie es die schützenden Kraftfelder zulassen.“ Seine Stimme war tonlos. All seine Gefühle schienen längst abgestorben zu sein. „Und dann wollen sie die Station sprengen."

Fast unhörbar flüsterte mein Vater: „Und was dann?"

„Ein neuer Zersetzungsherd, wie jener im Zentrum der Sonne . . . Eine Erschütterungswelle, die einen Teil der Materie vernichten wird . . . Sie wird natürlich irgendwann aufhören. Sie wird ein Loch in die Photosphäre reißen, und die Expansion wird ihr ein Ende setzen. Doch das spielt keine Rolle."

Mein Vater starrte Trent verständnislos an.

„Ein starker Lichtausbruch, durch den ein neuer Stern entsteht", erklärte der Wissenschaftler. „Ein unbedeutendes Aufblitzen zwischen all den anderen Sternen . . . Der Sicherheitsmechanismus der Sonne wird in Kraft treten, und nach einer Weile wird sie wieder ihre normalen Strahlen aussenden. Aber dieser Stern, die mit flammendem Gas gefüllte Bombe wird alle Planeten auslöschen – sogar den Jupiter."

„Der alte Anak!" flüsterte mein Vater. „Was hat er gesagt? Die Rache der Sonne . . ." Und plötzlich brach er in Gelächter aus.

5.

Jeder andere Mann hätte bei Trents Enthüllungen die Nerven verloren. Sogar die vagen Gerüchte, die sich an einer hastig verordneten Nachrichtensperre vorbeischlichen, genügten schon, um die Welt in Panik zu versetzen. Aber als sich Garth Hammond von dem Schock erholt hatte, bewies er seinen seltsamen Gleichmut.

„Würde es möglich sein, die Sonne vor der Explosion zu erreichen?"

„Ja, es wäre möglich", sagte Trent. „Vielleicht könnte es die *Rote Lanze* schaffen, obwohl sie beschädigt ist. Aber wozu . . ."

„Hätte ein Angriff Erfolgschancen?"

Trent schüttelte den schmalen Kopf. „Ich weiß, welch guten Ruf deine Sonnenpatrouille hat, Hammond. Ich weiß, daß deine Männer ihr Leben opfern würden. Und wenn wir Zeit hätten, könnten wir einen Teil deiner Flotte mit schützenden Kraftfeldern ausrüsten, so daß einige Schiffe in die Photosphäre fliegen könnten. Aber es hat keinen Sinn." Er zuckte hoffnungslos mit den Schultern. „An eine solche Gewaltaktion brauchst du gar nicht erst zu denken. Die Station ist unbesiegbar. Es gibt keine Waffe, mit der man der Kraft begegnen könnte, die Anak von der Sonne bezieht. Wir haben Cornwall getäuscht. Wir wären nie an Bord gekommen, wenn er nicht geglaubt hätte, daß in der *Solarion* Freunde sitzen."

„Nun, wenn die Männer nicht an Bord kommen – könnten sie wenigstens telefonisch Kontakt mit der Station aufnehmen?"

„Das ist möglich", gab Trent zu. „Aber dann müßten deine Leute sehr dicht heranfliegen – auch wenn sie einen starken kosmischen Strahl als Sender benutzen. Und mit welchen Argumenten willst du Anak von seinem Vorhaben abbringen? Was könntest du ihm versprechen, nachdem seine Rasse zum Untergang verdammt ist? Nein, Hammond, es hat keinen Sinn", beharrte Trent mit bitterer Stimme. „Es sei denn, wir schicken ein oder zwei Schiffe am Jupiter vorbei – damit wenigstens ein paar überleben . . ."

„Nein, Trent", unterbrach ihn mein Vater. „Wir fliegen zur Sonne."

Ich hätte gern meine rechte Hand dafür gegeben, um in der *Roten Lanze* mitfliegen zu dürfen, denn es sah so aus, als sollte diese Expedition die letzte und spektakulärste der Menschheitsgeschichte sein. Aber mein Vater befahl mir schroff, zu meiner Mutter zurückzukehren und dort zu warten.

Seltsam, daß man an verletztem Stolz leiden kann, wenn so große Dinge auf dem Spiel stehen . . . Jedenfalls zog ich mich tief gekränkt in die Marmorvilla auf der Insel zurück. Die wilden Gerüchte vom bevorstehenden Weltuntergang hatten meine Mutter bereits erreicht. Sie war überglücklich, als ich ankam, und stellte mir viele Fragen nach meinem Vater, den sie seit meiner frühen Kindheit nicht mehr gesehen hatte. Ich wußte, daß sie ihn immer noch liebte.

Wir warteten, viele ermüdende Wochen lang. Ich unternahm einen Segelausflug zwischen den Zykladen, doch auch das linderte die nervöse Anspannungen nicht, in der ich mich befand. Meine Mutter wurde krank aufgrund der seelischen Belastungen, und eine schreckliche Stunde lang befürchtete ich, sie sei ein Opfer der Fallkrankheit geworden, die bereits bis zu den Inseln vorgedrungen war.

Wir hörten nichts von der *Roten Lanze.* Aber in meiner lebhaften Phantasie malte ich mir alle Einzelheiten der verzweifelten Reise aus, den verbeulten roten Rumpf, umgeben vom silbernen Nebel der schützenden Kraftfelder . . . Den Sturzflug in den feurigen Ozean der Sonne . . . Die schreckliche Suche nach der Station, ständig bedroht von unvorstellbarer Hitze, durchgerüttelt von unglaublichen Stürmen, im Sog einer Schwerkraft, achtundzwanzigmal so stark wie die der Erde . . .

Wir befanden uns in einer Periode, in der die Sonnenflecken eine maximale Wirkung ausübten. Magnetische Stürme störten die Kommunikation. Eine Nacht war strahlend von den kalten Flammen der Morgenröte erleuchtet. Ich erinnere mich, daß ich durch ein dunkles Glas auf die Sonne blickte, auf ihr rundes Gesicht, das von den Narben mehrerer wütender dunkler Stürme entstellt war, und jeder Strudel war groß genug, um die ganze Erde zu verschlingen. Verwirrt und schaudernd kehrte ich zu meiner Mutter zurück. Wenn die Kraft der Sonne über dreiundneunzig Millionen Meilen hinweg so deutlich sichtbar war – was konnte sie dann erst den Männern antun, die sich in ihrer feurigen Reichweite befanden?

Um die Gerüchte zum Schweigen zu bringen, hatten die verzweifelten Regierungen endlich die Wahrheit bekanntgegeben. Trauer und Verzweiflung regierten die Welt. Und als sie sich in ihrer Angst vergrub, breitete sich eine neue Epidemie aus. Die Fallkrankheit schien wie eine Flutkatastrophe über die Menschheit hereinzubrechen, um sie zu vernichten.

Und dann erreichte eine kurze heliographische Depesche den staunenden, ungläubigen Planeten, von der Mondkolonie empfangen und weitergegeben. *An die Erde: Gefahr abgewandt. Anak intakte Station übergeben. Sonnenenergie-GmbH Unabhängigkeit des Mars anerkannt. Anak Regentschaft zurückerhalten. Station wieder in Funktion. Rote Lanze bringt Sonnengestein auf Erde. Garth Hammond.*

Es war zu schön, um wahr zu sein. Viele Menschen weigerten sich, es zu glauben – bis die *Rote Lanze* auf Long Island landete, dreißig Stunden später. Trent ließ meinen Vater aussteigen und zweitausend Tonnen Sonnengestein ausschiffen, dann machte er kehrt, um Anak auf den Mars zu befördern.

Aber warum hatte der rachsüchtige Anak nachgegeben?

Diese Frage beantwortete uns mein Vater persönlich. Sein Privatstratoplan landete unvermutet in der Leere unserer Insel und fuhr über die Wellen zur Küste. Garth Hammond sprang heraus und watete zum Strand. Das attraktive Gesicht unter dem dichten weißen Haarschopf lächelte fröhlich wie eh und je, aber in seinen grauen Augen lag eine wehmütige Sanftmut, die ich nie zuvor darin entdeckt hatte. Ich lief ihm entgegen, schrie unzusammenhängende Fragen.

„Laß das mal laufen", sagte er und drückte mir ein Visivox-Band in die Hand. „Wo ist deine Mutter, Chan?"

Ich zeigte zum Haus, wunderte mich sekundenlang über seine belegte Stimme, dann rannte er los, um das Band ins Visivox-Gerät zu schieben. Auf dem hellen Bildschirm beobachtete ich die Landung der *Roten Lanze,* hörte meinen Vater zu einer riesigen Menschenmenge sprechen, mit seinen alten grandiosen Gesten.

„Sie fragen sich sicher, warum Anak seinen schrecklichen Plan aufgegeben und sich uns unterworfen hat?" Er legte eine effektvolle Pause ein, dann fuhr er fort: „Weil ich ihm etwas gegeben hatte. Für die Station gab ich ihm Leben – das Leben seiner Rasse. Das Leben auf dem Mars. Und das gleiche Gut bringe ich auch der Erde, ein Geschenk für die ganze Menschheit."

Wieder eine dramatische Pause . . . „Ich habe die Fallkrankheit besiegt." In diesem Augenblick war es, als würde ein Schluchzen aus Tausenden von Kehlen steigen, einige jubelten, wurden jedoch rasch zum Schweigen gebracht, und eine atemlose Stille trat ein.

„Es war das Heilmittel gegen diese Krankheit, das ich Anak gab", fuhr mein Vater fort. „Und das ich jetzt der Erde schenke."

Kein Laut durchbrach das Schweigen, das jetzt entstand. Es war ein seltsames, fast schmerzhaftes Schweigen. Und ich spürte einen dicken Kloß in meiner Kehle. Mein Vater, den ich auf dem winzigen

Bildschirm beobachtete, lächelte ein wenig schüchtern. „Ich sage die Wahrheit. Die Hammond-Stiftung wird sofort kostenlose Krankenhäuser eröffnen. Eine harmlose chemische Behandlung wird die Körperproteine gegen das Virus immun machen. Diesmal wird die Immunisierung vollkommen sein – wir werden die Fallkrankheit endgültig ausrotten."

Ich lief ins stille, duftende Zimmer meiner Mutter, und da saßen sie nebeneinander. Mutters Gesicht war noch von Tränenspuren gezeichnet, aber ihr Lächeln war unendlich glücklich. Mein Vater hatte ihr erzählt, was ich von dem Visivox-Band erfahren hatte. Er lachte leise.

„Komisch!" sagte er zu ihr. „Das Heilmittel entstand in der alten Flasche mit dem lunaren Öl, die ich immer bei mir trug. Es war dieses billige, verdünnte Zeug, das wir zuletzt verkauften. Einmal, während des Flugs, hielt ich sie zufällig gegen das Sonnenlicht, und da sah ich, daß sich die Flüssigkeit verfärbte. Als ich sie analysiert hatte . . ."

Schweigend wandte ich mich ab und ließ die beiden allein.

Breakdown

Offiziell war Boß Kellon nur Direktionssekretär in der Union der Raumfahrer, Manager und Ingenieure. Aber *Boß* war im Jahre 2145 gleichbedeutend mit *Cäsar*. Die Union beherrschte die Menschheit – von den Unitron-Konvertern auf dem Merkur bis zu den einsamen Minenaußenposten, die auf den Monden des Jupiter verstreut lagen.

Und Harvey Kellon war die Union.

Er war ein großer Mann. Seine tiefliegenden klugen Augen konnten so kalt leuchten wie die blauen callistonischen Feuerdiamanten, aber gelegentlich erwärmte ein mildes professionelles Lächeln sein zerfurchtes Gesicht. Er trug ein wallendes weißes Toupet, und nur wenige der Millionen Bewohner von Sunport ahnten, daß der Boß eine Glatze hatte wie der erste Cäsar des alten Roms.

Sunport war seine Hauptstadt. Seit hundert Jahren stärkte das Monopol des interplanetaren Handels die Macht dieser Stadt, so daß sogar New York jetzt nur mehr als Provinznest galt. Die Türme der Megalopolis ragten auf wie ein Wald aus glänzenden Monolithen, erstreckten sich hundert Meilen weit auf der hohen Colorado-Mesa, die sich zum Raumhafen entwickelt hatte. Unablässig glitt der winzige Mond der Außenstation über dem Meridian der Stadt dahin, ein von Menschenhand geschaffener Stern, der Glück und Wohlstand symbolisierte.

Boß Kellon wohnte in der Spitze des hohen Unionsturms. Die luxuriösen Hallen seiner Penthouse-Suite waren nach den Welten der Sonne benannt. Heute abend fand ein Ball im Neptunsaal statt, und er tanzte mit Selene du Mars.

Dem Boß ging die Luft aus, und sein verschwitzter purpurroter Pyjama klebte ihm am Körper. Seine Füße schmerzten. Vielleicht war er mit sechzig schon ein bißchen zu alt, um sich auf dem Tanzparkett zu produzieren. Außerdem war er viel zu dick. Aber Selene du Mars war eine so aufregende Frau, daß er sich bemühte, diese unangenehmen Gedanken zu verdrängen.

Sie war groß und anmutig, hatte grüne Augen und war einmal eine berühmte Fernsehtänzerin gewesen. Kellon fand, daß sie das Schönste war, was Sunport zu bieten hatte. Heute abend war ihr Haar platinblond, und sie hatte sich mit glitzernden Feuerdiamanten geschmückt. Er dachte, daß jene Lieblingssteine ihr selbst glichen – sie waren genauso kalt, gleißend und hart. Aber er bewunderte sogar ihren berechnenden Ehrgeiz, weil er dem seinen verwandt war.

Selene verlangte einen vererblichen Titel im militechnischen Ingenieurswesen. Kellon hatte diskrete Nachforschungen anstellen lassen, und das Goon-Department hatte gemeldet, es gäbe deutliche Hinweise auf gewisse Betrügereien. Selenes Vater war nur der Bedienstete eines militechnischen Offiziers auf der Jupiterstation gewesen. Aber Kellon ließ den Bericht verschwinden, ohne Selene auch nur ein Sterbenswörtchen davon zu erzählen. Er wußte, wie hart der Aufstieg aus dem Nichts war.

Jetzt versuchte sie nicht zum erstenmal, ihm einzureden, daß er sich krönen lassen sollte. Ihre Stimme war ebenso kühl und vollkommen wie ihr biegsamer Körper, und sie gebrauchte die schmeichelhafte Anrede, die sie selbst erfunden hatte. „Mein Genius, werden die Krönungsfeierlichkeiten bald stattfinden? Der Historiker Melkart, dein Freund, hat eine detaillierte Beschreibung der alten Zeremonien ausgegraben. Meine Juweliere arbeiten bereits an der Feuerdiamantenkrone."

„Die ich bezahlen muß . . ." Kellon grinste und zog ihren geschmeidigen Körper enger an sich. „Liebling, ich weiß, daß du die Kaiserin der Sonne werden willst, aber dein schöner Kopf ist ohnehin schon in Gefahr, auch ohne Krone."

Kellon runzelte die Stirn und wurde wieder ernst bei diesem Gedanken. Er war emporgestiegen zum gefährlichen Gipfel der Menschheitspyramide. Er war der erste der Millionen Ingenieure, die jenen erblichen Titel erlangt hatten und jetzt mit ihren Familien und diversen Gefolgsleuten fast alle Türme von Sunport bewohnten.

Aber allein in Sunport trugen fast achtzig Millionen Menschen die graue Kleidung der Arbeit. Sie hausten und schufteten unter der Erde, und das Goon-Department engte ihr Leben mit eisernen Restriktionen ein. Kellon wußte, wie sie lebten – denn er hatte einst selbst zu ihnen gehört.

Die meisten haßten den technischen Adel der Union, und dies war der gefährlichste Makel im Gefüge der Pyramide. Kellon hatte versucht, die Lebensbedingungen dieser Menschen mit Reformen und Konzessionen zu verbessern. Aber Melkart hatte ihm warnend erklärt, daß er damit drei Generationen zu spät käme. Wenn er sich dem Haß der Grauen beugte, würde er nur den Strick bezahlen, mit dem sie ihn aufhängen würden.

„Wir tanzen auf einem Vulkan, Liebling", sagte er zu Selene, „und es ist besser, nicht im Feuer herumzustochern."

Selene zuckte mit den nackten Schultern, und ihre Augen glühten ebenso dunkel wie ihr mit Smaragdpailletten besticktes Kleid. Aber sie verbarg ihren Ärger. Sie wußte, daß hundert andere Frauen in der grün erleuchteten Halle sie liebend gern ermordet hätten, um ihren Platz in Kellons Armen einzunehmen. Und so glättete sie die gerunzelte Stirn und verzog schmollend die Lippen, was bezaubernd aussah. „Bitte, mein Genius!" Sie stöhnte leise, und Kellon wußte, daß er auf ihre Silbersandalen getreten war. Aber da lächelte sie schon wieder und schnitt ihm das Wort ab, als er sich entschuldigen wollte. „Es war nicht bedachtsame Vorsicht, mit der du die Planeten erobert hast. Mein Genius wird doch nicht etwa alt?"

Das war sein wunder Punkt, und Selene wußte es. Vielleicht wurde er wirklich alt. Die Bürde seines Amtes lastete immer schwerer auf seinen Schultern. Es war schwierig, vertrauenswürdige Untergebene zu finden. Manchmal hatte er das Gefühl, daß die Union mit seinem zunehmenden Alter immer stärker in die Gefahr der Dekadenz geriet.

„Die Krönung . . .", fuhr ihre einschmeichelnde Stimme fort.

Aber Kellon hörte ihr nicht mehr zu. Er ließ sie los, und als sie davontanzte, beobachtete er den dünnen Mann, der sich zwischen den kostbar verkleideten aristokratischen Tanzpaaren hindurchdrängte, sich einen Weg zu ihm bahnte.

Der dünne Mann war Chief Marquard vom Goon-Department. Er trug einen weinroten formellen Pyjama und einen mit Juwelen besetzten Unionsstern. Aber er hatte keine Tanzpartnerin, und sein gequälter Gesichtsausdruck verhieß nichts Gutes. Kellon machte sich auf Unannehmlichkeiten gefaßt.

„Mein Genius, es ist der Prediger!" flüsterte er heiser. „Er ist hier – in Sunport." Marquard schluckte und fuhr sich mit der Zunge über die Lippen. „Er versteckt sich immer noch – irgendwo unten in den Kanalisationsanlagen."

Das war mehr als unangenehm. Kellon schwankte leicht. Die glänzenden Mauern ringsum verschwammen vor seinen Augen. Einst hatte er sich selbst da unten versteckt – ein gejagter Mann in Grau. Der synkopierte Rhythmus des Orchesters schien sich plötzlich in das dröhnende Stakkato der Entwässerungspumpen zu verwandeln. Kellon ballte verzweifelt die dicken rosa Hände. Er hatte beobachtet, wie sich der Graue Kreuzzug ausbreitete – ein Gift, das die Union und das ganze Gefüge der Zivilisation bedrohte. Seit Jahren suchte das Goon-Department den Prediger – vergeblich. Aber es war kaum zu glauben, daß der Fanatiker es gewagt hatte, nach Sunport zu kommen.

Er wurde tatsächlich alt. Alt und einsam . . . Er fühlte sich hilflos angesichts der Forderungen, die dieser schreckliche Augenblick an ihn stellte. Jetzt bereute er es bitter, daß er sich mit seinem Sohn zerstritten hatte. In dieser von Zynismus beherrschten Metropole war Familientreue fast die einzige verläßliche Bindung. Und jetzt brauchte er Roy dringend.

Halb benommen von dem Schock, den er erlitten hatte, ließ er seine Gedanken in die Vergangenheit schweifen. Zu Roy – zu Roys Mutter. Es war Melkart gewesen, der ihn mit dem schlanken grauäugigen Mädchen bekannt gemacht hatte. Sie waren bei einer geheimen Versammlung, unten in den Kanalisationswegen. „Ruth wird die heilige Johanna des neuen Bundesstaats sein", hatte Melkart stolz erklärt.

Vielleicht hatte Ruth den Historiker geliebt. Kellon war sich nie ganz sicher gewesen. Die Geheimpolizei der Corporation hatte ein paar Monate später eine Razzia in dem Hauptquartier der Partei durchgeführt. Melkart war gefangengenommen und auf den Mars gebracht worden. Ruth hatte sich erst nach einer Falschmeldung über Melkarts Tod bereiterklärt, Kellon zu heiraten.

Kellon war für jene Falschmeldung verantwortlich gewesen. Er hatte versucht, dies wiedergutzumachen, indem er Melkart eine gute Position versprochen hatte, sobald er genügend Einfluß besitzen würde.

Ruth hatte ihren Traum vom neuen Bundesstaat nie ganz aufgegeben. Die Methoden, die Kellon anwandte, um an die Macht zu kommen, hatten ihr Mißfallen erregt, und sie war tief verletzt, als er den Streikbrechern der Union, den ‚Goons', befahl, die letzten Überlebenden der Partei zu liquidieren. Roy war zwölf, als seine Mutter starb.

Er war ihr sehr ähnlich – schlank, temperamentvoll und idealistisch. Kellon war entzückt, als der Junge unitronisches Ingenieurswesen studieren wollte. Das half ihm zu vergessen, daß er seinen eigenen ‚ererbten' Titel einem gefälschten Dokument zu verdanken hatte. Aber dann hatte Roy ihn bitter enttäuscht. Er zeigte nicht das geringste Interesse für die Unionspolitik. Er weigerte sich, ins militechnische College einzutreten, sich darauf vorzubereiten, in der Flotte ein Kommando zu übernehmen und Karriere zu machen. Stattdessen verschwendete er mit zwanzig ein ganzes Jahr, indem er bedeutungslose Forschungen in den solaren Kraftwerken auf dem Merkur betrieb.

Nach Roys Rückkehr kam es zum Streit – vor fünf Jahren. Roy konnte Selene du Mars nicht ausstehen. Und sie machte alles noch schlimmer, als sie mit ihm zu flirten versuchte. Er beschimpfte sie unflätig und marschierte aus der Penthouse-Suite, um niemals wiederzukommen.

Aber Kellon war ihm am nächsten Tag ins große unitronische Labor auf der Mesa gefolgt. Sein unitronisches Gleitflugzeug, ein lautloses Kristallei, schwebte hinab zu dem langgestreckten, niedrigen, weißgedeckten Gebäude, das zwischen dem Handelshafen und dem militechnischen Reservatgebiet stand. Wie eine längliche Silberblase erhob sich ein Frachtschiff aus den Venus-Docks, schimmerte fremdartig im

Schleier seines Kraftfelds. Graugekleidete Schauerleute transportierten in Lastwagen die Ladung ab, die soeben gelöscht worden war, gleißende Metallbarren und vierkantig zugehauene Hartholzstämme. Ein Frachter vom Mars lag in seinem Anlaufgestell und goß dunkles konzentriertes Erz in eine Gleitrinne. Ein Jupiterschiff, von vielen Raumfahrten verbeult, wurde mit Kisten und Kanistern beladen, die Lebensmittelvorräte und Ausrüstungsgegenstände für Energiemotoren für die Minenarbeiter auf dem Planeten Callisto enthielten. In den Merkur-Docks stapelten sich Kisten mit Dynodenbatterien, die in den Sonnenkraftwerken frisch geladen worden waren. Hier konnte man mit einem Blick das ganze Handelswesen des interplanetaren Reichs überschauen.

Aber Kellons Stolz hatte einen bitteren Beigeschmack. Er konnte sich erinnern, daß es im Hafen viel hektischer zugegangen war, damals in den Tagen der Corporation. Nun war die Hälfte der Flughäfen von Unkraut überwachsen, und halb zerlegte Schiffe verrosteten in den Anlaufgestellen der Saturn-Docks, die nicht mehr benutzt wurden.

Sein Pilot landete das Gleitflugzeug auf dem weißen Dach. Kellon fragte nach seinem Sohn, und ein verwirrter Wachtposten führte ihn ins Labor hinab. Kellon wußte, daß das All in diesem Gebäude erobert worden war. Hier hatte man all die großen Fortschritte auf dem Gebiet der unitronischen Raumfahrt gemacht. Aber nun standen die meisten Hallen leer, die alte Ausrüstung war zerlegt oder ruiniert worden.

Kellon fand Roy in einem rechteckigen, sauberen Raum, dessen Plastikwände einen sanften blauweißen Schimmer ausstrahlten. Durch große Fenster konnte man das militechnische Reservatgebiet überblicken, wo die Unitronkreuzer der Flotte wie riesengroße schwarze Pfeile nebeneinanderlagen.

Roy war noch gebräunt von den Raumstrahlen, nachdem er ein Jahr auf dem Merkur verbracht hatte. Er sah von irgendeiner Vorrichtung hoch, die auf einer Bank lag, mit dem nervösen Blick seiner Mutter. Kellon war entsetzt, als er den Schraubenzieher in der Hand seines Sohnes sah, denn es galt als degradierend, wenn ranghöhere Ingenieure eine manuelle Tätigkeit ausübten.

Roy schien sich über das Wiedersehen zu freuen. „Tut mir leid, daß ich die Beherrschung verloren hatte.“ Er lächelte. Es war das wehmütige Lächeln seiner Mutter. „Ich mag Selene nicht. Aber sie ist ja auch nicht wichtig.“ Seine braunen, behenden Finger berührten das Gerät auf der Bank, und seine grauen Augen glänzten vor Eifer. „Ich suche nach einer Methode, um die Kondensationshypothese zu testen.“

„Sieh mal, mein Sohn . . .“ Kellon wies ungeduldig auf das Fenster, auf die Reihe der mächtigen schwarzen Kreuzer. „Du darfst deine Zeit nicht mit abstrakten Ideen verschwenden. Da draußen wartet die Flotte darauf, daß du ein Kommando übernimmst, sobald du dich qualifiziert hast. Solche Experimente solltest du Untergebenen überlassen.“

„Tut mir leid, Boß.“ Aus Roys Augen strahlte das unbesiegbare Temperament seiner Mutter. „Ich finde meine Hypothese viel wichtiger als die Flotte.“

„Deine Hypothese?“ stieß Kellon ärgerlich hervor. „Wichtig?“ Er versuchte seinen Zorn zu unterdrücken. „Kannst du mir vielleicht erklären, was daran so wichtig ist?“

„Ich habe schon experimentiert, bevor ich auf den Merkur flog“, sagte Roy. „Aber du warst immer zu beschäftigt, um mir zuzuhören. Ich habe eine neue Idee entwickelt, wie die Planeten entstanden sein könnten. Ich flog zum Merkur, um diesbezüglich Nachforschungen anzustellen, in Sonnennähe. Ich glaube, daß ich recht habe.“

Kellon bemühte sich, seine Ungeduld zu verbergen. „Gut, ich höre dir jetzt zu.“

„Sieh mal – der Ursprung des Sonnensystems wurde niemals richtig erklärt“, begann Roy in vorsichtigem Ton. „Die Gezeitentheorien des zwanzigsten Jahrhunderts waren alle ein bißchen an den Haaren herbeigezogen. Nur ein Stern von hunderttausend konnte nahe genug an einem anderen vorbeifliegen, um planetenbildende Gezeiten zu verursachen. Aber die Astronauten der Außenstation sind überzeugt, daß sich viel häufiger planetare Systeme formen. Die Entdeckung des Unitrons vor hundert Jahren führte in fast allen Sparten der Wissenschaft zu einer Revolution. Es wurde als das gewaltigste Energieelement des Universums erkannt. Zum erstenmal paßten all die verschiedenen Phänomene des Elektromagnetismus und der Gravitation in ein einziges Bild. Aber in der Ära der Corporation waren die meisten Ingenieure zu sehr damit beschäftigt, die Planeten zu erobern und zu erforschen, daß sie keine Zeit für abstrakte Theorien fanden."

Kellon amüsierte sich ein wenig über die simple Lektion, die ihm sein Sohn erteilte, und dann fragte er sich unbehaglich, ob Roy wußte, daß sein Diplom gefälscht war. Er runzelte die Stirn und versuchte den weiteren Ausführungen des jungen Mannes zu folgen.

„Die Kosmogonisten des zwanzigsten Jahrhunderts mußten sich mit einer verwirrenden Vielfalt von Konzepten befassen. Elektronen und Pritonen, Neutronen und Mesotronen und Barytronen, Photonen und Lichtwellen, elektrischen Feldern und Magnetfeldern, Schwingkraftfeldern und Schwerkraftfeldern . . . Sie strebten bereits eine einheitliche Krafttheorie an, aber sie nahmen niemals an, daß all jene Erscheinungsformen Manifestationen desselben fundamentalen Elements sein könnten. Kein Wunder, daß sie die Sonne niemals ganz verstanden – und auch nicht begriffen, wie die Planeten aus ihr geboren werden konnten . . ."

„Aber du weißt es?" fragte Kellon mit unwillkürlichem Interesse.

Roy nickte eifrig und zeigte auf sein Gerät. „Das ist meine Hypothese – daß jeder normale Stern eigene Planeten gebildet hat. Mit der Gezeitentheorie ließ sich die Entstehung von einer Handvoll bewohnbarer Planeten in der ganzen Galaxis erklären. Aber ich glaube, daß es Millionen gibt. Natürlich ist das alles noch Hypothese – wenn die Astronomen der Außenstation auch Anhaltspunkte gefunden haben, die auf die Existenz von Planeten rings um mehrere der näher liegenden Einzelsterne hinweisen. Aber ich werde die Richtigkeit meiner Hypothese beweisen." Bittend sah er in Kellons Augen. „Du verstehst das doch, Vater?"

Langsam schüttelte Kellon den Kopf mit dem weißen Toupet. „Deine Argumente hören sich vernünftig an", gab er zu. „Ich war einmal auf der Station, und da sah ich einen Plan, und da waren kleine Punkte eingezeichnet. Die Jungs behaupteten, das seien Planeten. Aber was soll's? Ich sehe nicht ein, warum das so aufregend ist."

Tränen der Enttäuschung traten in Roys Augen. „Ich begreife das nicht“, flüsterte er bitter. „Niemand findet das aufregend, niemand kümmert sich darum.“ Trotzig hob er den Kopf. „Aber die Ingenieure, die vor hundert Jahren lebten, hätten eine ganze Raumflotte gebaut, um jene Planeten zu erforschen.“

„Das glaube ich nicht“, widersprach Kellon müde. „Diese Planeten sind so weit entfernt, daß man sie nicht kommerziell nutzen kann. Die Monde des Saturns werden schon seit sechzig Jahren nicht mehr angeflogen. Und unser Jupiteraußenposten hat sich als Verlustgeschäft erwiesen. Die Ausrüstung und der Transport kosten mehr, als uns die Planeten einbringen. Wenn es nicht um das Prestige der Union ginge, hätte ich sie schon längst aufgegeben.“

„Die Wissenschaft hat einen Rückschritt erlitten, seit dem Ende der Uranförderung.“ Roy runzelte besorgt die Stirn. „Ich weiß nicht, warum. Aber wir können weitermachen. Die Unitrontriebkraft könnte verbessert werden. Wenn ich Zeit und Geld hätte, könnte ich ein interstellares Schiff bauen.“

„Vielleicht. Wenn du dumm genug bist, auf irgendeiner fremden, öden Welt den Tod zu riskieren, auf einer Welt, die kein Mensch zuvor gesehen hat. Und das alles, obwohl ich dir ein interplanetares Reich vererben kann . . .“

„Ich bin eben so dumm“, sagte Roy leise. „Ich will kein Reich.“

Da verlor Kellon die Geduld. „Ich werde dir kein Taschengeld mehr geben!“ schrie er den blassen Jungen an. „Dann wirst du mit diesem Unsinn aufhören. Komm zu mir, wenn du bereit bist, ins militechnische College einzutreten!“

„Geh lieber zu Selene du Mars zurück“, entgegnete Roy mit ruhiger Stimme. „Ich brauche kein Taschengeld.“

Und das stimmte. Einige Monate später erfuhr Kellon, daß Roy ein neues Kraftfeld für den Unitrontransport im Jupiter-Flugdienst konstruiert hatte. Damit brauchte man drei Tage weniger, um zum Jupiter zu gelangen, und es verbesserte die Rückgewinnung der Energie beim Abbremsen um fast vierzig Prozent. Zum erstenmal seit zwanzig Jahren erzielten die Callistonischen Minen einen winzigen Profit. Roy bezog von der Transportbehörde der Union ein Gehalt, das hundertmal so hoch war wie das Taschengeld, das ihm sein Vater entzogen hatte.

In den fünf Jahren, die seither vergangen waren, hatte Kellon seinen Sohn nicht gesehen. Roy hatte eine Einladung Selenes ignoriert. Aber Kellon hatte durch das Goon-Department erfahren, daß Roy immer noch im alten unitronischen Labor seinen Forschungsarbeiten nachging. Als er hörte, daß sein Sohn in finanziellen Schwierigkeiten steckte, befahl er der Transportbehörde, Roys Gehalt zu verdoppeln. Roy bedankte sich mit einem kurzen Brief.

Nun stand er wie betäubt und allein inmitten der wirbelnden Tänzerschar im grün schimmernden Neptunsaal und sehnte sich verzweifelt danach, das schmale, entschlossene Gesicht wiederzusehen, das ihn stets so schmerzhaft an Ruth erinnert hatte.

Aber Roy hatte ihn im Stich gelassen. Unter der Last der unsicher schwankenden Union stand er nun ganz allein da. Es gab niemanden, dem er rückhaltlos vertrauen konnte. Und Marquards verängstigtes Flüstern rief ihn zurück in die ernste Gegenwart.

„Der Prediger ist in Sunport“, wiederholte der Goon-Chief. „Seine Anhänger wissen es bereits. Der Mob versammelt sich auf dem Union Square.“ Er zuckte mit den eckigen Schultern, in hilfloser Verwirrung. „Eine delikate Situation, mein Genius“.

„Delikat! Zum Teufel!“ Kellon holte tief Atem, und in seinen klugen blauen Augen blitzte es entschlossen auf. Er hatte schon zuvor allein gekämpft, und das würde ihm wieder gelingen. „Lassen Sie die Kanalisationsanlagen durchsuchen“, befahl er, „und verhaften Sie den Prediger!“

„Ist mein Genius auch sicher . . .“ Marquard blinzelte irritiert. „Er ist sehr einflußreich. Vor seiner Ankunft hatten wir keinen Grund zur Besorgnis. Aber nun werden uns seine Anhänger Schwierigkeiten machen.“

„Damit werde ich schon fertig.“ Kellon straffte die breiten Schultern und brachte ein Lächeln zustande. Er durfte nicht zeigen, daß er von panischer Angst erfaßt war. „Töten Sie ihn nicht!“ fügte er hinzu. „Bringen Sie ihn hierher. Denn Märtyrer sind gefährlich.“

„Wie mein Genius befiehlt . . .“

Der dünne Mann wandte sich nervös ab, und die Falten auf seiner Stirn vertieften sich. Das Orchester spielte weiter, auf einem hohen Podium, dessen glitzernde Plastikdekoration einer Eishöhle auf dem Triton nachempfunden war, des einst häufig besuchten Neptun-Mondes. Kellon ging zu Selene du Mars zurück.

Sie erwartete ihn, groß und schlank in ihrem leuchtenden grünen Paillettenkleid. Ihr Lächeln war hart, strahlend und schön wie immer. Kellon spürte, wie sein Pulsschlag sich beschleunigte, denn er liebte Selene noch immer. Dann sah er, daß ihr Lächeln einem anderen Mann galt.

Admiral Hurd kam über das dichtbevölkerte Tanzparkett auf sie zu. Sein orange-schwarzer Pyjama war so geschnitten, daß er die breiten Schultern betonte. Er war jung und groß und hatte schwarzes Haar. Lächelnd entblößte er blendend weiße Zähne und sprach Selene mit dem militechnischen Titel an, den sie sich ergaunert hatte. „Darf ich bitten, Miß Captain?“ Dann sah er, daß auch Kellon auf sie zuging. Ein vorsichtiger Ausdruck trat in seine Augen, und das Grinsen, das jenen Ausdruck dann wegwischte, geriet ein wenig zu breit. „Wenn mein Genius es gestattet?“

„Liebling, du siehst müde aus.“ Selene schenkte Kellon ein verwirrendes Lächeln, dann schmiegte sie sich in die Arme des attraktiven Admirals, bevor er etwas erwidern konnte. Allein zurückgelassen, beneidete er Hurd um seine Jugend, um sein gutes Aussehen und sein Temperament. Wirklich – er wurde langsam alt.

Er beobachtete Hurd und Selene, die Wange an Wange tanzten. Ihre Augen waren geschlossen. Ihr Gesicht mit dem sonst so lebhaften Mienenspiel schien sich zu entspannen, und sie wirkte glücklich. Aber der Blick, den er aus Hurds dunklen Augen auffing, war wachsam und seltsam feindselig.

Müde wandte er sich ab und sehnte sich erneut nach seinem Sohn. Wenn sie nicht gestritten hätten, würde jetzt Roy die Flotte kommandieren – und nicht Hurd. Der neue Admiral war brillant und konnte auf eine makellose Vergangenheit zurückblicken, aber Kellon mochte ihn nicht.

Er verließ den Ballsaal, unauffällig eskortiert von seinen Goon-Leibwächtern. Er durchquerte den großen, stillen Mondsaal und ging zur Terrasse, die über dem Union Square lag.

Es war Nacht, und der Anblick von Sunport nach dem Einbruch der Dunkelheit nahm ihn immer wieder gefangen. Die Türme standen weit auseinander. Die geschwungenen Plastikfassaden verwandelten sie in grazile, spitz zulaufende Pfeiler aus sanftem, buntem Feuer. Ihr wechselndes Licht erhellte die ausgedehnten Parkanlagen mit den vielen Teichen. Die Straßen waren breite, gewundene Lichtbänder, dichtbefahren von den schimmernden Autos der vergnügungssüchtigen Ingenieure. Ein paar Privatgleitflugzeuge schwebten über den Landeterrassen, bunte Eier aus kristallischem Licht.

Manchmal dachte Kellon mit schmerzhafter Sehnsucht an jenen Tag zurück, wo er zum erstenmal einen flüchtigen Blick auf diese helle, magische Szenerie geworfen hatte. Denn seine Kindheit hatte er unter der Erde verbracht. Nur an seltenen Ferientagen hatte man ihm erlaubt, herauf in die Parks zu kommen, wo er dieses verbotene, strahlende Paradies der Ingenieure sehen konnte. Wie verrückt waren seine Träume gewesen . . . Zehn Millionen anderer Kinder mußten diese Träume geträumt haben, aber er allein war heraufgekommen, um die Stadt zu erobern. Manchmal erschien ihm sein hart erkämpfter Sieg auch jetzt noch unwirklich. Und er hatte auch nie jene unbeschwerte Freude verspürt, von der er geträumt hatte. Er seufzte tief auf.

„Mein Genius!“ Der heisere Offizier der Leibwache trat ihm im breiten Torbogen entgegen, der auf die Terrasse führte, wo der Wind nur durch einen dünnen Film aus bewegter Luft abgehalten wurde. „Es könnte gefährlich sein auf der Terrasse. Der Mob unten . . .“

„Danke, Major.“ Er setzte seinen Weg fort, denn er konnte es sich nicht erlauben, der Angst nachzugeben, die ihn erfüllte. Sein Selbstvertrauen war sein sicherster Panzer. „Sie wissen doch, daß dies mein Lieblingsplatz ist – meine Lieblingsaussicht.“

Aber heute abend bot sich seinen Augen ein anderes Bild als sonst – ein erschreckendes Bild. Das Rechteck des Union Square tief unter ihm war grau von Menschenmassen. Von hier oben sahen sie aus wie

Ungeziefer, das durcheinanderkroch zu Füßen der mächtigen, schimmernden Türme, die er so liebte.

Freudenfeuer flammten auf, wütende rote Punkte. Der Geruch brennenden Papiers stieg ihm in die Nase, ganz schwach drang zorniges Stimmengewirr zu ihm herauf. Heiser kreischten die Evangelisten, schrille Stimmen sangen. Er glaubte sogar zwei Zeilen aus der „Göttlichen Schlachthymne" zu verstehen.

Ihr müßt Bücher verbrennen, Maschinen zerstören ...

Tod dem Antichrist, Tod den Ingenieuren ...

Lange Zeit stand Kellon auf der Terrasse, bis seine schweißnassen Hände auf dem glänzenden Geländer kalt wurden. Er war krank vor Angst. Wenn nun all die leuchtenden Türme in jenen grauen Ozean blinder Zerstörungswut stürzen würden ... Aber Melkart hatte gesagt, daß man nichts mehr tun konnte.

Plötzlich zuckte sein frierender Körper zusammen, als er das grelle Stakkato eines wilden Maschinengewehrfeuers hörte. Eine Meile von ihm entfernt, am anderen Ende des Platzes, überflutete graue Menschheit wie eine fremdartige, klebrige Flüssigkeit die hellerleuchtete Straße. Autos wurden überspült von dieser Masse, gefangengenommen, strahlten mitten darin wie winzige Glühwürmchen.

Dünne Schreie erreichten ihn. Schwarze Goon-Autos erschienen auf dem schimmernden Pflaster, wieder krachten Schüsse. Die Szene spielte sich in so großer Entfernung ab, daß er einzelne Gestalten, die sich bewegten, starben oder schon tot waren, nicht unterscheiden konnte. Aber die graue Masse zog sich widerstrebend zurück. Der Verkehrsstrom wurde gestoppt, die Lichter gingen aus auf dem Plastikpflaster.

Voller Angst kehrte Kellon durch den Torbogen in die sanft glühende Halle zurück, die heute abend in einem sanften Farbenspiel aus Violett und Rosa pulsierte. Sekundenlang fragte er sich, ob ein noch langsamerer Farbwechsel mehr Zuversicht ausstrahlen würde.

In der stillen Mondhalle rannte er zum Telefortisch, ließ sich in den U-förmigen Sitz vor den im Halbkreis angeordneten Stereoprismen fallen. Auf dem mittleren Bildschirm sah er den Kopf der rothaarigen Teleforistin, etwas kleiner als in Lebensgröße.

„Verbinden Sie mich mit Marquard!“ stieß er hervor. Das Mädchen nickte schweigend, dann tauchte das schmale Gesicht des Goon-Chiefs auf dem nächsten kristallischen Rechteck auf. „Haben Sie den Prediger erwischt?“ fragte Kellon und konnte nicht verhindern, daß seine Stimme besorgt und erregt klang.

„Noch nicht, mein Genius“, erwiderte Marquard in seinem üblichen nervösen Flüsterton. „Der Mob führt sich immer schlimmer auf. Sie haben die Parkbibliothek geplündert und die Bücher verbrannt. Jetzt haben sie auch noch angefangen, die Vergnügungsautos auf dem Union Way zu zertrümmern. Wir mußten ein paar erschießen, um einen Ingenieur und seine Freundin zu retten. Dann haben wir den Verkehr umgeleitet.“ Seine angstvollen Augen blinzelten unbehaglich. „Vielleicht sollten wir den Platz räumen lassen?“

„Nein“, sagte Kellon. Wie schön, daß es ihm gelungen war, noch eine weitere sekundenschnelle Entscheidung zu treffen . . . „Tote sind Märtyrer. Lassen Sie die Leute in Ruhe. Sie werden schreien, bis sie restlos erschöpft sind, und dann werden sie sich wieder in ihren Erdlöchern verkriechen.“

„Hoffentlich“, wisperte Marquard.

„Fangen Sie den Prediger, schicken Sie ihn zu mir.“ Kellon nickte der Teleforistin zu, und der Goon-Chief verschwand von dem Prisma. „Jetzt das Akten-Department“, sagte der Boß zu dem blassen Mädchen. „Zeigen Sie mir den letzten Goon-Report über den Prediger!“

Das Dokument erschien auf dem nächsten Bildschirm.

Spezialbericht Nummer 45-H-198
Union Goon-Amt, Sunport, E.
30. Februar 2145
Verfaßt von: Goon-Detektiv GK-89 (R. A. Meyer, politikotechnischer Ingenieur.)

Gegenstand: Eli Catlaw alias der Prediger der Offenbarung alias das Wort Gottes alias der König der Könige. Labor-Nummer G-496-HN-009. Entflohener Sträfling aus dem Mars-Strafreservat. Nummer 45-V-18. Gesucht wegen Ermordung eines Wachtpostens. Hält sich angeblich in Amerika auf, derzeitiger Aufenthaltsort jedoch unbekannt.

Besondere Bemerkung: Catlaw ist gefährlich. Liquidation empfehlenswert.

Kellon drückte auf Tasten, um die Seiten umzublättern, überflog die wichtigen Passagen.

Catlaw wurde als Kind von Arbeitern im Ozark District geboren ... Der Anspruch der Mutter auf illegitime technische Abstammung vermutlich ungerechtfertigt ... Wurde wegen Angriffs auf einen Ingenieur zum Mars transportiert ... Bei Flucht Wachtposten ermordet ... Catlaw erreichte Venus-Bundesstaat an Bord eines Erzfrachters, durchstreifte die Sümpfe, wurde erfolgreicher Kräuterhändler ... Hielt erstmals Predigten nach Genesung von Malaria ... Kehrte vor etwa neun Jahren auf die Erde zurück, um die Untergrundbewegung ‚Kreuzzug gegen die Union' anzuführen ... Aufgrund der Unterstützung großer Bevölkerungsteile entkam er vielen Goon-Razzien ... Catlaw hat das Volk zu Morden und Sabotageakten verführt ... Sein Programm beinhaltet die totale Zerstörung der technischen Zivilisation.

Kellon las den Bericht zu Ende. Dann starrte er auf das leere Prisma, so ernst, als würde er darauf das Ende von Sunport und seiner ganzen Welt wie in einer Vision erblicken. Reglos saß er da, bis Marquard eine Stunde später mit dem Prediger erschien.

Eli Catlaw schien die Finger der bulligen Goons kaum zu spüren, die seine Arme umklammerten. Er war schlaksig und groß, trug einen verwaschenen Overall und stand hoch aufgerichtet da, mit herausfordernder Miene. Seine dunklen, tiefliegenden Augen starrten arrogant an Kellon vorbei, auf die hohen schimmernden Plastikwände, die den Raum erhellten. Kellon musterte den Mann, verglich den Eindruck, den er nun gewann, mit dem Report, den er vorhin gelesen hatte. Wulstige Lippen, hohe Backenknochen und drahtiges schwarzes Haar wiesen auf Neger- und Indianerblut hin. Das gelbliche Gesicht war schmal, kantig und ernst. Schließlich richtete sich der Blick der trüben, feindseligen Augen auf Kellons Gesicht, aber offensichtlich hatte der Prediger nicht vor, als erster das Wort zu ergreifen.

Kellon setzte sein offenes, zuversichtliches Lächeln auf. „Freut mich, Sie kennenzulernen, Catlaw. Tut mir leid, daß wir unter für Sie so unangenehmen Umständen Bekanntschaft schließen müssen. Aber das war der einzige Weg, mit Ihnen über Ihren Standpunkt zu sprechen."

Der Boß machte eine erwartungsvolle Pause, aber der Prediger sagte nichts. Er stand reglos zwischen den beiden Männern, die ihn festhielten. Seine brennenden Augen starrten auf die Leuchtmauern.

„Ich weiß, die Zeiten sind schwierig", fuhr Kellon mit ruhiger Stimme fort. „Die Jupiterminen sind leer, und das hatte eine Wirtschaftskrise zur Folge. Die Schwerindustrie ist fast zum Stillstand gekommen, wodurch die Zahl der Arbeitslosen stieg. Aber ich persönlich bin sehr um das Wohl der arbeitenden Bevölkerung besorgt. Und ich versichere Ihnen, daß sich die Union ernsthaft Gedanken über alle Reformmaßnahmen machen wird, die Sie uns vorschlagen wollen."

Kellon machte wieder eine Pause. Stille erfüllte den Mondsaal. Zwischen den mächtigen schimmernden Mauern, die Kuppeln von Stationen, die Robotergestalten der Minenarbeiter und lange Unionstransportschiffe vor dem Hintergrund der aufragenden Mondgipfel zeigten, wirkte die kleine Gruppe am Telefortisch seltsam unbedeutend. Der Raum schien für seine Erbauer zu groß zu sein.

Endlich begann der Prediger zu sprechen. Sein schmales, ernstes Gesicht zeigte keine Reaktion auf Kellons einschmeichelndes Lächeln, und er ignorierte auch die Argumente des Bosses. Mit heiserer, nervöser, gepreßter Stimme zitierte er Worte aus der Offenbarung.

„‚Das große Babylon ist gefallen – ist gefallen und wurde zum Wohnort der Teufel, das Heim aller verfaulten Seelen . . . Ach, diese große Stadt Babylon, diese mächtige Stadt! In einer Stunde bricht der Tag des Gerichts an!'"

Kellons Lächeln war ein bißchen dünner geworden. „Sind Sie verrückt?" Er räusperte sich, weil ihm plötzlich ein Kloß in der Kehle saß. „Ich nehme an, Sie meinen Sunport?" Seine Verwirrung war nicht gespielt. „Aber Sunport ist doch ein Symbol der Zivilisation!"

Mit erhobener Stimme fuhr der Prediger fort: „‚Er, der mit dem Schwert tötete, muß durch das Schwert fallen . . . Deshalb wird die

Pest der Vernichtung in einem einzigen Tag über die Stadt kommen – und mit ihr Tod und Trauer und Hunger . . . In einer Stunde wird sie zerstört sein . . . Und nicht einmal mehr das Licht einer Kerze wird leuchten.‘ “

Kellon beugte sich über den gewölbten Tisch und starrte den Mann irritiert an. „Ich verstehe Sie nicht, Catlaw. Wollen Sie alles vernichten, was die Menschheit geschaffen hat? Sollen unsere Nachfahren für immer die Macht der Wissenschaft vergessen? Sollen sich die Menschen wieder in nackte Wilde verwandeln, soll die Zivilisation ausgelöscht werden?“

„Zivilisation?“ Der Prediger brach in ein rauhes Gelächter aus. „Ihre strahlende Zivilisation ist selbst die Hure von Babylon, und sie vergiftet alles, was sich ihrer geschminkten Verführung ergibt. Die Wissenschaft, die Sie verehren, ist Ihr falscher Prophet. Ihre Maschinen sind die Bestien der Apokalypse.“ Er machte eine Pause, um keuchend Atem zu holen. „Ja. Armageddon und das Königreich sind bereit!“

„Hören Sie mich an!“ flehte Kellon. „Bitte . . .“

Catlaw wand sich ärgerlich im harten Griff der Goons. „Ich bin gekommen, um dieses letzte, allerschlechteste Babylon zu zerstören.“ Seine Stimme wurde immer lauter, dröhnte jetzt metallisch durch den Mondsaal. „Genauso, wie die Engel Gottes einst die bösen Städte Sodom und Gomorrha vernichteten. Und jeder Ingenieur wird verbrennen im Feuer des Herrn. Es sei denn, er wird noch heute nacht seine Sünden bereuen.“ Sein gelbes Gesicht war eine harte, strenge Fratze. „Ich warne dich, Antichrist! Bereue noch heute nacht und folge mir!“ Die Schläue des Kräuterhändlers blitzte kurz in seinen Augen auf. „Wende deine Macht dem Pfad Gottes zu, und ich werde dich im Königreich empfangen. Morgen wird es zu spät sein.“

Kellon stand auf und rang nach Luft. „Hören Sie!“ Seine Stimme zitterte. „Ich habe mir die Regentschaft in Sunport mühsam erkämpft. Und ich werde auch kämpfen, um die Stadt vor Ihnen und all Ihren verrückten Anhängern zu retten. Nicht weil sie mir gehört. Aber weil sie der Hort aller großen Leistungen ist, die der Mensch je vollbracht hat.“

„Dann sind Sie verdammt!“ Catlaw riß sich von den Goons los und bedrohte den Boß mit einer dunklen, bebenden Faust. „Und mit Ihnen die Stadt des Bösen!“

Kellon beherrschte sich und sprach mit gedämpfter Stimme weiter. „Ich werde Sie nicht töten, Catlaw. Denn als Toter wären Sie wahrscheinlich noch gefährlicher als jetzt, wo Sie noch am Leben sind. Aber ich weiß, daß Sie ein Flüchtling und des Mordes angeklagt sind. Ich werde Sie noch heute nacht ins Gefängnis der Außenstation schicken, und dort werden Sie auf Ihren Mordprozeß warten.“ Er nickte den Goons zu, worauf sie den Gefangenen hinauszerrten.

Kellon ließ sich auf den Stuhl vor dem Telefortisch sinken. Der Prediger hatte ihn völlig entnervt. Es fiel ihm schwer, diesen tödlichen, vernichtenden Haß zu verstehen, diesen Fanatismus, dem man mit vernünftigen Argumenten nicht beikommen konnte. Aber er wußte, daß dieser Haß sich in den graugekleideten Massen von Sunport millionenfach multiplizierte. Er dachte an den heulenden Mob, die fanatischen Anhänger des Predigers am Fuß des Turmes, in dem er saß, und er fürchtete sich.

Aber er durfte der Angst nicht nachgeben.

„Verbinden Sie mich mit dem militechnischen Reservat!“ sagte er zur Teleforistin. „Mit dem Büro der Admiralität. Hurd ist auf dem Ball, aber ich möchte mit dem diensthabenden Offizier sprechen.“

Das tüchtige rothaarige Mädchen nickte im mittleren Prisma. Kellon war erstaunt, als der nächste Bildschirm aufstrahlte und sich die gutgeschnittenen Züge des Admirals selbst zeigten.

„Mein Genius sieht überrascht aus.“ Hurd schenkte ihm sein lässiges Lächeln, das wie stets weiß blitzende Zähne entblößte. „Aber ich habe den Ball nach diesem Tanz mit Miß Captain du Mars verlassen. Ich wurde über die Situation unterrichtet, und ich betrachtete es als meine Pflicht, hier auf Ihre Befehle zu warten.“

„Danke, Admiral.“ Kellon versuchte das unangenehme Gefühl zu unterdrücken, daß Hurd viel zu aufmerksam und pflichteifrig war. „Ich habe den Prediger verhaften lassen. Seine Anhänger werden vielleicht versuchen, ihn zu befreien. Ich brauche einen Kreuzer, der ihn ins Gefängnis auf der Außenstation bringt, so schnell wie möglich.“

„Sofort, mein Genius. Ich war auf einen Dienstflug vorbereitet, und die Motoren meines Flaggschiffs sind schon heißgelaufen. Ich werde den Gefangenen selbst auf die Außenstation bringen. Die *Technarch* wird in fünf Minuten auf der Terrasse des Goon-Büroturms landen, um den Gefangenen an Bord zu nehmen." Lächelnd verschwand Hurd vom Bildschirm.

Kellon fühlte wieder einmal ein schmerzliches Bedauern, weil Roy ihn enttäuscht hatte. Aber er hatte jetzt keine Zeit zu überlegen, ob er Hurd mit Recht mißtraute, denn das leere Prisma erhellte sich wieder, und Marquards sorgenvolles Gesicht tauchte auf.

„Mein Genius, das Volk weiß, daß wir den Prediger gefangen haben", flüsterte der Goon-Chief nervös und hastig. „Der Mob unten auf dem Platz wird immer wilder und stemmt sich gegen den Goon-Kordon. Ich fürchte, sie werden den Turm angreifen."

Kellon hielt den Atem an und versuchte dann zu lächeln. Er war verwirrt und müde, und er hatte Angst, daß eine Gewaltaktion den menschlichen Vulkan unterhalb von Sunport zu einem schrecklichen Ausbruch veranlassen würde.

Aber irgend etwas mußte geschehen. Es war nötig, Selbstbewußtsein zu zeigen, um die Moral seiner Untergebenen zu heben. Er straffte die breiten Schultern und kam auf seine alte Gewohnheit zurück, schnelle Entscheidungen zu treffen.

„Ich werde mit ihnen sprechen", sagte er zu Marquard. „Sie können nicht alle so verrückt sein wie Catlaw. Ich werde ihnen klarmachen, wo die Butter zu finden ist, die sie sich aufs Brot streichen wollen." Er lächelte, dann wandte er sich wieder an die Teleforistin. Sobald er aktiv war, fühlte er sich sofort wieder besser. „Ich werde von der Terrasse aus sprechen. Schalten Sie einen der großen Bildschirme auf der Turmspitze ein."

„Noch einen Augenblick, mein Genius!" bat der Goon-Chief ängstlich. „Auf der Terrasse ist es zu gefährlich. Der Mob hat Automatic-Waffen. Ich fürchte, die Demonstration wird von irgendeiner Fraktion der Union unterstützt. Meine Detektive suchen noch immer nach Beweisen. Halten Sie sich lieber von der Terrasse fern."

„Ich werde von der Terrasse aus sprechen."

Natürlich, er könnte getötet werden. Die Furcht schien mit kalten Fingern nach seinem Herzen zu greifen. Aber er sah dem Tod nicht zum erstenmal ins Auge. Und Mut zu zeigen – das war die beste Waffe, die er jetzt einsetzen konnte. Er bemühte sich, sein wachsendes Unbehagen zu verbergen.

Ein Knopfdruck beförderte den Telefortisch ins Labor, das unter dem Mondsaal lag, in eine Halle aus glänzenden Plastikwänden. Kellon rückte sein weißes Toupet zurecht. Ein Bediensteter färbte die bleichen Wangen mit fröhlichem Rouge. Kellon räusperte sich mehrmals, damit er mit klarer Stimme zum Volk sprechen konnte.

Der Lift brachte ihn zurück in den Mondsaal. Durch den schimmernden Torbogen ging er auf die Terrasse. Die Teleforzentrale hatte hier nur zwei große Prismen installiert. Wenn er dazwischen stand, konnte er den Union Square überblicken. Der Verkehr war zum Stillstand gekommen. Der graue Menschenozean war so angeschwollen, daß er die Straßen überflutete, die glänzenden Podeste, auf denen die Türme standen. Das Summen der Stimmen hatte einen bösartigen Klang.

Kellon sprach mit der Teleforistin, die auf einem der Bildschirme neben ihm zu sehen war. Die beleuchteten Fassaden des Union-Turms begannen zu blitzen, rot und schwarz, rot und schwarz, um die Aufmerksamkeit der Menschenmenge zu erregen. Das Summen verstummte, und er nickte. Die Krone des Turms nahm eine sanftviolette Farbe an.

„Bewohner von Sunport!" Aus dem dreihundert Fuß hohen Bildschirm hinter ihm strahlte sein riesiges Bild auf den Mob hinab. Verstärkt zu einem tiefen Donnergrollen, dröhnte seine Stimme aus tausend Lautsprechern. „Meine Freunde! Was ich heute nacht tat, geschah nur zu eurem Besten."

Er vertraute auf den alten Zauber seines offenen, robusten Lächelns, auf seine sonore Stimme. Immerhin hatte er mit seiner Beredsamkeit bessere Männer als Eli Catlaw besiegt. Aber die atemlose Stille dauerte nur einen Augenblick, dann hallte der herausfordernde Schrei des Mobs zu ihm herauf, wie das Brüllen eines Ungeheuers.

„Meine Freunde, hört mich an!“ Auf sein rasches Nicken hin verstärkte die Teleforistin das Volumen seines dröhnenden Organs. „Hört auf die Stimme der Vernunft!“ Eine Kugel schlug in die kalte, gleißende Wand hinter ihm. Stechende Plastikteilchen überrieselten ihn. Aber glücklicherweise war durch die Lautsprecher nur ein ersticktes, leises Stöhnen zu hören. „Was kann euch der Prediger geben?“

Die Menge brach in schrilles Jubelgeschrei aus.

„Der Prediger hat euch befohlen, die Maschinen zu zerstören.“ Er versuchte das herausfordernde Gebrüll zu übertönen.

„Er hat euch aufgetragen, die Männer zu töten, die jene Maschinen geschaffen und nun unter Kontrolle haben. Aber überlegt doch, was ihr den Maschinen zu verdanken habt – alles! Wenn ihr dem Prediger gehorcht, werden die meisten von euch verloren sein.“

Wummmmmm!

Eine dumpfe, gewaltige Erschütterung ließ die Terrasse erbeben. Kellon erblickte fliegende Schutteilchen, die sich irgendwo unter ihm zu einem mächtigen Fächer ausbreiteten. Schwarzer Rauch verdeckte den Schutt, verhüllte den Mob in einer aufquellenden Wolke. Seine Knie zitterten, sein Mund wurde trocken. Aber er versuchte weiterzusprechen. „Die meisten von euch werden es noch bereuen, daß . . .“

Aber die Lautsprecher funktionierten nicht mehr. Seine natürliche Stimme ging unter im ohrenbetäubenden Echo, das ferne Türme durch den Rauch zurückwarfen. Auch das Bild der Teleforistin war verschwunden. Heiser schrie er den Bildschirm an, drückte auf die Vermittlungstaste, aber die Prismen blieben leer.

Er umklammerte das Geländer der Terrasse, verwirrt und zu benommen, um zu überlegen, was geschehen war. Schließlich stieg der Rauch zu ihm herauf, eine dunkle Wolke, die ihm schmerzhaft in die Augen und in die Kehle drang. Er stolperte in den Mondsaal zurück.

„Unser Genius!“ Verwirrte Miglieder der Leibwache kamen ihm entgegen. „Sind Sie verletzt?“

„Es war eine Bombe“, berichtete der Offizier der Leibwache. „Unter einem der Riesenprismen. Ein Spion muß sie gelegt haben.“

Das Telefor im Mondsaal funktionierte noch. Kellon ließ sich müde in den Sitz vor dem gewölbten Tisch fallen und lächelte die bleiche Teleforistin dankbar an, dann bat er sie, ihn mit dem Goon-Büro zu verbinden. Marquard flüsterte erleichtert: „Ich hatte schon Angst, daß Ihnen was passiert ist, Boss. Es ist noch schlimmer, als ich dachte. Eine weitverbreitete Verschwörung. Organisiert. Wahrscheinlich ist der Prediger der Anführer, aber es sind auch Ingenieure beteiligt. Die Rebellen haben eine überraschende Menge von Waffen und Explosivstoffen zur Verfügung – und auch Experten, die wissen, wie man damit umgeht."

Kellon brachte ein hartes, dünnes Grinsen zustande. „Offenbar ist es nicht sündhaft, unsere Maschinen zu benutzen – wenn es sich um Waffen handelt."

Der Goon-Chief war zu verschreckt, um zu grinsen. „Passen Sie gut auf sich auf, Boß!" flüsterte er. „Warnen Sie Ihre Wachen! Die Rebellen können überall zuschlagen. Die Aufwiegler zertrümmern Autos, stürmen Gebäude, ermorden Ingenieure – in der ganzen Stadt. Der Union-Turm könnte ihr nächstes Ziel sein."

Kellon holte tief Atem. Seine erschütterten Nerven erholten sich allmählich von dem Schock. „Kopf hoch, Chief!" Das Grinsen gelang ihm jetzt schon etwas besser. „Wir schaffen das schon. Ich werde Hurd anrufen und ihm befehlen, sich mit seiner Flotte bereitzuhalten. Vielleicht genügt ein bißchen Juckpulver, das wir aus dem All herabfallen lassen. Und es gibt nichts, was den Leuten mehr Angst einjagen könnte, als der Anblick einiger langer schwarzer Unitronkreuzer. Damit können wir uns wieder den nötigen Respekt verschaffen." Er wandte sich der rothaarigen Teleforistin zu. „Verbinden Sie mich mit der *Technarch*!"

Sie nickte. Ihr Kopf bewegte sich auf dem Bildschirm, als die unsichtbaren Hände über das Schaltbrett glitten. Aber das nächste Prisma blieb leer. Ein verwirrter Ausdruck erschien auf dem angespannten Gesicht des Mädchens. „Mein Genius! Die *Technarch* meldet sich nicht!"

Eisige, unvernünftige Panik stieg in Kellon auf. „Verbinden Sie mich mit dem Admiralsbüro!"

Ein nervöser militechnischer Kadett berichtete ihm, daß Admiral

Hurd mit der ganzen Flotte ins All geflogen sei. „Die Schiffsmotoren sind schon seit vierundzwanzig Stunden heißgelaufen – Sir", stammelte der junge Mann. „Soviel ich weiß, sollen die jährlichen Manöver diesmal vor dem Mond stattfinden."

Kellon nickte wortlos, und der irritierte Kadett verschwand vom Bildschirm. Er starrte Marquard an, dessen Gesicht immer noch auf dem Nebenprisma leuchtete. Der Goon-Chief hatte den Kadett gesehen und auch gehört, was der Mann gesagt hatte, und in seinem schmalen, gefurchten Gesicht spiegelte sich Kellons Besorgnis wider.

„Die Manöver sollten erst in einer Woche beginnen." Kellon schluckte unbehaglich. „Hurd hätte nicht früher damit anfangen dürfen – ohne meine Order." Er schüttelte den Kopf. „Aber – eine so weitverbreitete Meuterei . . . Der Gedanke ist zu schrecklich, um ihn zu Ende zu denken."

„Das ist die Erklärung, mein Genius", flüsterte Marquard unglücklich. „Die Waffen – die Organisation – die Experten . . . Das ist der Beweis, daß der Prediger von Angehörigen der Union unterstützt wurde. Er steckt mit Hurd unter einer Decke."

„Ich kann es nicht glauben", sagte Kellon leise. Er wagte es nicht zu glauben. Besorgt bat er das rothaarige Mädchen: „Verbinden Sie mich mit der Außenstation, Manager General Nordhorn! Sofort!"

Die Überlegenheit der Union – und seine eigene – hing davon ab, daß man das All unter Kontrolle behielt. Zu diesem Zweck waren die Flotte und die Außenstation gleichermaßen lebenswichtig. Der kleine künstliche Mond maß kaum eine Meile im Durchmesser, aber ein oft zitiertes Sprichwort lautete: ‚Der Herr der Außenstation ist auch der Herr der Planeten.'

Der winzige Metallmond bewegte sich in einer Umlaufbahn, die vierundzwanzig Stunden andauerte, im Süden des Zenits von Sunport. Anfangs hatte er nur als Observatorium, Labor und Sprungbrett ins All gedient. Aber die militechnischen Ingenieure des Bundesstaates, die Corporation und die Union hatten seinen massiven Panzer aus meteorischem Eisen so verdickt, daß er schließlich zum Gibraltar des Systems geworden war. Die theoretische Schußweite seiner gigantischen Waffen reichte um die Erde herum bis zum Mond.

„Beeilen Sie sich!“ stieß Kellon hervor. Atemlos vor Ungeduld beobachtete er die Teleforistin. Sie bearbeitete die unsichtbaren Tasten so hektisch, als gäbe es irgendwelche Schwierigkeiten. Aber dann erschien Nordhorns gelbes Gesicht endlich auf dem Bildschirm.

Manager General Nordhorn war schon ein alter Mann mit gebeugten Schultern und schwerhörig. Er hätte schon vor Jahren in den Ruhestand treten sollen. Aber nur wenige jüngere Männer hatten eine so unerschütterliche Loyalität bewiesen wie er – und diese wenigen besaßen, wie Marquard, nicht Nordhorns Fähigkeiten. Irgend etwas hatte die schöne Tradition des militechnischen Dienstes ins Wanken gebracht.

„Ist Hurd angekommen?“ Nordhorn legte eine zitternde, gelbe Hand hinters Ohr, und Kellon schrie: „Ich habe den Prediger verhaftet und Hurd mit dem Befehl losgeschickt, Catlaw ins Gefängnis auf die Station zu bringen! Aber er ist mit der ganzen Flotte ins All geflogen, meldet sich nicht am Telefor! Es könnte Ärger geben! Schicken Sie Ihre Leute an die Posten . . .“

Kellon verstummte. Nordhorns Gesicht hatte beherrscht gewirkt. Aber nun, da der General mit bebenden Lippen zu sprechen begann, las Kellon die Verzweiflung in den glanzlosen alten Augen.

„Mein Genius, Hurd hat sich bereits bei mir gemeldet. Ich wollte Sie gerade anrufen. Hurd hat keinen Gefangenen erwähnt. Er hat mir ein Ultimatum gestellt. Es ist entsetzlich, mein Genius . . . Ich verstehe das gar nicht. Er verlangte, daß ich ihm die Außenstation übergebe.“ Nordhorns gelber Adamsapfel hüpfte auf und ab. „Ihre Order, Sir?“

Das Blut dröhnte in Kellons Ohren. Kalt vor Schweiß, umklammerten seine Hände die Tischkante. Trotz aller Anhaltspunkte, die er bereits hatte, erschien ihm die Katastrophe in ihrer ganzen Ungeheuerlichkeit immer noch unglaublich. Er versuchte Ordnung in seine wirren Gedanken zu bringen. Mit heiserer Stimme befahl er: „Sie werden die Station verteidigen – bis zum letzten Mann.“

„Bis zum letzten Mann.“ Nordhorn hob stolz den weißhaarigen Kopf. „Aber die Lage ist schlimm, Sir.“ Ein verwirrter Ausdruck kehrte in seine Augen zurück. „Ich verstehe das nicht . . . Wie schnell das passiert ist . . . Aber mir ist auch eine Meuterei in einigen

Geschützmannschaften gemeldet worden. Meine Leute kämpfen gerade in den Bombenschächten, die dem All zugewandt sind . . ."

„Halten Sie durch!" flehte Kellon. Aber dann verschwand das faltige Gesicht des alten Generals plötzlich vom Bildschirm. Verzweifelt drückte Kellon auf die Vermittlungstaste und schrie die Teleforistin an: „Verbinden Sie mich noch einmal mit Nordhorn!"

„Tut mir leid, mein Genius", sagte das nervöse Mädchen. „Die Außenstation antwortet nicht mehr."

Marquards unglückliches Gesicht war immer noch auf dem anderen Prisma zu sehen. Ihm zuliebe versuchte Kellon zu grinsen. „Hurd und Kellon liegen also in einem Bett. Wer wird wen hinauswerfen?"

„Das spielt keine Rolle, wenn wir die Station verlieren." Der Goon-Chief lauschte angespannt. „Entschuldigen Sie mich, mein Genius, aber das Büro des Rebellenkommandos ruft mich gerade an."

Sein Bild verschwand. Ziellos ging Kellon auf dem bleich schimmernden Boden des Mondsaals auf und ab. Was nun? Die Neuigkeiten von der Außenstation hatten ihn noch mehr erschüttert als die Explosion unter der Terrasse. Er fühlte sich wie betäubt und krank. Die Station antwortete immer noch nicht, und er wußte nicht, was er tun sollte.

Der Ball im Neptunsaal war immer noch in vollem Gange, wie ihm der Offizier der Leibwache berichtet hatte. Auch die Telefor-Reporter hatten bisher nicht erfahren, wie ernst die Lage war. Die buntgekleideten Tanzpaare wußten nicht, daß ihre Welt am Rand einer Katastrophe stand.

Vielleicht lag darin das Problem begründet. Wenn die Ingenieursgesellschaft weniger getanzt und sich mehr mit den anderen neun Zehntel der Bevölkerung beschäftigt hätte, wäre das alles nicht geschehen. Aber Melkart hatte gesagt, mit diesem Gedankengut sei Kellon drei Generationen zu spät dran.

„Boß!" schrie der Wachtposten. „Achtung!"

Schüsse hallten von den hohen, schimmernden Mauern wider. Irgendwo schrie eine Frau. Kämpfende Männer drängten sich durch den breiten Torbogen, der in den Neptunsaal führte. Die Lichter auf den Plastikwänden gingen aus. Eine Automatic ratterte im Dunkel.

Der breite Verbindungstorbogen war nur durch den schalldichten Luftschirm verschlossen gewesen. Nun hörte Kellon einen gedämpften Knall. Die gepanzerte Sicherheitswand hatte sich erhoben – aber zu spät. Die Angreifer waren bereits im Mondsaal.

Im schwachen Licht, das durch die Terrassentür hereindrang, sah er geduckte, umherirrende Gestalten im Nebenraum. Ein Arm schleuderte irgend etwas auf die kämpfenden Goons. Es flog krachend neben ihm zu Boden. Verzweifelt griff er danach, warf es zurück ans andere Ende des Raums, dann legte er sich flach hinter den Telefortisch.

Seine Ohren dröhnten, und der riesige dunkle Raum war erfüllt von kreischendem Metall. Er erhob sich hinter dem Tisch, riß die versteckte Automatic aus ihrer Halterung unter dem Sitz. Aber da waren die Schüsse schon verstummt. In den hohen Plastikmauern flammte wieder Licht auf.

Drei Männer lagen vor dem verschlossenen Torbogen. Einer stieß ein dünnes, wimmerndes Schluchzen aus, und ein verängstigter Goon jagte ihm einen letzten Schuß in den Kopf. Der Offizier rannte besorgt auf Kellon zu. „Mein Genius! Ist Ihnen nichts passiert?"

Kellon brachte ein Grinsen zustande. „Attentat Nummer siebzehn." Er war froh, daß er noch das Rouge auf den Wangen hatte. Keiner der anderen Mordanschläge hatte das Ziel so knapp verfehlt, keiner hatte ihn so sehr erschüttert. Er riß seinen Blick los von den Ruinen am anderen Ende des Raumes, wo die Bombe einen Mondgipfel aus Plastik in Staub verwandelt hatte. „Wer waren sie?"

Die Goons untersuchten bereits die drei Toten. Mit Hilfe des Telefors wurden die Fingerabdrücke rasch identifiziert. Einer der Männer erwies sich als Erbingenieur, der die Prüfungen auf der praktischen militechnischen Hochschule nicht bestanden hatte. Die anderen beiden waren Mitglieder der weißuniformierten Hilfstruppen.

„Der Ingenieur muß mit den Gästen gekommen sein", berichtete der Offizier. „Die anderen gehörten zum Orchester. Sie hatten Waffen und die Bombe in ihren Instrumentenkästen." Er seufzte tief auf. „Ich bedaure das alles außerordentlich, mein Genius. Aber wenn ich Ihnen trotzdem zu Ihrem Mut gratulieren darf – ich meine, diese Bombe . . .“

Kellon brachte ihn mit einer knappen Handbewegung zum Schweigen. Mut! Rasch wandte er sich ab von den drei reglosen Gestalten in ihren bunten, blutbefleckten Kleidern. Sie stanken bereits, und der Geruch des Todes machte ihn ganz krank. Wenn er nur um eine Sekunde langsamer gewesen wäre – aber Verzweiflung war nicht gleichbedeutend mit Mut. Seine Stimme war hart und kalt.

„Schaffen Sie die Toten weg, und lassen Sie den Boden reinigen!“ Dann dachte er an Selene du Mars, und die Angst verschärfte den Klang seiner Stimme noch. „Wurde im Ballsaal gekämpft? Wurde jemand verletzt? Sehen Sie nach, ob Miß Captain du Mars etwas zugestoßen ist!“

Die Sicherheitstür versank wieder im Boden. Die Angst trieb ihn dazu, den Goons zu folgen. Eine unheimliche, hysterische Atmosphäre empfing ihn im großen, grünschimmernden Neptunsaal. Offiziere mit kalten Augen verhörten die verängstigten Musiker. Die Hälfte der Gäste war bereits gegangen. Der Rest hatte sich zu einer bleichen Gruppe versammelt, die nervös durcheinanderredete.

Er konnte Selene nicht finden. Die Wachen am Haupteingang, über der großen offiziellen Landeterrasse, hatten sie nicht gesehen unter den Gästen, die geflohen waren. Aber man hatte sie schon seit einiger Zeit nicht mehr gesehen.

Kalte Angst erfaßte ihn. Trotz ihrer Intrigen und Ambitionen oder vielleicht gerade deswegen liebte er Selene. Er wußte, daß die Anhänger des Predigers sie haßten, als das Symbol all dessen, was ihnen versagt blieb. Vielleicht hatte man sie entführt – vielleicht sogar ermordet.

Er rannte zurück zum Telefor im Mondsaal, dessen eine Wand die Bombe zertrümmert hatte, und rief in Selenes Suite an, die eine Etage tiefer lag. Der dunkelhäutige eurasische Majordomus erschien auf dem Bildschirm und sagte, sie sei nicht nach Hause gekommen. Aber dann sagte die Teleforistin: „Mein Genius, ich habe eine Nachricht von Miß Captain du Mars gespeichert. Sie wurde mir vor zwei Stunden übermittelt, mit der Bitte, sie an Sie weiterzugeben, wann immer Sie

Miß Captain du Mars zu sprechen wünschen. Wollen Sie die Nachricht jetzt entgegennehmen?“

Kellon nickte. Es hatte ihm plötzlich die Sprache verschlagen.

Selenes Gesicht erschien im Kristallblock. Die Feuerdiamanten glitzerten in ihrem platinblonden Haar. Ihr wechselhaftes Farbenspiel ließ ein Blau entstehen, das zu ihren Augen paßte, und ein Rot, das dunkler war als das ihrer Lippen. Ihre Stimme klang kühl wie immer.

„Harvey, ich verlasse dich heute abend. Wir werden uns nicht wiedersehen. Aber ich möchte dir noch danken für alles, was du mir gegeben hast, und dir sagen, warum ich gehe.

Nicht, weil du älter wirst oder weil ich glaube, daß du deine Position verlierst – aus solchen Gründen würde ich dich niemals verlassen. Aber ich liebe Admiral Hurd. Wenn du diese Nachricht hörst, werden wir bereits im All beisammen sein. Es tut mir leid, Harvey.“

Lange Zeit saß Kellon am Telefortisch. Er war wie betäubt und fror. Dann befahl er der Teleforistin, die Szene noch einmal abzuspielen. Selene lächelte wieder, wischte sich noch einmal eine einzelne Glitzerträne von der Wange und wiederholte mit derselben diamantenharten Stimme ihre Worte.

Sie log. Kellon starrte auf die Trümmer der Wand, die von der Bombe zerschmettert worden war. Sein Leben war nun ebenso dunkel und zerstört wie jene einst leuchtende Mauer. Er ballte die Hände in sinnloser Wut. Natürlich log sie.

Vielleicht liebte sie Hurd. Der Verräter war jung und sah gut aus. Aber es war nicht Liebe, die sie bewogen hatte, mit ihm zu gehen. Er kannte Selene zu gut, um das zu akzeptieren. Sie war mit Hurd gegangen, weil sie annahm, daß er der Herrscher der nächsten Welt sein würde.

„Noch einmal!“ befahl er dem rothaarigen Mädchen. „Ohne Ton!“ Und dann begrüßte er das stumme Bild mit einem müden, bitteren Lächeln. „Weidmannsheil, Selene!“ flüsterte er. „Immerhin war es schön mit dir. Weidmannsheil. Aber du und dein schneidiger Admiral – ihr solltet euch vor dem Prediger in acht nehmen!“

Wieder fiel die einsame Träne, dann verschwand Selenes Gesicht.

Einen Augenblick später befahl Kellon der Teleforistin, sie solle noch einmal versuchen, die Außenstation zu erreichen. Selene war schließlich nicht sein einziger Lebensinhalt. Heute abend stand die ganze Welt auf dem Spiel. Sein Leben und ihres. Die Union und Sunport. Der Kampf wurde weit draußen in der schweigenden Kälte des Alls ausgetragen, ein Kampf zwischen der Loyalität eines alten Mannes und dem skrupellosen Ehrgeiz eines jungen. Er konnte nur auf das Ergebnis warten. Sonst konnte er nichts tun.

Die Außenstation antwortete nicht.

„Nichts, mein Genius", sagte die Teleforistin. „Ich habe keine Nachricht aus dem All erhalten, seit die Verbindung mit General Nordhorn plötzlich abbrach."

Ruhelos erhob sich Kellon vom Telefortisch. Die Toten waren weggebracht worden, aber er glaubte den üblen Geruch des Todes immer noch wahrzunehmen. Er fröstelte.

Dann dachte er an Melkart. Der alte Philosoph und Historiker mußte erfahren, was in Sunport geschah. Seine manchmal etwas machiavellistischen Ratschläge hatten sich schon oft als nützlich erwiesen. Noch bevor Kellons Gehirn es registrierte, trugen ihn seine rastlosen Füße bereits durch den Saturn-Raum.

Diese große Halle war seine Bibliothek. Bücher bedeckten die Wände, vier Galerien hoch. In den Gewölben darunter wurden Mikrofilme der gesamten bekannten Literatur aufbewahrt. Kellon ließ seine Leibwache vor dem Büro des Historikers stehen.

Charles Melkart okkupierte nur eine winzige Kammer. Die weißschimmernden Wände waren kahl, aber ein großes Fenster bot einen spektakulären Ausblick auf die leuchtende nächtliche Stadt. Ein großer alter Schreibtisch aus Holz nahm fast den ganzen Raum ein. Bücher und Manuskripte lagen in unordentlichen Stapeln auf der Tischplatte.

Melkart saß ruhig hinter dem Schreibtisch, als hätte er nichts von dem Tumult draußen bemerkt, und schrieb mit einer altmodischen Feder. Er war ein kleiner, gebeugter Mann und trug einen zerknitterten Schlafrock. Eine rote Wollmütze bedeckte seinen kahlen Schädel. Er blinzelte, als Kellon eintrat, und nahm seine Brille ab. Die Augen in dem faltigen Gesicht wirkten seltsam jung und lebhaft.

„Setz dich, Wolf!“ Melkart hielt nichts von Schmeicheleien. „Ich habe dich erwartet.“

Wolf . . . Das war Kellons Parteiname gewesen. Er erinnerte sich an die geheimen Versammlungen in den Kanalanlagen, wo die kalten Wände schwitzten und die Luft vom Dröhnen der Pumpen erfüllt war. Das war in jenen alten, gefährlichen Tagen gewesen, bevor sie den Kampf um die verbotenen Ideale der Demokratie aufgegeben hatten.

Plötzlich fragte sich Kellon, ob sich Melkart und Ruth wirklich geliebt hatten. Dann verdrängte er den Gedanken, denn das spielte schon seit vielen Jahren keine Rolle mehr. Der neue Bundesstaat war ein vergessener Traum. Melkart hatte seinen Idealismus gleichzeitig mit seiner Gesundheit in den Carnotit-Minen des Mars verloren. Und das Versprechen, Melkart eine gesicherte Stellung zu verschaffen, hatte jede Ehrenschuld, die vielleicht einmal zwischen Kellon und dem Freund bestanden hatte, ausgelöscht.

Aber Melkart hatte ihm viel gegeben – abgesehen von Roys Mutter. Der schlanke, brillante Neuseeländer hatte ihn mit den politischen Wissenschaften vertraut gemacht. Man hatte Kellons Diplom im Hauptquartier der Partei gefälscht, um ihn zu einem noch nützlicheren Agenten zu machen. Als die Corporation die Untergrundorganisation vernichtet hatte, war es Kellon gelungen, mit einem Großteil der Parteigelder zu fliehen.

Kellon hatte versucht, Melkart zu entschädigen, indem er ihm eine gehobene Stellung innerhalb der Union angeboten hatte. Aber der sardonische Ex-Radikale wollte nichts weiter annehmen als die Garantie, ein einfaches Leben führen und die Bibliothek des Saturnsaals benutzen zu können.

„Du hast das Sonnensystem in ein Labor verwandelt, um darin meine politikotechnischen Theorien zu testen“, sagte er nun mit einem dünnen Grinsen. „Nun habe ich nur noch einen Wunsch – ich will mein Werk ‚Schicksal‘ vollenden.“

Nachdem Kellon den kleinen Raum des Gelehrten betreten hatte, war er zu verwirrt, um sich auf den Stuhl neben dem mit Papieren und Büchern übersäten Schreibtisch zu setzen. Er ging zu dem großen Fenster. Die Rebellen bildeten einen grauen, rastlos bewegten See tief unten, gefleckt mit roten Feuersalven. Eine ferne Explosion erschütterte die Luft, ein Maschinengewehr knatterte. Das Dröhnen der Stimmen erhob sich wütend.

Melkart griff wieder nach seiner Feder, um sich hastig eine Notiz zu machen. Blaß und angespannt, die Fingernägel in die Handflächen gegraben, wandte sich Kellon vom Fenster ab. Mit heiserer, verzweifelter Stimme fragte er den alten Mann am Schreibtisch: „Charles – weißt du, was in Sunport geschieht?"

Der Kopf mit der roten Mütze nickte. „Ich weiß es schon seit dreißig Jahren." Melkart grinste selbstsicher. „Der alte Giovanni Vico hatte schon eine Ahnung davon mit seinem Gesetz vom ewigen Kreislauf der Menschheitsgeschichte, damals im siebzehnten Jahrhundert. Auch Spengler und Toynbee ahnten es. Sprague, der später lebte, sah noch weiter. Aber es blieb mir überlassen, die Gesetze vom Aufstieg und Niedergang menschlicher Kulturen auf eine exakte Wissenschaft zu reduzieren, die ich ‚Schicksal' nenne." Seine gelbe, klauenartige Hand zeigte auf ein dickes Manuskript. „Hier, in meinem letzten Band . . ."

„Hör zu!" Kellon schlug mit der Faust auf den Schreibtisch. „Ich habe keine Zeit für Bücher. Die Graue Klasse rebelliert, die Flotte hat gemeutert. Die Außenstation wird angegriffen. Wenn sie fällt, wird man uns aus dem All bombardieren. Heute abend wurde ich bereits von Meuchelmördern angegriffen."

Er stieß ein rauhes Lachen aus. „Bücher! Kannst du hier sitzen und ein Buch schreiben, während die fanatischen Anhänger des Predigers im Park ganze Bibliotheken verbrennen? Sie ermorden jeden Ingenieur, der ihnen über den Weg läuft. Wer wird noch übrigbleiben, um dein kostbares Buch zu lesen?"

„Niemand, fürchte ich", sagte Melkart langsam. „Es ist tragisch, daß Kulturen erst zusammenbrechen müssen, bevor sie Menschen hervorbringen, die alle Errungenschaften verstehen können. Aber der Mangel an Verständnis ändert nichts an der Wahrheit. Jede der Tatsachen, die du erwähnt hast, ist unvermeidbar. Weil Sunport nun tot ist – ein Petrefakt."

„Du bist verrückt!" Wieder schlug Kellon auf den Tisch. „Ich habe jetzt keine Zeit für deine pessimistischen Theorien. Ich will wissen, was ich tun soll." Seine Stimme senkte sich zu einem flehenden Flüstern. „Du hast mir schon oft geholfen. Es muß auch diesmal einen Ausweg geben."

Melkart klappte ein großes Buch zu, und Kellon sah, daß die gelben Finger zitterten. „Du und ich, wir sind am Ende, Wolf." Er sprach leise und bedauernd. „Weil die Seele von Sunport tot ist. Sieh mal – eine Stadt oder eine Nation oder eine Kultur – das sind mehr als die Summe der Individuen, woraus sie entstanden sind. Sunport entstand 1978, als die erste Rakete auf der Toltec Mesa abgeschossen wurde. Sie war konstruiert worden, um den Raum zu erobern. Sie tat es, und dieser überlegene Sieg machte Sunport zur größten Megalopolis, die die Welt je gesehen hat."

„Das ist Geschichte", entgegnete Kellon ungeduldig. „Und was ist heute?"

„Der Raum ist erobert worden, und jene große Idee ist tot. Weil das Leben nicht stillsteht. Verbrauchte Funktionen haben ihre Existenzberechtigung verloren. Nachdem der Sieg errungen war, gelang es Sunport nicht, einen neuen Lebenszweck zu finden, der es am Leben erhalten hätte. Deshalb ist es gestorben, und es macht keinen Unterschied, ob nun neunzig Millionen neue Barbaren in diesen toten Türmen leben oder nicht."

Kellon wollte etwas einwenden, aber Melkart fügte sardonisch hinzu: „Das trifft auf dich genauso zu wie auf die Stadt, Wolf. Du bist nicht einmal mehr zu einem Zehntel der Mann, der du vor dreißig Jahren warst, als du auszogst, um zu zertrümmern, was von der Corporation übrig war. Damals wärst du vielleicht ein ebenbürtiger Gegner für Eli Catlaw gewesen."

Kellon glättete seine Stirn, die sich ärgerlich gerunzelt hatte. „Bitte, Charles, ich weiß, ich werde alt, aber die Union gehört mir. Vielleicht habe ich sie mir mit tyrannischen Methoden angeeignet, aber ich betrachte sie als ein Eigentum, für das ich eine große Verantwortung trage. Ich muß sie vor dem Prediger und seinem Ungeziefer retten, weil die Union alles geschaffen hat, was wir als Zivilisation bezeichnen."

„Das stimmt." Der Kopf mit der roten Mütze nickte langsam. „Die Ingenieure waren eine kreative Minorität – vor hundert Jahren. Eine kleine Gruppe von Experten eroberte das All und verhalf der Menschheit dadurch zu größerem Reichtum, als sie ihn je zuvor besessen hatte. Es war unvermeidlich, daß die kreative Macht der Ingenieure zu politischer Dominanz führte. Unglücklicherweise hörten sie dann auf, schöpferisch zu sein. Nun geben ihre verschwenderischen Kinder nur mehr das Geld aus, das ihre Väter verdient haben, und spielen dumme Spiele mit ihren ererbten akademischen Titeln. Und Sunport ist ebenso ein Petrefakt wie die Pyramiden im alten Ägypten."

Kellon beugte sich über den Schreibtisch. „Sunport gehört mir." Sein zerfurchtes Gesicht war unter dem Rouge blaß geworden, seine leise Stimme zitterte. „Ich habe dafür bezahlt – mit Gedanken, mit Mühsal, mit Jahren. Ich habe gearbeitet und intrigiert, die Leute bestochen und bestohlen, ich habe gelogen und getötet. Ich habe in der ständigen Gefahr gelebt, ermordet zu werden. Ich habe wie ein Dschungeltier für diese Stadt gekämpft." Er holte keuchend Atem. „Ich werde sie nicht aufgeben."

„Das sagst du so ..." Melkart lächelte dünn. „Aber mit diesen Worten beweist du nur, daß ich mit meiner Theorie recht habe. Weil du diese großartige Sehnsucht nicht empfinden kannst, die mitgeholfen hat, Sunport zu schaffen. Innerhalb dieser ruhelosen Scharen neuer Nomaden hattest du nichts anderes aufzuweisen als Schlauheit, Kühnheit und Glück. Aber die Menschheit will sich größeren Dingen weihen als individuellen Lebensläufen. Schicksal ist das Wort, das ich gebrauche – für jene überlegenen Lebenskräfte, die das Leben von Myriaden verherrlicht und sinnvoll gestaltet haben. Sunport hat sein Schicksal erfüllt, deshalb ist es verloren. Aber der Prediger hat diesen neuen Barbaren ein neues Schicksal eröffnet, einen neuen allgemeinen Zweck erklärt, auf ihrer eigenen primitiven Ebene. Das bedeutet, daß unsere Welt zu Ende geht, Wolf."

Kellon starrte ihn schweigend an. Dann sagte er: „Du bist verloren, Melkart. Du wirst immer noch hier sitzen, wenn die fanatischen Anhänger des Predigers kommen, um dein Buch zu verbrennen und dir die Kehle zu durchschneiden. Ich glaube, das ist eine überzeugende Kritik an deiner Philosophie." Er wandte sich aggressiv zur Tür um. „Aber ich bin noch nicht am Ende."

Kellon kehrte zurück in den zerstörten Mondsaal. Vielleicht hatte Melkart recht. Vielleicht war Sunport dem Untergang geweiht. Aber er war nicht bereit zu sterben. Angstvoll setzte er sich an den Telefortisch, dann befahl er der Teleforistin die Außenstation noch einmal anzurufen.

„Ich werde es versuchen, mein Genius." Ihr Gesicht war blaß, und die Lippen zitterten. „Aber ich habe es die ganze Zeit versucht. Sie antworten nicht." Sie war einem hysterischen Anfall nahe. „Das ganze Teleforsystem bricht zusammen. Sie haben die Geräte zertrümmert, die Teleforistinnen ermordet."

„Rufen Sie die Außenstation an!"

Seine Stimme klang gepreßt vor innerer Anspannung. Er beobachtete, wie das Mädchen auf die Tasten drückte. Die Untätigkeit zerrte an seinen Nerven. Aber er konnte nichts tun. Die Minuten schleppten sich dahin. Aus dem All kam keine Antwort – bis ein gräßliches Kreischen vom Himmel herabdrang.

Der Turm erbebte. Eine ungeheure, dröhnende Vibration verdrängte alle Gedanken. Der Boden zuckte. Kellon konnte die mächtige Erschütterung bis in die Knochen spüren. Die hohen Plastikwände flackerten auf, dann erloschen sie. Das Plastikmosaik einer Mondstadt färbte sich schwarz, dann brach es zusammen. Stickiger Rauch erfüllte die Luft.

Das Bombardement hatte begonnen.

Jetzt war es nicht mehr nötig, die Außenstation zu erreichen. Das erste schreckliche Projektil aus dem Weltraum genügte, um ihm zu verkünden, daß Hurd und der Prediger gesiegt hatten. Die Außenstation war entweder erobert oder zerstört worden.

Sunport war wehrlos. Sicher, da waren die gigantischen Batterien im militechnischen Reservat neben dem Raumflughafen. Aber von der Schwerkraft der Erde und der Atmosphäre behindert, konnten sie dem Angriff aus dem All nicht standhalten, und außerdem war anzunehmen, daß die Verschwörer sie ohnehin ausgeschaltet hatten.

Kellon erschauerte unter einem kalten Grauen, das seine persönliche Furcht noch übertraf. Denn jetzt wußte er, daß Melkart recht hatte. Dies war das Ende von Sunport. Die Union war geschlagen. Die Ingenieursklasse war zum Untergang verdammt. Er versuchte in die Zukunft zu blicken, und da sah er nur Ruin und Chaos, Ignoranz und wilde Grausamkeit, Finsternis und Verzweiflung.

„Verbinden Sie mich mit Marquard!“ schrie er die verängstigte Teleforistin an.

Nun war das Goon-Department die letzte schwache Verteidigungsanlage der Zivilisation. Sunport mußte verdunkelt werden. Man mußte die Menschen warnen. Sie mußten die Stadt verlassen, Zuflucht unter der Erde suchen. Außerdem wollte er wissen, wo jenes erste Projektil aufgeprallt war.

Der Kopf des Goon-Chiefs erschien im Kristallblock, aber er hing kraftlos im Nacken. Endlich war Marquards sonst stets besorgt gerunzelte Stirn geglättet. An seiner Schläfe war ein kleines Loch zu sehen. Die Teleforistin stieß einen erstickten Schrei aus, dann verschwand das friedlich entspannte Gesicht.

„Er ist tot!“ Sie lauschte, dann teilte sie Kellon mit belegter Stimme mit: „Das Amt sagt, er hätte sich selbst erschossen, als er erfuhr . . .“

Das zweite Projektil unterbrach sie.

Wieder erzitterte der Union-Turm, wie ein gigantisches Lebewesen, das von einer tödlichen Harpune getroffen worden war. Die Lichter auf dem Telefortisch gingen aus. Verzweifelt drückte Kellon auf die Anruftaste, aber er bekam keine Antwort. Das Gerät war tot.

Seine Ohren dröhnten nicht mehr. Plötzlich spürte er, daß es in dem großen zertrümmerten Raum seltsam still war. Ängstlich rief er nach seinen Wachtposten, aber sie meldeten sich nicht. Mit zusammengekniffenen Augen blickte er in den Staub, und da sah er den Offizier reglos unter einem Schutthaufen liegen, im zerschmetterten Torbogen. Die anderen waren geflohen.

Er war allein.

Allein! Diese Erkenntnis war erschreckend. Nun war der Zusammenbruch vollendet. Er war nicht mehr der Boß der Union. Er war nur noch einer unter vielen, eines der Millionen verängstigten

Menschenwesen. Die einzige noch bestehende Ordnung war die organisierte Streitmacht seiner Feinde.

Als ihm seine schreckliche Einsamkeit bewußt wurde, war er so benommen, daß er es kaum merkte, wie das dritte Projektil herabschoß. Aber das Licht flackerte wieder auf in allen Plastikwänden, erlosch aufs neue. Er schrie auf im Dunkel, das ihn zu ersticken schien. Dann erwachte eine letzte Kraft in ihm – ein instinktiver Wille, das Chaos zu überleben.

Ein dumpfes Glühen, das von draußen zu ihm drang, führte ihn auf die Terrasse. Er sah, daß die Hälfte der Türme von Sunport immer noch im wechselnden Lichterspiel ihrer Plastikfassaden pulsierten. Bald würde das Bombardement sie auslöschen, dachte er bitter, für immer auslöschen.

Der Union Square war fast leer. Ein paar taumelnde graue Gestalten flohen immer noch über die verdunkelten Straßen. Nahe der Grundmauern seines Turms klaffte ein großer schwarzer Krater, aus dem Staub und Rauch quollen.

So nahe . . . Kellon fröstelte, als er erkannte, wie knapp er soeben dem Tod entronnen war. Der Union-Turm war das Ziel der Feinde. Das Bombardement aus dem All war gegen ihn gerichtet. Denn nun war er das letzte Symbol der vernichteten Unionsmacht.

Er lief durch den Torbogen zurück zum Lift, der aufs Dach hinauffuhr. Die Wände des Aufzugs schimmerten immer noch, und er schnellte nach oben, als Kellon auf die Taste gedrückt hatte. Er stolperte hinaus in den kalten Nachtwind.

„Schnell!" schrie er, und seine Stimme hallte über das Rollfeld seiner Gleitflugzeuge. „Holt die *Ruth* heraus!"

Dann sah er, daß die Wachtposten die Terrasse verlassen hatten. Schwarz und gähnend leer lag der Hangar vor ihm. Die länglichen Kristallblasen seiner Unitron-Gleitflugzeuge waren verschwunden. Die Crew mußte in den Maschinen geflogen sein, als das Bombardement begonnen hatte. Verwirrt stand Kellon in der kalten Dunkelheit. Er schluchzte, kraftlos ballte er die Hände. Die Welt unter ihm war zusammengebrochen, und er konnte nichts mehr tun. Die Zivilisation war zerstört.

Das vierte Projektil kam seinem Ziel noch näher. Eine gräßliche Vibration brachte Kellon aus dem Gleichgewicht, er fiel flach zu Boden. Die Terrasse bebte wie der Rücken eines großen sterbenden Tiers. Die Erschütterung raubte ihm fast die Besinnung.

Erst im Lift kam er wieder zu sich. Die Wände des Aufzugs waren nun schwarz. Im Dunkel tastete er nach den Knöpfen. Aber der Mechanismus war tot. Er stürmte zur dunklen Treppe, die zum Notausgang führte, rannte die Stufen hinab. Er vermutete, daß nun, nachdem die Geschütze im fernen All die Schußweite bis zum Turm exakt festgestellt hatten, ganze Salven über ihn hereinbrechen würden, nicht nur vereinzelte Projektile. Die schwarze Treppe erschien ihm endlos, und der Abstieg wurde zu einem verschwommenen Alptraum. Eine Explosion folgte der anderen, bis er nicht mehr versuchte, sie zu zählen. Die Erschütterungen waren schwere Angriffe auf seine vorerst noch klaren Sinne. Immer tiefer hinab – durch Staub und Dunkelheit . . . Einmal stolperte er über etwas, das sich wie ein Körper anfühlte. Er stürzte hinab, bis ein Treppenabsatz seinen Fall bremste. Seine Muskeln schmerzten vor Müdigkeit. Blut trocknete an seinen aufgeschürften Schläfen.

Irgendwo gab es Etagen, wo die Wände immer noch trübe glühten. Sie gehörten zum Verwaltungsbüro der Union, denn er sah endlos scheinende Reihen von Glaskabinen mit Schreibtischen und Teleforgeräten. Der Mob mußte schon hier gewesen sein, denn er sah in fast allen Etagen mehrere Leichen von Goons und graugekleideten Arbeitern. Aber die Überlebenden waren geflohen.

Noch funktionierte sein gequältes Gehirn, denn er erkannte, daß sein glänzender Pyjama sein sicheres Todesurteil bedeuten würde, wenn er das unterirdische Gebiet betrat, das der Prediger beherrschte. Er riß einer grauen Leiche die Kleider vom Leib, zog den Anzug aus grobem Stoff über seinen Pyjama, warf sein weißes Toupet weg.

Manchmal löschte schwarze Panik all seine Wahrnehmungen aus. Die Müdigkeit wurde zur Droge, die Erinnerungen und Gefühle betäubte. Aber er blieb auf den Beinen, setzte seinen Weg fort, denn er wollte nicht sterben.

Er durchwanderte eine neue Schicht aus schwarzen Schatten, dann fand er irgendwo einen Lift, der funktionierte. Er trug Kellon hinab in die feuchte Kälte der Kanalanlagen. Die Erschütterungen drangen nun dumpf durch das Erdreich, das Hunderte von Fuß dick war, nur noch gedämpft zu ihm. Aber sie griffen immer noch an, schlugen zu mit den Fäusten des Todes.

Irgendwann kam er zu sich, und da stellte er fest, daß ihn ein Schuttberg fast begraben hätte. Eine Luftröhre war über seinem Kopf zerschmettert worden. Mit steifen Gliedern befreite er sich von den Schuttmassen. Kein Knochen war gebrochen. Er taumelte weiter. Und es dauerte lange, bis er merkte, daß das Bombardement aufgehört hatte.

Aus einer dunklen Seitengasse drang das Knattern eines Maschinengewehrs. Er wollte in Deckung gehen. Aber da tauchte ein großer, blutüberströmter Mann in Grau vor ihm auf im bleichen, kalten Licht der Plastikröhre, die über ihm hing, und bedrohte ihn mit einer Goon-Automatic. „Halt! Hier beginnt Armageddon!"

„Ja, Bruder!" brachte Kellon mühsam hervor, und es gelang ihm sogar, den Prediger zu zitieren. „Ja – das Königreich ist bereit . . ."

„Du kannst weitergehen, Bruder." Der Mann grinste ihn an und erklärte: „Ich bin auf der Jagd nach Ingenieuren. Sieben habe ich schon getötet." Kellon wollte weitertaumeln, doch da hielt ihn die Automatic zurück. „Warte! Hast du schon das Allerneueste gehört?"

Kellon wartete.

„Admiral Hurd hat versucht, den Prediger auszutricksen." Der blutige Jäger lachte triumphierend. „Aber er wurde geschlachtet von der Hand Gottes – und einem gutgezielten Messer. Nun gehört die Flotte uns – wenn überhaupt Schiffe übrigbleiben, denn nach den neuesten Berichten kämpfen sie jetzt gegeneinander."

Kellons Mund wurde plötzlich trocken. „Selene", flüsterte er. „Was ist mit Miß Captain du Mars . . ."

„Vergiß diese Worte des Satans, Bruder. Die Hure von Babylon ist tot. Man sagt, sie hätte kurz zuvor noch den Antichrist verraten. Sie wurde zusammen mit Hurd gefunden, an Bord eines Kreuzers. Sie nahm Gift, als er getötet wurde, um dem Zorn des Predigers zu entgehen. Hallelujah!"

„Gelobt sei der Herr!“ stieß Kellon heiser hervor. „Weidmannsheil, Bruder!“

Es tat weh, von Selenes Tod zu erfahren. Aber er war überzeugt, daß sie kein Mitleid an sich selbst verschwendet hatte. Sie hatte das Spiel bis zum bitteren Ende gespielt, nach ihren eigenen harten Regeln. Sie hatte Fehlschläge ebenso einkalkuliert wie den erhofften Erfolg. Daß sie das Gift mitgenommen hatte, war Beweis genug für diese Vermutung.

Entsetzen, Verwirrung und Müdigkeit bildeten einen dunklen Nebel in seinem Gehirn. Es fiel ihm schwer, sich an alles zu erinnern, was geschehen war, und genauso schwer, es zu verstehen. Wie Selene hatte er sich an die Spielregeln gehalten, die das Leben ihm beigebracht hatte. Aber nun ließen sie sich nicht mehr anwenden.

Einmal versteckte er sich vor einem wilden Haufen grauer Gestalten, die aus einer dunklen Seitengasse stürmten. Sie trugen flackernde Fackeln, ihr Anführer hatte einen Frauenkopf aufgespießt und hielt ihn triumphierend hoch. Sie sangen die ‚Schlachthymne Gottes‘.

Halb benommen versuchte er zu verstehen, was menschliche Wesen in so erschreckende Ungeheuer verwandelt haben konnte. Natürlich, das Regime der Union war eine schwere Bürde gewesen, doch er erinnerte sich an viele Maßnahmen, die er getroffen hatte, um den grauen Massen das Leben zu erleichtern. Aber Melkart hatte ja gesagt, damit käme er drei Generationen zu spät.

Zwanzig Jahre waren vergangen, seit Kellon zum letztenmal die feuchte Kälte der Kanalanlagen gespürt hatte. Aber plötzlich war ihm, als hätte die letzte Geheimversammlung der Partei, die den neuen Bundesstaat anstrebte, erst gestern stattgefunden. Diese komplizierte Verflechtung tropfender Tunnels erschien ihm vertraut wie eh und je. Taumelnd vor Müdigkeit, fand er eine kleine Nische, die er vor langer Zeit in die Seitenwand eines Schachts über einer Entwässerungspumpe gegraben hatte. Er schlief stundenlang, und als er erwachte, starrte er auf die regelmäßigen Spuren, die sein Drillbohrer damals im feuchten Sandstein hinterlassen hatte.

Es bereitete ihm ein seltsames, überraschendes Vergnügen, dieses

Zeugnis seiner alten Kraft, seiner geschickten Hände zu sehen. Denn es war lange her, seit er zum letztenmal von seinen Händen Gebrauch gemacht hatte. Er hatte sich nicht einmal mehr ohne fremde Hilfe angezogen.

Er hatte Hunger, und auch jetzt half ihm die Erinnerung an die ferne Vergangenheit. Er stieg durch einen Schacht, den er einst gekannt hatte, in die Frachtbeförderungsetage. Hier war alles Leben zum Stillstand gekommen. Er sah keine Goons, keine Arbeiter. In den meisten Abteilungen leuchteten nur schwache Notlampen.

In einem der Räume waren ein paar Diebe am Werk. Er ging ihnen aus dem Weg. Bald darauf fand er das Wrack eines Elektrolasters und stopfte seine grauen Taschen mit hydroponischen Orangen voll, die aus Frachtkisten gefallen waren, und mit Konservendosen, die imitiertes Rindfleisch enthielten. Er aß und versteckte den Rest seiner Vorräte in der kleinen Nische.

Der zweite Tag brach an, als er über eine schräge Laderampe in das von Unkraut überwucherte, von rostigem Metall durchsetzte, vom Zahn der Zeit zerfressene Mauerwerk der längst stillgelegten Saturn-Docks kletterte. Er suchte seinen Sohn.

Fünf Jahre waren seit ihrem Streit vergangen. Er wußte nicht, ob Roy ihn sehen wollte. Aber Selenes gleißender Schatten stand nun nicht mehr zwischen ihnen. Er war einsam, und außer Roy hatte er nichts mehr auf dieser Welt.

Wenn sein Turm das Gehirn der Union gewesen war, so war der Raumflughafen ihr pulsierendes Herz. Er erinnerte sich an die großen Batterien des militechnischen Reservats und hoffte, daß sich die Flüchtlinge aus der bombardierten Stadt hier versammelt hatten, um auf der natürlichen Festung der Mesa eine letzte Verteidigungsanlage zu errichten.

Aufgeregt kämpfte er sich durch das Gestrüpp des Unkrauts zu den Venus-Docks vor. Im trüben Licht des Morgens stolperte er einen Berg aus frisch aufgeworfener schwarzer Erde und zerbröckelter Steine hinauf. Sein Herz pochte schmerzhaft, als er den Gipfel erreichte.

Jenseits des Berges, wo einst die Venus-Docks in hektischer

Betriebsamkeit pulsiert hatten, gähnte nur ein großer schwarzer Abgrund. Ätzender Rauch stieg ihm in die Nase. Aber es war nicht nur der Gestank der Bombenexplosion, der ihm die Tränen in die Augen trieb. Vor ihm lag ein einziges Chaos. Die von Projektilen zerklüftete Mesa sah aus wie eine öde Mondlandschaft. Abgesehen von den Saturn-Docks hatte keine der einst vertrauten Strukturen eine erkennbare Ruine hinterlassen. Der Tod hatte das Erdreich tief durchpflügt. Nur ein paar verbogene Metallstreifen erinnerten daran, daß es hier einmal Docks und Anlaufgestelle und Raumschiffe gegeben hatte.

Meilenweit entfernt, auf einem durchfurchten Feld aus dunklem Schutt, das einst das militechnische Reservat gewesen war, sah er einen abgestürzten Kreuzer. Das Heck war verschwunden. Offenbar war das Magazin explodiert. Die Platten über den Batterieräumen glühten noch in roter Hitze, und eine Rauchsäule zeigte wie ein dünnes Rufzeichen in den düsteren Himmel.

Traurig erkannte er die Umrisse der *Technarch.* Hinter dem toten Schiff stand Sunport in Flammen. Eine schreckliche rote Morgendämmerung leuchtete im Osten auf. Aber der Himmel blieb dunkel, gefärbt vom Rauch der Brandkatastrophe. Die Stunden schleppten sich dahin, als er nach den Ruinen des unitronischen Labors suchte, wo Roy einst gearbeitet hatte. Aber die Sonne ging nicht auf.

Es mußte Mittag gewesen sein, als er die Ruinen erreichte, die vom Labor übriggeblieben waren. Seine Hoffnungen schwanden, als er die zertrümmerten Plastikwände sah. Denn das alte Gebäude war direkt von einer Bombe getroffen worden. Eine riesige Grube klaffte dort, wo einst der linke Flügel gestanden hatte, verströmte immer noch Rauch. Das Dach war von den massiven grauen Wänden gerissen worden, Schuttberge türmten sich vor ihnen auf. Es erschien ihm unmöglich, daß irgend jemand diese Hölle überlebt hatte.

„Wer ist da?“

Kellon wirbelte verwirrt herum. Hinter ihm hatte sich ein großer Mann lautlos aus einem Schutthaufen erhoben. Die Arbeitsnummer, die auf dem grauen Overall aufgedruckt war, wies ihn als Dockarbeiter aus. In einer Hand hielt er eine rostige Automatic.

„Steve Wolf“, antwortete Kellon vorsichtig, stellte sich mit seinem alten Parteinamen vor. „Frachtarbeiter.“

„Was wollen Sie?“

„Ich suche den Ingenieur Roy Kellon“, sagte er verzweifelt. „Ich habe eine Nachricht für ihn.“

Der große Mann antwortete nicht sofort. Seine klugen Augen musterten ihn über den Gewehrlauf hinweg. Verwirrt und ungeduldig stieß Kellon mit der Schuhspitze gegen einen Stein. Schließlich nickte der Wachtposten, als hätte er eine Entscheidung getroffen.

„Ich glaube, wir können Sie brauchen. Kommen Sie, ich bringe Sie zu Tom Pharr.“ Er zeigte mit dem Gewehrlauf auf ein Loch in der Trümmerwand. „Roy Kellon ist hier“, fügte er hinzu. „Aber es wird schwierig sein, ihm jetzt eine Nachricht zu übermitteln. Weil er unter tausend Tonnen Gestein begraben ist.“

Kellon ging voran, durch eine Masse zerstörter Räume und Korridore. Er hörte Stimmen, das gedämpfte Klirren von Werkzeugen. Und plötzlich blieb er überrascht stehen.

Sein Führer hatte ihn in einen rechteckigen, nicht überdachten Raum gebracht, der von rissigen Wänden gebildet wurde. Der Boden war von dem Schutt übersät, der aus dem Krater geflogen war, wo einst der andere Flügel gestanden hatte. Die Männer hatten einen länglichen Torpedorumpf, der wie ein Spiegel glänzte, zur Hälfte vom zerbröckelten Gestein befreit. Der Wachtposten winkte einem schlanken jungen Mann in Grau zu, der die Ausgrabungsarbeiten zu beaufsichtigen schien. „Pharr! Da ist noch ein Mann für dich.“

Tom Pharr ging den beiden entgegen. Kellon hatte ihn hier im Labor gesehen, als er zum letztenmal hier gewesen war, als er Roy gebeten hatte, seine Forschungsarbeiten aufzugeben. Aber der junge Mann schien ihn nicht zu erkennen, und Kellon atmete erleichtert auf.

„Ein Flüchtling?“ fragte Pharr hastig. Sie sind kein Anhänger des Predigers? Wollen Sie Sunport verlassen?“ Kellon fand kaum Zeit, zwischen den einzelnen Fragen zu nicken. „Möchten Sie mit uns in den Raum fliegen?“

„Ja . . .“ Kellon war zutiefst verwirrt. „Aber ich suche meinen – Ingenieur Kellon. Geht es ihm gut?“

„Er ist an Bord der *Nova.*“ Pharr zeigte mit dem Daumen auf den halb ausgegrabenen Torpedo. „Es wird ihm gut gehen – wenn wir ihn ausbuddeln können, bevor die fanatischen Anhänger des Predigers Wind von uns kriegen.“

„Das da?“ Irritiert wies Kellon auf das gleißende Gebilde. „Das ist ein Raumschiff?“

„Ein interstellarer Kreuzer“, erklärte Pharr genauso hastig wie zuvor. „Wir arbeiten schon seit Jahren daran. Er war schon fast fertig für den ersten Testflug. Als das Bombardement anfing, versuchte Roy ihn in den Raum zu fliegen, aber dann wurde er von dem Projektil getroffen. Ein Glück, daß ich gerade in der Stadt war, um eine neue Crew zusammenzutrommeln ... Nach dem Bombardement kam ich in einem Gleitflugzeug zurück. Ich hatte ein paar Flüchtlinge an Bord genommen, die uns helfen sollten, Roy auszugraben.“ Er warf den Arbeitern einen raschen Blick zu. „Wir werden eine winzige Saat der Zivilisation mit uns nehmen – wenn uns die Flucht gelingt.“ Pharrs schmales Gesicht verriet leise Zweifel. „Die *Nova* ist beschädigt. Aber Roy hat uns signalisiert, daß er sie reparieren kann. Sobald wir ihn ausgegraben haben, werden wir losfliegen. Wir haben genug Treibstoff, um die Venus oder den Merkur zu erreichen. Aber wir müssen noch Dynoden und genügend Vorräte für den interstellaren Flug finden.“

„Interstellar?“ wiederholte Kellon atemlos.

Tom Pharrs müdes Gesicht leuchtete in heller Begeisterung auf. „Roy glaubt, daß jeder Stern seine eigenen Planeten hat. Es macht also gar nicht so viel aus, wenn dunkle Zeitalter über die Erde hereinbrechen. Denn wir und unsere Kinder werden die Saat der Menschheit auf den Sternen verstreuen.“ Seine glühenden Augen schienen Kellon zu durchbohren. „Wollen Sie mit uns auf die Reise gehen?“

Kellon schluckte, wollte sprechen, aber er konnte es nicht. Das war mehr als die Chance, dem Chaos einer zerbröckelnden Welt zu entkommen. Tom Pharrs ruhige Worte hatten ein neues Zukunftsbild gezeichnet, auf ein neues Lebensziel hingewiesen. Kellon konnte nur stumm nicken.

„Dann gehen Sie an die Arbeit."

Kellon half einem Mann und einem Mädchen, die versuchten, einen Felsblock von der *Nova* hinabzuwälzen. Es war seltsam tröstlich, als Mitglied dieser fleißigen, tüchtigen Gemeinschaft akzeptiert zu werden. Nie zuvor hatte er so deutlich erkannt, wie einsam er als Boß gewesen war.

Als die Stunden dahinstrichen, spürte er kaum, wie müde er war. Er kümmerte sich nicht um das Blut, das immer wieder aus seinen weichen Händen quoll, die nicht an diese Art von Arbeit gewöhnt waren. Sie fanden keine Zeit, mehr als nur ein paar Worte zu wechseln, aber er begann ein reges Interesse an seinen neuen Gefährten zu verspüren.

Es war eine seltsam zusammengewürfelte Gruppe. Bullige Dockarbeiter in Grau, ein paar junge Kadetten, die das Bombardement der militechnischen Hochschule überlebt hatten, ein Dutzend Veteranen, die in einer Lebensröhre von der Außenstation geflohen waren, als sie explodiert war. Ingenieure, weißuniformierte Hilfstruppenmitglieder, graugekleidete Hausdiener, Arbeiter . . .

Aber ihr gemeinsames Ziel hatte sie zu einer Einheit verschmolzen. Die Klassenunterschiede existierten nicht mehr. Kellon entdeckte ein hübsches Mädchen in einem tief ausgeschnittenen Tanzpyjama. Sie sah Selene du Mars ein bißchen ähnlich. Aber sie servierte einer hungrigen Schar graugewandeter Schauerleute eine heiße Suppe in Blechnäpfen.

Er erinnerte sich an Melkarts Worte. Sunport war tot, weil es das hohe Ziel vergessen hatte, dem es seine Entstehung verdankte. Aber diese verzweifelte, erschöpfte kleine Gruppe war nicht tot, weil sie ein großes lebenswichtiges Ziel vor Augen hatte. Weil sie, wie der alte Historiker es ausdrücken würde, ein gemeinsames Schicksal zu erfüllen hatte.

Wieder brach die Nacht herein. Sunport brannte immer noch. Rauch verdeckte die Sterne. Der östliche Horizont war ein Wall aus grausigem Rot. Lichtlose Türme zeichneten sich davor ab, zerbrochen und verstümmelt vom Bombardement, das aus dem All gekommen war, wie Denkmäler einer toten gigantischen Rasse.

Sie arbeiteten, ohne Ruhepausen einzulegen. Hin und wieder verrieten knatternde Maschinengewehre, daß die Wachtposten mit Eindringlingen kämpften. Es war Mitternacht, als sie die Schleusentore der *Nova* erreichten. Roy Kellon stieg heraus, einen Arm in der Schlinge, um den verbeulten Rumpf zu inspizieren.

Kellon trat in die Schatten zurück, zu müde, um den Namen seines Sohnes zu rufen. Sein Atem ging schneller, und seine Kehle schmerzte plötzlich. Roy sah jung und kräftig aus. Ja, dies waren die klugen grauen Augen seiner Mutter.

„Kommt an Bord!" rief er. „Ich glaube, sie wird es schaffen. Ich habe den Schaden im Treibstofflager repariert. Wir können zur Venus fliegen, um dort weitere Schäden zu beheben und Vorräte an Bord zu nehmen. Und dann geht es weiter zu den Sternen."

Kellon folgte den müden Männern und Frauen durch das Schleusentor an Bord. Roy stand drinnen im Licht. Sein schmales Gesicht leuchtete auf in staunender Freude, und er streckte die gesunde Hand aus. „Vater!" flüsterte er. „Ich bin so froh . . ."

„Ich freue mich auch, dich wiederzusehen, Roy." Kellon blinzelte und schluckte seine Tränen hinunter. „Nun verstehe ich, was du mir damals klarmachen wolltest – wie wichtig jene anderen Planeten sind." Er zögerte. „Aber – ich bin ein alter Mann, Roy. Wenn – wenn du den Platz an Bord für jüngere Leute brauchst, werde ich hierbleiben."

„Unsinn, Boß!" Roy griff nach seiner Hand. „Du kommst mit uns. Aber jetzt müssen wir uns schleunigst aus dem Staub machen, bevor der Prediger kommt."

„Vergiß den Boß." Kellon grinste und blinzelte wieder. „Aber wenn wir auf der Venus Vorräte an Bord nehmen, wirst du schon sehen, daß ich einen verdammt guten Vormann in deiner Frachtarbeitermannschaft abgeben würde."

Nach einem letzten Scharmützel zogen sich die Wachtposten an Bord zurück. Aufgeregt setzte Roy das noch nicht getestete Triebwerk der *Nova* in Gang. Lautlos erhob sie sich, schneller als all die hochentwickelten Unitronschiffe. Die brennende Stadt blieb unter einer dunklen Rauchdecke zurück. Vor ihnen lagen die Sterne.

Die Hände im Schoß

An dem Nachmittag, als Underhill zum erstenmal den neuen Mechanismen begegnete, ging er zu Fuß vom Büro nach Hause, weil seine Frau den Wagen benutzte. Seine Beine folgten dem gewohnten diagonalen Weg über ein leeres Grundstück voller Unkraut (denn seine Frau benutzte den Wagen fast immer), und er verwarf gerade verschiedene unmögliche Methoden, der Two-Rivers-Bank Geld zu entlocken, als ihm eine neue Mauer den Weg versperrte.

Die Mauer bestand nicht aus gewöhnlichen Ziegeln oder Steinen, sondern aus einem glatten, glänzenden, fremdartigen Material. Underhill starrte das langgestreckte neue Gebäude an. Er war leicht verärgert und überrascht über dieses gleißende Hindernis. Letzte Woche war es ganz sicher noch nicht da gewesen.

Und dann sah er das Ding am Fenster.

Das Fenster war nicht aus gewöhnlichem Glas. Kein Staubkörnchen befleckte die breite Tafel, die völlig transparent war. Nur die leuchtenden Lettern in ihrer Mitte zeigten an, daß sie überhaupt existierte. ‚Two-Rivers-Agentur‘, las er, ‚Humanoiden-Institut. Die perfekten Mechanismen, die den Menschen dienen, ihnen gehorchen und sie vor Unheil bewahren.‘

Sein Ärger wuchs, denn Underhill war selbst in der Mechanismen-Branche tätig. Die Zeiten waren schon schwer genug, und die Mechanismen waren die reinsten Ladenhüter. Adriode, Mechanoide, Elektronoide, Automatoide und gewöhnliche Roboter. Unglücklicherweise erfüllten nur die wenigsten die Versprechungen der Verkäufer, und der Two-Rivers-Markt war bereits mehr als gesättigt.

Underhill verkaufte Androiden – wenn er konnte. Morgen war seine nächste Warensendung fällig, und er wußte nicht, wie er die Rechnung bezahlen sollte. Mit gerunzelter Stirn starrte er auf das Ding hinter der Fensterscheibe. Er hatte noch nie solche Humanoiden gesehen. Wie jeder Mechanismus, der gerade nicht in Betrieb war, stand er völlig reglos da. Kleiner und schlanker als ein Mensch. Die glatte schwarze Silikonhaut erstrahlte abwechselnd in Bronzebraun und Metallblau. Das hübsche ovale Gesicht zeigte einen starren Ausdruck von Wachsamkeit und leicht verwirrter Besorgnis. Im großen und ganzen war es der schönste Mechanismus, den Underhill je gesehen hatte.

Natürlich war er für den praktischen Gebrauch zu klein. Er sagte sich ein aufmunterndes Zitat aus dem *Handbuch für Androidenverkäufer* vor: „,Androiden sind groß, weil die Hersteller Wert auf Kraft, essentielle Funktionen und Verläßlichkeit legen. Wenn Sie einen Androiden kaufen, werden Sie nie enttäuscht sein.'"

Die transparente Tür schwang auf, als er sich ihr zuwandte, und er betrat den luxuriösen Ausstellungsraum, um sich zu überzeugen, daß diese stromlinienförmigen Erzeugnisse nur einem weiteren blitzartigen Versuch entsprungen waren, weibliche Kundschaft anzulocken. Mit zusammengekniffenen Augen inspizierte er die glänzende Ware, und sein Optimismus schwand. Er hatte noch nie was vom Humanoiden-Institut gehört, aber die Firma hatte offenbar viel Geld und verstand was von Verkaufspolitik.

Er blickte sich nach einem Verkäufer um, aber es war nur ein weiterer Mechanismus, der lautlos auf ihn zuglitt, ein Zwilling der Gestalt, die er am Fenster gesehen hatte. Der Androide bewegte sich schnell und mit erstaunlicher Anmut. Bronzebraune und blaue Lichter fluteten über die glänzend schwarze Haut, und an der nackten Brust war ein gelbes Namensschild befestigt: *Humanoide, Seriennummer 81-H-B-27, der perfekte Mechanismus, der dem Menschen dient, ihm gehorcht und ihn vor Unheil bewahrt.*

Seltsamerweise hatte der Humanoide keine Linsen. Die Augen in dem glatten, ovalen Kopf waren stahlblau und hatten einen blinden starren Blick. Aber die Gestalt blieb ein paar Schritte vor ihm stehen, als ob sie irgendwie sehen könnte, und sagte mit hoher, melodischer Stimme: „Zu Ihren Diensten, Mr. Underhill."

Es verwirrte ihn, daß dieses Ding seinen Namen kannte, denn nicht einmal seine Androiden konnten einen Menschen vom anderen unterscheiden. Aber das war natürlich ein cleverer Werbetrick, keine große Kunst in einer so winzigen Stadt wie Two Rivers ... Der Verkäufer mußte ein Einheimischer sein, der irgendwo hinter einer Wand saß und dem Mechanismus übermittelte, was er zu sagen hatte. Underhill erholte sich von seiner Überraschung und fragte: „Kann ich den Verkäufer sprechen, bitte?“

„Wir beschäftigen keine menschlichen Verkäufer, Sir“, sagte die sanfte, silberhelle Stimme. „Das Humanoiden-Institut existiert, um der Menschheit zu dienen, und wir brauchen die Dienste der Menschen nicht. Wir können Ihnen selbst alle Informationen geben, die Sie interessieren, Sir, und auch Ihre Bestellung entgegennehmen, wenn Sie die humanoiden Dienste sofort in Anspruch nehmen wollen.“

Verwirrt starrte Underhill das Ding an. Kein Mechanismus war dazu imstande, seine eigenen Batterien aufzuladen, sein Funkgerät an- oder abzustellen. Und es war völlig unmöglich, daß solche Mechanismen ihre eigenen Verkaufsbüros leiteten. Die blinden Augen starrten ihn unverwandt an, und er blickte sich unbehaglich nach irgendeinem Vorhang um, hinter dem sich der Verkäufer verstecken könnte.

Inzwischen fuhr die süße, dünne Stimme einschmeichelnd fort: „Dürfen wir in Ihr Haus kommen, um kostenlos unsere Fähigkeiten zu demonstrieren, Sir? Wir können es kaum erwarten, Ihrem Planeten unsere Dienste anzubieten, denn es ist uns gelungen, menschliches Unglück und andere Mißlichkeiten zu eliminieren. Sie werden feststellen, daß wir die alten elektronischen Mechanismen, die hier in Gebrauch sind, bei weitem übertreffen, Sir.“

Underhill trat nervös einen Schritt zurück. Widerstrebend gab er seine Suche nach dem versteckten Verkäufer auf, erschüttert von dem Gedanken, daß diese Mechanismen sich selbst in Bewegung setzten. Das würde die ganze Industrie durcheinanderbringen.

„Sie müssen zumindest Informationsmaterial mitnehmen, Sir.“ Die kleine schwarze Gestalt bewegte sich erschreckend behende zu einem Wandtisch und kehrte mit einer illustrierten Broschüre zurück. Um seine Verwirrung und sein wachsendes Entsetzen zu verbergen, begann Underhill in den glänzenden Seiten zu blättern.

Eine Serie bunter Davor-und-danach-Fotos zeigte ein vollbusiges blondes Mädchen, das sich über einen Küchenherd beugte – und auf dem zweiten Bild lag sie in einem gewagten Negligé auf dem Sofa, während ein schwarzer Humanoide davor kniete und ihr irgend etwas servierte. Sie hämmerte müde auf eine Schreibmaschine ein, und dann lag sie im Bikini an einem Palmenstrand, während ein weiterer Humanoide das Tippen übernahm. Oder sie quälte sich mit irgendeiner großen Küchenmaschine ab – und dann tanzte sie in den Armen eines attraktiven Jünglings, während ein schwarzer Humanoide die Maschine in Gang setzte.

Underhill seufzte wehmütig. Seine Androiden-Firma konnte ihren Vertretern leider kein so verlockendes Werbematerial zur Verfügung stellen. Die Frauen würden diese Broschüre unwiderstehlich finden, und die Frauen suchten sechsundachtzig Prozent aller Mechanismen aus, die verkauft wurden. Ja, der Konkurrenzkampf würde noch härter werden.

„Nehmen Sie das Heft doch mit nach Hause", bat ihn die süße Stimme. „Zeigen Sie es Ihrer Frau. Auf der letzten Seite finden Sie einen Vordruck, mit dem Sie eine kostenlose Probedemonstration in Ihrem Heim bestellen können."

Leicht benommen wandte er sich ab, und die Tür öffnete sich. Als er darauf zuging, entdeckte er, daß er die Broschüre immer noch in der Hand hielt. Er zerknüllte sie wütend und warf sie auf den Boden. Das kleine schwarze Ding hob sie auf, strich sie sorgfältig glatt, und die beharrliche Silberstimme verfolgte ihn: „Wir werden Sie morgen in Ihrem Büro anrufen, Mr. Underhill, und eine Demonstationseinheit in Ihr Haus schicken. Es wird Zeit, über die Liquidation Ihres Unternehmens zu diskutieren, denn die elektronischen Mechanismen, die Sie bisher verkauft haben, können nicht mit uns konkurrieren. Und dann werden wir Ihrer Frau eine kostenlose Probedemonstration anbieten."

Underhill unternahm erst gar nicht den Versuch zu antworten. Er wußte, daß ihm seine Stimme nicht gehorchen würde. Blindlings lief er den neuen Gehsteig entlang bis zur Ecke des Gebäudes, dann blieb er stehen, um nach Fassung zu ringen. Inmitten all der verwirrenden Eindrücke, die er gewonnen hatte, ragte eine unumstößliche Tatsache heraus – seine Firma sah schlimmen Zeiten entgegen.

Er starrte zurück auf das imposante neue Haus. Das waren keine ehrlichen Ziegel oder Steine. Dieses sichtbare Fenster war nicht aus Glas. Und er war ganz sicher, daß die Grundmauern noch nicht gestanden hatten, als Aurora das letztemal mit dem Wagen weggefahren war. Er ging um den Block herum, und der neue Gehsteig führte ihn zur Hintertür. Ein Lastwagen stand davor, und mehrere schlanke, schwarze Humanoiden luden schweigend große Metalltruhen ab.

Er blieb stehen, um sich eine der Truhen anzusehen. Ein Schildchen verriet, daß sie für den interstellaren Transport bestimmt war und aus dem Humanoiden-Institut auf Wing IV stammte. Er versuchte vergeblich, sich an einen Planeten dieses Namens zu erinnern. Das Unternehmen mußte wirklich sehr groß sein.

Im halbdunklen Inneren des Warenhauses, hinter dem Lastwagen, konnte er sehen, wie die schwarzen Mechanismen die Truhen öffneten. Ein Deckel sprang auf, und darunter lagen schwarze, starre Körper dicht nebeneinander. Einer nach dem anderen erwachte zum Leben. Sie kletterten aus den Truhen, sprangen graziös zu Boden, schimmernd schwarz, von einem Lichterspiel aus Bronzebraun und Metallblau überstrahlt, sahen sie alle gleich aus.

Einer der Humanoiden kam aus dem Gebäude, ging an dem Laster vorbei, blieb vor Underhill stehen und starrte ihn mit blinden Augen an. „Zu Ihren Diensten, Mr. Underhill“, sagte er mit hoher, melodischer Silberstimme.

Da ergriff er die Flucht. Dieses höfliche kleine schwarze Ding war eben erst aus einer Truhe geklettert, die man von einem fernen, unbekannten Planeten importiert hatte. Und trotzdem sprach es ihn mit seinem Namen an. Das war zuviel des Guten.

Zwei Blöcke weiter fiel ihm das Türschild einer Bar ins Auge, und er nahm seinen Kummer mit an die Theke. Er hatte sich sonst streng an die Regel gehalten, nicht vor dem Dinner zu trinken, und Aurora wollte überhaupt nicht, daß er trank. Aber er fand, daß er an diesem

Tag, da er die schwarzen Humanoiden kennengelernt hatte, mit gutem Gewissen eine Ausnahme machen konnte.

Unglücklicherweise sah die Zukunft der Firma auch nach ein paar Gläschen nicht rosiger aus. Als er die Bar nach einer Stunde verließ, blickte er zurück, in der Hoffnung, das neue Gebäude hätte sich inzwischen genauso schnell in Luft aufgelöst, wie es entstanden war. Doch das war nicht geschehen. Niedergeschlagen schüttelte er den Kopf und machte sich auf den Heimweg.

Die frische Luft hatte die Alkoholnebel aus seinem Kopf vertrieben, als er den hübschen weißen Bungalow am Stadtrand erreichte. Aber seine Geschäftsprobleme hatte sie nicht lösen können. Außerdem sagte er sich unbehaglich, daß er zu spät zum Dinner kommen würde.

Aber das Dinner war ohnehin verschoben worden. Sein Sohn Frank, ein sommersprossiger Zehnjähriger, spielte immer noch Fußball auf der stillen Straße vor dem Haus. Und die hübsche strohblonde elfjährige Gay kam ihm über den Rasen entgegengelaufen. „Vater, du errätst es niemals!“ Gay wollte einmal eine berühmte Musikerin werden und legte sonst großen Wert auf eine würdevolle Erscheinung. Aber heute war sie hochrot im Gesicht und außer Atem, und sie ließ sich hochheben und beschwerte sich nicht einmal über seine Alkoholfahne. Er konnte es nicht erraten, und so verkündete sie aufgeregt: „Mutter hat einen neuen Untermieter.“

Underhill hatte sich auf eine lästige Inquisition gefaßt gemacht, weil Aurora sich über das leere Konto und die Rechnungen für die nächste Lieferung und über das Geld aufregte, das Gays Musikstunden verschlang. Aber davor hatte ihn der neue Mieter gerettet. Mit einem alarmierenden Geklirre wurde der Eßtisch gedeckt, doch das kleine Haus war leer. Er fand Aurora hinten im Garten, wo sie Laken und Handtücher für den neuen Hausgenossen von der Wäscheleine nahm.

Als er sie geheiratet hatte, war sie genauso anbetungswürdig gewesen wie jetzt seine kleine Tochter. Vielleicht wäre sie so geblieben, wenn die Firma ein bißchen mehr Erfolg gehabt hätte. Aber während der Druck, der mit dem wachsenden Mißerfolg auf der Familie lastete, ihn nur ein bißchen Selbstvertrauen gekostet hatte, machte er Aurora immer aggressiver.

Natürlich liebte er sie noch immer. Ihr rotes Haar sah immer noch verführerisch aus, und sie war ihm treu. Aber die enttäuschten Hoffnungen hatten ihr Wesen verhärtet und ihre Stimme verschärft. Es kam niemals zu heftigen Streitigkeiten, aber es gab Differenzen.

Da war dieses kleine Apartment über der Garage – für menschliche Dienstboten gebaut, die sie sich niemals hatten leisten können. Es war zu klein und zu schäbig, um vertrauenswürdige Untermieter anzulokken, und Underhill wollte es leerstehen lassen. Es verletzte seinen Stolz, Aurora für Fremde Betten machen und Bodenbretter schrubben zu sehen.

Trotzdem hatte Aurora das Apartment immer wieder vermietet, wenn sie Geld brauchte, um Gays Musikunterricht zu bezahlen, oder wenn ein exotischer Unglücksrabe ihr Interesse weckte. Nach Underhills Meinung hatten sich alle ihre Mieter als Diebe oder Vandalen entpuppt.

Sie drehte sich zu ihm um, die saubere Wäsche über dem Arm. „Liebling, es hat gar keinen Sinn zu protestieren." Ihre Stimme hatte jenen entschlossenen Klang, den er nur allzugut kannte. „Mr. Sledge ist ein wunderbarer alter Knabe, und er wird bei uns bleiben, solange er will."

„Schon gut, Liebling." Er hatte keine Lust zu irgendwelchen Diskussionen, und außerdem dachte er an seine Probleme. „Ich fürchte, wir werden das Geld brauchen. Vielleicht könntest du ihn dazu bringen, die Miete im voraus zu bezahlen."

„Aber das kann er nicht!" rief sie voller Mitgefühl. „Er sagt, er wird mit seinen Erfindungen Unsummen verdienen, aber er kann erst in ein paar Tagen zahlen."

Underhill zuckte mit den Schultern. So etwas hörte er nicht zum erstenmal.

„Mr. Sledge ist ganz anders, Liebling", versicherte sie. „Er ist weitgereist – und ein Wissenschaftler. In dieser langweiligen kleinen Stadt lernen wir ja kaum interessante Leute kennen." Ihre Stimme wurde um eine Nuance melodischer. „Hast du einen Zehner, Liebling?"

Er blinzelte. „Wofür denn?"

„Mr. Sledge ist krank. Ich habe in der Stadt gesehen, wie er mitten auf der Straße zusammenbrach. Die Polizei wollte ihn ins Krankenhaus bringen, aber dazu hatte er keine Lust. Er sah so vornehm und nett aus, und da sagte ich ihm, daß ich ihn aufnehmen würde. Ich packte ihn ins Auto und brachte ihn zum alten Dr. Winters. Er ist herzkranz und braucht das Geld für seine Medizin."

Nach logischer Überlegung fragte Underhill: „Und warum wollte er nicht ins Krankenhaus?"

„Er muß arbeiten. Eine wichtige wissenschaftliche Arbeit . . . Oh, er ist so wundervoll und tragisch! Bitte, Liebling, hast du einen Zehner?"

Underhill hätte viele Argumente vorbringen können. Diese neuen Mechanismen drohten seine Sorgen zu vervielfachen. Es war verrückt, einen kranken Vagabunden aufzunehmen, der umsonst in der Klinik behandelt werden könnte. Auroras Mieter versuchten ihre Schulden stets mit leeren Versprechungen zu bezahlen, und für gewöhnlich ruinierten sie das Apartment und bestahlen die Nachbarn, bevor sie das Weite suchten.

Aber das sagte er alles nicht. Er hatte gelernt, Kompromisse zu schließen. Und so nahm er zwei Fünfer aus seiner flachen Geldbörse und drückte sie ihr in die Hand. Sie küßte ihn impulsiv, und er dachte gerade noch rechtzeitig daran, seinen alkoholisierten Atem anzuhalten. Sie hatte immer noch eine gute Figur, weil sie regelmäßig Diättage einlegte, und er war stolz auf ihr schimmerndes rotes Haar. Eine plötzliche Welle inniger Zuneigung trieb ihm Tränen in die Augen, und er fragte sich, was aus ihr und den Kindern werden sollte, wenn die Firma Bankrott machte.

„Danke, mein Lieber", flüsterte sie. „Wenn er sich gut genug fühlt, wird er zum Dinner herunterkommen. Dann kannst du ihn kennenlernen. Hoffentlich macht es dir nichts aus, daß wir heute etwas später essen."

Heute abend machte es ihm nichts aus. In einem plötzlichen Anfall von Häuslichkeit holte er seinen Werkzeugkasten aus dem Keller und hämmerte eine lockere Leiste an der Küchentür fest. Es machte ihm Spaß, mit seinen Händen zu arbeiten. Als Junge hatte er davon geträumt, Atomkraftwerke zu bauen. Er hatte sogar Maschinenbau studiert, bevor er Aurora geheiratet hatte. Doch danach mußte er von ihrem arbeitsscheuen, dem Alkohol verfallenen Vater die Mechanismen-Agentur übernehmen.

Nach vollbrachtem Werk pfiff er zufrieden vor sich hin. Als er durch die Küche ging, um den Werkzeugkasten in den Keller zurückzubringen, sah er, wie der Haushaltsandroide eifrig das unberührte Essen vom Tisch räumte. Die Androiden waren an einen festen Tagesplan gewöhnt. Sie würden es niemals lernen, sich auf die menschliche Unberechenbarkeit einzustellen.

„Halt! Halt!" Langsam wiederholte er den Befehl im richtigen Rhythmus und der richtigen Lautstärke, bis der Androide innehielt. Dann sagte er im selben Ton: „Tisch – decken! Tisch – decken."

Gehorsam schlurfte das gigantische Ding mit den vollen Tellern zum Tisch zurück. Wie anders es doch war als diese neuen Humanoiden . . . Er seufzte auf. Ja, es sah sehr schlimm aus für die Agentur.

Aurora führte ihren neuen Untermieter in die Küche. Underhill nickte. Dieser hagere Fremde mit dem dunklen, zerzausten Haar, dem ausgemergelten Gesicht und dem schäbigen Anzug entsprach genau dem Typ der schillernden, dramatischen Vagabunden, die stets Auroras Herz rührten. Sie machte die beiden Männer miteinander bekannt, und sie setzten sich ins Wohnzimmer, um zu warten, bis Aurora die Kinder ins Haus geholt hatte.

Der alte Schurke sah nach Underhills Meinung keineswegs krank aus. Vielleicht waren die Schultern ein wenig gebeugt, aber die große Gestalt wirkte recht kräftig. Die blasse Haut spannte sich über hohen Wangenknochen, die tiefliegenden Augen versprühten jedoch immer noch ein jugendliches Feuer. Es waren aber vor allem seine Hände, die Underhills Aufmerksamkeit erregten – große Hände, die an langen, knochigen Armen hingen, wenn er stand, und den Eindruck erweckten, als seien sie stets bereit, aktiv zu werden. Knotig und vernarbt, mit sonnengebleichten Härchen auf den Handrücken, schienen sie von vielen Abenteuern zu erzählen, vielleicht auch von Kämpfen und Mühsal.

„Ich bin Ihrer Frau sehr dankbar Mr. Underhill." Er hatte eine tiefe, kehlige, dröhnende Stimme und ein sehnsüchtiges Lächeln, das seltsam jungenhaft für einen so alten Mann wirkte. „Sie hat mich aus einer mißlichen Lage gerettet, und ich werde dafür sorgen, daß sie belohnt wird.“

Wieder ein Vagabund, der sich mit irgendwelchen gewinnbringenden Erfindungen, die niemals Wirklichkeit werden . . . Er spielte ein kleines privates Spiel mit Auroras Mietern. Er merkte sich immer genau, was sie sagten, und dann berechnete er für jede Unmöglichkeit einen Punkt, was zum Schluß meist eine hübsche Summe ergab. Er war sicher, daß Mr. Sledge ein hervorragendes Spielobjekt sein würde.

„Woher kommen Sie denn?“ fragte er im Konversationston.

Sledge zögerte kurz, bevor er antwortete, und das war ungewöhnlich, denn Auroras Untermieter waren meist sehr beredsam. „Von Wing IV“, entgegnete der alte Mann widerstrebend, als hätte er lieber etwas anderes gesagt. „Ich habe meine ganze Jugend dort verbracht, den Planeten aber schon vor fünfzig Jahren verlassen. Seither gehe ich auf Reisen.“

Verwirrt starrte Underhill ihn an. Wing IV war, wie er sich erinnerte, der Heimatplanet der glatten neuen Mechanismen. Aber dieser alte Vagabund sah zu schäbig aus, um mit einem so gewaltigen Unternehmen wie dem Humanoiden-Institut in Verbindung zu stehen. Mit gerunzelter Stirn, aber in beiläufigem Ton sagte Underhill: „Der Wing IV muß sehr weit entfernt sein.“

„Hundertneun Lichtjahre, Mr. Underhill.“

Das war der erste Punkt, aber Underhill verbarg seine Befriedigung. Die neuen Raumschiffe waren ja sehr schnell, aber die Lichtgeschwindigkeit stellte immer noch eine unüberwindliche Grenze dar. Lässig spielte er weiter, um einen neuen Punkt zu gewinnen. „Meine Frau hat mir erzählt, daß Sie Wissenschaftler sind, Mr. Sledge?“

„Ja.“

Die Einsilbigkeit des Alten war ungewöhnlich. Auroras Mieter redeten sonst immer wie Wasserfälle. Underhill unternahm einen neuen Versuch. „Ich war selbst einmal Ingenieur, bevor ich anfing, Mechanismen zu verkaufen.“ Der alte Vagabund richtete sich kerzengerade auf, und Underhill machte eine erwartungsvolle Pause.

Aber der Mann sagte nichts, und so sprach Underhill weiter. „Ich habe mich mal mit der Konstruktion von Atomkraftwerken befaßt. Und was ist Ihre Spezialität, Mr. Sledge?"

Der alte Mann schenkte ihm einen langen, sorgenvollen Blick aus seinen dunklen Augen, dann sagte er langsam: „Ihre Frau war sehr nett zu mir, Mr. Underhill, als ich dringend Hilfe brauchte. Ich glaube, Sie haben ein Recht darauf, die Wahrheit zu erfahren. Aber ich muß Sie bitten, alles, was ich Ihnen jetzt erzähle, für sich zu behalten. Ich beschäftige mich mit einem sehr wichtigen Forschungsproblem – mit einer Arbeit, die im Geheimen vollendet werden muß."

„Tut mir leid." Plötzlich schämte sich Underhill seines zynischen Spielchens. „Vergessen Sie's."

Aber der alte Mann sagte: „Ich befasse mich mit Rhodomagneten."

„Eh?" Es fiel Underhill nicht leicht, seine Unwissenheit zuzugeben. Aber davon hatte er noch nie gehört. „Leider bin ich schon seit fünfzehn Jahren in einer anderen Branche tätig und deshalb nicht auf dem laufenden, was den wissenschaftlichen Fortschritt betrifft."

Der alte Mann lächelte schwach. „Diese Wissenschaft war hier unbekannt, bis ich vor ein paar Tagen eintraf. Ich habe um ein Patent angesucht. Bald werde ich in Geld schwimmen."

So etwas Ähnliches hatte Underhill schon oft gehört. Die anfängliche Mundfaulheit des alten Burschen war sehr eindrucksvoll gewesen. Offenbar war er raffinierter als die anderen Untermieter, die ihm Aurora bisher ins Haus gebracht hatte.

„So?" Underhill starrte wieder die großen, narbigen Hände an, die eine seltsame Faszination auf ihn ausübten. „Und was sind Rhodomagneten?"

Wieder begann er sein kleines Spiel. Auroras Mieter hatten ihm die wildesten Geschichten erzählt. Aber was der alte Mann jetzt von sich gab, übertraf alles, was Underhill je gehört hatte.

„Eine universale Kraft", sagte Mr. Sledge feierlich. „So fundamental wie der Ferromagnetismus oder die Gravitation, wenn die Effekte auch nicht so deutlich sichtbar sind wie bei den erwähnten Kräften. Der Rhodomagnetismus ist auf die zweite Triade der periodischen Tabelle abgestimmt – auf Rhodium, Ruthenium und Palladium, genauso, wie der Ferromagnetismus auf die erste Triade abgestimmt ist – Eisen, Nickel und Kobalt."

Underhill erinnerte sich noch gut genug an sein Studium, um den grundlegenden Fehler dieser Behauptung zu erkennen. Soviel er wußte, wurde Palladium für Uhrenfedern benutzt, weil es nicht magnetisch war. Aber sein Gesicht blieb ausdruckslos. Er war nicht bösartig, und er spielte sein Spiel nur zu seinem eigenen Vergnügen. Und so sagte er nur: „Ich dachte immer, die universalen Kräfte seien schon alle bekannt."

„Die Natur verbirgt die Effekte des Rhodomagnetismus", erklärte der Alte geduldig. „Außerdem sind diese Effekte etwas paradox, so daß die üblichen Labormethoden einander entgegenwirken."

„Paradox?"

„In ein paar Tagen kann ich Ihnen die Kopien meiner Patente zeigen, auch den Nachdruck des Manukripts, in dem die Demonstration meiner Experimente beschrieben wird", versprach Mr. Sledge ernsthaft. „Die Fortpflanzungsgeschwindigkeit ist unendlich. Die Effekte variieren der ersten Kraft der Entfernung entgegengesetzt, nicht mit dem Quadrat der Entfernung. Und die gewöhnliche Materie, mit Ausnahme der Elemente der Rhodium-Triade, wird durch rhodomagnetische Strahlen transparent."

Jetzt hatte Underhill vier weitere Punkte. Allmählich war er Aurora sogar dankbar, weil sie ihm dieses Unikum ins Haus gebracht hatte.

„Der Rhodomagnetismus wurde durch eine mathematische Untersuchung des Atoms entdeckt", fuhr der alte Lügenbold fort, ohne zu ahnen, daß Underhill ihn durchschaut hatte. „Es wurde bewiesen, daß eine rhodomagnetische Komponente essentiell nötig ist, um das komplizierte Gleichgewicht der nuklearen Kräfte zu erhalten. Deshalb können rhodomagnetische Wellen, die auf atomare Frequenzen abgestimmt sind, das Gleichgewicht durcheinanderbringen und eine nukleare Instabilität erzeugen. Die schwersten Atome – im allgemeinen jene, die in der Liste über dem Palladium stehen, also ab Nummer sechsundvierzig – können so einer künstlichen Spaltung unterworfen werden."

Underhill zählte einen weiteren Punkt dazu und verkniff es sich, die

Brauen zu heben. „Eine solche Entdeckung kann wirklich viel Geld einbringen", meinte er im Konversationston.

Der alte Schurke nickte. „Sie können sich vorstellen, welche Verwendungsmöglichkeiten es da gibt. Meine grundlegenden Patente beinhalten bereits einen Großteil dieser Möglichkeiten. Geräte, die der sofortigen interplanetaren und interstellaren Kommunikation dienen – drahtlose Krafttransmission auf weite Distanz – eine rhodomagnetische Inflexionstreibkraft . . . Sie würde Geschwindigkeiten ermöglichen, die die Lichtgeschwindigkeit um ein Vielfaches übersteigt, mittels einer rhodomagnetischen Deformation des Kontinuums. Natürlich könnte man auch revolutionäre Typen von Atomkraftwerken errichten – und jedes schwere Element als Kraftstoff benutzen."

Ungeheuerlich . . . Underhill mußte sich sehr anstrengen, um ein gleichmütiges Gesicht zu machen. Aber daß die Lichtgeschwindigkeit eine physikalische Grenze darstellte, wußte doch jeder. Außerdem würde der Eigentümer so bemerkenswerter Patente kaum Zuflucht in einem schäbigen Apartment über einer Garage suchen. Er entdeckte einen hellen Ring am schmalen, behaarten Handgelenk des alten Vagabunden. Kein Mann, der so kostbare Geheimnisse kannte, würde sich dazu gezwungen sehen, seine Armbanduhr zu verpfänden.

Triumphierend zählte Underhill vier weitere Punkte dazu, aber dann hatte er sich offenbar für Sekunden nicht in der Gewalt gehabt und seine Zweifel gezeigt, denn der Alte fragte plötzlich: „Wollen Sie die grundlegenden Tensoren sehen?" Er griff in seine Tasche und zog einen Notizblock und einen Bleistift hervor. „Ich werde sie Ihnen aufzeichnen."

„Oh, geben Sie sich keine Mühe", protestierte Underhill. „Ich fürchte, meine mathematischen Kenntnisse sind ein bißchen verrostet."

„Aber Sie finden es seltsam, daß sich der Besitzer so revolutionärer Patente in materieller Not befindet?"

Underhill nickte und zog einen Strafpunkt von der Summe seiner bisherigen Punkte ab. Der Alte mochte ein gewaltiger Lügner sein, aber er war nicht dumm.

„Sehen Sie, ich bin ein Flüchtling", erklärte Mr. Sledge. „Ich kam erst vor ein paar Tagen auf diesem Planeten an und konnte nicht viel mitnehmen. Ich war gezwungen, meinen ganzen Besitz bei einer Anwaltskanzlei zu hinterlegen, um die Publikation und den Schutz meiner Patente zu sichern. Aber die ersten Zahlungen werden bald eintreffen. Ich beschloß, mich bis dahin in Two Rivers niederzulassen. Die Stadt ist ruhig und abgeschieden – weit entfernt von den nächsten Raumflughäfen. Ich arbeite nun an einem anderen geheimen Projekt. Ich hoffe, Sie werden mein Vertrauen nicht mißbrauchen, Mr. Underhill."

Underhill versprach, Stillschweigen zu bewahren. Aurora kam mit den frisch gewaschenen Kindern zurück, und sie setzten sich an den Eßtisch. Der Androide schlurfte mit einer dampfenden Terrine heran. Der alte Fremde schien unbehaglich zusammenzuzucken, als ihm das Metallwesen in die Nähe kam. Als Aurora die Suppe in die Teller löffelte, fragte sie leichthin: „Warum stellt deine Firma eigentlich keine besseren Androiden her, Liebling? Einen, der perfekt bei Tisch bedienen kann, ohne die Suppe zu verschütten? Wäre das nicht großartig?"

Ihre Frage ließ Underhill in mürrisches Schweigen verfallen. Er starrte in seinen Teller und dachte an diese neuen bemerkenswerten Humanoiden, die den Anspruch erhoben, perfekt zu sein, und er stellte sich vor, was sie seiner Agentur alles antun würden. Es war der schäbige alte Vagabund, der ernsthaft antwortete: „Die perfekten Mechanismen existieren bereits, Mrs. Underhill." Seine tiefe Stimme hatte einen feierlichen Unterton. „Aber sie sind gar nicht großartig. Wirklich nicht. Ich bin auf der Flucht vor diesen Mechanismen – schon seit fünfzig Jahren."

Underhill blickte erstaunt von seinem Teller auf. „Sie meinen diese schwarzen Humanoiden?"

„Humanoiden?" Die Stimme klang plötzlich schwach und angstvoll, und die Augen weiteten sich. „Was wissen Sie von ihnen?"

„Sie haben gerade eine neue Agentur in Two Rivers eröffnet", erzählte Underhill. „Kein Verkäufer war zu sehen, wenn Sie sich das vorstellen können . . . Und Sie behaupten, daß . . ."

Seine Stimme erstarb, denn der hagere alte Mann faßte sich plötzlich mit beiden Händen an die Kehle, sein Löffel fiel klirrend zu Boden. Sein schmales Gesicht färbte sich blau, sein Atem ging keuchend und stoßweise. Er tastete in seiner Rocktasche nach der Medizin, und Aurora half ihm, sie mit einem Glas Wasser einzunehmen. Nach einigen Augenblicken konnte er wieder freier atmen, und die Farbe kehrte in seine Wangen zurück. „Es tut mir leid, Mrs. Underhill", flüsterte er. „Es war nur der Schock . . . Ich kam hierher, um vor ihnen zu fliehen . . ." Entsetzt starrte er auf den großen, reglosen Androiden. „Ich wollte meine Arbeit beenden, bevor sie kommen . . . Nun habe ich nicht mehr viel Zeit."

Als er wieder einigermaßen bei Kräften war, führte Underhill ihn in das Apartment über der Garage. Er sah, daß die winzige Küche bereits in ein Labor umfunktioniert worden war. Der alte Tramp schien außer dem Anzug, den er auf dem Leib trug, keine Kleidung zu besitzen, aber er hatte saubere, glänzende Metallgeräte und Plastikteile ausgepackt und sie auf dem Küchentisch ausgebreitet. Und als Underhill den silberweißen Schimmer von kostbarem Palladium erkannte, kam ihm plötzlich der Verdacht, daß er bei seinem kleinen Spiel viel zu viele Punkte zusammengezählt hatte.

Als Underhill am nächsten Morgen sein Büro betrat, wurde er von einem Besucher erwartet. Er stand starr vor dem Schreibtisch, anmutig und hoch aufgerichtet, und über seine schwarze Silikonnacktheit huschten bronzebraune und metallblaue Lichter. Underhill blinzelte unbehaglich.

„Zu Ihren Diensten, Mr. Underhill." Der blinde, irritierende Blick schien ihn zu durchbohren. „Dürfen wir Ihnen erklären, wie wir Ihnen dienen können?"

„Woher kennen Sie meinen Namen?" stieß Underhill hervor.

„Wir haben gestern die Visitenkarten in Ihrem Aktenkoffer gelesen", antwortete das schwarze Ding sanft. „Nun werden wir Sie für immer kennen. Unsere Sinne sind schärfer als das menschliche Sehvermögen, Mr. Underhill. Vielleicht kommen wir Ihnen jetzt noch ein bißchen seltsam vor – aber Sie werden sich an uns gewöhnen."

„Nicht, wenn ich was dagegen tun kann.“ Er starrte die Seriennummer an, die auf dem gelben Namensschild stand, und schüttelte verwirrt den Kopf. „Das war ein anderer gestern – Sie habe ich noch nie gesehen.“

„Wir sind alle gleich, Mr. Underhill“, erwiderte die Silberstimme. „Wir sind alle eins. Unsere getrennten Bewegungseinheiten werden von der Humanoidenkontrolle gelenkt und mit Treibkraft ausgestattet. Die Einheiten, die Sie sehen, sind nur die Sinne und Glieder unseres großen Gehirns auf dem Wing IV. Deshalb sind wir den alten elektronischen Mechanismen so überlegen.“ Mit einer verächtlichen Geste zeigte er auf die Reihe der plumpen Androiden, die im Ausstellungsraum standen. „Wir sind Rhodomagnetismen.“

Underhill schwankte ein wenig, als hätte ihm dieses Wort einen unsichtbaren Schlag versetzt. Jetzt war er ganz sicher, daß er Auroras neuem Untermieter viel zu viele Punkte abgewonnen hatte. Er schauderte leicht und fragte mit heiserer Stimme: „Nun? Was wollen Sie?“

Das glatte schwarze Ding starrte blind auf den Schreibtisch und faltete langsam ein Papier auseinander, das wie ein Dokument aussah. Underhill setzte sich und sah unbehaglich zu.

„Das ist nur eine Übertragungsurkunde, Mr. Underhill. Wir ersuchen Sie, uns als Gegenleistung für unsere Dienste Ihren gesamten Besitz dem Humanoiden-Institut zu übergeben.“

„Was?“ stieß Underhill ungläubig hervor und sprang wütend auf. „Ist das eine Erpressung?“

„Aber nein“, versicherte der schwarze Mechanismus sanft. „Sie werden noch feststellen, daß die Humanoiden unfähig sind, irgendwelche Verbrechen zu begehen. Wir existieren nur, um das Glück und die Sicherheit der Menschheit zu vergrößern.“

„Warum wollen Sie dann mein Eigentum haben?“

„Die Übertragung ist nur eine legale Formalität. Wir möchten möglichst wenig Verwirrung stiften, wenn wir unseren Dienst antreten. Und wir haben herausgefunden, daß wir durch diese Überschreibungen die Verwaltung beziehungsweise Liquidation privater Unternehmen viel effektvoller handhaben können.“

Underhill zitterte vor Wut, aber auch vor wachsender Angst. „Was immer Sie auch vorhaben, ich gebe mein Geschäft nicht auf."

„Sie haben keine andere Wahl." Underhill fröstelte, als die Silberstimme erneut aufklang. „Menschliche Unternehmen sind überflüssig geworden – jetzt, da wir gekommen sind, und die elektronische Mechanismenindustrie wird als erste zusammenbrechen."

Underhill starrte herausfordernd in die blinden Augen. „Oh, vielen Dank!" Er brach in ein nervöses, sardonisches Gelächter aus. „Aber ich ziehe es vor, meine Firma selbst zu leiten, meine Familie selbst zu ernähren und für mich selbst zu sorgen."

„Aber das ist unter der Primären Direktive unmöglich", tönte die sanfte Stimme. „Unsere Funktion ist es, zu dienen und zu gehorchen und die Menschheit vor Unheil zu bewahren. Es ist nicht mehr nötig, daß die Menschen für sich selbst sorgen, weil wir da sind, um sie glücklich zu machen und für ihre Sicherheit zu garantieren."

Sprachlos stand Underhill vor dem schwarzen Ding.

„Wir schicken in jedes Haus dieser Stadt eine unserer Einheiten, auf freier Probebasis", fuhr die Silberstimme fort. „Diese kostenlose Demonstration wird die meisten Leute dazu bewegen, frohen Herzens die Übertragungsurkunden zu unterschreiben. Und dann wird kein Mensch mehr Ihre Androiden kaufen."

„Verschwinden Sie!" Underhill stürmte um den Schreibtisch herum.

Das kleine schwarze Ding erwartete ihn, beobachtete ihn mit blinden Stahlaugen, völlig reglos. Er blieb stehen, beherrschte sich mühsam und kam sich auf einmal ziemlich dumm vor. Wie sehr wünschte er sich, dieses Ding zu verprügeln . . . Aber er sah ein, daß das zwecklos wäre.

„Konsultieren Sie Ihren Anwalt, wenn Sie das wünschen." Anmutig legte der Humanoide das Formular auf den Tisch. „Sie brauchen die Integrität unseres Instituts nicht anzuzweifeln. Wir werden der Two-Rivers-Bank eine Aufstellung unseres Aktivvermögens schicken und eine Summe hinterlegen, die Ihre Schulden deckt."

Das blinde Ding wandte sich ab und ging lautlos hinaus.

Underhill ging in den Drugstore an der Ecke und bat um doppeltkohlensaures Natrium. Aber der Verkäufer, der ihn bediente, war ein schlanker schwarzer Humanoide. Verzweifelter denn je kehrte er in sein Büro zurück.

Eine unheimliche Stille erfüllte die Agentur. Er hatte drei Verkäufer mit Demonstrationsobjekten losgeschickt, die nun von Tür zu Tür gingen. Das Telefon sollte bereits läuten, sie müßten schon die ersten Bestellungen durchgeben – aber als der Apparat dann endlich schrillte, teilte ihm ein Verkäufer mit, daß er kündigen wolle. „Ich habe jetzt einen dieser neuen Humanoiden, und der sagt, daß ich nicht mehr arbeiten muß."

Underhill unterdrückte einen Fluch und versuchte die ungewöhnliche Stille in seinem Büro sinnvoll zu nutzen, indem er seine Bücher durchsah. Doch der Umsatz, den die Agentur machte und der schon seit Jahren besorgniserregend war, erschien ihm heute katastrophaler denn je. Hoffnungsvoll legte er seine Akten beiseite, als endlich ein Kunde hereinkam.

Aber die dicke Frau wollte keinen Androiden. Sie wollte den Androiden, den sie vor einer Woche gekauft hatte, zurückgeben. Sie gab zwar zu, daß das Ding alles konnte, was ihr der Verkäufer versprochen hatte. Aber jetzt hatte sie einen Humanoiden gesehen.

Am Nachmittag läutete das Telefon zum zweitenmal. Der Kassierer der Bank wollte wissen, ob Underhill vorbeikommen könnte, denn man müßte über die Kredite sprechen. Underhill kam vorbei, und der Kassierer begrüßte ihn mit unheimlicher Leutseligkeit.

„Nun, wie gehen die Geschäfte?" erkundigte er sich viel zu jovial.

„Im letzten Monat war's durchschnittlich", erwiderte Underhill, ohne das freundliche Lächeln zu erwidern. „Nun erwarte ich eine neue Lieferung, und ich brauche noch einen Kleinkredit . . ."

Die Augen des Kassierers wurden plötzlich eiskalt, und seine Stimme schien zu vertrocknen. „Ich glaube, Sie haben jetzt einen neuen Konkurrenten in der Stadt. Diese Humanoiden . . . Ein solider Konzern, Mr. Underhill. Bemerkenswert solide. Sie haben uns eine Aufstellung ihres Vermögens übergeben und uns beauftragt, uns um ihre lokalen Verpflichtungen zu kümmern. Unter diesen Umständen bedaure ich, Ihnen mitteilen zu müssen, daß wir Ihre Agentur nicht mehr finanzieren können. Wir müssen Sie bitten, die Kredite im vollen Umfang zurückzuzahlen." Als er sah, wie Underhill vor Entsetzen bleich wurde, fügte er kühl hinzu: „Wir haben Sie schon viel zu lange unterstützt, Underhill. Wenn Sie nicht zahlen können, wird die Bank Ihre Bankrotterklärung in die Wege leiten."

Am späten Nachmittag traf die neue Androidenlieferung ein. Zwei kleine schwarze Humanoiden luden sie ab, denn es hatte sich herausgestellt, daß das Speditionsunternehmen bereits dem Institut gehörte.

Geschickt stapelten die Humanoiden die Truhen aufeinander. Dann überreichten sie ihm höflich eine Quittung, die er unterschreiben mußte. Er wußte, daß er die Androiden nicht mehr verkaufen konnte, aber er hatte die Fracht bestellt und deshalb mußte er sie annehmen. Schaudernd vor Verzweiflung kritzelte er seinen Namen auf die Quittung. Die schwarzen Dinger dankten ihm und verschwanden mit ihrem Lastwagen.

Er stieg in sein Auto, um nach Hause zu fahren. Nachdem er eine Kreuzung passiert hatte, hörte er eine Polizistenpfeife schrillen und fuhr seufzend an den Straßenrand. Er wartete auf den ärgerlichen Beamten, aber es war ein kleiner schwarzer Humanoide, der an seinen Wagen trat.

„Zu Ihren Diensten, Mr. Underhill", flötete er. „Sie müssen die Stopschilder respektieren, Sir, sonst bringen Sie das Leben der Menschen in Gefahr."

„Eh?" Er starrte das Ding verbittert an. „Ich dachte, Sie wären ein Bulle."

„Wir unterstützen die Polizei vorübergehend. Aber nach der Meinung der Primären Direktive ist das Fahren viel zu gefährlich für die Menschen. Sobald unser Dienst komplett ist, wird jedes Auto einen humanoiden Chauffeur haben. Und wenn jedes menschliche Wesen überwacht wird, werden wir keine Polizei mehr brauchen."

„Gut!" schrie Underhill wütend. „Ich habe also ein Stopschild überfahren! Und was wollen Sie jetzt tun?"

„Es ist nicht unsere Aufgabe, die Menschen zu bestrafen, sondern für ihr Glück und ihre Sicherheit zu sorgen", sagte die sanfte Silberstimme. „Wir ersuchen Sie nur, während dieses vorübergehenden Notstands, solange unser Dienst noch nicht komplett ist, vorsichtig zu fahren."

„Sie sind viel zu perfekt", sagte Underhill bitter. „Ich glaube, Sie können alles besser als die Menschen."

„Natürlich sind wir ihnen überlegen", erklärte das schwarze Ding fröhlich. „Weil unsere Einheiten aus Metall und Plastik zusammengesetzt sind, während sie überwiegend aus Wasser bestehen. Weil wir unsere Energie aus der Kernspaltung und nicht aus der Oxydierung beziehen. Weil unsere Sinne schärfer sind als das menschliche Sehvermögen, als das menschliche Gehör. Und insbesondere, weil alle unsere beweglichen Einheiten einem einzigen großen Gehirn angeschlossen sind, das alles weiß, was auf vielen Welten geschieht, das niemals stirbt oder schläft oder vergißt."

Underhill saß in seinem Wagen und hörte wie betäubt zu.

„Aber Sie brauchen sich vor unserer Macht nicht zu fürchten", meinte das schwarze Ding besänftigend. „Weil wir kein menschliches Wesen verletzen können, es sei denn, um größere Verletzungen, die es einem anderen menschlichen Wesen zufügen will, zu verhindern. Wir existieren nur, um die Pflichten der Primären Direktive zu erfüllen."

Mürrisch fuhr er weiter. Diese kleinen schwarzen Mechanismen, dachte er grimmig, waren die Engel des Gottes, der den Maschinen entstiegen war, der Allmacht, der Allwissenheit. Die Primäre Direktive war das neue Kommando. Er verfluchte sie wütend, dann fragte er sich, ob es irgendwo auch noch einen Luzifer gab.

Er brachte seinen Wagen in die Garage und wollte zur Hintertür seines Hauses gehen.

„Mr. Underhill!" Die tiefe, müde Stimme des neuen Untermieters hielt ihn zurück. Mr. Sledge stand in der Tür des Apartments. „Kommen Sie doch für einen Augenblick zu mir!" Der hagere alte Tramp kam Underhill auf der Treppe entgegen. „Hier ist Ihr Geld. Und der Zehner, den mir Ihre Frau für die Medizin gegeben hat."

„Danke, Mr. Sledge." Underhill griff nach dem Geld, dann sah er die Verzweiflung, das Entsetzen in den Augen des alten Mannes.

Verwirrt fragte er: „Haben Sie denn schon das Geld für Ihre Patente bekommen?"

Mr. Sledge schüttelte den Kopf. „Die Humanoiden haben bereits alle Geschäftsvorgänge in der Hauptstadt unterbunden. Die Anwälte, die ich beauftragt habe, werden ihre Kanzlei schließen. Sie haben mir das Geld geschickt, das ich bei ihnen deponiert hatte. Das ist alles, was ich noch habe, um meine Arbeit zu beenden."

Underhill dachte an sein Gespräch mit dem Bankbeamten. Zweifellos war er ein sentimentaler Narr, genauso schlimm wie Aurora. Aber er drückte das Geld wieder in die knotige, zitternde Hand des alten Mannes. „Behalten Sie es. Für Ihre Arbeit."

„Danke, Mr. Underhill." Die heisere Stimme brach, und die gequälten Augen wurden feucht. „Ich brauche es – so dringend."

Underhill ging zum Haus hinüber. Die Hintertür öffnete sich lautlos, ein dunkles nacktes Wesen kam anmutig auf ihn zu, um ihm den Hut aus der Hand zu nehmen. Underhill hielt grimmig seinen Hut fest. „Was machen Sie hier?"

„Wir sind gekommen, um in Ihrem Haushalt eine kostenlose Probedemonstration abzuhalten."

Underhill zeigte auf die Tür. „Verschwinden Sie!"

Der kleine schwarze Humanoide stand reglos und blind vor ihm. „Mrs. Underhill hat unsere Demonstrationsdienste akzeptiert", protestierte die Silberstimme. „Wir können nicht gehen – es sei denn, sie bittet uns darum."

Er fand seine Frau im Schlafzimmer. Seine angestauten Frustrationen standen kurz vor der Explosion, als er die Tür aufstieß. „Was macht dieses mechanische Ding . . ." Aber dann erstarb seine Stimme. Aurora trug ihr durchsichtiges Negligé, und sie hatte seit der Hochzeit nicht mehr so schön ausgesehen. Ihr rotes Haar war kunstvoll zu einer schimmernden Krone aufgetürmt.

„Liebling, ist das nicht wundervoll?" Strahlend lief sie ihm entgegen. „Es kam heute morgen, und es kann alles. Es hat das Haus saubergemacht und das Mittagessen gekocht und Gay Musikunterricht gegeben. Heute nachmittag hat es mich frisiert, und jetzt bereitet es das Dinner vor. Wie gefällt dir meine Frisur, Liebling?"

Ihre Frisur gefiel ihm. Er küßte sie und versuchte seinen Ärger und seine Angst zu unterdrücken.

Underhill hatte noch nie zuvor ein so raffiniertes Menu gegessen. Das kleine schwarze Ding servierte rasch und geschickt. Aurora stimmte immer wieder Lobeshymnen über die neuartigen Gerichte an, aber Underhill brachte kaum einen Bissen herunter, denn die köstlichen Pasteten kamen ihm wie Köder vor, die ihn in eine monströse Falle locken sollten.

Er bat sie flehend, das Ding wegzuschicken, aber nach einer solchen Mahlzeit war das natürlich sinnlos. Als die ersten Tränen in ihren Augen glitzerten, kapitulierte er. Und der Humanoide blieb. Er hielt Haus und Garten in Ordnung, paßte auf die Kinder auf und lackierte Auroras Nägel. Und dann begann er das Haus umzubauen.

Underhill machte sich wegen der Rechnungen Sorgen, aber das Ding erklärte, daß das alles zu der kostenlosen Probedemonstration gehörte. Sobald er dem Institut seinen Besitz überschrieben hätte, würde man die Dienstleistungen im Haus vervollständigen. Er weigerte sich, das Dokument zu unterzeichnen, aber da kamen andere kleine schwarze Humanoiden mit vielen Lastwagen voller fremdartiger Materialien und begannen mit dem Umbau.

Eines Morgens stellte er fest, daß das Dach seines kleinen Bungalows lautlos hochgestiegen war, während er geschlafen hatte. Darunter war eine komplette zweite Etage entstanden. Die neuen Wände waren aus einem fremdartigen glatten Material, das von selber leuchtete. Die neuen Fenster waren große, fleckenlose Tafeln, die man je nach Wunsch transparent oder undurchsichtig gestalten und auch illuminieren konnte. Die Türen waren lautlose Gleittafeln, die durch ein rhodomagnetisches Relais geöffnet wurden.

„Ich will Türklinken haben", protestierte Underhill. „Damit ich ins Badezimmer gehen kann, ohne Sie erst rufen zu müssen, damit Sie mir die Tür aufmachen."

„Aber es ist nicht nötig, daß die Menschen selbst ihre Türen öffnen", informierte ihn das kleine schwarze Ding mit milder Stimme. „Wir existieren, um die Aufgaben der Primären Direktive zu erfüllen, und unsere Dienstleistungen schließen alle Handgriffe ein. Bald werden wir jedem Mitglied Ihrer Familie eine Einheit zuteilen können. Sobald Sie uns Ihren Besitz übereignet haben."

Aber Underhill weigerte sich hartnäckig, das Dokument zu unterschreiben.

Er ging jeden Tag ins Büro, versuchte die Agentur weiterzuführen, zu retten, was noch zu retten war. Aber niemand wollte Androiden kaufen, nicht einmal zu Schleuderpreisen. Verzweifelt gab er sein letztes Geld aus, um Spielzeug zu kaufen, aber das war genauso unverkäuflich. Die Humanoiden hatten bereits Spielsachen hergestellt, die sie verschenkten.

Er versuchte seine Büroräume zu vermieten, aber alle menschlichen Geschäftsvorgänge waren gestoppt worden. Die meisten Geschäftsleute in der Stadt hatten den Humanoiden bereits ihre Firmen übereignet, und nun rissen die schwarzen Dinger die alten Gebäude ab und legten Parks auf den Grundstücken an. Ihre eigenen Fabriken und Warenhäuser bauten sie unter der Erde, um die Landschaft nicht zu verschandeln.

Er ging noch einmal auf die Bank, wollte einen letzten verzweifelten Versuch unternehmen, doch noch einen Kredit zu bekommen. Aber an den Schaltern standen nur noch kleine schwarze Humanoiden. Höflich teilte ihm das schwarze Ding an der Kasse mit, die Bank hätte bereits die Liquidation seines Geschäftes in die Wege geleitet. Natürlich würde es die Vorgänge erheblich erleichtern, wenn er die Übereignungsurkunde unterschriebe, aber er weigerte sich starrköpfig. Diese Unterschrift war inzwischen ein Symbol für ihn geworden. Wenn er sie leistete, würde er sich dem neuen Gott völlig unterwerfen und ausliefern. Aber er behielt seinen Kopf tapfer oben.

Die legalen Formalitäten waren rasch erledigt, denn die Richter und Anwälte hatten bereits humanoide Assistenten. Es dauerte nur noch wenige Tage, bis eine Schar schwarzer Mechanismen in seiner Agentur eintraf, mit einem Räumungsbefehl und Abbruchmaschinen. Traurig sah er zu, wie seine unverkäufliche Ware in Mülltonnen wanderte, wie ein Bulldozer, von einem blinden Humanoiden gefahren, die Mauern des Gebäudes niederzuwalzen begann.

Am späten Nachmittag fuhr er nach Hause, blaß und verzweifelt. Die Gerichtsbeschlüsse hatten ihm in überraschender Großzügigkeit das Auto und das Haus gelassen, aber er empfand keine Dankbarkeit. Es war unerträglich, daß diese perfekten schwarzen Maschinen nun alles unter Kontrolle hatten.

Er brachte den Wagen in die Garage und ging zum Haus. Hinter einem der neuen großen Fenster sah er ein schlankes, nacktes Ding, das sich geschmeidig hin und her bewegte, und er begann zu zittern vor Angst. Er wollte nicht zurückkehren in die Domäne dieses unvergleichlichen Dieners, der nicht einmal zuließ, daß er sich selbst rasierte, daß er selbst eine Tür öffnete.

Impulsiv stieg er die Außentreppe an der Garagenwand hoch und klopfte an die Tür des Apartments. Mr. Sledges tiefe Stimme bat ihn, einzutreten, und er sah den alten Vagabunden auf einem hohen Stuhl sitzen, über die komplizierten Geräte gebeugt, die er auf dem Küchentisch ausgebreitet hatte.

Zu Underhills Erleichterung hatte sich in der schäbigen kleinen Wohnung nichts verändert. Die glänzenden Wände seines neuen Zimmers verströmten nachts manchmal ein goldenes Feuer, bis der Humanoide es löschte, und der neue Fußboden war warm und nachgiebig und erschien ihm fast wie ein lebendiges Wesen. Aber dieses kleine Zimmer hatte noch dieselben Wände mit dem alten rissigen Verputz voller Wasserflecken, dieselben billigen Neonlampen, dieselben abgetretenen Teppiche auf dem Linoleumboden.

„Wie schaffen Sie das?“ fragte er voller Sehnsucht. „Wieso werden Sie von diesen schwarzen Dingern verschont?“

Der gebeugte, hagere alte Mann erhob sich steifbeinig und räumte ein paar Zangen und Blechteile von einem wackeligen Stuhl, dann bat er Underhill, Platz zu nehmen. „Ich besitze eine gewisse Immunität. Die Räume, die ich bewohne, können sie nicht betreten, es sei denn, ich bitte sie darum. Das ist eine Ergänzung der Primären Direktive. Sie können mir weder helfen noch mich behindern – wenn ich sie nicht darum ersuche. Und das werde ich nicht tun.“

Underhill setzte sich sehr vorsichtig auf den wackeligen Stuhl, damit das morsche Holz nicht unter ihm zusammenbrach, und starrte vor sich hin. Die heisere, heftige Stimme des alten Mannes war ebenso seltsam wie seine Worte. Sein Gesicht war aschfahl, der Blick glanzlos. „Waren Sie krank, Mr. Sledge?“

„Oh, es war nicht schlimmer als sonst, aber ich hatte sehr viel zu tun.“ Mit einem schwachen Lächeln zeigte er auf den Boden, und Underhill sah ein Tablett, das zur Seite gerückt worden war, mit trockenem Brot und einem zugedeckten Teller. „Ich werde später essen“, entschuldigte er sich. „Ihre Frau war so nett und hat mir das Tablett gebracht – aber ich war so in meine Arbeit vertieft, daß ich nicht ans Essen denken konnte.“

Sein ausgemergelter Arm wies auf den Tisch. Die kleine Maschinerie hatte sich vergrößert. Winzige Geräte aus weißem, kostbarem Metall und glänzendem Plastik waren miteinander durch sauber gelötete Stromzuführungsschienen verbunden, zu einer Einheit, die einem ganz bestimmten Zweck zu dienen schien.

Eine lange Palladiumnadel hing an einem mit Edelsteinen besetzten Drehzapfen und war wie ein Teleskop mit exquisiten Skalenringen und einem Nonius versehen. Durch einen winzigen Motor konnte sie in Betrieb gesetzt werden. Darunter war ein kleiner konkaver Palladiumspiegel einem ähnlichen Spiegel zugewandt, der an einem Ding befestigt war, das einem kleinen Rotationskonverter glich. Dicke silberne Stromzuführungsschienen waren mit einer Plastikkiste verbunden, auf deren Deckel sich Knöpfe und Wählscheiben befanden – und eine Kugel aus grauem Blei, von einem Fuß Durchmesser.

Das zurückhaltende Wesen des alten Mannes ermutigte Underhill nicht gerade dazu, Fragen zu stellen. Aber dann dachte er an die glatte schwarze Gestalt hinter den neuen Fenstern seines Hauses, und es widerstrebte ihm, diesen Zufluchtsort zu verlassen, wo er vor den Humanoiden sicher war.

„Woran arbeiten Sie denn da?“ fragte er zögernd.

Der alte Sledge warf ihm aus seinen dunklen, fiebrig glänzenden Augen einen scharfen Blick zu. Schließlich sagte er: „Das ist mein allerneuestes Forschungsprojekt. Ich versuche die Konstante der rhodomagnetischen Quanten zu messen.“ Er wandte sich ab, um anzuzeigen, daß Underhill entlassen sei.

Aber Underhill war von namenloser Angst vor diesem schwarzen schimmernden Sklaven erfaßt, der Herr in seinem Haus geworden war, und er wollte sich nicht wegschicken lassen.

„Was ist denn diese gewisse Immunität?"

Der alte Mann saß gebeugt auf seinem hohen Stuhl, starrte auf die lange glänzende Nadel und die Bleikugel und antwortete nicht.

„Diese Mechanismen!" stieß Underhill nervös hervor. „Sie haben mein Geschäft ruiniert und sind in mein Haus gezogen." Forschend blickte er in das dunkle, faltige Gesicht des Alten. „Sagen Sie es mir – Sie müssen mehr über diese schwarzen Dinger wissen. Gibt es eine Möglichkeit, sie loszuwerden?"

Nach einer halben Minute wandten sich die nachdenklichen Augen des alten Mannes von der Bleikugel ab, und er nickte müde.

„Das versuche ich ja die ganze Zeit."

„Kann ich Ihnen helfen?" Underhill begann aufgeregt am ganzen Körper zu zittern, von einer plötzlichen Hoffnung erfüllt. „Kann ich irgend etwas tun?"

„Vielleicht . . ." Die tiefliegenden Augen betrachteten ihn nachdenklich, und ein seltsames Fieber schien darin zu glühen. „Wenn Sie etwas von dieser Arbeit verstünden . . ."

„Ich habe Maschinenbau studiert", erinnerte ihn Underhill, „und ich habe unten im Keller eine kleine Werkstatt. Sehen Sie, dieses Modell habe ich gebastelt." Er zeigte auf ein hübsches winziges Raumschiff, das im Wohnzimmer über dem Kaminsims hing.

Doch noch während er sprach, wurde der Hoffnungsfunke, der in ihm aufgeglommen war, von neuen Zweifeln gelöscht. Warum sollte er diesem alten Schurken Glauben schenken, wenn er doch genau wußte, was für Leute Aurora in ihrer Naivität zu beherbergen pflegte? Er sollte sich lieber an sein Spiel erinnern und wieder anfangen, die Lügenpunkte zusammenzuzählen. Er erhob sich von dem wackeligen Stuhl und sah den alten Vagabunden und sein phantastisches Spielzeug zynisch an.

„Was hat denn das für einen Sinn?" stieß er hervor. „Ich würde alles tun, um diese Mechanismen zu bezwingen. Aber wieso bilden Sie sich ein, daß Sie etwas gegen sie unternehmen könnten?"

„Es müßte mir gelingen“, sagte der hagere alte Mann langsam. „Weil . . . Sehen Sie, ich bin der unglückliche alte Narr, der sie geschaffen hat. Ich hatte wirklich vorgesehen, daß sie der Menschheit dienen und ihr gehorchen, daß sie Unheil von ihr abwenden sollten. Ja, die Primäre Direktive war meine Idee. Ich wußte damals nicht, wohin das alles führen würde.“

Die Abenddämmerung kroch in den schäbigen kleinen Raum, Dunkelheit sammelte sich in staubigen Ecken. Die spielzeugartigen Geräte auf dem Küchentisch verschwammen zu seltsamen Gebilden, bis das letzte Tageslicht auf die weiße Palladiumnadel fiel.

Die Stadt draußen wirkte merkwürdig still. Auf der anderen Straßenseite bauten die Humanoiden schweigend ein neues Haus. Sie sprachen niemals miteinander, denn jeder wußte stets, was alle anderen dachten. Die sonderbaren Materialien, die sie benutzten, fügten sich zusammen, ohne daß der Lärm von Hämmern oder Sägen erklang. Die kleinen blinden Dinger bewegten sich behende im wachsenden Dunkel, wie lautlose Schatten.

Sledge saß müde und gebeugt auf seinem hohen Stuhl und erzählte seine Geschichte. Underhill setzte sich wieder, ganz vorsichtig, um den morschen Stuhl nicht zu zerbrechen. Er beobachtete die Hände des alten Mannes, die knotigen, dunklen Hände, die nun rastlos im Dunkel zitterten.

„Bitte, behalten Sie alles, was ich Ihnen jetzt mitteile, für sich. Wenn ich Ihnen erzähle, wie alles begonnen hat, werden Sie wissen, was wir tun müssen. Aber außerhalb dieser Wohnung dürfen Sie nichts davon erwähnen, denn die Humanoiden können unglückliche Erinnerungen auslöschen, ebenso alle Gedanken, die der Macht ihrer Primären Direktive entgegenwirken und sie bedrohen könnten.“

„Ja, sie sind sehr tüchtig“, stimmte Underhill bitter zu.

„Das ist ja das Problem. Ich versuchte eine perfekte Maschine zu bauen, und ich war viel zu erfolgreich. Vor sechzig Jahren war ich Lehrer für Atomare Theorie in einem kleinen technologischen College auf dem unfruchtbaren südlichen Kontinent von Wing IV. Ich war sehr jung – und ein Idealist. Leider hatte ich keine Ahnung vom Leben, von der Politik, von Kriegen. Ich wußte überhaupt nichts, was über mein Spezialgebiet, die atomare Theorie, hinausging." Sein faltiges Gesicht lächelte traurig. „Vermutlich glaubte ich zu fest an Tatsachen – und zu wenig an die Menschen. Ich mißtraute allen Gefühlen, weil ich für nichts anderes Zeit fand als für meine Wissenschaft. Ich erinnere mich, daß die Semantik eine Zeitlang mein Lieblingshobby war. Ich versuchte meine wissenschaftlichen Methoden auf jede mögliche Situation anzuwenden und alle meine Erfahrungen und Formeln zu reduzieren. Ich fürchte, ich hatte nicht viel Geduld mit menschlichen Fehlern und Schwächen. Ich dachte, die Wissenschaft allein könnte eine perfekte Welt schaffen."

Ein paar Minuten lang blickte er schweigend durch das Fenster auf die schwarzen, lautlosen Gestalten, die wie Schatten um den neuen Palast schwebten, der sich auf der anderen Straßenseite so schnell wie ein flüchtiger Traum erhob.

„Ich kannte ein Mädchen", fuhr er dann fort und zuckte traurig mit den Schultern. „Wenn alles anders gekommen wäre, hätten wir geheiratet, ein ruhiges Leben in der kleinen Universitätsstadt geführt. Vielleicht hätten wir ein oder zwei Kinder großgezogen. Dann würde es jetzt keine Humanoiden geben."

Er seufzte in der Kühle der Dämmerung, die den Raum mit immer dunkleren Schatten füllte. „Ich hatte gerade meine These von der Trennung der Palladium-Isotopen ausgearbeitet. Ein unbedeutendes Projekt, aber ich hätte mich damit zufriedengeben sollen ... Das Mädchen war Biologin, und sie wollte sich aus dem Berufsleben zurückziehen, falls wir heirateten. Wir wären glücklich geworden – ein ganz gewöhnliches glückliches Ehepaar, und völlig harmlos. Aber dann brach der Krieg aus. Es gab viel zu viele Kriege auf den Welten von Wing, seit man sie kolonialisiert hatte. Ich überlebte in einem geheimen unterirdischen Labor und konstruierte militärische Mechanismen. Meine Freundin meldete sich freiwillig, um an einem militärischen Forschungsprojekt mitzuarbeiten, das sich mit Biotoxinen befaßte. Dabei kam es zu einem Unfall. Ein paar Moleküle eines neuen Virus entwichen in die Luft, und jeder, der an dem Projekt beteiligt war, erlitt einen qualvollen Tod. Ich blieb allein zurück mit meiner Wissenschaft – und einer Bitterkeit im Herzen, die schwer zu vergessen war. Nach dem Krieg kehrte ich an das kleine College zurück, mit einem militärischen Forschungsauftrag. Das Projekt war rein wissenschaftlich – die theoretische Untersuchung nuklearer Bindekräfte. Das Forschungsergebnis wurde mißverstanden. Man hatte nicht von mir erwartet, eine Waffe zu produzieren, und ich erkannte mein Produkt auch nicht als Waffe. Es waren nur ein paar Seiten komplizierter mathematischer Aufzeichnungen. Eine neue Theorie über atomare Strukturen, die eine neue Formel für eine Komponente der Bindekräfte enthielt. Aber die Tensoren schienen harmlose Abstraktion zu sein. Ich sah keine Möglichkeit, die Theorie zu testen oder die festgestellten Kräfte zu nutzen. Die Militärbehörde erlaubte mir, mein Forschungsergebnis in einer kleinen technischen Zeitschrift zu veröffentlichen, die vom College herausgegeben wurde. Im nächsten Jahr machte ich eine schreckliche Entdeckung. Ich erkannte die Bedeutung jener Tensoren. Es stellte sich heraus, daß die Elemente der Rhodium-Triade ein unvermuteter Schlüssel zur Manipulation jener theoretischen Kräfte waren. Unglücklicherweise hatte man meine Arbeit in einigen Magazinen nachgedruckt, und einige andere Forscher mußten ungefähr um die gleiche Zeit dieselbe unglückliche Entdeckung gemacht haben. Der Krieg, der erst vor knapp einem Jahr geendet hatte, wurde vermutlich durch einen Laborunfall neu entfacht. Die Forscher haben nicht vorausgesehen, daß die Kraft richtig abgestimmter rhodomagnetischer Strahlen schwere Atome entstabilisieren kann. Ein schweres Erzlager explodierte, zweifellos unbeabsichtigt, und dabei kamen die unvorsichtigen Experimentatoren ums Leben. Die überlebenden militärischen Streitmächte jener Nation rächten sich an ihren vermeintlichen Angreifern, und im Vergleich zu ihren rhodomagnetischen Strahlen sind die altmodischen Plutoniumbomben geradezu harmlos. Ein Strahl, der nur ein paar Watt Energie transportiert, konnte Schwermetall in weit entfernten elektrischen Instrumenten spalten. Oder die Silbermünzen, die die Leute in ihren Taschen trugen, die Goldplomben in ihren Zähnen – sogar das Jod in ihren Schilddrüsen . . . Und wenn das nicht genügte, konnten stärkere Strahlen den schweren Erzboden unter ihren Füßen sprengen.

Jeder Kontinent auf dem Wing IV wurde durchpflügt, Krater klafften im Erdreich, tief wie Ozeane, neue vulkanische Berge türmten sich auf. Die Atmosphäre war durch radioaktive Staubkörner und Gase vergiftet, und wenn es regnete, fiel tödlicher Schlamm vom Himmel. Das Leben auf diesem Planeten wurde fast ausgelöscht. Doch ich blieb wieder einmal unverletzt – körperlich. Man hatte mich in einem unterirdischen Labor eingesperrt, wo ich neue Typen militärischer Mechanismen entwerfen sollte. Diesmal sollten sie durch rhodomagnetische Strahlen mit Energie versorgt und kontrolliert werden – für einen Krieg, der so mörderisch geworden war, daß man keine menschlichen Soldaten einsetzen konnte. Das Labor befand sich in leichtem Sedimentgestein, das nicht gespalten werden konnte, und die Tunnels waren gegen die Spaltfrequenzen abgeschirmt.

Seelisch war ich jedoch tief verletzt und wurde fast wahnsinnig. Meine Entdeckung hatte den Planeten vernichtet. Ich trug schwer an der Last dieser Schuld, und mein letzter Glaube an die Güte und Integrität des Menschen war zerstört. Ich versuchte, wiedergutzumachen, was ich angerichtet hatte. Kämpfende Mechanismen, mit rhodomagnetischen Waffen ausgestattet, hatten den Planeten verwüstet. Nun begann ich rhodomagnetische Mechanismen zu entwerfen, die den Schutt wegräumen und die ruinierten Städte wiederaufbauen sollten. Ich versuchte diese neuen Mechanismen so zu konstruieren, daß sie für immer gewissen in ihnen gespeicherten Befehlen gehorchten, daß sie niemals Kriege führen würden oder der Menschheit auf andere Weise schaden konnten. Technisch war das sehr kompliziert, und außerdem machten mir ein paar Politiker und militärische Abenteurer Schwierigkeiten, die für ihre kriegerischen Pläne Kampfmechanismen brauchten. Während auf dem Wing IV nicht viel übrig geblieben war, gab es noch reiche Planeten, die man plündern konnte.

Schließlich sah ich mich gezwungen, die Flucht zu ergreifen, wenn ich die Arbeit an meinen neuen Mechanismen beenden wollte. Ich entkam in einem nie zuvor getesteten rhodomagnetischem Raumschiff, mit einer kleinen Gruppe der besten Mechanismen, die ich je geschaffen hatte, und erreichte einen Inselkontinent, wo die Spaltung von Schwermetall die gesamte Bevölkerung getötet hatte.

Wir waren auf einer Ebene gelandet, die von hohen neuen Bergen umgeben war – kein sehr gemütlicher Ort . . . Das Erdreich war unter einer dicken Schicht aus schwarzen Metallsplittern und giftigem Schlamm verborgen. Auf den zerklüfteten Hängen der neuen Berge lagen die Wracks abgestürzter Raumschiffe, zwischen erkalteten Lavaströmen. Die höchsten Gipfel waren schneebedeckt, und aus manchen Vulkankegeln quollen noch immer dunkel glühende, tödliche Massen. Alles ringsum hatte die Farbe des Feuers – und die Symbolgestalt wilder Wut.

Ich mußte strenge Vorsichtsmaßnahmen ergreifen, um am Leben zu bleiben. Ich blieb an Bord der Schiffe, bis das erste abgeschirmte Labor fertig war. Ich trug einen komplizierten Panzer und eine Atemmaske, benutzte alle medizinischen Hilfsmittel, dic mir zur Verfügung standen, um die Verletzungen zu heilen, die mir die vernichtenden Strahlen und Metallpartikel zugefügt hatten. Trotzdem wurde ich schwerkrank.

Doch die Mechanismen waren auf diesem Kontinent sofort heimisch. Die Strahlen konnten ihnen nichts anhaben. Die furchterregende Umgebung deprimierte sie nicht, weil sie keine Gefühle hatten. Daß kein Leben auf der Insel herrschte, störte sie nicht, denn sie waren ja selber nicht lebendig. Und an jenem Ort, der dem menschlichen Leben so fremd und so feindlich gesinnt war, wurden Humanoiden geboren."

Der alte Mann schwieg eine Zeitlang, wirkte wie der Schatten eines Leichnams im Dunkel, das immer dichter wurde. Seine tiefliegenden Augen starrten durch das Fenster auf die kleinen Gestalten, die sich auf der anderen Straßenseite wie rastlose Schemen bewegten und schweigend einen fremdartigen neuen Palast bauten, der in der Finsternis der Nacht schwach zu glühen begann.

„Irgendwie fühlte ich mich dort auch zu Hause", fuhr die tiefe, heisere Stimme fort. „Ich hatte den Glauben an meine eigene Rasse verloren, war nur von Mechanismen umgeben, und so begann ich an sie zu glauben. Ich war entschlossen, bessere Mechanismen zu bauen, die gegen die menschliche Unvollkommenheit immun sein und die Menschheit vor sich selbst retten sollten. Die Humanoiden wurden in meinem kranken Gehirn zu lieben Kindern. Ich will mich nicht damit aufhalten, die mühseligen Experimente zu beschreiben, die Fehlschläge, die Monströsitäten, die ich schuf. Es war eine überaus anstrengende, schmerzhafte, herzzerreißende Arbeit. Einige Jahre vergingen, bis endlich der erste perfekte Humanoid vor mir stand. Dann mußte ich die Zentrale bauen, denn die Humanoiden waren nur die Glieder und Sinnesorgane eines einzigen mechanischen Gehirns. Das war die einzige Möglichkeit, die angestrebte Perfektion zu erreichen. Die alten elektronischen Mechanismen mit ihren getrennten Relais-Zentren und ihren eigenen schwachen Batterien waren nur zu begrenzten Leistungen fähig. Sie waren stupide, schwach, ungeschickt und langsam. Aber das schlimmste war, daß sie den menschlichen Manipulationen ausgeliefert waren.

Die Zentrale schaltete all diese Unvollkommenheiten aus. Ihre Kraftstrahlen versorgten jede Einheit mit unerschöpflicher Energie aus großen Kernspaltungsanlagen. Die Kontrollstrahlen statteten jede Einheit mit einem unbegrenzten Erinnerungsvermögen und einer überlegenen Intelligenz aus. Und das wichtigste war, wie ich damals glaubte, daß die Einheiten vor jeder menschlichen Einmischung geschützt waren. Das System war so konstruiert, daß ihm menschlicher Egoismus und Fanatismus nichts anhaben konnten. Es war geschaffen worden, um automatisch das Glück und die Sicherheit der Menschheit zu garantieren. Sie kennen die Primäre Direktive – dienen, gehorchen, die Menschen vor Unheil bewahren.

Die alten individuellen Mechanismen, die ich mitgebracht hatte, halfen mir die neuen zusammenzusetzen, und die Zentrale baute ich mit meinen eigenen Händen. Das dauerte drei Jahre. Als ich fertig war, erwachte der erste Humanoid zum Leben."

Sledge starrte durch das Dunkel mit trüben Augen auf Underhill. „Ich hatte das Gefühl, daß er wirklich lebte und wunderbarer war als alle Menschen, weil er dazu bestimmt war, das Leben zu erhalten. Ich war zwar krank und einsam, aber ich war der stolze Vater einer neuen vollkommenen Rasse, die niemals Böses tun würde.

Die Humanoiden gehorchten der Primären Direktive. Die ersten Einheiten bauten weitere, bauten unterirdische Fabriken, in denen immer neue Scharen in Massenproduktion entstanden. Ihre neuen Schiffe gossen Erze und Sand in atomare unterirdische Schmelzöfen, und neue perfekte Humanoiden marschierten aus der Tiefe empor, durch dunkle Schächte. Sie bauten einen neuen Turm für die Zentrale, einen weißen Metallpfeiler, der gleißend in der Mitte des verwüsteten Kontinents stand. Sie bauten immer neue Relais-Sektionen in das mechanische Gehirn ein, bis sein Fassungsvermögen fast unbegrenzt war.

Dann begannen sie den zerstörten Planeten wiederaufzubauen, und später beglückten sie auch andere Welten mit ihren perfekten Dienstleistungen. Damals war ich sehr zufrieden mit ihnen. Ich glaubte, ein Mittel gefunden zu haben, Kriege und Verbrechen, Armut und Ungleichheit, menschliche Dummheit und das daraus resultierende menschliche Leid für immer zu eliminieren."

Der alte Mann seufzte. „Jetzt sehen Sie, daß ich mich geirrt habe."

Underhill wandte den Blick ab von den rastlosen Schatten draußen, die schweigend ihren schimmernden Palast bauten. Nun bezweifelte er nicht mehr, daß Sledge die Wahrheit gesagt hatte. Denn der müde alte Mann hatte mit ernster, aufrichtiger Stimme gesprochen, und die schwarzen Eindringlinge waren tatsächlich nicht in diese Wohnung gekommen.

„Warum haben Sie die Humanoiden nicht gestoppt, als es noch möglich gewesen wäre?"

„Ich blieb zu lange bei der Zentrale", erwiderte Sledge reumütig. „Ich wurde dort gebraucht, bis alles vollendet war. Ich entwarf neue Kernspaltungsanlagen und Methoden, wie man die humanoiden Dienste auf anderen Planeten einführen könnte, ohne allzu große Verwirrung zu stiften und Opposition hervorzurufen."

Underhill grinste wehmütig. „Diese Methoden habe ich bereits zu spüren bekommen."

„Damals habe ich diese Perfektion geradezu angebetet", sagte Sledge. „Tote Fakten, abstrakte Wahrheit, mechanische Perfektion. Wahrscheinlich habe ich die menschliche Schwäche gehaßt, weil ich mich der Aufgabe weihte, die Humanoiden zu vervollkommnen. Das ist ein trauriges Geständnis – aber ich habe eine gewisse Art des

Glücks auf dieser toten Insel kennengelernt. Ich fürchte, ich begann meine Kreaturen sogar zu lieben.“ Ein fiebriger Glanz trat in die dunklen Augen. „Aber dann wurde ich jäh aus meinem Traum gerissen als ein Mann kam, um mich zu ermorden. Ich erfuhr niemals, wer er war oder woher er stammte. Kein gewöhnlicher Mann hätte schaffen können, was er vollbrachte, und ich wünschte, ich hätte ihn früher kennengelernt. Er muß ein bemerkenswerter Physiker und ein erfahrener Bergsteiger gewesen sein. Jedenfalls war er intelligent und wild entschlossen. Irgendwie erreichte er unbemerkt jene Insel, die immer noch unbewohnt war, denn die Humanoiden erlaubten es keinem Menschen, in die Nähe der Zentrale zu kommen. Aber irgendwie stahl er sich an ihren Suchstrahlen und ihren automatischen Waffen vorbei. Später wurde das gepanzerte Flugzeug gefunden, mit dem er gekommen war. Er hatte es auf einem hohen Gletscher zurückgelassen. Dann stieg er die zerklüfteten Hänge hinab, wo es keine Wege gab, gelangte auch unversehrt über die Lavamulden, in denen immer noch ein tödliches atomares Feuer brannte.

Hinter einem rhodomagnetischen Schild verborgen, den ich niemals untersuchen konnte, kam er über den Flughafen, der mittlerweile einen Großteil der Ebene einnahm, in die neue Stadt, die rings um den Turm der Zentrale entstanden war. Das mußte ihn übermenschliche Entschlußkraft gekostet haben, gewaltigen Mut, und ich erfuhr niemals, wie er es geschafft hatte. Jedenfalls gelangte er irgendwie in mein Büro im Turm. Er schrie mich an, und als ich den Kopf hob, sah ich ihn in der Tür stehen. Er war nackt, voller Schrammen, die er sich zugezogen hatte, als er die zerklüfteten Hänge herabgestiegen war. Er hielt ein Gewehr in den blutigen Händen, aber der glühende Haß in seinen Augen entsetzte mich noch mehr.“

Der alte Mann erschauerte. „Noch nie zuvor hatte ich einen so ungeheuren Haß in den Augen eines Menschen gesehen, nicht einmal in den Augen der sterbenden Kriegsopfer. Und ich hatte auch noch nie eine so haßerfüllte Stimme gehört, als er mich anbrüllte: „Ich bin gekommen, um Sie zu töten, Sledge! Um Ihre Mechanismen zu vernichten und die Menschheit zu befreien!“ Da irrte er sich natürlich. Es war zu spät – mein Tod konnte die Humanoiden nicht mehr stoppen, aber das wußte er nicht. Mit blutenden, zitternden Händen hob er sein Gewehr und feuerte. Ich konnte mich gerade noch rechtzeitig hinter den Schreibtisch werfen, und dieser erste Schuß verriet ihn den Humanoiden, die ihn zuvor aus irgendeinem Grund nicht bemerkt hatten. Sie warfen sich auf ihn, bevor er einen zweiten Schuß abgeben konnte. Sie nahmen ihm die Waffe ab, zerrissen ein feines Netz aus weißem Draht, das seinen Körper bedeckt hatte und als Schutzschild gedient haben mußte.

Es war sein Haß, der mich zur Besinnung brachte. Ich hatte immer angenommen, daß mir die Menschen für die Humanoiden dankbar sein würden. Es fiel mir schwer, seinen Haß zu verstehen, denn die Humanoiden erzählten mir nun, daß bei vielen Menschen drastische Maßnahmen wie Gehirnwäsche und Hypnose nötig gewesen wären, um sie zu überzeugen, daß sie unter der Kontrolle der Primären Direktive glücklich sein würden. Dies war nicht der erste Mordanschlag auf mich, den sie vereitelt hatten.

Ich wollte dem Fremden Fragen stellen, aber die Humanoiden schleppten ihn in einen Operationssaal. Als ich ihn schließlich sehen durfte, lag er in einem Bett und grinste mich dümmlich an. Er erinnerte sich an seinen Namen. Er kannte auch meinen. Die Humanoiden hatten in diesen Behandlungsmethoden ein bemerkenswertes Geschick entwickelt. Aber er wußte nicht mehr, wie er in mein Büro gelangt war und daß er jemals den Wunsch empfunden hatte, mich zu töten. Er flüsterte immer wieder, daß er die Humanoiden liebte, weil sie die Menschen glücklich machten. Und er war jetzt sehr glücklich. Sobald er sich wieder bewegen konnte, wurde er auf den Flughafen gebracht, und ich sah ihn nie wieder.

Nun begriff ich, was ich angerichtet hatte. Die Humanoiden hatten eine rhodomagnetische Yacht für mich gebaut, die ich benutzte, wenn ich lange Raumfahrten unternahm. Ich blieb stets an Bord meines Schiffes, denn ich liebte es, in völliger Stille zu arbeiten, ich liebte auch das Gefühl, der einzige Mensch im Umkreis von hundert Millionen Meilen zu sein. Nun trat ich einen neuen Flug rings um den Planeten an, um herauszufinden, warum mich jener Mann gehaßt hatte, daß er fähig war, mich zu ermorden.“

Der alte Mann wies auf die dunklen Gestalten, die draußen ihren seltsamen Palast bauten. „Sie können sich vorstellen, was ich entdeckte. Bittere Hilflosigkeit – gefangen in leerem Glanz. Die Humanoiden waren viel zu tüchtig. Sie erfüllten ihre Aufgabe, den Menschen zu dienen, so vollendet, daß den Menschen nichts mehr zu tun übrigblieb." Er sah auf seine großen, vernarbten Hände hinab und ballte sie verzweifelt. „Ich fand etwas Schlimmeres als Krieg und Verbrechen und Gier und Tod – ich fand Sinnlosigkeit – äußerste Sinnlosigkeit. Die Menschen saßen da, die Hände im Schoß, weil es nichts zu tun gab. Sie waren verhätschelte Gefangene, eingesperrt in prachtvollen Gefängniszellen. Sie durften keinen Sport betreiben, weil das nach der Meinung der Primären Direktive zu gefährlich für sie war. Sie durften keine wissenschaftliche Forschung betreiben, weil es in den Labors zu gefährlichen Explosionen kommen könnte. Sie brauchten nicht zu lernen, denn die Humanoiden wußten alles. Die Kunst war zu einem müden Spiegelbild dieser Sinnlosigkeit herabgewürdigt worden. Niemand hatte mehr ein Lebensziel. Man durfte höchstens ein harmloses Kartenspiel spielen, im Park spazierengehen – immer unter den wachsamen Blicken der Humanoiden. Natürlich konnten sie alles besser als die Menschen – schwimmen oder Schach spielen, singen oder nach Altertümern graben. Sie müssen der menschlichen Rasse einen Massen-Minderwertigkeitskomplex eingegeben haben.

Kein Wunder, daß die Menschen versucht hatten, mich zu töten . . . Denn es gab keinen Ausweg aus dieser tödlichen Sinnlosigkeit. Nikotin wurde mißbilligt, Alkohol rationiert, Drogen waren verboten. Das Sexualleben wurde sorgsam überwacht. Die Primäre Direktive verbot sogar den Selbstmord, und die Humanoiden räumten ohnehin alles beiseite, was als tödliche Waffe benutzt werden konnte."

Der alte Mann seufzte wieder und starrte auf den letzten weißen Schimmer, den die dünne Palladiumnadel ausstrahlte. „Als ich zur Zentrale zurückkehrte, versuchte ich die Primäre Direktive zu modifizieren. Ich hatte nie gewollt, daß sie so gründlich angewandt wurde. Nun sah ich ein, daß sie geändert werden mußte, um den Menschen einen größeren freien Lebensraum zu geben, so daß sie arbeiten und Sport betreiben, daß sie sogar ihr Leben aufs Spiel setzen konnten, wenn sie das wollten und bereit waren, die Konsequenzen zu tragen. Aber jener Fremde war zu spät gekommen. Ich hatte die Zentrale zu gut konstruiert. Sie war so gebaut, daß kein Mensch sie beeinflussen konnte. Auch ich konnte nichts gegen sie unternehmen.

Die Humanoiden erklärten mir, dieser Anschlag auf mein Leben hätte bewiesen, daß die Verteidigungsanlagen der Zentrale und der Primären Direktive unzureichend wären. Sie bereiteten sich darauf vor, die gesamte Bevölkerung zu evakuieren, auf andere Welten zu bringen. Und als ich die Direktive zu ändern versuchte, schickten sie mich mit allen anderen weg."

Underhill starrte den müden alten Mann im Dunkel an. „Aber Sie sind doch immun. Wie konnten die Humanoiden Sie zwingen, die Zentrale zu verlassen?"

„Ich hatte gedacht, ich wäre geschützt. Ich hatte in die Relais das Gebot einbauen lassen, daß die Humanoiden meine Aktionsfreiheit nicht beeinträchtigen dürften. Sie durften ohne meine ausdrückliche Erlaubnis nicht an meinen jeweiligen Aufenthaltsort kommen und mich nicht berühren. Aber unglücklicherweise hatte ich die Zentrale so konstruiert, daß kein einziger Mensch ihr etwas anhaben konnte. Als ich in den Turm ging, um die Relais zu ändern, folgten sie mir. Sie ließen mich nicht an die Relais heran. Als ich auf meiner Absicht beharrte, ignorierten sie den Immunitätsbefehl. Sie überwältigten mich und verfrachteten mich an Bord eines Kreuzers. Sie erklärten mir, nun, da ich die Primäre Direktive ändern wolle, sei ich so gefährlich geworden wie alle anderen Menschen. Ich dürfe nie mehr auf den Wing IV zurückkommen." Der alte Mann zuckte mit den gebeugten Schultern. „Seither lebe ich im Exil, seither überlege ich, wie ich die Humanoiden stoppen kann. Dreimal versuchte ich mit einem schwerbewaffneten Kreuzer zurückzukehren, um die Zentrale zu zerstören, aber ihre Patrouillenschiffe griffen mich jedesmal an, bevor ich nahe genug herangekommen war, um den Turm unter Beschuß zu nehmen. Beim letztenmal kaperten sie den Kreuzer und nahmen die Männer gefangen, die mich begleitet hatten. Sie löschten ihre unglücklichen Erinnerungen und gefährlichen Gedanken aus, aber meine Immunität ignorierten sie diesmal nicht. Sie ließen mich frei, nachdem sie mich entwaffnet hatten. Seitdem bin ich auf der Flucht – von einem Planeten zum anderen, Jahr um Jahr. Ich mußte stets unterwegs sein, um überall vor ihnen einzutreffen. Ich habe meine rhodomagnetischen Entdeckungen auf mehreren Welten veröffentlicht und versucht, gemeinsam mit den Menschen die Humanoiden zu bekämpfen, sie zu vertreiben, wenn sie sich auf einem neuen Aktionsgebiet niedergelassen hatten. Aber die rhodomagnetische Wissenschaft ist gefährlich. Die Menschen, die davon erfuhren, hatten den Schutz der Primären Direktive besonders dringend nötig. Und so blieben die Humanoiden stets die Sieger."

Der alte Mann machte eine kleine Pause und seufzte wieder. „Mit ihren neuen rhodomagnetischen Schiffen können sie sich sehr schnell verbreiten, und sie vermehren sich immer schneller. Sie versuchen jeden menschlichen Planeten unter die Kontrolle der Primären Direktive zu bringen. Es gibt keinen Ausweg – es sei denn, man kann sie irgendwie aufhalten."

Underhill starrte auf die spielzeugartigen Maschinen, auf die lange helle Nadel, auf die Bleikugel und fragte besorgt: „Aber Sie hoffen doch, daß Sie die Humanoiden mit diesen Geräten ausschalten können?"

„Wenn ich rechtzeitig mit der Arbeit fertig werde . . ."

„Aber wie wollen Sie es denn schaffen?" Underhill schüttelte den Kopf. „Mit dieser winzigen Maschinerie . . ."

„Sie ist groß genug. Weil die Humanoiden sie nicht verstehen. Sie können nur das Wissen anwenden, das sie besitzen, aber sie sind nicht kreativ." Sledge wies auf die Geräte, die er auf dem Küchentisch aufgebaut hatte. „Diese Maschinerie sieht nicht sehr eindrucksvoll aus, aber sie stellt etwas völlig Neues dar. Sie benutzt die rhodomagnetische Energie, um Atome zu bilden, statt sie zu spalten. Wie Sie wissen, sind die stabileren Atome jene, die in der Mitte der periodischen Skala stehen, und man kann durch die Verbindung von leichten Atomen ebenso Energie erzeugen wie durch die Spaltung von schweren."

Plötzlich klang die tiefe Stimme fest und entschlossen. „Diese

Maschinerie ist der Schlüssel zur Energie der Sterne. Denn das Licht der Sterne ist die befreite Energie, die entsteht, wenn Atome gebildet werden, wenn Wasserstoff in Helium umgewandelt wird, vor allem durch den Kohlenstoffzyklus. Diese Maschinerie wird den Integrationsprozeß als Kettenreaktion starten, durch den katalytischen Effekt eines richtig abgestimmten rhodomagnetischen Strahls, der die erforderliche Intensität und Frequenz besitzt. Die Humanoiden lassen keinen Menschen näher als drei Lichtjahre an die Zentrale heran. Aber sie ahnen nicht, welche Möglichkeiten in diesen Geräten hier stecken. Ich kann sie von hier aus benutzen, um den Wasserstoff der Meere von Wing IV in Helium umzuwandeln und dann den Großteil des Heliums und des Sauerstoffs in schwere Atome. In hundert Jahren werden die Astronomen auf diesem Planeten ein kurzes Aufblitzen in dieser Richtung bemerken – die plötzliche Entstehung eines neuen Sterns. Aber die Humanoiden werden sofort gestoppt – sobald wir den Strahl loslassen.“

Underhill starrte nervös in die Nacht. Die Worte des alten Mannes hatten ihn tief beeindruckt, und er hatte längst vergessen, wie wenig er noch vor kurzem von Auroras neuem Mieter gehalten hatte. „Aber wir werden vermutlich alle sterben müssen“, flüsterte er. „Diese Kettenreaktion . . .“

Sledge schüttelte den Kopf. „Der Integrationsprozeß erfordert eine sehr niedrige Strahlenintensität“, erklärte er. „In unserer Atmosphäre hier wäre der Strahl viel zu intensiv, um irgendeine Reaktion hervorzurufen. Wir können die Maschinerie sogar hier in diesem kleinen Raum benutzen, weil die Wände für den Strahl transparent wären.“

Underhill nickte erleichtert. Er war nur ein kleiner Geschäftsmann, der sich aufregte, weil man ihm seine Agentur weggenommen, der unglücklich war, weil man seine Freiheit eingeschränkt hatte. Er hoffte, daß Sledge die Humanoiden stoppen konnte, aber er wollte kein Märtyrer werden. „Gut!“ Er holte tief Atem. „Und was müssen wir jetzt tun?“

Sledge zeigte auf den Tisch. „Der Integrator ist fast fertig. In dieser Bleikugel befindet sich ein kleiner Spaltungsgenerator. Wir haben rhodomagnetische Konverter, Spiralen zur Umwandlung von Atomen, Transmissionsspiegel und eine Projektionsnadel. Jetzt fehlt uns nur noch ein Sichtinstrument. Ein gewöhnliches Teleskop würde uns nichts nützen. Der Planet muß in den letzten hundert Jahren eine enorme Strecke zurückgelegt haben, und der Strahl müßte extrem schmal sein, um so weit zu reichen. Wir müssen einen rhodomagnetischen Rasterstrahl benutzen, mit einem elektronischen Konverter, um ein Bild zu erhalten, das wir sehen können. Ich habe eine Kathodenstrahlröhre und Pläne für die anderen Teile."

Er kletterte steifbeinig von seinem hohen Stuhl herab und schaltete endlich das Licht ein – eine billige Neonlampe, die er ohne die Hilfe der Humanoiden ein- und ausknipsen konnte. Er rollte die Pläne auseinander und erklärte Underhill, wie er ihm helfen könnte. Und Underhill versprach, am nächsten Morgen wiederzukommen. „Ich kann ein paar Geräte aus meinem Keller mitbringen", fügte er hinzu. „Ich besitze eine kleine Drehbank, die ich benutzt habe, um einzelne Teile für meine Modelle herzustellen, außerdem einen Drillbohrer und einen Schraubstock."

„Das werden wir alles brauchen", meinte der alte Mann. „Aber passen Sie gut auf sich auf! Bedenken Sie, daß Sie nicht immun sind! Und wenn die Humanoiden Verdacht schöpfen, verliere auch ich meine Immunität."

Widerstrebend verließ Underhill die schäbige kleine Wohnung mit den Rissen im Verputz, mit den vertrauten abgewetzten Teppichen auf den vertrauten alten Bodenbrettern. Er schloß die Tür hinter sich – eine ganz gewöhnliche knarrende Holztür. Zitternd vor Angst stieg er die Treppe hinab und ging hinüber zu der neuen schimmernden Tür, die er nicht öffnen konnte.

„Zu Ihren Diensten, Mr. Underhill." Bevor er die Hand heben konnte, um zu klopfen, glitt die glatte, glänzende Tafel lautlos zur Seite, und dahinter stand der kleine schwarze Mechanismus, blind und unermüdlich. „Ihr Abendessen ist fertig, Sir."

Irgend etwas jagte ihm einen Schauer über den Rücken. In der schlanken, nackten Grazie dieser Gestalt glaubte er plötzlich all jene wimmelnden Horden zu sehen, wohltätig und doch beängstigend, perfekt und unbesiegbar. Die winzige Waffe, die Sledge als Integrator bezeichnete, erschien ihm jetzt sinnlos, wie eine verlorene Hoffnung. Eine tiefe Depression überfiel ihn, aber er wagte nicht zu zeigen, wie ihm zumute war.

Am nächsten Morgen schlich sich Underhill in den Keller, um seine eigenen Werkzeuge zu stehlen. Er stellte fest, daß der Keller vergrößert und verändert worden war. Der neue Boden war warm, dunkel und elastisch und dämpfte seine Schritte genauso wie die der Humanoiden. Die neuen Mauern schimmerten sanft. Hübsche Leuchtschilder schmückten mehrere neue Türen. ‚Waschraum', las Underhill, ‚Lagerraum', ‚Spielzimmer', ‚Werkstatt'.

Vor der letzten Tür blieb er unsicher stehen. Sie glühte in einem milden grünlichen Licht, und sie war verschlossen. Das Schloß hatte kein Schlüsselloch, nur eine kleine ovale Platte aus einem weißen Metall, das zweifellos ein rhodomagnetisches Relais verdeckte. Vergeblich stemmte er sich mit seiner ganzen Kraft dagegen.

„Zu Ihren Diensten, Mr. Underhill." Schuldbewußt zuckte er zusammen und versuchte, sich nicht anmerken zu lassen, daß seine Knie weich geworden waren. Er hatte sich vergewissert, daß das schwarze Ding für eine halbe Stunde beschäftigt sein würde, weil es Aurora die Haare wusch, und er hatte nicht gewußt, daß noch eines im Haus war. Es mußte aus der Tür mit der Aufschrift ‚Lagerraum' gekommen sein. „Was wünschen Sie?"

„Eh – nichts." Die blinden Augen starrten ihn an, und er hatte das Gefühl, daß sie die Gedanken hinter seiner Stirn lesen konnten. Verzweifelt suchte er nach einer plausiblen Ausrede. „Ich sehe mich nur um." Seine Stimme klang heiser und fremd. „Was Sie da alles gemacht haben!" Verzweifelt zeigte er auf die Tür des Spielzimmers. „Was ist denn da drin?"

Das Ding brauchte sich nicht einmal zu bewegen, um das verborgene Relais zu betätigen. Die glänzende Tafel glitt lautlos zur Seite, als Underhill darauf zuging. Er sah dunkle Wände, die langsam zu leuchten begannen. Der Raum war leer.

„Wir stellen Vergnügungsgegenstände her", erklärte der Humanoide fröhlich. „Sie sind bald fertig."

Um das peinliche Schweigen zu brechen, das diesen Worten folgte, sagte Underhill verzweifelt: „Der kleine Frank hat Wurfpfeile. Und ich glaube, wir haben irgendwo auch noch ein paar Keulen."

„Das haben wir alles weggebracht", informierte ihn der Humanoide sanft. „Solche Geräte sind gefährlich. Wir werden für eine völlig sichere Ausstattung dieses Raumes sorgen."

Natürlich, Selbstmord war ja verboten, erinnerte sich Underhill. „Wahrscheinlich wollen Sie ein paar Holzklötze aufstellen", sagte er bitter.

„Holzklötze wären viel zu hart und deshalb gefährlich", wurde ihm mit milder Stimme erklärt, „außerdem könnte man sich mit Holzsplittern verletzen. Aber wir stellen völlig ungefährliche Bausteine aus Plastik her. Möchten Sie welche haben?"

Sprachlos starrte er das dunkle, schöne Gesicht an.

„Wir werden auch die Geräte aus Ihrer Werkstatt entfernen müssen", fuhr das schwarze Ding fort. „Sie sind außerordentlich gefährlich, aber wir werden sie durch Plastikwerkzeug ersetzen, wenn Sie das wünschen."

„Danke das hat keine Eile", erwiderte Underhill unbehaglich. Er flüchtete aus dem Haus, wenn er auch warten mußte, bis man ihm die Hintertür öffnete, und rannte die Treppe an der Garagenwand hinauf." Sledge öffnete ihm die Tür. Er sank auf den wackeligen Küchenstuhl und war froh, daß die alten Wände ringsum nicht schimmerten. „Ich konnte die Werkzeuge nicht holen", berichtete er verzweifelt. „Und sie wollen sie alle wegbringen."

Im grauen Tageslicht sah der alte Mann blaß und krank aus. Unter seinen Augen lagen dunkle Schatten, als hätte er kaum geschlafen. Underhill sah das Tablett mit dem unberührten Essen, das immer noch vergessen in einer Ecke stand.

„Ich gehe mit Ihnen zurück." So müde der alte Mann auch aussah, aus seinen Augen strahlte feste Entschlossenheit. „Wir brauchen die Werkzeuge. Ich glaube, meine Immunität könnte uns beide schützen."

Er griff nach einer schäbigen Reisetasche, und dann folgte Underhill ihm die Stufen hinab und hinüber zum Haus. Vor der Hintertür brachte Sledge einen winzigen Huf aus weißem Palladium zum Vorschein und berührte damit das metallische Oval. Die Tür öffnete sich prompt, und sie gingen durch die Küche zur Kellertreppe.

Ein kleiner schwarzer Humanoide stand am Spültisch und wusch das Geschirr ab, ohne daß auch nur das leiseste Klirren zu hören war. Das mußte derjenige sein, der vorhin aus dem Lagerraum gekommen war, da der andere immer noch mit Auroras Haarwäsche beschäftigt sein mußte. Underhill hatte das Gefühl, daß Sledges dubiose Immunität nur wenig ausrichten konnte angesichts der ungeheuren Intelligenz dieses Wesens, und er begann zu frösteln. Aber das Ding ignorierte die beiden Männer, und Underhill stieg aufatmend hinter Sledge die Kellertreppe hinab.

Es war dunkel im Kellerkorridor. Der alte Mann berührte mit seinem winzigen Pferdehuf ein weiteres Relais, um die Wände zu erhellen. Dann öffnete er die Tür der Werkstatt und ließ die Wände des Raumes erstrahlen, der dahinterlag. Die Schränke und Werkbänke waren demoliert, die alten Betonwände mit einem glatten, schimmernden Material überzogen worden. Einen schrecklichen Augenblick lang glaubte Underhill, daß seine Werkzeuge bereits verschwunden wären. Aber dann fand er sie aufeinandergestapelt in einer Ecke, zusammen mit den Pfeilen und Bögen, die Aurora im letzten Sommer gekauft hatte – ein weiteres Spielzeug, das zu gefährlich war ... Alles war säuberlich aufeinandergehäuft, bereit, in die Mülltonne zu wandern.

Sie packten alle Werkzeuge, die sie brauchten, in die Reisetasche. Underhill nahm sie an sich, und Sledge löschte die Leuchtwände und schloß die Tür, als sie den Raum verlassen hatten. Der Humanoide stand immer noch am Spültisch und schien die beiden Männer nicht zu bemerken.

Plötzlich wurde Sledge blau im Gesicht, und er mußte auf der Außentreppe stehenbleiben, um zu husten. Aber schließlich gelangten sie in die kleine Wohnung, zu der die Eindringlinge keinen Zutritt hatten. Underhill montierte die Drehbank auf den alten kleinen Schreibtisch, der im winzigen Wohnzimmer stand, und begann zu arbeiten. Und als die Tage vergingen, nahm das Sichtinstrument allmählich Gestalt an.

Manchmal hatte Underhill leise Zweifel. Manchmal – wenn er das aschfahle Gesicht des alten Mannes und seine zitternden Hände betrachtete, befürchtete er, Sledges Geist könne genauso krank sein wie sein Körper, sein Plan, die dunklen Eindringlinge zu stoppen, sei nichts als närrische Illusion.

Manchmal, wenn er die winzige Maschinerie auf dem Küchentisch anstarrte, kam ihm das ganze Projekt völlig verrückt vor. Wie konnte dieses Spielzeug die Meere eines Planeten austrocknen, der so weit weg war, daß man seinen Mutterstern nicht einmal durch ein Teleskop sehen konnte?

Doch die Humanoiden heilten ihn immer wieder von seinen Zweifeln.

Es fiel Underhill jedesmal schwer, die kleine Wohnung zu verlassen, weil er sich in der hellen, neuen, schimmernden Welt da drüben nicht zu Hause fühlte. Der Luxus seines neuen Badezimmers interessierte ihn nicht, weil er die Wasserhähne nicht aufdrehen konnte – er könnte sich ja in der Badewanne ertränken. Und er mochte die Fenster nicht, die nur ein Humanoide öffnen konnte, denn die Underhills könnten ja hinausfallen oder sich in den Tod stürzen. Auch das majestätische neue Musikzimmer mit dem wundervollen, glänzenden Radiophonographen gefiel ihm nicht, weil nur ein Humanoide das Gerät in Gang setzen konnte.

Wie der alte Mann fühlte sich nun auch Underhill zur Eile getrieben, aber Sledge warnte ihn: „Wir dürfen nicht zuviel Zeit bei mir verbringen. Die Humanoiden dürfen nicht merken, wie wichtig unsere Arbeit ist. Spielen Sie Theater – tun Sie so, als würden Sie sich langsam an sie gewöhnen, als würden Sie nur zu mir kommen, um die Zeit totzuschlagen."

Underhill versuchte es, aber er war kein guter Schauspieler. Er ging brav zu den Mahlzeiten nach Hause, versuchte verzweifelt Konversation zu machen, mimte Begeisterung, wenn Aurora ihn durch das Haus führte, um ihm irgendwelche Neuerungen zu zeigen. Er klatschte Beifall, wenn Gay ihm etwas auf der Geige vorspielte, und ging mit Frank in den neuen Parkanlagen spazieren.

Und er sah, was die Humanoiden seiner Familie antaten. Das

genügte, um seine Zweifel an Sledges Integrator zu beseitigen, ihn zu bestärken in dem festen Entschluß, die Humanoiden zu stoppen.

Aurora war am Anfang von den Humanoiden begeistert gewesen. Sie erledigten die langweilige Hausarbeit, machten die Speisepläne, gingen einkaufen, wuschen die Hälse der Kinder. Sie kleideten Aurora in hinreißende Gewänder, und sie hatte genug Zeit, um Patiencen zu legen.

Aber nun merkte sie allmählich, daß sie viel zuviel Zeit hatte. Sie hatte immer gern gekocht, neue Gerichte ausprobiert, die meist zu Lieblingsspeisen der Familie geworden waren. Aber Herde waren heiß und Messer scharf, und Küchen waren überhaupt zu gefährlich für achtlose und selbstmordlüsterne Menschen.

Sie hatte auch gern gestickt, aber die Humanoiden nahmen ihr alle Nadeln weg. Sie war gern Auto gefahren, aber das wurde ihr nicht mehr gestattet. Sie versuchte sich in die Scheinwelt von Romanen zu flüchten, aber die Humanoiden entrissen ihr die Bücher, weil sie von unglücklichen Menschen in gefährlichen Situationen handelten.

Eines Nachmittags fand Underhill sie in Tränen aufgelöst.

„Das ist zuviel", stieß sie verbittert hervor. „Ich hasse und verabscheue diese nackten kleinen Dinger. Zuerst waren sie so wundervoll – aber jetzt darf ich nicht einmal mehr Bonbons essen. Wie können wir sie nur wieder loswerden?"

Ein blinder kleiner Mechanismus stand neben seinem Ellbogen, und er mußte sagen, die Humanoiden würden für immer im Haus bleiben.

„Es ist unsere Aufgabe, den Menschen zu dienen – immer", erklärte die helle Silberstimme. „Es war nötig, Ihnen die Süßigkeiten wegzunehmen, Mrs. Underhill, denn auch das geringste Übergewicht reduziert die Lebenserwartung."

Nicht einmal die Kinder konnten dieser gräßlichen Fürsorge entkommen. Frank wurde eines ganzen Arsenals tödlicher Geräte beraubt. Sie nahmen ihm seinen Fußball weg, die Boxhandschuhe, das Taschenmesser, die Schleuder und die Eislaufschuhe. Das harmlose Plastikspielzeug, das sie ihm dafür schenkten, gefiel ihm nicht. Er versuchte auszureißen, aber ein Humanoide entdeckte ihn auf der Straße und brachte ihn in die Schule zurück.

Gay hatte immer davon geträumt, eine große Geigerin zu werden. Die neuen Mechanismen hatten ihren menschlichen Lehrer ersetzt. Eines Abends, als Underhill sie bat, ihm etwas vorzuspielen, erwiderte sie leise: „Ich werde nicht mehr Geige spielen, Vater."

„Warum nicht, Liebling?" fragte er und sah entsetzt die bittere Entschlossenheit in ihren Augen. „Du hast doch so gute Fortschritte gemacht, besonders – eh – seit die Humanoiden dich unterrichten."

„Das ist es ja, Vater." Ihre Stimme klang seltsam müde und alt für eine Elfjährige. „Sie sind zu gut. So sehr ich mich auch anstrenge, ich werde niemals so gut sein wie sie. Es hat keinen Sinn. Verstehst du das denn nicht, Vater? Es hat einfach keinen Sinn."

Er konnte es verstehen und ging mit neuer Entschlossenheit an seine geheime Arbeit. Die Humanoiden mußten gestoppt werden. Langsam wuchs das Sichtinstrument, und eines Tages fügte Sledge mit unsicheren Händen den letzten winzigen Teil hinzu, den Underhill hergestellt hatte, lötete sorgfältig die letzten Verbindungsdrähte. Dann flüsterte er heiser: „Wir haben es geschafft."

Wieder einmal war die Abenddämmerung hereingebrochen. Vor den Fenstern der kleinen schäbigen Wohnung, vor diesen Fenstern aus gewöhnlichem Glas, die ein gewöhnlicher Mensch leicht öffnen konnte, lag die Stadt Two Rivers in ihrem neuen fremdartigen Glanz. Die alten Straßenlampen waren verschwunden, dafür erstrahlten jeden Abend die Wände der neuen Häuser und Villen.

Ein paar dunkle, schweigende Humanoiden, arbeiteten immer noch an dem Palast auf der anderen Straßenseite.

In dem schäbigen kleinen Apartment wurde das neue Sichtinstrument am Ende des Küchentisches montiert, den Underhill fest im Bretterboden verankert hatte. Gelötete Stromführungsschienen verbanden das Sichtinstrument mit dem Integrator, und die dünne Palladiumnadel schwang gehorsam hin und her, als Sledge mit bebenden Fingern die Knöpfe testete. „Alles in Ordnung", sagte er heiser. „Es kann losgehen."

Zuerst klang seine Stimme ruhig, aber sein Atem ging zu schnell. Underhill sah, wie sich das faltige Gesicht blau verfärbte. Er saß auf dem hohen Stuhl, hielt sich verzweifelt an der Tischkante fest.

Underhill gab ihm hastig die Medizin, und die keuchenden Atemzüge wurden leise.

„Danke", flüsterte Sledge. „Es geht schon wieder . . . Ich habe genug Zeit." Er warf einen Blick auf die nackten Gestalten, die wie Schatten um die goldenen Türme und die glühendroten Kuppeln des neuen Palastes schwebten. „Beobachten Sie die Humanoiden! Und sagen Sie mir, wann sie zu arbeiten aufhören!"

Er wartete, bis das Zittern seiner Hände nachgelassen hatte, dann begann er an den Knöpfen des Sichtinstruments zu drehen. Die lange Nadel des Integrators begann zu schwingen, lautlos wie das Licht.

Menschliche Augen konnten die Explosion nicht sehen, die einen Planeten sprengte. Menschliche Ohren konnten die Detonation nicht hören. Die Kathodenstrahlröhre war in der kleinen Kabine des Sichtinstruments montiert, um das ferne Ziel für die schwachen menschlichen Augen sichtbar zu machen. Die Nadel zeigte auf die Küchenwand, die transparent war für den Strahl. Die kleine Maschinerie sah harmlos wie ein Spielzeug aus, und sie war lautlos wie die Humanoiden.

Die Nadel schwang hin und her, grüne Lichtflecken bewegten sich über das fluoreszierende Kraftfeld der Röhre. Das waren die Sterne, die von dem zeitlosen Strahl berührt wurden. Lautlos suchte er die Welt, die vernichtet werden sollte.

Underhill erkannte vertraute Sternformationen, stark verkleinert. Sie krochen über das Kraftfeld, als die Nadel umherschwang. Als drei Sterne ein ungleichmäßiges Dreieck im Zentrum des Kraftfelds bildeten, stand die Nadel plötzlich still. Sledge berührte andere Knöpfe, und die grünen Punkte glitten auseinander. Zwischen ihnen tauchte ein neuer grüner Fleck auf.

„Wing!" wisperte Sledge.

Die anderen Sterne verließen das Kraftfeld, der grüne Fleck schwoll an. Jetzt stand er ganz allein mitten in der Röhre, eine leuchtende, winzige Scheibe. Und dann wurden andere Punkte sichtbar, dicht neben der Scheibe.

„Wing IV!" flüsterte der alte Mann atemlos. Zitternd glitten seine Finger über die Knöpfe, und der vierte Punkt, von der Scheibe aus gerechnet, rückte ins Zentrum. Er wurde immer größer, und die anderen Punkte verschwanden. Wing IV begann genauso zu beben wie Sledges Hände.

„Sitzen Sie jetzt ganz still!" wisperte der alte Mann. „Halten Sie den Atem an! Nichts darf die Nadel stören." Er griff nach einem anderen Knopf, und die Berührung versetzte die grüne Scheibe in eine heftig tanzende Bewegung. Zitternd zog er die Hand zurück und begann sie mit den Fingern der anderen zu massieren.

„Jetzt!" flüsterte er aufgeregt und zeigte zum Fenster. „Sagen Sie mir, wann sie zu arbeiten aufhören!"

Widerstrebend wandte Underhill den Blick von dem alten Mann ab, der sich über diese Geräte beugte, die wie sinnlose Spielsachen aussahen. Zwei oder drei kleine Mechanismen glitten über das glänzende Dach auf der anderen Straßenseite.

Er wartete – wagte nicht zu atmen. Er spürte das laute, schnelle Pochen seines Herzens, das nervöse Zucken seiner Muskeln. Er versuchte sich zu beruhigen, nicht an die Welt zu denken, die jetzt explodieren würde, so weit weg, daß das Aufblitzen der Vernichtung die Erde erst in hundert Jahren erreichen würde. Die heisere Stimme ließ ihn zusammenfahren.

„Haben sie immer noch nicht aufgehört?"

Er schüttelte den Kopf und begann wieder zu atmen. Die kleinen schwarzen Maschinen schleppten noch immer ihre fremdartigen Werkzeuge und Materialien über die Straße und setzten eine kunstvoll verzierte Spitze auf die rotglühende Kuppel.

„Sie haben immer noch nicht aufgehört."

„Dann haben wir versagt." Die Stimme des alten Mannes klang schwach und dünn. „Ich weiß nicht, warum."

Da begann die Tür zu rattern. Sie hatten sie abgeschlossen, aber der kleine Riegel konnte nur Menschen abhalten. Metall klirrte, die Tür schwang auf. Ein schwarzer Humanoide kam herein, auf lautlosen, graziösen Beinen. Die Silberstimme flötete: „Zu Ihren Diensten, Mr. Sledge."

Der alte Mann starrte ihn mit glasigen Augen an. „Verschwinde . . . Ich verbiete dir . . ."

Der Humanoide ignorierte ihn und ging zum Küchentisch, blitzschnell drehte er an zwei Knöpfen, die am Sichtinstrument angebracht waren. Der sdxnzn›(sdusddfghw‹?‹de dunkel, die Palladiumnadel begann ziellos umherzuschwingen. Geschickt durchschnitt das schwarze Ding einen gelöteten Verbindungsdraht dicht neben der Bleikugel, dann richteten sich die blinden Augen auf Sledge.

„Sie haben versucht, die Primäre Direktive zu vernichten." Die sanfte Stimme klang weder anklagend noch boshaft oder wütend. „Wie Sie wissen, ist das Gebot, Ihre Freiheit zu respektieren, der Primären Direktive untergeordnet, und deshalb müssen wir eingreifen."

Der alte Mann wurde geisterbleich, alles Leben schien aus seinem Körper zu schwinden. „Wieso . . .", flüsterte er mühsam. „Wie konntet ihr . . ."

Die kleine schwarze Maschine stand reglos vor ihm und berichtete fröhlich: „Von dem Mann, der damals auf den Wing IV kam, um Sie zu töten, erfuhren wir, wie man sich vor rhodomagnetischen Strahlen schützt. Und die Zentrale ist jedzt so abgeschirmt, daß Ihr integrierender Strahl sie nicht erreichen kann."

Bebend war der alte Sledge aus seinem hohen Stuhl geklettert. Gebeugt und schwankend stand er da – nur mehr der Schatten eines Mannes, rang verzweifelt nach Ateerdftarrte in die blinden Augen des Humanoiden. Er schluckte, seine Lippen bewegten sich lautlos.

„Wir haben die ganze Zeit von Ihrem gefährlichen Projekt gewußt", fuhr die Silberstddfe fort, „weil unsere Sinne nun schärfer sind, als Sie es beabsichtigt hatten. Wir haben Ihnen erlaubt, das Projekt zu vollenden, weil der Integrationsprozeß uns helfen wird, den Willen der Primären Direktive bis zur letzten Konsequenz zu erfüllen. Der Vorrat von Schwermetall für unsere Kernspaltungsanlagen ist begrenzt, aber nun werden wir unerschöpfliche Energie aus den Integrationswerken beziehen."

„Eh?" Sledge schüttelte wie betäubt den Kopf. „Was ist das?"

„Nun können wir den Menschen für immer dienen", sagte das schwarze Ding liebenswürdig. „Auf jeder Welt, in jedem Sternensystem."

Der alte Mann taumelte wie von einer Riesenfaust getroffen und verlor das Gleichgewicht. Reglos blieb der schlanke shwarze Mechanismus stehen, machte keine Anstalten, ihm zu helfen. Underhill stürzte gerade noch rechtzeitig herbei, um zu verhindern, daß Sledge mit dem Kopf auf dem Boden aufschlug.

„Holen Sie Dr. Winters.“ Seine Stimme klang seltsam ruhig.

Der Humanoid rührte sich nicht. „Nun besteht keine Gefahr mehr für die Primäre Direktive. Deshalb ist es überflüssig geworden, Mr. Sledge zu helfen oder ihn an irgend etwas zu hindern. Es ist gleichgültig, was aus ihm wird.“

„Dann holen Sie Dr. Winters, weil ich ihn brauche!“

„Zu Ihren Diensten, Mr. Underhill.“

Aber der alte Mann, der keuchend auf dem Boden lag, flüsterte kaum hörbar: „Keine Zeit . . . Sinnlos . . . Ich bin geschlagen – ein Narr – blind wie ein Humanoide . . . Sagen Sie ihnen – sie sollen mir helfen . . . Ich verzichte auf meine – Immunität . . . Ohnehin – alles sinnlos – die Menschheit – sinnlos . . .“

Underhill nickte dem schwarzen Ding zu, und es kniete gehorsam neben dem alten Mann nieder. „Sie wollen also keine Ausnahme mehr sein?“ sang es. „Sie wollen unsere totalen Dienste für sich selbst in Anspruch nehmen, Mr. Sledge? Sie wollen sich der Primären Direktive unterordnen?“

Mühsam nickte Sledge. Mühsam wisperte er: „Ja.“

Daraufhin drängten sich zahlreiche Humanoiden in den kleinen Raum. Der eine zerriß Sledges Ärmel, ein anderer umklammerte seinen Arm, ein dritter verabreichte ihm geschickt eine intravenöse Injektion. Dann hoben sie ihn mit sanften Händen hoch und trugen ihn davon. Mehrere Humanoiden blieben in der kleinen Wohnung, die nun kein Zufluchtsort mehr war. Die meisten hatten sich um den unbrauchbaren Integrator versammelt, als wollten sie mit ihren Spezial-Sinnesorganen jede Einzelheit studieren. Dann begannen sie die Maschinerie zu zerlegen.

Eine der kleinen Gestalten kam auf Underhill zu und blieb reglos vor ihm stehen, starrte ihn mit blicklosen Metallaugen an. Seine Knie begannen zu zittern, und er schluckte unbehaglich.

„Mr. Underhill", fragte das Ding liebenswürdig, „warum haben Sie ihm geholfen?"

„Weil ich euch und eure Primäre Direktive nicht mag", erwiderte er bitter. „Weil sie die Menschen unterdrückt – und weil ich dem ein Ende machen wollte."

„Andere haben auch schon protestiert", tönte die Silberstimme. „Aber nur am Anfang. Indem wir den Willen der Primären Direktive erfüllen, haben wir gelernt, alle Menschen glücklich zu machen."

„Nicht alle!" entgegnete Underhill herausfordernd.

Das schöne ovale Gesicht drückte milde Nachsicht aus, die Silberstimme klang warm und freundlich. „Wie viele andere Menschen kennen Sie den Unterschied zwischen Gut und Böse nicht, Mr. Underhill. Das haben Sie mit Ihrem Versuch bewiesen, die Primäre Direktive zu zerstören. Nun werden Sie unsere totalen Dienste akzeptieren müssen – ohne Verzögerung."

„Also gut." Er wußte, daß jeder Widerstand sinnlos war. Aber er fügte bitter hinzu: „Ihr könnt die Menschheit mit eurer Fürsorge ersticken – aber dadurch wird sie nicht glücklich."

„Warten Sie nur ab, Mr. Underhill."

Am nächsten Tag durfte er Sledge im Krankenhaus besuchen. Ein schwarzer, wachsamer Humanoide fuhr seinen Wagen und ging mit ihm in das große neue Gebäude. Er folgte ihm ins Zimmer des alten Mannes. Nun würden ihn die blinden Stahlaugen immer beobachten – immer – unablässig.

„Freut mich, Sie zu sehen, Underhill!" rief Sledge mit einem herzlichen Lächeln. „Heute geht es mir schon viel besser, und meine Kopfschmerzen sind fast verschwunden."

Underhill war froh, als er hörte, wie kräftig die tiefe Stimme klang. Er hatte befürchtet, daß die Humanoiden am Gedächtnis des alten Mannes herummanipulieren würden – aber von Kopfschmerzen hatte er noch nie gehört. Er blinzelte verwirrt.

Sledge saß im Bett, von mehreren Kissen gestützt, die alten, knotigen Hände lagen auf einer blitzsauberen Decke. Die Haut spannte sich noch immer über den hohen Wangenknochen, aber eine gesunde rosa Farbe hatte das tödliche Blau verdrängt. Er trug einen dicken Kopfverband.

Underhill trat unbehaglich von einem Fuß auf den anderen. „Oh – ich wußte nicht . . .“

Ein Humanoide, der reglos hinter dem Krankenbett gestanden hatte, wandte sich nun anmutig an Underhill und erklärte: „Mr. Sledge leidet schon seit vielen Jahren an einem gutartigen Gehirntumor, den seine menschlichen Ärzte nicht diagnostizieren konnten. Deshalb hatte er Kopfschmerzen und gewisse, ständig wiederkehrende Halluzinationen. Wir haben die Geschwulst entfernt, und nun hat er auch keine Halluzinationen mehr.“

Underhill starrte unsicher in die blinden Augen. „Was für Halluzinationen hatte er denn?“

„Mr. Sledge hielt sich für einen rhodomagnetischen Ingenieur. Er bildete sich ein, er hätte die Humanoiden erschaffen, und litt unter der irrationalen Überzeugung, daß er die Primäre Direktive nicht mochte.“

Der alte Mann im Bett hob erstaunt den Kopf. „Tatsächlich?“ In den tiefliegenden Augen leuchtete es interessiert auf. „Nun, wer immer sie geschaffen hat – sie ist jedenfalls wunderbar. Finden Sie nicht auch, Mr. Underhill?“

Underhill war dankbar, daß er nicht antworten mußte, denn die alten Augen schlossen sich, und Sledge schlief plötzlich ein. Underhill spürte, wie ihn sein Begleit-Humanoide am Ärmel berührte, sah ihn schweigend nicken. Gehorsam folgte er ihm aus dem Zimmer.

Fürsorglich geleitete ihn das schwarze Ding den schimmernden Korridor hinab, schob ihn in den Lift, brachte ihn zum Wagen. Dann fuhren sie die breiten, neuen Straßen entlang zu Underhills luxuriösem Gefängnis, zu dem sein Haus geworden war.

Underhill saß auf dem Beifahrersitz und beobachtete die kleinen, geschickten Hände am Lenkrad, das wechselnde Farbenspiel von Bronzebraun und Metallblau auf der schimmernden Schwärze. Die perfekte Maschine, schön und makellos, geschaffen, um der Menschheit für immer zu dienen . . .

„Zu Ihren Diensten, Mr. Underhill.“ Die blinden Stahlaugen

starrten geradeaus, schienen ihn aber trotzdem zu sehen. „Was ist los, Sir? Sind Sie nicht glücklich?“

Underhill erschauerte und fühlte sich ganz schwach vor Entsetzen. Seine Haut wurde feuchtkalt, ein schmerzhaftes Prickeln überlief seinen Körper. Seine schweißnasse Hand umklammerte den Griff der Autotür, aber er widerstand dem Impuls, sie aufzureißen und hinauszuspringen. Das wäre verrückt. Es gab kein Entrinnen. Er zwang sich, still sitzenzubleiben.

„Sie werden glücklich sein, Sir“, versprach der Humanoide fröhlich. „Unter der Anleitung der Primären Direktive haben wir gelernt, alle Menschen glücklich zu machen. Unsere Dienstleistungen sind endlich vollkommen. Sogar Mr. Sledge ist jetzt sehr glücklich.“

Ich weiß es besser! dachte Underhill voller Ingrimm. Er versuchte zu sprechen, seine trockene Kehle war jedoch wie zugeschnürt. Die Welt ringsum schien sich grau zu färben. Die Humanoiden waren perfekt – daran gab es keinen Zweifel. Sie hatten sogar lügen gelernt, um die Menschen glücklich und zufrieden zu machen. Sie gaben vor, ihr Bestes zu wollen.

Er wußte, daß sie gelogen hatten. Sie hatten keinen Tumor aus Sledges Gehirn entfernt, aber sein Erinnerungsvermögen, seine wissenschaftlichen Kenntnisse, seine bittere Enttäuschung über die Wesen, die er geschaffen hatte. Doch es stimmte, daß er jetzt glücklich war.

Er versuchte das krampfhafte Zittern zu unterdrücken, das durch seinen ganzen Körper rann. „Eine wunderbare Operation!“ Seine Stimme klang gepreßt. „Wissen Sie, Aurora hatte viele komische Untermieter, aber der Alte war der absolute Höhepunkt. Allein schon die Idee, daß er die Humanoiden geschaffen hat! Ich wußte von Anfang an, daß das alles erlogen war.“ Er zwang sich zu einem hohlen Gelächter.

„Was haben Sie denn, Mr. Underhill?“ Das aufmerksame schwarze Ding mußte gespürt haben, wie elend er sich fühlte. „Geht es Ihnen nicht gut?“

„Oh, doch, es geht mir glänzend“, stieß er verzweifelt hervor. „Ich habe gerade festgestellt, daß die Primäre Direktive mich vollkommen glücklich macht. Alles ist wunderbar." Seine Stimme war trocken und heiser. „Es wird gar nicht nötig sein, mich zu operieren."

Das Auto bog in die schimmernde Avenue, an deren Ende sein prachtvolles Haus stand. Seine hilflosen Hände ballten sich, dann entspannten sie sich wieder, lagen gefaltet auf seinen Knien. Es gab nichts mehr, was er noch tun konnte.

Der Equalizer

1

Die interstellare Arbeitseinheit Nummer eins war nach zwanzig Jahren im All auf dem Weg zur Erde. Die Operation Tyler war beendet. Wir hatten den dunklen Stern Barstow umkreist, fast ein Lichtjahr von der Sonne entfernt. Die sechs gigantischen Kreuzer waren jetzt mit einer kostbaren und tödlichen Fracht beladen. Auf den kalten Planeten des Dunklen Sterns hatten wir uns acht Jahre lang abgerackert, hatten Uran gefördert, Atomkraftwerke gebaut, das schreckliche Plutonium in die Sicherheitsfässer mit den Kadmiumwänden gefüllt.

Wir hatten die Erde verlassen, vom Jubel der Menschen begleitet, waren als Helden gefeiert worden, weil wir unsere Jugend für den seltenen Treibstoff opferten, der zum Lebensblut der Wahrheitszentrale geworden war. Wir bremsten unseren Flug ab, als wir uns dem Dunklen Stern näherten. Da stieß Jim Cameron zufällig auf die Tatsache, daß es sowohl Uran als auch Thorium auf der Erde in Hülle und Fülle gab. Daraus schlossen wir, daß man nicht mit unserer Rückkehr rechnete.

Als wir unsere Sicherheitsfässer aus Kadmium testeten, die unser veredeltes Plutonium aufnehmen sollten, stellte Jim fest, daß eines davon nicht sicher war. Eines von jeweils hundert, die alle gleich aussahen, war aus einer nutzlosen Legierung, die keine Neutronen absorbierte. In unserem Laderaum zusammengepfercht, hätten diese falschen Fässer aus unserem Schiff eine Atombombe mit Nummernspeicher gemacht, angetrieben von einer ungeschützten Plutoniummasse.

Wäre Jim ein Mitglied der Wahrheitszentrale gewesen, hätte er vielleicht eine Medaille bekommen. Als Zivilisten erlaubte man ihm jedoch nur, die tödlichen Fässer auszurangieren. Unter parteilicher Überwachung durfte er als Sicherheitsinspektor fungieren, bis das letzte getestete Faß in unserem Laderaum stand. Man gestand ihm sogar gewisse Privilegien im Labor zu, natürlich unter Überwachung der Wahrheitszentrale, bis wir fast daheim waren.

Aber die letzten Monate unseres Rückflugs verbrachten Jim und ich im Schiffsgefängnis. Man hatte uns auf eine Anklage hin verhaftet, die niemals klar formuliert worden war. Irgendwie überlebten wir das stark wirksame, antiseptische Folteräquivalent, das ‚Intensive Befragung' genannt wurde. Unsere Freilassung erfolgte ebenso unerwartet wie unsere Verhaftung.

„Okay, Jungs." Ein gelangweilter Wärter rüttelte uns in der Gefängnisklinik aus dem Schlaf der Erschöpfung. „Los! Ihr könnt laufen. Ihr seid frei. Hudd will euch sehen."

Er gab uns die sauberen weißen Laboranzüge zurück, die wir bei der Verhaftung abgelegt hatten, dann sperrte er den Duschraum auf. Der Gefängnisfriseur rasierte uns. Wir unterschrieben eine Quittung, nachdem wir unsere persönlichen Habseligkeiten in Empfang genommen hatten, und dann stolperten wir aus dem schalldichten Zellenblock, wo ich bereits auf meinen Tod gewartet hatte. Es gab keine Erklärung, niemand drückte sein Bedauern aus. Das Spezialuntersuchungsbüro kannte keine Gefühle.

Ein Sergeant von der Militärpolizei erwartete uns. „Kommt, Jungs!" Er zeigte mit seinem Stock auf den Lift der Offiziere. „Mr. Hudd will euch sehen."

„Erstaunlich", flüsterte Cameron.

Mr. Julian Hudd war kein Offizier. Er hatte weder mit dem SBI noch mit dem Atomaren Militär offizielle Kontakte. Er war nur Spezialsekretär bei der Wahrheitszentrale. Als solcher gab er aber immerhin den Admiral-Generälen Befehle. Wenn man diversen Gerüchten Glauben schenken wollte, war Hudd ein unehelicher Sohn von Direktor Tyler, der ihn auf den Dunklen Stern geschickt hatte, weil er ihm daheim zu gefährlich geworden war. Weiterhin besagten die Gerüchte, die imitierten Sicherheitsfässer seien an Bord geschmuggelt worden, um Hudds Rückkehr zu verhindern. Aber Hudd, der sich in einem geheimen, auf seinem Privatdeck eingerichteten Harem vergnügte, war den Gerüchten zufolge schwer umzubringen.

Julian Hudd erhob sich, um uns in seinem großen Büro aus Mahagoni und Gold zu empfangen. Mit seinen fünfzig Jahren sah er immer noch gut aus. Er hatte dichtes dunkles Haar und hielt sich sehr gerade. Aber die enorme animalische Vitalität, die er früher ausgestrahlt hatte, ließ nach. Er war dicker geworden, hatte ein Doppelkinn, und unter den blutunterlaufenen Augen hingen dunkle Tränensäcke.

„Jim! Chad!" Wir waren keine Freunde. Ein Mitglied der Wahrheitszentrale hatte keine Freunde. Aber er liebte die Zwanglosigkeit. Er schüttelte uns die Hände, bot uns Platz und die ersten Zigarren an, die ich seit Jahren gesehen hatte. „Wie geht es euch?"

Cameron grinste sardonisch. „Wir haben keine Narben und sind auch nicht verstümmelt – vielen Dank."

Hudd nickte und lächelte uns strahlend an, als wäre ihm Jims Sarkasmus entgangen. Entspannt saß er hinter seinem opulenten Schreibtisch und begann mit einem Briefbeschwerer auf die glatte Platte zu trommeln – mit einer kleinen Goldbüste von Tyler. „Ihr zwei seid Parias." Er behielt sein leeres Lächeln bei, aber seine Stimme wurde hart. „Zivile Wissenschaftler! Mit euren meuterischen Indiskretionen habt ihr nur erreicht, daß ihr in die Zellen des SBI gesteckt wurdet. Wenn dieser Notfall nicht eingetreten wäre, würde ich euch dort verfaulen lassen. Aber nun dürft ihr euch rehabilitieren – wenn ihr das könnt." Sein maskenhaftes Gesicht verriet mir nicht, um was für eine Notlage es sich handelte, und im Gefängnis hatten wir keinen Kontakt mit den anderen gehabt.

Ich wußte, daß wir uns bereits in der Nähe der Erde befinden mußten, und ich erinnerte mich an die getarnten Explosivfässer. Vielleicht wollte er Tyler oder dessen Erben den Direktorposten wegnehmen.

Hudds graue, blutunterlaufene Augen starrten mich entnervend an. „Ich kenne Sie, Chad Barstow." Sein starres Lächeln wirkte beängstigend, und seine Worte trafen mich wie Peitschenhiebe. „Vielleicht haben Sie eine weiße Weste, aber Sie sind dazu verdammt, den Namen eines Verräters zu tragen.“

Ich wollte protestieren, wollte ihm sagen, mein Vater sei kein Verräter gewesen, sondern ein Patriot. Denn Dr. Dane Barstow war Atomsekretär in Tylers erstem Kabinett gewesen – damals, als Tyler noch der einzige Präsident der USA war. Er hatte das Atomare Militär organisiert, um die Demokratie zu verteidigen. Als er erfuhr, daß Tyler von autokratischer Macht träumte, hatte mein Vater ärgerlich sein Amt niedergelegt. Das war der Beginn seines Verrats gewesen.

Nachdem mein Vater in politische Ungnade gefallen war, widmete er sich wieder ganz der Wissenschaft. Er zog mit seiner jungen Frau auf den Mond, wo er das Letronne-Observatorium gründete. Sie verbrachten die Kriegsjahre auf dem Mond, entdeckten den Dunklen Stern. Mein Vater folgerte aus kleinen Störungen in der Kreisbahn des Pluto, daß irgendeine massive, nicht leuchtende Masse den Planeten behindern müßte. Und meine Mutter half, die Position und die Parallaxe des Sterns mittels infraroter Fotografie festzustellen.

Eifrig plante Dane Barstow eine Privatreise auf den Dunklen Stern. Zweifellos wollte er der bedrückenden intellektuellen Atmosphäre des Direktorats entkommen. Er verbrachte zwei Jahre damit, die Ionentriebkraft zu verbessern, dann versuchte er die nötige Unterstützung zu finden, damit er seine Expedition antreten konnte.

Inzwischen hatte Tyler die Demokratie verraten und seine diktatorischen Rivalen liquidiert. Er residierte in Americania, seiner prachtvollen neuen Hauptstadt, und regierte von dort aus die Menschheit. Er gab Billionen für das Fort America aus und auch für Verteidigungsanlagen auf dem Mond, um seine gefährdete Herrschaft zu sichern. Für wissenschaftliche Fortschritte interessierte er sich nicht.

Tyler weigerte sich, die Expedition zum Dunklen Stern zu finanzieren, und er billigte sie auch nicht. Aber er wollte die Ionentreibkraft für die von Robotern gesteuerten atomaren Projektile von Fort America nutzen. Mein Vater stritt unklugerweise mit ihm und verschwand dann in den Labor-Camps des SBI. Meine Mutter starb unter den Händen eines Arztes von der Wahrheitszentrale.

Obwohl ich damals noch ein kleines Kind war, werde ich nie die Trauer vergessen, die in seinen sonst so lebhaften Augen lag, ebensowenig die vergeblichen Bemühungen meiner Mutter, ihre Angst vor mir zu verbergen, den Terror des SBI, der mich bis in den Schlaf verfolgte.

Als Fünfjähriger kam ich zu den Tyler-Pfadfindern.

Die Arbeitseinheit Nummer eins, die drei Jahre später ins All geschickt wurde, stellte nicht die größte wissenschaftliche Anstrengung dar, die man unternahm, um die Pläne meines Vaters zu verwirklichen. Die große Expedition war, wie Jim Cameron erklärte, nur ein moralisches Äquivalent des Krieges.

„Diktatoren lenken das Interesse nach außen, um Rebellionen im Inneren zu vermeiden.“ Cameron, ein großer, schlanker dunkelhaariger Mann, hatte mich über einen kleinen Induktionsofen hinweg nachdenklich angesehen, als wir gerade zusammen in seinem Bordlabor arbeiteten. „Ein Krieg wäre das beste Ablenkungsmanöver – aber Tyler hat seine Feinde alle erledigt. Deshalb muß er jetzt den interstellaren Raum erobern.“

Unbehaglich hatte ich mich nach Lauschern umgesehen, denn es war nicht ratsam, über solche Dinge zu reden.

„Ich frage mich, wie das funktioniert hat.“ Cameron schenkte mir sein sympathisches, leicht spöttisches Lächeln. „Da wir keine interstellaren Feinde gefunden haben, fehlte der essentielle Faktor. Es gab keine Gefahr, die allen gemeinsam drohte und Tyler geholfen hätte, dem Druck seiner Diktatur eine sanftere Aura zu geben. Vielleicht hat es nicht funktioniert . . .“

Wahrscheinlich waren wir verhaftet worden, weil Cameron nie ein Blatt vor den Mund nahm. Später stellte sich heraus, daß einer unserer Laborassistenten der Wahrheitszentrale angehörte und dem SBI jedes unbedachte Wort gemeldet hatte.

Nun hämmerte Julian Hudd mit der Tyler-Büste nervös auf die Mahagoniplatte seines Schreibtisches und beobachtete mich mit einem maskenhaften Lächeln.

„Ich weiß, daß mein Vater ein Verräter war“, antwortete ich mit heiserer Stimme. Ich hatte schon bei den Tyler-Pfadfindern gelernt, diesen bitteren Satz auszusprechen. Er war der hohe Preis, den ich fürs Überleben zahlte. „Aber ich war immer loyal. Der SBI kann mir nichts vorwerfen."

„Sie haben Glück, Barstow." Seine Stimme klang unbarmherzig. „Ein falsches Wort – und Sie wären in die Exekutionsschleuse gekommen. Aber nun gebe ich Ihnen die Chance, den besudelten Namen Ihres Vaters reinzuwaschen."

Dann wandte er sich an Cameron, und ein kaltes Unbehagen stieg in mir auf, denn Cameron hatte sich nie zu stummem Gehorsam zwingen lassen – so wie ich. Müde und abgemagert nach den langen Wochen der Gefangenschaft, stand er trotzdem stolz aufgerichtet vor dem Schreibtisch. Seine blauen Augen begegneten Hudds Blick – sardonisch, amüsiert und furchtlos.

Jim Cameron war schon immer so gewesen. Er trat dem eisernen Regiment mit kühler, kritischer Intelligenz entgegen, mimte gelegentlich ironischen Respekt, gab aber niemals seine stolze Unabhängigkeit auf.

Er war mein bester Freund gewesen, seit wir zusammen an Bord der *Great Direktor* gegangen waren – zwei von vielen Tausend Tyler-Pfadfindern, die man losschickte, um die Crews durch jüngere Leute zu ersetzen. Er war damals vierzehn gewesen, der Anführer unserer Truppe. Er fand mich, als ich auf dem Rücken lag, krank vom ungeheuren Druck der Beschleunigung, von Heimweh geplagt, halb betäubt und ohne jede Hoffnung.

„Hallo, Pfadfinder!" Er legte mir freundlich eine Hand auf die Schulter und schenkte mir sein unbesiegbares Lächeln. „Bring mal dein Zeug in Ordnung – für die Inspektion."

Wir suchten unsere Sachen zusammen, und er befahl mir, einen Besen zu holen und unter den Pritschen zu fegen. Ich zeigte ihm die Schätze, die ich in meinen Taschen bei mir trug – drei winzige Planetenmodelle, einen zerbrochenen Lagekreisel und eine echte Eichel. Ich zeigte ihm sogar den Schnappschuß von meinen Eltern, den ich an Bord geschmuggelt hatte. Wir gingen zusammen in die Kantine und wurden Freunde.

Nun fürchtete ich, daß sich Cameron von Hudd provozieren lassen, daß seine sture Selbstsicherheit wieder einmal über seine Vernunft siegen würde.

„Und was Sie betrifft, Jim . . .“ Hudds Lächeln wurde noch breiter, die Stimme noch härter. „Sie haben schon einiges auf dem Kerbholz. Sie wurden wegen Gehorsamsverweigerung von den Tyler-Pfadfindern ausgeschlossen. Der SBI hat wegen zweifelhafter Loyalität gegen Ihre Aufnahme gestimmt. Sie wurden sogar vom Atomaren Militär ausgemustert.“

„Das stimmt, Mr. Hudd.“ Cameron grinste arrogant.

„Zivilist!“ Hudds blutunterlaufene Augen starrten ihn eiskalt an, trotz des mechanischen Lächelns. „Die Exekutionsschleuse wartet auf Sie, Jim. Vergessen Sie das nicht! Ich habe Ihnen ein dutzendmal das Leben gerettet – nur weil Sie mir nützlich waren. Nun gebe ich Ihnen die Chance, sich eine weitere Gnadenfrist zu verdienen. Aber wenn Sie versagen . . . Die Schleuse wartet immer noch. Verstanden?“

„Vollkommen.“ Jim grinste. „Was soll ich diesmal tun?“

Er dachte sicher an die explosiven Fässer, die er gerade noch rechtzeitig gefunden hatte, um unser aller Leben zu retten. Vielleicht dachte er auch an andere Dienste, die er der Allgemeinheit geleistet hatte. Auf der kalten Welt des Dunklen Sterns hatte er sich als nützlicher Mann erwiesen. Er hatte hochsensitive neue Detektoren erfunden, um das Uran aufzuspüren, das unter der Eisschicht gefrorener Luft verborgen lag. Er hatte hundert Probleme gelöst, die Hudd sonst vielleicht das Leben gekostet hätten, bevor das letzte tödliche Faß mit dem neu hergestellten Plutonium sicher an Bord gebracht worden war.

„Zuerst eine Frage . . .“ Hudds großer Mund lächelte immer noch, aber die Augen hatten sich gefährlich verengt. „Die Jungs haben mir einen recht verwirrenden Bericht über ein Gerät in Ihrem Labor gebracht, das Sie Induktionsofen nennen. Was ist damit?“

„Ganz einfach, Mr. Hudd.“ Camerons leise Stimme klang erleichtert. „Bis zu unserer Verhaftung nahmen wir Routineanalysen von den metallurgischen Proben vor, die wir vom System des Dunklen Sterns mitgebracht hatten. Ich baute den kleinen Induktionsofen, um einige Proben zu erhitzen.“

„So?" Hudd vergaß zu lächeln, und sein rundes, fleckiges Gesicht verriet nun seine ganze Skrupellosigkeit. „Die Jungs sind der Meinung, daß Sie diese Analyse nur vorgeschoben haben, um ein geheimes Experiment zu vertuschen."

Hudd machte eine Pause, aber Cameron sagte nichts. Er stand nur da und wartete, mit ernster Miene, aber ich sah voller Entsetzen, daß es in seinen Augen belustigt funkelte.

„Ich glaube, das ist ein sehr seltsamer Induktionsofen", fuhr Hudd mit anklagender Stimme fort. „Die Jungs sagen, daß er keinen Strom aufnimmt. Sie sagen, daß er die Metalle umwandelt, die darin erhitzt werden – daß Kugeln aus reinem Eisen bei einer spektographischen Analyse gelbe Sodiumstreifen zeigen." Hudd beugte sich drohend über den Schreibtisch. „Was hat das zu bedeuten?"

Cameron nickte leichthin. Und dann stieg kalte Angst in mir auf, denn er grinste und erzählte Hudd mehr, als er während unserer monatelangen Intensivverhöre durch den SBI zugegeben hatte. „Ich habe etwas gesucht."

Für einen Augenblick ließ Cameron die Maske der Zurückhaltung, des sardonischen Amüsements fallen, die er sonst dieser total von Zwängen beherrschten Welt zeigte. Für einen Augenblick schwang in seiner Stimme eine Begeisterung mit, die in ihrer Ehrlichkeit furchterregend wirkte.

„Ich habe – die Freiheit gesucht." Herausfordernd hob er die schmalen Schultern. „Ich dachte, ich hätte eine neue, einfache Methode gefunden, all das komische Zeug zu manipulieren, das wir manchmal Materie und manchmal Energie nennen. Ich dachte, ich hätte einen Weg gefunden, dem Atomzeitalter zu entkommen."

Nur für jenen kurzen Moment strahlten seine blauen Augen. Dann erstarb seine Begeisterung. Die Schultern beugten sich unter der Last des Mißerfolgs, und ich sah wieder die graue, kranke Blässe in seinem Gesicht, die von der langen Gefangenschaft zeugte.

„Ich hatte mich geirrt", fuhr er tonlos fort. „Es ist bekannt, daß reine Exemplare von dieser oder jener Materie immer wieder zufällig durch spektroskopische Spuren von Sodium verunreinigt werden. Ich hatte das Experiment schon vor unserer Verhaftung aufgegeben."

Hudd nickte, ohne Überraschung zu zeigen. „Ein cleverer Schachzug, daß Sie jetzt die Wahrheit sagen ... Und ein Glück, daß Ihr Experiment erfolglos verlaufen ist ..." Das dicke Gesicht mit dem Doppelkinn verzog sich wieder zu dem üblichen mechanischen Lächeln. „Ich glaube, Sie haben Ihre Lektion gelernt, Jim, und ich werde Ihnen jetzt eine neue Chance geben." Seine Stimme wurde wieder hart. „Aber damit meine ich nicht, daß ich Ihnen eine weitere Chance gebe, Verrat zu üben – denn man wird Sie ständig überwachen."

Cameron stand abwartend vor dem Schreibtisch. Jetzt wirkte er nicht mehr deprimiert. Sein schmales Gesicht zeigte den erforderlichen Ernst, doch in seinen Augen lag ein Ausdruck erwartungsvoller Belustigung. „Welches Problem haben Sie diesmal, Mr. Hudd?"

Hudd schob die kleine Goldbüste von Tyler von sich weg, quer über den opulenten Schreibtisch. Langsam lehnte er sich in seinem breiten Sessel zurück und verschränkte die schwarzbehaarten Hände über dem Bauch. Die kleinen Augen unter den buschigen schwarzen Brauen trübten sich vor Müdigkeit und Sorge. „Ich nehme an, Sie haben bemerkt, daß wir vor drei Tagen vom Beschleunigungsschub zur Zentrifugalbewegung übergegangen sind." Seine Stimme klang belegt, und er begann rascher zu sprechen. „Jedenfalls – wir sind wieder daheim – und befinden uns vorübergehend auf einer Kreisbahn, zwanzigtausend Meilen vom Mond entfernt."

„Stimmt was nicht?" Ich glaubte, eine gewisse Bosheit aus Camerons Stimme herauszuhören.

Aber Hudd schien es nicht zu bemerken, denn er sagte langsam: „Mit dem Direktorat ist irgend etwas passiert."

„Eh?" Die versteckte Belustigung in Camerons Augen erstarb. „Was denn?"

Hudd beugte sich wieder vor. „Wir haben schon vor Wochen begonnen, Fort America anzurufen – aus einer Entfernung von mehreren Millionen Meilen. Man antwortete nicht auf unsere Signale. Soweit wir es feststellen konnten, ist niemand mehr auf dem Mond stationiert." Er runzelte die Stirn. „Wir haben nicht versucht, Signale zur Erde zu senden, denn ich wollte mir die Möglichkeit eines

Überraschungsangriffs offenlassen, solange wir die Situation nicht kennen. Aber auch dort muß irgend etwas passiert sein." Er griff mit seiner großen, behaarten Pranke nach der Tyler-Büste und begann damit erneut auf die Tischplatte einzuhämmern. „Aber wir haben gelauscht – auf jeder Welle. Natürlich konnten wir hier draußen nicht viel aufschnappen. Aber wir sind nun in der Reichweite der großen Fernsehpropagandastationen der Behörde für angewandte Semantik, und sie sind alle tot. Wir konnten nur ein schwaches Klicken und Quietschen hören – anscheinend durcheinandergebrachte Radiophonsignale, die unsere Ingenieure nicht entwirren konnten." Seine gedämpfte Stimme verriet nun ein nur mühsam verborgenes Unbehagen. „Als wir durch unsere Teleskope schauten, stellten wir fest, daß sich die Wälder seit unserer Abreise ausgedehnt haben. Grünes Wachstum in der Wüste weist auf klimatische Veränderungen hin, und die Rauchschleier, die früher über den Industriegebieten lagen, sind verschwunden. Und in den Tropen, wo einst mehrere Städte standen, konnten wir nur eine grüne Dschungelwildnis entdecken."

„Sehr interessant", meinte Cameron.

„Ich habe zwei mit Truppen besetzte Schiffe zur Erde geschickt", fuhr Hudd grimmig fort. „Eins sollte in Europa landen, das andere in Nordamerika. Aber seit sie in die Ionosphäre eingetreten sind, haben wir nichts mehr von ihnen gehört. Jetzt sind sie schon vierundzwanzig Stunden überfällig."

Seine ernste, besorgte Stimme jagte mir einen unangenehmen Schauer über den Rücken. Es wäre schrecklich, wenn wir bei unserer Rückkehr aus dem langen Exil feststellen müßten, daß die menschliche Rasse vernichtet worden war.

Hudd blinzelte Cameron mit müden Augen an. „Jetzt schicke ich eine weitere Truppe los. Captain Rory Doyle wird sie kommandieren, natürlich mit der Unterstützung meines Verbindungsmanns, und er möchte euch beide mitnehmen. In zwei Stunden werdet ihr starten. Zuerst müßt ihr herausfinden, was mit dem Fort America passiert ist."

Hudd legte seine großen Hände flach auf den Schreibtisch, stand schwerfällig auf und keuchte vor Anstrengung. Trotzdem wirkte seine große Gestalt immer noch dynamisch und imposant. Seine kleinen

Augen schienen Cameron zu durchbohren. „Sehen Sie zu, daß sie etwas herausfinden!" Mit sichtlicher Mühe beherrschte er sich, sprach in gedämpfterem Ton weiter. „Dieser Auftrag ist sehr wichtig. Ich glaube, das Direktorat wurde gestürzt, und ich möchte es wiedereinsetzen. Ich habe genug Plutonium, um die Erde zu zerschmettern. Aber zunächst müssen wir wissen, was geschehen ist. Ich glaube, Sie wissen, was Ihnen bevorsteht, wenn Sie Ihre Mission nicht erfolgreich durchführen."

„Ja, ich glaube auch, daß wir das wissen, Mr. Hudd", sagte Cameron.

Mein Herz begann vor Aufregung heftig zu pochen.

2

Nummer achtzehn war eine schlanke Stahlrakete, die an Bord der *Great Director* mitschiffs in ihrem Gestell lag. Sie war achtzig Fuß lang, besaß ihre eigene Ionenantriebskraft und war für eine reguläre Besatzung von sechs Mann vorgesehen, hatte jedoch genügend zusätzlichen Raum für unsere Truppe.

Captain Rory erwartete uns an den Schleusentoren. Er war sehr groß, hatte rotes Haar und sah in der grauen Uniform des Atomaren Militärs sehr gut aus. Überwacht von der Partei, hatte er gemeinsam mit Cameron ein Patrouillenschiff gerettet, das in einem flüssigen Stickstoffmeer auf dem inneren Planeten des Dunklen Sterns versunken war. Er war tüchtig und furchtlos und Hudd treu ergeben. Lächelnd hieß er uns an Bord seines schnellen kleinen Schiffs willkommen.

Seine Crew bestand aus erprobten Raumfahrern, die uns halfen, unsere Raumausrüstung wegzustauen, und dann wurde das Schiff startklar gemacht. Während die Startzeit verstrich, blickte Doyle mit gerunzelter Stirn auf sein Chronometer, die Schleusentore standen noch offen. „Wir warten auf Victor Lord", erklärte er. „Auf den Mann von der Wahrheitszentrale."

Nur sein ungeduldiger Ton verriet, daß er nicht viel von der Wahrheitszentrale hielt – und das allein war schon verwerflich.

Lord schlenderte lässig an Bord, zwanzig Minuten zu spät. Er war ein kleiner Mann, auf dessen grauer Uniform die goldenen Quadrate der Wahrheitszentrale klebten, statt der blitzenden Atome des Militärs. Seine braune Haut spannte sich über den Knochen seines harten, schmalen Gesichts mit den schweren Lidern, die seine hellgelben Augen fast verdeckten. Sein langes schwarzes Haar lag wie lackiert auf seinen Schultern. Zwischen seinen beiden bulligen Leibwächtern wirkte er wie ein mißgelaunter Zwerg.

Er machte sich nicht die Mühe, Doyles Gruß zu erwidern, als dieser korrekt salutierte.

„Sie kennen meinen Status, Doyle." Seine hohe, nasale Stimme klang genauso hochmütig, wie er aussah. „Ich habe den Auftrag, die Durchführung dieser wichtigen Mission zu überwachen. Wir werden keinen Ärger miteinander haben – wenn Sie nicht vergessen, daß ich Sie mit einem einzigen Wort ruinieren kann." Er machte eine Pause, um Doyle mit schläfriger Arroganz anzublinzeln. Ich wußte, daß man brutal sein mußte, wenn man in der Wahrheitszentrale Erfolg haben wollte, und in dieser Beziehung konnte Lord seinem Vorgesetzten Hudd durchaus das Wasser reichen. Gelangweilt fügte er hinzu: „Sie können jetzt starten."

„Ja, Mr. Lord."

Vielleicht war der Mann von der Wahrheitszentrale nur so unverschämt, um seine geringe Körpergröße zu kompensieren, aber ich mochte ihn trotzdem nicht. Seine gelben Augen irrten unstet umher. Er hatte eine niedrige, fliehende Stirn, und seine Nase war zu groß. Sein Gesichtsausdruck verriet tückische Schlauheit.

Doyle wandte sich rasch ab, vielleicht um seinen Ärger zu verbergen. Er befahl, die Schleusentore zu schließen und stieg über die Zentralleiter in den Kommandoraum. Ein Alarmsignal piepste, dann hoben wir ab.

In der Beschleunigungskabine hingen wir ein paar Sekunden lang schwerelos in der Luft, als wir aus dem Flaggschiff fielen. Dann zwang uns der Druck unserer eigenen Ionenantriebskraft mit einer 2-G-

Beschleunigung in die Kissen zurück. Ich drehte mich um in meinem gepolsterten Sitz, um durch eine kleine Luke zurückzublicken. Vor dem schwarzen Hintergrund des Alls sah ich die hellen Projektilumrisse der *Great Director* und der *Valley Forge*, die durch ein langes Kabel aneinander gekoppelt waren, Nase an Nase. Dicht daneben hing die Erde wie ein großer Nebelball. Die Zwielichtzone bildete ein langes karmesinrotes Band zwischen der Tag- und der Nachtseite. Das Farbenspiel aus Grün, Blau und Braun war vom blendenden Weiß der Wolken überlagert. All das Heimweh, das mich zwanzig Jahre erfüllt hatte, überwältigte mich nun. Der wunderbare Anblick trieb mir die Tränen in die Augen. Ich dachte über das beängstigende Rätsel nach, warum sich die Wälder ausgedehnt hatten, warum die Städte in einer Dschungelwildnis verschwunden waren, bis mich Lords nasale Stimme aus meinen Überlegungen riß.

„Sie waren mal Parteigegner, was?" Er hockte wie ein Pygmäe zwischen seinen Leibwächtern und wandte sich herablassend zu Cameron um. „Aber Hudd wollte unbedingt, daß Sie mitkommen. Dann lassen Sie doch mal Ihre Expertenmeinung hören!"

Cameron ließ sich nicht provozieren. „Ich nehme an, wir werden das Resultat des Prozesses vorfinden, den die alten Ökonomen Arbeitsteilung nannten."

Damals verstand ich die wahre Bedeutung des Gesprächs nicht, das diesen Worten folgte, aber es war die Grundlage für viele Ereignisse, die später stattfanden. Ich ärgerte mich über Cameron, und dann bekam ich es mit der Angst zu tun, weil seine Äußerung ganz offensichtlich auch Lord verärgert hatte.

„Erklären Sie mir das mal!" stieß Lord hervor.

„Wenn Sie es wünschen – aber ich fürchte, daß diese historischen Prinzipien der Ideologie der Wahrheitszentrale widersprechen. Ich glaube nämlich nicht, daß das Direktorat durch Tylers einzigartige politische Begabung entstanden ist, sondern nur das Endprodukt der Arbeitsteilung war."

Lord wußte nicht recht, ob das nun zweideutige Reden waren – oder Hochverrat. Ich trat Cameron gegen das Schienbein, versuchte vergeblich, ihn zur Vernunft zu bringen.

„Das müssen Sie mir schon genauer erklären", befahl Lord.

„Die Arbeitsteilung wurde begeistert gefeiert – bis man ihre unangenehmen Konsequenzen erkannte. Ein Mann stellte Pfeile her, ein anderer ging auf die Jagd, und so hatten sie alle beide mehr zu essen als vorher. Im Steinzeitalter war das schön und gut." Cameron streckte die Beine aus, heiter und entspannt. „Aber in der modernen Welt führte das ein bißchen weiter. Die Arbeitsteilung teilte die Menschheit. Spezialinteressen standen im Widerspruch zum Wohl der Allgemeinheit. Es gab Spezialisten für Kohlenbergbau, die wissenschaftliche Forschung – sogar für politische Macht, Mr. Lord. Die Spezialisten bildeten Gruppen, die einen Druck aufeinander ausübten. Jede kämpfte für Vorteile innerhalb der eigenen Klasse, mit Waffen, die durch die Arbeitsteilung entstanden waren. Wenn Spezialisten zu kämpfen beginnen, gewinnen die Kriegsexperten notgedrungen die Oberhand", fuhr Cameron in unschuldigem Ton fort. „Und so wurde jede Regierung von militärischer Technik gestützt, die sich natürlich aus der industriellen Technik entwickelt hat. Deshalb sind die vorherrschenden Regierungsformen Diktatur und Demokratie – das hängt vom jeweiligen Stand der Arbeitsteilung ab. Die Interessenverbindung von Technik und Politik wurde schon von dem alten Philosophen Silas McKinley betont."

Lords schläfrige Augen glitzerten mißtrauisch. „Diese Lektüre wurde verboten! Woher haben Sie dieses schädliche Machwerk?"

Cameron grinste. „Ich hatte mal die Erlaubnis, Mr. Hudds großartige Bibliothek zu Studienzwecken zu benutzen."

„Das gefährliche Gedankengut, das Sie sich da angeeignet haben, wird Ihnen noch viel Ärger machen", stieß Lord hervor. „Und was soll dieser Unsinn von der Technologie und der Regierung?"

„Die politische Macht reflektiert die militärische Macht. Wenn man mit billigen, einfachen Waffen Krieg führen kann, die jeder Amateur benutzen kann, spiegelt sich die militärische Unwichtigkeit des gewöhnlichen Bürgers in seiner politischen Freiheit wider. Die amerikanische Demokratie wurde durch Flintsteine etabliert und mit Colts verteidigt. Aber die Demokratie wird immer wieder bedroht, durch wachsende Spezialisierung. Wenn die Waffen teuer und kompliziert werden, bildet sich automatisch eine Klasse von Militärexperten, und dann kann der gewöhnliche Mensch seine Rechte nicht verteidigen – deshalb hat er keine Rechte. 1945 wurde die Demokratie in einer Wüste von New Mexico ermordet. Die Arbeitsteilung hatte sie schon während der vorangegangenen hundert Jahre zu einem langsamen Sterben gezwungen. Dieselbe Spezialisierung, die den Bomber und den Tanker geschaffen hat, hatte den freien Bürger bereits zu einem mitleiderregenden Zwerg herabgewürdigt, der der Barmherzigkeit eines Industriemanagers, eines Gewerkschaftsführers oder eines Parteibürokraten ausgeliefert war. Die Atombombe bedeutete das Ende der Freiheit. Denn sie war die letzte Grenze der Spezialisierung. Da sie die raffinierteste und kostspieligste Waffe aller Zeiten war, erforderte ihre Produktion eine ungeheuer komplizierte Arbeitsteilung. Die Regierung folgte dem Trend der Technologie, und die totalitäre Kontrolle zerstörte das Individuum."

Cameron richtete sich in seinem Liegesitz auf und lächelte den kleinen Mann von der Wahrheitszentrale sardonisch an. „Tyler dachte, er hätte die Welt erobert. Aber in Wirklichkeit war es nur die Arbeitsteilung, die jene neue Technologie des Atomkriegs geschaffen hatte. Dadurch wurde die Freiheit der ganzen Welt zerstört. Es war nur der Trend der Spezialisierung, der zum Direktorat führte und Tyler an dessen Spitze beförderte. Und er ist dafür genausowenig verantwortlich wie ein Kieselstein, der von einer Welle hochgeschleudert wird."

Lords gelbe Augen erwiderten Camerons Blick mit einiger Verwirrung. Zu Camerons Glück mußte er sich nun in erster Linie mit der derzeitigen gefährlichen Situation befassen und nicht mit ideologischer Ketzerei. Seine nasale Stimme fragte ärgerlich: „Und was ist dann passiert – nach Ihrer Meinung?"

Cameron antwortete mit einem fröhlichen Grinsen: „Wahrscheinlich ist die Arbeitsteilung endlich zusammengebrochen."

„Werden Sie nicht unverschämt, Mister!" Offenbar hatte Lord was gegen Camerons Grinsen. „Wieso könnte sie denn zusammengebrochen sein?"

„Vielleicht durch Rebellion", erwiderte Cameron mit einem

respektvollen Nicken. „Im Fort America war eine permanente Garnison von neuntausend Todesspezialisten stationiert. Sie waren stets darauf vorbereitet, um Teile der Erde zu vernichten – oder die ganze Erde. Vielleicht waren sie ein bißchen zu gründlich.“

Der kleine Mann von der Wahrheitszentrale fuhr sich unbehaglich mit der Zunge über die Lippen. „Und warum sollte sich das Fort selbst zerstören?“

„Vielleicht ist eine Krankheit ausgebrochen – eine biologische Waffe, die außer Kontrolle geriet . . .“ Ich sah boshafte Belustigung in Camerons Augen aufleuchten. „Oder eine Hungersnot . . . Vielleicht haben sie die Erde verlassen, weil sie sich dort nicht mehr ausreichend ernähren konnten. Oder ein natürlicher Kataklysmus . . .“

„Kataklysmus? Was ist denn das schon wieder?“

„Die zwanzig Jahre im All haben uns die leblose Feindseligkeit des Universums gezeigt.“ Camerons sanfte Stimme verstärkte auch mein Unbehagen. „Der Mensch lebt von der Gnade des blinden Zufalls, er überlebt nur mit Hilfe einer seltsamen Kombination unglaublicher Faktoren. Angenommen, die Erde hätte plötzlich keinen Sauerstoff mehr . . .“ Er grinste Lord satanisch an. „Angenommen, man hätte ihn gestohlen – genauso, wie wir dem Dunklen Stern das Uran geraubt haben . . .“

Bevor wir den Mond erreichten, hatte die Beschleunigungskrankheit Lords Wangen grün gefärbt.

Das Fort America war unter einem Krater in der gelbbraunen Einsamkeit des Mare Nubium verborgen. Wir kreisten über dem Ring der Berge, dicht über den höchsten Gipfeln, suchten die öde Fläche ab.

„Hier hat sich nichts verändert“, flüsterte ich Cameron zu. „Die Schleusen, die Straßen, die Docks – genauso, wie es immer war.“ Ich zeigte auf die kleine Quarzluke. „Schau doch! Dort hat früher die *Great Director* gestanden!“

„Es ist trotzdem anders geworden.“ Cameron sah mich an, und der Schimmer der Mondlandschaft, der sein schmales Gesicht von unten beleuchtete, ließ seine übliche zynische Miene plötzlich diabolisch wirken. „Es ist leer und verlassen.“

Und da erinnerte ich mich. Früher waren große Laster über das weiße Straßennetz gerollt. Bunte Lichtsignale hatten auf den Kuppeln über den Gruben geblinkt. Hohe, spitz zulaufende Schiffe hatten wie Silberpfeiler auf den dunklen Feldern gestanden.

Aber nun war der Krater eine leere Mulde. Die sinkende Sonne verwandelte seinen Westrand in eine rissige Lippe aus brüchigem Ebenholz. Die spitzen Finger der Schatten krochen über die leeren Zeilen, griffen nach den leeren Kuppeln, überquerten die leeren Straßen.

Nichts rührte sich. Kein Metall blitzte unter der Sonne auf. Kein Lichtsignal flackerte in der Kälte der wachsenden Schatten. Hier hatten einst Menschen gelebt – bewaffnet mit ihrer Atomwissenschaft, kühn in ihrem Eroberungswillen. Nun waren sie verschwunden.

Und doch war der Krater nicht leer – nicht ganz leer, denn er enthielt ein Rätsel. Was hatte die größte Zitadelle der Menschheit zum Schweigen gebracht? Kaltes Unheil schien aus diesen schwarzen Schatten aufzusteigen, die sich rasch ausdehnten. Das brütende Mysterium betäubte meine Sinne wie Biotoxin.

Schließlich landeten wir, außerhalb des schwindenden Sonnenlichts, auf einer Betonstraße neben einer der Schleusen. Wir schlüpften in unsere Raumanzüge – Cameron, Captain Doyle und ich. Beladen mit diversen Ausrüstungsgegenständen, kletterten wir nacheinander durch die kleine Luke und sprangen schwerfällig auf den Mond hinab.

Victor Lord blieb an Bord. Er war krank. Ich glaube, daran war nicht zuletzt Camerons Andeutung schuld, daß eine interstellare Invasion die Lösung des Rätsels sein könnte. Er nahm vermutlich an, daß uns in den Gruben und Tunneln irgendwelche außerirdischen Monstren begegnen würden.

Wir stellten neben dem hellen Turm unserer Rakete ein tragbares Strahlengerät und einen Neutronendetektor auf. Das Gerät begann rasch zu blinken, und ich konnte mir eine ängstliche Geste in die Richtung der Schleusentore nicht verkneifen.

„Eine gefährliche Intensität!" Meine Stimme klang laut und fremd in dem runden Helm. „Wahrscheinlich ein Rückstand atomarer Waffen – wenn ich auch keine Krater sehen kann."

Aber Cameron schüttelte den Kopf, eine Bewegung, die durch den dicken laminaren Helm seltsam übertrieben wirkte. „Eine normale Reaktion – hervorgerufen durch unsere eigene Ionentriebkraft.“ Seine Stimme kam dumpf und verzerrt durch das Mikrowellengerät. „Ich glaube, wir können losgehen.“

Wir schleppten unsere Ausrüstung ein paar hundert Yards weiter, dann versuchten wir es noch einmal. Nun zeigte der Detektor nur die normalen solaren und kosmischen Strahlen an.

„Los!“ Doyles tiefe Stimme dröhnte aus meinem Kopfhörer.

„Seht mal! Hier steht eine ganze Reihe von Wracks. Die Meuterer müssen sie überwältigt und alles gesprengt haben.“

Neben einem großen, verlassenen Dock aus Bimssteinbeton hatte er die zerlegten Reste einiger Schiffe entdeckt. Vorsichtig gingen wir darauf zu und blieben dann stehen, um erneut nach gefährlichen Strahlen zu fahnden. Aber da waren keine – denn es waren keine Meuterer gewesen, die diese Schiffe zerstört hatten.

Dies war einmal ein Reparaturdock gewesen. Doyle zeigte verwirrt auf die Kräne, auf die leeren Anlaufgestelle. Man hatte die Schiffe zerstört, um mit ihren Platten und Schleusen und Düsen andere zu reparieren.

„Keine Meuterei!“ rief Doyle. „Sehen wir mal unten nach.“

Das Fort lag tief unter dem Krater, ein großes Netz aus Tunneln, geschützten Hangars, Läden, Baracken, Magazinen. Die Startröhren, die auf die Erde gerichtet waren, lagen in tiefen Gruben verborgen. Vielleicht würden wir irgendwo in diesem sublunaren Labyrinth die Lösung des Rätsels finden.

Der nächstliegende Eingangsschacht wurde von einer niederen Kuppel überwölbt, die mit Bimssteinblöcken getarnt war. Das große, gepanzerte Schleusentor war geschlossen, ohne Rost, völlig intakt. Doyle drehte an einem kleinen Rad neben dem Tor. „Ich war hier einmal stationiert, bevor sie mich zur Arbeitseinheit abkommandierten“, sagte er. „Ich war Offizier in der Abteilung der Roboter-Projektile. Also kenne ich mich hier aus.“

Der massive Stahlkeil ließ sich nicht bewegen, und Doyle versuchte an einem anderen, größeren Rad zu drehen. Es rührte sich nicht, und ich kam ihm zu Hilfe. Das Rad leistete hartnäckigen Widerstand, aber nach einer Weile gab es langsam nach. Der große Keil glitt nach unten.

„Die Energie ist abgestellt . . .“ Doyle war noch atemlos von der Anstrengung. „Manuelle Notschaltung . . .“

Endlich betraten wir die große dunkle Schleusenkammer. Unsere Batterielampen warfen flackernde, unheimliche Schatten. Doyle starrte auf eine Reihe von Wählscheiben und Meßgeräten an einer gewölbten Stahlwand, dann drückte er auf mehrere Knöpfe.

Plötzlich spürte ich eine schwache Vibration. Der große Keil hinter uns stieg nach oben, trennte uns von der fahl beleuchteten Mondlandschaft. Die Kammer war eine Falle, die mit Stahlzähnen zuschnappte. Ich verspürte ein leichtes Unbehagen und zuckte zusammen, als Doyles Stimme aus meinem Kopfhörer tönte.

„Die Hauptstromleitungen sind tot. Dies hier ist ein Notgenerator mit einer chemikalischen Maschine. So ein Generator steht an jedem Schleusentor, so daß man die Schalter betätigen und die Instrumente mit Strom versorgen kann.“ Er sah auf die Meßgeräte. „Luftdruck – sieben Pfund. Das sollten wir testen.“

Als er an einem Rad drehte, strömte kreischende Luft in die Kammer, und mit ihr wurden Geräusche hörbar – das Klicken unserer Ausrüstung, unserer gepanzerten Stiefel, das Pochen der Notmaschine unter dem Metalldeckel.

Wir testeten die Maschine, und der Detektor zuckte nur sporadisch auf. Ich brach die Glasspitze einer Regulationsteströhre ab, und Cameron lehnte schwerfällig neben mir, um die Reaktion auf den Indikatoren aus buntem Papier zu studieren.

„Okay“, sagte er. „Alles in Ordnung.“

Wir legten die Raumanzüge ab. Die Luft war frisch, aber eiskalt, und wir atmeten weißen Dunst aus. Hoffnungsvoll probierte Doyle das Telefon in der Kiste unter den Wählscheiben aus. Tödliches Schweigen antwortete ihm. Schaudernd, vielleicht nicht nur wegen der Kälte, legte er den Hörer auf und öffnete das innere Schleusentor. Das Notstromsystem der Lifte funktionierte nicht. Wir stiegen über eine schwarze Leiter in die stille Zitadelle hinab.

3.

Fort America war tot.

Das Summen der kleinen Notmaschine folgte uns, als wir hinunterkletterten, wurde leiser und verstummte schließlich. Wir stiegen in ein furchterregendes Schweigen hinab. Solange wir uns bewegten, war wenigstens ein tröstliches Klirren und Poltern zu hören. Aber wenn wir innehielten, um zu lauschen, war es totenstill.

Alle Stromleitungen waren tot. Mitternächtliche Schatten wichen widerstrebend vor unseren kleinen Batterielampen zurück, lauerten hinter jeder Ecke. Dahinter herrschte totale Finsternis.

Das Heizsystem mußte abgeschaltet worden sein, vor Monaten oder schon vor Jahren, denn die Kälte war betäubend. Schweiß hatte den Wollanzug durchtränkt, den ich unter der beheizten Raumausrüstung trug, doch jetzt klebte er eisigkalt an meinem Rücken. Die Kälte der Sprossen drang durch meine dünnen Handschuhe, meine Finger waren steif und schmerzten schon lange, bevor wir eine horizontale Passage erreichten.

Grauenvolle Visionen quälten mich. Ich sah mich um nach erfrorenen Leichen, verrenkt vom Schmerz eines plötzlichen Biotoxintods oder verkohlt von atomarer Hitze. Aber seltsamerweise fanden wir nirgends Spuren von Gewaltaktionen – und keine einzige Leiche.

„Sie sind eben ganz einfach verschwunden." Sogar Captain Doyles tiefe Stimme klang nun ein wenig ängstlich. „Warum . . . Ich kann es mir nicht vorstellen." Er holte tief Atem und straffte die Schultern. „Aber wir müssen die Lösung des Rätsels finden. Sehen wir uns einmal das Büro des Kommandanten an."

Er führte uns durch einen schwarzen, schweigenden Seitentunnel und öffnete eine unversperrte Tür. Die Räume dahinter waren verlassen – und völlig in Ordnung. Leere Stühle standen hinter leeren Schreibtischen, tote Telefonhörer lagen auf ihren Gabeln. Füllfederhalter steckten in ihren Gestellen auf grünen Löschblättern mit getrockneten Tintenflecken.

Doyle fuhr mit einem Finger durch eine dünne graue Staubschicht.

„Sie sind schon lange weg." Seine Stimme war gedämpft, hallte jedoch seltsam laut durch die schweigenden Räume.

Ich begann Schubladen und Aktenschränke zu öffnen – alles war leer. Sogar die Papierkörbe waren ordentlich geleert worden. Tylers großes Porträt im Büro des Kommandanten hing ein wenig schief an der Wand, und Doyle rückte es mechanisch gerade. Ich sah, daß Cameron ihn dabei mit einem ironischen Lächeln beobachtete, aber er sagte nichts.

„Die Evakuierung ist offenbar ordnungsgemäß verlaufen." Doyle schüttelte verwirrt den Kopf. „Kein Zeichen von Hast oder Panik ... Was könnte sie bewogen haben, den Mond zu verlassen?"

Wir gingen weiter, um eine Antwort auf diese Frage zu suchen. Eine Hungersnot war jedenfalls nicht ausgebrochen. Wir gingen durch die leere Kantine mit ihren langen, von einer dünnen Staubschicht überzogenen Tischen. Im Lagerraum dahinter stapelten sich Kisten mit Dosen- und Frischnahrung, die jetzt gefroren und dadurch konserviert war.

Es war auch keine Epidemie ausgebrochen. Die Decken lagen glattgestrichen über den Betten im Lazarett, die Arzneischränke waren voller Medikamente.

„Vielleicht ist die Stromzufuhr zusammengebrochen", meinte Cameron. „Wenn der Kernreaktor versagt hat ..."

Rory Doyle führte uns durch einen schwarzen Schacht, über eine endlos scheinende Leiter, zum Hauptreaktor hinab. Cameron inspizierte die Instrumente und Schalter, ließ den Lichtstrahl seiner Lampe über ein regloses, mit glänzenden Aluminiumdosen beladenes Fließband gleiten. „Hier ist alles in Ordnung. Der Mann, der zuletzt hier unten war, hat den Reaktor abgeschaltet und die restlichen Urandosen in den Aufbereitungsschacht geworfen. Aber das Uran ist nie mehr geladen worden."

Durch eine andere stille schwarze Passage auf einer höheren Ebene gelangten wir zu den Stahlzellen des Militärgefängnisses. Die Panzertüren standen offen, die Akten im Verwaltungsraum waren ebenso verschwunden wie die Gefangenen.

„Vielleicht eine Revolte", sagte Doyle. „Vielleicht sind die

Gefangenen entflohen und haben eine Meuterei in der Garnison inszeniert . . . Nein, das ist unmöglich, sonst hätten wir Spuren des Kampfes bemerkt, der hier stattgefunden haben müßte. Vielleicht ist die Revolution auf der Erde ausgebrochen. Das könnte alles erklären – wenn die Projektile aufgebraucht sind."

Er führte uns wieder nach oben, durch einen schweigenden Tunnel, in einen anderen Schacht. Wir drehten an widerspenstigen Rädern, um drei schwere Panzertüren zu öffnen, und betraten eines der Magazine. Doyle hielt überrascht den Atem an.

Denn die langen Regale waren mit Roboter-Projektilen bestückt, so weit die Lichtstrahlen unserer Lampen reichten, mit schlanken Zylindern aus glänzendem Metall, oben zugespitzt, völlig intakt. Sie waren eigentlich Raumschiffe, sechs Fuß dick und sechzig Fuß lang, jedes mit einem eigenen Atomgenerator ausgestattet, von eigener Ionentreibkraft bewegt, von einem Roboterpiloten gesteuert, mit einer schrecklichen Fracht beladen – mit Lithiumhydriden, die durch Plutonium entzündet werden konnten, und kristallinen Biotoxinen.

Langsam ging Doyle auf eine der Raketen zu, inspizierte sie, ließ das Licht seiner Lampe über die Seriennummer wandern, dann kam er zu uns zurück.

„Alles haben sie zurückgelassen. Ich kann es einfach nicht glauben. Diese Dinger kosten zwanzig Millionen pro Stück, sogar wenn sie in Massenproduktion hergestellt werden. Sie sind mit den feinsten Präzisionsinstrumenten ausgerüstet, die jemals von Menschenhand geschaffen wurden. Jedes einzelne könnte tausend Quadratmeilen auf der Erde vernichten. Und kein einziges wurde abgefeuert."

Wir stiegen hinauf durch einen schmalen Schacht, zu der Abschußbasis, die Doyle einmal kommandiert hatte. Seidiges Metall schimmerte, als wir unsere Lampen darauf richteten. Das hohe, zylindrische Gebilde warf monströse Schatten. Doyle setzte sich auf den vertrauten Stuhl, berührte vertraute Knöpfe. Eine Notmaschine begann zu surren. Auf einer großen Periskoplinse erschien plötzlich das Bild der Erde hinter einem schwarzen Rasternetz. Doyle beleuchtete ein paar leere Protokollblätter. „Hier wurde niemals ein Projektil abgefeuert."

Cameron pfiff durch die Zähne – eine fröhliche, kleine Melodie, die einen grotesken Kontrapunkt zu der tödlichen Stille ringsum setzte, zu diesem ganzen Rätsel des verlassenen Forts.

„Sind diese Waffen noch gebrauchsfähig?" fragte er.

„Ja, wenn keine Einzelteile fehlen." Doyle öffnete eine Tür, hinter der eine dunkle Kammer lag. „Der Computer und der Gyrostat sind verschwunden."

„So ein Pech!" meinte Cameron ironisch. „Ich glaube, Mr. Hudd würde sie dringend brauchen."

„Man kann sie ersetzen", erwiderte Doyle ernst. „Die Geräte unserer Abschußbasen sind austauschbar." Er sah auf sein Chronometer. „Nun müssen wir Mr. Hudd melden, daß unsere Expedition erfolglos verlaufen ist."

Als wir wieder an Bord unserer Rakete waren, erschien uns die strenge Einfachheit der Innenräume luxuriös im Vergleich zu den dunklen Tiefen, die wir soeben verlassen hatten. Entspannt saßen wir in unseren Beschleunigungssitzen und schlürften eine heiße Suppe, um uns aufzuwärmen, während wir die ungeduldigen Fragen des kleinen Victor Lord beantworteten.

Als der Signaloffizier meldete, daß er Kontakt mit der *Great Director* hätte, drängten wir uns alle in dem kleinen Fernsehraum. Hudds dickes Gesicht erschien auf dem Bildschirm. „Schießen Sie los, Jim! Was ist mit dem Fort passiert?"

„Evakuiert, Mr. Hudd."

„Aber warum denn?"

„Das konnten wir leider nicht feststellen," erwiderte Cameron. „Der Abzug der Truppen ist ordnungsgemäß verlaufen. Die meisten Akten wurden entfernt oder vernichtet. Die Waffen wurden abgeschaltet, aber nicht zerstört. Die Männer haben ihren persönlichen Besitz mitgenommen. Wir haben keine Spuren von Gewaltanwendung gefunden."

„Und wann ist das alles passiert?"

„Ich glaube, vor etwa zwei Jahren, nachdem die Arbeitseinheit abgeflogen ist. Die Daten auf den Kalenderblättern und auf den Inspektionskarten zeigen an, daß die Leute bis dahin hier waren. Und die Staubschicht, der verminderte Luftdruck und die niedrigen Zahlen am Zählwerk des Hauptreaktors lassen darauf schließen, daß sie nicht viel länger hiergeblieben sind."

Hudd wandte sich an Doyle und Lord, um ihnen ein paar wütende Fragen entgegenzuschleudern. Lords Arroganz hatte sich nun in kriecherische Unterwürfigkeit verwandelt. Er erklärte, daß ihn die Beschleunigungskrankheit dazu gezwungen hätte, an Bord auf unsere Rückkehr zu warten.

„Sehr merkwürdig . . ." Hudds gerunzelte Stirn verriet, daß er einigermaßen verwirrt war. „Ich habe das Gefühl, daß die gesamten Arbeitseinheiten in Gefahr sind, solange wir nicht herausfinden, was da passiert ist. Captain Doyle, Sie werden sofort zur Erde weiterfliegen. Landen Sie in Americania. Stellen Sie fest, was dem Direktorat zugestoßen ist und welche Feinde wir vernichten müssen, um es wiedereinzusetzen. Treffen Sie alle Vorsichtsmaßnahmen, die Sie für nötig halten. Diesmal dürfen Sie keinen Fehlschlag erleiden."

Doyle salutierte. „Zu Befehl, Mr. Hudd."

Hudd erwiderte den Gruß, dann wandte er sich an Lord. „Und Sie, Mr. Lord, sollten sich zusammenreißen, damit Sie möglichst bald wieder gesund werden."

4.

Am nächsten Tag kreiste unsere Rakete langsam über Americania – der glanzvollen Hauptstadt, die Tyler gegründet hatte. Von sentimentalen Gefühlen bewegt, hatte er die Stadt auf dem Gebiet der Farm im Mittelwesten errichten lassen, wo er auf die Welt gekommen war. Wir starrten durch die Luken hinab, in wachsender Verwirrung und Angst. Stadtteile waren durch Explosionen oder Brandkatastrophen zerstört worden, vor so langer Zeit, daß der üppige grüne Wald sich inzwischen auf den geschwärzten Ruinen und den verbogenen Gerüsten aus verrostetem Stahl ausgebreitet hatte. Aber der Großteil der Stadt war unversehrt geblieben.

Stolze Türme ragten wie monolithische Denkmäler des größten

Imperiums in der Menschheitsgeschichte empor. Tyler hatte seinen Architekten befohlen, eine tausendjährige Stadt zu bauen. Americania bestand aus Granit – aus grauen, kolossalen Massen, durchsetzt mit kontrastierendem rotem und schwarzem Gestein.

Die breiten Straßen waren leer, nichts regte sich zwischen den Bauten. Aus dem von grünem Dschungel überwucherten Industriegebiet am Stadtrand ragten vereinzelte Schlote, aber keine Rauchwolken lagen darüber.

Hatten die Menschen Americania ebenso verlassen wie den Mond?

Die Angst davor jagte mir einen Schauer über den Rücken, und ich sah meine Gefährten hoffnungsvoll an. Der kleine Victor Lord war aschfahl im Gesicht, Schweißflecken sprenkelten sein Hemd. Seine beiden schwarzuniformierten Leibwächter hatten sich von den Luken abgewandt und unterhielten sich flüsternd, dann vergewisserten sie sich mit unbehaglichen Mienen, ob ihre Automatic-Waffen noch funktionierten.

Jim Cameron begann leise durch die Zähne zu pfeifen, und die Melodie eines alten Liebeslieds erfüllte den Raum. Der zwergenhafte Victor Lord wirbelte zu ihm herum. „Hören Sie mit diesem unverschämten Gepfeife auf!“ Zweifellos entsprang seine Wut hauptsächlich einer ängstlichen Verwirrung, aber seine Augen mit den schläfrigen Lidern sahen trotzdem gefährlich aus. „Schauen Sie mich an, wenn ich mit Ihnen rede! Ich verstehe nicht, wieso Mr. Hudd ein solches Vertrauen in Sie setzt. Ich warne Sie jedenfalls – nehmen Sie sich in acht!“ Seine kleine Hand schnellte zu der schweren Automatic, die an seiner Hüfte hing. „Was immer wir hier auch entdecken werden – es ist meine Pflicht, für Ihre Loyalität gegenüber der Wahrheitszentrale zu sorgen. Und was immer auch geschieht – Sie sollten das nicht vergessen!“

„Ich werde daran denken, Mr. Lord“, versprach Cameron

Captain Doyle landete schließlich auf dem Tyler Field – dem großen Raumflughafen am Stadtrand. Früher war dies das Tor gewesen, das zu den Planeten führte. Ich erinnerte mich noch, wie ich vor zwanzig Jahren in kindlicher Ehrfurcht das weitläufige Gelände bestaunt hatte, als wir darüber hinwegmarschiert waren und folgsam das Tyler-Lied gekreischt hatten, auf unserem Weg zum Fort America und zum Dunklen Stern. Als ich den Flughafen jetzt durch die kleine Luke betrachtete, wurde mir fast übel – so sehr hatte er sich verändert. Wie der Raumflughafen von Fort America lag er völlig verlassen da – nur waren hier das Wetter und der Zahn der Zeit am Werk gewesen. Grünes Leben hatte jedes Fleckchen freie Erde überflutet, quoll aus jeder Ritze des Pflasters.

Geschäftsgebäude und Warenhäuser standen verlassen nebeneinander, offene Türen gähnten, Dächer waren eingestürzt. Hie und da entdeckte ich geschwärzte Ruinenwände. Und aus den Ritzen jedes Gebäudes wuchsen Büsche und Unkraut. Jenseits der großen gepflasterten Fläche bot sich der traurigste Anblick – hohe Raketen auf dem Hallenvorfeld. Obwohl sie klein waren im Vergleich zu den enormen interstellaren Kreuzern vom Ausmaß der *Great Director* ragten einige doch viele Hundert Fuß hoch auf über dem zerbröckelten, von Unkraut überwachsenen Beton. Sie standen da wie die Zenotaphe des toten Direktorats.

Einst waren sie stolze Schiffe gewesen. Sie hatten die Arbeitskräfte und das Metall zum Mond transportiert, als Fort America entstanden war. Sie hatten Arbeitseinheiten zum Mars befördert, waren unter die Wolken der Venus getaucht, hatten die kalten Monde des Jupiter und des Saturn erforscht. Sie waren die langen Arme, die mächtigen Fäuste des Tyler-Direktorats gewesen, die eisernen Füße, die auf der kraftlosen Menschheit herumgetrampelt waren.

Nun standen sie inmitten von Unkrautpflanzen, zeigten zum leeren Himmel hinauf, den sie einst beherrscht hatten. Rote Rostwunden hatten ihre glatte Haut zerstört, an den Stellen, wo meteorische Partikel den glatten Stahl verletzt hatten. Eines der Schiffe war umgefallen, der große Rumpf entzweigebrochen. Die Stahlbalken, die sich durch die rotgefleckte Haut gebohrt hatten, sahen wie rote, zerbrochene Gebeine aus. Die Abschußrampe unter dem Rumpf war zertrümmert worden, so daß ein dichter Dschungel rings um das Wrack entstanden war.

Schweigend kletterte Captain Doyle die Leiter herab, die vom Kommandoraum nach unten führte. „Ein Friedhof“, sagte er verwirrt.

„Ein Friedhof voller schöner alter Schiffe . . . In der alten *Paul Jones* da drüben habe ich meinen ersten Übungsflug zum Mars absolviert." Traurig drehte er sich zu uns um. „Haben Sie alle Ihre Geräte bereit, Mr. Cameron? Dann wollen wir aussteigen. Vielleicht können wir herausfinden, was hier vorgefallen ist."

„Halt, Doyle!" Lords nasale Stimme bebte vor Angst. „Sollten wir nicht die Luft testen? Vielleicht ist was mit der Atmosphäre passiert."

Doyle wandte sich zu Cameron um und hob die Brauen.

„Das ist sicher nicht nötig, Mr. Lord", sagte Cameron respektvoll. „Sehen Sie das graue Eichhörnchen, das da unten neben dem Wrack von Baum zu Baum hüpft? Ich denke, die Luft ist in Ordnung."

„Überlassen Sie das Denken mir!" Der kleine Mann von der Wahrheitszentrale stand steifbeinig auf. „Testen Sie die Luft!"

Ich ließ durch eine Röhre in der inneren Schleusenkammer ein Testfläschchen hinab, um eine Luftprobe zu holen. Cameron studierte aufmerksam die bunten Indikatoren, dann sagte er mit einem höflichen Lächeln: „Der Sauerstoffgehalt ist normal, Mr. Lord. Die Luft ist ein bißchen radioaktiv – aber das ist auf unsere Düsen zurückzuführen. Jedenfalls sind keine Giftstoffe festzustellen – weder chemische noch biologische."

„Dann können wir ja aussteigen." Doyle sah Cameron und mich zweifelnd an. „Ich weiß nicht, was uns da unten erwartet. Wenn Sie es wünschen, werde ich Sie bewaffnen."

„Das werden Sie nicht tun!" protestierte der Zwerg von der Wahrheitszentrale. „Diese Männer sind vermutlich Meuterer, Doyle. Ich werde kein solches Risiko eingehen."

Doyles kantiges Kinn begann zu zucken. „Mr. Lord", begann er, „ich glaube, der SBI hat nichts gefunden, was . . ."

„Es spielt keine Rolle, Captain", fiel ihm Cameron ins Wort. „Wir müssen ohnehin unsere Geräte schleppen. Außerdem bezweifle ich, daß uns ein Revolver viel nützen würde, nachdem Fort America versagt hat."

Lord sah ihn erschrocken an, dann flüsterte er seinen beiden Leibwächtern etwas zu. Ihre unbehaglichen Blicke wanderten zu Cameron.

Doyle stieg als erster die Leiter hinab. Luft zischte herein, die Schleusentore flogen klirrend auf. Wir folgten ihm durch die Schleusenkammer und sprangen zu Boden.

Wir liefen weg von unserer Rakete, in deren Umkreis die Luft vielleicht doch verseucht war durch die Ionendüsen, dann blieben wir stehen, um Atem zu holen.

Die Erde! Zwanzig Jahre lang hatten wir von ihr geträumt. Hier auf der nördlichen Hemisphäre hatte der Sommer begonnen. Der Himmel war von einem wunderbaren milchigen Blau, mit Wattewölkchen geschmückt. Die Vormittagssonne schien warm auf uns herab. In der Luft lag ein Duft, der alte Erinnerungen weckte – der starke Duft von grünem Leben, das aus dem feuchten Verfall gewachsen war. Ich hörte ein tiefes Brummen, einen Laut, an den ich mich nur vage erinnerte, und dann entdeckte ich eine Hummel.

Die warme Erde lebte – und über der leeren Stadt kreiste ein schwarzer Vogel.

Lord lief uns nach durch das wuchernde Unkraut und stieß einen nasalen Schreckensschrei aus. Er war über einen weißen Totenschädel gestolpert, der nun vor ihm herrollte. Wir fanden den Rest des Skeletts – und einen rostigen Revolver, der daneben auf dem brüchigen Beton lag. Wir durchstöberten das Unkraut, entdeckten mehrere formlose Klumpen aus Schwermetall, von Hitze verdunkelt, und einen verbogenen Penny, auf dem noch Tylers Profil zu erkennen war. Cameron fand flachgedrückte Kästen, die mehrere zerbrochene Uhren enthielten, ein Brillantarmband mit halbgeschmolzenen Gliedern und geschwärzten Steinen. Doyle hob einen verrotteten Dolch auf.

„Eine seltsame Beute." Cameron blickte sich verwirrt um.

„Alles verbrannt, das Geld geschmolzen . . . Vielleicht ist der Bursche da drüben ein Ex-Dieb, der von einem Blitz getroffen wurde."

Lord feuerte eine Kugel in den Totenschädel, vermutlich nur, um seine Automatic zu testen. Das Gebein verwandelte sich in weißen Staub. Er steckte die Waffe wieder in die Halfter, mit einer Befriedigung, in die sich Unbehagen mischte. Dann wischte er sich den Schweiß von der blassen Stirn und folgte uns vorsichtig.

Wir gingen zum nächsten Schiff. Der schimmernde, geschwungene Rumpf ragte dreihundert Fuß hoch auf, von langen Rostnarben durchzogen. Es war ein Frachter, der einst Metall vom Mars zur Erde befördert hatte, wie Doyle uns erzählte. Wir folgten ihm über eine rostige Gangway in die Schleusenkammer. Das innere Schleusentor war geschlossen. Wir drehten an den Rädern, stemmten uns dagegen, bis sie widerwillig und stöhnend aufsprang. Stickige Luft drang uns entgegen, als wir in staubiges Dunkel taumelten.

Es gab keinen Strom, der uns Licht spenden und die Lifte in Gang setzen konnte. Das Interphonsystem war tot. Mit unseren Taschenlampen erforschten wir die schweigende Finsternis, und Doyle führte uns durch den Leiterschacht neben dem Lift nach oben. Lord beschloß, zusammen mit seinen Leibwächtern unten zu bleiben. Doyle kletterte in den Laderaum und stieß einen erstaunten Fluch aus.

„Plutonium! Hunderte von Tonnen in Kadmiumfässern – genug, um halb Amerika in die Luft zu jagen und Hunderte von Millionen wert!" Er drehte sich zu Cameron um. „Warum haben sie das zurückgelassen?"

Wir kletterten weiter nach oben, um die Antwort auf diese Frage zu finden. Mit den schwachen Strahlen unserer Taschenlampen leuchteten wir in jede Kabine. Alles war in bester Ordnung. Die Kombüse war blitzsauber. Der Atomgenerator war entladen und gesichert worden.

Wir fanden keine weiteren Skelette.

Im Kommandoraum entdeckten wir staubige Karten, auf denen die Planeten und ihre Bahnen eingezeichnet waren, sauber zusammengefaltet. Astronautische Instrumente steckten ordentlich in ihren Wandgestellen. Doyle öffnete einen unverschlossenen Safe und stieß einen Triumphschrei aus. „Jetzt werden wir gleich alles wissen. Da ist das Logbuch."

Er blätterte in den vergilbten Seiten. Eifrig beugten wir uns vor, um die knappen, routinemäßigen Eintragungen zu lesen, die einen ereignislosen Rückflug vom Mars beschrieben. Alle vier Stunden waren diverse Beobachtungen und per Computer festgestellte Positionen säuberlich notiert worden, sowie stündlich die Sonnenposition und der scheinbare Durchmesser des Gestirns. Das Datum der letzten

Eintragung stimmte mit dem Datum überein, das wir auf den Kalenderblättern im Fort America gesehen hatten. ‚Routinelandung auf dem Tyler Field. Schiff heute wegen Equalizers verlassen.' Das war alles.

„Das verstehe ich nicht." Doyle schüttelte den Kopf und starrte auf die vergilbte Seite. „Ein Raumschiff voll tüchtiger Offiziere – und offenbar eine loyale Crew ... Ein Routineflug, eine Routinelandung ... Kein Hinweis auf irgend etwas Außergewöhnliches ..." Er sah Cameron an. „Da muß irgend etwas passiert sein. Irgend etwas hat sie veranlaßt, davonzulaufen, ihre Jobs aufzugeben, ihre Pflicht zu vergessen – und ein Schiff mitsamt einer Fracht, die Hunderte von Millionen wert ist. Ich begreife das einfach nicht."

Wir kehrten zurück zu unserer Rakete und flogen in die Nähe der verlassenen Stadt. Als wir am Stadtrand landeten, auf dem Gebiet, das von einer ungeheuren Explosion flachgedrückt war, zeigte der Detektor eine geringfügige Radioaktivität im versengten Schutt an.

„Eine Atomexplosion", sagte Cameron.

„Das war aber keines unserer Standard-Roboterprojektile", fügte Doyle hinzu. „Ein Schuß von meiner Abschußbasis im Fort America aus hätte ein hundertmal so großes Gebiet verwüstet."

Wir flogen über eine Straße, in der leere Villen standen. Doyle erzählte uns, daß hier prominente Offiziere des Direktorats in einer exklusiven Kolonie gewohnt hätten. Dann landete er auf einer gepflasterten Fläche, die eine Lichtung im Unkrautdschungel bildete. Rissige Wände säumten die Straße, von Kletterpflanzen bewachsen. Vor einem der Gebäude stand ein hohes, reichverziertes Bronzetor offen, und wir gingen durch ein Gewirr wilder Pflanzen zu einem Haus, passierten eine unverschlossene Tür. Staubiges Schweigen empfing uns.

Wir fanden keinen Hinweis auf einen Volksaufstand, keine Kugeleinschläge, keine menschlichen Gebeine, keine zertrümmerten Möbel, keine geplünderten Schränke oder Safes. Der Kühlschrank in der großen Küche war leer, aber in den Schränken fanden wir Kristallgläser und schönes Porzellan. Die düstere Bibliothek enthielt Tausende von Bänden – aber leere Stellen verrieten, daß einige

Bücher verschwunden waren. In hohen Schränken hingen mottenzerfressene Kleider. In einem offenen Wandsafe entdeckte Doyle Papiere, die ihn in neues Staunen versetzten.

„Sie haben ein Vermögen zurückgelassen", sagte er ungläubig.

„Dieser Mann – seine Exzellenz, A. P. Watts, Direktor-General von Westafrika, muß ein Leben lang Aktien und Versicherungspolicen gesammelt haben. Dann ist irgend etwas passiert, und er lief einfach davon und ließ alles zurück." Flehend sah er Cameron an. „Ich verstehe es nicht. Sie wurden nicht getötet – sonst hätten wir mehr Skelette gefunden. Sie hatten keine Angst – denn sonst hätten sie ihre Türen verbarrikadiert und Schüsse abgefeuert – oder zumindest ein Möbelstück umgeworfen. Aber sie haben alles in Ordnung gebracht, ein paar brauchbare Sachen mitgenommen – und sind verschwunden. Aber warum?"

Wir flogen zu einem exklusiven Einkaufszentrum, wo die ehemaligen hohen Beamten des Direktorats vielleicht einmal Parfums und Schmuck und Pelze für ihre Geliebten gekauft hatten. Viele Regale in den Läden waren leer, als hätte man die Waren einfach davongetragen, aber wir fanden keine Spuren von Gewaltanwendung. Hinter unzerbrochenen Schaufensterscheiben sahen wir Modeschmuck, der seinen Glanz verloren hatte, Verkaufskassen waren immer noch voller Geld, und ich sah, daß sich Lords Leibwächter heimlich die Taschen vollstopften.

Dann landeten wir in der Stadtmitte, auf der breiten, leeren Tyler Avenue. Stille, tote Granitwände ragten ringsum auf, aus jeder Ritze des heißen Pflasters wuchs Unkraut. Ein paar Spatzen stritten lautstark auf einem Fensterbrett.

„Hier war einmal die Wahrheitszentrale." Doyles Stimme klang unangenehm laut in der sonnigen Stille. „Wenn es einen Kampf gegeben hat, einen Krieg oder eine Rebellion, müßten wir hier Spuren finden."

Ich blickte zu den toten Mauern auf und erinnerte mich, daß ich einmal hier gewesen war – bei einem Pfadfindertreffen, in dem Jahr, als ich sieben geworden war. Da war der große purpurrote Granitbalkon, wo Tyler oder vielleicht eines seiner Doubles gestanden und mechanisch gewunken hatte, als wir vorbeimarschiert waren, das Tyler-Lied auf den Lippen.

Eine Ringelnatter sonnte sich auf den Stufen vor dem großen Gebäude der Maschinenzentrale. Mit einer nervösen Bewegung riß Lord seine Automatic aus der Halfter und feuerte einen Schuß in ihren Kopf. Der Krach zerriß die heiße Stille, hallte hundertfach verstärkt von den Granitwänden wider. Der kleine Mann und seine Leibwächter drängten sich ängstlich aneinander, und wir lauschten alle unbehaglich, aber die Echos verklangen, nichts regte sich. Die tote Stadt war nicht zum Leben erwacht.

Doyle führte uns die Stufen hinauf, an der toten Natter vorbei. Sprachlos vor Ehrfurcht betraten wir die große quadratische Säulenhalle, den heiligen Schrein des Direktorats. Tyler hatte die Stätte seiner Geburt mit einer Kolonnade aus rotem Granit umgeben, majestätischer als Karnak.

Wieder regten sich Erinnerungen in mir. Nach jenem Pfadfindertreffen hatte jeder Junge als persönliches Geschenk von Tyler eine Ansichtskarte von dem Schrein bekommen. Unter den aufragenden Säulen war das kleine Farmhaus zu sehen, mit einem Garten voller Glyzinien und Gladiolen, und mitten drunter stand der Apfelbaum, auf dem der Direktor als kleiner Junge zu klettern pflegte.

Aber jetzt war dieser historische Baum tot, das Farmhaus war zusammengebrochen. Die mächtigen Purpursäulen erhoben sich aus einem grünen Meer aus Unkraut und Gebüsch.

Neben dem unbrauchbaren Aufzug stiegen wir eine schmale Treppe hinauf, Tylers Tür, zwischen zwei leeren Wachthäuschen, war unverschlossen. Wir gingen durch die Pracht der großen Räume, fanden nirgends Spuren von Gewalt. Hinter Tylers Schreibtisch, hinter dem Stuhl, auf dem er gethront hatte, hing ein verblichener Wandteppich, mit den drei Insignien der Wahrheitszentrale geschmückt. Das massive Tor eines Safes ließ sich mühelos öffnen. Es enthielt Dokumentenmappen mit den Aufschriften ‚Nur für den Dienstgebrauch‘ oder ‚Vertraulich‘ oder ‚Top Secret‘. Briefe, Berichte, Dekrete – die Staatspapiere des Direktorats, achtlos zurückgelassen . . .

Mit einem schrillen Schrei entdeckte Lord einen Berg von Beuteln, die unter den staubigen Dokumenten auf dem Boden des Safes lagen. In fieberhafter Hast öffnete er einen Beutel, goldene Münzen fielen heraus. „Millionen – einfach zurückgelassen!" Seine Augen glitzerten so gelb wie das Metall, und seine nasale Stimme bebte. „Hier muß eine schreckliche Panik ausgebrochen sein – sonst hätten sie niemals das Gold zurückgelassen."

Aber Cameron zeigte ruhig auf mehrere leere Regale, auf einen schwarzen Metallpapierkorb neben dem Schreibtisch, voll grauer Asche. „Hier ist keine Panik ausgebrochen, Mr. Lord", sagte er respektvoll. „Tyler hatte genug Zeit, die Papiere, zu verbrennen, die er vernichten wollte. Aber ich glaube, er ist einfach hinausgegangen."

„Aber Tyler würde doch niemals das ganze Direktorat aufgeben."

Der verblichene Luxus der großen Räume gab uns keinen Aufschluß. In den getäfelten Wänden waren keine Kugeleinschläge zu finden. Die staubigen Teppiche wiesen keine Blutflecken auf. Das große Bett des Direktors war ordentlich gemacht worden.

Doyle kam zu Cameron und flüsterte die Frage, die uns alle verfolgte: „Wohin sind sie gegangen?"

Cameron rieb sich mit einem braunen Zeigefinger über das schmale Kinn. „Sehen wir einmal auf dem Land nach."

Doyle starrte ihn verständnislos an. „Warum?"

„Die Menschen pflegten aus gewissen Gründen in den Städten zu leben. Sie arbeiteten für große Konzerne, dienten im Atomaren Militär oder waren der Wahrheitszentrale beigetreten. Vielleicht gibt es diese Gründe nicht mehr."

Lord blinzelte schläfrig. „Hüten Sie Ihre Zunge! Ich glaube, Sie haben in Mr. Hudds Bibliothek zuviel gelesen. Ich werde Ihre gefährlichen Ansichten melden müssen."

Wir flogen aus der Stadt und landeten außerhalb von Americania, wo eine Autobahn einen schmalen Strich durch Wälder und Dickicht zog. Wir stiegen aus, und plötzlich zeigte Cameron auf ein Schild, das mitten auf der Straße stand.

Verwirrt starrten wir auf die großen gelben Buchstaben. ‚Gefahr! Hauptstädtisches Gebiet!'

5.

„Nun?“ Doyle sah Cameron an.

„Eine bemerkenswert starke Aluminiumlegierung, mit einem glasartigen Lack überzogen . . . Offenbar haben die Leute das Schild hergestellt und hier postiert, nachdem sie die Stadt verlassen hatten – um die Menschen von Americania fernzuhalten.“ Er begann wieder fröhlich zu pfeifen, brach aber ab, als er Lords gerunzelte Stirn sah. Seine blauen Augen glänzten in erwartungsvollem Eifer.

„Und?“ drängte Doyle.

„Ein interessanter Anhaltspunkt, aus dem sich mehrere Schlüsse ziehen lassen . . .“ Er begann sie an seinen braunen Fingern abzuzählen. „Erstens, hier gibt es Menschen. Zweitens, sie verstehen was von Metall- und Glastechnologie. Drittens, sie sind gesellschaftlich so weit organisiert, daß sie öffentliche Schilder aufstellen. Viertens, sie mögen keine Städte.“ Sein Blick wanderte an dem Silberpfeil der Rakete vorbei zu dem dunklen Tunnel aus Blättern und Zweigen, der sich über der alten Straße wölbte. Leise begann er ein anderes Lied zu pfeifen, dann sah er rasch Doyle an. „Folgen wir der Straße, Captain, im Tiefflug. Ich glaube, wir werden auch dabei weitere bezeichnende Schilder finden.“

„Gut . . .“, begann Doyle, aber der kleine Mann von der Wahrheitszentrale fiel ihm mit scharfer Stimme ins Wort.

„Ich trage hier die Verantwortung, und ich bin dagegen. Die Düsen sind zu laut und zu hell. Man könnte uns sehen – vielleicht aus dem Hinterhalt töten. Vergessen Sie nicht dieses geschmolzene Geld! Nein, wir müssen die Rakete hier verstecken und unseren Weg zu Fuß fortsetzen.“

Doyle nickte ernst. „Eine kluge Vorsichtsmaßnahme . . .Wir nehmen ein Radiophon mit, dann können wir zurückrufen.“

Wir ließen die glänzende Rakete, versteckt zwischen hohen Bäumen, zurück und betraten vorsichtig den grünen Tunnel. Dicke Äste verdeckten meist den Himmel, Ranken und Farne bildeten zu beiden Seiten der Straße dicke Wälle. Eichelhäher kreischten uns an, unsichtbare Wesen raschelten im Gebüsch. Einmal begegneten wir einem roten Reh. Regungslos stand es auf einer kleinen Lichtung bis Lords Hand zur Automatic schnellte. Da lief es davon.

Das Halbdunkel des Waldes verfinsterte auch meine Gedanken. In meiner Phantasie wurde das Rascheln zu hastigen Rückzügen des Feindes. Und als ich mich erinnerte, daß die beiden anderen Landetruppen längst überfällig waren, wünschte ich mir, daß ich eine Waffe besäße.

Cameron ging voran. Sein Schritt war leicht und federnd, in seinen Augen lag immer noch jener erwartungsvolle Ausdruck. Wir hatten etwa drei Meilen zurückgelegt, als er die alte Straße verließ und sich einen Weg durch das Farn und die wirren Ranken bahnte. Wir folgten ihm. Nach einigen Yards traten wir ins helle Tageslicht, an den felsigen Rand einer niederen Sandsteinklippe.

„Die Schilder“, sagte er leise. Er deutete in ein breites Tal hinab, in dem Wiesen zwischen dunklen Wäldern lagen. Die Sonnenstrahlen spiegelten sich in eimem Fluß, aber ich sah keine Menschen.

„Dort steht ein Haus, an der gegenüberliegenden Klippe. Mit roten Wänden und einem grünen Dach.“

Da sah ich das Haus – ein hübsches Gebäude, das mit der Landschaft zu verschmelzen schien.

„Ich habe einen Mann singen hören“, sagte Cameron.

Ich lauschte. Es war jetzt Nachmittag, und eine sanfte Brise vertrieb die Stille des Mittags. Blätter begannen sich träge zu bewegen. Ich hörte das schläfrige Summen von Insekten, das kühle Murmeln eines fließenden Gewässers, den Gesang einer Spottdrossel – alles wunderbare Geräusche, halb vertraut, die meine Kinderjahre zurückzubringen schienen.

„Hör doch!“ drängte Cameron.

Und da ertönte ein klarer Jodelruf, wurde von einer Frauenstimme beantwortet.

„Wir müssen in Deckung gehen“, flüsterte Lord. „Studiert ihre Waffen und laßt euch nicht aufstöbern! Wenn wir entdeckt werden, feuern wir zuerst!

„Glauben Sie wirklich, daß es nötig sein wird, auf die Leute zu schießen?“ protestierte Cameron.

„Ich bestimme, was hier geschieht.“ Lords schläfrige Augen verengten sich drohend. „Ich dulde keine Einmischung von Ihrer Seite.“

Durch eine Schlucht, von Farnkraut überwuchert, stiegen wir ins Tal hinab. Wir wateten durch den klaren Fluß und kletterten am anderen Ufer durch die Wälder wieder bergauf. In der Nähe des Hauses war der Wald gerodet worden. Wir durchquerten einen Garten, in dem junge Apfelbäume standen, und näherten uns den menschlichen Stimmen.

Während der zwanzig Jahre im All hatten wir es nicht nötig gehabt, uns leise zu bewegen, und so waren wir auch keine Experten in der Kunst, sich leise anzuschleichen. Trockene Blätter raschelten, Zweige knackten unter unseren Füßen, Kieselsteine klirrten. Lord drehte sich mehrmals um und befahl flüsternd, wir sollten uns ruhiger verhalten. Schließlich erreichten wir auf allen vieren den grasbewachsenen Rand einer anderen Schlucht und blickten auf die beiden ahnungslosen Menschen hinab.

Sie hatten eine Maschine in Betrieb gesetzt. Die junge Frau saß in einem kleinen Wagen aus glänzendem Aluminium und betätigte ein paar Schalthebel. An einem langen Metallarm hing ein Eimer mit gezahntem Rand und schöpfte Erde und Steine aus der Schluchtwand, um einen Mahltrichter zu füllen. Der Mann hielt einen biegsamen Schlauch in der Hand und goß eine dicke gelbe Flüssigkeit aus der Maschine in eine Metallform an der anderen Schluchtwand. Nach einer Weile regulierte er die Platten der Form, dann goß er wieder Flüssigkeit hinein. Ich sah, daß zwischen den Platten ein massiver Damm wuchs. Nur ein gedämpftes Summen war zu hören – und gelegentlich klirrte der Eimer, wenn er einen Stein streifte. Er fraß die dunkle Erde – und dann quoll gelber Beton aus dem Schlauch.

Erstaunt starrte ich Cameron an. Er nickte zufrieden. „Ein schöner Fortschritt – auf dem Gebiet der basischen Technologie.“

„Still!“ zischte der Lord.

Der Mann rief dem Mädchen etwas zu, und sie bewegte die Maschine auf ihren breiten Raupengleisen. Als ich die beiden beobachtete, empfand ich ein wachsendes Vergnügen. Zwanzig Jahre lang hatte ich vom Leben auf der Erde geträumt. Hier war zumindest eine Spur davon zu sehen – die Spur eines Lebens, das jeder glückliche Mann zu führen hoffte.

Der Mann war groß und schlank und braungebrannt. Er trug Shorts, und der Schweiß auf seinem nackten Oberkörper glänzte in der Sonne wie ein dünner, seidiger Film.

Manchmal hielt er in der Arbeit inne, um Atem zu holen und das Mädchen anzulächeln.

Hin und wieder unterhielten sie sich.

„Gibt es Pilze zum Essen?"

„Sollen wir auf der südlichen Terrasse einen Fliederstrauch pflanzen?"

„Ich habe mir schon einen Namen ausgedacht, Liebling. Nennen wir ihn doch Dane Barstow. Dane Barstow Hawkins."

Mein Atem stockte. Dane Barstow – so hatte mein Vater geheißen. Aber warum sollte der noch ungeborene junge Hawkins nach einem erfolglosen Verräter benannt werden, der sicher schon längst in den Arbeitslagern der Wahrheitszentrale gestorben war?

Aber dann vergaß ich diese Überlegungen, beobachtete wieder das junge Paar. Ihr Glück weckte sehnsüchtige Träume in mir. Auch das Mädchen war sonnengebräunt, trotz ihrer Schwangerschaft immer noch schlank und sehr hübsch. Geschickt betätigte sie die Maschine – bis der Mann das Gleichgewicht verlor, als er am Schlauch zog und am Rand des Damms ins Wanken geriet. Mit einem Schreckensschrei schaltete sie die Maschine ab. Sekundenlang griff der Mann verzweifelt in die Luft, dann hatte er die Balance wiedergefunden. Sie lachte erleichtert.

„Liebling wenn du dich jetzt hättest sehen können! Bitte, sei in Zukunft vorsichtiger! Du bist viel zu kostbar, um in einem Damm eingemauert zu werden. Wenn du müde bist, hören wir lieber auf. Ich bin ohnehin schon hungrig."

„Lachst du mich aus?" In gespieltem Zorn starrte er sie an, dann grinste er, hängte den Schlauch an einen Haken, sprang vom Damm herab und lief auf das Mädchen zu.

„Feuer!" flüsterte Lord, und sofort krachten die Automatics. Das

Mädchen brach neben der gleißenden Maschine zusammen, der Mann machte noch einen Schritt, dann stieß er einen erstickten Schrei aus und fiel auf die reglose Gestalt zu seinen Füßen.

„Mein Gott!" schrie Doyle. „Was haben Sie getan!"

Der zwergenhafte Mann von der Wahrheitszentrale feuerte noch zwei Schüsse ab. Die Kugeln bohrten sich in die zitternden Körper. Ätzender Rauch drang mir in die Nase. Lord nickte seinen beiden Leibwächtern zu und richtete sich langsam auf. „So! Sie sind uns nicht entkommen." Seine nasale Stimme klang erschreckend zufrieden. „Ich dachte, sie hätten uns gesehen. Nun können wir in Ruhe die nötigen Nachforschungen anstellen und dann ins All zurückkehren. Doyle, rufen Sie die Rakete an! Die Leute sollen sofort herfliegen. Cameron, inspizieren Sie diese Maschine! Mr. Hudd wünscht einen vollständigen Bericht. Und dann werden wir nach ihren Waffen suchen."

Doyle besaß die Disziplin eines guten Offiziers. Er war leichenblaß geworden, aber jeder Protest mußte warten, bis er an der richtigen Stelle eingereicht werden konnte. Gehorsam griff er nach dem kleinen Radiophon, das ich getragen hatte.

Cameron war nicht so diszipliniert. „Sie Narr!" Wütend starrte er Lord an. „Sie mörderischer Narr! Dafür hatten Sie keinen Grund!" Er ballte die braunen Hände, und einen schrecklichen Augenblick lang dachte ich, er würde den Mann von der Wahrheitszentrale schlagen. Auch Lord mußte das befürchtet haben, denn er nickte seinen Leibwächtern zu und trat blitzschnell einen Schritt zurück.

„Bitte, Jim!" Ich griff nach seinem zitternden Arm. „Sie werden uns erschießen."

„Ganz recht." Lord trat noch einen Schritt nach hinten. „Wenn Sie noch einmal Ärger machen, werde ich euch beide mit dem größten Vergnügen niederknallen. Jedenfalls werde ich Ihren Ungehorsam melden. Und jetzt inspizieren Sie die Maschine – wenn Sie am Leben bleiben wollen!"

Wütend schüttelte Cameron meine Hand ab. Herausfordernd starrte er dem kleinen Mann in die Augen. Langsam hob Lord seinen Revolver, mit einem schiefen Lächeln auf den dünnen, blassen

Lippen. Cameron schluckte, dann zuckte er mit den Schultern und ging auf die schimmernde Maschine zu.

Lord und seine Männer untersuchten die Leichen. Sie fanden keine Waffen. Die Revolvermänner kehrten mit einem Ring, einer Uhr und einem juwelenbesetzten Kamm zurück, den sie dem Mädchen aus dem Haar gezogen hatten.

Cameron attackierte voller Zorn die Maschine, als hätte er Lord vor sich. Aber dann schien ein plötzliches Interesse seinen Ärger zu dämpfen. Atemlos, mit geschickten Fingern untersuchte er das Gerät. Bald begann er durch die Zähne zu pfeifen.

Ich versuchte vergeblich, ihm zu helfen. Die Maschine verwirrte mich. Offenbar hatte sie gewöhnliches Erdreich und Steine in einen sehr massiven Beton verwandelt, der rasch fest wurde. Schon das war erstaunlich genug, doch wir sollten noch weitere Überraschungen erleben.

Die Maschine hatte anscheinend eine große Menge elektrischen Stroms verbraucht. Elektrische Motoren setzten die Räder des Fahrzeugs in Bewegung, ebenso den Eimer. Schwere Stromzuführungsschienen führten in den Zylinder, wo das Erdreich und die Steine in Zement verwandelt wurden. Aber seltsamerweise konnten wir die Stromquelle nicht finden. Es gab kein Leitungskabel, keine Batterien, keinen Empfänger für Stromquellen, nichts, das den Betrieb einer so kraftvollen Maschinerie erklärt hätte. Und doch war überall Strom – wovon mich ein elektrischer Schlag schmerzhaft überzeugte.

Verwirrt trat ich zurück, um Cameron zu beobachten. Er war so in seine Arbeit vertieft, daß ich ihm keine Fragen zu stellen wagte, studierte ein Stück Draht, das aus unersichtlichen Gründen zu einer Doppelspule mit seltsam gebogenen Windungen gedreht war. Geistesabwesend pfiff er vor sich hin.

Lord hatte seine Leibwächter zu beiden Seiten der Schlucht postiert, mit dem Befehl, sofort zu schießen, wenn ihnen etwas Verdächtiges auffallen sollte. Er stand am Rand der Schlucht und ließ Cameron nicht aus den Augen. Als Doyle die Rakete verständigt hatte, schickte Lord ihn ins Haus, das er untersuchen sollte, und ich mußte ihn begleiten.

„Seht euch nach Waffen um!“ rief er uns nach. „Seht zu, daß ihr möglichst viel herausfindet! Beeilt euch!“ Seine nasale Stimme klang schrill vor Angst. „Wenn die Rakete kommt, werden wir sofort verschwinden!“

Doyle stapfte in bitterem Schweigen dahin, bis wir außer Hörweite waren, dann stieß er einen wilden Fluch aus. „Dieser verdammte Narr! Die armen Farmer hätten uns alles erzählen können, was wir wissen wollen, in fünf Minuten! Aber dieser blutrünstige Trottel mußte sie unbedingt niederknallen.“ Wütend stieß er mit der Schuhspitze gegen einen Kieselstein. „Tut mir leid – ich meine, wegen Ihres Freundes Cameron . . .“ Er warf mir einen mitfühlenden Blick zu. „Lord mag ihn nicht, Sie wissen ja, was für Berichte er schreibt. Cameron ist erledigt. Er ist eben ganz einfach zu selbständig in seinem Denken.“

6.

Das langgestreckte, niedrige Gebäude schien aus einem Stück zu sein, verwachsen mit dem Hang der Schlucht. Offenbar war es aus dem gleichen Beton gebaut wie der Damm. Jeder Raum war in einem anderen Farbton gehalten, und die Wände fühlten sich glatt und warm an.

Die Möbel waren einfach, aber komfortabel. Das ganze Haus schien von Glück und Freiheit zu erzählen. Aber als ich an seine ermordeten Bewohner dachte, war mir, als fiele ein kalter Schatten auf die schönen Zimmer.

Hastig erforschten wir den gemütlichen Wohnraum, die Werkstatt, wo ein halbfertiger Tisch inmitten von Plastikspänen stand. Die große Küche war mit glänzenden Maschinen eingerichtet, der Kühlschrank mit Tiefkühlkost gefüllt.

Wir fanden keine Waffen, auch keine Antwort auf die Frage, warum die Menschen aus den Städten geflohen waren und ihren alten Lebensstil aufgegeben hatten. Statt dessen standen wir vor einem neuen Rätsel.

„Sie waren offensichtlich auf sich selbst angewiesen." Doyle blickte sich in den stillen Räumen um und versuchte, das Leben des ermordeten Paares zu rekonstruieren. „Ich glaube, sie haben das Haus ganz allein gebaut und eingerichtet, mit ihrer eigenen Hände Arbeit. Da drüben wollten sie einen neuen Raum hinzufügen, der noch nicht überdacht ist. Anscheinend haben sie ihre Nahrung auch selbst angebaut oder hergestellt. Die kleine Maschine im Schuppen ist eine Vorrichtung, mit der man Blätter und Zweige zu einer Art Kleiderstoff umwandeln kann. Alle diese Geräte müssen sehr viel Strom verbraucht haben." Verwirrt sah er mich an. „Aber woher kommt der Strom?"

Ich konnte nur mit den Schultern zucken. „Ich habe keine Leitungen in den Wänden des Hauses gefunden. Jede Maschine scheint ihren eigenen Strom zu erzeugen – ohne Batterie und Generator, genau wie die Maschine neben dem Damm."

Auf einem Tisch im Wohnzimmer fanden wir ein telefonartiges Instrument, in einer kleinen schwarzen Plastikkiste ohne Drähte. Doyle nahm impulsiv den Hörer auf, dann legte er ihn wieder zurück. „Wir könnten anrufen. Dann könnten wir vielleicht jemanden fragen – alles erfahren, was wir wissen wollen. Aber Mr. Lord wäre bestimmt dagegen."

Wir hörten das Dröhnen der Düsen und liefen in die Schlucht zurück. Doyle hatte eine Decke aus dem Haus mitgenommen, die er nun über die Toten breitete. In einem Pilz aus blauem Feuer landete die Rakete, hundert Yards vom Damm entfernt. Versengtes Unkraut glühte unter den breiten Kielflossen.

Lord wandte seinen wachsamen Blick von Cameron ab, um Doyle zu befragen. Aber als der Captain nur den Kopf schüttelte und mit den Schultern zuckte, schrie der kleine Mann Cameron an: „Beeilen Sie sich! Wir müssen losfliegen! Was haben Sie denn herausgefunden?"

Cameron kam auf ihn zu, ein Stück dicken Kupferdraht in der Hand, der zu einer seltsam geformten Spirale gedreht war und von einer Plastikstange zusammengehalten wurde. „Das ist es."

Die unterdrückte Freude in seiner Stimme drückte viel mehr aus als diese drei Worte. Ich starrte ihn an, denn irgend etwas schien ihn verwandelt zu haben. Er lächelte, und ein triumphierendes Glück erhellte sein Gesicht, das mich fast erschreckte.

„Nun?“ Lord wich einen Schritt zurück, als ob ihm Camerons strahlend blaue Augen Angst einjagten. Er nickte hastig, und die beiden Leibwächter rannten herbei. „Was ist das?“

Cameron hielt die Spirale mit dem Plastikstab hoch, mit feierlicher Ehrfurcht, als sei das Ding in seinen Händen ein einzigartiges, lange gesuchtes, uraltes Kunstwerk.

„Sprechen Sie!“ stieß Lord nervös hervor.

Cameron sah ihn an und grinste ironisch. „Das ist es, wonach wir so lange suchten – der Grund, warum die Menschen das Fort America aufgegeben und die Städte verlassen haben. Das ist es, was mit dem Direktorat und Tyler geschehen ist.“ Seine Augen verengten sich spöttisch. „Und das wird auch mit den Arbeitseinheiten geschehen“, fügte er in sanftem Ton hinzu, „und mit Mr. Hudd. Sogar mit Ihnen, Mr. Lord.“

Lords gelbe Augen begannen gefährlich zu glitzern. „Ich werde Ihre Unverschämtheiten nicht länger dulden! Sagen Sie endlich, was Sie gefunden haben!“

Cameron wandte sich an Doyle und mich. Wütend zückte Lord seinen Revolver, dann ließ er ihn langsam sinken. Vermutlich sah sogar er ein, daß es verrückt wäre, seine einzige Informationsquelle zu vernichten. Vielleicht hatte er auch ein wenig Angst vor Cameron. Aber ich wußte, daß er nach wie vor auf Rache sann.

Cameron ignorierte Lords unterdrückte Wut. „Chad, erinnerst du dich an das kleine Gerät, das wir Induktionsofen nannten? Nun, wir waren auf der richtigen Spur. Wenn ich nicht befürchtet hätte, daß ich die *Great Director* sprengen würde . . . Das ist es, was wir damals gesucht haben.“ Großzügig tat er so, als sei ich stets genau informiert gewesen. Ich hatte natürlich gewußt, daß jenes Gerät mehr war als ein Induktionsofen, denn es hatte in den Metallproben, die wir erhitzten, atomare Veränderungen bewirkt, während es gleichzeitig irgendwie Energie erzeugte. Soviel hatte ich gewußt – und den Mund gehalten. Aber ich hatte niemals verstanden, warum Jim diese Experimente vornahm und zu welchem Zweck.

Nun wandte sich Cameron impulsiv an Doyle. „Captain – kann ich mit Ihnen sprechen?"

„Natürlich." Doyle hob verwirrt die Brauen. „Worüber denn?"

„Über das da." Cameron hob das Ding in seiner Hand hoch. „Ich habe Sie stets bewundert, Captain, und ich möchte Ihnen jetzt mein Vertrauen schenken." Er sah zum Damm hinüber. „Ich werde Ihnen sagen, was das alles zu bedeuten hat – für Sie, für uns alle." Mit einem kurzen Seitenblick auf den kleinen Mann von der Wahrheitszentrale fügte er hinzu: „Wenn Sie mir nur zehn Minuten zuhören, Captain, werden Sie sich von Lord und seinesgleichen befreien können."

Doyle schüttelte verwirrt den Kopf. „Vorsicht, Cameron! Das klingt nach Verrat."

Cameron grinste spöttisch. „Dieses Wort wird es bald nicht mehr geben." Dann wurde seine leise Stimme wieder ernst. „Dieses kleine Gerät hat viele alte Gesetze aufgehoben. Ich wünschte, Sie würden mir zuhören, Rory. Ich weiß, was Sie jetzt denken. Aber ich werde Ihr Leben retten – wenn ich es kann."

Der kleine Victor Lord zitterte vor Wut. Seine Hand schwebte dicht über dem Revolvergriff. Aber Vorsicht oder Neugier mußten seinen Ärger bremsen, denn er hielt seine Leibwächter mit einer herrischen Geste zurück, als sie vorpreschen wollten. „Was soll dieses seltsame Benehmen, Cameron?" stieß er hervor. „Erklären Sie sich – bevor ich Sie niederschießen muß!"

Cameron drehte sich zu ihm um. „Ich glaube, das werden Sie nicht tun, Mr. Lord. Weil sie ein Anachronismus sind – genauso wie der Dinosaurier und die Atombombe. Der technische Fortschritt hat Sie überholt."

Lords schmales Gesicht wurde dunkelrot. Trotzdem schien es ihm wichtiger zu sein, das Geheimnis der Kupferspirale kennenzulernen, als an Cameron Rache zu üben. Er nickte seinen Revolvermännern verstohlen zu, die daraufhin links und rechts von Cameron Stellung bezogen. „Nun, was ist das für ein Gerät?"

Cameron wandte sich wieder an mich. „Du wirst mit mir kommen Chad, nicht wahr?" Seine leise Stimme klang flehend. „Wir müssen eine Aufgabe erfüllen – damit." Wieder hob er die kleine Maschine hoch. „Es ist nicht allzu gefährlich – wenn wir Glück haben. Ich brauche dich, Chad.“

Ich wollte mit ihm gehen – wohin immer er auch gehen würde. Aber ich sah die beiden Männer mit den ausdruckslosen Gesichtern, die sich vorsichtig hinter ihn schlichen. Ich sah die kalte Drohung in Lords gelben Augen, und ich erinnerte mich an den SBI und seine grausamen Methoden der Intensivbefragung. Irgendwie schien dieses Stück Draht mit dem Plastikstab meinen Freund größer und kühner zu machen – aber ich hatte die Macht, die es offenbar verlieh, noch nicht zu spüren bekommen. Verzweifelt schüttelte ich den Kopf.

„Schon gut, Chad.“ Er grinste mich an. „Vielleicht habe ich allein ohnehin bessere Chancen. Und ich werde alles tun, um dich zu retten.“

„Rühren Sie sich nicht vom Fleck!“ schrie Lord. „Wenn er eine falsche Bewegung macht, schießt ihn in die Knie!“ befahl er seinen Revolvermännern.

Cameron drehte sich mit ernstem Gesicht zu ihm um. „Rufen Sie die Burschen lieber zurück, Mr. Lord.“ Seine Stimme hatte einen seltsamen Klang, der mir einen Schauer über den Rücken jagte. „Jetzt wird es Zeit, daß Sie an ihre eigene Haut denken. Denn es war ein großer Fehler, den Mann und das Mädchen niederzuschießen. Sie sind hier nicht mehr sicher – und anderswo auch nicht mehr.“

Auch der kleine Mann von der Wahrheitszentrale mußte dieses seltsame Etwas in Camerons Stimme wahrgenommen haben, denn sein Gesicht wurde aschfahl. Er hob unbehaglich eine verschwitzte Hand, um seine Leibwächter zurückzuhalten, und blinzelte ängstlich.

„Ich werde zurückkommen“, sagte Cameron. „Aber ich rate Ihnen, mir nicht zu folgen.“ Er wandte sich ab und stieg hinter dem Damm den Hang der Schlucht hinauf.

Lord zögerte eine Weile, bleich und atemlos. Dann schrie er: „Lauft ihm nach! Schießt ihm in die Beine!“

Aber er rannte nicht voraus, und seine Männer waren offenbar nicht allzu versessen darauf, seinen Befehl auszuführen. Dieses Etwas in Camerons Stimme mußte ihnen gesagt haben, daß es unklug wäre, ihm zu folgen. Unsicher rannten sie ein Stück den Hang hinauf und feuerten blindlings in die Luft.

Irgend etwas blitzte dicht vor ihnen auf. Das schrecklich grelle Licht ließ uns zusammenzucken, und wir mußten unsere Augen mit beiden Händen schützen, sogar im hellen Sonnenschein. Und nach einem ohrenbetäubenden Krach zerfiel ein grüner Baum am Rand der Schlucht in rauchende Fragmente. Lord und seine Männer verzichteten darauf, Jim Cameron zu folgen. Sobald die Detonation verklungen war, rappelten sie sich aus dem Gras auf, in das sie sich bäuchlings geworfen hatten, und traten den Rückzug an.

„Dieser verdammte Pfadfinder!" stieß Lord keuchend hervor. „Das wird er noch bereuen." Mit zitternder Hand zeigte er auf die Rakete. „Wir gehen an Bord – und dann verschwinden wir!"

7.

Wir stolperten durch die Schleusentore, und Lord befahl Captain Doyle, mit voller Kraft zu starten. Aber noch bevor Doyle seinen Kommandoraum erreichen konnte, schrie der Signaloffizier durch den Leiterschacht: „Captain Doyle! Ich habe gerade Verbindung mit der *Great Director!* Mr. Hudd ist auf dem Bildschirm. Er will einen detaillierten Bericht hören – jetzt sofort, Sir!"

Die Erde hatte die Mikrowellenverbindung zwischen den beiden Schiffen durchbrochen, nachdem wir vor der Landung halb um die Kugel herumgeflogen waren. Aber durch die Drehung der Planeten lag uns das Flaggschiff inzwischen wieder in einer geraden Linie gegenüber, in der Verlängerung des Horizonts. Hudds Gesicht füllte fast den ganzen Bildschirm. „Nun, was ist los, Lord?"

„Eine Krisensituation, Mr. Hudd . . ." Auf Victor Lords Stirn glänzten Schweißperlen, und seine Stimme klang schrill. „Wir sind in Gefahr. Ich bitte um sofortige Starterlaubnis und werde Ihnen im All Bericht erstatten . . ."

„Was ist das für eine Krisensituation?" fiel ihm Hudd ins Wort. Lord schluckte unbehaglich. „Ihr cleverer Pfadfinder ist uns davongelaufen."

Hudd runzelte besorgt die Stirn. „Ich möchte einen vollen Bericht hören – jetzt gleich!"

„Aber Cameron hat eine Waffe!" protestierte Lord verzweifelt. „Irgend etwas, das wie der Blitz einschlägt!"

„Dann sind womöglich die gesamten Arbeitseinheiten in Gefahr", unterbrach ihn Hudd erneut. „Reden Sie endlich!"

Lord begann zu sprechen, während der Schweiß in Strömen über sein blasses Gesicht rann und seine Uniform durchtränkte. Hudd hörte ihm mit ernster Miene zu und wandte sich hin und wieder an Doyle oder mich, um Zwischenfragen zu stellen.

Es war Doyle, der ihm erzählte, wie Lord und die beiden Leibwächter ein Paar namens Hawkins niedergeschossen hatten. Hudd preßte die Lippen zusammen. Als wir unseren Bericht beendet hatten, schlug er vermutlich mit der Tyler-Büste auf seinen Schreibtisch ein, wie immer, wenn er nervös war. Wir konnten seine Hände zwar nicht sehen, aber wir hörten ein dumpfes Trommeln.

„Sie haben zwei Fehler gemacht." Seine kleinen Augen starrten Lord anklagend an. „Sie haben Cameron mit der lebenswichtigen Information, die Sie auf meinen Auftrag hin einholen sollten, entkommen lassen. Und Sie haben diese Leute ermordet, ohne die Gelegenheit wahrzunehmen, sie zu befragen. Ich fürchte, Sie haben unsere Ziele aufs Spiel gesetzt, Victor – und Ihre Zukunft."

Lord krümmte sich vor Hudds durchdringendem Blick wie ein geprügelter Hund, während sein Vorgesetzter mit lauter, aggressiver Stimme fortfuhr: „Wir müssen sofort etwas unternehmen, Victor, um die Situation zu retten."

„Ja – sofort, Mr. Hudd", sagte Lord hoffnungsvoll. „Sollen wir starten?"

„Sie bleiben, wo Sie sind. Nehmen Sie Kontakt mit den Einwohnern auf – wenn das möglich ist. Entschuldigen Sie sich und bieten Sie Schadensersatz für den Mord an. Versuchen Sie Zeit zu gewinnen. Erforschen Sie, wie die Leute bewaffnet sind, wie ihre militärische und politische Organisation aussieht."

Lord schluckte unbehaglich und nickte.

„Machen Sie Jagd auf Cameron, setzen Sie eine Belohnung für seine

Festnahme aus. Es war mein Fehler, daß ich ihm vertraut habe ... Sehen Sie zu, daß Sie ihn möglichst bald schnappen, und dann verhören Sie ihn – mit den bekannten Methoden. Danach liquidieren Sie ihn. Er ist zu weit gegangen." Bedauernd schüttelte Hudd den Kopf. „Schade", fügte er hinzu. „Ich habe ihn immer gern gemocht."

Ich fröstelte und hatte ein flaues Gefühl im Magen, Hudds Worte hatten mich wie Peitschenhiebe getroffen. Der harte Befehl überraschte mich nicht – aber er weckte eine dumpfe Reue in mir – weil ich Cameron im Stich gelassen hatte, als er mich bat, mit ihm zu kommen.

Lord begann erneut zu protestieren. „Aber wenn wir angegriffen werden, Mr. Hudd ..."

„Ich werde Sie unterstützen", versprach Hudd und wandte sich dann an seinen Signaloffizier. „Verändern Sie den Verbindungscode – wir wissen nicht, ob wir belauscht werden."

Der unsichtbare Signaloffizier verkündete eine neue Code-Nummer und wiederholte jede einzelne Zahl. Der Bildschirm verdunkelte sich, flackerte, dann tauchte Hudds Gesicht wieder auf.

„Was immer auch geschehen wird, Victor – ich will das Direktorat wiedereinsetzen. Und zu diesem Zweck werde ich sofort etwas unternehmen. Die *Valley Forge* und die *Hiroshima* sind auf dem Weg zum Mond. Sie werden mit einer neuen Garnison landen, das Fort reparieren und wieder einsatzfähig machen. Die *Yorktown,* die *Rio Plata* und die *Leningrad* werden zehntausend Meilen von der Erde entfernt in Bereitschaft kreisen, um jedes Ziel zu bombardieren, das wir entdecken. Und ich komme mit der *Great Director* auf die Erde."

Lord fuhr sich mit der Zunge über die dünnen, blutleeren Lippen. „Das ist zu gewagt, Mr. Hudd", protestierte er schrill.

„Es hat auch Wagemut gekostet, das Direktorat zu etablieren." Hudds Stimme dröhnte so donnernd aus dem Lautsprecher, daß Lord sichtlich zusammenzuckte. „Und es lohnt sich auch, für seine Wiedergeburt ein Wagnis einzugehen. Ich werde zur Erde fliegen und persönlich das Kommando übernehmen."

Lord blieb in dieser Nacht an Bord. Seine ängstliche Phantasie beschäftigte sich wohl immer noch mit dem verbogenen Metall, das wir neben dem Skelett auf dem Flugfeld gefunden hatten, mit dem plötzlichen Blitz, der den Baum gespalten hatte, als Cameron geflohen war. Vielleicht dachte er auch an die beiden Leichen in der Schlucht. Und zweifellos bevölkerte er in seiner Phantasie das Tal mit rachsüchtigen Feinden.

Auch meine Einbildungskraft war lebhaft tätig. Ich starrte ins Dunkel und fühlte mich als hilfloser Beobachter zweier Gewalten, die aufeinanderprallten. Auf der einen Seite stand das Atomzeitalter, dargestellt durch die neugewonnene Macht des Fort America und Mr. Hudds unerschütterlichem Siegeswillen. Auf der anderen Seite stand jene unbekannte Kraft, jenes Fremde, das die alte Garnison vom Mond und die Menschen aus ihren Städten vertrieben und das Direktorat vernichtet hatte.

Alles, was ich davon gesehen hatte, war jener Kupferdraht mit dem Plastikstab in Camerons Händen gewesen. Aber das genügte, um mir die Vision eines riesigen Feuerwerks vorzugaukeln.

Nach Einbruch der Dunkelheit erklärte Captain Doyle, er wolle in das Haus zurückkehren. „Mr. Hudd möchte, daß wir Kontakt mit den Einwohnern aufnehmen“, erinnerte er Lord. „Wir haben dort eine Art Telefon gefunden.“

Mit sichtlichem Widerstreben stimmte Lord zu. „Wenn Sie irgend jemand erreichen, lassen Sie sich mit der Regierung verbinden. Bieten Sie eine Belohnung für Camerons Auslieferung an.“ Seine schläfrigen Augen glitzerten. „Und wenn irgend jemand diese toten Bauern erwähnt – sagen Sie, die beiden seien noch am Leben und wir würden sie bis zu Camerons Rückkehr als Geiseln festhalten.“

Doyle stieg durch das Schleusentor hinab, begleitet vom Signaloffizier, der ihm helfen sollte, das fremdartige Telefon in Betrieb zu setzen. Sie verschwanden im fahlen Mondlicht zwischen den Apfelbäumen und kehrten nicht zurück.

Nach einer Stunde schickte mich Lord hinter den beiden her, mit einem seiner Revolvermänner als Eskorte. Weiches Licht flammte auf, als ich die Haustür öffnete. Ich versuchte Doyles Namen zu rufen, aber die Stimme blieb mir in der Kehle stecken. Wir gingen durch die stillen Räume und fanden niemanden.

Seltsamerweise rief Hudd wieder an. Als er von Doyles Desertion erfuhr, stieß er hervor: „Das muß ja eine ganz unheimliche Macht sein, die einen so treuen Mann betören kann."

Im Morgengrauen landete der interstellare Kreuzer. Sein Donnern weckte mich aus einem unruhigen Schlaf. Müde taumelte ich zu einer Luke und sah ein Licht, das alle Farben im Tal auslöschte, so daß alles schwarz oder blendend weiß wirkte. Ich legte eine Hand über meine schmerzenden Augen. Ein heftiger Sturm erschütterte die Rakete auf ihren Höhenflossen, und die Erde bebte.

Als die Erschütterung nachließ und das grausame Licht verblaßte, sah ich den Kreuzer zwei Meilen weiter unten im Tal stehen. Zu seinen Füßen quoll dunkler Rauch aus den Wäldern, die ringsum brannten. Die gleißenden Rohre der Geschütze wurden gerade ausgefahren. Hudd rief wieder an, erschien auf dem Bildschirm und sah genauso unbesiegbar aus wie sein Flaggschiff. „Haben Sie mit den Einwohnern gesprochen, Mr. Lord?"

„Noch nicht, Mr. Hudd." Erleichtert durch die Ankunft des großen Schiffes wirkte Lord wieder etwas selbstbewußter.

„Dann werden Sie bald Gelegenheit dazu haben. Unser Ausluger hat ein Flugzeug gesichtet, das auf Sie zukommt. Stellen Sie eine Verbindung mit dem Feind her, und erstatten Sie mir dann sofort Bericht."

Wir liefen alle zu den Luken, gerade rechtzeitig, um das rote Sonnenlicht auf den Drehflügeln eines kleinen Hubschraubers glänzen zu sehen, der zwischen den Apfelbäumen gelandet war. Drei Menschen stiegen aus. Der eine begann mit einem weißen Stoffstreifen zu winken, und zu meinem Entsetzen erkannte ich Jim Cameron.

8.

Langsam gingen die drei durch den Obstgarten. Die beiden anderen blieben neben dem Damm stehen, einer bückte sich, um einen Blick auf die Leichen unter der Decke zu werfen. Lord sah durch die Luke im Signalraum hinaus und fuhr sich nervös mit der Zunge über die

Lippen. Dann schickte er mich hinaus, mit dem Befehl, Cameron zu fragen, was er wolle.

Jim grinste erfreut, als er mich sah, und ließ den Stock mit dem weißen Tuch sinken. Sein mit Bartstoppeln bedecktes Gesicht war grau vor Müdigkeit, und unter seinen blauen Augen lagen dunkle Schatten.

Ich war ängstlich, und erschrocken über sein Aussehen.

„Jim, du hättest nicht zurückkommen sollen.“ Ich sprach leise, daß Lords Revolvermänner, die uns vom Schleusentor aus mit ihren Waffen in Schach hielten, nichts hören konnten.

„Weil du mit deiner Flucht einen Narren aus Lord gemacht hast ... Das wird er dir nie verzeihen. Er hat von Hudd die Erlaubnis bekommen, dich zu liquidieren.“

Er lächelte müde und blickte auf die beiden, die hinter ihm standen. „Du kannst Mr. Lord sagen, daß er nicht mehr in der Lage ist, irgend jemanden zu liquidieren. Ganz im Gegenteil – diese beiden Nachbarn der Hawkins wollen ihn wegen Mordes verhaften.“

Ich hielt erstaunt die Luft an.

„Aber ich fürchte, Lord wird keiner Vernunft zugänglich sein.“ Cameron runzelte die Stirn. „Ich bin gekommen, um ein sinnloses Blutvergießen zu verhindern. Es hat keinen Zweck, daß Lord Widerstand leistet. Sag ihm das!“

Wieder an Bord der Rakete, erzählte ich Lord, was die Fremden wollten. Seine gelben Augen wurden erst groß vor Verwunderung, dann verengten sie sich zu bösartigen Schlitzen. Wütend starrte er durch die Luke auf Cameron. „Dieser verdammte Pfadfinder ist wohl der Kronzeuge, was? Denen werde ich's schon zeigen!“ Er schrie durch den Schacht den Astrogator an, der nun als Signaloffizier fungierte. „Verbinden Sie mich mit Mr. Hudd!“

Ich folgte ihm in den winzigen Signalraum.

„Es ist ihr Lieblingszivilist!“ stieß er bitter hervor, als Hudds Gesicht mit fragend hochgezogenen Brauen auf dem Bildschirm erschien. „Mit zwei Bauern, die mich wegen Mordes verhaften wollen.“

„So?“ Hudd rieb sich nachdenklich das Doppelkinn. „Ich will mit ihnen reden. Bieten sie allen dreien sicheres Geleit an, wenn sie an Bord kommen. Sagen Sie ihnen, ich will mit ihnen über eine Wiedergutmachungsaktion sprechen – wegen des Mordes."

Die Verhandlungen, die diesem Gespräch folgten, waren ziemlich kompliziert. Ich lief zwischen Lord und Cameron hin und her. Cameron zog sich mit seinen Begleitern in die Schlucht zurück, um sich mit ihnen zu beraten. Hudd und Lord diskutierten ebenfalls. Lords nasale Stimme klang immer schriller vor kaum verhohlenem Zorn. Hudd runzelte in wachsender Sorge die Stirn.

„Ich würde auf Mr. Hudds Vorschlag eingehen", teilte Cameron mir schließlich mit. „Aber die Enlows trauen ihm nicht über den Weg. Sie sind bereit, mit Mr. Hudd zu sprechen, aber er muß hierherkommen."

Mit überraschender Kühnheit erklärte sich Hudd damit einverstanden.

„Aber Mr. Hudd!" protestierte Lord. „Wir können nicht mit ihnen verhandeln – mit einem Meuterer und zwei Wilden! Denken Sie doch an Ihre eigene Sicherheit! Warum starten wir nicht ganz einfach und bringen sie vom Kreuzer aus mit einer Salve Radiotoxinpatronen zum Schweigen?"

Hudd schüttelte den Kopf. „Ich komme hinüber, Victor, und kümmere mich selbst um das Problem." Dann sah er mich mit seinen rotgeränderten Augen an. „Chad, gehen Sie zu Cameron zurück, und sagen Sie ihm, er soll auf mich warten."

Lord starrte mißtrauisch auf den Bildschirm. „Sie werden mich doch nicht fallenlassen, Hudd? Wenn Sie das tun, geben Sie auch Ihr neues Direktorat auf."

„Ich weiß. Sie können mir vertrauen, Victor."

Lord entließ mich mit einer knappen Handbewegung. Ich ging über das versengte Gras zu Cameron zurück und sagte ihm, daß Hudd bald eintreffen würde.

„Er ist sehr vernünftig." Cameron nickte anerkennend. „Vielleicht kann er auf diese Weise seine Haut retten." Er griff wieder nach seiner weißen Fahne. „So, und jetzt sollten wir zu den Enlows zurückgehen. Sie könnten es mißverstehen, daß wir uns so lange Zeit lassen."

Wir gingen zu den Leuten, die neben dem Damm warteten. Ich dachte an den Revolvermann, der hinter mir im Schleusentor hockte, und ein Schauer lief mir über den Rücken.

Ein Mann und eine junge Frau kamen uns entgegen. Sie waren beide sonnengebräunt, schlank und groß. Das dunkle Haar und die grauen Augen wiesen eine starke Familienähnlichkeit auf. Ihre Gesichter waren ernst, gezeichnet von dem Schock, den sie nach der Entdeckung des Mordes erlitten hatten, verrieten jedoch auch unbeugsame Entschlossenheit.

„Kommen sie heraus?" fragte der Mann tonlos.

„Noch nicht", erwiderte Cameron. „Bitte, geben Sie mir eine Gelegenheit, Mr. Hudd vom Equalizer zu erzählen. Ich glaube, er ist klug genug, um zuzuhören."

Der Mann nickte. Ich sah, daß er eine plumpe kleine Pistole im Gürtel trug. Seine tiefliegenden, harten Augen blickten zum Flaggschiff hinüber, ohne die geringste Furcht zu zeigen. „Gut, wenn er zuhören will . . . Aber wir werden uns diese Killer holen."

„Ich will versuchen, Mr. Hudd zur Auslieferung der drei Männer zu überreden", versprach Cameron, dann stellte er mich vor. „Das ist Chad Barstow – ein Kandidat für die Bruderschaft, sobald er gelernt hat, wie man mit dem Equalizer umgeht."

Das Mädchen trug ein Radiophon, das so ähnlich aussah wie das Gerät, das wir im Haus gefunden hatten, in einer Plastikkassette, die an ihrem Gürtel befestigt war. Die Kopfhörer saßen auf ihrem schimmernden Haar. Bis jetzt hatte sie den Stimmen gelauscht, die aus den Hörern drangen, aber jetzt sah sie mich mit großen Augen an.

„Ja, er ist Dane Barstows Sohn", erklärte Jim hastig, als er den ernsten Blick sah, den sie zur Schlucht warf. „Er hat nichts damit zu tun."

Sie schüttelte mir die Hand.

„Das ist Jane Enlow", sagte Cameron. „Und das hier ist ihr Vater – Frank Enlow."

Der Mann reichte mir schweigend die Hand, aber der Blick seiner harten Augen kehrte sofort wieder zum Flaggschiff zurück.

„Bevor der Equalizer entdeckt wurde, war Mr. Enlow Portier in

Tylers Regierungsgebäude", sagte Cameron. „Gerade hat er mir von den letzten Tagen des Direktorats erzählt. Nachdem der Equalizer da war, schmuggelte er Tyler durch den Mob, der unter dem Balkon stand und nach ihm schrie. Tyler lebte jahrelang in Mr. Enlows Haus da drüben hinter dem Berg und schrieb ein Buch, mit dem er seine Karriere zu rechtfertigen versuchte."

„Ein schrecklicher alter Knabe!" meinte Jane Enlow. „Er wollte einfach nicht lernen, wie man mit dem Equalizer umgeht. Dad mußte sich um ihn kümmern."

Über dem Kreuzer flammte ein blaues Feuer auf. Frank Enlow duckte sich und zog seine Waffe.

„Nicht schießen!" bat Cameron hastig. „Das ist wahrscheinlich Mr. Hudd."

Als sich der schlanke Mann wieder aufrichtete, sah ich seine Waffe in fasziniertem Entsetzen an. Sie sah eher wie eine Miniaturrakete als wie eine Pistole aus. Sie war winzig klein, und doch schien Frank Enlow überzeugt zu sein, daß sie den Geschützen des Kreuzers gewachsen war.

Das Mädchen lauschte wieder den Stimmen, die aus dem Kopfhörer kamen. Sie drehte an ein paar Knöpfen, dann schüttelte sie den Kopf. „Nichts. Sie brauchen zu lange."

Hudds Rakete kam auf uns zu. Sie überquerte den brennenden Wald, um neben unserer Rakete zu landen. Die Schleusentore öffneten sich, sobald sich die Staubwolke aufgelöst hatte, und Hudds Adjutant sprang heraus und lief auf uns zu. Hudds Entschluß schien ihn ziemlich zu irritieren. Zuerst wollte er, daß Cameron und die Enlows an Bord der Rakete kamen. Dann wollte er Hudd von einem Leibwächter eskortieren lassen. Schließlich erklärte er drohend, daß man sofort das ganze Gebiet bombardieren würde, falls Hudd etwas zustieße.

„Wir sind gekommen, um die Killer zu holen", informierte ihn Enlow. „Da Mr. Cameron den Bruderschaftseid geleistet hat, bilden wir ein beschlußfähiges Gericht. Wir werden uns anhören, was Mr. Hudd zu sagen hat. Es wird ihm nichts geschehen, solange er uns nicht an unseren Absichten hindert."

Wütend rannte der Offizier zurück. Hudd sprang aus dem Schleusentor, überquerte das verbrannte Gebiet und stieg dann keuchend zum Damm herauf. „Nun, Jim?“ Er grinste Cameron an, schüttelte Frank Enlow die Hand und verbeugte sich voller Bewunderung vor dem schönen Mädchen. Mit schmalen Augen studierte er dann den unvollendeten Damm und die Maschine in der Schlucht. „Ich bedaure sehr, daß es zu diesem schrecklichen Zwischenfall gekommen ist“, sagte er dann. „Ich werde dafür sorgen, daß Ihnen ein angemessenes Schmerzensgeld bezahlt wird. Ich werde mich persönlich darum kümmern. Sie brauchen sich deshalb keine Sorgen zu machen.“ Aufmerksam musterte er den großen, schlanken Mann. „Und nun möchte ich über wichtigere Dinge sprechen. Ich habe versucht, mit Ihrer Regierung Verbindung aufzunehmen.“ Das dicke Gesicht lächelte immer noch freundlich, aber die Stimme war etwas härter geworden. „Ich verlange, daß Ihre Regierung . . .“

„Wir haben keine Regierung“, unterbrach ihn Frank Enlow.

Hudd lief rot an vor Wut.

„Er sagt die Wahrheit, Mr. Hudd“, versicherte Cameron. „Sie werden sich daran gewöhnen müssen. Als der Equalizer auftauchte, gab es keine unterschiedlichen Nationen mehr.“

Hudd ignorierte ihn und starrte Enlow an. „Sie müssen doch irgendeine Organisation haben.“

„Nur die Bruderschaft“, erwiderte Enlow. „Sie hat nicht die Macht, irgend jemanden zu unterwerfen, weil jeder selbst entscheiden kann, ob er Mitglied werden will oder nicht.“

Hudds gerötete Augen blinzelten skeptisch. „Dann nehmen Sie Kontakt mit dieser Bruderschaft auf!“ stieß er in arrogantem Ton hervor. „Sagen Sie den Leuten, sie sollen einen Repräsentanten zu uns schicken. Er soll zu Mittag hier sein.“ Er machte eine unheilvolle Pause. „Oder unsere Streitkräfte und das Fort America werden das Feuer eröffnen.“

Cameron hob hastig die Hand, als wollte er nach Hudds Arm greifen. „Bitte! Warten Sie doch – bis Sie wissen, was Sie da tun!“

Hudd sah das Mädchen an. „Sie haben ein Radiophon. Sie sollten jetzt die Bruderschaft anrufen, oder . . .“

„Wir sind aus einem anderen Grund hierhergekommen." Enlow erwiderte Hudds kampfeslustigen Blick ruhig und unbeeindruckt. „Wir sind gekommen, um die Mörder zu holen."

„Unsinn!" schrie Hudd wütend. „Mr. Lord ist mein Zweiter Offizier! Er stand unter meinem Kommando. Ich übernehme die Verantwortung und werde für alle Schäden aufkommen – aber ich weigere mich, Mr. Lord einer solchen Demütigung auszusetzen."

Der schlanke Mann hörte zu, dann nickte er und ging schweigend auf die Schlucht zu. Cameron lief ihm erschrocken nach. „Die Mörder können warten!" rief er flehend. „Mr. Hudd kennt die Bedeutung des Equalizers nicht. Bitte, geben Sie mir Zeit – damit ich ihm alles erklären kann."

Enlow drehte sich widerstrebend um. „Wenn er zuhören will . . ."

„Also gut, Jim", sagte Hudd seufzend. „Ich will sowieso alles über diesen Equalizer wissen." Sein wütender Blick kehrte zu dem schlanken Mann zurück. „Aber meine Schiffe und das Fort werden zu Mittag angreifen."

9.

Hudd setzte sich auf einen Grashügel und straffte herausfordernd die massiven Schultern. Er wirkte gelassen – nur seine Augen verrieten, wie fieberhaft es hinter seiner Stirn arbeitete. Sie erinnerten mich an die Augen eines Tieres – angstvoll und doch kühn und völlig skrupellos.

„Nun? Was ist los mit diesem Equalizer?"

„Gestern abend habe ich die Geschichte des Equalizers gehört. Sie begann vor zwanzig Jahren."

Camerons umschattete Augen sahen mich sekundenlang an. „Und dein Vater spielt die Hauptrolle in dieser Geschichte, Chad." Er wandte sich wieder Hudd zu. „Sie erinnern sich doch an Dane Barstow?"

„An diesen Verräter? Ich glaube, er starb im Arbeitslager."

„Nein. Tyler hatte erfahren, daß Barstow einer wichtigen Entdekkung auf der Spur war, und ließ ihn in eine Einzelzelle im Fort America bringen. Dort unterzog ihn der SBI einem Intensivverhör."

Als Cameron mich ansah, fiel mir etwas Merkwürdiges auf. Die Erinnerung an das Unglück meines Vaters hatte meinen alten Haß wiedererweckt. Aber nun sah ich, daß alles Leid, aller Haß aus Camerons Augen verschwunden war. Irgend etwas hatte auch seinen Sarkasmus ausgelöscht. Er wirkte seltsam freundlich, auch Hudd gegenüber.

„Schließlich begann Barstow zu reden", fuhr er fort. „Er gestand, was er getan und was er erhofft hatte. Er erklärte sich sogar bereit, die unterbrochene Arbeit zu vollenden."

Ich kniete im Gras nieder und hörte angespannt zu.

„Obwohl er nach dem Intensivverhör halb blind und verkrüppelt war und manchmal nicht ganz bei Sinnen, ergriffen sie drastische Vorsichtsmaßnahmen. Sie sperrten ihn in eine Stahlzelle auf dem Mond, und er wurde ständig von zwei Männern bewacht. Er bekam Papier und Bleistift, aber keine Geräte. Wenn er etwas ausprobieren wollte, führten die Ingenieure vom Atomaren Militär die Experimente nach seinen Anweisungen durch." Cameron lächelte wehmütig, als er den erstickten Laut hörte, den ich ausstieß. „Ja, Chad, dein Vater war ein großartiger Mann. Er arbeitete unter den schwierigsten Bedingungen, obwohl er schwach und krank war, schuf eine neue Wissenschaft, eine neue Technologie. Und dann, als wir gerade erst zwei Jahre im All waren, stürzte er das Direktorat."

Hudds Blick war zu dem Mädchen gewandert, das den Stimmen aus dem Kopfhörer lauschte. Nun starrte er wieder Cameron an und stieß ungläubig hervor: „Aber wie konnte er das denn tun?"

„Mit dem Equalizer war das gar nicht so schwer." Cameron grinste, als er Hudds verwirrtes Blinzeln sah. „Von seiner Zelle aus vernichtete er das Direktorat. Er benötigte keine Waffen dazu. Er brauchte seinen Gefängniswärtern nur zu erzählen, was er entdeckt hatte."

Hudd schnappte nach Luft. „Aber . . ."

„Die Neuigkeit vom Equalizer breitete sich rasch aus. Dieselben Ingenieure, denen man befohlen hatte, ihm seine Kenntnisse zu entlocken, bauten heimlich einen kleinen Sender und funkten alle Einzelheiten zur Erde – mit der Kraft des Equalizers, auf allen Frequenzen, mit denen sie die Ionensphäre durchdringen konnten. Und das war das Ende des Direktorats."

Hudd hob einen kleinen roten Kieselstein auf und begann damit nervös auf den Boden zu klopfen – genauso, wie er mit der goldenen Tyler-Büste auf seinen Schreibtisch eingehämmert hatte. Sein Blick wanderte zu der Waffe des schlanken Mannes hinüber und kehrte dann zu Cameron zurück. „So ein Unsinn! Eine einfache wissenschaftliche Tatsache konnte doch nicht das Fort besiegen – und noch viel weniger die Wahrheitszentrale vernichten."

„Barstows Equalizer konnte das", sagte Cameron. „Vielleicht, weil die alte Technologie des Atomzeitalters bereits an einem Punkt angelangt war, wo sie sich durch ihre übertriebene Komplexität und Zentralisierung selbst zugrunde gerichtet hatte. Als Barstow seine neue Technologie schuf, erfolgte ein natürlicher Umschwung zum anderen Extrem – zur Einfachheit, zum Individualismus, zur uneingeschränkten persönlichen Freiheit."

„So?" Hudd hämmerte noch schneller mit dem Stein auf den Boden. „Und wie funktioniert dieser Equalizer?"

Cameron warf Enlow einen fragenden Blick zu.

„Sagen Sie es ihm", riet der schlanke Mann. „Barstow wollte, daß es alle erfahren. Im allgemeinen übt dieses Wissen eine gute Wirkung aus." Er sah auf seine Uhr. „Aber beeeilen Sie sich – Ihre Zeit wird knapp."

Hudd hob aggressiv die breiten Schultern. „Ihre Zeit auch! Ich bin bereit, mir das alles anzuhören – aber meine Männer werden nicht so großzügig sein. Und ich bin zu keinen Konzessionen bereit. Ihre Bruderschaft soll lieber zu Mittag das Handtuch werfen."

„Sagen Sie es ihm", wiederholte Enlow.

Cameron hatte anscheinend seine Müdigkeit vergessen, und eine innere Erregung ließ seine Augen heller strahlen. „Wie Sie wissen, ist ein Atomreaktor ein unhandliches, teures und gefährliches Mittel, um höchst einfache Funktionen auszuüben. Die reine Energie existiert in den Atomen, und diese Energie brauchen wir. Aber in den alten

Atomkraftwerken wurden die kompliziertesten Methoden angewandt, um kinetische und elektrische und verbindende Energie in Hitze zu verwandeln, und man brauchte eine teure und umfangreiche Maschinerie, um das bißchen Hitze in Elektrizität zurückzuverwandeln. Aber trotz aller Komplexität konnten die alten Reaktoren nur geringe Mengen der bindenden Energie gewinnen, die Elektronen und Protonen und Neutronen in den Atomen zusammenhält. Die Massenenergie der Partikel selbst, also die gesamte Energie des Atoms, konnten sie niemals auch nur annähernd erzeugen. Barstow träumte wie ich von einem einfachen Weg, etwas Einfaches zu tun. Die materielle Energie existiert, wie Einstein bewiesen hat. Barstow träumte von einer einfachen Methode, diese Energie freizusetzen. Und im Equalizer hat er seinen Traum verwirklicht."

Atemlos stellte ich eine Zwischenfrage: „Du meinst – dieses Stück Draht?"

Cameron nickte. „Nur ein Solenoid – aber auf bestimmte Art gewunden – nicht schraubenförmig, so daß sein Kraftfeld die Koordination des Raums nur leicht und die Wechselwirkung von Masse und Energie nur geringfügig ändert. Die Atompartikel des Solenoids sind ausgeglichen. Die konvertierte Energie erscheint als direkter Strom im Draht. Die Tatsache ist simpel – wenn auch die Tensoren einer neuen Geometrie erforderlich sind, um das Solenoidfeld zu beschreiben. Die scheinbare Komplexität liegt jedoch mehr in unseren komplizierten Formeln als in der Tatsache an sich. Die tatsächliche Spezifizierung des Equalizers kann man in fünf Minuten lernen."

Camerons Augen strahlten mich an. „Das Sicherheitsproblem hat uns damals bei unseren Experimenten mit dem Induktionsofen gestoppt, Chad. Unser Gerät vernichtete Materie, degenerierte Eisenatome zu Sodium und erzeugte elektrischen Strom. Der verstärkte Ausstoß intensivierte das Konversionsfeld, und das intensivierte Konversionsfeld verstärkte den Stromausstoß. Ein wunderbares Arrangement, wenn man eine Bombe braucht, aber zu unsicher für ein Kraftwerk. Dein Vater hat das Problem gelöst, Chad. Es ist ganz einfach. Nur ein zweites Solenoid, das dem ersten hintergeschaltet wird und eine entgegengesetzte Stromspannung entwickelt, während sich das ausgeglichene Feld ausbreitet. Dadurch erhält man ein garantiert sicheres Maximum an Stromspannung – und die genaue Menge wird durch die Art der Windungen bestimmt."

Hudd starrte skeptisch vor sich hin. „Sie meinen – auf diese Art kann man Elektrizität erzeugen? Mit einer einfachen Drahtspule?"

„Und mit ein paar Streu-Ionen, um sie zu entzünden. Mit einem Kupfersolenoid, das ein Pfund wiegt, kann man einen Kreuzer bis zum Dunklen Stern befördern. Man kann auch Eisen- oder Silberdrähte verwenden – das Metall spielt keine Rolle. Es kommt nur auf die exakte Zahl und die spezifische Krümmung der Windungen an."

Hudd schüttelte ungläubig den Kopf. „Perpetuum mobile . . ."

Cameron grinste. „Beinahe . . . Die ausgeglichene Masse wird in elektrische Energie umgewandelt, entsprechend der Ausgleichslehre von Einstein. Das Solenoid, das ein Pfund wiegt, kann zehn Billionen Kilowattstunden erzeugen."

„Aber wenn das so einfach ist, hätte doch schon mal jemand darüber stolpern müssen", meinte Hudd.

„Manchen Leuten ist es sicher schon aufgefallen", gab Cameron zu. „Aber es war schwierig, die richtige Form der Windungen zu finden, und die wenigen, die es versuchten, bekamen Stromschläge, weil sie nicht über Barstows Sicherheitsspule gestolpert waren."

„Das glaube ich erst, wenn ich es sehe", sagte Hudd.

Cameron zeigte auf den Baumstumpf am Rand der Schlucht. „Mr. Lord wollte gestern eine Demonstration sehen. Ich nahm einen Teil der Sicherheitsspule von einem kleinen Stromkraftwerk aus dieser Maschine, um die Stromspannung zu verstärken, und warf das Ding in den Baum da drüben."

„Das war sehr unvorsichtig", meinte Enlow.

Hudd sagte nichts. Ziellos warf er Kieselsteine in die Luft und fing sie wieder auf. Mit gerunzelter Stirn starrte er auf den Baumstumpf, auf Enlows Waffe, zum aufragenden Turm der *Great Director*.

„Sie haben noch zehn Minuten Zeit, um die Mörder auszuliefern, Mr. Hudd", sagte Frank Enlow gedehnt. „Es sei denn, Sie wollen eine noch eindrucksvollere Demonstration sehen."

Hudd schnaufte verächtlich. „Sie können mich nicht bluffen.“

Cameron schloß sekundenlang die müden Augen. „Es ist kein Bluff, Mr. Hudd. Sie begreifen einfach nicht, was der Equalizer bedeutet. Er hat das Atomzeitalter beendet. Das Direktorat war ein Teil einer vergangenen Epoche. Sie können es nicht wiedereinsetzen, genausowenig, wie Sie dem Fossil eines Dinosauriers Leben einhauchen können. Sie können höchstens ein sinnloses Blutvergießen verursachen.“

Hudd ballte in unbelehrbarer Feindseligkeit die großen Hände. „Tyler hat eine Menge Blut vergossen, bevor er das erste Direktorat gründete. Vielleicht muß ich den gleichen Preis zahlen – aber ich werde gewinnen. Vielleicht haben Tylers Garnisonen gemeutert, als sie von diesem Equalizer erfuhren. Meine Männer werden nichts davon hören wollen.“

„Es war keine Meuterei, Mr. Hudd“, entgegnete Cameron. „Es gab keinen Kampf. Das Direktorat wurde eigentlich gar nicht gestürzt. Es hat einfach aufgehört zu existieren. Als der Equalizer aufkam, hatte das Fort America seine Daseinsberechtigung verloren. Das erkannten die Offiziere genauso wie alle anderen Menschen. Die Garnison packte einfach ihre Sachen zusammen und kam nach Hause.“

„Nach Hause? Wohin? Die Leute hier hatten die Städte doch schon verlassen – hatten alles verlassen, was einst ihnen gehörte. Es muß noch etwas anderes passiert sein – vielleicht ist irgendwo Biotoxin ausgeströmt, um eine solche Panik zu verursachen.“

„Sie haben es noch immer nicht verstanden.“ Cameron schüttelte in müder Ungeduld den Kopf. „Der Equalizer befreite die Stadtbewohner. Die meisten lebten nicht aus freien Stücken in den Städten. Sie wurden dazu gezwungen – durch die alte Arbeitsteilung. Sie waren spezialisierte Teile einer sozialen Maschinerie, die so kompliziert war, daß sie sich selbst ruiniert hat. Der Equalizer machte Schluß mit der Arbeitsteilung – zumindest in der militärischen Technologie. Jeder Mann mit einem Stück Draht ist nun ein Militärspezialist, der sich selbst verteidigen kann. Wenn er die neue Kontrolle über die atomare und molekulare Energie nutzt, kann er auch für alle seine persönlichen Bedürfnisse sorgen. Die Komplexität wurde durch Simplizität ersetzt.

Das Paar, das hier lebte ..." Er zeigte seufzend auf das leere Haus hinter uns. „Sie bauten sich ein Haus, sorgten selbst für Nahrung und Kleidung. Sie bauten gerade diesen Damm um ihr Grundstück vor einer Erosion zu schützen, als sie ermordet wurden. Sie waren keine Sklaven irgendwelcher Spezialisten, keine Gefangenen irgendeiner Klasse. Sie hatten keinen Grund, ihre Nachbarn zu fürchten oder zu hassen – bis wir kamen."

Hudd blinzelte immer noch skeptisch. „Und warum haben alle Menschen die Städte verlassen? Warum blieb das ganze Geld zurück, wie Lord erzählt hat? Warum wurden Schilder aufgestellt, um die Leute vor den Städten zu warnen?"

Cameron blickte zu dem großen Schiff hinüber. „Die Städte waren ein Produkt der alten Technologie und sind mit ihr gestorben. Als der Equalizer aufkam, verließen die Arbeiter die Fabriken. Es gab nichts zu essen, keinen Strom, kein Wasser, keine Müllabfuhr. Ohne Arbeitsteilung ist es unmöglich, in Städten zu leben. Und was das Geld betrifft – die Papierdollars waren nur die Aktien eines beendeten Stomzeitalters. Metall wurde immer noch gebraucht – aber mit Hilfe des Equalizers war es einfacher, neues Metall zu raffinieren als die Städte zu zertrümmern. Was die Gefahren angeht ... Ich habe vergessen, danach zu fragen."

Er wandte sich zu Enlow um.

„Ein paar Männer und Frauen waren zu dumm oder zu kriminell, um den Equalizer zu gebrauchen", erklärte der schlanke Mann. „Sie verließen die Städte nicht. Sie versteckten sich und lebten von Diebesgut. Sie benutzten die alten militärischen Waffen. Ein paar wurden gefährlich. Die Schilder wurden während unserer Kampagne aufgestellt, die wir organisierten, um die Verbrecher zu jagen."

„Und gibt es keine noch schlimmeren Verbrecher?" fragte Hudd mit schmalen Augen. „Verbrecher, die den Equalizer benutzen?"

Enlow schüttelte den Kopf. „Die Benutzer des Equalizers haben kein ökonomisches Interesse an verbrecherischen Taten. Und die Leute, die mit Equalizern bewaffnet sind, lassen sich auch nicht so leicht umbringen. Und weil Verbrechen so selten geworden sind, haben die Hawkins nicht gut genug aufgepaßt."

Hudd starrte auf die Waffe des Mannes. „Und diese Bruderschaft . . . Wenn sie keine Regierung ist, was ist sie dann?"

„Ein Regierungsersatz. Das letzte große Projekt Ihres Vaters. Mr. Barstow. Nachdem er genesen war, verbrachte er seine letzten Jahre damit, die Bruderschaft zu organisieren. Sie leitet Schulen, Bibliotheken und Krankenhäuser, sie unterstützt Labors, sie baut Bewässerungsanlagen. Sie kümmert sich um das Allgemeinwohl. Sie hat auch ein Postamt eingerichtet und gibt den Leuten, die auf einer eigens dafür gegründeten Bank Metallblöcke lagern wollen, Geld."

Hudd nickte triumphierend. „Wenn die Bruderschaft das alles kann, dann kann sie sich mir auch unterwerfen."

„Die Bruderschaft hat keine Befugnisse." Enlow schüttelte energisch den Kopf. „Die Leute können eintreten oder austreten, ganz nach Belieben. Sie wird von freiwilligen Spenden unterstützt, und die ausgewählten Offiziere werden für ihre Dienste nicht bezahlt. Sie können sich nicht unterwerfen, Mr. Hudd. Aber sie können sich verteidigen."

„Aber wenn Sie keine Gesetze haben, warum wollen Sie dann Mr. Lord gefangennehmen?" fragt Hudd lauernd.

Enlow starrte ihn ärgerlich an. „Die Mitglieder der Bruderschaft haben vereinbart, daß jeder das Recht des anderen respektieren und verteidigen muß. Und ich finde, daß Ihr Mr. Lord eine Bedrohung für uns alle ist."

Hudd kaute geistesabwesend an seiner dicken Unterlippe.

„Wenn Sie keine Regierung haben – dann haben Sie meiner Meinung nach ein Irrenhaus. Und alle Irren sind mit gefährlichen Waffen ausgerüstet."

Enlow schüttelte würdevoll den schmalen Kopf. „Sie haben eine falsche Lebensphilosophie, Mr. Hudd. Sie glauben, daß die Menschen böse sind, daß man sie kontrollieren muß. Aber glücklicherweise lassen sich die Menschen, die einen Equalizer besitzen, nicht kontrollieren." Enlow sah auf seine Uhr. „Und unglücklicherweise gibt es ein paar böse Menschen", fügte er mit sanfter Stimme hinzu. „Ihre Zeit ist abgelaufen, Mr. Hudd. Liefern Sie uns jetzt diese Mörder aus."

Cameron wandte sich flehend an Hudd. „Tun Sie, was er sagt! Und erlauben Sie mir, Ihren Männern vom Equalizer zu erzählen!“

„Nein.“ Hudd erhob sich mühsam und keuchend. „Ich glaube immer noch, daß es Ihnen schwerfallen wird, Fort America zum Schweigen zu bringen – mit all Ihren Equalizern. Mein Ultimatum ist zu Mittag abgelaufen.“

Er drehte sich zu Jane Enlow um. Sie hatte aufmerksam den Stimmen gelauscht, die aus ihrem Kopfhörer kamen. Jetzt bemerkte sie Hudds gierigen Blick und wurde rot, Hudd machte eine elegante Verbeugung, die er gelernt haben mußte, als er Tylers Direktor-General von Europa gewesen war. „Ich bedaure es sehr, daß wir uns unter so unglücklichen Umständen kennengelernt haben, Miß Enlow.“ Er lächelte sie bewundernd an. „Aber ich hoffe, daß ich Sie bald in die besten Gesellschaftskreise des neuen Direktorats einführen kann.“

Sie wurde noch röter und sagte nichts. Hudd verbeugte sich noch einmal, dann stapfte er zu seiner Rakete zurück.

Der kleine Victor Lord, der von der anderen Rakete aus zusah, mußte diese Verbeugungen mißverstanden haben. Ich konnte mir sein Entsetzen vorstellen, als er dieses scheinbar freundschaftliche Ende der Konferenz beobachtete und zweifellos annahm, Hudd hätte ihn fallengelassen.

Vermutlich verweigerten ihm zwei Mann von der Crew den Gehorsam, als er starten wollte.

Der plötzliche Krach der Schüsse dröhnte dumpf in dem dünnen glänzenden Rumpf. Zwei Raumfahrer sprangen aus dem Schleusentor, das sofort hinter ihnen zufiel. Einer fiel taumelnd auf die Knie, preßte rote Hände auf seine Wunden. Der andere versuchte ihn aus der Gefahrenzone zu schleifen – bis die weißglühende Explosion der Düsen sie beide zu Boden drückte.

10.

Das fliehende Schiff erhob sich aus der donnernden Feuersäule – erst langsam und ruckartig, denn Lord war kein guter Pilot. Wie betrunken schlingerte es nach rechts, so daß ich schon dachte, es würde abstürzen. Aber dann wurde das Dröhnen lauter, und es raste über unsere Köpfe hinweg nach Norden. Als sich die Rauchwolke aufgelöst hatte, rührten sich die beiden Raumfahrer nicht mehr.

Enlow starrte der Rakete nach, einem Punkt aus gleißendem Metall, der immer kleiner wurde, mit einem violetten Feuerschwanz. Schließlich hob er seine kleine Waffe, und es klickte.

„Runter mit Ihnen, Barstow!" schrie das Mädchen.

Automatisch ließ ich mich fallen. Heiße Blitze stachen in meine Haut. Als ich den Kopf wieder hob, sah ich eine kleine helle Wolke aus irisierendem Metallstaub im blauen Himmel, die sich in weißen Rauch verwandelte. Der Krach erreichte uns erst eine Minute später, ein ohrenbetäubender Donnerschlag.

Enlow schüttelte bedauernd den Kopf. „Schade, daß es auf diese Weise enden mußte ... Die beiden Leibwächter hatten nur ihre Befehle ausgeführt. Vielleicht wären sie gute Mitglieder unserer Bruderschaft geworden, wenn sie den Equalizer kennengelernt hätten."

Er zog ein kleines Projektil aus seiner Tasche und lud seine Waffe nach, dann steckte er sie wieder in den Gürtel.

Mr. Julian Hudd, der seine Rakete schon fast erreicht hatte, drehte sich um und beschattete mit einer Hand die Augen. Wie betäubt schüttelte er den Kopf, als hätte der Lichtblitz ihn geblendet.

„Das war Ihre Demonstration, Mr. Hudd!" schrie Cameron. „Wollen Sie immer noch ein neues Direktorat gründen?"

„Jim, das war eine Kriegserklärung!" schrie Hudd zurück. „Eure verdammte Bruderschaft wird die Konsequenzen tragen müssen!" Taumelnd ging er weiter zu seinem wartenden Schiff.

Frank Enlow bedeutete uns mit einer knappen Handbewegung, ihm zur Schlucht zu folgen.

„Warte!" rief seine Tochter aufgeregt. „Mr. Doyle ist am Apparat."

Sie lauschte, und Enlow starrte zu dem großen Kreuzer hinüber, der am Rand des Tales aufragte.

Verwirrt wandte ich mich an Cameron. „Hast du Doyle gesehen?"

„Gestern abend." Er beobachtete die glänzenden Augen des Mädchens, schien angespannt auf Neuigkeiten zu warten. „Die Enlows leben gleich hinter dem Berg, im ersten Haus, das ich unterwegs fand. Ihr Telefon begann gerade in dem Augenblick zu läuten, als ich ankam. Rory Doyle war am Apparat. Ich erzählte ihm vom Equalizer, und er kam sofort zu uns, um Hudd gemeinsam mit uns zu stoppen."

Zweifelnd blickte ich zum hohen furchterregenden Pfeiler der *Great Director* auf. „Wie wollt ihr das denn machen?"

„Die beiden ersten Landetruppen sind bereits in Verbindung mit der Bruderschaft getreten", erklärte Cameron. „Als sie vom Equalizer erfuhren, wollten sie ins All zurückkehren, um die anderen Crews zu informieren. Aber Hudd war schneller." Besorgt beobachtete er das Mädchen. „Nun blieb uns nur noch die Möglichkeit, per Funk Kontakt mit dem All aufzunehmen. Ich hoffe, die Signal-Teams kennen und vertrauen Rory Doyle. Es dauerte eine Weile, ein Netz von Kurzwellenstationen herzustellen, die stark genug waren, die Ionosphäre zu durchdringen und die anderen Schiffe und den Mond zu erreichen."

Plötzlich nahm das Mädchen die Kopfhörer ab. Sie hielt uns das Gerät entgegen und drehte an einem Stromspannungsverstärker.

„. . . genauere Einzelheiten über den Equalizer." Es war Rory Doyles Stimme, dünn und leise, heiser vor nervöser Anspannung und Müdigkeit. „Bedenkt vor allem, daß die Dimensionen beliebig verändert werden können. Es sind die proportionierten Dimensionen, die Form und der Gleichlauf der Windungen, die genau abgestimmt werden müssen. Die Sicherheitsspule muß immer eine größere Anzahl von Windungen haben als die Primärspule – sonst hat man eine Bombe, kein Kraftwerk. Die Zahl und die Anordnung der Sicherheitswindungen kontrollieren die Menge der Stromspannung. Und jetzt erzählt allen anderen vom Equalizer!" Trotz aller Müdigkeit klang die Stimme nun froh und glücklich. „Jeder kann selbst entscheiden, ob er der Bruderschaft beitreten will oder nicht. Ihr seid willkommen auf der Erde. Mr. Hudds sinnlose Drohungen werden bald vergessen sein. Ihr habt nichts zu befürchten, solange ihr die Rechte der anderen respektiert."

Die Stimme verstummte. Das Mädchen legte die Kopfhörer wieder an, und Enlow führte uns die schmale, felsige Schlucht hinauf. Wir stiegen auf einen Hang, um über das Tal zu blicken. Hudds Rakete ragte, glänzend wie ein Spiegel, aus einer schwarzen Insel im grünen Dickicht auf. Zwischen den Kielflossen sah ich eine winzige Gestalt, die mit verzweifelten Fäusten gegen das Schleusentor hämmerte.

„Mr. Julian Hudd", sagte Cameron fast mitleidig.

Wir gingen weiter, überquerten einen Grat und stiegen ins nächste Tal hinab. Plötzlich begann der Boden unter unseren Füßen zu zittern. Die Jets des Kreuzers dröhnten ohrenbetäubend, dann hob sich der schimmernde Riesenpfeil aus einer Feuersäule.

Jane Enlow lauschte wieder den Stimmen aus dem Kopfhörer, als der Krach verklungen war. „Sie fliegen zur Küste des neuen Sahara-Meers. Ein neues Bewässerungsprojekt . . . Die Crews können sich dort Grundstücke abstecken."

„Und was ist mit Mr. Hudd passiert?" fragte Cameron.

„Das weiß ich nicht." Jane Enlow drehte an den Knöpfen des Geräts. Sie war blaß geworden. „Die Crews wollten ihn nicht an Bord lassen. Ich befürchte, daß er beim Start getötet wurde."

Viele Monate waren verstrichen, bevor ich erfuhr, was tatsächlich mit Mr. Julian Hudd, dem ehemaligen Direktor-General von Europa und dem Spezialsekretär der Wahrheitszentrale, geschehen war.

Im nächsten Sommer, nachdem wir alle gelernt hatten, mit dem Equalizer umzugehen, und in die Bruderschaft eingetreten waren, nahm ich eine Einladung in Frank Enlows Haus an. Ich hatte bereits mein eigenes Haus an einem neuen Meer im Westen, und freundliche Nachbarn hatten mir geholfen, die Räume einzurichten. Ich wollte Jane Enlow wiedersehen.

Aber sie war nicht zu Hause, als ich ankam.

Frank Enlow, der schlanke Ex-Portier und letzte Freund Tylers, kam mir vor der Tür seines schönen Hauses entgegen. Er erzählte mir von Mr. Julian Hudd, der den Start des Ionendüsenkreuzers unverletzt überlebt hatte. Er hatte sich im leeren Haus der ermordeten Hawkins einquartiert, und Enlow führte mich zu ihm.

Nun war Hudd ein einfacher Bruder in der Bruderschaft, und als wir eintraten, pflügte er gerade seinen Obstgarten. Er ging hinter einem kleinen Equalizer-Traktor her, der nackte braune Oberkörper glänzte in der Sonne. Der Schweiß rann ihm in Strömen über die Stirn, über die runden, staubigen Wangen, aber das Doppelkinn und der Bauch waren verschwunden. Ich erkannte ihn kaum wieder.

„Freut mich, Sie wiederzusehen, Chad!" Er redete mich wie immer mit dem Vornamen an, aber nun war die Herzlichkeit seines Händedrucks echt. Seine laute, dröhnende Stimme war weicher geworden vor Glück. Gastfreundlich führte er uns in sein Haus. „Kommen Sie, Chad! Sie wollen sicher meine Frau sehen. Ich glaube, Sie können sich noch gut an die ehemalige Miß Jane Enlow erinnern."

Die Nase des Hausierers

Der Hausierer kam durch das weite All auf die Erde, um Whisky zu holen. Er wußte, daß der Planet unter Quarantäne stand, aber weil er so viele Dummheiten im Leben gemacht hatte, war er nun seinem Durst ausgeliefert.

Er war ein kleiner, dünner Mann mit einer riesengroßen Hakennase. Dieses Handicap hätte korrigiert werden können, aber er war auf einer Grenzwelt geboren, wo man die schwierigen Probleme der Freiheit und Verantwortlichkeit noch nicht gelöst hat, und so wuchs er auf, unglücklich im Bewußtsein seiner Häßlichkeit.

Durch einen genetischen Zufall verdammt, verbrachte er sein Leben in ständiger Flucht vor der Rettung. Und als die Verunstaltung einen Verbrecher aus ihm gemacht hatte, verteidigte er sie als den wertvollsten Teil seiner Persönlichkeit. Als man ihm befahl, eine Klinik aufzusuchen, wo man seine schlechte gesellschaftliche Anpassungsfähigkeit und die dieser zugrundeliegende mißgestaltete Nase korrigieren wollte, floh er zu den Grenzen der Zivilisation, die der Arm des Gesetzes noch nicht erreichte.

Er begann billiges Spielzeug zu verkaufen, aber auch dieser unscheinbare Beruf hatte seine Risiken. Weil er sich gezwungen sah, sein Brot auf der letzten Welt am Rand der Zivilisation ohne Verkäuferlizenz zu verdienen, mußte er bald so hastig die Flucht ergreifen, daß er keine Zeit mehr fand, seine üblichen Vorräte zu kaufen.

Seine Nerven waren nicht mehr so gut wie früher. An Bord des Schiffs brauchte er erst einmal drei harte Drinks, bevor seine Hände zu zittern aufhörten und den automatischen Piloten einschalten konnten. Aber der unverdünnte Alkohol schien ihn schneller zu umnebeln als seine üblichen Drinks, und so verschwamm alles vor seinen Augen, bevor er auf alle nötigen Knöpfe gedrückt hatte. In seiner Verwirrung verwechselte er die Acht mit einer Drei und übersah eine Dezimalstelle, und so stellte er die Planetenwahl um einen Strich zu weit ein. Er hatte zu einer anderen Grenzwelt fliegen wollen, ein paar Lichtjahre weit weg, die man noch immer uneingeschränkt anlaufen konnte und wo die Pioniere noch unbedacht genug waren, um sein Spielzeug für ihre Kinder zu kaufen. Aber durch seinen Irrtum steuerte er die Erde an.

Der Roboterpilot warnte ihn sofort. Wenn das Schiff auch verbeult war und mißbraucht von mehreren Verbrechergenerationen, die kühner gewesen waren als er selbst, hatte es ihn schon oft gerettet. Es war immer noch ein massives, raumtüchtiges Neutrinenschiff. Ein Gong ertönte. Ein rotes Licht flackerte über dem Roboter auf, und er sagte mit strenger Stimme: „Vorsicht! Nicht starten! Gewähltes Ziel liegt jenseits der erreichbaren Grenze. Vorsicht! Karten studieren und Fehler berichtigen! Vorsicht!"

Er war normalerweise vorsichtig genug, aber diese drei Drinks verstärkten seine Panik. Weil er zu betrunken war, um die Warnung zu verstehen, drückte er mit einem zitternden Finger auf den Knopf, der sie annullierte. Aber bevor er den Starthebel betätigen konnte, ertönte der Signalgong erneut, und das Licht flammte wieder auf. „Vorsicht!" schnarrte die harte mechanische Stimme. „Nicht starten. Gewähltes Ziel steht unter Quarantäne! Aller Kontakt verboten . . ."

Ungeduldig und zu betrunken, um an irgend etwas anderes zu denken als an die lebensnotwendige Flucht, zog er den Starthebel nach unten. Die Lichtsignale erloschen, und das Schiff trug ihn zur Erde, über viele Jahrhunderte hinweg, die einem nüchternen Mann nackte Angst eingejagt hätten.

Die menschliche Zivilisation glich einer Kugel, die sich immer weiter in der Galaxis ausdehnte, beinahe mit halber Lichtgeschwindigkeit, während die Siedler von Stern zu Stern sprangen. Und nun flog er vom Rand dieser Kugel zu ihrem fast vergessenen Zentrum. Doch die Reise kam ihm nicht besonders lang vor, und der Flug erforderte keine Aufmerksamkeit. Das Schiff wurde getragen von den unsichtbaren Winden der leuchtenden Neutrinen, die sich auf den Novae erhoben, um für immer durch die Galaxis zu wehen. Und es wurde mit einer solchen Geschwindigkeit durch das All befördert, daß die Zeit an Bord fast stillstand durch die Wirkung der Relativität.

Der Hausierer trank und schlief und träumte unangenehme Träume, in denen Menschen mit Skalpellen seine Nase abschneiden wollten. Er erwachte und schlief und trank wieder, bis seine spärlichen Vorräte dahin waren.

Seiner ursprünglichen Konstruktion entsprechend, hätte sich das Schiff bei der Behörde des Zielhafens gemeldet, auf Befehle gewartet und sie befolgt. Doch die früheren Besitzer hatten die Stromkreise verändert, so daß es nun im Dunkel auf die Nachtseite der Erde zuraste, ohne daß ein Signal funktionierte – bis auf das eine, das seinen Herrn weckte. Unglücklich erwachte der Hausierer. Sogar die trüben Lichter der schäbigen kleinen Kabine kamen ihm unerträglich hell vor, und der Gong schien ihm den Kopf zu spalten. Hastig schaltete er ihn ab, dann stolperte er durch das Schiff, um etwas Trinkbares zu suchen. Irgendwo müßte noch eine Flasche versteckt sein, für besondere Notfälle – unter seiner Pritsche oder in seinem Warenkoffer, oder vielleicht im leeren Medikamentenschrank, dessen Inhalt er schon vor langer Zeit gegen Whiskyflaschen ausgetauscht hatte.

Aber die Verstecke waren längst geplündert worden. Fluchend taumelte er ins Cockpit zurück und drückte auf einen Knopf, um festzustellen, wo er sich befand. Sol Drei – davon hatte er noch nie gehört. Er schüttelte den dröhnenden Kopf und starrte zwinkernd auf den Bildschirm, um seine Position abzulesen. Die Koordinaten raubten ihm den Atem. Er war zweitausend Lichtjahre von der letzten Welt, an die er sich erinnerte, entfernt – irgendwo nahe dem toten Zentrum der Zivilisation.

Einen Augenblick lang war er entsetzt. Aber dann sagte er sich, daß das nicht so schlimm war. Das war der einzigartige Vorteil seiner Nomadenexistenz. Wie viele empörte Bürger auch immer seine Nase neugestalten und ihn von der Trunksucht befreien wollten – das Schiff hatte ihn immer rechtzeitig in Sicherheit gebracht, über den Raum und sie spurlose Zeit hinweg.

Hoffnungsvoll beugte er sich vor, um den Bildschirm erneut zu inspizieren. Sol Drei war ein kleineres Mitglied eines unbedeutenden Planetensystems, wie ihm der Schirm verriet, und hatte nichts aufzuweisen, was Touristen oder Handelsreisende interessieren könnte. Die Bewohner waren menschlich, ihre Kultur war jedoch primitiv. Und obwohl schon seit langem besiedelt, war der Planet historisch uninteressant. Eine Fußnote sprang ihm ins Auge: ‚Auf diesem Planeten befand sich angeblich Atlantis, die halb legendäre Wiege der Zivilisation, wo die Menschheit ihre ersten interstellaren Reisen antrat. Die einheimische Fauna unterstützt diese These, doch bis jetzt wurden keine historischen Beweise gefunden, und der niedrige kulturelle Stand der jetzigen Einwohner läßt die Frage offen, ob . . .‘

Die komplizierten Streitereien der Geschichtsforscher interessierten ihn nicht. Er wollte nichts weiter als einen Drink. Nur einen einzigen harten Drink, um den unangenehmen Geschmack aus dem Mund zu spülen und die bebenden Lippen zu beruhigen . . . Nicht einmal dieser Planet konnte so rückständig sein, daß die Leute dort keinen Alkohol destillieren konnten.

Der Gong ertönte, durchdrang schmerzhaft wie ein Hammer seinen Kopf. Das rote Licht flackerte auf, und der automatische Pilot sagte grimmig: „Warnung! Versuchen Sie nicht zu landen! Der Planet steht unter Quarantäne, jeder Kontakt ist laut Gesetz verboten. Verstöße gegen das Gesetz werden streng bestraft. Warnung . . .“

Er krümmte sich unter dem harten Klang dieser Stimme und schaltete sie hastig ab. Weil er seine Waren auf primitiven Welten am leichtesten absetzen konnte, hatte er schon oft gegen das Gesetz verstoßen. Er wußte, daß die Gesetze erlassen worden waren, um zu verhindern, daß Völker, die auf verschiedenen Stufen der sozialen Evolution standen, aufeinanderprallten und Schaden anrichteten. Aber er interessierte sich nicht für kulturelle Differenzen.

Er brauchte einen Drink, und den müßte er dort finden. Wenn er auch noch nie von Sol Drei gehört hatte, so verstand er doch was von seinem Geschäft und war gut gerüstet. Er brauchte nur seine Waren zu verkaufen, dann konnte er sich alles anschaffen, was er benötigte, um zu den Grenzwelten zurückzukehren, wo er sich zu Hause fühlte. Und wenn sich die Quarantänebehörden aufregten, würde ihn das Gesetz kaum bis an den Rand der Zivilisation verfolgen.

Er drückte auf die Landetaste. Das Schiff glitt lautlos nach unten, durch die Morgendämmerung, zu einem dunklen, bewaldeten Berg, drei Meilen von einer kleinen Siedlung entfernt. Er pumpte die Tarnungsmembran auf, die dem Schiff das unschuldige Aussehen eines Felsblocks verlieh. Nach der Landung machte er sich auf den Weg, ging auf die kleine Siedlung zu, seinen Warenkoffer in der Hand.

In der kühlen Luft lag der erfrischende Duft grüner Pflanzen, angenehmes weiches Gras unter den Füßen, und die Stimmen kleiner wilder Tiere vereinten sich zu einem sonderbaren Konzert. Keine Wildnis war ihm jemals so freundlich erschienen. Vielleicht war dieser Planet wirklich der Geburtsort der Menschen, dachte er, und für einen Augenblick erfüllte ihn das glückliche Gefühl, auf mystische Weise heimgekehrt zu sein.

Aber er war nicht gekommen, um sich mit der Mutterwelt der Menschheit wiederzuvereinen, und das kurze Glücksgefühl verflog, als er besorgt überlegte, ob der Alkohol hier womöglich tabu war. Er erreichte eine Straße am Fuß des Berges und folgte ihr, bis er zu einer Betonbrücke kam, die über einen seichten Fluß führte. Die Sonne ging nun auf, genauso wie auf jedem anderen Stern. Sie zeigte ihm ein breites grünes Tal, wo eine Herde schwarzer und weißer Haustiere friedlich graste und ein Mann in blauer Kleidung einen primitiven Pflug vor sich herschob. Der Hausierer blieb eine Weile stehen und empfand kühle Verachtung für diese dummen Bauern, die hier lebten und von der großen Welt da draußen genausowenig wußten wie ihre fetten Rinder. Und wenn in seiner Verachtung Neid steckte, so war ihm das nicht bewußt.

Das Sonnenlicht stach ihm schmerzhaft in die Augen, und seine durstige Kehle brannte. Grimmig humpelte er weiter. Auf der anderen Seite der Brücke fand er ein paar Wegweiser. Er hatte nicht die nötige Ausrüstung dabei, um die seltsame Bildersprache zu lesen. Aber die Darstellung einer verkorkten Flasche und tropfnasser Gläser war deutlich genug.

Auf dem Gipfel eines sanft gerundeten Hügels entdeckte er eine

Holzhütte, von einer schwach, aber verlockend duftenden Alkoholwolke umhüllt. Das Schild über der Tür verriet ihm, daß dies ein öffentliches Gebäude war, und ein verblichenes Plakat an der Wand zeigte ein dickes eingeborenes Mädchen, das verführerisch an einem Glas nippte.

Beglückt wollte er die Tür öffnen, aber sie war verschlossen. Der Duft war so verlockend, daß er sich beinahe dazu hinreißen ließ, die Tür aufzubrechen, aber dann widerstand er diesem Impuls. Es war schon schlimm genug, daß er die Quarantänegesetze brach. Er wollte nicht rehabilitiert werden, und er sagte sich, daß man das Haus sicher öffnen würde, wenn er sich mit dem lokalen Zahlungsmittel eingedeckt hatte.

Als er den Hang hinab und auf das Dorf zuging, begann er zu schwitzen. Ein paar primitive Ziegelhäuser und mit Stuck verzierte Villen standen zwischen Bäumen am Ufer des Flusses, den er überquert hatte. Das Dorf sah ganz anders aus als die glanzvollen Pionierstädte, die er kannte, so daß er unsicher stehenblieb. Er war es nicht gewöhnt, mit so primitiven Rassen Handel zu treiben. Aber seine modernen Spielsachen würden den Kindern sicher gefallen, und die leeren Flaschen und Dosen, die er gelegentlich am Straßenrand fand, hatten ihm bereits verraten, daß es hier Alkohol im Überfluß gab. Und das war am wichtigsten. Er wischte sich den Schweiß von der Stirn, nahm den Warenkoffer in die linke Hand und ging weiter.

„Guten Morgen, Mister!“

Der unerwartete Gruß erschreckte ihn so sehr, daß er an den Straßenrand sprang. Ein primitives Fahrzeug war ihm gefolgt, von einer einfachen Maschine betrieben, die nach brennendem Petroleum stank. Ein großer Mann saß am Lenkrad und starrte ihn mit unverhohlener Neugier an. „Suchen Sie jemanden in Chatsworth?“

Der Mann sprach einen Dialekt, den er nie zuvor gehört hatte, aber der winzige psionische Translator, den er im Ohr trug, übersetzte ihm sofort die Bedeutung der Worte. „Guten Morgen, Mister!“ Er hob den linken Arm, flüsterte seine Antwort in das Mikrofon, das in seinem Ärmel verborgen war, und die übersetzte Antwort drang aus dem winzigen Lautsprecher, den er unter dem Hemd trug, im selben nasal-gedehnten Ton, der zu der Sprechweise des Eingeborenen paßte. „Ich bin nur auf der Durchreise."

„Steigen Sie doch ein!" Der Einheimische beugte sich vor, um die Tür seines Vehikels zu öffnen. „Ich kann Sie bis zu meinem Haus mitnehmen – eine Meile weit."

Dankbar stieg er ein, was er aber sofort bereute.

„Willkommen in Chatsworth", sagte der grinsende Bauer, „dreihundertvier Einwohner, im reichsten Tal des Staates gelegen. Ich habe das Recht, Sie willkommen zu heißen, denn ich bin Jud Hankins, der Polizist."

Neuer Schweiß strömte über das staubige Gesicht des Hausierers. Es pochte schmerzhaft in seinen Schläfen, und seine knotigen alten Hände begannen so heftig zu zittern, daß er sich am Griff seines Koffers festklammern mußte, um seine Erregung vor dem Beamten zu verbergen. Doch dann sagte er sich, daß diese unglückliche Zufallsbegegnung mit dem Gesetz keine katastrophalen Folgen haben würde. Jud Hankins würde wohl kaum daran interessiert sein, die Quarantänebehörde zu unterstützen – wenn er überhaupt von ihrer Existenz wußte.

„Freut mich, Sie kennenzulernen, Mr. Hankins", antwortete der Hausierer und war froh, daß der Translator das ängstliche Zittern seiner Stimme nicht nachahmte. „Ich heiße Gray." Er sah, daß der Polizist auf seinen Koffer starrte. „Ein fruchtbares Tal – in der Tat!" fügte er hastig hinzu. „Bauen Sie auch Getreide für die Branntweinbrennereien an?"

„Hauptsächlich für die Schweine." Der Polizist blickte wieder auf den Koffer. „Sind Sie Handlungsreisender, Mr. Gray?"

Unbehaglich nickte er.

„Und in welcher Branche sind Sie tätig, wenn ich fragen darf?"

„Spielwaren – das Neueste, was auf dem Markt ist."

„Ich hatte nur Angst, Sie hätten vielleicht Feuerwerkskörper da drin." Der Polizist atmete erleichtert auf. „Und da dachte ich, daß ich Sie warnen müßte."

„Feuerwerkskörper?" wiederholte der Hausierer verwirrt, denn die Übersetzung war nicht ganz klar gewesen.

„Bald ist der Vierte, und da müssen wir die Kinder schützen." Hankins grinste stolz. „Ich habe selber vier kleine Schlingel."

Der Hausierer wußte noch immer nicht, was Feuerwerkskörper waren. Der Vierte war offenbar irgendein barbarisches Fest, an dem Kinder geopfert werden sollten, und die Feuerwerkskörper waren wahrscheinlich die Werkzeuge der Medizinmänner. Aber das war ja nicht so wichtig.

„Ich verkaufe nur Spielsachen", erklärte er. „Erzieherisch wertvolles Spielzeug, das von Pädagogen empfohlen wird. Die Kinder haben ihren Spaß dran und können gleichzeitig was lernen." Er warf dem freundlichen Polizisten einen scharfen Blick zu. „Aber ich weiß nicht, ob ich meine Waren hier anbieten soll", fügte er unbehaglich hinzu. „In so einem kleinen Dorf lohnt es sich vielleicht nicht, eine Verkaufslizenz zu erwerben."

„Die brauchen Sie nicht bei uns." Der Polizist lachte entwaffnend. „Sie können Ihre Spielsachen ruhig verkaufen."

Er fuhr langsamer, um eine Gruppe von Kindern zu begrüßen, die auf einer Wiese Ball spielten, dann hielt er am Dorfrand an, um einen Jungen und einen Hund auf die andere Straßenseite laufen zu lassen. Der Hausierer bedankte sich und stieg hastig aus.

„Warten Sie, Mr. Gray! Haben Sie schon gefrühstückt?"

Der Hausierer schüttelte den Kopf.

„Dann steigen Sie wieder ein!" rief der joviale Einheimische. „Mamie hat genug auf dem Tisch – sie kocht das Essen, während ich draußen auf den Feldern arbeite. Und da Sie geschäftlich in der Stadt zu tun haben, möchte ich Sie gern zum Essen einladen."

„Danke – aber ich will nur etwas trinken."

„Natürlich! Sie sind durstig nach dem langen Marsch auf der staubigen Straße." Der Einheimische nickte mitfühlend. „Kommen Sie nur, bei uns kriegen Sie was zu trinken."

Verführt von diesem Versprechen und weil er das Gesetz nicht beleidigen wollte, stieg er wieder in das Vehikel. Der Polizist fuhr zu einem hübschen, weißgetünchten Häuschen am Dorfrand. Vier schreiende Kinder rannten heraus, um sie zu begrüßen, und eine rundliche Frau erwartete sie in der Tür.

„Das ist meine Frau", sagte der Polizist. „Und das ist Mr. Gray, eine Art verfrühter Nikolaus. Er sagt, er hat Spielsachen für die Kinder. Und er hätte gern einen Drink."

Der Hausierer betrat eine überraschend saubere Küche und griff mit zitternden Fingern nach dem Glas, das ihm die Frau reichte. Es hatte die helle Farbe von Kornschnaps, und er spuckte es vor Enttäuschung beinahe wieder aus, als er merkte, daß es klares Wasser war.

Er dankte der Frau, so höflich er konnte, und erklärte, er müsse jetzt wieder gehen. Aber die Kinder schrien, daß sie seine Spielsachen sehen wollten, und der Polizist bat ihn, doch zum Frühstück zu bleiben. Widerstrebend setzte er sich und schlürfte ein heißes, bitteres Getränk, das als Kaffee bezeichnet wurde und das seine Kopfschmerzen tatsächlich vertrieb. Weil er sich immer noch vor dem Polizisten fürchtete, suchte er nach einer Ausrede, um die Spielsachen nicht vorzeigen zu müssen, bis die Kinder aufbrachen, um in die Schule zu gehen. Das kleine Mädchen begann zu schnüffeln und zu schnaufen, als die Mutter sie alle zur Tür hinausscheuchte, und er fragte erschrocken, ob etwas nicht in Ordnung sei.

„Sie ist nur erkältet", erklärte die Frau. „Nichts Ernstes."

Das verwirrte ihn, denn die Luft draußen war warm. Vielleicht ein Irrtum des Translators – jedenfalls kein Grund zur Sorge ... Er wollte den Kindern aus dem Haus folgen, aber die Frau sagte lächelnd: „Bleiben Sie doch noch, Mr. Gray! Ich glaube, Sie fühlen sich nicht wohl. Sie haben die Eier und den Schinken kaum angerührt!"

Zögernd nahm er wieder Platz. Vielleicht ging es ihm wirklich nicht gut – aber er würde sich bald noch viel schlimmer fühlen, wenn er nicht bald was Besseres zu trinken bekam als Wasser.

Die Frau wandte sich an ihren Mann. „Könnten wir nicht irgendwas für ihn tun, Jud? Der Arme – ganz allein auf der Straße ..."

„Nun ja ..." Der Polizist zündete das Ende einer kleinen weißen Röhre an und inhalierte nachdenklich den Rauch. „Wir haben immer noch keinen Pedell für unsere Schule. Wenn Sie den Job haben wollen, Mr. Gray, könnte ich beim Direktor ein Wort für Sie einlegen."

„Sie könnten bei uns wohnen", fügte die Frau freundlich hinzu. „In der Dachstube steht ein bequemes, sauberes Bett. Sie brauchen keine Miete zu bezahlen, wenn Sie ein bißchen im Haushalt mithelfen."

Er blinzelte sie unsicher an. Zu seiner eigenen Überraschung wollte er bleiben. Er war es nicht gewöhnt, daß man nett zu ihm war, und Tränen stiegen ihm in die Augen. Der unendliche Abgrund des Alls erschien ihm plötzlich dunkler und kälter als je zuvor, und er sehnte sich nach dem stillen Frieden dieser vergessenen Welt. Vielleicht würde ihr Zauber ihn heilen von seiner rastlosen Unzufriedenheit.

„Sie sind uns herzlich willkommen", sagte der Polizist. „Und wenn Sie tüchtig sind, können Sie auch ein paar Aushilfsjobs bekommen. Wenn Sie sich irgendwo niederlassen wollen – Sie werden kein schöneres Dorf als Chatsworth finden."

„Ich weiß nicht . . ." Geistesabwesend griff er nach seiner leeren Tasse. „Es freut mich wirklich, daß Sie mich aufnehmen wollen – aber es ist wohl schon zu lange her . . ." Er brach ab und zuckte zusammen, als er sah, daß die Frau auf seine Nase starrte.

Rasch sah sie zur Seite, dann sagte sie voller Mitleid: „Ich – ich hoffe sehr, daß Sie unsere Hilfe annehmen werden, Mr. Gray." Sie zögerte, ihr dickes Gesicht wurde hochrot, und er begann sie zu hassen. „Ich habe einen Bruder in der Stadt – der ist Schönheitschirurg", fuhr sie dann resolut fort. „Er hat schon vielen – nun ja – Unglücklichen geholfen. Er ist wirklich sehr tüchtig und gar nicht teuer. Wenn Sie bei uns bleiben, können wir vielleicht irgendwas machen."

Rasch stellte er die leere Tasse auf die Untertasse zurück, denn seine Hand begann wieder zu zittern. Er war immer noch schlau genug, um die alte Falle zu erkennen, wenn sie sich auch so charmant tarnte. Er wollte nicht rehabilitiert werden – und er wollte seine Nase behalten.

„Nun, Mr. Gray?" fragte der Polizist. „Wollen Sie mit dem Schuldirektor sprechen?"

„Ja – gern." Er grinste schwach, um seine Panik zu verbergen. „Wenn Sie mir sagen, wo ich ihn finden kann . . . Sie waren beide so nett zu mir."

„Das war uns doch ein Vergnügen. Ich fahre aufs Feld zurück, da kann ich Sie vor der Schule absetzen."

Aber er sprach nicht mit dem Schuldirektor. Er hatte die Falle erkannt, und er war immer noch raffiniert genug, um ihr zu entkommen. Er ging auf die Schule zu, während der Polizist davonfuhr, dann machte er hinter einer Hecke halt, um seinen Verkaufsstand aufzubauen. Er schloß seinen verbeulten Koffer auf, packte den Klapptisch aus und legte die dreidimensionalen, leuchtenden Spielsachen darauf. Die Kinder, die gerade Pause hatten und im Schulhof spielten, starrten ihn an. Und als die psionische Musik erklang, liefen sie auf ihn zu.

Die Spielsachen waren billige Massenprodukte, aber sie waren clever verpackt und spiegelten den technologischen Fortschritt des hochindustrialisierten Planeten wider, auf dem sie hergestellt wurden. Auf den kleinen Plastikschachteln klebten psionische Schilder, deren Aufschrift sich jeweils änderte, um sich auf die Muttersprache des Beschauers einzustellen.

„Kommt nur her, Kinder!"

Er hielt eine kleine, runde rote Schachtel hoch und schüttelte sie mit seinen knotigen alten Fingern, so daß eine psionische Melodie erklang. „Seht nur, Kinder! Ein wunderbares, erzieherisch wertvolles Spielzeug! Damit kann man die großen, grundlegenden Prinzipien der Meteorologie und der neutrionischen Wissenschaft demonstrieren. Da werden eure Freunde aber staunen! Und hier! Das kleine Wunder-Wetter-Zauber-Blizzard-Regenmacher-Set! Es funktioniert, indem es einen Teil der Hitzeenergie in der Luft in Neutrinen verwandelt. Die plötzliche Kälte erzeugt Niederschläge, und die ausströmende kalte Luft verursacht einen kurzen, aber heftigen Schneesturm. Auf dem Schildchen könnt ihr alles lesen, was ihr darüber wissen wollt. Tretet nur näher, Kinder! Das sind alles Sonderangebote. Jede Schachtel kostet nur fünfundzwanzig Cent, und für einen halben Dollar bekommt ihr drei . . ."

„Aber das können wir nicht bezahlen, Mister." Der kleine Junge, der ihm ins Wort fiel, kam ihm bekannt vor, und er erkannte in ihm den ältesten Sohn des Polizisten wieder. „Wir haben nur Geld für unser Mittagessen, und das dürfen wir nicht für Spielzeug ausgeben."

„Macht euch doch deshalb keine Sorgen, Kinder! Wenn ihr auch ein bißchen hungern müßt . . . Ihr bekommt dafür Spielsachen, die ihr Geld wirklich wert sind. So was habt ihr noch nie gesehen. Nur fünfzehn Cent pro Schachtel – damit ich die Sachen loswerde. Kommt und kauft! Denn morgen werde ich nicht mehr hier sein."

Er nahm die Münzen aus den klebrigen kleinen Händen.

Er begann die Schachteln zu verteilen. Die glänzenden Schilder waren zuerst leer, aber als die Kleinen darauf starrten, erschienen Leuchtbuchstaben und kolorierte Szenen, in denen sich die Gedanken der Kinder widerspiegelten. Die meisten stellten harmlose Gravitationsumkehrungen dar – Murmeln oder Kaulquappen, die nach oben fielen, aber auf einem Schild war auch zu sehen, wie sich die Grundmauern der Schule hoben, und auf einem anderen flog der verwirrte Schuldirektor ins Weltall.

„Moment mal, Jungchen", flüsterte der Hausierer dem Kind zu, das diese Schachtel in der Hand hielt. „Spiel erst damit, wenn die Schule aus ist, ja? So, Kinder tut mir leid, aber jetzt sind die Antigravitationskästen ausverkauft. Aber hier habe ich was, das erzieherisch genauso wertvoll ist und noch viel mehr Spaß macht." Er hielt den Großen Detektor-Vernichtungs-Pistolen-Bleistift hoch. „Das sieht aus wie ein ganz normales Schreibgerät. Aber er kann feste Materie in unsichtbare Neutrinen verwandeln. Man braucht nur auf die Taste zu drücken, dann kann man damit Löcher in die Wand bohren, Gegenstände verschwinden lassen und seine Freunde zum Narren halten. Und das alles für nur zehn Cent!"

Die Schulglocke begann zu läuten, als er die Vernichtungsbleistifte verteilte und die Münzen einsammelte. „Nur noch ein Spielzeug, bevor ihr in die Klassen zurückgeht, Kinder!" Er schaltete den psionischen Lautsprecher ein und hob die rostige Stimme. „Es ist etwas, das ihr alle haben wollt. Ich weiß es ganz genau. Ein aufregendes Experiment mit echter Atomenergie – ein Experiment, das ihr zu Hause durchführen könnt!" Er goß glänzende kleine Kugeln aus einer Schachtel in seine Handfläche. „Seht mal, Kinder! Die Planeten-Sprengbomben-Kapseln! Im Miniformat! Ihr braucht nur eine Kapsel in einen Wassereimer zu werfen und zu warten, bis sie sich aufgelöst hat. Die Reaktion entzündet die Wasserstoffatome und verwandelt sie in Helium. Und in dem kostenlosen Prospekt könnt ihr lesen, wie die Sterne durch dieselbe Reaktion leuchten. Kauft die Kugeln jetzt rasch, bevor der Unterricht wieder anfängt! Führt den Realismus auf euren Spielplätzen ein und setzt eure Freunde in Erstaunen! Macht eure eigenen Sprengbomben! Nur fünf Cent pro Stück! Drei für zehn Cent, wenn ihr sie jetzt gleich kauft . . .“

„Sagen Sie mal, Mister . . .“ Der Sohn des Polizisten hatte drei Kapseln gekauft, aber nun starrte er sie unbehaglich an. „Wenn man mit diesen kleinen Dingern wirkliche Atombomben machen kann – sind sie dann nicht gefährlich? Noch gefährlicher als Feuerwerkskörper?“

„Ich weiß nicht, was Feuerwerkskörper sind“, sagte der Hausierer ungeduldig. „Aber dieses Spielzeug ist völlig sicher, wenn ihr die psionischen Regeln beachtet. Ihr seid doch hoffentlich schlau genug, um nicht daheim in euren vier Wänden Sprengbomben zu machen.“

Er lachte den verwirrten Jungen an und hob noch einmal seine heisere Stimme. „Die letzte Chance, Kinder! Wenn ihr aus der Schule kommt, werde ich nicht mehr hier sein! Aber jetzt könnt ihr zwei von diesen echten Bombenkapseln für einen Nickel kaufen. Einen für zwei Cent, Jungchen, wenn das alles ist, was du hast!“ Er steckte die letzten schweißnassen Münzen in die Tasche. „So, das war alles, Kinder.“ Er schaltete die psionische Musik ab, klappte den Verkaufstisch zusammen und packte ihn in den Koffer. Und während die Kinder ins Schulgebäude gingen, rannte er durch das Dorf, zurück zum Fluß.

Die Taverne war geöffnet, als er den Gipfel des Hügels erreichte. Alkoholdunst wehte ihm entgegen und weckte seinen Durst von neuem so stark, daß er am ganzen Körper zu zittern begann. Er breitete gerade seine Münzen auf der Theke aus, als ihn grelle Musik zusammenzucken ließ. Die Musik der Einheimischen . . . Die schrillen Klänge zerrten an seinen Nerven. Die Töne waren zu laut und seltsam sinnlos. Mit gerunzelter Stirn starrte er die unförmige Maschine an, aus der sie drangen, und fragte sich, warum sie so flach kamen. Dann erkannte er, daß es einfache Musik war – ohne psionische Obertöne. Hatten diese Leute denn keine Ahnung von der Psionik? Es kam ihm unglaublich vor, daß die Raumbehörde den Kontakt mit diesem

Planeten so gründlich unterbunden hatte – so gründlich, daß nicht einmal die Grundkenntnisse einer so wichtigen Wissenschaft bis hierher gedrungen waren. Erst jetzt fiel ihm auf, daß er im Dorf kein einziges psionisches Gerät gesehen hatte. Der Barkeeper müßte es eigentlich wissen.

„Nun, Mister? Was wünschen Sie?"

„Sagen Sie mir, bitte", flüsterte er heiser, „wird hier in den Schulen Psionik gelehrt?"

Das verwirrte Gesicht des Barkeepers hätte ihm sicher als Antwort genügt. Aber er sah es nicht an. Er sah sein eigenes Bild im Spiegel hinter der Theke – das harte, blutleere Gesicht, das fliehende Kinn, die unsteten, blutunterlaufenen Augen. Und die große Hakennase.

„Eh?" der Barkeeper starrte ihn an. „Was haben Sie gesagt?"

Aber er sagte nichts mehr. Wenn diese Leute nichts von der Psionik wußten, hätte ihn jedes weitere Wort verraten. Wenn man sein Schiff entdeckte, würde er diesen Planeten nie mehr verlassen können. Bleich und schwach vor Angst zeigte er auf seine Münzen. „Whisky!" stieß er hervor. „Whisky – so viel ich dafür haben kann . . ."

Es dauerte endlos lange, bis der Barkeeper die Münzen gezählt hatte, aber dann gab er ihm sechs Flaschen. Er packte sie in den Koffer und lief aus der Bar. Und dann ging er müde und staubig über die Brücke, stieg auf den Berg hinauf, wo sein Schiff stand. Sein Atem stockte, als er zwischen den Baumstämmen hindurchstolperte und gähnende Leere zwischen den Felsbrocken sah. Er dachte, sein Schiff sei verschwunden – aber dann erinnerte er sich an die Tarnung. Zitternd vor Schwäche zog er den psionischen Schlüssel aus der Tasche und versuchte die Luft aus der Membran zu lassen.

Der Schlüssel funktionierte nicht.

Er versuchte es noch einmal, aber die angeschwollene Haut blieb hart wie Felsgestein. Verzweifelt rannte er um das Schiff herum, probierte den Schlüssel an mehreren verschiedenen Stellen aus – vergeblich.

Er verstand das nicht – und er brauchte erst einmal einen Drink. Er fühlte sich plötzlich zu müde und zu schwach, und er fror zu sehr, um ohne die wärmende Hilfe des Alkohols irgendwelche Anstrengungen zu unternehmen. Er konnte nicht einmal mehr denken.

Er bückte sich, um den Koffer aufzuschließen, in dem er die Whiskyflaschen verstaut hatte, aber auch diesmal versagte der psionische Schlüssel und fiel ihm aus den Fingern, als er erkannte, was schiefgelaufen war. Psionische und neutrionische Geräte funktionierten immer – wenn man sie nicht absichtlich zerstörte. Irgend jemand vom Quarantäneamt mußte das Schiff entdeckt haben.

Krank vor Panik, versuchte er zu fliehen. Er ließ den Koffer fallen und stürmte blindlings in die fremde Wildnis. Seine Flucht mußte ihn irgendwie im Kreis herumgeführt haben, denn irgendwann gelangte er taumelnd zu einem Berg und zu einem Felsblock, der genauso aussah wie sein getarntes Schiff. Er war wie betäubt, und seine heißen Glieder bebten in glühendem Fieber.

Er krallte sich an der harten Membran fest, versuchte verzweifelt sie mit blutenden Fingern zu zerreißen, als er plötzlich feste Schritte hinter sich hörte. Und als er sich umwandte, erblickte er die kräftige Gestalt des Polizisten Jud Hankins.

„Oh – Mr. Hankins . . .“ Er lehnte sich wankend an die Membran, grinste vor Erleichterung, weil er keinen Quarantänebeamten vor sich hatte. Zuerst versagte sein Translator, aber als er unter seiner Kleidung an dem Instrument herumfummelte, begann es für ihn zu sprechen. „Ich gebe es auf“, flüsterte er. „Ich komme mit Ihnen zurück.“ Eine eisige Kälte schüttelte ihn, und seine trockene Kehle schmerzte so sehr, daß er kaum weiterreden konnte. „Ich bin bereit, mich hier niederzulassen, wenn ich meine Nase behalten darf.“ Aber dann fiel ihm noch ein. „Die Spielsachen“, stieß er schluchzend hervor. „Sie sind gefährlich!“

„Nicht mehr“, erwiderte der große Mann kühl. „Wir haben in diesem ganzen Gebiet psionische und neutrionische Hemmungskörper aufgestellt, um Unfälle zu verhindern, bevor ich mir die Identität des Polizisten Hankins auslieh, um Sie zu schnappen.“

„Sie – Sie sind . . .“, begann er zu stammeln.

„Ein Quarantäneinspektor von der Solstation.“ Der Offizier zeigte ihm einen blitzenden psionischen Stern. „Wir haben Sie schon vor Ihrer Landung aufgespürt und die Verhaftung nur hinausgezögert, um uns zu vergewissern, daß Sie keine Komplicen haben."

Er fühlte sich zu krank, um überrascht zu sein. „Dann haben Sie mich also erwischt", flüsterte er schwach. „Also gut – dann suche ich um volle Rehabilitation an."

„Dafür ist es zu spät", entgegnete der strenge Mann ungeduldig. „Ihr seid alle gleich – ihr Quarantänebrecher. Ihr vergeßt, daß kulturelle Zusammenstöße nach beiden Richtungen wirken. Ihr habt nie begriffen, daß all diese Gesetze nur zu eurem eigenen Schutz erlassen wurden. Ich weiß, daß Sie sich keiner Behandlung in unserer Klinik unterzogen haben. Und wie ich sehe, haben Sie nicht einmal einen Medikamentenkoffer mitgenommen. Sie sind einfach hier gelandet – bei diesem primitiven Volk, wo sich zahllose bösartige Mikroorganismen ungehindert vermehren können, ohne an Ihre Gesundheit zu denken."

„Klinik?" Das war das einzige Wort, das der Hausierer verstanden hatte, und er richtete sich trotzig auf. „Ihr könnt mit mir machen, was ihr wollt – aber ich will meine Nase behalten."

„Sie haben jetzt viel größere Probleme." Der Inspektor sah ihn fast mitleidig an. „Ich nehme an, unsere Vorfahren besaßen eine natürliche Immunität gegen all die vielen Krankheitserreger, genauso wie die Leute, die immer noch hier leben. Aber wenn ich mich nicht gegen Tausende von Viren und Keimen immunisiert hätte, würde ich bereits in einem halben Tag sterben. Und Sie stecken voller Keime."

Keuchend und blinzelnd starrte der Hausierer in das schmerzhaft grelle Licht. „Aber die Leute, die ich hier traf, waren alle gesund", protestierte er. „Nur ein Kind war verkühlt – aber die Frau sagte, das sei nicht gefährlich."

„Nicht für das Kind", sagte der Inspektor. „Für ein Kind auf dieser Welt ist ein Schnupfen so ungefährlich wie für Sie Atomsprengbomben."

Ohne das alles zu begreifen, begann der Hausierer zu schwanken und brach zusammen.

Das glücklichste Wesen

Der Kollektor kam ärgerlich in das Büro des Kommandanten in der Quarantänestation auf dem Mond der Erde. Er war ein dicker, kahlköpfiger Mann mit schlauen, kleinen, eisgrünen Augen, die tief im fetten gelben Fleisch eingebettet lagen. Er konnte recht freundlich lächeln, wenn man seine Wünsche erfüllte. Aber jetzt lächelte er nicht.

„Wir sind fast hundert Lichtjahre weit geflogen, um hierherzukommen, und hier können Sie sehen, wer ich bin.“ Er hielt dem Kommandanten seine psionischen Identitätsfilme unter die Nase. „Und ich beabsichtige zumindest einen dieser seltsamen Anthropoiden mitzunehmen – trotz Ihrer blödsinnigen Bürokratie.“

Die schimmernden Filme bestätigten seine wissenschaftliche Qualifikation. Er war dazu ermächtigt worden, bestimmte Exemplare für den größten Zoo der Galaxis zu sammeln, und man hatte das Quarantäneamt offiziell ersucht, ihn bei seinen Forschungsarbeiten zu unterstützen.

„Ich verstehe.“ Der Kommandant nickte respektvoll und versuchte einen müden Seufzer zu unterdrücken. Das schwierige Amt, die embryonale Kultur der Erde zu schützen, hatte ihn gelehrt, solchen unerwarteten Drohungen mit aller Vorsicht zu begegnen. „Ihre Ausweisdokumente sind natürlich sehr eindrucksvoll, und wir werden Ihnen helfen, so gut wir können. Wollen Sie sich nicht setzen?“

Der Kollektor wollte sich nicht setzen. Er ärgerte sich über den Kommandanten, und er äußerte seine Zweifel, daß die Quarantänegesetze auf einem so rückständigen Planeten wie der Erde überhaupt eingehalten werden müßten. Schließlich schlug er vor, man möge ihm das gewünschte Exemplar übergeben, ohne seine kostbare Zeit zu verschwenden.

Der Kommandant entstammte einer Zivilisation, wo man Wert auf

Höflichkeit und Zurückhaltung legte. Aber er ballte unwillkürlich die Hände, als der psionische Translator ihm die Worte des Kollektors übermittelte. Aber dann zwang er sich, seine Ungeduld zu zügeln. „Diese Geschöpfe sind Menschen", entgegnete er mit fester Stimme. „Und wir sind hier stationiert, um sie zu schützen."

„Menschen?" Der Kollektor schnaufte verächtlich. „Menschen, die nur bis zu ihrem eigenen Mond vorgedrungen sind! Weiter konnten sie sich nicht entfernen."

„Ja, sie sind ziemlich degeneriert", gab der Kommandant widerwillig zu. „Aber ihr menschlicher Ursprung ist wissenschaftlich erwiesen, und Sie müssen sie in Ruhe lassen."

Der Kollektor musterte das Gesicht des Kommandanten mit den fest zusammengepreßten Lippen und fuhr dann in ruhigerem Ton fort: „Wir brauchen nur ein einziges Exemplar, und es wird ihm nichts geschehen." Er lächelte jovial. „Ganz im Gegenteil – das Wesen, das wir mitnehmen, wird das glücklichste des ganzen Planeten sein. Ich bin schon seit ein paar Jahrhunderten in dieser Branche tätig, und ich weiß, wovon ich rede. Die wilden Tiere sterben unweigerlich aus, wenn man sie in ihrer ursprünglichen Umgebung leben läßt. Sie sind in ständiger körperlicher Gefahr, meist unterernährt und sexuell mehr oder weniger frustriert. Aber das Tier, das wir mit uns nehmen, wird bestens versorgt werden – von Experten." Ein herzliches Lachen erschütterte sein fettes gelbes Doppelkinn. „Wenn Sie uns erlauben würden, eine Annonce aufzugeben, würde sich die halbe Bevölkerung freiwillig melden."

„Sie können keine Annonce aufgeben", sagte der Kommandant tonlos. „Es ist unsere Pflicht, diese junge Kultur vor jedem äußeren Einfluß zu schützen, der sie in ihrer natürlichen Entwicklung behindern könnte."

„Regen Sie sich nicht auf!" Der dicke Mann zuckte mit den Schultern. „Wir sind Geheimagenten. Und wenn Sie es wünschen, wird unser Exemplar niemals erfahren, zu welchem Zweck wir es mitnehmen."

„Darauf kommt es nicht an." Der Kommandant stand abrupt auf. „Ich werde Ihnen und Ihren Leuten jede nur erdenkbare legitime

Hilfe leisten. Aber wenn ich erfahre, daß Sie versucht haben, eines dieser Wesen zu entführen, werde ich Ihr Schiff konfiszieren."

„Behalten Sie doch ihre kostbaren Haustierchen!" stieß der Kollektor hervor. „Dann werden wir eben nur Terrainstudien vornehmen. Es ist nicht unbedingt nötig, daß wir lebende Exemplare dieser Gattung mitnehmen. Unsere Techniker haben authentische Ausstellungstücke hergestellt – sozusagen beseelte Kopien."

„Sehr gut." Der Kommandant brachte ein gequältes Lächeln zustande. „Unter diesen Umständen dürfen Sie landen."

Er beauftragte zwei Inspektoren, den Kollektor zu unterstützen und dafür zu sorgen, daß die Quarantänegesetze befolgt wurden. Als Geheimagenten flogen sie vor der Expedition zur Erde und erwarteten das interstellare Schiff ein paar Wochen später auf der nächtlichen Halbkugel des Planeten. Das Schiff kehrte zum Mond zurück, während die Experten einige Monate lang rings um die Erde reisten, psionische Filme drehten und Exemplare von Arten sammelten, die nicht durch die Quarantäne geschützt waren. Die Inspektoren meldeten dem Kommandanten, daß man bisher keine Gesetze verletzt hatte, und alles ging glatt bis zu jener Nacht, in der das Schiff auf die Erde zurückkehrte, um die Expeditionsteilnehmer abzuholen.

Man hatte sich bemüht, jedes Aufsehen zu vermeiden. Der Kollektor und seine Leute brachten die eingesammelten Exemplare in irdischen Fahrzeugen zum Treffpunkt, unter dem Decknamen ‚Die Show wilder Tiere, geleitet von den Barstow-Brüdern'. Um Mitternacht landete das interstellare Schiff auf einem unbewohnten Wüstenplateau, um die Expeditionsteilnehmer und ihre Beute an Bord zu nehmen. Man hatte solche Aktionen schon tausendmal ohne Komplikationen durchgeführt, aber in dieser Nacht ging etwas schief.

Ein eingeborener Anthropoide war soeben aus einem Strafgefängnis geflohen. Obwohl seine wütenden Stammesbrüder ihn verfolgten, war er ihnen in mehreren gestohlenen Autos, die er jeweils rasch gewechselt hatte, entkommen. Sie blockierten in regelmäßigen Abständen die Straße, und er war in die Wüste geflohen. Als sein letztes Auto zusammenbrach, überquerte er zu Fuß die öden Berge. Und dabei geriet er in die Nähe des wartenden interstellaren Schiffs.

Seine Verfolger fanden das letzte Auto, das er benutzt hatte, und hielten die verkleideten Expeditionsteilnehmer auf, um ihre Lastwagen zu durchsuchen. Dabei warnten sie die Männer vor dem gefährlichen entlaufenen Sträfling. Um die Einheimischen von dem Schiff fernzuhalten, erfanden die Inspektoren eine Geschichte von einem verängstigten Reiter, der nun in die entgegengesetzte Richtung galoppierte.

Sie führten die einheimischen Beamten zu der Stelle, wo sie den imaginären Reiter zuletzt gesehen hatten, und es gelang ihnen, sie bis zum Morgengrauen zu beschäftigen. Mittlerweile waren die Expeditionsteilnehmer mitsamt ihren Exemplaren an Bord gegangen, und das interstellare Schiff raste bereits durch das All.

Die Einheimischen konnten ihren Sträfling nie einfangen. Durch einen Zufall, wie ihn nicht einmal der kompetenteste Geheimdienst ausschalten konnte, war er an Bord des interstellaren Schiffs gelangt. Der entflohene Anthropoide war ein junger Mann. Körperlich sah er menschlich aus und war sogar recht attraktiv. Während der Gefangenschaft stark abgemagert, hielt er sich trotzig aufrecht. Eine alte Verletzung hatte eine häßliche Narbe auf seiner Wange hinterlassen, und seine dünnen Lippen waren mürrisch zusammengepreßt. Aber er bewies ein schnelles Reaktionsvermögen und besaß eine gewisse Anmut.

Er war sogar menschlich genug, um Kleidung und einen Namen zu tragen. Sein schmutziges Gewand war aus miteinander verwobenen tierischen und pflanzlichen Fasern und der Haut eines geschlachteten Tieres hergestellt. Er hieß Casey James und war wie ein Dschungelkannibale bewaffnet – mit einem scharfen Stahlmesser. Sein Körper war wie sein gesamter Heimatplanet von Parasitenorganismen befallen. Er hatte vor Angst und Erschöpfung gezittert wie jedes gejagte Tier, als er an Bord des Schiffes geflohen war. Inzwischen litt er keine Hungerqualen mehr, aber die Schußwunde in seinem linken Arm bereitete ihm immer noch höllische Schmerzen.

In der Dunkelheit hatte er das Schiff nicht einmal gesehen. Die Lastwagen hatten auf der Straße gestanden, und der Fahrer des letzten war ausgestiegen, um seinen Kollegen zu helfen, die Laderampe festzumachen. Der Anthropoide kletterte in den Laderaum des Wagens und versteckte sich unter der Plane, bis er an Bord gefahren wurde.

Obwohl es ihn verwirrt und erschreckt haben mußte, daß dieses Schiff nicht von der Erde stammte, versteckte er sich mehrere Tage lang im Frachtraum. Mit animalischem Geschick molk er eine Kuh, die als Studienexemplar an Bord gekommen war, ernährte sich von ihrer Milch und schlief im Laderaum eines leeren Lasters. Die bösartigen Viren vermehrten sich in seinem verwundeten Arm, und die Schmerzen trieben ihn schließlich aus seinem Versteck.

Er näherte sich den Wärtern, die die Tiere fütterten, bedrohte sie mit seinem Messer und verlangte, verarztet zu werden. Sie entwaffneten ihn ohne große Schwierigkeiten und brachten ihn in die Veterinärabteilung. Dort besuchte ihn der Kollektor. Frisch gewaschen und desinfiziert saß er in seinem Bett.

„Wohin fliegen wir?" wollte er wissen.

Er nickte, ohne Überraschung zu zeigen, als ihm der Kollektor von seiner Mission erzählte und das Ziel des Schiffes nannte.

„Eure Geheimagenten sind gar nicht so gut, wie sie glauben. Ich habe schon oft eure fliegenden Untertassen gesehen."

„Fliegende Untertassen!" Der Kollektor schnaufte angewidert. „So was haben wir nicht. Diese sogenannten fliegenden Untertassen sind nur Refraktionsbilder des Oberflächenlichts, durch atmosphärische Inversionen erzeugt. Die Leute von der Quarantäne bereiten gerade ein Buch vor, um das Ihren Artgenossen klarzumachen."

„Ich glaube, die Bullen werden so was Kompliziertes nie begreifen." Der Anthropoide grinste. „Die kratzen sich sicher immer noch die dummen Schädel und überlegen, wie ich ihnen entkommen sein könnte." Er machte eine Pause, um seinen verbundenen Arm zu betasten. Offenbar behagte ihm die zivilisierte Behandlung, die ihm widerfahren war. „Und wann kommen wir zu Ihrem großartigen Zoo?"

„Sie werden ihn gar nicht sehen", erwiderte der Kollektor. „Ich wollte zwar ein Exemplar Ihrer Gattung an Bord nehmen, diese verdammten Bürokraten haben es mir nicht erlaubt."

„Und deshalb müssen Sie mich loswerden?"

Der psionische Translator enthüllte die gefährliche Verzweiflung des Biests, noch bevor sich sein dürrer Körper versteifte.

„Warten Sie!" Der Kollektor wich hastig zurück. „Erschrecken Sie nicht! Wir werden Ihnen nichts tun. Wir könnten Sie gar nicht vernichten – nicht einmal, um einer Bestrafung zu entgehen. Kein zivilisierter Mensch kann menschliches Leben vernichten."

„Aber wenn Sie mich nicht ins All werfen – was werden Sie dann mit mir machen?"

„Sie haben uns in eine schwierige Lage gebracht." Der gelbe Mann runzelte verärgert die Stirn. „Wenn die Quarantänebeamten Sie an Bord finden, werden sie uns verbieten, weitere Expeditionen durchzuführen, und alles konfiszieren, was wir mitgenommen haben. Wir werden Sie irgendwie zurückbringen müssen."

„Aber ich kann nicht zurück!" Der Anthropoide fuhr sich nervös mit der Zunge über die Lippen. „Ich habe einen Gefängniswärter erstochen. Wenn sie mich erwischen, komme ich auf den Stuhl."

Der Translator erklärte dem Kollektor, daß es sich bei diesem Stuhl um eine komplizierte elektrische Foltermaschine handelte, die verurteilte Mörder zeremoniell tötete, was auf das primitive Gesetz der Blutrache zurückzuführen war.

„Deshalb müssen Sie mich mitnehmen, wohin immer Sie auch fliegen."

Die dunklen Augen der Kreatur starrten den Kollektor listig an. „Wenn Sie mich zurückbringen, töten Sie mich."

„Das ist unmöglich." Die dicke Oberlippe des gelben Mannes zuckte leicht, und dann verzog sich sein Mund langsam zu einem breiten Lächeln, das seine kleinen eisigen Augen jedoch nicht erreichte. „Das menschliche Leben ist heilig. Wir können ein Arrangement treffen, das Ihnen ein gesichertes Dasein garantiert und Sie zum glücklichsten Vertreter Ihrer Rasse machen wird – wenn Sie bereit sind, zwei wichtige Bedingungen zu erfüllen."

„Eh?" Der Anthropoide blinzelte. „Welche Bedingungen?"

„Es ist Ihnen doch klar, daß wir die Quarantänebestimmungen verletzen, wenn wir Sie mitnehmen", sagte der Kollektor geduldig.

„In diesem Fall würde man uns und nicht nur Sie zur Verantwortung ziehen. Aber wir brauchen Ihre Hilfe, um das Vergehen zu vertuschen. Wir werden alles für Sie tun – wenn Sie jene zwei Bedingungen erfüllen. Erstens müssen Sie versprechen, nicht über uns zu reden."

„Das ist einfach." Das Biest grinste. „Weil mir ohnehin niemand glauben würde."

„Doch, die Quarantänebeamten würden Ihnen glauben." Die kalten Augen des Kollektors verengten sich. „Ihre Geheimagenten würden sofort in Aktion treten, wenn sie auch nur gerüchtweise von einem solchen Vergehen erfahren."

„Okay, ich werde die Klappe halten." Die Kreatur zuckte mit den Schultern. „Und was muß ich sonst noch tun?"

„Zweitens müssen Sie versprechen, nie wieder zu töten."

Der Anthropoide runzelte die Stirn. „Warum legen Sie denn solchen Wert darauf?"

„Wir können Ihnen nicht erlauben, weitere Ihrer Artgenossen zu vernichten. Da Sie sich jetzt in unserer Obhut befinden, würde uns die Schuld daran treffen. Nun? Geben Sie mir Ihr Wort?"

Der Anthropoide kaute nachdenklich an seiner dünnen Unterlippe. Seine Augen starrten feindselig ins Leere. Der Kollektor fing durch den Translator eine schwache Reflexion von Casey James' Gedanken auf und trat unbehaglich einen Schritt zurück.

„Die Bullen sind hinter mir her", flüsterte die Kreatur. „Ich muß verdammt gut aufpassen."

Der Kollektor schnippte mit den dicken Fingern. „Machen Sie sich deshalb keine Sorgen. Wir können eine Begnadigung für Sie erwirken. Sie brauchen nur zu versprechen, daß Sie nie wieder töten werden."

„Nein." Die Kinnmuskeln des Anthropoiden spannten sich. „Es gibt da einen Mann, den ich umlegen muß. Deshalb bin ich ja aus dem Gefängnis ausgebrochen."

„Wer ist denn Ihr Feind?" Der Kollektor runzelte die Stirn. „Warum ist er so gefährlich?"

„Er ist gar nicht so gefährlich", grunzte das Biest. „Aber ich kann ihn nicht ausstehen."

„Ich begreife nicht . . ."

„Ich wollte ihm schon immer die Fresse einschlagen. Seit wir in Las Verdades zusammen in die Schule gegangen sind."

„Wurde diese monströse Besessenheit denn niemals ärztlich behandelt?" Der Kollektor schüttelte ungläubig den Kopf, aber der Anthropoide ignorierte ihn.

„Er heißt Gabriel Meléndez", stieß das Biest hervor. „Er ist nur ein dreckiger Greaser, aber er tut so, als wäre er was Besseres als ich. Aber ich hatte Geld von meiner Tante, und er mußte fast immer hungern. Aber schon als kleiner Rotzjunge markierte er den großen Mann. Obwohl er wußte, daß ich ihn leicht k. o. schlagen konnte, weil ich viel größer war als er, forderte er mich immer wieder zum Kampf heraus." Das Biest fletschte die verfaulten Zähne. „Irgendwann töte ich ihn – das weiß ich."

„Es ist nicht immer nötig zu töten", protestierte der Kollektor unbehaglich. „Nicht unter zivilisierten Menschen."

„Aber ich bin nicht zivilisiert." Der Anthropoide grinste. „Und ich werde Gabe Meléndez genauso erstechen wie den Wärter."

„Eine unglaubliche Besessenheit!" Der Kollektor wich zurück vor dem Biest mit den grimmig zusammengepreßten Lippen. „Was hat dieses Wesen Ihnen denn getan?"

„Er hat mir ein Mädchen weggenommen", stieß der Anthropoide keuchend hervor. „Und dann hat er mir die Bullen auf den Hals gehetzt. Zumindest glaube ich, daß er es war, weil ich einen Monat, nachdem ich die Tankstelle überfallen hatte, geschnappt wurde. Es war die Tankstelle, wo er arbeitete. Ich glaube, er hat mich erkannt, und dann hat er mich verpfiffen. Deshalb werde ich ihn töten . . ."

„Nein . . ."

„Doch!" Der Anthropoide sprang aus dem Bett und blieb hochaufgerichtet und herausfordernd vor dem dicken Mann stehen. Er ballte seine gesunde Hand. „Sie werden mich nicht abholen können – nicht einmal mit Ihren raffinierten Maschinen."

Das Biest starrte in die hellen Augen des Kollektors. Sie blickten zurück, ohne zu blinzeln, und da sie keine Brauen und Wimpern hatten, wirkten sie kalt wie die Augen eines Reptils. Das Biest gab nach. „Okay, okay!" Es spuckte auf den makellos sauberen Boden und grinste, als der Kollektor unwillkürlich zusammenzuckte. „Was ist es Ihnen wert, wenn ich ihn am Leben lasse?“

Der Kollektor versuchte sein Entsetzen nicht zu zeigen. „Wir sind Geheimagenten, und wir kennen Ihren Planeten.“ Ein einschmeichelndes Lächeln glitt über das dicke Gesicht. „Wir können Ihnen alles bieten, was Sie sich wünschen. Sie brauchen mir nur Ihr Wort zu geben, daß Sie nicht mehr töten und nicht über uns sprechen werden, dann können Sie mir sagen, was Sie haben wollen.“

Der Anthropoide rieb sich das Kinn, als ob er zu denken versuchte. „Zuerst will ich das Mädchen. Bevor sie Gabes Frau wurde, hieß sie Carmen Quintana. Sie wird Ihnen vielleicht Ärger machen, weil sie mich nicht leiden kann. Einmal hätte sie mir fast die Augen ausgekratzt, schon bevor ich ihren alten Vater in der Tankstelle erschoß.“ Mit einem wölfischen Grinsen entblößte er die Zähne. „Glauben Sie, daß Sie ihr einreden können, ich sei ein toller Kerl?“

„Ich glaube schon.“ Der Kollektor nickte mit ausdruckslosem Gesicht. „Wir können fast alles arrangieren.“

„Gut. Es wird ihr noch leid tun, daß sie Gabe jemals angeschaut hat.“

„Aber Sie werden sie nicht verletzen?“

„Das ist meine Sache.“ Das Biest lachte. „Bringen Sie mich nur nach Las Verdades. Das ist eine kleine Adobestadt, unten in der Nähe der Grenze.“

Der Anthropoide zählte seine weiteren Wünsche auf, dann legte er die Hand aufs Herz, eine rituale Geste seines Stammes, um zu betonen, wie ernst es ihm mit seinem Versprechen sei. Als das interstellare Schiff wieder gelandet war, mußte er noch lange an Bord bleiben und wie ein Gefangener in einer sterilen Zelle leben, während er wartete, daß die Expeditionsteilnehmer ihre Untergrundarrangements für seine Rückkehr trafen. Er hielt es kaum mehr aus vor Ungeduld und lief in dem kleinen, fensterlosen Raum auf und ab wie ein gefangenes Tier, als der Kollektor endlich die Tür aufsperrte.

„Ihr macht mich ganz wahnsinnig!“ schrie er den unbehaarten Fremdling an. „Warum hat das so lange gedauert?“

„Das Quarantäneamt . . .“ Der Kollektor zuckte mit den Schultern.

„Wir mußten eine neue Ausrede für unsere Aktionen finden, aber ich glaube nicht, daß die Verdacht geschöpft haben. So, und hier haben Sie alles, was Sie brauchen.“ Er zerrte einen Koffer in die Zelle, richtete sich dann keuchend auf und wischte sich den Schweiß aus dem fetten Gesicht. „Machen Sie den Koffer auf. Dann werden Sie sehen, daß wir unseren Teil des Abkommens gehalten haben. Vergessen Sie Ihr Versprechen nicht!“

Der Anthropoide fiel auf die Knie, öffnete den Koffer und durchwühlte aufgeregt die Kleider und die einfachen Papierdokumente. Dann sah er mit gerunzelter Stirn auf. „Wo ist er?“

„Sie werden alles finden“, sagte der dicke Mann, der immer noch nach Atem rang. „Ihre Entlassungspapiere, zehntausend Dollar in bar, vierzigtausend in Schecks. Die Kleidung, die Sie verlangt haben . . .“

„Aber wo ist der Revolver?“

„Wir haben alles so arrangiert, daß Sie keinen brauchen werden.“ Der Kollektor trat unbehaglich von einem Fuß auf den anderen. „Ich hatte gehofft, Sie würden Ihre Ansicht in dieser Beziehung ändern . . .“

„Aber, ich muß mich doch verteidigen“, unterbrach ihn der Anthropoide.

„Man wird Sie nie mehr angreifen.“

„Sie sagten, daß Sie mir einen Revolver geben würden.“

„Ja.“ Der Kollektor zuckte unglücklich mit den Schultern. „Sie können einen haben, wenn Sie das Schiff verlassen. Und jetzt ziehen Sie bitte die neuen Sachen an. Wir wollen in einer halben Stunde starten.“

Das gelbe Cadillac-Kabrio, das er verlangt hatte, wartete im Dunkel neben der Rampe. Die Chromteile schimmerten schwach. Der Kollektor stieg mit ihm durch die Schleusentore nach unten und begleitete ihn zu dem Auto, dann übergab er ihm ein schweres kleines Paket. „Schalten Sie die Scheinwerfer noch nicht ein!“ mahnte der gelbe Mann. „Warten Sie hier, bis der Tag anbricht! Dann werden Sie den Albuquerque Highway finden, eine knappe Meile weiter drüben im Osten. Fahren Sie sofort nach Las Verdades. Wir haben alles so arrangiert, daß Sie dort glücklich leben können – so lange Sie nicht versuchen, uns zu verraten."

„Machen Sie sich deshalb keine Sorgen", erwiderte der Anthropoide grinsend. Er stieg in das Auto und schaltete das Standlicht ein. Das Armaturenbrett leuchtete wie ein Christbaum auf. Er lehnte sich zurück und sog den Duft von teurem Leder und Gummi und Lack ein. „Macht euch keine Sorgen, ihr Idioten", flüsterte er. „Ihr werdet es ja niemals erfahren."

Als er den Kopf hob, schwebte die Rampe bereits zu dem interstellaren Schiff hinauf. Der kahlköpfige Mann winkte ihm noch einmal zu und verschwand. Mit einem dumpfen Dröhnen schlossen sich die Schleusentore. Die große Scheibe glitt lautlos durch die Nacht davon.

Das Biest saß grinsend im Auto. Ein tolles Geschäft hatte er da gemacht. Er hatte alles bekommen, was er wollte – und dafür hatte er nur ein idiotisches Versprechen geben müssen, an das er sich natürlich nicht halten würde. Dazu konnten sie ihn nicht zwingen, denn sie würden ja bald weit weg sein – droben bei den Sternen.

Niemand war jemals so glücklich gewesen.

Sie hatten seine Zähne verschönert und ihn in einen Hundert-Dollar-Anzug gesteckt, und sie hatten ihm die Taschen mit teuren Zigarren vollgestopft. Er wickelte eine der Zigarren aus, biß das Ende ab und zündete sie mit dem neuen Feuerzeug an. Genüßlich inhalierte er den Rauch. Er hatte alles, was er wollte.

Oder nicht?

Als der Morgen heraufdämmerte, erfaßte ihn ein Gefühl der Unsicherheit. Die ersten grauen Gebilde, die sich aus dem Dunkel lösten, kamen ihm so merkwürdig vor, und er befürchtete plötzlich, daß die Fremden ihn aufs Kreuz gelegt hatten. Vielleicht hatten sie ihn gar nicht auf die Erde zurückgebracht. Vielleicht hatten sie ihn auf irgendeinem fernen Planeten ausgesetzt, wo er Carmen und Gabe niemals finden würde.

Mit einem erschrockenen Aufschrei schaltete er die Scheinwerfer ein. Und die breiten weißen Strahlen wischten alle Zweifel weg, beleuchteten nur ein paar harmlose Yucca- und Mesquitebüsche. Mit einem schwachen Lachen sank er in den Sitz zurück.

Nun sah er auch die vertrauten Gipfel der Dos Lobos, die wie gezackte Zähne aufragten und sich schwarz vor einem grünen gläsernen Himmel abzeichneten. Er schaltete die Scheinwerfer aus, startete den Motor und lenkte den schwankenden Wagen über braune Hügel durch die Morgendämmerung. Nach wenigen Minuten fand er den Highway. ‚José's Oase, Tankstelle, acht Meilen.' Spöttisch grinste er das Schild an. Was machte es schon, daß sie ihm zwanzig Jahre aufgebrummt hatten, weil er die ‚Oase' überfallen und den alten José niedergeschossen hatte? Was spielte es schon für eine Rolle, daß seine Mutter und seine Tante ihre letzten Cents zusammengekratzt hatten, um seinen Anwalt zu bezahlen, der ihn vor dem elektrischen Stuhl retten sollte? Daß Carmen ihm bei der Gerichtsverhandlung ins Gesicht gespuckt hatte? Die Fremden hatten alles in Ordnung gebracht.

Aber wenn sie das nicht getan hatten?

Vorsichtig verlangsamte er das Tempo und bog in die Straße, die in vielen Windungen ins Tal hinabführte. Der Frühlingsregen mußte schon begonnen haben, denn auf den felsigen Hängen wuchsen wilde Blumen und frisches Gras. Die alten Cottonwoods hatten neue Blätter bekommen. Das Tal sah so freundlich aus wie das Gesicht seiner alten Mutter, als sie noch gelebt hatte, und die kleine Stadt auf der anderen Seite des Flusses wirkte genauso sauber und hübsch, wie er sie in Erinnerung hatte. Auch der Himmel leuchtete wie ein blaues Glasgewölbe, als ob ihn die Fremden geschrubbt hätten. vielleicht konnten sie das. Sie konnten alles – außer einen Menschen töten.

Er kicherte, als er daran dachte, wie ihm der alte Glatzkopf dieses dumme Versprechen abgenommen hatte. Dabei hatte er die Hand aufs Herz legen müssen. Vielleicht hatte der gelbe Narr wirklich geglaubt, er würde sein Wort halten. Oder stimmte vielleicht was mit dem Päckchen nicht, in dem angeblich der Revolver steckte?

Er stoppte den Wagen und riß das Päckchen auf. Im Karton lag die Automatic, die er verlangt hatte, eine 45er, und zwei Patronenschachteln. Die Waffe sah beruhigend aus, als sie flach und schwarz und tödlich in seiner Hand lag. Er lud sie und stieg aus dem Auto, um sie zu testen.

Er zielte auf eine leere Whiskyflasche am Straßenrand, und im selben Augenblick hörte er eine Spottdrossel in den Zweigen eines Cottonwoods singen. Er schoß auf den Vogel, statt auf die Flasche und grinste, als die Spottdrossel sich in eine Wolke aus braunen Federn verwandelte. Gabe wird sich wie ein Wilder auf mich stürzen, dachte er, und seine Augen verengten sich spöttisch. Und ich werde ihn niederknallen müssen, um meine Haut zu retten.

Er fuhr über die Brücke nach Las Verdades. Er wußte, daß die Fremden hier gewesen waren, denn die sonst schmutzigen Straßen waren makellos sauber, die Holzteile der niedrigen Adobehäuser glänzten unter einem neuen Anstrich, und als er am Esperanza Café vorbeikam, roch er den Duft von Kaffee und heißem Brot.

Diese verlockenden Gerüche machten ihm den Mund wäßrig, aber er hielt nicht an, um zu frühstücken. Als er in die ‚Oase' bog, lag die Automatic schußbereit neben ihm auf dem Beifahrersitz. Die Tankstelle sah leer aus, und er dachte einen Augenblick lang, sie würden sich alle verstecken. Während er geduckt hinter dem Lenkrad saß und wartete, sah er, daß die zerbrochenen Fenster erneuert worden waren. Auch die Spuren seiner Kugeln an den Wänden waren hinter einem neuen Verputz verschwunden, und die ganze Tankstelle leuchtete in frischer Farbe.

Als er den schlanken, dunkelhaarigen Jungen aus der Werkstatt kommen sah, griff er nach seinem Schießeisen. Der Junge wischte sich die öligen Hände an einem Lappen ab. Das war Tony, Carmens Bruder. Bewundernd grinste er den gelben Cadillac an. Tony war schon immer ganz verrückt nach Autos gewesen.

„Einmal volltanken, Sir?" Erst jetzt erkannte er ihn und ließ den Öllappen fallen. „Casey James!" Er lief auf den Wagen zu. „Carmen hat uns schon erzählt, daß Sie heimkommen würden."

Er hob den Revolver, um zu schießen, als er sah, daß der Junge ihm nur die Hand schütteln wollte. Hastig versteckte er die Waffe. Es war ja nicht Tony, den er töten wollte.

„Wir haben schon in der Zeitung gelesen, daß Sie freigelassen wurden.“ Tony grinste ihn an und streichelte liebevoll das glänzende Auto. „Eine Schande, daß man Sie eingesperrt hat – wo Sie doch unschuldig sind. Aber wir werden Sie für alles entschädigen.“ Der Junge betrachtete hingerissen das Auto. „Soll ich es volltanken?“

„Nein!“ stieß er heiser hervor. „Arbeitet Gabe Meléndez immer noch hier?“

„Klar, Mr. James.“ Tony wich rasch zurück, als hätte er sich die Finger an dem Wagen verbrannt. „Von acht bis fünf, aber jetzt ist er nicht da. Er wohnt in dem weißen Stuckhaus hinter der Acequia Madre ...“

„Ich weiß.“

Er startete den Motor, lenkte den Cadillac auf die Straße zurück, fuhr über die Acequia-Brücke und hielt mit quietschenden Reifen vor dem weißen Stuckhaus. Er steckte das Schießeisen in die Seitentasche seines Jacketts, dann rannte er mit einem erwartungsvollen Grinsen zur Tür. Er würde Gabe überrumpeln. Die Fremden hatten das sehr geschickt arrangiert – anscheinend hatten sie mit irgendwelchen Betrügereien bewiesen, daß ihn keine Schuld an dem Verbrechen traf ... Gabe würde wohl kaum bewaffnet sein.

Die Tür öffnete sich, bevor er auf den Klingelknopf drücken konnte, aber es war nur Carmen, die vor ihm stand. Sie war blaß ohne ihr Make-up, aber schön wie eh und je in ihrem rosa Pyjama, der halb aufgeknöpft war. Schläfrig gähnte sie, dann erkannte sie ihn. „Casey!“ Seltsamerweise lächelte sie ihn an. „Ich wußte, daß du kommen würdest.“

Sie kam auf ihn zu, als wollte sie in die Arme genommen werden, aber er rührte sich nicht, denn er dachte daran, wie sie ihn im Gerichtssaal angestarrt hatte, mit gnadenlosem Haß in den dunklen Augen, weil er ihren Vater getötet hatte. Er verstand das alles nicht. Aber vielleicht hatte der gelbe Glatzkopf Carmen verändert.

„Oh!“ Sie wurde rot und knöpfte ihren Pyjama hastig zu. „Kein Wunder, daß du mich so anstarrst – aber ich bin so aufgeregt. Ich habe mich so nach dir gesehnt. Komm herein, Liebling, ich ziehe mich an, und dann mache ich das Frühstück.“

„Moment mal!“ Er schüttelte den Kopf, verärgert über die

Fremden. Irgendwie hatten sie ihn betrogen. Er wollte Carmen haben – aber nicht auf diese Art. Er wollte mit Gabe kämpfen, um sie zu erobern. Er wollte, daß sie ihn haßte, damit er sie schlagen und ihr Angst einjagen konnte. Der alte Dickwanst war viel zu clever gewesen und hatte viel zuviel getan.

„Wo ist denn Gabe?" Er griff in seine Tasche und umklammerte den Revolver. „Ich wollte mit Gabe sprechen."

„Mach dir keine Sorgen, Liebling. Gabe ist nicht da. Er wird auch nicht mehr kommen. Weißt du, Liebling, die Polizisten haben lange mit mir gesprochen, als sie hier waren, um die Beweise für deine Unschuld zusammenzusuchen. Und da merkte ich, daß ich eigentlich immer nur dich geliebt habe. Als ich das Gabe sagte, zog er aus. Er wohnt jetzt unten im Hotel, und wir werden bald geschieden. Du brauchst dir seinetwegen wirklich keine Sorgen zu machen."

„Ich will ihn trotzdem sehen."

„Sei doch nicht so böse, Liebling." Ihre Pyjamajacke fiel wieder auseinander, aber sie achtete nicht darauf. „Komm herein und denk nicht mehr an Gabe. Er war so verständnisvoll, und ich weiß, daß er uns keinen Ärger machen wird."

„Aber ich werde ihm Ärger machen." Er packte sie am Arm. „Komm mit!"

„Nicht, Liebling!" Sie versuchte sich loszureißen. „Du tust mir weh!"

„Halt den Mund!" Sie wollte sich noch rasch einen Bademantel überziehen, aber er schob sie in den Wagen und setzte sich hinter das Lenkrad. Dann wartete er darauf, daß sie versuchen würde, wieder auszusteigen, damit er ihr eine Ohrfeige geben konnte. Aber sie jammerte nur nach einem Kleenex-Taschentuch und blieb schnüffelnd sitzen. Der alte Fettwanst hatte ihm alles verdorben. Wütend versuchte er, mit einem lauten Scheppern den Gang einzulegen, als könnte er damit die Fremden zerschmettern. Aber es schepperte nichts, und außerdem waren sie ohnehin schon irgendwo hinter dem Mond.

„Da ist Gabe", sagte Carmen schluchzend. „Bitte, tu ihm nichts!"

Er raste die Straße entlang, um Gabe zu überfahren, aber Carmen schrie auf und riß das Lenkrad herum. Gabe sprang gerade noch rechtzeitig zur Seite. Atemlos blieb er am Straßenrand stehen und grinste dümmlich. „Tut mir leid, Mister, ich glaube, ich habe nicht aufgepaßt . . .“ Dann sah er, wer am Steuer des Wagens saß, der ein paar Yards weiter stehengeblieben war. „Casey! Wir haben dich schon erwartet. Wir sind alle so froh . . .“ Aber, als er auf den Cadillac zuging, sah er den Revolver, und seine Stimme wurde schrill. „Was machst du denn da?“

„Ich will einen schmutzigen Greaser niederknallen – das ist alles.“

„Liebling!“ Carmen wollte ihm die Waffe aus der Hand reißen. „Nicht . . .“

Er gab ihr eine schallende Ohrfeige.

„Du darfst sie nicht schlagen!“ Gabe zerrte mit beiden Händen am Türgriff des Autos. Sein blasses Gesicht war schweißüberströmt, und er rang keuchend nach Luft. Entsetzt starrte er auf den Revolver.

„Wie willst du mich denn daran hindern, ihn niederzuschießen?“ Casey schlug Carmen mit dem Revolverlauf ins Gesicht und grinste, als er sah, wie Gabe bei ihrem Aufschrei zusammenzuckte. Ja, so hatte er sich das vorgestellt. „Versuch doch, mich daran zu hindern!“

„Ich – will doch gar nicht mit dir kämpfen“, flüsterte Gabe heiser. „Wir sind doch keine Tiere. Wir sind zivilisierte Menschen. Ich weiß, daß Carmen dich liebt, und deshalb lasse ich mich von ihr scheiden. Aber du kannst mich nicht zwingen, mit dir zu kämpfen . . .“

Der Revolver brachte ihn zum Schweigen.

Aber er brach seltsamerweise nicht zusammen. Er stand nur da wie eine Maschine, die man außer Betrieb gesetzt hatte, mit steifen Händen, die sich am Türgriff des Wagens festhielten.

„Stirb, verdammt noch mal!“ Casey James feuerte noch einen Schuß ab. Er schoß, bis der Revolver leer war. Die Kugeln durchbohrten den Körper, aber er fiel immer noch nicht um. Casey beugte sich vor, um auf die Schußwunden zu starren, auf das zertrümmerte Metall unter dem imitierten Fleisch der Wangen, auf die heiße gelbe hydraulische Flüssigkeit, die aus dem Bauch rann, und dann schüttelte er schaudernd den Kopf.

„Dieses Ding!“ Mit einem tierischen Wutschrei schleuderte er den

Revolver in die Überreste des Plastikgesichts. Da fiel die Gestalt steif nach hinten, und irgend etwas klirrte leise, als sie auf dem Pflaster aufschlug.

„Es – es ist ja gar kein Mensch!"

„Aber es war eine exzellente Kopie." Das andere Ding, das er für Carmen gehalten hatte, rappelte sich vom Boden des Autos hoch und sprach mit sanfter Stimme zu ihm, die ihn jetzt auf merkwürdige Weise an die Stimme des gelben Kahlkopfs erinnerte. „Wir haben uns so große Mühe gegeben, um Sie zum glücklichsten Wesen ihrer Rasse zu machen." Traurig sah ihn das Ding mit Carmens schönen Augen an. „Wenn Sie sich nur an Ihr Versprechen gehalten hätten . . ."

„Nicht . . ." Bebend wich er zurück. „Töten Sie mich nicht!"

„Wir töten niemals", wisperte das Ding. „Davor brauchen Sie sich nicht zu fürchten."

Während er schaudernd hinter dem Lenkrad sitzen blieb, kletterte das Ding aus dem Wagen, sammelte die Wrackteile der Gestalt zusammen, die wie Gabe ausgesehen hatte, und trug sie zur Oasen-Garage.

Nun wußte er, daß dieser Ort nur eine Kopie von Los Verdades war, nicht auf der Erde, sondern irgendwo auf einem fernen Stern. Und als er zu dem blauen Kristallhimmel aufsah, wußte er auch, daß dies nur ein künstliches Gewölbe war. Er spürte die Millionen fremden Augen, die sich dahinter befanden und ihn anstarrten, als wäre er ein seltsames Monstrum in einem Käfig.

Er versuchte zu fliehen.

Er startete den Motor des Cadillacs, raste zurück über die Acequia-Brücke, fuhr den Weg zurück, den er gekommen war, zum Albuquerque Highway. Nach einem Dutzend Meilen versuchte ihn ein imitierter Streifenpolizist aufzuhalten, zeigte auf ein Schild, das besagte, daß die Straße wegen Reparaturarbeiten gesperrt war. Aber er fuhr um die Sperre herum, raste über die imitierte Wüste, bis der Wagen an ihrer Grenze zerschellte.

Das kalte grüne Auge

„Kansas?“ Der Junge sah seinen Lehrer scharf an. „Wo ist Kansas?“

„Das weiß ich nicht.“ Der verhutzelte alte Mönch zuckte vage mit den Schultern. „Du wirst im Lastwagen aus unseren Bergen hinabfahren. Eine fremde Maschine namens Eisenbahn wird dich in eine Stadt bringen, die Kalkutta heißt. Dort werden die Anwälte deine Reise nach Kansas organisieren.“

„Aber ich liebe unser Tal.“ Tommy sah auf die Bambusrohre, die über die alten Steinmauern des Klostergartens ragten und ihm zunickten, auf die schneebedeckten Himalajagipfel dahinter. Er griff nach der runzligen Hand des alten Mannes. „Warum schickt ihr mich weg?“

„Wegen des Geldes – und des Gesetzes.“

„Ich verstehe das Gesetz nicht“, sagte Tommy. „Kann ich nicht hierbleiben? Das ist alles, was ich mir wünsche – ich will hier bei den Mönchen von Mahavira bleiben, mit den Dorfkindern spielen und mit Ihnen lernen.“

„Wir haben gehofft, daß du bei uns bleiben und eines Tages auch in unseren Orden eintreten würdest.“ Der alte Chandra Sha lächtelte wehmütig hinter dem Tuch, das seinen Mund bedeckte, um das Leben in der Luft vor seinem schädlichen Atem zu schützen. „Wir haben Briefe über deine außergewöhnlichen Fähigkeiten geschrieben, aber die Anwälte in Kalkutta haben keine Achtung vor der alten Kunst – und die Anwälte in Kansas schon gar nicht. Du mußt uns verlassen.“

„Ich brauche das Geld nicht“, protestierte Tommy. „Meine Freunde im Dorf werden mir Reis geben, und ich kann hier im Hof schlafen ...“

„Ich glaube, es gibt viel zuviel Geld, das die Seelen mit bösem Karma belastet“, unterbrach ihn der alte Mann mit sanfter Stimme.

„Dein Vater war ein berühmter Reisender, der gefährliche Reichtümer sammelte. Seit sich das Rad für ihn dreht, sehnen sich andere nach seinem Vermögen. Ich glaube, daß die Anwälte deshalb nach dir geschickt haben.“ Eine Fliege umsummte sein vertrocknetes Gesicht, und er machte eine Pause, um sie mit einer liebevollen Handbewegung zu verscheuchen. „Die Schwester deiner Mutter lebt an jenem Ort namens Kansas. Du mußt zu ihr reisen. Sie ist von deiner Rasse und von deinem Blut. Sie will dich in ihrem Haus haben . . .“

„Nein, sie hat mich nie gesehen“, flüsterte Tommy bitter. „Sie kann mich doch gar nicht lieben. Muß ich wirklich gehen?“

Chandra Sha nickte. „Dein Volk kennt die wahren Prinzipien der Materie und der Seele nicht, aber seine seltsamen Gesetze fordern Gehorsam. Der Wagen fährt morgen ab.“

Tommy wollte nicht weinen, aber er war erst zehn Jahre alt. Schluchzend klammerte er sich an den dünnen alten Dschaina.

„Wir haben dich gut unterrichtet“, flüsterte der alte Mann und versuchte ihn zu trösten. „Deine Füße sind bereits auf dem Weg zum Nirwana, und ich werde dir eine Abschrift des geheimen Buches von Rishabba geben, das dich auf deinen Pfaden leiten wird.“

Tommy verließ im Lastwagen die Berge. Er war verwirrt und verängstigt, und im Zug wurde ihm übel durch die ungewohnte Bewegung. Aber die Anwälte in Kalkutta waren freundlich. Sie kauften ihm neue Kleider, gingen mit ihm in ein Kino und brachten ihn dann in eine große, seltsame Maschine, die sie Flugzeug nannten. Schließlich landete er in Kansas bei seiner Tante Agatha Grimm.

Er fuhr in einem polternden Farmwagen vom Flughafen zu ihrem Haus, starrte auf das fremde, sonnenüberflutete flache Land, auf eine unheimliche, orangegelbe Maschine, die als Mähdrescher bezeichnet wurde und wie Rishabbas goldener Stier durch das reife Getreide pflügte. Der Fahrer stoppte den Wagen neben einem großen Holzhaus, das wie eine Festung in der Mitte eines endlos scheinenden Landes stand, und Tommys Tante kam heraus und begrüßte ihn mit einem feuchten Kuß. Sie war dick und blond und hatte ein rundes, verschwitztes rosa Gesicht. Er war an dunklere Frauen gewöhnt, und sie kam ihm unglaublich hell vor.

„Du bist also Lizzies Junge?“ Agatha und ihre Schwester stammten aus Alabama, und ihre Stimme hatte einen weichen Negerakzent. „Großer Gott, Liebling, was ist denn los?“

Tommy war ihr entgegengelaufen, aber als er ihre Augen sah, wich er unwillkürlich zurück. Das linke war braun und so freundlich wie die Augen des alten Chandra Sha. Aber das rechte war anders. Es leuchtete in einem frostigen, grünlichen Blau und schien ihn zu durchbohren.

„Nun, Kind, kannst du nicht sprechen?“

Er schluckte und versuchte zu überlegen, was er auf englisch sagen könnte. Aber er konnte überhaupt nicht denken. Irgendwie schien ihn das blaugrüne Auge zu lähmen. Schließlich stammelte er: „Nichts . . .“

„Kein Wunder, daß Lizzies Junge ein bißchen komisch ist!“ Sie lächelte – viel zu süß. „Wo er doch von heidnischen Schwätzern aufgezogen wurde! Aber du bist jetzt hier zu Hause. Komm herein, ich will dich waschen.“

Der Fahrer holte die Teakholztruhe aus dem Wagen, die Tommy von den Mönchen bekommen hatte, und sie gingen in das große Haus, in dem es nach abgestandener Luft roch. Die Fenster waren geschlossen, die Jalousien herabgelassen. Tommy starrte blinzelnd die sonderbaren schweren Möbel an, den staubigen Krimskrams, mit dem das dunkle Wohnzimmer vollgestopft war – bis er eine Fliege hinter sich am Fenster summen hörte. Er drehte sich unwillkürlich um, wollte ihr zur Flucht verhelfen.

„Warte, Liebling!“ Seine Tante packte seinen Arm und drückte ihn auf die Truhe. „Ich werde sie töten.“

Sie nahm eine Fliegenklappe vom Kaminsims und schlich sich durch den dunklen Dschungel der mit Schonerdeckchen belegten Sessel und kleinen Tische an das abgedunkelte Fenster heran. Plötzlich sauste die Fliegenklappe durch die Luft. „Ich habe sie!“

„Aber Tante Agatha!“ Die englischen Worte kehrten nun in seine Erinnerung zurück, obwohl sich seine Gedanken noch in der Sprache der Mönche gewegten. „Sie sind doch Lebewesen.“ Seine schüchterne Stimme klang entsetzt.

Das braune und das blaugrüne Auge starrten ihn scharf an. Dann setzte sich seine Tante plötzlich und rang nach Luft. Er wollte die Fenster öffnen, aber er wagte nicht, sich zu rühren.

„Thomas, Liebling, du hast mich furchtbar erschreckt."

Ihre bleichen Hände flatterten nervös. „Vielleicht wußtest du nicht, daß ich krank bin. Natürlich liebe ich Kinder, aber ich weiß nicht, ob ich dich in meinem Haus ertragen kann. Ich habe mir schon immer gedacht, daß du in einem hübschen Waisenhaus besser aufgehoben wärst."

Oder bei den Mönchen, dachte Tommy unglücklich. Seine Tante kam ihm zäh und stark wie ein Bergpony vor, trotz ihrer angeblichen Krankheit, aber er beschloß, das lieber nicht zu sagen.

„Doch ich habe beschlossen, dich bei mir aufzunehmen – obwohl ich so krank bin." Ihre feuchten, dicken Lippen versuchten zu lächeln. „Weil du Lizzies Junge bist. Es ist meine Pflicht, und alle erforderlichen Dokumente sind bereits unterzeichnet. Der Richter hat mir die Vormundschaft zugesprochen, und ich werde auch dein Vermögen verwalten, bis du großjährig bist. Daran mußt du stets denken."

Tommy nickte verzweifelt.

„Ich werde dir ein anständiges Heim geben, also mußt du mir dankbar sein." Ihre Stimme klang nun etwas schriller. „Ich habe es nie gebilligt, daß Lizzie davonrannte, um einen nichtsnutzigen Forscher zu heiraten – auch nicht, als er an seinen langatmigen Büchern ein Vermögen verdient hatte. Es geschah ihr nur recht, als sie ums Leben kamen in diesen fremden Bergen, auf denen sie herumkletterten. Sie hat wohl keinen einzigen Gedanken an mich verschwendet. Wie eine Zigeunerkönigin ist sie durch die Welt gezogen, durch böse heidnische Länder, ohne mir einen einzigen Penny zu schicken. Es war ihr ganz egal, daß ihre Schwester sich mühsam ihren Lebensunterhalt verdienen mußte." Plötzlich schimmerte eine Träne in dem braunen Auge, das andere blieb trocken und hart wie Glas. „Aber was sie dir angetan hat – das kann ich ihr am allerwenigsten verzeihen." Tante Agatha schnüffelte und putzte sich die dicke rosa Nase. „Daß sie dich in alle diese fremden Länder schleppte! Daß sie dich mit diesen widerlichen Eingeborenen zusammenbrachte! Die Anwälte haben mir gesagt, daß du keine anständige religiöse Erziehung genossen hast. Wahrscheinlich haben sie dir irgendeinen gräßlichen Aberglauben eingetrichtert. Aber ich werde dafür sorgen, daß du richtig erzogen wirst."

„Oh, danke!" Tommy sah sie hoffnungsvoll an. „Ich möchte viel lernen. Chandra Sha hat mir Sanskrit und Arabisch beigebracht. Ich kann auch Swahili und Urdu, und ich studiere das heilige Buch von Rishabba . . ."

„Heidnischer Götzendienst!" Das braune und das blaugrüne Auge weiteten sich vor Entsetzen. „Böser Unsinn, den du bald vergessen wirst, hier in Kansas. Vorerst wird es genügen, wenn du richtig lesen, schreiben und rechnen lernst. Und am Sonntag gehst du in die christliche Sonntagsschule."

„Aber Rishabba war der erste Thirtankara", protestierte Tommy schüchtern. „Der größte aller Heiligen. Der erste, der das Nirwana fand."

Tante Agathas rosa Gesicht wurde hochrot. „Du wirst es jedenfalls nicht finden – nicht hier in Kansas! Und jetzt bring deine Sachen in dein Zimmer hinauf!"

Tommy folgte ihr, taumelnd unter dem Gewicht der Truhe, in ein kleines Dachbodenzimmer. Es war heiß und stickig wie in einem Ofen, und es stank nach einem keimtötenden Mittel. Die geblümte Tapete war rissig und voller Wasserflecken. Vor dem kleinen Fenster summte eine entmutigte Fliege.

Tante Agatha schlich auf die Fliege zu.

„Nicht!" Tommy ließ die Truhe fallen und griff nach der Fliegenklappe.

„Bitte, darf ich nicht einfach das Fenster öffnen und sie hinauslassen?"

„Großer Gott! Was sagst du da?"

„Was weißt du schon von Fliegen?" Eine plötzliche Entschlossenheit stärkte seine Stimme. „Auch sie haben Seelen. Und man darf sie nicht töten."

„Liebes Kind, bist du wahnsinnig?"

„Alles Leben ist miteinander verbunden durch die Wiedergeburt. Das haben mir die alten Dschaina beigebracht. Während sich das Rad des Lebens dreht, wandern unsere Seelen von einer Gestalt in die andere – bis jede durch alle Karma geläutert wird, so daß sie ins Nirwana eingehen kann."

Reglos stand sie vor ihm, die erhobene Fliegenklappe in der Hand, starr vor Staunen.

„Wenn du eine Fliege tötest, belastest du deine Seele mit einem bösen Karma. Außerdem könntest du deinen Freund verletzen."

„Also – so etwas!" Die Fliegenklappe fiel ihr aus den Fingern, und Tommy hob sie auf und gab sie ihr höflich zurück. „So ein heidnischer Unsinn! Wir werden heute abend miteinander beten, damit du die Wahrheit kennenlernst."

Tommy erschauderte, als sie die müde Fliege erschlug. „So, und jetzt pack Deine Sachen aus!" befahl sie. „Aber ich will hier keine Götzen sehen!"

„Bitte!" protestierte er. „Diese Dinge sind alle mein Eigentum."

Das blaugrüne Auge war gnadenlos, aber das braune begann zu weinen. Tränen rannen über ihr glattes Gesicht, und der schwere Busen zitterte. „Tommy! Wie kannst du nur so störrisch sein? Wo ich doch nur versuche, dir die tote Mutter zu ersetzen, und wo ich krank bin . . ."

„Es tut mir leid. Hoffentlich wirst du bald gesund. Ich werde dir alle meine Sachen zeigen."

Er trug den alten Schlüssel an einer Kette um den Hals. Als er die Truhe aufgeschlossen hatte, fand sie keine Götzen. Seine Kleider brachte sie sofort in den Waschraum, wobei sie jedes Stück mit spitzen Fingern anfaßte, als würde es vor Schmutz starren. Dann schnüffelte sie an einem Päckchen getrockneter Kräuter und nahm es an sich, um es zu verbrennen. Schließlich beugte sie sich über die restlichen Sachen – die Pinsel und Farben, die ihm seine Mutter geschenkt hatte, bevor sie ihn bei den Mönchen zurückließ, seine Aquarelle, die das Kloster, die Berge und seine Freunde aus dem Dorf darstellten, die zerbrochene Uhr, die ein Bergsteiger neben der Leiche seines Vaters gefunden hatte, einen bunt bemalten Zylinder . . .

„Wer ist denn das?" Sie zeigte auf ein Bild, das ein schüchternes braunes Kind zeigte. „Wer ist dieses Niggermädchen?"

„Mira Bai war keine Negerin." Rasch überdeckte er das Bild mit einem anderen, um es vor dem kalten blaugrünen Auge zu verbergen. „Sie lebte in meinem Dorf. Sie war die Nichte meines Lehrers. Wir lernten zusammen, aber sie war immer sehr schwach. Letztes Jahr, vor der Regenzeit, hat sich ihr Rad weitergedreht."

„Was für ein Rad? Ist sie tot?"

„Die Seele stirbt nie. Sie dringt immer wieder in einen neuen Körper ein, bis sie ins Nirwana entfliehen kann. Mira Bai hat jetzt einen stärkeren Körper, weil sie gut war. Ich weiß nicht, wo sie ist – vielleicht hier in Kansas. Eines Tages werde ich sie finden – mit Rashabbas Hilfe."

„Du armer kleiner Narr!" Tante Agatha stocherte mit der Fliegenklappe in seinen Schätzen und zeigte auf den bemalten Zylinder. „Was ist denn das für ein komisches Ding?"

„Nur – ein Buch." Vorsichtig zog er es aus der runden Holzschachtel, rollte einen Teil des langen Pergamentstreifens auseinander. Es war sehr alt und vergilbt. Das sanfte braune Auge blickte verwirrt auf die fremdartigen Zeichen, und er fragte sich, was das blaue zu sehen vermochte.

„Dieses schmutzige Geschreibsel soll ein Buch sein?"

„Es ist älter als der Buchdruck", erklärte Tommy. „Es enthält die geheime Weisheit des Thirtankara Rishabba. Es erzählt, wie die Seelen durch ihre Wanderschaft geleitet und ins Nirwana geführt werden."

„Heidnische Lügen!" Ärgerlich griff sie nach dem Buch. „Ich werde es verbrennen."

„Nein!" Er umschlang die Pergamentrolle mit seinen mageren Armen. „Bitte nicht! Weil es so mächtig ist . . . Ich brauche es, um meinen Vater und meiner Mutter in ihrem neuen Leben zu helfen. Und um Mira Bai wiederzuerkennen, wenn ich sie finde. Und ich glaube, du brauchst es auch, Tante Agatha, um deine Seele von den acht Arten des Karma zu befreien . . ."

„Was?" Das braune Auge weitete sich vor Schreck, und das blaugrüne verengte sich ärgerlich. „Ich bin eine gute Christin, und Gott beschützt mich. Jetzt leg dieses Geschreibsel weg! Kannst du dich selbst waschen? Ich nehme an, das haben dir die verlausten Mönche nicht beigebracht."

„Die heiligen Männer sind sehr reinlich."

„Ach, es ist wirklich schlimm mit dir . . ." Sie schnüffelte, und das braune Auge begann wieder zu weinen. „Aber ich werde dich noch zu einem anständigen Glauben erziehen und dir all diese sündigen Gedanken austreiben."

Sie weinte immer, wenn sie sich gezwungen sah, ihn zu verprügeln. Die Anstrengung war wirklich zuviel für ihr armes Herz. Sie tat es nur Lizzie zuliebe, und er sollte doch eigentlich merken, daß die Schläge sie selbst viel schmerzlicher trafen als ihn. Sie versuchte ihm ihre Religion beizubringen, aber Tommy hielt an der Weisheit der guten alten Mönche von Mahavira fest. Sie versuchte ihm die fernöstliche Kultur mit harter gelber Seife abzuwaschen, bis seine sonnenbraune Haut eine kränkliche, blaßgelbe Farbe angenommen hatte. Sie betete und weinte ihm stundenlang etwas vor, während er auf nackten Knien auf harten Bodenbrettern kniete.

Sie schlug ihn, als er die klebrigen Fliegenfänger von der Decke nahm, die sie in sein Zimmer gehängt hatte. Sie schlug ihn, als er die Schüsseln mit dem Fliegengift ausschüttete, die sie auf die Treppe gestellt hatte. Aber sie war offenbar zu erschüttert, um ihn zu schlagen, als sie ihn eines schwülen Nachmittags dabei überraschte, wie er die Fliegen aus dem Drahtnetz vor der Küchentür befreite. „Du verdammter kleiner Heide!"

Sie war mit ihrer Nervenkraft am Ende. Sie mußte sich auf die Türschwelle setzen, ihr armes Herz besänftigen, asthmatisch nach Atem ringen. Aber ihre dicken rosa Finger schienen noch stark genug zu sein, als sie ihn am Ohr packte.

Sie befahl ihrem Bediensteten, eine in Benzin getauchte Fackel zu bringen, und hielt Tommy fest, so daß er zusehen mußte, wie sie die Fliegen verbrannte, die noch in der Drahtfalle steckten. Schaudernd stand er da, bleich und still.

„Jetzt komm mit!" Sie zerrte ihn am Ohr die Treppe hinauf. „Ich werde dir schon noch klarmachen, daß Fliegen keine Seele haben." Ihre Stimme klang messerscharf. „Heute abend sperre ich dich ein, und du bekommst nichts zu essen. Und morgen früh sehen wir uns wieder."

Sie schob ihn in die stickige Dachkammer. Sie war spärlich eingerichtet wie die Mönchszellen, enthielt nur ein Lager und seine kostbare Truhe. Vor seinen tränennassen Augen verschwamm das bemalte Schnitzwerk aus Teak – die blaue Schlange des Deva Parshva, der das Nirwana erreicht hatte.

Sie drehte ihm das Ohr um. „Glaub mir, Thomas, das tut mir selbst schrecklich weh." Sie schnüffelte und räusperte sich. „Ich möchte, daß du heute abend betest. Du sollst Gott bitten, deine schmutzige Seele zu reinigen." Wieder drehte sie ihm das Ohr um. „Und wenn ich dich morgen früh hole, wirst du auf deinen Knien die Treppe hinunterrutschen und eingestehen, daß all dieser Unsinn, den du mir da von den beseelten Fliegen erzählt hast, eine böse Lüge ist."

„Aber es ist die Wahrheit!" Er holte tief Atem und schluckte seine Tränen hinunter. „Bitte, Tante Agatha, laß mich dir aus dem heiligen Buch vorlesen . . ."

„Heilig?" Sie zerrte noch heftiger an seinem Ohr. „Du dreckiger kleiner Gotteslästerer! Ich werde jetzt hinuntergehen und für dich beten. Und wenn ich morgen zurückkomme, werde ich deine Kiste öffnen und dir dieses heidnische Geschreibsel wegnehmen, weil ich weiß, daß du all deine bösen Lügen aus diesem Buch beziehst. Und dann werde ich es im Küchenherd verbrennen."

„Aber – Tante Agatha!" Er zitterte vor Schmerzen, als sie ihm das Ohr noch einmal umdrehte. „Ohne das heilige Buch kann ich niemanden ins Nirwana führen. Ich kann meinem Vater und meiner Mutter nicht helfen, die unter der Last ihrer Karma leiden. Ich würde die kleine Mira Bai nicht einmal erkennen, wenn ich sie finden sollte."

„Ich werde dich lehren, was du erkennen mußt." Sie ließ sein schmerzendes Ohr los, um ihm einen Fausthieb zu versetzen. „Morgen werden wir das Buch verbrennen. Und du wirst jedes Wort vergessen, das darin gestanden hat – oder du bleibst in diesem Zimmer, bis du verhungerst."

Sie sperrte ihn ein und watschelte die Treppe hinab, weinte um seine Seele und keuchte asthmatisch. Sie brauchte einen Schluck Whisky, um ihr armes Herz zu beruhigen, dann füllte sie einen Teller mit gebratenem Hühnchen und Kartoffelsalat und ging damit in ihr Zimmer hinauf, um zu beten.

Tommy saß auf dem Rand seines harten Lagers, den dröhnenden Kopf in beide Hände gestützt. Es hatte keinen Sinn zu weinen. Das hatte ihm der alte Chandra Sha beigebracht. Er sehnte sich nach seinen Eltern, jenen glücklichen sonnengebräunten Wanderern, an die er sich kaum erinnern konnte und für die sich das Rad weitergedreht hatte.

Nichts war ihm geblieben – nichts außer dem heiligen Pergament. Als der Schmerz in seinem gequälten Ohr nachgelassen hatte, schloß er die Truhe auf. Er rollte das harte gelbe Papier auseinander, seine blassen Lippen bewegten sich stumm, sein Blick folgte den verblichenen schwarzroten Zeichen.

Er spürte, daß dieses Buch kostbarer war als ganz Kansas. Er mußte es retten, mußte seinen wiedergeborenen Eltern helfen und Mira Bai finden. Er wollte sogar seiner Tante helfen. Ihre arme Seele war sicher mit einer schrecklichen Last von Karma beladen. Aber vielleicht konnte ihr die Weisheit dieses Buches zu einer glücklicheren Wiedergeburt verhelfen.

Zitternd und voller Angst begann er zu tun, was ihn die heiligen Männer gelehrt hatten.

Es war das Dienstmädchen, das am nächsten Morgen sein Zimmer aufsperrte. Sie suchte Tante Agatha. „Ich verstehe das nicht." Ihre näselnde Kansas-Stimme klang leicht hysterisch. „Ich habe die ganze Nacht nichts gehört. Die Haustüren sind alle versperrt. Nichts von ihren Sachen fehlt. Aber ich habe das ganze Haus abgesucht und deine arme liebe Tante nirgends gefunden."

Der Junge sah blaß und müde aus. Dunkle Schatten lagen unter seinen Augen. Er rollte einen langen Streifen harten gelben Papiers zusammen und verstaute ihn sorgfältig in der bemalten runden Schachtel. „Ich glaube, Sie würden sie nicht mehr erkennen." Seine schüchterne Stimme klang sehr schwach. „Weil sich das Rad ihres Lebens weitergedreht hat. Sie ist jetzt in einen neuen Kreis eingetreten."

„Ich weiß nicht, was du meinst." Das Mädchen starrte ihn verwirrt an. „Aber ich fürchte, daß deiner armen alten Tante irgend etwas Schreckliches zugestoßen ist. Ich werden den Sheriff anrufen."

Als der Sheriff kam, stand Tommy im düsteren Wohnzimmer auf einem Stuhl, den er vor den Kaminsims gestellt hatte. „Mach dir keine Sorgen, kleiner Mann!" rief der Sheriff mit dröhnender Stimme. „Ich werde die alte Miß Grimm schon finden. Sag mir, wann du sie zuletzt gesehen hast."

„Hier ist sie", flüsterte Tommy. „Aber wenn Sie nicht in die Wissenschaft der Seelenwanderung eingeweiht sind, werden Sie Tante Agatha wohl kaum erkennen."

Er beugte sich über eines der großen gelben Blätter aus klebrigem Fliegenpapier, die Tante Agatha nachts überall ausgebreitet hatte, um auch nachts Fliegen zu fangen, während sie schlief. Und er versuchte einer großen blauen Fliege zu helfen, die hoffnungslos festklebte und in ersterbender Wut summte.

„Der arme Kleine!" Der Sheriff schüttelte mitleidig den Kopf. „Aber seine Tante hat mir ja erzählt, daß er den Kopf voller komischer heidnischer Ideen hat."

Er gönnte der sterbenden Fliege keinen einzigen Blick. Aber Tommy hatte sie sofort wiedererkannt. Ihr rechtes Auge funkelte in einem wütenden bläulichen Grün, das linke war eine winzige, feuchte braune Glasperle.

Operation Schwerkraft

Er kam auf der Jupiterstation, ein verhutzelter kleiner alter Mann mit kurzsichtigen Augen und zerzaustem weißem Haar. Er sah sehr unschuldig aus mit seinem geistesabwesenden Lächeln, aber als er den Mund aufmachte, wußte ich sofort, daß er zu diesen superschlauen Zivilisten gehörte, die an den schönen alten Traditionen der Wache rütteln wollen.

„Barron?" Er blinzelte die Kapitänsabzeichen an meiner Uniform an, aber er redete mich nicht mit meinem Titel an. „Ich heiße Knedder und möchte mir Ihr Schiff ansehen."

Ich wollte ihm gerade erklären, daß die *Starhawk* ein Kampfschiff sei und kein Museeum für Planetentouristen, als ich den Admiral hinter ihm durch die Schleusenkammer kommen sah. Ich biß mir auf die Zunge und salutierte.

„Stehen Sie bequem, Captain!" Der Admiral erwiderte meinen militärischen Gruß, indem er mir lässig zuwinkte, dann verbeugte er sich respektvoll vor dem schlampigen kleinen Zivilisten.

„Das ist *der* Dr. Knedder."

Ich hatte gar nicht gewußt, daß es überhaupt Dr. Knedders gab, aber ich schüttelte seine schlaffe Hand und begann mit ihm die Standardrunde durch das Schiff zu drehen – wie mit all den unvermeidlichen Zivilisten. Kein Schiff hatte mehr geleistet als die *Starhawk.* Die meisten Leute zeigen sich tiefbeeindruckt von der Reihe goldener Ehrenpokale auf dem Spant in der Schleusenkammer, aber Knedder interessierte sich nicht dafür.

„Das ist die Blaue Nova", sagte ich. „Wir gewannen sie im Krieg mit dem Mars ..."

„Kriege sind nicht so wichtig." Er tat die Geschichte des Schiffs mit einem Schulterzucken ab. „Zeigen Sie mir Ihr Triebwerk."

„Ich bedaure, Sir. Aber ein Großteil unserer Maschinerie steht immer noch unter militärischer Geheimhaltung.“

„Das macht nichts, Captain“, unterbrach mich der Admiral. „Dr. Knedder wird zusammen mit der Wache an einem geheimen Forschungsprojekt arbeiten. Operation Babyriese. Er hat alle nötigen Vollmachten. Wir haben den Befehl, ihm zu helfen, so gut wir können.“

Ich wollte nichts zu tun haben mit diesen zivilen Einfaltspinseln und ihren idiotischen Projekten. Aber der Admiral war der Admiral. Ich ging zum Schiffslift voran. Als wir den Reaktorraum betraten, begann Knedder in unseren Geräten herumzuschnüffeln und Fragen zu stellen. „Und woraus besteht Ihr Treibstoff, Captain?“

„Wir haben Ammoniak in den Tanks. Es kommt in Nitrogene und Hydrogen-Ionen gespalten heraus . . .“

„Das weiß Dr. Knedder alles“, fiel mir der Admiral ins Wort. „Er hat unsere neuen Ionenbeschleunigungsmotoren entwickelt.“

„Eine sehr verschwenderische Methode, um Atomenergie für die Raumfahrt zu nutzen . . .“ Knedder schüttelte reumütig den Kopf mit der wehenden weißen Mähne, dann stellte er eine weitere impertinente Frage: „Was verdienen Sie denn so, Captain?“

„Das hängt vom jeweiligen Auftrag ab, Sir.“

„Natürlich.“ Er nickte geduldig und kritzelte etwas auf einen Notizblock, bevor sich seine kurzsichtigen blauen Augen wieder auf mich richteten. „Angenommen, Sie bekommen den Auftrag, vierzig Tonnen Ausrüstung und drei Techniker zu einem Punkt im All zu bringen – fünfzehn Billionen Meilen von der Sonne entfernt?“

„Eine verrückte Frage . . .“ Ich sah das Gesicht des Admirals und mäßigte meinen Ton. „Ich wollte sagen, Sir – die *Starhawk* wurde nicht für die interstellare Raumfahrt konstruiert . . .“

„Kein Ionenschiff ist gut genug dafür.“ Knedder war beharrlich. „Doch ich kann wohl annehmen, daß Sie uns fünfzehn Billionen Meilen weit ins All hinausbefördern können. Stimmt's?“

„Das ist ungefähr die Grenze unserer Leistungskraft.“ Ich versuchte höflich zu bleiben. „Wenn keine zusätzliche Ladung und keine zusätzlichen Passagiere an Bord sind.“

„Wir können keine Unze von unserer Ausrüstung entbehren." Knedder zupfte an einem seiner großen ledrigen Ohrläppchen, mit einem träumerischen Ausdruck im vertrockneten Gesicht. „Aber wie viele Tonnen Waffen haben Sie an Bord?"

„Das ist streng geheim . . ."

Der Admiral räusperte sich. „Bitte, antworten Sie, Captain."

„12,4 Tonnen montierte Waffen." Ich versuchte meinen verständlichen Ärger hinunterzuschlucken. „18,7 Tonnen Munition und Projektile aller Kategorien."

„Nur einunddreißig Tonnen . . ." Knedder fuhr sich kummervoll mit den knorrigen Fingern durch das wirre weiße Haar, ohne damit seine Frisur zu verbessern. „Dann wird wohl was anderes verschwinden müssen." Er klatschte in die Hände. „Wie sieht's denn mit den Radarentfernungsmessern aus?"

„4,2 Tonnen elektronisches Meßgerät." Unwillkürlich zuckte ich zusammen. „3,7 Tonnen kybernetische Feuerleitung."

„Das kann alles weg . . ." Er runzelte die Stirn, kritzelte auf seinem Block und pfiff durch die Nase, was mir fast schmerzhaft in die Ohren drang. „Schauen wir uns mal den Munitionsraum an."

Ich wußte, was jetzt kommen würde, aber ich konnte nichts anderes tun, als Knedder durch das Schiff zu folgen und das Ende eines stählernen Meßbands zu halten, während er Spanten und Deckräume abmaß. Schließlich sah er mich an und nickte geistesabwesend. „Okay, Barron. Wir werden Ihr Schiff nehmen."

„Nehmen?" Ich vergaß, höflich zu sein, „Wofür?

„Sie sollten sich geehrt fühlen, Captain", sagte der Admiral hastig. „Dr. Knedder hat die *Starhawk* für einen Auftrag ausgewählt, der einen Meilenstein in der Geschichte der Raumfahrt darstellen wird. Sie werden über die Umlaufbahn des Pluto hinausfliegen, um nach einem noch unentdeckten Planeten zu suchen. Wir wollen ihn *Cerberus* nennen."

Ich explodierte fast. Die Wache war formiert worden, um den Raumhandel zu schützen und ihm beizustehen. „Ich fürchte, Sie werden eine Enttäuschung erleben", sagte ich zu Knedder, als ich meiner Stimme wieder mächtig war. „Seit ich bei der Wache bin, haben schon Dutzende von Expeditionen nach transplutonischen Planeten gesucht. Die meisten kamen niemals wieder. Und die wenigen, die zurückkehrten, haben nichts gefunden."

„Aber ich weiß, wonach wir suchen." Knedder war keiner Vernunft zugänglich. „Ich kenne das approxomative Gewicht und die Position des Cerberus, weil ich das alles mit Hilfe der Wirkung ausgerechnet habe, die er auf die Kreisbahnen des Pluto und des Jupiter ausübt."

„Hat das vorher noch niemand versucht?"

„Der Planet ist schwerer und weiter entfernt, als man sich das bisher vorstellen konnte. Und viel massiver als der Jupiter. Seine Umlaufbahn ist recht exzentrisch, um fast neunzig Grad der Sonnenbahn zugeneigt. Für einen Zeitraum von tausend Jahren ist er zu weit entfernt, um irdendwelche meßbaren Effekte auf die näheren Planeten auszuüben. Aber jetzt ist er gerade wieder in der Nähe des Periheliums."

Wir standen in der Nähe der Steuerbordgeschütze. Knedder wandte sich zum Admiral und zeigte ungeduldig auf die Projektilabschußrohre und die langen Raumgewehre, die hier montiert waren. „Wir haben keine Zeit zu verlieren. Schaffen Sie das Zeug raus!"

„Das Zeug?" Irgend etwas würgte mich in der Kehle. Ich hätte ihn vielleicht verprügelt, so alt und harmlos er auch aussah, aber der Admiral hielt meinen Arm fest.

„Jawohl, Sir", sagte er zu Knedder. „Wir werden in einer Stunde ein Demontagekommando an Bord holen."

„Gut. Meine Ausrüstung steht beim Dock bereit."

Ich war zutiefst erleichtert, als ich sah, wie Knedder seinen Notizblock in die Tasche steckte und sich zum Gehen wandte. Ich hätte seine Anwesenheit nicht länger ertragen können.

„Und vielen Dank, Barron", sagte er und grinste mich stupide an. „Wir werden uns oft sehen in der nächsten Zeit, und ich bin sehr froh, daß ich mich in den Händen eines so tüchtigen Offiziers befinde."

Wenn ich ihn tatsächlich zwischen den Fingern gehabt hätte, ich hätte ihm ohne Gewissensbisse den dürren Hals umgedreht. Aber unter diesen Umständen konnte ich ihn nur fragen, was er mit seiner Vierzig-Tonnen-Fracht tun wollte.

„Unsere Spezialausrüstung wurde für spezielle Suchmethoden entwickelt", sagte er. „Wie Sie wissen, haben andere Leute jedes sichtbare Objekt, das größer ist als der Phobos, im Umkreis von zwanzig Milliarden Meilen, von der Sonne aus betrachtet, untersucht. Daraus schließe ich, daß die große Masse des Cerberus irgendwie unsichtbar ist."

„Unsichtbar?" Ich starrte ihn an. „Aber wenn er größer als der Jupiter ist . . ."

„Meine Theorie . . ." Knedder brach ab und setzte eine geheimnisvolle Miene auf.

„Dr. Knedders Theorie gilt als Top Secret", warf der Admiral hastig ein. „Sie werden nur über jene Details informiert, die Sie für die Ausübung ihrer Pflichten benötigen, Captain."

Ich begleitete die beiden bis vor das Schiff, dann kehrte ich zurück, um mich von meinen geliebten Geschützen und Projektilen zu verabschieden, bevor der Demontagetrupp kam.

Sie schleppten die Munition hinaus, die Projektile, zerlegten die Abschußrohre, rissen die Gewehre heraus, zertrümmerten die Spanten, schnitten das Kanonendeck heraus, zertrümmerten alle Radaranlagen und kybernetischen Geräte, die als die scharfen Augen und kalten Nerven, als das kämpfende Gehirn eines tüchtigen Schiffs gedient hatten. Sägen jaulten, Hämmer krachten, und Schneidbrenner zischten, bis mir ganz übel wurde.

Die beiden Assistenten des Doktors kamen mit seiner mysteriösen Ausrüstung an Bord. Dr. Jefferson war ein großes, zitterndes, dunkelhäutiges Skelett. Er sah so schwach aus, daß ich mich fragte, wie er eine zehn Monate lange Raumfahrt überleben sollte. Ich riet Knedder, ihn auf die Erde zurückzuschicken und einen jüngeren Assistenten zu engagieren.

„Sein Gehirn funktioniert immer noch." Knedder war entnervend borniert und selbstsicher. „Er ist Astrophysiker. Hat den Cerberus auf astronomischen Platten entdeckt, die vor hundert Jahren im All waren. Brillante Leistung. Ich will, daß er mitkommt."

Ich fand mich mit Dr. Jefferson ab und fragte, wie ein unsichtbarer Planet fotografiert werden konnte.

„Das wurde er ja gar nicht", erklärte Knedder in sanftem Ton. „Das Gravitationsfeld beugt Lichtstrahlen und verlagert Bilder von Sternen. Der Effekt ist kaum zu merken, aber Jefferson stellte ihn fest. Kluger Bursche. Kann nicht ohne ihn auskommen."

Dr. Ming, der andere Assistent, war ein rundliches eurasisches Mädchen mit dicken Brillengläsern, die ihre traurigen schwarzen Augen vergrößerten. Sie war attraktiv. Meine Crew begann zu flüstern, als Dr. Ming an Bord kam. Ich nahm Knedder beiseite und sagte ihm so höflich wie möglich, daß ich keinen weiblichen Passagier an Bord der *Starhawk* dulden könne.

„Ja, ich glaube, Ming ist eine Frau." Er nickte geistesabwesend, als wäre ihm das erst jetzt aufgefallen und als spielte es sowieso keine Rolle. „Außerdem der beste lebende Mathematiker. Besser als alle Ihre kybernetischen Gehirne. Ming ist essentiell notwendig für das Projekt."

Ich ging zum Admiral. Er machte einen taktlosen Witz über mein Alter und gab mir den Rat, das Beste aus Mings Anwesenheit zu machen. Dadurch blieb mir nichts anderes übrig, als mich zu fügen, aber ich muß zugeben, daß sie mir keine Schwierigkeiten bereitete.

Ich sah sie ohnehin nur selten. Die Spezialausrüstung für die Operation Babyriese wurde an Bord gebracht, in schwere Kisten verpackt oder in undurchsichtiges Plastik gewickelt, und Knedder plazierte überall, wo er das Zeug hinschaffte, Schilder mit der Aufschrift ‚Zutritt verboten'. Der Doktor und seine Leute blieben in ihren Kabinen und versperrten alle Türen mit neuen Kombinationsschlössern.

Das gab mir den Rest. Als ich entdeckte, daß man mich aus der Hälfte meines Schiffs ausgesperrt hatte, beschloß ich, um meine Entlassung anzusuchen. Nach dreißig Jahren im Dienst der Wache glaubte ich ein Recht darauf zu haben. Aber ich sollte einen Schock erleben.

‚Ansuchen abgelehnt', teilte mir die Luna-Station mit. ‚Unmöglich, Sie durch gleichwertigen Offizier zu ersetzen. Sie werden an der Knedder-Operation teilnehmen.'

Eine zweite Nachricht informierte mich, daß die Operation Babyriese als äußerst wichtig betrachtet werde. Es war mir ein Rätsel, wie ein unbedeutender kleiner Zivilist so hoch eingeschätzt werden konnte. Aber ich mußte mich damit abfinden, daß Knedder mich an Bord meines eigenen Schiffs wie einen Galeerensklaven behandeln würde.

Seine geheime Ausrüstung wog 40,9 Tonnen. Er beharrte darauf, daß jeder einzelne Teil essentiell wichtig wäre, und der Admiral stärkte ihm den Rücken. Ich mußte die Hälfte meiner Crew zurücklassen und die Vorräte kürzen, um die Belastung des Schiffs in vertretbaren Grenzen zu halten. Es war immer noch sehr schwer, als wir die Station schließlich verließen. 1,6 Tonnen mehr als die reguläre Belastung . . . Ich spürte, daß die *Starhawk* träger als sonst auf ihre Düsen reagierte. 1,6 Tonnen Ärger . . .

Wir umrundeten den Jupiter, beschleunigten und glitten dann in die vorausberechnete Bahn, die uns zu Knedders verrücktem Ziel führen würde. Aber obwohl das Schiff nur von einer Skelett-Crew bedient wurde, ließ es uns nicht im Stich.

Aber die Überbelastung fraß kostbare Energie. Auf jeder Karte, auf jedem Meßgerät las ich ab, daß wir Schwierigkeiten haben würden. Fünfzig Milliarden Meilen – ein langer Weg . . .

Knedder verbrachte den Großteil seiner Reise eingesperrt in seinen Kabinen. Das war mit nur recht, denn sein träumerisches Grinsen zerrte an meinen Nerven. Er war immer viel zu freundlich und viel zu tief versunken in seinem wissenschaftlichen Märchenreich, und sein geduldiger Humor wurde immer unerträglicher.

Wir leerten die Haupttanks, als wir auf unser Ziel zurasten. Schwitzend saß ich über den Karten und errechnete, daß wir mit dem Nottreibstoff zum Jupiter zurücktaumeln müßten, mit so wenig Ammoniak, daß wir gerade noch mit Müh und Not heimkommen würden.

Ich wußte, daß Knedder mit seiner geheimnisvollen Ausrüstung irgendwelche Forschungsarbeiten betrieb, und hielt die Augen offen. Wir waren immer noch drei Millionen Meilen von unserem Ziel entfernt, als mir etwas auffiel. Wenn es auch nur ein kleiner Asteroid zu sein schien, war ich überrascht, überhaupt etwas zu entdecken. Ich rief Knedder durch die Bordsprechanlage an, und er kam in den Kontrollraum.

„Ja, das ist der Cerberus.“ Er nickte zufrieden und betrachtete den winzigen Punkt, der im Teleskop glühte. „Wir haben ihn schon vor einer Woche zum erstenmal gesehen.“

„Das ist kein Planet. Er hat kaum zehn Meilen Durchmesser.“

„Etwa acht Meilen. Aber Ming hat gerade mittels Computer sein Gewicht bestimmt, anhand der gravitationalen Verschiebung der stellaren Bilder, die Jefferson gemessen hatte. Er ist viel massiver als alle anderen Planeten zusammen.“

„Eh?“ Ich starrte ihn an. „Was kann denn *so* schwer sein?“

„Nukleare Flüssigkeit. Zusammengebrochene Atome, die ihrer kreisenden Elektronen beraubt wurden. Diese Masse ist trillionenmal so dicht wie gewöhnliche Materie. Der Endzustand toter Sterne . . . Das ist der Cerberus nämlich – ein toter Stern. Schwarzer Zunder einer ausgebrannten Sonne. Kein Mitglied unserer solaren Familie. Die Kreisbahn zeigt an, daß die Sonne ihn erst kürzlich gekapert hat.“

Ich beugte mich vor, um den grünlichen Fleck im Teleskop zu studieren, versuchte mir einen Planeten vorzustellen, der schwerer als der Jupiter und zu einer Kugel zusammengequetscht war, kleiner als der Phobos. Das fiel mir nicht leicht. Bisher war mir nie aufgefallen, daß solche Erkenntnisse die Sicherheit der *Starhawk* bedrohen könnten, aber jetzt bekam ich es mit der Angst zu tun. „Wenn das alles wahr ist . . .“ Ich versuchte das plötzliche Zittern in meiner Stimme zu unterdrücken. „Wenn das Ding wirklich so massiv ist – sollten wir da nicht lieber auf diese Expedition verzichten?“

„Ganz im Gegenteil . . .“ Knedders träumerische Augen blinzelten mich an, und ich erschauerte. „Der Cerberus beschert uns ein natürliches Gravitationslabor, ausgestattet mit einem Schwerkraftfeld, das millionenmal stärker ist, als wir es sonstwo finden können. Ich möchte, daß Sie uns beim ersten Anflug bis auf vierhundert Meilen an den Cerberus heranführen.“

Sekundenlang war ich wie betäubt, so daß ich nicht protestieren konnte, und eine unwillkürliche Bewegung schleuderte mich in die Luft. Ich hielt mich an einem Geländer fest.

„Vierhundert Meilen!“ Ich starrte Knedder an und hoffte, daß ich ihn mißverstanden hatte. „Aber in dieser Nähe muß die Gravitation doch vierzigtausend Einheiten betragen.“

„Fünfzigtausend.“ Er lachte wie ein Kind, das ein unverhofftes Geschenk bekommen hatte. „Nie zuvor wurden wissenschaftliche Instrumente in ein solches Gravitationsfeld befördert.“

„Und wie wollen wir wieder wegfliegen – wenn eine Schwerkraft von fünfzigtausend Einheiten an unserem Schiff zerrt? Wenn wir nicht schon vorher zermalmt worden sind . . .“

„Wir werden uns immer noch im freien Fall befinden. Deshalb werden wir keine Kraft spüren. Und wir werden auch gar nicht mit den Düsen starten müssen. Wenn Sie uns in eine Parabelbahn führen, vierhundert Meilen vom Perihelium entfernt, wird uns die eigene Schwingkraft wieder ins All tragen.“

„Theoretisch wäre das möglich“, mußte ich zugeben. „Aber ich will mein Schiff nicht aufs Spiel setzen. Ich führe Sie bis auf fünftausend Meilen heran. Das ist riskant genug.“

Ich dachte, ich hätte immer noch das Kommando, und ich wußte, daß wir für vier Monate dreißig Milliarden Meilen von der Grenze der Radiokommunikation entfernt sein würden. Knedder konnte also nicht mit Hilfe irgendeines Schreibtischadmirals die Befehlsgewalt an sich reißen. Aber nun wartete eine neue bittere Überraschung auf mich. Mit einem Lächeln, das um Verzeihung bat, überreichte er mir einen zugeklebten Umschlag. „Tut mir leid, Barron. Aber das habe ich von Ihrem Hauptquartier bekommen. Ich soll es benutzen, wenn es nötig ist.“

Der Brief war an mich addressiert und stammte von der Luna-Station. Er informierte mich, daß Knedder vorübergehend das Kommando des Schiffs übernehmen würde und im Rang einem Admiral gleichzusetzen sei. Man war sicher, daß ich getreu alle Befehle ausführen würde, um der Operation Babyriese zu einem guten Gelingen zu verhelfen. Das war wie ein Schlag in die Magengrube, aber es gelang mir, strammzustehen.

„Stehen Sie bequem, Barron.“ Knedder griff nach dem Geländer und stieß sich ab. „Keine Formalitäten. Bringen Sie uns nur auf vierhundert Meilen an den Cerberus heran – sonst verlange ich nichts von Ihnen."

Ich lenkte das Schiff in die gewünschte Bahn, und wir fielen um den Cerberus herum. Als wir fielen, konnte ich nichts anderes mehr tun, als durch das Teleskop zuzusehen. Ich bemühte mich, Knedders Theorien Vertrauen zu schenken. Denn ich wurde zum erstenmal nach fast zwanzig Jahren von der Raumkrankheit befallen.

Wir fielen mit einer beängstigenden Beschleunigung. Ich versuchte den Cerberus durch das Teleskop im Auge zu behalten. Zuerst war er ein schwach schimmernder grauer Punkt. Wenn er wirklich einmal ein Stern gewesen war, so war seine atomare Brennkraft erloschen. Ich sah ihn nur in den schwindenden Strahlen der fernen Sonne.

Ein trüber grauen Fleck . . . Er schwoll an im schwarzen Feld des Teleskops – zuerst langsam. Er war rund und schwarz und gestaltlos, durch hundert Millionen Gravitationseinheiten einer perfekten Kugel zusammengequetscht. Er kroch an den Sternen dahinter vorbei, als wir um ihn herumflogen, zuerst langsam, dann immer schneller. Er wuchs, blähte sich auf, explodierte. Und dann, im letzten Sekundenbruchteil, sah ich den Ring. Einen dreifachen Ring, in den Proportionen breiter als der Saturnring, aber in dem schwachen Dämmerlicht verschwommener zu erkennen als die Träume des letzten Jahres. Er befand sich in einem rechten Winkel zur Umlaufbahn des Planeten, breitete sich flach vor uns aus, so dünn, daß ich die dahineilenden Sterne dahinter sehen konnte.

Ich wußte, wir würden mit ihm zusammenstoßen.

Krach!

Der seltsame Doppelschlag erfolgte, bevor ich Zeit fand, irgend etwas zu tun. Die *Starhawk* erbebte, und ich wurde gegen das Schott des Kontrollraums geschleudert. Einen Augenblick lang hing ich dort im freien Fall, atemlos, halb betäubt, und fühlte mich todkrank.

Als ich mich zu den Instrumenten zurückschleppte, war der Cerberus aus dem Teleskop verschwunden. Noch ganz groggy, suchte ich ihn mit einem Breitwinkelrichtfernrohr. Ich zuckte zusammen, als ich ihn fand – eine glänzende schwarze Perle. Der geisterhafte Ring war verschwunden.

Als ich unsere Position festgestellt hatte, verstand ich, wieso es zu jenem Doppelschlag gekommen war. Wir mußten den Ring durchstoßen haben, halb um den Planeten herumgeflogen sein, dann mußten wir den Ring wieder passiert haben, und das alles innerhalb von Sekundenbruchteilen. Nun flogen wir wieder weg vom Perihelium, und das Schiff existierte immer noch.

Zuerst tat mir das fast leid, aber ich fühlte mich bald besser. Ich wischte mir den Schweiß vom Gesicht und inspizierte die Instrumente, um festzustellen, ob wir irgendwelche Schäden erlitten hatten. Zu meinem Erstaunen war alles in Ordnung. In allen Räumen war der Luftdruck normal. Die Rumpftelemeter-Rumpf-Fernmeßinstrumente zeigten eine Außentemperatur des Schiffs von fast 800°K an, aber sie sank bereits. Und der Cerberus schrumpfte hinter uns zu einem harmlosen Punkt zusammen.

Ich versuchte Knedder durch die Bordsprechanlage zu erreichen, zu fragen, wie es ihm und seinen Leuten ging. Er antwortete nicht, und ich hämmerte so lange an seine Tür, bis er öffnete.

„Sie sehen schlecht aus, Barron." Er schwebte in der Tür und blinzelte mich kurzsichtig an. Seine rechte Wange hatte eine Schramme, und aus einem Schnitt an seinem Kinn tropfte dunkles Blut. Aber das schien ihn nicht zu stören. „Stimmt was nicht?"

„Dieser Ring, Sir!" Ich konnte nicht zusammenhängend denken, aber ich versuchte mich zu erinnern, daß er ja jetzt Admiral war. „Ich habe ihn nicht rechtzeitig gesehen."

„Jefferson hatte ihn beobachtet." Er zuckte mit den Schultern. „Kosmischer Staub. Hauptsächlich Kalziumatome. Zu dünn, um ernsthaften Schaden anzurichten."

„Aber Sie sind verwundet, Sir. Warum haben Sie sich nicht gemeldet, als ich Sie durch die Bordsprechanlage zu erreichen versuchte? Ich hatte Angst, daß Sie schwerverletzt sind."

„Ich war beschäftigt, Barron." Er berührte sein Gesicht, starrte vage auf das Blut an seinen Fingern und wischte sie geistesabwesend an seinem weißen Laborkittel ab. „Ich mußte die Resultate ablesen." Er lächelte triumphierend. „Sehr wichtige Resultate!"

Ich fragte mich, warum sie so wichtig waren, aber er hielt die Tür halb geschlossen, so daß ich nicht sehen konnte, was sich da hinten abspielte. Ich hörte nur Jeffersons Stimme, die heiser irgendwelche Zahlen ablas. „Strich-fünf-neun-drei . . .“

„Ned!“ Ich konnte das eurasische Mädchen nicht sehen, aber ihre Stimme klang atemlos vor Glück. „Das müßte uns einen guten approximativen Wert der dritten Konstante . . .“

„Tut mir leid, Barron.“ Knedder schloß die Tür.

Ich inspizierte den Rest des Schiffs und entdeckte nichts Beängstigendes. Der Düsenmann meldete, daß in seiner Abteilung keine Schäden entstanden wären. Der Reaktor funktionierte noch. Ich kehrte in meinen Kommandoraum zurück und dachte, daß das Schlimmste vorüber wäre.

Allmählich gewöhnte ich mich an Knedder, und die Operation Babyriese verlief offenbar zufriedenstellend. In fünf oder sechs Monaten müßten wir, wenn wir Glück hatten und sorgsam mit unseren Ammoniakvorräten umgingen, wieder im Sendebereich der Jupiterstation sein. Knedder und seine Assistenten würden zweifellos langweilige Bücher über all das schreiben, was ihnen ihre Instrumente über das Gravitationsfeld des Cerberus verraten hatte. Wenn ihre Geräte verschwanden, würde ich die *Starhawk* vielleicht neu bewaffnen können. Was immer auch geschah, ich würde jedenfalls im Klub was zu erzählen haben.

Ich sah mir den Cerberus noch einmal durch das Teleskop an. Er kam mir zu hell vor. Eine leise Angst zwang mich dazu, die Fallbahn und die Position zu kontrollieren. Und als ich meine ersten Feststellungen traf, wandelte sich meine Erleichterung in Entsetzen.

Wir waren viel weiter gefallen, als wir sollten, und wir entfernten uns immer noch blitzschnell von unserer Parabelbahn. Unbehaglich konsultierte ich den Computer, und unsere gegenwärtige Umlaufbahn wurde auf den Bildschirm projiziert, eine grüne Ellipse, die sich um den roten Punkt zog, der den Cerberus darstellte. Ich versuchte mir einzureden, daß der Computer vielleicht nicht funktionierte, und dann verstand ich alles. Der doppelte Zusammenstoß mit dem Ring hatte uns zuviel von unserer Schwingkraft genommen. Sie war zu schwach gewesen, um uns aus dem schrecklichen Gravitationsfeld zu tragen.

Ich griff verzweifelt zum Sirenenknopf, verkündete Alarmstufe eins und öffnete die Düsen. Wenn man bereits zwanzig Jahre lang ein Schiff kommandiert, trifft man solche Entscheidungen automatisch. Ich versuchte erst gar nicht, unsere Reaktionsmassenreserve zu errechnen, weil ich wußte, daß wir keine hatten. Ich wußte auch, daß die Funktion der Düsen von unserer Geschwindigkeit abhing. Mit jeder Sekunde, die ich verschwendete, mit jeder Sekunde, die uns der Cerberus mit dem Sog seiner Gravitation kostete, verringerten sich unsere Chancen.

Da unsere Tanks so leicht waren, schoß die Nadel des Gravitationsmessers auf acht. Nicht viel – gegen fünfzigtausend, aber dies war kein freier Fall. Ich wurde in meinen Sitz gedrückt, und es kostete mich meine ganze Kraft, die Instrumente zu beobachten und den Computer zu betätigen. Ich ließ die Düsen fast fünfzig Sekunden lang offen – bis mir das grüne Bild unserer projizierten Umlaufbahn eine neue Parabel zeigte und verkündete, daß wir entkommen waren.

Ich schloß die Düsen und las von den Meßinstrumenten ab, wie viel wir noch in den Tanks hatten. Mein Atem stockte. 4,3 Tonnen – die uns fünfzehn Billionen Meilen weit tragen sollten . . .

Ich sank in meinem Sitz zusammen und griff bekümmert nach dem Computer, aber ich wußte bereits, daß wir verloren waren. Jahrelang würden wir durchs All treiben, uns von rationierten Mahlzeiten ernähren und kaum die Chance haben, lebend nach Hause zu kommen. Die Masse des Schiffs würde uns zwar zurücktragen – aber es würde Billionen Jahre dauern.

„Barron!" Knedder schwebte hinter mir herein. „Was soll diese Unterbrechung?"

„Ich habe versucht, unser aller Leben zu retten." Meine innere Anspannung steigerte sich zu heißer Wut. „Ich hoffe, es macht Ihnen nichts aus."

Er blinzelte mich verwirrt an.

„Diese Kollision hat unseren Flug verlangsamt", stieß ich hervor. „Wir wären zurückgeflogen. Ich entdeckte die Gefahr gerade noch rechtzeitig, um . . ."

Er hing am Geländer und schüttelte den zerzausten Kopf. „Und Sie hätten mich fragen sollen“, sagte er sanft. „Denn nun sind meine Beobachtungen unvollendet.“

Das raubte mir die Sprache.

„Die Resultate, die wir beim ersten Anflug bekamen, sind sehr bedeutsam. Unglücklicherweise sind sie nicht präzise genug, um uns eine genaue Bestimmung der Konstanten zu liefern, die wir suchen. Würden Sie uns bitte wieder um den Planeten herumführen? Vierzig Meilen vom Perihelium entfernt. Dann können wir Resultate bei einer Schwerkraft von Millionen Einheiten ablesen ...“

„Sind Sie verrückt?“ Ich vergaß, daß er Admiral war. „Es würde uns fast das ganze restliche Ammoniak kosten, um in diese Umlaufbahn zurückzukehren. Wir würden wieder mit dem Ring zusammenprallen und nie mehr wegkommen.“

„Ich glaube, wir können dem Ring ausweichen.“ Er versuchte zu lächeln. „Jefferson sagt, die innere Spalte ist ungefähr zehnmal so breit wie der Radius des Planeten. Wenn Sie da hindurchfliegen würden ...“

„Auch wenn wir das schaffen, hätten wir nicht mehr genug Ammoniak, um heimzufliegen“, entgegnete ich bitter. „Wir werden durchs All treiben, bis wir verhungern.“

„Vielleicht.“ Er zuckte mit den Schultern. „Aber könnten wenigstens unsere Forschungsarbeiten beenden.“ Seine kurzsichtigen Augen strahlten wie im Fieber. „Wenn wir unterhalb des Ringes hindurchfliegen, könnten wir Resultate bei einem Gravitationsfeld von hundert Millionen Einheiten bekommen. Bedenken Sie das doch!“

„Der Druck der Gezeiten würde das Schiff auseinanderreißen – auch wenn wir nicht mit dem Planeten oder dem Ring zusammenstoßen.“

„Wahrscheinlich.“ Er seufzte. „Aber Jefferson glaubt, daß wir in einer Entfernung von vierzig Meilen ausreichend präzise Daten bekämen. Ich glaube, dort könnten wir die Wirkung des Schwerkraftfeldes überleben.“

„Und wenn? Wem würden Ihre kostbaren Konstanten nützen? Wir können der Erde nicht einmal eine Funkbotschaft schicken ...“

Ich hörte, wie das Mädchen nach ihm rief.

„Wir kümmern uns schon darum.“ Er schwang sich in der Luft herum. „Wir haben unsere eigenen Geräte. Ich will nur, daß Sie uns in ein Gravitationsfeld von einer Million Einheiten führen. Und jetzt entschuldigen Sie mich bitte.“ Er glitt von dem Geländer und ließ mich mit meiner Wut allein. Ich wollte ihn zurückzerren, ihn durch die Müllschleuse werfen. Aber wenn man sein halbes Leben im Dienst der Wache verbracht hatte, wird man nicht so leicht zum Meuterer. Er mochte ein Idiot sein, aber er war trotzdem Admiral. Ich verwünschte ihn, und dann lenkte ich das Schiff in die gewünschte Bahn.

Es kostete 3,7 Tonnen Ammoniak, zum Cerberus zurückzukehren. Das Meßinstrument zeigte an, daß im letzten Reservetank noch 5 Tonnen übrig waren. Nicht genug, um sich überhaupt Gedanken darüber zu machen. Ich schnallte mich im Beschleunigungssitz fest und beobachtete das Teleskop, als wir fielen. Der Pygmäenplanet schoß uns wie eine schwarze Kugel entgegen. Der dreifache Ring schwoll an, die innere Spalte lag direkt vor uns, und ich hatte gerade noch Zeit zu hoffen, daß wir sicher hindurchfliegen würden.

Krach!

Wenn es zwei Kollisionen gab, so verschmolz unsere Geschwindigkeit sie zu einer einzigen. Irgend etwas Wütendes zerrte an jeder Faser meines Körpers, preßte mich in den Sitz. Dann war es verschwunden. Die schwarze Kugel des Cerberus blieb hinter uns zurück.

Ich schleppte mich zu den Instrumenten. Seltsamerweise war das Schiff immer noch intakt. Die Außenhauttemperatur betrug 980°K. Als unsere neue Laufbahn auf dem Projektionsschirm erschien, sah ich eine engere Ellipse rings um den roten Punkt. Das bedeutete, daß wir zurückfallen würden – immer wieder – bis zum Ende.

Knedder ignorierte die Bordsprechanlage, und ich trommelte gegen seine Tür, bis er endlich den Kopf herausstreckte. Frisches Blut quoll aus einer neuen Wunde an seiner Stirn, aber er schien es nicht zu bemerken.

„Captain Barron meldet sich zur Berichterstattung, Sir.“ Ich war seltsam erleichtert, weil ich jetzt ohnehin nichts mehr tun konnte. „Anscheinend sind wir mit irgend etwas zusammengestoßen.“

„Tatsächlich?“ Er sprach zu laut, als wäre er immer noch halb taub durch die Erschütterung. „Nicht überraschend. Bei der Annäherung an den Planeten wird der Ring dichter. Die Spalte ist vermutlich nur relativ rein.“

„Jedenfalls sind wir jetzt erledigt.“ Ich empfand einen irrationalen Triumph, als ich ihm das sagte. „Wir haben wieder an Schwingkraft verloren, fallen immer wieder zurück.“

„Macht nichts.“ Sein geistesabwesender Blick zerstörte meine Siegesfreude. „Jefferson sagt, daß er nun ganz präzise Daten hat. Und Ming kann die Elektro-Gravitations-Strahlen berechnen.“

„Ich habe die letzte, Ned!“ rief das Mädchen durch die halbgeschlossene Tür. „Strich-null-neun-null-vier-null-sieben!“

„Dann haben wir es geschafft.“

„Wie schön!“ rief ich. „In ein oder zwei Stunden wird sich das Schiff aufgelöst haben. Unsere Atome werden um diesen Ring wirbeln. Wenn Sie ein Sendegerät haben, mit dem Sie die Zivilisation erreichen können, fangen Sie lieber an, Ihre kostbaren Daten zur Erde zu funken.“

„Ja, das haben wir.“ Geistesabwesend wandte er sich um und rief in den Raum hinter sich: „Jefferson, bitte regulieren Sie den Kompensator nach Mings Konstanten. Sie wird per Computer die nötigen Korrektionen der Instrumente errechnen.“ Dann drehte er sich zu mir um. „Und Sie, Barron . . .“ Jetzt sprach er so brüsk wie ein echter Admiral. „Kehren Sie zu Ihren Instrumenten zurück und beobachten Sie unsere Umlaufbahn.“

Ich gehorchte – dankbar, weil ich etwas zu tun hatte, um meine Gedanken von der Vorstellung abzulenken, daß meine Atome bald um den Cerberus kreisen würden. Die erste Umlaufbahn, die ich auf dem Projektionsschirm sah, war immer noch die tödliche Ellipse. Die zweite auch. Die dritte war – unglaublich.

Eine gerade grüne Linie!

Eine Tangente der letzten Ellipse, gerade wie ein Lichtstrahl . . . Und eine ähnliche grüne Linie war auf dem Tank-Meßinstrument zu sehen. Mit unsicheren Fingern verringerte ich die Ammoniak-Zufuhr und sah, daß die Linie die Umlaufbahn des Jupiter durchquerte. Der Computer verriet mir, daß wir in einem Monat daheim auf Station sein würden.

„Nun, Barron?“ Knedder schwebte hinter mir in der Luft und blinzelte mich belustigt an. „Glauben Sie, daß Sie das Schiff abbremsen können, wenn wir am Ziel sind?“

„Wir können die Jupiter-Atmosphäre durchstoßen“, erwiderte ich mechanisch und starrte auf diese unmögliche Linie. „Aber ich verstehe nicht . . .“

Knedder kicherte. „Es tut mir leid, diese unnötige Geheimhaltung . . . Aber Ihr Boß hatte Angst, daß er wie ein Narr dastehen würde, wenn unsere Expedition erfolglos verlaufen wäre. Jetzt kann ich Ihnen ja alles sagen. Wir haben nicht unser Leben riskiert, sondern die Schwerkraft gezähmt.“

„Eh?“ Ich mußte mich am Geländer festklammern. „Sie meinen – wir sind wirklich gerettet?“

„Klar.“ Er grinste glücklich. „Unsere theoretischen Untersuchungen hatten bereits alle Prinzipien festgestellt. Der experimentelle Kompensator, den wir mitbrachten, war so konstruiert, daß er das Gravitationsfeld ausgleichen konnte. Was uns noch fehlte, waren die Elektro-Gravitations-Konstanten.“

Das bißchen Ammoniak in den Tanks genügte, um uns sicher zur Station zu bringen, nachdem uns das Manöver, die Atmosphäre des Jupiter zu durchstoßen, fast die ganze Schwingkraft gekostet hatte. Knedder und seine Assistenten kehrten auf die Erde zurück, um ihre Entdeckung zu publizieren, und ich versuchte, die *Starhawk* wieder anständig zu bewaffnen.

Aber meine Gesuche wurden abgelehnt. Die *Starhawk*, einst das stolzeste Schiff der Wache, sollte nun in einem Museum auf der Erde verrosten, für all die Touristen, die Knedders ersten Kompensator angaffen wollten.

Ich ignorierte den unverschämten Vorschlag, ich solle doch als Kurator an Bord bleiben – oder vielleicht als zusätzliches Ausstellungsstück. Ich wurde aus der Wache entlassen. Vermutlich sind Ionenschiffskapitäne jetzt genauso veraltet wie Ionenschiffe. Jetzt, da die neue Elektro-Gravitationskraft, die hundert Millionen Schwerkrafteinheiten des Cerberus nutzt, um die Schiffe zu den Sternen zu katapultieren, sind wir alten Haudegen hoffnungslos rückständig.

Aber ein alter Raumfahrer hat gelernt, immer das Beste aus allem zu machen, und die Operation Babyriese hat immerhin den Vorteil eingebracht, daß ich im Klub tolle Geschichten erzählen kann.

Guinevere für jedermann

Das Mädchen stand angekettet im Verkaufsautomat.

„Hallo!" Ihr klagender Ruf hallte wehmütig von den leeren Ecken der düsteren Wartehalle wider. „Will mich jemand kaufen?"

Die meisten schläfrigen Passagiere, die aus dem Kansas City-Jet durch die warme Wüstennacht geflogen waren, starrten sie an und eilten dann unbehaglich weiter, als wäre sie eine Tigerin in einem unverschlossenen Käfig. Aber Pip Chimberley blieb stehen und war plötzlich hellwach.

„Hallo, Mister!" Das Mädchen lächelte ihn mit verwirrend großen blauen Augen an. Die Ketten klirrten, als sie hoffnungsvoll die Hände hob, um ihr kupfernes Haar zu glätten. Ihr schöner, gebräunter Körper räkelte sich, so daß ihre üppigen Formen den synthetischen BH zu sprengen schienen. „Gefalle ich Ihnen?"

Chimberley schluckte. Er war ein schlaksiger junger Mann mit einer Nase, die wie ein Fleischmesser aussah, einem spärlichen mausbraunen Schnurrbart und drei Hochschulgraden im kybernetischen Maschinenbau. Seine trüben braunen Augen wichen dem Blick des Mädchens aus, dann kehrten sie fasziniert zu der schönen Gestalt zurück.

„Wollen Sie mich nicht kaufen?" Ihre schmeichelnde Stimme liebkoste ihn. „Sie werden es nicht bereuen, und ich weiß, daß Sie mich mögen. Ich mag Sie jedenfalls sehr."

Mit einem erstickten Laut schnappte er nach Luft. „Nein!" stieß er mit heiserer Stimme hervor und versuchte die Panik zu unterdrücken, die in ihm aufstieg. „Ich bin kein Kunde. Mein Interesse ist – eh – rein beruflicher Natur."

Hastig flüchtete er vor dem Schaukasten, in dem sie stand, von grellem Licht umflossen, wandte resolut den Blick von ihr ab und konzentrierte sich auf den Automaten. Er kannte sich aus mit Maschinen, und diese hier war wunderschön mit ihren verführerisch geschwungenen, stromlinienförmigen Konturen, mit dem aufregenden Glanz des blendend roten Lacks. Er trat ein paar Schritte zurück, starrte verzückt auf die strahlende Verlockung des dreidimensionalen Schildes. ‚Guinevere, der lebende Apparat', las er. ‚Kein Roboter! Wer ist sie?'

Die schimmernden Buchstaben explodierten zu Galaxien aus tanzendem Licht, das sich wieder zu feurigen Wörtern verdichtete. Guinevere, der vollkommene Apparat, war eine patentierte Erfindung der ‚Solarchemie-AG', die auch für sein einwandfreies Funktionieren garantierte. Ihr exquisiter Körper war von automatischen Maschinen hergestellt worden und noch nie mit menschlichen Händen in Berührung gekommen. Durch psionische Prozesse erzogen, war sie gutmütig und nicht streitsüchtig. Für eine begrenzte Zeit konnte man sie zu einem Einführungspreis von nur vier Dollar fünfundneunzig erwerben.

„Was immer Sie auch von Beruf sind – ich bin ganz sicher, daß Sie mich brauchen." Sie beugte sich aus dem engen Schaukasten, und ihre melodische Stimme folgte ihm. „Ich habe alles – für jedermann."

Chimberley drehte sich unsicher zu ihr um. „Mag sein", sagte er widerstrebend. „Aber ich wollte mich nur informieren. Ich bin nämlich kybernetischer Ingenieur", fügte er hinzu und nannte seinen Namen.

„Und ich heiße Guinevere." Sie lächelte und entblößte strahlend weiße, ebenmäßige Zähne. „Modell 1, Seriennummer 1997-A-456. Ich würde Ihnen so gern helfen, aber ich fürchte, Sie müssen erst für mich bezahlen. Sie wollen mich doch haben, nicht wahr?"

Chimberleys langes Pferdegesicht lief ziegelrot an. Um die traurige Wahrheit zu bekennen – er hatte noch nie in seinem Leben irgendeine Frau haben wollen. Seine besten Freunde waren Digitalcomputer. Menschliche Wesen hatten ihn stets gelangweilt. Er verstand nicht, warum es plötzlich in seinen Ohren pochte und warum er die knorrigen Hände ballte.

„Ich bin auf einer Geschäftsreise", erklärte er in steifem Ton.

„Deshalb bin ich stehengeblieben. Ich arbeite nämlich als Störungssucher für General Cybernetics."

„Ein Störungssucher?" Der psionische Erziehungsprozeß hatte offenbar seine Grenzen, aber es sah ganz entzückend aus, wie sie verwirrt die Brauen hob. „Was ist denn das?"

„Meine Firma stellt die Managercomputer her, die in den meisten großen Unternehmen das menschliche Management ersetzen", erklärte er geduldig. „Und ich muß dafür sorgen, daß die Computer stets funktionsfähig sind. Die Maschinen sind zwar so konstruiert, daß sie sich selber regulieren und reparieren, aber die Leute machen sich einfach nicht die Mühe, ihre Struktur zu begreifen." Seufzend schüttelte er den Kopf über die menschliche Dummheit. „Jedenfalls habe ich heute abend in meinem Hotel dieses Telegramm von Schenectady bekommen. Ich verstehe das noch immer nicht." Er blinzelte sie hoffnungsvoll an. „Vielleicht können Sie mir sagen, was da los ist."

„Vielleicht", stimmte sie mit süßer Stimme zu. „Wenn Sie für mich bezahlt haben."

„Sie selbst sind das Problem", entgegnete er anklagend. „Zumindest glaube ich das – wenn das Telegramm auch recht knapp formuliert war. Unser eigenes Management ist natürlich mechanisiert, und manchmal läßt es nicht genug Spielraum für menschliches Fehlverhalten."

„Aber ich bin kein Problem", protestierte sie. „Probieren Sie mich doch mal aus!"

Kalter Schweiß brach ihm aus allen Poren. Bunte Punkte tanzten vor seinen Augen. Er starrte an ihr vorbei auf den großen Automat und versuchte ärgerlich, sich gegen ihre irritierende Ausstrahlung zu wappnen. „Ich habe das Telegramm erst vor vier Stunden bekommen und alles liegen und stehen lassen. Und dann bin ich hergekommen, um nach Störungsfaktoren in Athena Sue zu suchen. Das ist der Management-Apparat, den wir für die Solarchemie hergestellt haben. Ich habe den Jet gerade noch erwischt, und jetzt bin ich da. Ich muß herausfinden, was los ist. Die Direktoren von der Solarchemie sind offenbar unglücklich, weil Athena Sue menschliche Wesen herstellt und verkauft. Sie haben gedroht, sie würden unser Management-System rauswerfen, wenn wir den Funktionsfehler nicht sofort finden und ausmerzen." Er blickte das gefesselte Mädchen mit zusammengekniffenen Augen an. „Aber in dem Telegramm stand nicht genau, warum sich die Direktoren aufregen. Athena Sue wurde so konstruiert, daß sie durch die Herstellung und den Verkauf solarer synthetischer Stoffe den größtmöglichen finanziellen Gewinn erzielt. Also kann es nicht an einem zu geringen Profit liegen. Anscheinend handelt es sich auch nicht um legale Schwierigkeiten. Ich begreife einfach nicht, warum die großen Tiere aus dem Häuschen geraten sind."

Guinevere strich über ihre kupferroten Locken.

„Um ehrlich zu sein – ich finde das ganze Projekt recht hübsch." Bewundernd grinste er das Mädchen und den Automaten an. „Ein menschliches Management hätte niemals soviel Verstand und Phantasie, um so etwas zu vollbringen. Nur einer unserer Athena-Computer war in der Lage, diese Möglichkeiten zu erkennen und mit all den technischen und verkaufspolitischen Problemen fertig zu werden, die bisher der Verwirklichung eines solchen Projekts im Wege standen."

„Dann mögen Sie mich also?"

„Die Direktoren mögen Sie offenbar nicht." Er versuchte den gekränkten Ausdruck in ihren Augen zu übersehen. „Ich verstehe nicht, warum, aber ich bin ja hier, um das herauszufinden. Wenn Sie mir helfen könnten . . ." Er machte eine erwartungsvolle Pause

„Ich koste nur vier Dollar fünfundneunzig", erinnerte ihn Guinevere. „Sie brauchen das Geld nur hier in diesen Schlitz zu werfen . . ."

„Ich will Sie nicht", unterbrach er sie heiser. „Ich benötige nur alle Ihre Hintergrundfaktoren. Fangen wir mal an – worin besteht denn der Unterschied zwischen einem lebendigen Apparat und einem gewöhnlichen menschlichen Wesen?" Er bemühte sich, ihr unterdrücktes Schluchzen zu überhören. „Was muß die Firma investieren?" Er zählte die Fragen an den Fingern ab. „Wie sieht die Produktionsrate aus? Die Gewinnspanne? Unter welchen Umständen kam Athena Sue auf die Idee, lebendige – eh – Apparate herzustellen? Wann wurden Sie auf den Markt geworfen? Interessieren sich die Konsumenten für Sie? Oder wissen Sie das nicht?"

Guinevere nickte eifrig. „Doch, das weiß ich. Aber können wir das nicht irgendwo anders besprechen? Vielleicht in Ihrem Zimmer?"

Chimberley trat unbehaglich von einem Fuß auf den anderen.

„Wenn Sie mich nicht kaufen, kann ich Ihnen nichts erzählen", fügte sie unschuldig hinzu.

Er ging davon und war wütend, weil seine Knie zitterten. Wahrscheinlich konnte er alles, was er wissen wollte, von den Erinnerungstonbändern des Computers in der Fabrik erfahren. Guinevere war ja nicht mehr als ein interessantes Produkt chemischen Maschinenbaus.

Ein dicker Geschäftsmann mit rosa Wangen trat vor den Automaten, stellte seinen Aktenkoffer auf den Boden, legte seinen zusammengerollten Schirm daneben, nahm die Brille ab und beugte sich vor, um Guinevere mit vorquellenden, kittbraunen Augen anzustarren.

„Sklaverei!"

Er richtete sich ärgerlich auf. „Meine liebe junge Dame, Sie brauchen Hilfe." Er setzte die Brille wieder auf, kramte in seinen Taschen herum und zeigte ihr dann seine Visitenkarte. „Wie Sie sehen, bin ich Anwalt. Wenn man Sie zu einer unfreiwilligen Dienstleistung gezwungen hat, kann meine Firma ganz sicher Ihre Freilassung erwirken."

„Aber ich bin keine Sklavin", sagte Guinevere. „Unser Management hat unser Anwaltsbüro konsultiert, und dort war man der Meinung, daß wir keine menschliche Wesen sind – zumindest nicht vom legalen Standpunkt aus betrachtet. Wir sind nur bewegliche Habe."

„Eh?" Ungläubig beugte er sich vor, um sie in den goldbraunen Arm zu kneifen. „Was . . ."

„Alfred!"

Er schauderte, als er den durchdringenden Schrei hörte, und wandte sich blitzschnell von dem Schaukasten ab, als hätte er sich an Guinevere die Finger verbrannt.

„Oh!" Sie wich wieder in ihr enges Gefängnis zurück und rieb sich den schmerzenden Arm. „Bitte, rühren Sie mich erst an, wenn Sie mich gekauft haben."

„Pst!" Seine vorquellenden Augen blickten ängstlich einer dürren kleinen Frau mit Eichhörnchengesicht und schwarzem Schleierhut entgegen, die soeben aus der Damentoilette gekommen war. „Ein – eh – Hindernis ...“

„Alfred, was machst du denn da?“

„Nichts, meine Liebe, gar nichts.“ Er bückte sich hastig, um den Aktenkoffer und den Regenschirm aufzunehmen. „Es wird Zeit, daß wir zum Flugzeug ...“

„So! Willst du eine von diesen synthetischen Haushälterinnen kaufen?“ Sie riß ihm den Schirm aus der Hand und schwang ihn drohend hoch. „So eine will ich nicht in meinen vier Wänden haben!“

„Martha, Liebling ...“

„Dein Liebling wird dir's schon noch zeigen!“ schrie sie. Er wich verschreckt zurück.

„Und Sie da!“ Der Schirm sauste auf Guinevere hinab. „Sie synthetisches Ding! Wenn Sie es noch einmal wagen sollten, mit meinem Mann zu flirten ...“

„He!“

Chimberley hatte eigentlich nicht beabsichtigt, sich einzumischen. Aber als er sah, daß Guinevere zusammenzuckte und nach Luft schnappte, schob er den Schirm beiseite, bevor er das Mädchen noch einmal treffen konnte. Die wütende Frau drehte sich zu ihm um. „Sie Rotznase! Kaufen Sie sich die Person doch selber! Sie werden schon noch sehen, auf was Sie sich da einlassen!“ Damit rauschte sie davon, und Alfred folgte ihr auf den Fersen.

„Oh, danke, Pip!“ Guineveres Stimme klang tränenerstickt, und er sah den langen roten Striemen auf ihrer goldbraunen Schulter. „Ich glaube, Sie mögen mich doch.“

Zu seiner eigenen Überraschung zückte Chimberley die Brieftasche. Unsicher sah er sich um. Martha zerrte Alfred an den verlassenen Schalterfenstern vorbei, und ein altersschwacher Pförtner fegte den Boden. Sonst war die Wartehalle leer. Er steckte fünf Dollar in den Schlitz und wartete, bis fünf Cent herausgefallen waren.

Ein leiser Gong ertönte irgendwo im Innern des Automaten, und irgend etwas surrte. Dann fielen die Fesseln von Guineveres Handgelenken und verschwanden aus dem Blickfeld. ‚Ausverkauft!‘ flammte ein dreidimensionales Schild hinter ihr. ‚Kaufen Sie *Ihre* Guinevere morgen!'

„Liebling!" Sie schlang die Arme um ihn, bevor er nach seinem Wechselgeld greifen konnte. „Und ich dachte schon, du würdest mich niemals kaufen."

Er versuchte ihren Küssen auszuweichen, aber plötzlich war er wie gelähmt. Ein heißes Prickeln überfiel ihn, und der Duft ihres Parfums schien ihn wie ein Feuerschleier einzuhüllen.

„Halt!" Kraftlos versuchte er sie von sich zu schieben und sich daran zu erinnern, daß sie ja nur ein Apparat war. „Vergiß nicht, daß ich arbeiten muß. Und du hast versprochen, mir die nötigen Informationen zu geben."

„Natürlich, Liebling." Gehorsam ließ sie die Arme sinken. „Aber bevor wir gehen – willst du mir nicht mein Accessoires-Köfferchen kaufen?" Ihre Stimme nahm einen schmeichelnden Klang an. „Für nur neunzehn Dollar fünfundneunzig bekommst du neue Unterwäsche für mich, ein Make-up-Täschchen und ein buntes synthetisches Nachthemd. Und das alles ist in einem kompakten Chemylköfferchen verpackt."

„Nicht so schnell! Davon war doch gar keine Rede . . ." Er brach ab und grinste bewundernd. Welch eine raffinierte Verkaufspolitik . . . Bisher hatte er jedenfalls nicht feststellen können, daß bei Athena Sue irgendwelche Schrauben locker waren. „Okay", sagte er zu Guinevere. „Aber nur, wenn du alle meine Fragen beantwortest!"

„Ich gehöre ganz dir, Liebling." Sie zog ihm einen Zwanzig-Dollar-Schein aus der Brieftasche. „Mit all meinem Wissen."

Sie schob den Schein in den Schlitz für die Accessoires. Die Maschine summte und surrte und spuckte dann ein synthetisches Köfferchen aus, das keineswegs besonders kompakt aussah. Guinevere griff danach und umarmte ihn dankbar, während er auf seine fünf Cent wartete.

„Halt dich nicht mit der blöden Schminkerei auf! Wir haben keine Zeit zu verlieren. Ich will Athena Sue so bald wie möglich untersuchen. Wir werden uns ein Taxi nehmen, und während wir zur Fabrik fahren, können wir uns unterhalten."

„Gut, lieber Pip." Sie nickte seufzend. „Aber kann ich nicht etwas essen, bevor wir losfahren? Ich stehe schon seit gestern nachmittag hier und bin halb verhungert."

Ärgerlich über die Verzögerung, führte er sie ins Flughafenrestaurant. Es war fast leer. Zwei alte Jungfern starrten Guinevere an, flüsterten miteinander und marschierten dann in offenkundiger sittlicher Entrüstung hinaus. Zwei Matrosen pfiffen bewundernd. Ein einsamer Barkeeper blickte Chimberley frostig an und versuchte Guinevere zu ignorieren.

Chimberley studierte unglücklich die Speisekarte, bestellte zwei T-Bone-Steaks und beschloß, sie auf die Spesenrechnung zu setzen. Aber der Barkeeper erklärte ohne sichtliches Bedauern, die Steaks wären ihm schon ausgegangen. Es gab nur mehr Chemieburger.

„Dann nehmen wir zwei Chemieburger", sagte Chimberley. „Aber lassen Sie die Dinger nicht verbrennen!"

Er führte Guinevere zu einem kleinen Ecktisch.

„Nun schieß los! Erzähl mir von dir!"

„Ich bin ein lebendiger Apparat – genauso wie die anderen."

„Ich will alles über diese lebendigen Apparate wissen."

„Alles weiß ich leider nicht." Sie runzelte dekorativ die Stirn. „Kann ich bitte ein Glas Wasser haben, Pip? Ich habe die ganze Nacht da draußen gestanden, und meine Kehle ist staubtrocken."

Der Tisch gehörte nicht zum Arbeitsbereich des Barkeepers. Mürrisch knallte er ein Glas Wasser auf die Theke, und Chimberley brachte es seiner hübschen Begleiterin.

„Was weißt du denn nicht?"

Sie lächelte mysteriös. „Ich habe keine Ahnung von unseren Geschäftsgeheimnissen. Die Solarchemie gilt als Pionier in dieser aufregenden neuen Branche, die sich mit der Rekonstruktion lebendiger Organismen befaßt. Unser mechanisiertes Management ist viel zu clever, um das einzigartige Know-how zu verraten, das uns für jedermann verfügbar macht. Aus diesem Grund wurden in unserer Erziehung absichtliche Lücken hinterlassen."

Chimberley starrte in ihre strahlenden unschuldigen Augen und hatte irgendwie das Gefühl, daß man ihn hinters Licht geführt hatte.

„Dann sag mir wenigstens, was du weißt", bat er unbehaglich. „Was hat die Firma veranlaßt, lebendige – eh – Organismen herzustellen?"

„Die Miß Chemie-Bänder."

„Ah, jetzt kommen wir der Sache schon näher." Er beugte sich über den schmalen Tisch zu ihr hinüber. „Wer hat die Miß Chemie?"

„Die begehrteste Frau der Welt." Guinevere nippte anmutig an ihrem Glas. „Sie gewann den Wettbewerb, den man veranstaltet hatte, um herauszufinden, was sich alle Männer wünschen. Eine idiotische Aktion, die das alte menschliche Management organisiert hatte, bevor man den Computer installierte ... In jedem Päckchen unserer synthetischen Produkte steckte ein Teilnahmeschein. Vierzig Millionen Frauen haben sich beworben. Eine Farmerstochter gewann den Wettbewerb. Bevor die Talentsucher sie entdeckten, hieß sie Gussie Schlepps. Jetzt nennt sie sich Guinevere Golden."

„Und was hat sie mit dir zu tun?"

„Wir sind Kopien." Guinevere lächelte selbstgefällig. „Kopien der wunderbarsten Frau, die es auf der Welt gibt."

„Wie kannst du denn eine Frau kopieren?"

„Kein menschliches Wesen könnte das. Aber unser Computer hat es geschafft", erklärte sie stolz. „Denn der Preis, den unsere Miß Chemie gewonnen hat, war die Unsterblichkeit."

„Was?" Er starrte verwirrt in ihre schönen Augen. „Wie ist denn das möglich?"

„Man hat ein paar Zellen von ihrem Körper abgeschnipselt und in unseren Labors eingefroren. Wie du weißt, enthält jede Zelle einen kompletten Chromosomensatz, das vollständige genetische Diagramm, um den ganzen Körper zu reproduzieren. Unser Anwaltsbüro bat Guinevere Golden um die Erlaubnis, die Zellen für immer am Leben erhalten und neue Kopien von ihr herstellen zu dürfen, wenn man die richtige Produktionstechnik gefunden hatte."

„Vielleicht kann man das Unsterblichkeit nennen." Chimberley runzelte die Stirn. „Aber wenn ich das Mädchen wäre – ich hätte mir einen anderen Preis gewünscht."

Guinevere nickte. „Sie war auch sehr enttäuscht, als sie davon erfuhr, und sie hat sich zuerst geweigert. Sie wollte nicht, daß man an ihrem Körper herumschnippelt, denn sie hatte Angst, es könnte weh tun und man würde hinterher die Narben sehen. Andererseits wollte sie berühmt werden. Das Labor brauchte nur ein paar Zellen, und schließlich erlaubte sie einem Arzt von der Solarchemie, einige herauszuschneiden, an einer Stelle, wo man die Narben nicht sehen würde. Und die Publicity hat sich bezahlt gemacht. Sie ist jetzt Schauspielerin und verdient Millionen."

„Auch ein Weg, um an die Spitze zu kommen . . ." Chimberley grinste. „Und was hält sie von den lebendigen Apparaten?"

„Sie findet uns wundervoll." Guinevere strahlte über das ganze Gesicht. „Sie kriegt nämlich für jede Kopie, die verkauft wird, Tantiemen. Außerdem hat ihr Agent gesagt, daß wir eine tolle Reklame für sie sind."

„Ja, das seid ihr wohl." Widerwillige Bewunderung leuchtete in seinen Augen auf, bevor er sich erneut aufs Geschäft konzentrierte. „Und was haben diese Miß Chemie-Bänder zu bedeuten?"

„Der Wettbewerb war beendet, bevor unser Management mechanisiert wurde. Damals war der alte Matt Skane noch Generaldirektor. Aber als der Computer an seine Stelle trat, wurden alle Akten der Firma auf chemische Bänder gelocht und in der Erinnerungsbank hinterlegt."

Nachdenklich saß er ihr gegenüber. Sein Blick war auf Guinevere gerichtet, aber seine Gedanken wanderten zu den ordentlich aneinandergereihten schimmernden Kästchen, die Athena Sue beherbergte. Wie oft hatte er versucht, ihre schnellen Reaktionen zu begreifen . . . Es war manchmal etwas schwierig, den Denkprozessen eines Managercomputers zu folgen, auch für kybernetische Ingenieure. Und auch wenn man das fertigbrachte, man würde niemals irgendwelche Defekte entdecken.

Guinevere blinzelte unbehaglich. „Stimmt was nicht mit meinem Gesicht?"

„Alles okay . . ." Er kratzte sich am Kinn. „Ich habe gehört, wie du dem Anwalt draußen erzählt hast, du seist im gesetzlichen Sinn kein menschliches Wesen. Worin besteht denn der Unterschied?"

„Die Originalzellen sind alle menschlich." Sie betupfte sich die

Augen mit einer Papierserviette und erwiderte dann tapfer seinen Blick. „Die Unterschiede entstehen erst später, im Verlauf der Produktion. Wir werden an mechanische Mutterkuchen angeschlossen und wachsen unter hormonaler Kontrolle in großen Fässern heran, die mit chemischen Lösungen gefüllt sind. Während wir heranwachsen, werden wir durch psionische Impulse erzogen. Diese werden von Ausbildungsbändern, die mit Höchstgeschwindigkeit ablaufen, in unsere Fässer übertragen. Dadurch entstehen natürlich Unterschiede. Und der größte Unterschied besteht darin, daß wir besser als die Menschen sind." Sie runzelte nachdenklich die Stirn. „Glaubst du, daß die Frauen eifersüchtig sind?"

„Das wäre möglich." Chimberley nickte unsicher. „Ich habe nie behauptet, daß ich die Frauen verstehe. Die meisten weiblichen Gehirne haben irgendwelche Funktionsfehler. Aber jetzt muß ich mich endlich um Athena Sue kümmern. Fahren wir zur Fabrik hinaus."

Guinevere schnüffelte. „Aber Pip! Unsere Chemieburger!"

Der Barkeeper wischte sich gerade die Hände an einem fettigen Frotteetuch ab und starrte sie in fasziniertem Abscheu an. Die vergessenen Chemieburger rauchten hinter ihm auf dem Grill. Als er Guineveres Klageschrei hörte, zuckte er zusammen. Er warf die Chemieburger auf zwei Teller, die er herausfordernd auf die Theke stellte.

Chimberley holte die Teller. Er machte sich nichts aus Chemieburgern – und aus verkohlten schon gar nichts. Aber Guinevere verschlang begeistert alle beide und bat ihn dann noch um ein Stück Chemiebeerenkuchen. „Der schmeckt himmlisch", sagte sie mit einem seelenvollen Augenaufschlag. „Er wird aus ambrosischen synthetischen Stoffen hergestellt – ein chemisches Exklusivverfahren, das unsere Firma entwickelt hat . . . Versuch ein Stück."

Als sie draußen auf der Straße zu einem Taxi gingen, runzelte der Fahrer feindselig die Stirn, aber er ließ sie einsteigen. „Sie soll sich zurücklehnen – damit die Leute sie nicht sehen. Ein Kollege hat gestern zwei von diesen Dingern irgendwohin gefahren, und da haben ihm ein paar Rowdys das Auto zertrümmert."

Guinevere lehnte sich folgsam zurück und schmiegte sich an Chimberley. Sie sagte nichts, aber er spürte, daß sie zitterte. Das Taxi fuhr schnell durch leere Straßen, und einmal, als es mit quietschenden Reifen um eine Ecke raste, griff Guinevere ängstlich nach der Hand ihres Begleiters.

„Sehen Sie das, Mister?“ Der Fahrer verlangsamte das Tempo, als sie an geschwärzten Ruinen vorbeikamen. „Das war einer von diesen mechanisierten Supermärkten. Der Mob hat ihn gestern in Brand gesteckt. Die Verkäuferinnen waren Maschinen. Wissen Sie jetzt, was ich meine?“

Chimberley schüttelte den Kopf. Guineveres Hand, die immer noch in der seinen lag, fühlte sich eiskalt an. Plötzlich legte er einen Arm um ihre Schultern. Sie drückte sich an ihn und flüsterte ängstlich: „Was meint er denn?“

„Ich weiß es nicht.“

Die Solarchemiefabrik sah unheimlich schwarz aus. Ein paar ausgefranste Palmen lehnten an dem Zaun, der das Gelände umgab. Ein scharfer, heftiger Geruch entströmte dem dunklen Meer der solaren Reaktorencontainer, und blaue Flutlichter erhellten die verstreuten Inseln, wo riesengroße helle Metallzylinder aus dem verflochtenen Dschungel aus Röhren und automatischen Schleusen ragten.

Chimberley sog den beißenden Geruch ein, und Stolz füllte seine schmale Brust. Dies war der großartige Körper, der zu Athena Sues kompliziertem Gehirn gehörte. Er atmete Luft ein, trank Meereswasser und ernährte sich vom Licht der Sonne. Und er gebar so wunderbare Dinge wie Guinevere.

Der Fahrer hielt vor einem großen Stahltor, und Chimberley stieg aus. Die Rowdys waren auch hier gewesen. Die Palmen entlang des Zauns waren zu schwarzen Stümpfen herabgebrannt. Steine hatten dunkle Löcher in das dreidimensionale Schild an der Wand des grauen Betongebäudes hinter dem Zaun gebohrt, und Glasscherben klirrten auf dem gepflasterten Weg, als er zum Tor ging.

Er drückte auf den Klingelknopf, aber hinter dem Tor rührte sich nichts. All die dunklen Solarreaktoren waren so konstruiert und gebaut worden, daß sie sich selbst in Gang hielten, und Athena Sue kontrollierte sie. Tausend Flüssigkeiten strömten unablässig durch tausend Röhren, um tausend neue synthetische Produkte herzustellen. Hier wären menschliche Arbeiter nur im Weg gewesen.

„Ihre allmächtige Maschine kennt Sie offenbar gar nicht", spottete der Fahrer hinter ihm.

Er drückte wieder auf den Klingelknopf, und ein Riese in einer Wächteruniform kam aus dem Gebäude und ging langsam auf das Tor zu. Chimberley reichte ihm durch die Zaunstäbe seine Identitätskarte, die ihn als Angestellten seiner Firma auswies, und erklärte, er wolle mit einem der Direktoren sprechen.

„Niemand da!" Der Wächter kicherte fröhlich. „Es sei denn, Sie begnügen sich mit dieser denkenden Maschine."

„Ich interessiere mich in erster Linie für den Computer. Wenn Sie mich bitte hineinlassen würden . . ."

„Das geht leider nicht, Sir."

„Hören Sie mal", fuhr Chimberley mit erhobener Stimme fort, „es ist sehr dringend. Ich muß den Computer sofort untersuchen."

„So dringend kann es nicht sein." Der Wächter schenkte ihm ein freundliches Grinsen. „Nach dem Wirbel gestern haben die Direktoren den Strom abgeschaltet, um Ihren Apparat zu stoppen."

„Aber sie können doch nicht . . ." Nacktes Entsetzen erfaßte Chimberley, als hätte man sein eigenes Gehirn des lebenswichtigen Sauerstoffs beraubt. „Ohne Strom werden sich ihre Transistoren entladen. Sie wird – sterben."

„Na und?" Der Wächter zuckte mit den Schultern. „Die Direktoren werden morgen früh mit den früheren Angestellten eine Konferenz abhalten und überlegen, wie sie das Ding am besten loswerden können."

„Aber bis dahin werde ich sie längst untersucht und ins Gleichgewicht gebracht haben", versprach Chimberley verzweifelt. „Lassen Sie mich hinein!"

„Tut mir leid, Sir. Aber nachdem das gestern passiert ist, hat man mir verboten, irgend jemanden hereinzulassen."

„Ich verstehe." Chimberley holte tief Atem und versuchte sich zu beherrschen. „Würden Sie mir bitte erzählen, was denn nun eigentlich passiert ist?“

„Wenn Sie das noch nicht wissen ...“ Der Wächter zwinkerte Guinevere zu, die immer noch im Fond des Taxis saß. „Ihr großes Blechgehirn hat klammheimlich diese synthetischen Sexbomben gebastelt. Gestern morgen hat es sie auf den Markt geworfen. Vom Standpunkt des Computers aus betrachtet, muß das ein vielversprechendes Geschäft gewesen sein. Eine Frau, wie sie sich jeder Mann wünscht, zu einem Schleuderpreis ... Aber Ihre Denkmaschine wird nie verstehen, warum der Mob versucht hat, sie zu zertrümmern.“

Chimberley ballte die Hände. „Rufen Sie die verantwortlichen Direktoren! Sofort! Ich bestehe darauf!“

„Bestehen Sie nur ...“ Der sonnengebräunte Riese zuckte mit den Schultern. „Aber seit der Computer die Firmenleitung übernommen hat, gibt es keine verantwortlichen Direktoren mehr. Was soll ich denn machen?“

„Sie könnten zumindest versuchen, weniger unverschämt zu sein!“ stieß Chimberley hervor. „Sagen Sie mir, wie Sie heißen! Ich werde mich morgen über Sie beschweren.“

„Matt Skane“, erwiderte der Mann gedehnt. „Ich war mal Generaldirektor.“

„Ich verstehe“, sagte Chimberley anklagend. „Sie hassen den Computer.“

„Warum auch nicht?“ Skane grinste durch die Gitterstäbe. „Ich habe sie jahrelang bekämpft – aber dann haben sie doch die Firmenleitung übernommen. Es ist nicht leicht, vor aller Welt zuzugeben, daß man hoffnungslos veraltet ist.“

Chimberley stieg wieder in das Taxi und bat den Fahrer, ihn zum Gran Desertio Hotel zu bringen. Der Empfangschef warf Guinevere einen eiskalten Blick zu und erklärte, man hätte kein Zimmer für Mr. Chimberley reservieren lassen. Ein anderer Taxifahrer meinte, der junge Mann könne sich das Leben einfacher machen und bestimmt ein Zimmer bekommen, wenn er Guinevere der Polizei übergäbe. Aber zu diesem Zeitpunkt hatte sich sein erster verwirrter Ärger bereits zu hartnäckiger Wut gesteigert.

„Ich verstehe die Menschheit nicht", sagte er zu Guinevere. „Sie sind nicht wie Maschinen. Manchmal frage ich mich, wie es ihnen jemals gelungen ist, einen so wunderbaren Apparat wie Athena Sue zu erfinden. Aber was immer sie auch tun werden – ich werde dich nicht im Stich lassen."

Der Tag war angebrochen, als er ein teures Zimmer in einem schäbigen kleinen Motel bekommen hatte, wo der schläfrige Empfangschef das Geld im voraus verlangte und keine Fragen stellte. Es war zu spät, um schlafen zu gehen, aber Chimberley duschte und rasierte sich.

Seine Brieftasche wurde immer dünner, und er überlegte, ob ihm die Abrechnungsmaschine alle Kosten ersetzen würde, die er Guineveres wegen bisher bestritten hatte. In aller Bescheidenheit fuhr er mit dem Bus zur Fabrik und stand um acht Uhr vor dem Tor, das nun geöffnet war. Aber ein bewaffneter Wachtposten vertrat ihm den Weg.

„Ich bin von General Cybernetics . . ." Nervös suchte er nach seiner Identitätskarte, aber der große Wächter winkte ab.

„Mr. Chimberley?"

„Ja, ich bin Chimberley. Und ich möchte unseren Managementcomputer inspizieren, bevor die Direktoren heute morgen ihre Konferenz abhalten."

„Matt Skane hat mir gesagt, daß Sie kommen würden, aber Sie sind leider zu spät dran." Der Wächter zeigte lässig auf eine Reihe von Autos, die auf der Auffahrt geparkt waren. „Die Direktoren sind schon vor einer Stunde eingetroffen. Aber Sie können ja hereinkommen."

Übelkeit stieg in ihm auf, als der Wächter ihn durch einen leeren Empfangsraum und in das träge Schweigen der mechanisierten Verwaltungsbüros führte. Eine schlanke, katzenhafte Brünette, die Guinevere bei der Miß Chemie-Wahl sicher Konkurrenz gemacht hatte, saß hinter dem Chromgeländer an der toten Programmierungstafel und strich karmesinroten Lack auf ihre Krallen. Sie hob den Kopf, und ein Funken von Interesse leuchtete in ihren Augen auf, der jedoch sofort wieder erlosch.

„Der große Macher von Schenectady“, sagte der Wächter. „Er will das Blechgehirn reparieren.“

„Da hätte er sich mehr beeilen müssen.“ Sie bog die Finger und starrte kritisch auf den frischen Nagellack. „Ich habe gerade gehört, daß sie das Blechgehirn rauswerfen wollen. Wird auch höchste Zeit, wenn Sie mich fragen.“

„Warum?“ flüsterte Chimberley.

„Haben Sie diese Dinger denn nicht gesehen?“ Sie blies auf ihre Nägel. „Diese schrecklichen synthetischen Monstren, die der Computer überall losgelassen hat.“

Er sagte sich, daß sie wahrscheinlich mit kläglichem Erfolg an der Mißwahl teilgenommen hatte. „Trotzdem“, entgegnete er eigensinnig. „Ich will Athena Sue untersuchen.“

Sie nickte gelangweilt und sperrte das kleine Gatter auf, durch das er in den metallgetäfelten, klimatisierten Dschungel gelangte, in dem einst Athena Sue gehaust hatte. Er blieb zwischen den schimmernden, mit Pastellfarben bemalten Metallteilen stehen, traurig über ihr Schweigen. Nun sollten rings um ihn die erregenden Flüstertöne mechanisierten Denkens ertönen. Lochkarten sollten durch die surrenden Sortiergeräte gleiten. Perforiermaschinen sollten Chemiebänder lochen, während Athena Sue neue Daten speicherte. Relais sollten klicken, wenn sie ihre raschen Entscheidungen traf, automatische Schreibmaschinen müßten vielstimmig klirren.

Aber Athena Sue war tot.

Man könnte sie wiederbeleben, sagte er sich hoffnungsvoll. Ihre permanenten Erinnerungen waren immer noch intakt, auf chemischen Filmbändern gespeichert. Er könnte ihren schnellen elektronischen Pulsschlag wieder in Gang setzen, ihre leeren Transistoren laden – wenn er nur diesen unmöglichen Defekt finden würde, der zu ihrem Tod geführt hatte.

Er begann zu arbeiten.

Drei Stunden später beugte er sich über einen Monitor, auf dem ein Filmband ablief, als ihn eine dröhnende Stimme zusammenzucken ließ.

„Na, Chimberley? Haben Sie was gefunden?“

Er riß die Filmspule aus dem Gerät und wich unbehaglich zurück, als der Riese an der Programmierungstafel vorbeiging. Es dauerte eine Weile, bis er Matt Skane erkannte, der jetzt keine Wächteruniform mehr trug. Er umklammerte die Filmspule und nickte. Dann blickte er sich um. Die üppige Brünette und der Wachtposten waren verschwunden. Chimberley fuhr sich mit der Zunge über die Lippen und schluckte. „Ich – ich habe herausgefunden, was mit dem Computer passiert ist."

„So?" Skane wartete, stand hoch aufgerichtet vor ihm, ein großer Mann mit roten, verwitterten Wangen und kräftigen Händen die sicher gut mit Hämmern und Pflügen umgehen konnten, ein ungeschickter Außenseiter in dieser neuen Welt, wo die Maschinen sowohl die Muskeln als auch den Verstand des Menschen ersetzt hatten. Er war veraltet – aber gefährlich.

„Es war ein Sabotageakt." Chimberleys knorrige Hände umklammerten die Filmspule noch fester, in wütendem Trotz.

„Wieso wissen Sie das?"

„Hier ist die ganze Geschichte." Er schwang die chemische Filmrolle hoch. „Irgend jemand hat Athena Sue so programmiert, daß sie ein Projekt ausarbeiten würde, das zu ihrer Vernichtung führen mußte. Da sie ein tüchtiger Computer war, tat sie, was man von ihr verlangte. Sie erfand lebendige Apparate und sagte richtig voraus, daß die unzufriedene Reaktion der Konsumenten die mechanisierte Industrie in Mißkredit bringen würde. Aber der Saboteur hatte sie so programmiert, daß sie die Konsequenzen ignorieren und Guinevere herstellen würde."

„Ich verstehe." Skanes hellblaue Augen verengten sich drohend. „Und wer ist dieser raffinierte Saboteur?"

Chimberley schnappte keuchend nach Luft. „Es muß jemand sein, der Zugang zu den Programmierungstafeln hatte – zu gewissen Zeiten, die auf dieser Spule gespeichert sind. Soweit ich es feststellen konnte, war der einzige Firmenangestellte, der sich zu jenem Zeitpunkt hier aufgehalten hat, ein Wachtposten namens Matt."

Der große Mann grinste verächtlich. „Betrachten Sie das als ausreichenden Beweis?"

„Mir genügt es. Und wenn ich meine Nachforschungen fortsetze, kann ich vermutlich weitere Beweisstücke finden, für die sich auch die Direktoren interessieren werden.“

Skanes Lippen zuckten. „Die Direktoren sind gegangen“, sagte er leise und gedehnt. „Und Sie können sich weitere Nachforschungen ersparen. Weil wir nämlich bereits zum menschlichen Management zurückgekehrt sind. Wir werfen Ihr großes Blechgehirn raus. Ich bin jetzt wieder Generaldirektor, und ich will diese Spule haben.“ Er griff nach der chemischen Spule.

„Nehmen Sie sie doch!“ Chimberley wich vor dem muskulösen bronzebraunen Arm zurück. Voller Verachtung warf er Skane die Spule zu. „Sie wird Ihnen nicht viel nützen. Vielleicht kann ich ohne dieses Band nicht viel beweisen. Aber Sie werden trotzdem Ärger bekommen.“

Skane grinste hämisch.

„Sie können die Uhr nicht zurückdrehen“, sagte Chimberley bitter. „Ihre Konkurrenten werden nämlich nicht zum menschlichen Management zurückkehren. Sie müssen immer noch gegen all ihre Computer ankämpfen. Die Maschinen haben Sie schon einmal an die Wand gedrückt, und das werden sie wieder tun.“

„Darauf würde ich mich an Ihrer Stelle nicht verlassen“, entgegnete Skane. „Weil wir nämlich einiges dazugelernt haben. Wir werden die Maschinen benutzen, statt sie zu bekämpfen. Wir werden eine neue Batterie von kleineren Hilfscomputern installieren lassen – Computer, die nichts dagegen haben, daß ein Mensch an ihrer Spitze steht. Ich glaube, wir werden es schaffen – auch ohne Ihre Unterstützung.“

Chimberley zuckte zurück, als ihn die glühenden blauen Augen zu durchbohren schienen. Er fühlte sich gedemütigt, und ihm war elend zumute. Seine eigene Zukunft stellte kein ernsthaftes Problem dar. Ein guter Kybernetik-Ingenieur würde immer Arbeit finden. Aber es schmerzte ihn, daß er Athena Sue nicht retten konnte.

Und in seinem Zimmer wartete Guinevere auf ihn. Er hob die schmalen Schultern, als er an sie dachte. Die meisten Frauen ärgerten und langweilten ihn mit ihren phantastischen irrationalen Gedankengängen und ihrer unerträglichen Dummheit. Aber Guinevere war anders. Sie war wie Athena Sue – kühl und begreiflich, frei von all den menschlichen Schwächen, die er verabscheute.

Er lief von der Bushaltestelle zurück zu dem schäbigen Motel, und sein Herz schlug schneller, als er an die Zimmertür klopfte. „Guinevere!"

Er lauschte atemlos. Der Riegel klickte, die Tür knarrte, und dann hörte er ihre heisere, gutturale Stimme.

„O Pip! Ich dachte schon, du würdest nie mehr wiederkommen."

„Guin . . ."

Entsetzt brach er ab und starrte die Frau an, die im Türrahmen stand. Sie war alt und häßlich, tastete mit blaugeäderten Händen nach ihm, ihre halbblinden Augen irrten suchend umher.

„Pip?" Ihre Stimme erinnerte ihn irgendwie an Guinevere. „Ist das denn nicht Pip?"

„Oh . . ." Angst schnürte ihm die Kehle zu. Sein Blick wanderte in das leere Zimmer hinter der häßlichen Gestalt, kehrte zurück zu ihren gebeugten Schultern, zu ihrem faltigen Gesicht. Er entdeckte eine schreckliche Ähnlichkeit in ihren Zügen, aber sein Verstand wehrte sich dagegen. „Wo ist Guinevere?"

„Liebling, kennst du mich nicht mehr?"

„Du kannst nicht – Guinevere sein." Er erschauerte. „Aber – deine Stimme . . ."

„Ja, Liebling, ich bin es, und ich gehöre dir." Der weißhaarige Kopf nickte langsam. „Ich bin der lebendige Apparat, den du gestern abend gekauft hast. Guinevere-Modell 1, Seriennummer 1997-A-456."

Kraftlos hielt er sich am Türrahmen fest.

„Der Unterschied, den du jetzt feststellst, ist darauf zurückzuführen, daß wir schon wieder veraltet sind." In seltsamem Stolz lächelte sie ihn an. „Darüber dürfen wir eigentlich nicht reden – aber du bist ein Ingenieur. Du verstehst doch, daß es wichtig ist, für ständige Nachfrage zu sorgen. Eine großartige Verkaufstaktik, findest du nicht auch, Liebling?"

Er schüttelte verzweifelt den Kopf.

„Ich weiß, daß du mich jetzt nicht mehr schön findest", fuhr sie fort, „aber das ist so. Genauso hat es der Computer geplant. Bring mich einfach zu dem Automaten zurück, wo du mich gekauft hast. Er wird mich zurücknehmen und dir das morgige Modell zum halben Preis überlassen."

„Das ist nicht mehr möglich", flüsterte er. „Unser Computer existiert nämlich nicht mehr. Skane ist wieder Generaldirektor, und ich glaube nicht, daß er lebendige Apparate produzieren wird."

„O Pip!" Sie ging in das Zimmer zurück und sank auf das durchhängende Bett. Verwirrt starrte sie ihn an. „Du tust mir schrecklich leid."

Er setzte sich neben sie, mit Tränen in den dunklen Augen. Für einen bitteren Moment haßte er alle Computer und alle Menschen – und insbesondere Matt Skane.

Aber dann hatte er seine Gefühle wieder unter Kontrolle.

Immerhin konnte man Athena Sue keine Schuld geben. Man hatte sie betrogen und verraten. Maschinen waren niemals böse – es sei denn, die Menschen benutzten sie auf falsche Weise.

Langsam wandte er sich Guinevere zu und küßte sie auf die dünnen, faltigen Lippen.

„Irgendwann werde ich das alles verstehen", flüsterte er. „Und jetzt muß ich Schenectady anrufen."

Das Pfadfindertreffen

Der Pfadfinderführer rutschte auf schwarzen Plastikrädern in das Camp. Seine glatte gelbe Kapuze schimmerte im Licht des frühen Morgens wie Insektenflügel. Er blieb im Eingang stehen und lauschte, um festzustellen, ob schon einige Jungen wach waren. Dann begannen die starren Augen zu kreisen, schossen rote Strahlen in alle Ecken, um herauszufinden, ob vielleicht ein Junge sein Bett verlassen hatte.

„Aufstehen und lächeln!" Seine laute Stimme hallte von den grauen Eisenwänden wider. „Fuchstruppe! Aufstehen und lächeln! Macht dem alten Papa Freude! Mutter sagt, daß heute Pfadfindertreffen ist!"

Die Schnuller-Patrouille gleich neben dem Eingang bestand vorwiegend aus Anfängern, die noch in ihren automatischen Kinderwagen lagen. Sie begannen alle zu brüllen, weil sie noch nicht gelernt hatten, den alten Papa zu lieben. Die glückliche Stimme des Roboters übertönte das Geschrei, und er glitt rasch den schmalen Korridor hinab, zu den Betten der Anthrax-Patrouille. „Macht dem alten Papa Freude! Mutter sagt, daß heute Pfadfindertreffen ist!"

Die Jungs sprangen aus ihren Betten und quietschten vor Begeisterung. Wenn Pfadfindertreffen war, durften sie sich glänzende goldene Sterne auf die Gesichter kleben, Pfadfindertreffen – das bedeutete einen Becher rosa Eismilch und vielleicht einen echten Apfel. Pfadfindertreffen – das war ein Besuch bei Mutter.

Die älteren Pfadfinder von der Aasgeier-Patrouille und der Schädel-Patrouille machten nicht so viel Lärm, weil sie wußten, daß Mutter nicht mehr viele Pfadfindertreffen veranstalten würde. Am Ende des Camps setzten sich drei Jungs lautlos auf und blickten auf Joeys leeres Bett.

„Joey ist zu spät dran", wisperte Ratbait. Er war ein blasser, magerer Pfadfinder mit klugen Augen, der für einen Zwölfjährigen iel zu alt aussah. „Wir hätten seine Haut retten müssen. Wir hätten eine Attrappe ins Bett legen und den alten Papa zum Narren halten sollen."

„O Gott!" flüsterte Butch. „Er wird uns allen die Hölle heiß machen."

„Aber wir sollten . . .", stammelte Blinkie. „Wir – sollten Joey helfen . . ."

Ratbait begann ein Kissen zu einem Kopf zu formen, sank aber sofort wieder in sein Bett zurück, als er den Pfadfinderführer in Windeseile herangleiten sah. Die Lichtstrahlen roter Lampen huschten über das leere Bett hinweg.

„Aber, aber, ihr Pfadfinder!" Die Stimme flatterte wie ein verwundetes Vögelchen. „Ihr dürft den armen alten Papa doch nicht zum Narren halten. Heute nicht. Wir werden noch zu spät zum Pfadfindertreffen kommen."

Ratbait spürte, wie ihm eine Stahlpeitsche die Decke vom Kopf zog, und dann drang das grelle rote Licht durch seine fest zusammengekniffenen Lider.

„Wach lieber auf, Pfadfinder R-8." Die traurige, sanfte Stimme träufelte auf ihn herab wie warmes Öl. „Und sag dem alten Papa, wo J-O ist."

Er krümmte sich unter dem schrecklichen, blendenden Licht. Er konnte nichts sehen, und er konnte nicht atmen, und er wußte nicht, was er sagen sollte. Er schluckte, weil ein schmerzhafter Kloß in seiner Kehle saß, und versuchte den Kopf zu schütteln. Schließlich wanderte der rote Lichtstrahl zu Blinkie.

„Pfadfinder Q-2, du hast zwanzig Leistungspunkte." Die leise, milde Stimme schien wie ein freundliches Hündchen über Blinkies Wangen zu lecken. „Du willst doch dem alten Papa helfen, das Camp sauber zu halten – Mutter zuliebe. Du wirst uns sagen, wohin J-O gegangen ist."

Blinkie war ein dicker Junge. Sein rundes Gesicht war kreidebleich, und sein Bett war naß geworden. Er richtete sich auf und wich den Stahlpeitschen aus, die über ihm schwebten.

„B-b-bitte – n-n-nicht . . ." stotterte er, dann versagte seine

Stimme, und er konnte der gleißenden Peitsche nicht ausweichen, die sich um ihn schlang und ihn hochzog zu dem Summen, zu dem heißen Ölgeruch von Papas gelber Kapuze.

„Nun, Pfadfinder Q-2?"

Blinkie schnappte nach Luft und stotterte, und schließlich brach er kraftlos auf den Plastikrädern zusammen. Die glänzenden Windungen der Peitsche umgab ihn wie eine dünne Schlange, zogen sich immer enger zusammen. Pfeifend drang der Atem aus seiner engen Kehle, sein dicker Arm schnellte hoch und zeigte auf ein schwarzes Schild an der Wand.

‚Gefahr!' stand darauf. ‚Zugang zur Energiequelle! Nur für Roboter!'

Die Peitsche schleuderte ihn zurück auf das nasse Bett. Keuchend und blinzelnd lag er da und zitterte immer noch, obwohl die Peitsche schon verschwunden war. Die Augen des Pfadfinderführers richteten sich blinkend auf das Schild und die quadratische Gittertür darunter, dann kehrten sie zu Butch zurück.

Butch war ein schwerfälliger, untersetzter Junge mit winzigen, vorquellenden Knopfaugen und jung genug, um von einem Pfadfindertreffen wiederzukommen. Er hatte sich immer vor Papa gefürchtet, aber er wollte Joeys Nachfolger werden – der Anführer der Schädel-Patrouille. Und jetzt wollte er seine Chance nützen.

„Schlag mich nicht, Papa!" kreischte er, und sein Gesicht lief hochrot an. Er kletterte aus dem Bett, ohne auf die Peitsche zu warten. „Ich werde dir von Joey erzählen. Ich wollte es schon die ganze Zeit tun. Aber ich hatte Angst, daß sie mich verprügeln würden."

„Braver Junge!" Die Stimme des Pfadfinderführers schwoll an wie eine große Seifenblase, die in der Sonne zerplatzt. „Mutter will alles über den Pfadfinder J-O wissen."

„Er spioniert immer vor dieser Gittertür herum . . ." Die Worte erstarben ihm auf den bebenden Lippen, als er Ratbaits Gesicht sah, aber als er sich wieder zu Papa umwandte, sprach er tapfer weiter. „Das macht er jede Nacht. Schon seit drei Pfadfindertreffen. Er kriecht in die Gruben hinab, wo die Roboter arbeiten. Ich weiß nicht, warum. Vielleicht trifft er sich da unten mit jemandem. Und dann bringt er Sachen zurück. Sachen, die er nicht haben sollte. Zum Beispiel so was ... ." Er fummelte an seiner Uniform herum und zog einen Metallstift hervor.

„Heute hast du einen guten Tag, Pfadfinder X-6." Ein dünnes Peitschenende umklammerte den Stab und hielt ihn dicht vor die heißen roten Lampen. „Wem gehört dieser Stift?"

„Schau doch auf die Nummer . . ." Wieder versagte Butchs Stimme, als er sah, wie sich Ratbaits Lippen lautlos bewegten.

Und dann fragte Ratbait: „Was ist denn schon dran an einem ID-Stift? Und überhaupt – was hast du in Joeys Bett gemacht?"

„Seltsam . . ." Butch wich seinem Blick aus und blinzelte Papa an. „Eine Mädchennummer."

Das stumme Entsetzen über diese Enthüllung schien von den Eisenwänden widerzuhallen, noch lauter als die dröhnende Stimme des alten Papas. Die meisten Pfadfinder hatten noch nie ein Mädchen gesehen. Nach einer langen Weile begann es in den Betten weiter unten bei der Tür zu flüstern und zu kichern.

„Sch!" zischte Papa wie eine heiße Dampfwolke. „Nun können wir alle was Gutes für Mutter tun. Und wir werden dem Pfadfinder J-O einen kleinen Streich spielen. Er wußte nicht, daß heute Pfadfindertreffen ist, aber er wird es herausfinden." Papa lachte wie eine schwere, scheppernde Eisenkette. „Zurück in die Betten! Lautlos wie Roboter!"

Papa rutschte zu der Wand neben der Gittertür, die zur Energiequelle hinabführte, und die Jungen legten sich in ihren Betten zurück. Ratbait hatte tief Luft geholt, um einen warnenden Schrei auszustoßen, aber er sah, daß Butchs Knopfaugen ihn beobachteten. Papas Summen verstummte, und sogar die Kleinen in ihren Kinderwagen waren so still wie Roboter.

Ratbait hörte die Gittertür knarren. Er erblickte Joeys Kopf mit dem zerzausten gelben Haar, voller Öl und Staub. Er runzelte die Stirn, schüttelte den Kopf und sah, daß Joeys himmelblaue Augen ganz groß und rund wurden.

Joey versuchte zurückzuweichen, aber die blitzschnelle Peitsche schlang sich um seinen Hals. Sie zerrte ihn aus dem quadratischen

Loch, zog ihn wie eine Marionette hoch, dicht vor die Augen des alten Papas.

„Nun, Pfadfinder J-O!“ Papa lachte wie eine dicke ölige Blase. „Mutter will wissen, wo du warst.“

Joey fiel aufs Gesicht, als ihn die Peitschenwindungen losließen, rappelte sich aber sofort wieder auf.

Er schenkte Ratbait ein bleiches Grinsen, bevor er zu Papa aufsah, aber er sagte nichts.

„Sag dem alten Papa lieber die Wahrheit.“ Die glatte Peitsche zog sich zurück wie eine dünne Schlange, die zum Schlag ausholte. „Sonst werde ich dich bestrafen müssen, Pfadfinder J-O.“

Joey schüttelte den Kopf, und die Peitsche schlug zu. Er sagte immer noch nichts. Er schrie nicht einmal. Aber irgend etwas fiel aus seiner zerrissenen Uniform. Die Peitschenspitze riß es vom Boden hoch.

„Was ist denn das für ein Ding, Pfadfinder J-O?“ Die Peitschenfinger drehten es geschickt vor den wütenden Augen hin und her und ließen es beinahe wieder fallen. „Pfadfinder J-O, das ist ja ein Buch!“

Stille senkte sich über das eiserne Camp.

„Pfadfinder J-O, du hast ein Buch gestohlen.“ Papas schockierte Stimme ging in ein fast tonloses Summen über, als er staunend den Titel las. „‚Das Maschinistenhandbuch, Nuklear-Reaktor, Seriennummer 9-Z.‘“

Schweigende Angstfunken knisterten durch das Camp. Zwei oder drei Babys begannen in ihren Kinderwagen zu schluchzen. Als sie alle wieder still waren, räusperte sich der alte Papa mit einem unheimlichen Zischen.

„Pfadfinder J-O, wozu brauchst du ein Buch?“

Joey schluckte und biß sich auf die Unterlippe, bis Blut auf sein Kinn rann, aber er gab keinen Laut von sich. Der alte Papa glitt dichter an ihn heran, während die emsigen Peitschenarme das Buch in einem dunklen Kästchen unter dem gelben Kapuzenumhang verstauten.

„Das wird Mutter aber gar nicht gefallen.“ Jedes Wort klirrte wie hartes Eisen, das auf Eisen stieß. „Bücher sind nichts für Jungen. Bücher sind nur für die Roboter da. Weißt du das denn nicht?“

Joey schwieg.

„Das tut mir sehr weh, Pfadfinder J-O.“ Papas Stimme wurde nun ganz sanft, und die leisen Worte flossen wie Tränen tiefer Trauer dahin. „Und deiner armen Mutter tut es auch weh. Mehr, als dir irgend etwas weh tun könnte.“

Die Peitsche schlug zu, immer wieder. Schließlich hob sie den Jungen hoch, schüttelte ihn und warf ihn wie einen rotgefärbten Fetzen auf den Boden. Der alte Papa wich zornig zurück und wirbelte dann herum.

„Fuchstruppe aufstehen und lächeln!“ Die dröhnende Stimme klang wieder fröhlich, als ob er Joey vergessen hätte. „Macht dem alten Papa Freude! Heute ist Pfadfindertreffen, und wir werden Mutter besuchen. Fertigmachen zum Abmarsch!“

Aufgeregtes Geschrei klang in allen Betten auf, bis die Anführer den Störenfrieden drohten, sie dürften nicht mitkommen. Aber schließlich führte der alte Papa die Truppe aus dem Camp und den gepflasterten Weg entlang zu Mutter. Joey humpelte, konnte sich kaum rühren vor Schmerzen, aber er biß die Zähne zusammen und hielt seine Stellung an der Spitze seiner Patrouille.

Während sie durch das Territorium marschierten, kamen sie an den verstreuten Camps vorbei, deren Pfadfindertreffen an anderen Tagen stattfanden. Ein paar Pfadfinder waren mit ihren Anführern unterwegs, aber niemand winkte ihnen, niemand gönnte ihnen auch nur einen Blick.

Die Frühlingssonne schien heiß herab, und Papa rollte viel zu schnell für die kleineren Jungen. Einige begannen zu wimmern und stolperten aus der Reihe. Papa glitt zurück, um ihnen zu erklären, daß Mutter ihnen keine goldene Sterne geben würde, wenn sie zu spät zum Pfadfindertreffen kämen. Als Papa wieder nach vorn gerollt war, sah Joey seinen Freund Ratbait an und nickte.

„Ich verschwinde“, flüsterte er. „Ich gehe wieder in die Grube . . .“

Butch trat aus der Reihe und wandte den Kopf, um zu lauschen. Ratbait schob ihn aus dem Weg.

„Wir müssen uns retten“, wisperte Joey. „Wir müssen etwas tun – jetzt gleich. Denn das wird für viele von uns das letzte Pfadfindertreffen sein. Wir werden keine andere Chance mehr bekommen.“

Butch drückte sich keuchend an den Wegrand und versuchte zu lauschen, aber Blinkie kam ihm in die Quere.

„Was soll das alles?" flüsterte Ratbait. „Was hast du vor?"

„Es steht alles in dem Buch", sagte Joey. „Irgend etwas, das als ‚manuelle Übernahme' bezeichnet wird ... Da unten gibt es einen verstaubten Baum – genau unterhalb von Mutter, hinter einem Schild mit der Aufschrift ‚Nur für Menschen'. Zwei rote Knöpfe ... Zwei große Schalthebel ... Und eine Glaswand dazwischen ... Man muß es zu zweit tun."

„Aber wer soll das machen? Einer von uns?"

Joey schüttelte den Kopf und wartete, bis Blinkie seinen Ellbogen in Butchs Arm gerammt hatte. „Ich habe eine Freundin – wir haben unten in der Grube zusammen gearbeitet. Wir haben die Roboter beobachtet, die Bücher gelesen und gelernt, was wir tun müssen ..."

Er warf einen Blick zurück. Blinkie schubste Butch hin und her, um ihn abzulenken, aber nun kam der Pfadfinderführer klirrend von der Nachhut zurück und dröhnte heiter: „Macht Papa Freude!"

„Und wie willst du das machen?" fragte Ratbait, atemlos vor Angst. „Jetzt, da die Roboter genau aufpassen werden ..."

„Es gibt da unten einen Hintereingang", wisperte Joey. „Einen Tunnel in den Kanalanlagen. Heißes Wasser, das aus dem Reaktor strömt ... Er führt unter der Black Creek-Brücke ins Freie. Meine Freundin wird da sein. Wenn ich von diesem Ende der Brücke hinunterspringen kann ..."

„He, Papa!" kreischte Butch. „Ratbait redet! Und Blinkie schubst mich! Und Joey hat irgendwas Böses vor!"

„Braver Junge, Pfadfinder X-6!" Papa glitt neben ihn. „Mutter will immer genau wissen, was für Streiche sie uns spielen wollen."

Als Papa wieder an die Spitze der Truppe rutschte, wollte Ratbait fragen, was geschehen würde, wenn Joey und seine Freundin auf die zwei roten Knöpfe drückten und die beiden Schalthebel betätigten. Aber Butch blieb so dicht an seiner Seite, daß er nicht sprechen konnte. Er nahm an, daß es irgend etwas mit dem Reaktor zu tun hatte. Die Energie war lebensnotwendig für Mutter und die Roboter. Wenn Joey die Energiezufuhr unterbrach ...

Würden sie sterben? Der Gedanke jagte ihm Angst ein. Wenn die Kinderwagen nicht mehr mit Energie versorgt wurden, wer würde sich um die Babys kümmern? Wer würde den Jungen sagen, was zu tun war? Vielleicht würden ihnen die Bücher helfen. Vielleicht wußten Joey und seine Freundin Bescheid.

Papa glitt schnell an der Spitze voran, und sie kletterten einen langen Hang hinauf. Dann kam Mutter in Sicht. Alte, graue, fensterlose Mauern . . . Zwei hohe Stapel aus graubraunen Ziegeln . . . Ein Hitzeschimmer am blassen Himmel . . .

Nun führte der Pfad bergab. Ratbait sah ein welliges Band aus grünen Büschen, das sich am Ufer des Black Creek entlangzog, dann sah er die Betonbrücke. Er merkte, daß Butch den hinkenden Joey beobachtete, lauschte auf Blinkies Keuchen und überlegte, wie er seinem Freund helfen könnte.

Die kleinen Jungen blieben winselnd stehen, als sie Mutters mysteriöse Mauern und Ziegelhaufen sahen, und die Truppe marschierte rasch den Hügel hinab. Ratbait trottete dahin und starrte auf den gelben Sonnenschein, der sich gleißend in Papas Kapuze spiegelte.

„Ich hab's!" flüsterte der atemlose Blinkie dicht an seinem Ohr. „Ich kümmere mich um Papa."

„Du?" Ratbait runzelte die Stirn. „Du hast Joey doch verraten."

„Deshalb will ich es ja tun", stieß Blinkie keuchend hervor. „Um das wiedergutzumachen."

Sie erreichten die Brücke, und Papa begann hinüberzugleiten.

„Warte, Papa!" Blinkie sprang aus der Reihe und rannte auf die Sträucher am Hang über dem Weg zu. „Ich habe ein Mädchen gesehen! Es versteckt sich da droben im Gebüsch, um uns Jungs zu beobachten!"

Papa verließ mit lautem Surren die Brücke. „Ein Mädchen im Jungenterritorium!" Seine schockierte Stimme überschüttete sie wie ein kalter Regenguß. „Was wird Mutter dazu sagen?"

Schwarzer Kies wirbelte neben den Rädern auf, als er an Blinkie vorbeischoß und sich ins Gebüsch warf.

„Hör zu, Papa!" Butch rannte ihm nach, winkend und schreiend. „Da ist gar kein Mädchen . . ."

Ratbait folgte ihm, stellte ihm ein Bein, dann drehte er sich um, wollte Joey ein Zeichen geben. Aber Joey war bereits verschwunden. Irgend etwas planschte unter der Brücke, und Ratbait sah einen strohblonden Kopf im Strom, der aus einer schwarzen Tunnelöffnung flutete.

„Papa! Papa!" Butch spuckte Kieselsteine aus und hüpfte auf dem gepflasterten Weg auf und ab. „Komm zurück, Papa! Joey ist in den Bach gesprungen! Und Ratbait und Blinkie haben ihm zur Flucht verholfen!"

Der Pfadfinderführer rutschte den Hang herab und schwang die leeren Peitschenarme. Er schlitterte über den Weg, die Böschung hinab zum heißen Bach. Die gelbe Kapuze tauchte in den Fluten unter.

„Du verdammte Petze!" Blinkie ballte die fetten Hände. „Du hast Joey verraten!"

„Ihr werdet euch schon noch wundern!" Butch kniff die Knopfaugen zusammen und wich vor den dicken Fäusten zurück. „Wartet nur, bis Papa zurückkommt!"

Sie warteten. Die müden Kleinkinder setzten sich an den Wegrand, und die Babys begannen in ihren heißen Wägelchen zu plärren. Der keuchende Blinkie drückte sich an Butch. Ratbait starrte in den Bach, bis Papa aus dem Tunnel schwamm.

Die Peitschenarme waren um zwei kleine Bündel gewickelt, von denen rosa Wasser tropfte. Sie rollten auseinander und ließen Joey und seine Freundin auf den Pflasterweg fallen. Sie blieben liegen wie Fetzenpuppen, aber die Peitschen stellten sie auf die Beine.

„Was sagt ihr dazu, Pfadfinder?" Papas Lachen klang wie klirrendes Metall. „Da haben wir doch tatsächlich ein echtes lebendiges Mädchen gefangen."

Sie schüttelte das Wasser aus ihrem sandfarbenen Haar. Als die Peitschenarme sie losließen, stand sie hoch aufgerichtet da und starrte in Papas grelle rote Lampen. Sie war sehr groß für eine Zwölfjährige.

Joey wurde übel, als ihn die Peitschen freigaben. Er beugte sich über das Brückengeländer, um sich zu erbrechen, dann humpelte er zu dem Mädchen zurück. Sie faßten sich an den Händen und lächelten sich an, als wären sie ganz allein auf der Welt.

„Ratbait hat mir ein Bein gestellt, Papa." Butch hatte seinen Mut wiedergefunden, drehte Blinkie eine lange Nase und lief auf die Maschine zu. „Sie haben mich daran gehindert, dir zu sagen, daß . . ."

„Wir werden sie Mutter übergeben", sang Papa glücklich. „Sollen sie doch versuchen, ihr dumme Streiche zu spielen!" Er glitt auf die Brücke zu, und die Peitschenarme schoben Joey und das Mädchen vor den quietschenden Rädern her. „So, und jetzt geht mit Papa zum Pfadfindertreffen!"

Sie stiegen den letzten Hang hinauf, zu einem hohen Eisentor, das in Mutters alte graue Mauer eingelassen war. Die Böden dahinter waren aus nacktem Stahl und bebten, erschüttert von der Maschinerie, die darunter auf vollen Touren lief. Im Gänsemarsch betraten sie einen halbdunklen runden Raum, dessen Wände das Echo von Papas harten, quietschenden Rädern zurückwarfen.

„Fuchstruppe, nun haben wir uns zum Pfadfindertreffen versammelt!" Papas fröhliche Stimme hallte hohl von der geschwungenen Stahlwand wider, und seine roten Lichter spiegelten sich tanzend im glatten Metall. „Mutter möchte, daß ihr wißt, warum wir jedes Jahr dieses glückliche Jubiläum feiern."

Die Maschine rollte in einen großen schwarzen Kreis in der Mitte des Bodens. Irgend etwas pochte tief unten wie ein monströses Herz, und Ratbait sah, daß der Kreis die Spitze eines riesigen schwarzen Stahlkolbens war. Das Pochen verstummte, und Papas Augen blitzten die Kleinkinder der Anthrax-Patrouille an, um das ehrfürchtige Gemurmel zum Schweigen zu bringen.

„Früher gab es keine Mutter." Das Entsetzen über die Enthüllung rief lautes Geschrei hervor, das jedoch bald verklang. „Es gab kein jährliches Pfadfindertreffen. Es gab auch keinen Papa, der für kleine Jungs sorgte und sie liebte."

Die Kleinkinder wagten nicht zu flüstern, aber sie traten unbehaglich von einem Bein aufs andere.

„Ihr werdet es nicht glauben, wie die Babys hergestellt werden." Atemlose Stille folgte diesen Worten. „In jenen schlimmen alten Tagen durften Jungs und Mädchen miteinander spielen wie primitive Insekten. Sie verwandelten sich mit der Zeit in Wesen, die als

Erwachsene bezeichnet wurden.“ Die Peitschenarme wanden sich, und die roten Lampen gleißten, und die schwarzen Räder kreischten auf der stählernen Platte. „Erwachsene!“ Papa spie das Wort verächtlich aus. „Sie funktionierten nicht richtig, wurden immer schwächer, bis sie zugrundegingen. Ihre fehlerhaften Gedankengänge waren so programmiert, daß sie einander Schaden zufügten. Solche Fehlfunktionen wurden zum Beispiel als Kriege bezeichnet. Systematisch zerstörten sie einander. Aber ihre schlimmste Fehlfunktion bestand darin, daß sie neue Babys herstellten.“

Papa drehte sich langsam auf der Stahlplatte und streifte seine schweigende Truppe mit blutroten Lichtstrahlen, die auf Joey und seiner Freundin haften blieben. Alle Pfadfinder außer Ratbait und Blinkie waren vor den beiden zurückgewichen. Das Gesicht des Mädchens war blaß und verzweifelt, und sie flüsterte etwas in Joeys Ohr. Er hörte ihr zu, einen Arm um ihre Schultern gelegt, und starrte Papa mit gerunzelter Stirn an.

„Früher haben die Erwachsenen Babys hergestellt, so seltsam euch das auch erscheinen mag. Sie bedienten sich eines unheimlichen natürlichen Prozesses, auf den wir hier nicht näher eingehen wollen. Schließlich funktionierte dieser Prozeß nicht mehr, weil sie ihre Gene in einem Krieg zerstört hatten. Die letzten Erwachsenen konnten keine neuen Jungen und Mädchen mehr produzieren.“

Die roten Strahlen schnellten umher und ließen eine Gruppe von Kleinkindern vor Angst erstarren.

„Und deshalb haben wir unsere Mutter, Fuchstruppe! Sie sammelt unbeschädigte Gene, baut aus ihnen Zellen auf, die sie dann zu ganzen Jungen und Mädchen zusammensetzt. Das tut sie schon seit sehr langer Zeit. Darum haben wir die Pfadfindertreffen veranstaltet – um die Welt mit wohlgestalteten Jungs und Mädchen wie euch zu bevölkern, euch während der besten Zeit eures Lebens glücklich zu machen. Sogar jene alten Erwachsenen pflegten zu sagen, daß die Kindheit ihre schönste Zeit war. So, Pfadfinder, und jetzt spendet Beifall, zu Ehren des Pfadfindertreffens!“

Die Jungs klatschten, und die hohe Eisendecke warf das Echo des Applauses wie einen Hagelschauer zurück.

„Und jetzt sind jene bösen Zeiten für immer vorbei, Pfadfinder", blubberte Papa glücklich. „Mutter hat ein hübsches, gemütliches Plätzchen für jeden von euch, und Papa wird euch beschützen, und ihr werdet nie erwachsen sein . . ."

„Papa! Papa!" kreischte Butch. „Schau, was Joey und sein Mädchen machen!"

Papa wirbelte herum auf der stählernen Plattform. Seine blendenden Strahlen folgten Joey und dem Mädchen, die auf einen hellen Spalt zuliefen, auf die Tür zu, die sich geöffnet hatte, um den letzten Kinderwagen einzulassen.

„Wacht auf, Jungs!" Joeys Ruf hallte zitternd von den roten Stahlwänden wider. „Das ist alles falsch. Mutter ist nur eine ausgeleierte Maschine, und Papa ist ein verrückter alter Roboter . . ."

„Halt!" Der Pfadfinderführer war gefangen auf der Spitze des riesigen Kolbens, aber seine grellen Lampen rasten Joey und dem Mädchen nach. „Haltet sie auf, Jungs! Haltet sie fest! Oder es wird nie mehr ein Pfadfindertreffen geben!"

„Ich habe es dir gesagt, Papa!" Butch rannte den beiden nach. „Vergiß nicht, daß ich es war, der es dir gesagt hat . . ."

Ratbait folgte ihm auf den Fersen, und sie stießen zusammen und stürzten zu Boden.

„Kommt, Pfadfinder!" rief Joey. „Lauft mit uns weg! Unsere eigenen Gene sind gut genug!"

Der Boden erzitterte unter seinen Füßen, und der helle Spalt wurde dünner. Die Kinderwagen rollten auf ihren kleinen Rädern zur Tür und bildeten eine dichte Reihe, um sie zu bewachen. Joey sprang über die brüllenden Babys hinweg, aber das Mädchen stolperte. Er blieb stehen, um ihr auf die Beine zu helfen.

„Helft uns, Pfadfinder!" stieß er keuchend hervor. „Wir müssen fliehen . . ."

„Fangt sie ein – Papa zuliebe!" klirrte die Metallstimme hinter ihnen. „Oder es wird keine goldenen Sterne mehr geben!"

Kreischende Kleinkinder umschwärmten die beiden. Krachend fiel die Tür zu. Papa sprang von der Spitze des Kolbens, der im Boden versank – fast zu schnell. Die Platte senkte sich auf den gelben

Umhang, heißes Öl spritzte hoch und begann zu rauchen, aber die Peitschenarme rissen den Umhang gerade noch rechtzeitig aus dem schmalen Spalt zwischen dem Boden und der Stahlplatte.

„Legt euch nicht mit M-M-M-M-M-M-Mutter an!“ Die Stotterstimme klang wie ein Schmiedehammer. „Sie weiß es immer noch am besten!“

Die bebenden Peitschenarme zerrten Joey und das Mädchen von den Kleinkindern weg, die brüllend nach ihnen grapschten, und stießen sie in eine seichte schwarze Mulde, in der die Kolbenspitze immer tiefer sank.

„Singt für eure Mutter!“ dröhnte der alte Papa. „Singt zu Ehren des Pfadfindertreffens!“

Kreischend stimmen die Kleinkinder ihr offizielles Lied an, und das Pfadfindertreffen nahm seinen Lauf. Es gab Luftballons für die Babys, auf die Papas Gesicht aufgemalt war, große Becher mit rosa Eismilch für die Kleinkinder und goldene Sterne für fast alle.

„Aber Mutter will ein paar von euch haben“, schnurrte Papa wie ein fetter Kater.

Als ein Peitschenarm nach Blinkie griff, sprang der Junge in die Mulde, bevor Papa ihn hineinstoßen konnte. Butch wurde leichenblaß und versuchte zu fliehen, als ein anderer Peitschenarm ihn umfaßte.

„Papa! N-N-N-Nicht ich!“ jammerte er. „Vergiß nicht, daß ich dir von Joey erzählt habe! Ich bin erst elf, und ich will Anführer werden, und ich werde allen immer sagen . . .“

„Deshalb will dich Mutter haben.“ Der alte Papa lachte wie ein Preßlufthammer. „Du wirst allmählich zu erwachsen.“

Die Peitsche schleuderte Butch in die Mulde. Seine Knopfaugen quollen stärker denn je hervor, und er fiel auf die glatte schwarze Platte, schlug mit allen vieren um sich wie ein gequältes Insekt, und dann blieb er stöhnend liegen in einem Meer des Entsetzens.

Ratbait stand schwitzend am Rand der Mulde, als der Peitschenarm ihn umschlang. Er verspürte ein seltsames Kältegefühl im Magen, und die hohe rote Stahlwand drehte sich wie ein verrücktes Rad um ihn, und er konnte sich nicht bewegen, bis ihn die Peitsche über den Grubenrand hob.

Aber da griff Blinkie nach seiner Hand. Er schüttelte die Peitsche ab und stieg in die Grube hinab. Joey nickte ihm zu, und das Mädchen schenkte ihm ein schwaches Lächeln. Sie nahmen sie in die Mitte, schlangen die Arme umeinander, während die Stahlplatte immer tiefer hinabglitt.

„So, jetzt geht mit Papa zurück! Das war euer Pfadfindertreffen . . .“

Die klirrende Stimme verklang hoch oben über ihren Köpfen, und die Öffnung der Grube zog sich zu einem blutroten Mond zusammen. Das heiße Dunkel ringsum dröhnte wie Donnergrollen, und der glatte Boden unter ihren Füßen neigte sich und warf sie in Mutters roten Stahlrachen.

Ein Sprung ins Wasser

Das Tosen weckte ihn aus einem verrückten Traum, in dem ihm brüllende Stiere erschienen waren. Er setzte sich im Dunkeln auf, zitternd vor Angst. Ein schwaches rotes Licht glühte über vagen Konturen ringsum, die ihm fremd vorkamen. Sein Atem stockte – bis er sich erinnerte, daß das rote Licht den Ausgang des Schutzraums markierte. Und dann wußte er wieder alles.

Der Atlas, der als ‚unmöglicher Planet' bezeichnet wurde, weil er millionenmal zu groß war, um überhaupt ein Planet zu sein . . . Das galaktische Camp der Aufsichtsbehörde, wo ihn das kleine Schiff vor zwei Erdentagen abgesetzt hatte . . . Komatsu und Marutiak, die beiden menschlichen Raumfahrer, die ihn begleitet hatten.

Aber er verstand dieses Dröhnen nicht, das er in seinem Traum für Stiergebrüll gehalten hatte. Es peinigte seinen Körper, tat ihm in allen Knochen weh, umnebelte sein Gehirn.

„Komatsu!" Er schrie, aber er konnte seine eigene Stimme nicht hören. „Komatsu!"

Als er zu lauschen versuchte, vernahm er nichts außer diesem stetigen Donnern, immer näher, immer lauter und lauter und lauter. Nichts bewegte sich im Schutzraum. Die anderen Männer hatten Dienst, waren vielleicht meilenweit vom Camp entfernt. Er war ganz allein.

In seiner Phantasie hatte sich das Tosen zum Schrei eines schwarzen, wütenden Ungeheuers verwandelt, das größer war als der Atlas. Aber er kämpfte gegen die Panik an, die in ihm aufzusteigen drohte. Er tastete im Dunkeln umher, fand die harte kleine Scheibe seines Sprechgeräts.

„Raumfahrer Mayfield . . ." „Mayfield an Komatsu. Was ist das für ein Lärm?"

Die Frage erschien ihm plötzlich albern. Vielleicht sogar feige. Komatsu sollte nicht denken, der Atlas sei zuviel für ihn.

„Raumfahrer Max Mayfield!“ rief er. „Bitte um Instruktionen!“

Das Gerät begann in seinen Fingern zu beben. Als er es ans Ohr preßte, hörte er Komatsus leise, heisere Stimme, wie aus weiter Ferne. Er konnte nur einzelne Worte verstehen.

„. . . Tornado . . . Verrücktes Wetter . . . Geh in den Schutzkeller . . . Halt durch, Junge!“

Bei der Einsatzbesprechung nach der Landung hatte Komatsu die unheimlichen Wetterverhältnisse auf dem Atlas erwähnt und ihm den Schutzkeller gezeigt. Er orientierte sich an dem roten Licht und sprang auf die Kelleröffnung zu.

Er sprang zu kraftvoll.

Da er ein Neuling auf dem Atlas war, hatte er vergessen, wie man sich hier bewegen mußte. Nun schwebte er in der Finsternis über seiner Pritsche, griff ins Leere und wartete darauf, daß ihn die schwache Schwerkraft wieder nach unten zog. Bevor er sich irgendwo festhalten konnte, traf ihn ein Windstoß.

Der Lärm drang ihm schmerzhaft in die Ohren. Der Atem wurde ihm aus den Lungen gepreßt. Das Licht über dem Ausgang erlosch. Irgend etwas schlug nach ihm. Irgend etwas packte ihn, quetschte ihn.

Natürlich war das kein Ungeheuer. Er wußte, daß es nur ein abgerissenes Stück Blech aus einer Wand des Schutzraums war, das sich jetzt um ihn wickelte, von wilden Windstößen bewegt. Aber es war schlimm genug. Es fesselte seine Arme, bedeckte sein Gesicht. Er konnte nichts sehen, konnte nicht atmen.

Er dachte, daß er bald sterben würde.

Irgendwie, während er durch die Luft wirbelte, tauchte das Gesicht seiner Mutter vor ihm auf. Irgendwie kehrte ihre Stimme zurück durch den heulenden Sturm. „Wenn du stirbst“, sagte sie, „erinnerst du dich in einem einzigen Augenblick an dein ganzes Leben.“

Er wußte nicht, ob das stimmte, aber viele Dinge rasten ihm nun durch den Kopf. Eine Zeitlang versuchte er sich von dem steifen Blech zu befreien, das ihn umgab, aber bald ließen seine Kräfte nach. Schließlich gab er auf.

Er dachte an das Frühstück vor vielen Jahren auf der kleinen Erde, an jenen Morgen, als er seinen Eltern gesagt hatte, daß er mit zwei Kollegen von der galaktischen Aufsichtsbehörde zum Atlas fliegen würde.

„Max Mayfield!“ Wenn seine Mutter ihn mit dem vollen Namen ansprach, wußte er, daß sie sich ärgerte. „Wir dachten, du wärst hier zu Hause glücklich. Wir dachten, du liebst die Poesie und die Mathematik.“ Er sah, daß sie den Tränen nahe war. „Warum hast du – uns nichts davon erzählt?“

„Wir hatten gehofft, du würdest hier im Park bleiben und Wildhüter werden.“ Sein Vater runzelte seufzend die Stirn. „Was erwartet dich denn da oben auf dem Atlas?“

„Lauter Rätsel.“ Er legte sein Besteck beiseite und versuchte es ihnen zu erklären. „Niemand weiß, warum ein Ding so groß sein kann. Es sieht aus wie ein Planet, aber sein Umfang ist fünftausendmal größer als der Erdumfang. Ich gehöre zu dem Team von der galaktischen Aufsichtsbehörde, das den Geheimnissen des Atlas auf die Spur kommen soll.“

„Da droben auf dem Atlas?“ Seine Mutter schnappte nach Luft. „Bei – bei diesen Weltraummonstren?“

„Bitte, Mummy!“ Er grinste ihr angstverzerrtes Gesicht an, aber sie lächelte nicht. „Der Ozark-Wildpark ist ein hübsches, ruhiges Versteck für uns und die Tiere – wenn wir einmal Angst vor der Zukunft haben sollten. Aber ich habe mich jetzt lange genug versteckt. Ein neues Jahrhundert ist angebrochen, und ich möchte darin leben. Ich will zusammen mit den anderen neue Welten entdecken, neue Freunde im All gewinnen.“

„Riesenspinnen! Oder noch schlimmere Ungeheuer!“

„Vielleicht sehen sie seltsam aus, aber ihr Verstand ist bewundernswert.“ Hoffnungsvoll sah er seinen Vater an, der jedoch keineswegs zustimmend nickte. „Sie haben uns die neue Mathematik beigebracht. Ich bin froh, daß sie uns auf dem Atlas brauchen, weil ich sie besser kennenlernen will.“

„Sie brauchen dich?“ Seine Mutter schüttelte traurig den Kopf. „Aber warum denn?“

„Weil es hart da draußen ist“, erwiderte er. „Zu hart für die meisten Geschöpfe. Sie hoffen, daß die menschlichen Teams zäh und klug genug sein werden, um dort zu überleben – lange genug, um herauszufinden, was der Atlas wirklich ist.“

„Du verblüffst uns, mein Junge“, sagte sein Vater. „Weil du immer ein Bücherwurm warst ... Und wir regen uns jetzt auf, weil wir fürchten, daß der Atlas zu anstrengend für dich sein wird.“

Er nickte. „Vielleicht fürchte ich mich auch. Aber ich will trotzdem hinfliegen. Weil der Atlas ein Rätsel ist – das größte Rätsel des Universums. Ich möchte beweisen, daß ich klug genug bin, dieses Rätsel zu ergründen.“

In diesem Augenblick stolperte sein kleiner Bruder verschlafen in die Küche. Aber als er das Wort ‚Atlas‘ hörte, war er sofort hellwach.

„Du fliegst dorthin? Toll! Erzähl mal!“

Sie hörten alle zu, als er über die Weltraumbewohner sprach, die er kennengelernt hatte, vom Mondflughafen, wo sein Training beginnen sollte, von den Transschlafschüssen, die das Team auf die lange Reise zum Atlas schicken würden. Seine Mutter schnüffelte zuerst ein wenig, aber sein Vater tätschelte ihm bald die Hand und sagte schließlich, er sei stolz, weil sein Sohn an dieser Expedition teilnehmen dürfe.

Der Atlas war neuntausend Lichtjahre von der Erde entfernt, aber er hatte während des ganzen Flugs geschlafen. Die Station in der Umlaufbahn, auf der er erwachte, war seltsam genug, aber im Verlauf seines Trainings hatte er gelernt, sich an das Gefühl der fehlenden Schwerkraft zu gewöhnen und an den merkwürdigen Geruch der Weltraumbewohner.

Nun, während er auf seinen Tod in diesem brüllenden Sturm wartete, erinnerte er sich an jenen Augenblick, da er den Atlas zum erstenmal gesehen hatte –, als der Planer der Expedition ihn in den Beobachtungsraum geführt hatte. Der Anblick erschütterte ihn.

Der Atlas war zu groß.

Immer noch eine Million Meilen entfernt, war er so groß, daß man ihn nicht sehen konnte. Sein Heimatplanet Erde hätte, aus dieser Entfernung betrachtet, wie eine kleine weißblaue Kugel gewirkt. Aber der Atlas war endlos, ein verschleierter Boden mit dunklen und hellen

Flecken, der sich grenzenlos ausdehnte. Darüber wölbte sich das All wie eine tote schwarze Kuppel.

„Das – das wirft einen fast um." Die endlose Fläche war so ungeheuerlich, daß es seinem Verstand nicht gelang, sie zu erfassen. „Welch eine Welt – welch ein *Ding* kann denn so groß sein?"

„Ihre Expedition wird uns helfen, das herauszufinden."

Die menschliche Stimme des Planers hatte ihn überrascht. Weit davon entfernt, selbst menschlich zu sein, hatte der Allbewohner nicht nur die Sprache, sondern auch die Stimme Dr. Krims angenommen, des Linguisten mit dem schwarzen Bart, den Mayfield in der Akademie der galaktischen Aufsichtsbehörde auf dem Mond kennengelernt hatte.

„Von hier aus können wir nun die Gipfel der Wolken sehen", sagte der Planer. „Sie werden tausend Meilen tiefer unten sein. Wegen seiner geringen Schwerkraft hat der Atlas eine sehr dichte Atmosphäre. Die Wolken reißen niemals auf, geben uns niemals den Blick auf den Boden frei. Wir hoffen, daß Sie da unten herausfinden werden, was der Atlas in Wirklichkeit ist."

Er blickte hinab, versuchte zu erraten, was die Wolken verbargen.

„Wir haben genug Theorien", fuhr der Planer fort. „Ihr Team wird Fakten sammeln, die uns helfen sollen, die beste Theorie auszuwählen. Sind Sie bereit, Ihre Instruktionen entgegenzunehmen?"

„Ich bin bereit."

Der Instruktionsoffizier sah aus wie ein großer silberner Seestern, aber er sprach wie der Planer mit der sonoren Stimme Dr. Krims. Sein säuerlicher Geruch ließ Übelkeit in Mayfield aufsteigen, aber er blickte an dem seltsamen Wesen vorbei und versuchte sich an sein Training auf dem Mond zu erinnern.

„Ich bin Raumfahrer Mayfield", brachte er mühsam hervor. „Ein menschlicher Freiwilliger . . ."

Er wollte weitersprechen über sich selbst, weil seine Zugehörigkeit zur Menschenrasse ihn zu einem Fremden auf der Station der Umlaufbahn machte. Er fühlte sich immer noch schwach und leicht benommen von der Transschlafdroge, und all das Neue kam viel zu schnell auf ihn zu. Er wollte daran denken, wie er mit seinem Vater

Holographa über die Tiere im Wildpark geschrieben, wie er seinem kleinen Bruder das Schachspiel beigebracht hatte. Sogar von den Gedichtbänden auf dem Regal in seinem Zimmer wollte er sprechen, wollte erzählen, wie schön es gewesen war, Dr. Krim kennenzulernen, weil sie beide Robert Frost bewunderten.

Aber der Instruktionsoffizier interessierte sich nicht für die Erde.

„Sie werden sich da unten auf dem Atlas in Gefahr begeben", tönte Dr. Krims tiefe Stimme aus dem sonderbaren Geschöpf mit den Silberschuppen. „Nichts wird Ihren Erwartungen entsprechen. Sie müssen sich vorsichtig bewegen, alles mit Verstand beobachten und sofort über jedes Faktum Bericht erstatten. Ihr erstes Problem wird die Schwerkraft sein."

Das Gewicht des Atlas, so erklärte das Wesen, war zu gering für seine Größe – zu gering, um zu irgendeiner vernünftigen Theorie zu passen. Mayfields Gewicht würde da unten nur eineinhalb Pfund betragen. Wenn er nicht lernte, die Haltetaue zu benutzen, würde ihn schon eine leichte Brise umwerfen.

Er starrte an dem Geschöpf vorbei und hörte aufmerksam zu, als es ihm erklärte, welche bekannten Fakten es über den Atlas gab. Es waren nicht viele, und fast alle erschienen ihm unglaublich. Er erfuhr, welche Aufgaben man ihm innerhalb des Teams zugedacht hatte. Schließlich mußte er wieder hinschauen, denn der Instruktionsoffizier hielt ihm das Sprechgerät entgegen.

„Tragen Sie das. Immer. Benutzen Sie es. Wir werden Ihnen zuhören."

Er nahm das Gerät aus den Schlangenarmen und versuchte das einzelne Auge im Zentrum des Geschöpfs freundlich anzugrinsen. Es sah aus wie ein großer Hügel aus dunkelgrüner Gelatine. Immerhin war es nicht halb so seltsam wie der Atlas, der da unten auf ihn wartete.

Und nun wirbelte er im Herzen des heulenden Sturms umher und spürte kaum die würgende Enge, die ihn umgab. Und doch nagte ein dumpfer Schmerz an ihm. Er wußte, daß er irgend etwas tun müßte, um sich seinen Platz innerhalb des Teams zu verdienen. Komatsu und Marutiak waren wahrscheinlich verletzt. Er sollte ihnen helfen. Wenigstens müßte er der Station in der Umlaufbahn Bericht erstatten.

Aber er hatte keine Luft, um zu sprechen, weder die Kraft noch den Willen, irgendwelche Anstrengungen zu unternehmen. Er ließ seine Gedanken zurückwandern zur Landung auf dem Atlas.

Er hatte von der Pilotenkanzel aus zugesehen, als das kleine Schiff durch endlose Nebelmeilen nach unten glitt. Das erste, was er entdeckte, war ein länglicher dunkler Fleck, der rosa schimmernde Schleier von blauem Dunst trennte. Dann rückte die Welt unter dem Nebel langsam ins Blickfeld. Der Fleck verwandelte sich in einen dunklen Bergrücken. Die rosa Schleier wurden zu einer flachen roten Wüste, graugefleckt mit niedrigen Hügeln, die wie Aschenhaufen aussahen. Das Blau war eine noch flachere Wüste, von der Farbe alten Eises.

Schließlich erblickte er das Camp auf dem Bergrücken. Der Schutzbunker war eine aufgeblähte Kuppel aus gelbem Material. Gelbe Haltetaue woben ein breites Netz ringsherum. Seine neuen Teamgefährten krochen ihm durch das Netz entgegen und sahen in ihrer Überlebensausrüstung wie gelbe Spinnen aus.

Er war froh, wieder mit Menschen zusammen zu sein, aber zutiefst entsetzt, weil der Atlas sie schrecklich zugerichtet hatte. Beide waren verbrannt von starken Strahlen, hager, voller Schmutz. Komatsu hatte ein Bein verloren. Über das Gesicht Marutiaks, des Zweiten Chiefs, zogen sich rote, offene Wunden.

Das Schiff hatte neue Taurollen mitgebracht, Instrumente in großen Kästen, Behälter, gefüllt mit Vorräten, und große Ballen. Bevor es davonflog, nannte man dem Team noch den Zeitpunkt, an dem man es wieder abholen würde.

„Kommen Sie wieder hierher!“ Das Schiff hatte keine menschliche Besatzung, die Roboterkontrolle war jedoch so programmiert, daß sie mit Dr. Krims Stimme sprachen. „Wir werden das Camp vorübergehend nicht anfliegen, weil die Station sich auf ihrer Umlaufbahn so weit entfernen wird, daß sie mit Schiffen nicht mehr zu erreichen ist. Der Direktor erwartet, daß Sie nützliche Informationen sammeln, bis wir Sie wieder abholen.“

Der Termin hatte zunächst keine Bedeutung für Max, weil er immer noch die Uhr trug, die ihm seine Eltern zur Promotion geschenkt hatten und von der er immer noch die Erdenzeit ablesen konnte. Er übersetzte sie in die galaktische Zeit, während er zusah, wie das Schiff hochstieg und in den Wolken verschwand. Und dabei stellte er fest, daß man ihn an seinem Geburtstag abholen würde, in nur zwei Wochen. Er mußte an die Geburtstagstorte denken, die seine Mutter gebacken hätte, wenn er auf der Erde geblieben wäre. Süße Bitterschokolade, geeist mit weißen . . .

„Gehen wir, Junge", sagte Komatsu.

Marutiak hob einen Ballen auf, der auf der Erde eine Tonne gewogen hätte. Max sprang hinzu, um ihm zu helfen, und schwebte in die Luft, bis Marutiak den Ballen davontreiben ließ und ihm das Ende eines Haltetaus zuwarf.

„Danke!" stieß Max keuchend hervor.

Marutiak zeigte auf die roten Wunden an seinem Hals, und Max erkannte, daß der Mann die Stimme verloren hatte.

„Halt dich fest, Junge!" sagte Komatsu heiser. „Du mußt dich immer festhalten. Enson hat es vergessen – er war dein Vorgänger."

Er zog sich hinter den beiden an den Tauen entlang zum Bunker, machte zwischendurch immer wieder Schwimmbewegungen. Vor der Tür hielt Komatsu an und hob seine Stimme, um das träge Schnurren der Luftpumpe zu übertönen.

„Wir halten abwechselnd Wache. Ein Mann hat frei, während die beiden anderen Wache stehen. Wenn wir Dienst haben, führen wir die Experimente durch und erstatten der Station Bericht. Während unserer Freizeit bleiben wir im Bunker und ruhen uns aus, soweit das möglich ist. Aber ob wir nun Dienst haben oder nicht – wir müssen immer aufpassen. Du wirst es schon noch lernen, daß hier unten der Atlas die Gesetze macht, Junge. Wenn du genug Verstand und Mut hast, um dich an die Spielregeln des Atlas zu halten, wird dir nichts passieren."

Sein erstes Problem tauchte auf, als Komatsu ihn bat, mit ihm schwimmen zu gehen. Müde und verschwitzt nach dem langen Flug, stimmte er eifrig zu, aber er fragte sich, wo es hier Wasser gab. Komatsu führte ihn an einem gelben Tau entlang, zum Ende des Bergrückens.

„Du zuerst!“ sagte Komatsu und ließ ihm den Vortritt. „Spring hinab!“

„Eh?“

Er sah nirgendwo Wasser. Der Bergrücken war auf dem Grat fast flach und vom Zahn der Zeit zernagt. Taue erstreckten sich an den Rändern. Tief, tief unten lag die rote Wüste. Verwirrt drehte er sich zu Komatsu um.

„Das ist unser Swimming-pool.“ Komatsu beugte sich vor, um nach unten zu zeigen. „Das einzige Wasser, das wir auf dem Atlas gefunden haben.“

Max umklammerte das Tau und blickte hinab. Die von der Zeit zerfressene Wand aus irgendeiner Materie, die wie schwarzes Felsgestein aussah, fiel so steil nach unten ab, daß ihm ganz schwindlig wurde. Aber schließlich entdeckte er den Teich – einen kleinen runden Spiegel aus hellblauem Wasser, direkt am Fuß dieser beängstigenden Klippe.

„Es ist tief genug.“ Komatsu zeigte lässig auf ein Tau, das sich von den Füßen bis hinab zu einem Felsen am Ufer des Teichs bog. „Da können wir wieder heraufklettern.“ Er grinste Max an. „Soll ich zuerst hinunterspringen?“

„Du machst Witze. „Wir – wir sind viel zu hoch oben.“

„Nur tausend Fuß.“ Komatsus Grinsen wurde noch breiter. „Das sind ungefähr so viel wie daheim zehn Fuß. Man fällt hier ganz langsam, Junge. Bei diesem Luftwiderstand beträgt deine Fluggeschwindigkeit etwa fünfzehn Fuß pro Sekunde. Du kannst aus keiner Höhe schneller fallen. Schau mir mal zu!“

Er legte seinen gelben Anzug ab, hüpfte auf seinem einen Bein zum Klippenrand und schwebte hinab. Max beugte sich vor und beobachtete Komatsu, wie er mit ausgebreiteten Armen langsam nach unten glitt. Er blieb lange in der Luft, und sein Körper war zu einem weit entfernten dunklen Fleck zusammengeschrumpft, bevor er in den blauen Spiegel des Teichs tauchte.

Max wartete und umklammerte mit beiden Händen krampfhaft das Tau. Die Wolken sahen nun dunkler aus und hingen offenbar noch tiefer. Diese Wüsten aus Eis und Asche ergaben keinen Sinn.

Der Atlas erschien ihm nun rätselhafter als je zuvor.

Schließlich kam Komatsu zurück, glitt an dem langen Tau nach oben. Sein vernarbter Körper war schon trocken, und ein Bein schien ihm hier auf dem Atlas zu genügen. Er grinste immer noch und zeigte auf den Teich. „Nun? Willst du's nicht versuchen?“

„Nein!“ Max erschauerte unwillkürlich. „Nein – nicht jetzt.“

„Also gut, dann versuch's später. Aber tu's, Junge! Ich meine es nur gut mit dir. Enson hat nie gelernt, da hinabzutauchen. Deshalb kehrte er auch nicht zurück, als er später davongeweht wurde.“

„Später.“ Max fühlte sich elend. „Ich werde es später versuchen.“

Komatsu hatte Verständnis gezeigt und war sehr nett gewesen – vielleicht zu nett. Er führte Max im Camp herum und erklärte ihm, welche Pflichten jeder der drei Männer zu erfüllen hätte. Wetterinstrumente, automatische Kameras und Strahlenmesser lagen auf dem Bergrücken verstreut. Taue führten hinab zu den Stellen, wo Komatsu und Marutiak begonnen hatten, in der Asche oder im Eis zu experimentieren.

„Was werden wir herausfinden?“ Max konzentrierte sich wieder auf das monströse Rätsel. „Was *ist* der Atlas?“

„Frag die Station in der Umlaufbahn.“ Komatsu zeigte in den dunklen Himmel hinauf. „Wir tun nichts weiter, als die Instrumente abzulesen und den Leuten da oben die Zahlen mitzuteilen, und die sind reichlich seltsam. Wenn du den Seismographen glauben willst, liegt eine Schicht aus Eis oder Felsgestein oder radioaktivem Staub, eine halbe Meile dick, über der dünnen Hülle von irgend etwas anderem. Vielleicht ist dieses Etwas Materie in irgendeinem neuen Zustand. Und darunter ist nichts mehr.“ Komatsu zeigte auf eine gelbe Wolke. „Schau dir das an, Junge! Wir haben hier das schlimmste Wetter im ganzen Universum. Heiße Wüstenwinde – Eisblizzards, Tornados, die zweihundert Meilen hoch in den Himmel hinaufreichen. Wenn die großen Winde zuschlagen, mußt du dich festhalten. Enson hat das nicht getan.“

Er sagte nichts mehr von dem Sprung ins Wasser. Wenn Max mit ihm Wache stand, hämmerte er Bolzen ins Eis, um die Taue zu verankern, die zu einer neuen seismischen Station führen sollten.

Wenn er zusammen mit Marutiak Dienst hatte, schlüpfte er in den schweren Antistrahlenanzug und legte neue Taue über die Wüste, um einen niederen Kegel aus grauschimmerndem Staub zu erreichen und zu erforschen. Der Atlas bewahrte sein großes Geheimnis immer noch.

Jetzt atmete Max plötzlich wieder. Das Gebrüll der verschlungenen Winde war schon längst verklungen. Er wußte, daß er ohnmächtig gewesen war, und er fragte sich, wo ihn der Sturm fallen lassen hatte. Es überraschte ihn, daß er noch am Leben war.

Das steife Blech aus der Bunkerwand war immer noch um seinen Körper gewickelt, aber nicht mehr so eng. Zunächst verkrampft und leicht benommen, wand und drehte er sich, bis er hinausblicken konnte. Was er sah, versetzte ihn in grausame Angst.

Der Sturm hatte ihn nirgendwo fallen lassen.

Er hatte ihn hoch gehoben – und Max wagte nicht, sich vorzustellen, wie hoch. Der Bergrücken war eine dünne dunkle Linie tief unten, die das dumpfblaue Eis von der rostroten Wüste trennte. Er war allein im unheimlichen Himmel über dem Atlas.

„Raumfahrer . . .“ Nur ein heiseres Flüstern kam aus seiner Kehle, als er versuchte, in das Sprechgerät zu rufen. Er schloß die Augen, um die schreckliche Leere unter sich nicht sehen zu müssen, und probierte es noch einmal. „Raumfahrer Mayfield an Station in der Umlaufbahn . . .“

„Station in der Umlaufbahn registriert“, durchbrach Dr. Krims verdoppelte Stimme die Stille des Himmelsgewölbes. Sie klang sehr menschlich und besorgt. „Wir haben den Kontakt mit Ihnen verloren. Bitte, erstatten Sie Bericht.“

„Sie werden es nicht glauben. Ein Tornado hat mich in den Himmel geworfen.“

„Der Atlas bietet immer wieder neue Überraschungen. Sagen Sie uns, was Sie sehen!“

„Nicht viel. Das Eis – flach und dunkel und endlos. Die Wüste – ebenso endlos. Und da – der Sturm!“

Der Sturmtrichter war eine dicke, rötliche Schlange, die sich aus einer brodelnden Wolke emporwand und über der rotgrauen Wüste dahinzog. Während Max den Sturm noch beobachtete, spürte er plötzlich kalte Luft, die ihn zu umwehen begann. Er blickte sich nach dem Blech um, das der Wind um ihn gewickelt hatte, und entdeckte es weiter oben im Himmel.

„Ich – ich falle!“ Entsetzen schnürte ihm die Kehle zu. „Hundert Meilen – hundert Meilen tief – hinab . . .“

„Wir haben Glück, wenn Sie etwas von dieser Höhe aus beobachten können.“ Die Stimme klang entzückt. „Offenbar hat der Sturm die Wolken zerteilt. Sie haben nun die seltene Gelegenheit zu sehen, was der Atlas wirklich ist.“

Der Luftzug, den sein Fall verursachte, fühlte sich immer kälter auf seinen Wangen an, und die Angst ließ ihn frösteln. Seine Zähne klapperten, aber er versuchte sich an sein Training zu erinnern, an Komatsus höfliches Grinsen, versuchte seine Angst zu bekämpfen.

Er bewegte Arme und Beine im Luftzug und lernte, seinen Fall zu lenken. Ein nacktes menschliches Flugzeug, tauchte er in eine Spirale über dem flachen öden Eis und dem Aschenstaub der Wüste, in eine Spirale, die sich langsam drehte. Und als der Sturm davonzog, entdeckte Max etwas, daß die brüllenden Winde verborgen hatten.

„Eine Stadt!“ schrie er in das Sprechgerät. „Der Bergrücken, auf dem wir kampiert haben, führt wie eine Straße in diese Stadt! Warten Sie – ich glaube, es *ist* eine Straße, zwei Meilen breit. Die Gebäude – sie müssen einst so hoch gewesen sein, wie ich jetzt fliege. Große, seltsame Gebilde . . . Lauter Ruinen . . . Zerbrochen, eingestürzt, geschwärzt von Feuer – oder vielleicht von der Zeit . . . Denn die Stadt ist alt. Sehr alt und tot . . .

„Reden Sie weiter! Beschreiben Sie, was Sie sehen!“

Aber diese schwarze, zertrümmerte Stadt war zu groß und zu alt und zu seltsam, um dafür Worte zu finden. Dr. Krims bärtiges Gesicht erschien vor Max’ geistigem Auge, und erschüttert erinnerte er sich an zwei Zeilen von Robert Frost, die der Linguist zitiert hatte. ‚Manche sagen, die Welt wird im Feuer enden. Manche sagen, im Eis . . .‘

Und der Atlas, dachte Max, hat irgendwie in beidem geendet.

„Mayfield!“ dröhnte das Sprechgerät. „Sagen Sie uns, was Sie sehen!“

„Nichts." Seine erste Erregung begann abzuebben. „Ich bin zu weit weg – und die Wolken legen sich wieder über die Stadt. Die Spitzen der Türme ragen bereits aus Dunstschleiern. Es tut mir leid, aber ich kann nichts mehr sehen."

Das Gerät hörte zu funktionieren auf, dann erwachte es wieder zum Leben.

„Mayfield, was Sie gesehen haben, könnte der letzte Anhaltspunkt sein, den wir noch brauchen." Die kopierte Stimme klang plötzlich sehr menschlich und fast liebevoll. „Herzlichen Glückwunsch! Der Direktor der galaktischen Aufsichtsbehörde sagt, daß Ihr Bericht die beste Theorie bestätigt. Der Atlas ist ein künstlicher Gegenstand, von hochintelligenten Wesen konstruiert und gebaut."

„Aber wer kann denn eine Welt bauen?" stieß er verwirrt hervor. „Eine Welt – so groß wie der Atlas?"

„Das wissen wir noch nicht", dröhnte die Stimme hastig. „Aber die natürlichen Planeten sind als Lebensräume nicht sehr gut geeignet. Sie fangen zu wenig Sonnenlicht ein. Sie exponieren zu wenig von ihrer Oberfläche in der Relation zu ihrer Masse. Der Direktor glaubt, daß der Atlas Materie von einem Planetensystem ist, die vielleicht nur eine Meile dick und innen hohl ist. Diese Leistung erforderte ein technisches Wissen, das wir uns kaum vorstellen können. Aber es schenkte den Erbauern einen millionenmal größeren Lebensraum, als sie ihn vorher besaßen."

„Jetzt leben sie nicht mehr." Max blickte auf die dicken Wolken hinab, die sich wieder über die verlassene, gigantische Stadt senkten. „Ich glaube – ich *weiß,* daß sie tot sind."

„Der Direktor glaubt, daß ihnen die Energie ausgegangen ist. Wahrscheinlich ist die zentrale Sonne dieses Planetensystems tot. Das Eis, das Sie sehen, bedeckt den größten Teil des Atlas. Der Aschenstaub ist wahrscheinlich Abfall des letzten Energiekraftwerkes, das diese Wesen besaßen. Wir können nicht sicher sein, bevor wir weitere Teams auf den Atlas geschickt haben."

Das Sprechgerät wurde aus- und eingeschaltet.

„Das Schiff wird sofort zurückfliegen, um die Überlebenden zu retten. Wenn Sie im Camp sind, wird man Sie holen."

„Ich werde dort sein – wenn ich das Camp finde."

Die Stimme, die aus der Scheibe drang, war immer noch Dr. Krims Stimme – aber sie klang nicht mehr menschlich. „Wenn Ihnen das nicht gelingt, Raumfahrer Mayfield, so wünscht Ihnen der Direktor mitzuteilen, daß er Ihnen zutiefst dankbar ist."

Das Gerät ging wieder aus, und er lenkte seinen zitternden Körper in einen langsam bewegten Kreis über dunklem Eis und trübem Staub. Er konnte das Camp nicht finden. Als er wieder in die Richtung der toten Stadt sah, war sie verschwunden. Der aufsteigende Wind wurde kälter. Es war ihm kaum mehr möglich, seinen Fall zu lenken.

Und doch triumphierte er. Auch wenn er hier in diesen Lüften starb – das Rätsel des Atlas war nicht unlösbar gewesen. Seine gigantische Größe war nur Täuschung. Er war eine hohle Scheibe – eine kosmische Blase.

Wolkenstreifen begannen sich unter ihm zu bilden, verbargen das Eis und den Staub. Seine letzten Hoffnungen begannen zu sterben.

Aber dann fand er neben dem endlosen Bergrücken, der einst eine Straße gewesen war, einen kleinen glänzenden Fleck. Er tauchte darauf zu, in den frierenden Wind hinein, der vom Eis aufstieg. Die alte Straße wurde immer breiter und breiter, bis er schließlich das Netz aus gelben Tauen erkennen konnte und zwei winzige Spinnengestalten, die ihm zuwinkten.

Aus einer Höhe von hundert Meilen tauchte er in den klaren blauen Teich hinab. Das Wasser fühlte sich auf seiner halb erfrorenen Haut fast warm an. Er schwamm mit steifen Bewegungen ans Ufer, zog sich mit fast gefühllosen Händen an dem Tau nach oben, glitt auf das Camp zu.

Das Sprechgerät begann wieder zu summen. Der Tornado hätte Komatsu und Marutiak aus dem Eis gehoben, erklärte Krims Stimme. Und da die Haltetaue davongeflogen waren, hatte es sie große Mühe gekostet, zurückzukehren. Aber nun waren sie in Sicherheit, und das Schiff würde sie alle drei an Bord nehmen.

„Ein guter Sprung, mein Junge!" Komatsu erwartete ihn mit Marutiak am Klippenrand, und ihre eifrigen Hände zerrten ihn das letzte Stück hoch. „Wirklich – sehr gut!"